사선 四線

사 선

초판 인쇄 2016년 10월 24일
초판 발행 2016년 10월 31일

지 은 이 주영하
펴 낸 이 백주선
편 집 편집부
펴 낸 곳 베아트리체

등록번호 제2015-000107호
등록일자 2015년 5월 19일

주소 경기도 고양시 일산동구 호수로 672, 1314호
전화 031-914-8944
투고 romance1314@naver.com
　　　http://blog.naver.com/romance1314

값 13,000원
ISBN 979-11-86907-92-4　　[03810]

※ 이 책은 베아트리체와 저작자의 계약에 의해 출판된 것이므로,
　무단 전재 및 유포, 공유를 금합니다.

사선 四線

주영하 장편소설

베아트리체

목차

프롤로그	7
1. 자각몽	11
2. 그림을 찾습니다	37
3. 마지막의 시작	70
4. 천 년의 기억	122
5. 혼례와 살인자	195
6. 숨길 수 없는 사랑	271
7. 의심과 오해의 마침표	320
8. 변질된 삶	427
외전. 다섯 번째 시선	489
9. 뒤틀린 욕망의 마침표	516
에필로그 - 우리 언제 또 만나었을까	576
작가 후기	591

프롤로그

"지금 소요산, 소요산행 열차가 들어오고 있으니 승객 여러분들은
……."

지하철 안내 방송이 청량리역 안에 울려 퍼졌다. 플랫폼에 듬성듬성 선 사람들이 방송 소리에 일제히 선로 가까이 몰려들었다. 스크린 도어가 아직 설치되지 않은 플랫폼. 기다리는 행렬 중 가장 앞줄에 선 나현은 후들거리는 다리에 간신히 힘을 주고 버티고 있었다. 머리가 빙글빙글 돌고 속이 울렁대며 토기가 치밀어 올랐지만 빨리 이곳을 빠져나가고 싶은 마음뿐이었다.

위잉-. 위잉-.

가방 속 휴대폰이 계속해서 울려댔다. 나현은 무의식적으로 뻗은 손을 거두고 멈칫했다. 받고 싶었지만…… 받을 수가 없었다. 아직 그 사람의 얼굴을 볼 자신도, 용기도 없었다.

어느새 선로 안 검은 굴에서는 열차가 불을 밝히며 역사 안으로 들어오고 있었다. 열차가 시야에 나타나자 뒤에 선 사람들이 너나 할 것 없이 앞사람을 압박하기 시작했다.

조금이라도 빨리 열차에 올라타려는 사람들로 가득한 퇴근길 청량리역. 종일 업무에 시달린 사람들은 남의 사정 따위에는 조금의 관심도 없었다.

"저기요. 밀지 마……!"

위태롭게 서있던 나현이 뒤에서 느껴지는 압박에 정신을 차리며 몸에 힘을 준 찰나였다.

탁-.

휘청하며 나현의 몸이 중심을 잃고 비틀거렸다. 시야가 빙글, 하고 돌더니 정반대로 바뀌었다.

"어……, 어엇!"

'쿵.'

나현의 몸 전체가 붕-하고 날아 선로로 추락했다. 선로 바닥에 세게 부딪힌 머리와 어깨에 강한 충격이 몰려와 정신을 차릴 수 없었다.

"까아아악!"

"어떻게 해."

"누가 좀 도와줘요! 여기 사람이 떨어졌어요!"

주위에 선 사람들의 비명소리가 역사 안에 울려 퍼졌다.

빠아앙. 빵빵.

어느새 선로 반대편 쪽에서는 거대한 열차의 몸통이 맹렬히 역사 안으로 진입하고 있었다.

'어…… 어서 일어나야 해.'

열차가 들어오고 있다는 걸 알았지만 손 하나 까딱일 수 없었다. 전신은 돌덩이에 짓눌린 듯 꼼짝할 수 없었고 머리와 어깨에서 느껴지는 엄청난 고통에도 비명 소리가 목 안을 맴돌았다. 분명 누군가가 등을 밀었다. 조금의 망설임도 없이, 명백한 살의를 담아. 잠시 잊고 있었다. 그 사람이 아니라는 안도감에 다른 이의 존재를 까마득히 잊고 있었던 것이다.
'사…… 살려줘……! 죽고 싶지 않아……!'
머릿속에서는 구경만 하는 사람들을 향해 살려 달라 고래고래 비명을 질러 댔지만 입 밖으로는 가르다란 신음만이 새어 나올 뿐이었다. 쿵쿵거리는 열차의 진동이 바닥을 통해 전해졌다. 곧 제 몸을 짓이기고 지나갈 듯한 엄청난 기세였다. 이대로 죽을 순 없다. 내가 어떻게 지금까지 살아남았는데……!
"잠시만요! 잠시만 비켜 주세요!"
이때 누군가가 몰려든 인파를 헤집고 선로를 향해 풀쩍 뛰어내렸다.
'까아악.'
플랫폼 가장자리에 선 사람들이 다시 한 번 가느다란 비명을 질렀다. 남자는 커다란 손으로 힘없이 축 늘어진 나현의 몸을 안아 올렸다.
"열차 쪽으로 손을 좀 흔들어 주세요!"
남자가 사람들을 향해 외치고는 진입하는 열차의 반대 방향으로 나현을 안고 뛰기 시작했다. 남자의 행동에 고무된 듯 플랫폼에 선 사람들이 열차를 향해 손을 흔들어대며 고래고래 소리를 질렀다.
"멈추세요! 사람이 떨어졌어요!"
'끼이이익―!'
기관사가 비상 정지를 가동한 모양인지 열차의 속도가 급속히 줄기 시작했다. 하지만 가속도가 붙은 열차는 좀처럼 멈춰지지 않았다. 남자가 안간힘을 쓰며 달리고 있었지만 열차와의 거리는 점점 가까워져만 갔다. 플랫폼 위에 선 사람들이 저마다 웅성대며 안타까운 광경을 바라보았다.

2미터, 1미터…….

끼이이익―.

느려지던 열차가 귀를 찢는 금속의 마찰음을 내며 완전히 멈춰 섰다. 나현을 안고 뛰는 남자의 바로 뒤였다. 지켜보던 사람들이 안도의 한숨을 내쉬며 환호성을 질러댔다.

"헉……. 헉……. 괜찮아요?"

남자도 그제야 숨을 몰아쉬며 자신의 품에 안겨 있던 나현을 향해 소리쳤다. 멀어지는 의식 속 희미한 시야로 남자의 얼굴이 흐릿하게 나타났다 사라졌다.

"……세 번…….."

나현이 중얼거렸다.

"네? 뭐라고요?"

"세 번째……."

남자는 중얼거리는 소리를 알아들을 수 없어 귀를 입가에 바짝 갖다 댔지만 나머지 말을 들을 수 없었다. 정신을 완전히 잃은 것이다. 하지만 이로써 모든 것이 확실해졌다.

나현의 곁에 있는 누군가가…… 그녀의 목숨을 노리고 있었다.

1. 자각몽

어둠이 깊게 내려앉은 밤. 맑은 밤하늘에 휘영청 뜬 보름달이 깜깜한 숲길을 희미하게 비추고 있었다.

헉……. 헉……. 헉…….

한 여자가 끝이 더러워진 치맛자락을 휘날리며 흙길을 뛰고 있었다. 맨발이었다. 숨이 턱 끝까지 찬 모양인지 잔뜩 괴로운 얼굴에 입가에선 하얀 입김이 뿜어져 나왔다.

"아앗!"

여자가 제 다리에 걸려 바닥에 풀썩 넘어졌다. 다리에 힘이 풀린 것이다.

"아씨!"

앞서 달리던 사내가 뒤돌아 여자를 향해 다가왔다. 더러워진 치마를 털어주더니 이내 여자의 손을 잡아끌었다.

"이제 거의 다 왔습니다. 힘들어도 달리셔야 합니다."

사내가 채 말을 마치기도 전, 저만치 숲 길 끝에서 희미한 말발굽 소리가 들려왔다. 순간 여자의 얼굴이 공포로 일그러졌다. 여자는 후들거리는 다리에 겨우 힘을 주고 일어나 다시 달리기 시작했다.

얼마나 달렸을까. 우거진 나무숲이 사라지고 맑은 밤하늘이 저 멀리 시야에 나타나기 시작했다.

'다 왔다.'

울창하던 수목이 양옆에서 사라지고 있었건만 무언가가 조금 이상했다. 뻥 뚫린 시야에도 앞이 여전히 캄캄했던 것이다. 여자의 발걸음이 조금씩 느려졌다. 아니, 그대로 멈출 수밖에 없었다. 길 끝에는 끝을 알 수 없는 절벽이 도사리고 있었던 것이다. 깎아지른 절벽 위에는 거센 바람이 맹렬하게 휘몰아치고 있었다. 여자가 사내를 향해 홱, 하고 고개를 돌렸다.

"어찌…… 어찌 이곳으로!"

사내는 고개를 숙인 채 말을 잇지 못했다.

"이를 어쩐단 말이냐, 이를……."

말발굽 소리가 점차 가까워왔다. 여자는 절벽 끝에서 아래를 내려다보았다. 아래는 끝을 알 수 없는 암흑이 아가리를 벌리고 있었다. 뛰어내릴 엄두조차 나지 않는 높이였다.

'타닥타닥.'

'이랴―!'

그때 지척을 흔드는 말발굽 소리가 숲의 찬 공기를 울렸다. 이내 말을 탄 한 무리의 병사가 하얀 흙먼지를 날리며 달려왔다. 새파랗게 질린 얼굴로 여자가 절벽을 향해 주춤대며 뒷걸음질 쳤다.

스물? 아니, 서른?

말을 탄 병복 입은 병사들이 엄청난 위압감을 풍기며 채찍을 휘둘렀다. 가장 앞에 선 남자가 손을 들어 올리자 병사들이 일제히 말고삐를 당겼다. 급하게 멈춰서는 말굽 때문에 흙먼지가 뿌옇게 일었다. 병사들은 천천히 말을 몰며 여자를 가운데로 빙 둘러 섰다. 무사는 손을 내리곤 천천히 말을 몰며 여자에게 다가왔다.

"나…… 나를 놔주시오. 제발 이대로 보내 주시오."

여자가 사내의 손을 꼭 쥔 채 뒷걸음질 치며 무사에게 사정했다. 무사의 얼굴에는 표정이 없었다. 서늘한 한기만이 가득했다. 하지만 여자는 알 수 있었다. 무사의 눈동자에 휘몰아치는 엄청난 분노를. 여자는 무사의 눈길에 사로잡힌 듯 꼼짝도 할 수 없었다.

죽을 것이다……. 무사의 손에 죽고 말 것이다.

'스륵.'

한참이나 여자를 말없이 바라보던 무사는 이윽고 허리에 찬 칼집에서 기다란 검을 꺼내 들었다. 무사의 표정만큼이나 서늘한 칼날이었다. 그리고는 천천히 칼을 들어올렸다. 하늘 높이 쳐들어 올린 검의 칼날이 달빛에 반짝였다. 무사는 검을 쳐 든 채 여자와 사내를 향해 천천히 말을 몰았다.

여자가 주춤주춤 물러섰으나 뒤는 까마득한 낭떠러지 끝. 더 이상 뒷걸음질 칠 곳이 없었다. 무사가 다시 한 번 검을 높게 쳐 들어올렸다. 순간, 입가에 희미하게 미소가 퍼진 듯싶었다.

그리고 한 치의 망설임도 없이 검을 휘둘러 내려쳤다.

"꺄아아아아아악―!"

나현이 비명을 지르며 자리에서 벌떡 일어났다. 심장이 쿵쾅대고 이마에 식은땀이 송글송글 맺혔다. 지독한 공포에 전신이 바들바들 떨렸다.

검이 제 몸을 내려친 듯 몸뚱이가 반으로 뚝 갈라지는 느낌이었다. 서둘러 몸의 이곳저곳을 더듬었다. 다행히 어디 하나 잘려 나가떨어진 곳은 없었다.

"하아……. 하아……."

가쁜 숨을 몰아쉬며 오른쪽 팔을 쓸어 내렸다. 차가운 칼날의 기운이 여전히 느껴지는 듯 소름이 오슬오슬 돋아 있었다.

'싫어……. 끔찍해…….'

무릎에 얼굴을 파묻자 보들보들한 이불의 감촉이 느껴졌다.

이불? 여…… 여기가 어디지?

눈을 뜨고 주위를 둘러보았다. 익숙한 제 방이 어렴풋하게 모습을 드러냈다. 그제야 정신이 들기 시작했다.

꿈을 꾼 것이다.

또, 그 꿈이었다. 어린 시절부터 줄기차게 꾸어온 꿈. 내용은 항상 똑같았다. 두 남녀가 숲길을 뛰는 것으로 시작해 무사가 휘두르는 칼에 여자가 죽는 것으로 끝이 났다. 어린 시절 매일같이 꾸던 꿈은 일주일에 한두 번, 한 달에 한두 번으로 줄더니, 최근 다시 그 빈도가 잦아졌다. 벌써 한 달째 매일같이 똑같은 꿈을 꾸고 있는 것이다.

꿈은 점점 더 생생해져만 갔다. 흙길을 달리던 맨발의 감촉, 턱 끝까지 차오르던 호흡, 시퍼런 칼날의 서늘한 느낌 그리고 무사를 바라보는 동안 느껴지는 아릿한 심장의 통증까지도.

나현은 아직도 욱신거리는 가슴을 부여잡았다. 꿈에서 깰 때 마다 느끼는 이 생경한 감정의 정체를 알 수 없었다. 그저 해소되지 않은 커다란 감정의 덩어리만 남은 느낌이었다. 여느 때처럼 침대에 앉아서 관자놀이를 엄지손가락으로 꾹꾹 눌렀다. 아직도 꿈에서 느낀 감정의 찌꺼기가 남아있었다.

이래서야…….

꿈에서 벗어나 현실로 돌아오는 데까지 걸리는 시간이 점점 길어져만 갔다.

쾅! 쾅!

갑자기 벽 너머에서 시끄러운 소음이 들려왔다. 요란한 소리는 '끼이익. 쾅!' 하더니 '스으으윽. 텅! 스으으윽. 텅!'하고 리듬을 타듯 아니, 박자에 맞춰 울려 퍼졌다. 그제야 정신이 번쩍 들었다. 옆집이 분명했다. 며칠간 사람들이 왔다 갔다 하더니 아침 댓바람부터 이사를 오는 모양이었다.

나현은 감정의 찌꺼기를 털어버리고자 침대에서 빠져나와 잠옷 위에 카디건을 대충 걸쳤다. 그리고는 현관으로 다가가 현관문을 열었다. 아니, 정확히는 열려고 했다. 하지만 현관문 앞을 막아선 무언가 때문에 문은 손가락 한 마디 이상 열리지 않았다. 현관문 밖에서는 누군가가 부산스레 짐을 옮기고 있는 듯했다.

"저기요!"

열린 문 틈새로 소리쳐 보았지만 짐 옮기는 사람은 듣지 못한 모양인지 대답이 없었다.

"이보세요! 저희 집 현관문 앞에 놔둔 짐 때문에 문이 안 열려요!"

"아, 죄송합니다! 제가 이사 중인데 짐이 좀 많아서 복도엔 둘 곳이 없네요."

시원하고 경쾌한 젊은 남자의 목소리였다.

"그래도 이렇게 다른 사람 집 앞에다 짐을 두시면 어떻게 해요? 어떻게 나가라고요!"

"5분만 놔둘게요. 5분 안에는 안 나오실 거죠?"

"네?"

"목소리를 보아하니⋯⋯ 일어난 지 얼마 안 되신 것 같은데. 5분 안에는 안 나오실 거잖아요?"

"뭐라고요? 나 참! 언제 봤다고 저한테 막말이세요? 게다가 아침부터 이렇게 시끄럽게 쿵쿵거려서 동네 사람들 아침잠 다 깨우시면 어떻게 해요?"

남자가 킥, 하고 웃는 소리가 났다.

"짐은 곧 치울게요. 저 그런데⋯⋯ 지금 그닥 이른 시간은 아닌데요."

옆집 남자의 하찮은 핑계에 콧방귀가 절로 나왔다.

"아니. 아침 7시가 이른 시간이 아니라면⋯⋯."

아니라면⋯⋯ 몇 시라는 것인가. 슬금슬금 불안감이 온 몸을 휘감기 시작했다. 후다닥 뒤돌아 거실로 들어왔다. 그리고 벽시계를 본 순간, 히-익!

시계바늘이 10시를 가리키고 있었다. 고장 난 게 아니라면 무려 3시간이나 늦잠을 잔 것이다. 침실로 쏜살같이 달려가 침대 옆 협탁에 놓인 핸드폰을 들어올렸다. 부재중 전화가 11통이나 찍혀있었다.

[나현아. 어디야? 출근도 안하고 전화도 안 받고. 무슨 일 있어?]

[제발 전화라도 받아. 지금 강 팀장님 폭발 일보 직전이야!]

[선배. 어디 아파요? 걱정돼요. 메시지 보면 연락해줘요.]

모두 갤러리 홍(紅) 전시기획1팀에서 같이 근무하는 해문과 예경의 메시지였다. 나현은 절망적으로 한숨을 내쉬며 다음 메시지를 클릭했다.

[송나현 고객님. 27번째 생일을 진심으로 축하합니다. 아울러 꺾어지는 20대 후반의 세계에 가입 되셨음을 안내 드립니다. 자동 발신 선물은 눈가 주름과 관절 통증, 만성 피로이며 반송은 불가합니다. 옵션으로 시력 저하와 잦은 짜증이 있사오니 선택을 원하시면 1번을 길게 눌러 주세요.]

그리고선 생일 축하 이모티콘이 그 아래에 연이어 깔려 있었다. 슬그머니 입가에 미소가 띠워졌다. 메시지에서 태진의 장난기 어린 목소리가 물씬 느껴졌다. 이래서야 미워할 수가 없다. 27살이나 되어서도 생일은 여전히 특별한 날이다. 어릴 때처럼 '이 날만은 내가 주인공'이라 생각하진 않지만 많은 사람들이 축하해 주었으면 하는 마음은 여전했다. 그런 의미에서 잊지 않고 기억해 준 태진이 고마우면서도 기특했다. 뭐라고 답장을 보내야 좋을까 생각하다 다시 한 번 시계를 확인했다.

이크. 정말 이러다 생일빵을 맞기도 전에 미진에게 목이 졸려 죽을 것이다. 나현은 서둘러 핸드폰을 내려놓고는 쏜살같이 화장실로 향했다.

* * *

7013번 버스에서 내린 나현이 길 건너 언덕 위를 향해 질주했다. 10월이라 얼굴에 닿는 공기가 제법 싸늘했지만 낮은 둔덕을 뛰어 올라가자니 이마에 땀이 송골송골 맺혔다. 눈앞에는 북한산을 뒤로 타원형으로 설계된 4층 높이의 모던한 건물이 보였다.

갤러리 홍(紅). 명성과 규모 모든 면에서 두말 할 나위없는 국내 최고의 갤러리이자 나현이 매일같이 출근하는 곳이다. 미국에 가고시안 갤러리가 있고 영국에 화이트 큐브가 있다면 한국에는 갤러리 홍이 있달까. 최근 현대 미술계에서는 국내를 넘어 해외에서까지도 그 영향력을 인정받는 곳이다.

3년 전 나현이 갤러리 홍의 전시기획1팀에 입사하게 된 것은 기적에 가까운 행운이었다. 당시 차기 팀장급으로 손꼽히던 유정아의 갑작스런 영국행 유학으로 무려 5년 만에 전시기획1팀에 TO가 생긴 게 첫 번째 행운이요, 먼저 입사해 있던 대학교 과 선배 해문의 추천서를 받아 인턴으로나마 일하게 된 것이 두 번째 행운이었다.
 물론 나현 본인도 그렇게 절박하게 무언가에 매달려 본 적이 없었다. 전시기획1팀 팀장인 미진에게 수시로 찾아가 요청하지도 않은 포트폴리오와 각종 기획안을 제출하는가 하면 매일같이 제일 먼저 출근해 허드렛일을 도맡아하지 않았는가.
 누군가는 뻔뻔하다 했고 누군가는 그렇게까지 해야 했냐고 핀잔을 주었지만 살면서 그토록 간절했던 적은 없었다. 항상 덜렁대고 푼수 같다는 말을 귀가 닳도록 들어왔던 나현도 그때만큼은 철두철미하고 칼 같지 않았는가.
 결국 2년간의 인턴생활을 거치고 작년에 정직원으로 입사하게 되었으니 이 모든 게 헛수고만은 아니었다. 나현의 오피스텔이 있는 충무로에서 평창동까지 매일 1시간이 넘는 출근길이었지만, 3년이 지난 지금도 출근하는 발걸음은 항상 설레고 즐거웠다.
 그나저나 이렇게 지각한 건 3년 만에 처음이다. 천재적 감각이나 엄청난 배경, 현란한 쇼맨십 대신 성실 하나를 주무기로 삼기로 한 나현으로서는 뼈아픈 실수였다.
 커다랗게 보이는 갤러리 홍 건물이 좀처럼 가까워지지 않았다. 바로 눈앞에 있는 것처럼 보였지만 낮은 언덕을 10분이나 걸어 올라가야 했다. 매 출근길 마다 속는 착시 현상이었다.
 "아얏!"
 급한 마음에 너무 빨리 걸어서였을까? 9cm 와인색 스틸레토 힐이 삐끗하는 바람에 몸이 휘청했다.
 "어어어!"
 타이트하게 달라붙는 치마 때문에 비틀거리는 몸의 균형을 제대로 잡을 수도 없었다. 몸이 앞으로 꼬꾸라지며 가까스로 바닥에 손바닥을 짚었다. 그대로 바닥에 엎어졌다면 코라도 왕창 깨졌을 것이다.

"으아⋯⋯. 아파."

흙먼지를 털고 욱신거리는 오른쪽 손바닥을 뒤집어 보았다. 길바닥에 쓸려 빨갛게 까져 있었다.

"아. 진짜 오늘 일진 왜 이런 거야."

무언가, 상당히, 조짐이 좋지 않았다.

"죄송합니다아아아⋯⋯."

나현이 전시기획1팀 팻말이 붙은 문을 조심스레 열었다. 오늘따라 사무실 제일 안쪽 창가에 위치한 자신의 자리가 부쩍 멀게만 느껴졌다. 몸을 아무리 움츠리고 들어간다 한들 출입문을 정면으로 바라보고 있는 팀장인 미진의 자리를 피해갈 순 없었다. 슬쩍 고개를 들어 미진의 안색을 살폈다. 미진은 기어 들어오는 나현을 무시한 채 PC에서 눈을 떼지 않았다.

40대 초반의 싱글맘인 미진은 갤러리 홍의 간판 기획자이자 업계에서 알아주는 실력자이다. 하지만 무엇보다 그녀를 유명하게 만든 건 머리 뒤에서 광채가 뿜어져 나오는 듯한 착시를 주는 폭풍 카리스마였다. 특히 미진이 늘씬한 다리를 꼬며 안경을 올려 쓸 때면 간단한 동작임에도 상대를 심리적으로 무한정 압박하곤 했다. 마치 독을 품고 똬리를 튼 채 혀를 날름거리는 화려한 독사처럼. 그리고 그 간단한 동작은 미진의 심기가 매우 불편할 때 나오는 행동이었다. 나현은 절로 심장이 쪼그라드는 것만 같은 기분을 느끼며 슬그머니 자리로 이동했다.

"송나현."

머리 위에서 하이톤의 목소리가 들려왔다. 귓가를 울리는 음산한 파동에 심장이 펄떡거렸다.

"오늘 생일이니까 봐주는 거야."

생각지도 않은 말에 나현이 벌떡 일어나 고개를 들었다.

"죄송합니다. 팀장님."

눈을 마주하니 흘겨보고는 있지만 그다지 화를 품고 있진 않았다.

"이따 2시까지 권 회장님 댁으로 가야 하는 거 알지? 해문이랑 예경이가 작품 보관실에서 가져 갈 그림 마지막 점검하고 있으니 얼른 준비하고 가서 도와."

"네. 감사합니다."

"그리고."

"네?"

"생일 축하해. 오늘 하루 재밌게 보내라고."

"감사합니다."

그제야 배시시하고 얼굴에 한가득 미소가 지어졌다. 지각한 학생 혼내는 기분을 느낀 미진은 천진난만한 나현의 미소에 어쩔 수 없다는 듯 피식 웃음을 터뜨렸다.

사무실을 나온 나현이 서둘러 2층 홀을 가로질렀다. 주홍색 조명이 하얀 벽면과 바닥을 은은하게 비추고 있었다. 홀 벽면 곳곳에는 화려한 색채의 호앙 미로 판화 작품이 걸려있었다. 작품보관실은 지하1층에 있었다.

오늘은 VVIP 고객인 태한그룹 권경만 회장의 자택으로 새로운 컬렉션을 선보이기 위해 가는 날이다.

몇 년 전부터 갤러리 홍에서는 VVIP 고객들에 한해 새로운 서비스를 시행하고 있었다. 한 달에 한 번씩 정기적으로 자택으로 방문해 새로운 컬렉션에 대해 설명하는 서비스였다. 그들이 작품에 투자하는 규모가 수

십 억, 수백 억 단위이기 때문에 당장 구입하지 않더라도 새로 나온 컬렉션을 꾸준하게 선보일 필요가 있었다.
 입사 3년 차, 나현은 입사 이래 처음으로 VVIP를 방문하게 되었다. 어떤 고객을 잡느냐가 명줄인 업계의 특성상 오늘은 나현에게 일종의 중요한 데뷔전인 셈이다.
 작품 보관실에서는 해문과 예경이 미리 포장해놓은 작품들은 줄 세워 놓고 리스트를 보며 마지막 점검을 하고 있었다.
 "늦었습니다."
 "오늘 생일이니까 봐주는 거야."
 리스트에 체크 표시를 하며 해문이 툴툴거렸다. 갈색 곱슬머리에 하얀 피부, 작은 키의 해문은 본래 그의 나이보다 훨씬 어려 보였다.
 "그 애긴 이미 강 팀장님이 했다고요. 요새 진~짜 피곤했나 봐요. 알람 소리도 못 들었다니까요? 어찌됐건…… 죄송해요오. 선배애~"
 애교 섞인 사과를 건네자 해문은 진절머리가 난다는 듯 어깨를 부르르 떨었다.
 "나 지금 내 일도 왕창 쌓였는데 이 일부터 하고 있는 거라고. 끝나면 밥 사! 그리고 술도 사!"
 "알았어요. 이 일만 잘 끝나면 뭔들 못 사겠어요."
 "거기에 저도 포함되는 거 맞죠? 히히."
 통통한 볼에 처진 눈썹, 동글한 눈을 한 선한 인상의 예경이 해문을 거들었다.
 "당연하지!"
 "그런데 오늘 권 회장님께 컬렉션 보여드리는 거 외에 다른 볼일이 있다면서요?"
 예경이 그림 상자를 정리하며 해문에게 물었다.

"사실 평소 같았으면 권 회장님이 강 팀장님이랑 보안팀 직원들 몇 명만 불렀겠지. 알잖아. 권 회장님, 강 팀장님 외에 다른 직원들 절대 안 부르시는 거."

"그렇죠. 그래서 오늘 강 팀장님이 나현 선배 데리고 가는 거, 조금 이상하다 생각했어요."

"그런데 오늘 나현일 데리고 와달라고 요청한건 권 회장님 댁 자제분이시래."

"자제분이라면…… 아드님이요?"

"응. 둘째 아들. 태한상사 미국 현지법인 법인장으로 있다가 얼마 전 귀국 했대. 본인이 실무에서 뛰게 해달라 요청해서 한국 들어와서는 태한기획 아트사업실 실장직을 맡고 있고."

"와……. 전형적인 금수저의 삶이네요. 어째 맡은 직함이 법인장, 실장 죄다 장자 돌림이래요?"

"응. 나이도 꽤나 젊다고 들었어. 아마도…… 내 또래겠지."

해문이 한숨을 푹 쉬었다.

"이 직업의 안 좋은 점이 바로 이거죠. 비교 대상이 상대도 안 되는 어마어마한 계층의 사람들이라는 거."

얼마 전까지 학자금 대출 이자와 월세 때문에 발을 동동 굴리던 예경으로써는 꿈도 못 꿀 하늘 위 별나라, 달나라 이야기였다.

"그런데 그 둘째 아드님은 왜 나현 선배를 데려오라고 한 거래요?"

"정확히는 나현이가 아니라 강 팀장님께 직원 하나를 소개해달라고 했대. 한 가지 조건을 달아서."

"그러면…… 나현 선배가 그 조건에 해당이 된 직원인건가요?"

"뭐 일종에 그런 셈이지. 아마도…… 그 둘째 아들이 나현이의 첫 VVIP 고객이 되지 않을까?"

"처음부터 너무 엄청난 대어인거 아네요?"
"아무래도, 권 회장 일가니까."
"그 조건이 뭔데요?"
"글쎄…… 그것까진 나도 몰라."
"이 눈과 가장 닮은 젊은 직원일 것."
 불쑥 끼어든 나현이 두 사람을 향해 핸드폰을 내밀었다. 화면에는 그림 하나가 떠 있었다. 바로 네덜란드 화가 요하네스 베르메르의 유명작「진주 귀걸이를 한 소녀」였다.
"에엣? 진짜예요?"
"그러니까. 웃기지? 더 웃긴 건 강 팀장님이 보기에 내 눈이 그나마 이 그림 속 여자랑 제일 닮았다는 거야."
"그러고 보니 그나마 닮은 게 아니라 정말 많이 닮은 것 같,"
 예경이 화면 속 그림과 나현을 번갈아보며 말을 이어가려는 순간이었다.
"내가 이래서 여자들이 자기 친구 이쁘다는 말을 믿질 않아요. 예경이 너. 선배라고 무조건 그러는 거 아니다. 송나현 저거 지금 지 입으로 지 눈이 그림같이 이쁘다는 식으로 얘기하고 있는데. 너 무턱대고 동조하는 거 아니다. 진짜."
 미간을 사정없이 찌푸린 해문이 팔짱까지 끼고 못 들을 걸 들었다는 마냥 치를 떨었다.
"왜요? 자세히 보니 엄청 닮았구만. 내가 눈이 좀 크잖아. 그리고 흰자도 맑은 편이고. 또,"
 발끈한 나현이 핸드폰과 함께 얼굴을 들이밀자 해문은 손가락으로 나현의 이마를 찍어 밀어내며 치우라고 바락바락 소리를 질렀다.
"얼굴 저리 안 치워?"

"왜요? 닮은 걸 왜 닮았다고 얘길 못해요? 저 눈이 내 눈이다. 왜 얘길 못해요?"

두 사람이 여전히 투닥거리는 사이, 예경이 무심코 가장 중요한 말을 내던졌다.

"그런데 선배는 무슨 일 때문에 불려 가는지 알고 있어요?"

순식간에 장난스럽던 나현의 얼굴에 수심이 찼다.

"너, 설마 아무 것도 모르는 거야?"

해문의 사나운 말에 주눅이 든 모양인지 나현은 대답 없이 고개만 끄덕였다.

"어쩌려고 그래!"

"전해들은 바로는 시킬 일이 있다고 하는데. 무슨 일인지 사전 정보가 전혀 없어요."

"으아……. 그렇게 아무것도 모르고 가면 어떻게 해요? 무방비 상태로 가서 핵미사일급 공격을 쏟아지면 선배가 어떻게 받아치겠냐고요."

예경이 호들갑을 떨며 걱정스런 말을 늘어놓자 그 말에 나현은 걱정이 배가 된 모양인지 급속도로 얼굴이 어두워졌다.

다 큰 줄 알았는데 아직 멀었구나. 송나현. 해문이 잔뜩 굽은 나현의 등을 팡하고 내리쳤다.

"송나현. 미간에 주름 펴고! 어깨 피고! 너무 걱정하지 마. 강 팀장님 같이 가시니까……. 큰 문제라도 있겠어?"

　　　　　　　　＊ ＊ ＊

넓게 펼쳐진 북악산을 뒤로, 평창동에 자리한 권회장의 저택은 상상이상이었다. 미술품 운반 차량 뒤 미진의 차에서 내린 나현은 입을 떡 벌린 채 저택 대문 앞에 섰다.

"엄청나지?"

미진이 나현의 반응을 보며 놀리듯 말을 건넸다.

"도대체 집이 어디부터 어디까지예요? 여기 이 담장, 어디까지 이어진 거죠?"

"알고 싶어? 그래도 포기해. 권 회장 저택 담장 한번 따라 걷자면, 하루치 운동은 몽땅한 셈일 테니까."

철컹, 육중한 대문이 열리고 미진과 나현 그리고 보안회사 직원 두 명이 정원에 들어섰다. 미리 나와 있던 저택 관리인이 일행을 집 안으로 안내했다.

그리곤, 벌써 한 시간 째. 나현은 위용 찬란하게 꾸며진 응접실에 홀로 남아 테이블에 놓인 식어빠진 커피 잔을 들여다보고 있었다. 미진이 잠시만 기다리라는 말을 남긴 채 권 회장의 서재로 들어간 게 한 시간 전이었다. 안 그래도 불편하고 낯선 공간에 혼자만 덩그러니 남게 되자 시간은 더욱 더디게 갔다.

도대체 얼마나 더 기다려야 할까.

손목시계를 확인하려 팔을 들어 올린 순간이었다.

"앗!"

팔꿈치로 커피 잔을 친 것이다. 응접실 탁자 위에 놓여 있던 커피가 치마 위로 왈칵 쏟아졌다.

"아 정말 내가 못살아……."

나현은 울상을 지으며 티슈를 뽑아 치마에 묻은 커피를 닦아냈다. 하지만 베이지색 치마에 진하게 스며든 커피 얼룩은 쉬이 지워지지 않았다.

'하아…….'

한숨이 절로 나왔다. 이런 말도 안 되는 실수를 저지르다니. 이런 꼴로 생애 첫 VVIP 고객을 맞이하러 갈 순 없었다. 나현은 조용히 거실로 나와 화장실을 찾기 위해 주위를 두리번거렸다.

도대체 집이 이렇게 커야 할 이유가 뭔데. 1층에만 방이 도대체 몇 개인거야.

그렇다고 아무 문이나 열어볼 수도 없었기에 행여나 고용인이라도 마주칠까 싶어 거실을 내내 서성였다. 그때 거실 끝 쪽 움푹 들어간 위치에 거울과 세면대가 보였다. 옆에 있는 문이 화장실이 분명했다. 나현은 죽다 살아난 표정으로 쏜살같이 화장실로 들어갔다.

치마를 벗어 흐르는 물에 몇 번이고 닦아내고 나니 얼룩이 희미해진 듯 보였다. 완벽하게 깨끗해지진 않았지만 이 정도라면 눈썰미 좋은 사람이 아닌 한 무난하게 넘어갈 수 있을 터였다. 그래도 혹시 몰라 다시 한 번 치마에 비누칠을 하려는 찰나 핸드폰이 울렸다.

핸드폰 액정 위에 '이태진'이라는 글자가 보였다. 나현은 아침에 받았던 문자가 생각나 배시시 얼굴에 미소를 지으며, 핸드폰을 세면대 옆 거치대 위에 올려놓고 스피커폰 버튼을 눌렀다.

"송나현! 잘하고 있어? 또 가자마자 무슨 사고 친 건 아니지?"

대뜸 하는 소리가 이거다. 이 자식, 이거 내 몸에 CCTV 달아놓은 거 아냐?

"아니거든? 지금 강 팀장님, 권 회장님 서재에 들어가서서 기다리고 있는 중이거든?"

단지 치마에 커피를 쏟아 화장실에서 몰래 빨래하며 기다리고 있다는 게 문제지만. 하지만 절대 사실대로 말할 수 없었다. 그랬다간 내일이면 저 방정맞은 입을 통해 딱 열 배만큼 부풀려져 동네방네 소문이 퍼져 나갈 테니.

"근데 왜 이렇게 웅웅거려? 화장실이야? 물소리도 나는데?"

귀신같이 냄새를 맡고 진실에 접근하려는 집요한 놈.

"아, 아냐. 그런데 왜 전화 했어?"

나현이 잽싸게 화제를 전환했다. 그냥 놔뒀다간 꼬리에 꼬리를 문 질문들을 끊임없이 해댈 것이 분명했다.

"오늘 몇 시에 끝나?"

다행히 태진은 전화한 목적을 잊지 않았다.

"히히. 생일이라고 팀장님께 칼퇴 허락 받았지. 여기서 일 마치면 바로 퇴근하라고 하셨으니…… 한 6시쯤? 근데 왜?"

"나도 오늘 일찍 끝나거든. 너 오늘 생일이잖아. 이 오빠가 생일 축하해주러 갈까 싶어서."

"기특한 생각이다만 오늘 저녁 지상 씨 만나기로 했어."

"그 사람은 어차피 만날 늦잖아. 그 사이 시간 붕 뜰 텐데?"

"그래서 언니랑 인사동 놀러가기로 했지. 언니도 인사동에서 클라이언트랑 저녁 약속 있는데 시간이 붕 뜬다고 하더라고."

"아……. 그래?"

"응. 왜?"

"아, 아냐……."

"……."

또, 너 또 그러는구나. 이태진.

때때로 태진은 생각지도 못한 부분에서 가끔 이상해지곤 했다. 평소의 장난기 많고 활달한 모습이 사라지고 초조하고 불안해하고 신경질적인 모습이 불쑥 튀어 나올 때가 있었다.

문제는 그게 어떤 포인트인지 추측조차 할 수 없다는 것. 서운해서인지, 실망해서인지, 기가 막혀서인지. 만약 그렇다면 어떤 부분에서 서운하고 실망하고 기가 막힌 지 짐작조차 되질 않았다.

"이태진."

"……."

"뭐야. 왜 대답이 없어? 삐진 거야?"

"아, 아냐. 재밌게 놀아."

"너 목소리가 갑자기 왜 그래? 뭐 기분 나쁜 거 있었어?"

"아니, 아니야. 내가 기분 나쁠 게 뭐가 있냐? 자매가 오순도순 논다는데. 언니는 잘 지내지?"

"그럼. 요새 맡은 사건 때문에 좀 바쁜 거 빼고는."

"그나저나 집은 어때? 정말 그렇게 어마어마해?"

다행이다. 금방 원래의 태진으로 되돌아 왔다.

"응. 화날 정도로."

"왜 화가 나는데."

다시 명랑해진 목소리로 태진이 킥킥거렸다.

"도대체 선대부터 긁어모은 재산이 얼마 길래 이렇게 엄청난 집을 지을 수 있는 걸까. 그리고 그렇게 모으려 얼마나 많은 사람들로부터 착취해온 것일까 생각하면서도 그 앞에서 주눅 든 내가 바보 같아서."

"멍청아. 거기서는 화를 낼 타이밍이 아니지."

"그럼?"

"작정하고 덤벼들어야 할 타이밍이지."

"작정하고 덤벼들어?"

"그럼! 너 이게 보통 기회인줄 알아? 권 회장님 둘째 아들, 아직 미혼 아냐?"

"야야……. 됐거든. 난 남자 잘 잡아 인생역전 할 생각 따윈 없어."

"이봐라? 애가 무슨 헛소리야? 지금 당장 홀딱 벗고 덤벼들어도 모자랄 판에."

나현이 얼룩이 거의 사라진 치마를 탈탈 털었다.
"게다가."
그 순간 화장실 문손잡이가 스륵하고 돌아갔다.
"이런 집안에서 온실 속의 화초처럼 자란 남자한텐 관심 없어. 보나마나 비리비리하게 생겼을 거야."
문이 천천히 열렸다. 그 기척에 놀라 몸을 홱 돌리자 거치대 위에 아슬아슬하게 놓여있던 핸드폰이 욕실 바닥으로 쿵 떨어졌다. 나현은 손에 덜 마른 치마를 든 채 그 자리에 얼음처럼 굳고 말았다.
문 앞에는 건장한 체격에 키가 훌쩍 큰 남자가 서 있었다. 키도 엄청나게 컸지만 체격이 무척이나 좋은 남자였다. 받쳐 입은 검정 티셔츠 때문에 가뜩이나 넓은 어깨가 더 넓어보였고 두꺼운 셔츠 위로 탄탄한 가슴팍이 그대로 느껴졌다. 편안하게 입은 베이지색 면바지는 모델처럼 긴 다리 때문에 핏이 훌륭하게 뚝 떨어졌고 흐트러짐 없이 빗어 넘긴 머리가 금욕적이면서도 세련된 느낌을 물씬 풍겨주었다. 막 퇴근하고 옷만 갈아입은 모양이었다. 남자의 전신을 빠르게 훑던 나현의 시선이 얼굴로 향했다. 쌍꺼풀 없이 길게 찢어진 눈매에 오뚝한 콧날과 매끈한 턱선. 그림에서 툭 튀어나온 듯한, 말 그대로 그림같이 잘 생긴 젊은 남자였다. 하지만 남자는 심기가 불편한 모양인지 주머니에 손을 찔러 넣고는 찢어진 눈을 가늘게 뜨고 있었다.
그때였다. 심장이 쿵 하고 내려앉았다.
쿵. 쿵. 쿵. 쿵쿵. 쿵쿵. 쿵쿵쿵쿵.
내려앉은 심장이 맹렬하게 뛰기 시작했다.
뭐…… 뭐지?
갑자기 머릿속이 아득해지며 현실 감각이 사라졌다. 누가 붙들어 맨 것도 아닌데 무언가에 사로잡힌 것처럼 꼼짝도 할 수 없었다. 정체를 알 수 없는, 하지만 너무나도 압도적인 강렬한 감정이었다.
쿵. 쿵. 쿵. 쿵쿵쿵쿵.
심장 소리에 귀가 멍멍해져 왔다. 두근대는 정도가 아니었다. 심장이 미쳐 날뛰고 있었다. 어찌나 세게 뛰는지 가슴이 아려 올 지경이었다.
나현은 한참 동안 얼어붙은 듯 그 자리에 꼼짝없이 멈춰서 있었다. 순간 남자의 입 꼬리가 슬쩍 올라간 듯 보였다.
"뭐야? 막상 당사자가 앞에 있는데 왜 덤벼들지 못해요?"
남자의 시선이 곧장 나현의 얼굴에서 아래로 향했다. 그러고는 입가에 비틀린 미소를 지었다.
누…… 누구지?
심장은 왜 이렇게 뛰는 거야?
아니 그것보다 어디서부터 들은 거지?
아니……. 그것보다 뭘 보고…….
나현은 남자의 시선 끝을 따라 천천히 고개를 내렸다.
그리고.
"꺄아아아악!"
호들갑스러운 비명이 화장실 너머, 거실 너머, 저택 안에 가득히 메아리쳤다.

시원한 통유리창 너머 잘 꾸며진 정원 풍경이 한 눈에 들어오는 별채의 개인 서재. 화장실에서 보았던 남자가 심드렁한 얼굴로 소파에 앉아 서류를 넘겨보고 있었다. 나현은 다리에 자꾸만 들러붙는 축축한 베이지색 치마를 떼어내며 안절부절 못하고 서 있었다.
"죄…… 죄송합니다."
미진이 새빨개진 얼굴로 사과를 하고는 나현에게 눈짓을 했다.

"죄송합니다……."

"똑똑하고 센스 있는 젊은 직원이었으면 좋겠다고 말씀드린 것 같은데……."

남자가 서류철을 덮었다.

"홀딱 벗고 덤벼들 준비를 하는 여직원을 소개시켜줄 줄은 몰랐습니다."

'쪽팔려…….'

시선 둘 곳이 없었다. 화장실에서의 상황을 모르는 미진은 무슨 말이냐는 듯 나현을 향해 눈을 부라렸다. 미진의 시선에 더 숙일 것도 없었던 고개가 거북목처럼 쪼그라들었다.

"갤러리 홍에는 그렇게 인재가 없습니까?"

남자의 말에 나현의 심장이 맨바닥에 내동댕이쳐졌다.

"실망인데요."

마음이 다급해졌다. 분명 제 행동이 VVIP 고객의 집에 와서 보일만한 행동은 아니었지만 한 번의 실수 아닌가. 게다가 이대로 소문이라도 나 버리면 미진의 얼굴에 똥칠을 할 게 분명했다.

"저……!"

나현이 항변을 하려 입을 열었을 때였다.

"다른 인재도 많습니다만……."

미진이 먼저 말을 내뱉었다.

"나현 씨에게 기회를 주세요. 무슨 일이 있었는지 전 정확히 모르지만 마음이 상하셨다면 제가 대신 사과드리겠습니다. 여기 있는 송나현 씨. 겉보기에는 덤벙거리고 푼수처럼 보이지만,"

덤벙? 푼수? 팀장니임. 저 지금 더 이상 깎아 먹을 점수도 없다고요.

"솔직하고 꾸밈없는 직원입니다. 업무 능력은 출중하지만 겉으로 웃는 척하고 뒤에서 딴 짓하는 직원들 데려오라 하시면 얼마든지 데려오겠습니다. 하지만 실장님이 원하시는 사람 그런 사람 아니잖습니까. 제가 장담컨대 나현 씬 분명 실장님께서 믿을 만한 사람이 될 겁니다. 부디 마음 푸시고 나현 씨에게 기회를 한 번 주세요."

팀장니임······.

이만하면 역대급 감동의 쓰나미다. 미진이 저를 이렇게나 생각하는 줄 몰랐었다. 그동안 야근만 죽어라 시키고 거지같은 일만 산더미처럼 던져주길래 절 미워하는 줄 알았는데······.

나현이 감동에 도취된 얼굴로 미진을 바라보던 중이었다.

찌릿.

'넌 죽었어.'

살벌하게 이글거리는 미진의 눈빛. 누군가 눈빛만으로 사람을 죽일 수 없다 하였나? 아니다. 죽일 수 있다. 증거를 대보라 하면 저 눈빛을 보여 줄 테다. 보는 순간 숨이 턱 막힐 테니.

그럼 그렇지.

다시 고개를 돌리려 할 때였다. 무심코 앞을 바라보았다가 소파에 앉아 있던 남자와 정면으로 눈이 마주쳤다. 아까부터 절절매고 있는 나현을 바라본 모양이었다.

두근······!

눈이 마주치자 심장이 요란하게 뛰기 시작했다.

쿵. 쿵. 쿵. 쿵.

행여라도 들킬까 서둘러 시선을 피했지만 여전히 자신을 바라보는 남자의 눈길이 느껴졌다.

아. 이 와중에 심장은 또 왜 이리 뛰는 거야. 정신 차려. 심장아. 잘생긴 남자는 많이 봤잖아.

마음을 애써 달래보려 하여도 한번 뛰기 시작한 심장은 진정될 줄 몰랐다.

"됐습니다. 저도 그럴 생각은 없으니."

남자의 말에 나현이 고개를 번쩍 들었다. 제 귀가 잘못된 게 아니라면 분명 남자로부터 오케이 사인을 받은 것이다. 옆에선 미진이 입가에 슬쩍 미소를 짓고 있었다.

"가…… 감사합니다! 정말 열심히 하겠습니다!"

나현이 머리가 바닥에 닿을 만큼 허리를 90도로 냅다 굽혔다.

"그럼 이제 강 팀장님은 나가 보세요."

"네……?"

나현과 미진 모두 황망한 얼굴로 남자를 바라보았다.

"두 사람 다 뭐가 그렇게 불안한 표정입니까? 안 잡아먹습니다. 걱정 마시고요."

"아. 네, 알겠습니다."

미진이 불안한 얼굴로 나현에게 눈짓을 하고는 뒤돌았다.

'이따 보자. 넌 죽었어.'

책망하는 눈짓.

'밖에서 기다릴게. 살아서 돌아와.'

걱정하는 눈짓.

나현은 미진의 바짓가랑이라도 붙잡고 싶은 심정이었다. 앞에서 한기만 풀풀 풍기는 남자와 둘이서 도대체 무슨 말을 한단 말인가……!

탕 하고 문 닫는 소리와 함께 유일한 아군이 사라지니, 스스로가 포식자 앞에 식사 감으로 놓인 토끼 신세 같이 느껴졌다.

"계속 그러고 서 있을 겁니까? 앉아요."

남자가 턱으로 소파를 가리켰다. 긴장한 기색이 역력한 나현이 쭈뼛거리며 소파에 엉덩이를 걸쳤다. 남자는 소파에서 일어나 서재 오른쪽에 위치한 냉장고에서 물병을 꺼내 물을 따랐다.

"강 팀장한테 잘 보였나 봅니다."

"네?"

그리고는 컵을 들고 다시 소파로 다가왔다.

"강 팀장이 일에서는 누구보다 냉철한 프로인데 정에 약하죠. 겉모습은 찔러도 피 한 방울 안 날 것처럼 보이는데 생각보다 잘 휘둘리는 모양입니다."

비꼬는 거였다. 미진이 정 때문에 실력도 없고 중요한 자리에서 실수나 하는 나현을 데려왔다는. 남자가 아까 오케이를 한 것은 미진에 대한 신뢰 때문이었지 결코 자신을 믿어서가 아니었다. 나현은 입술을 깨물고 마음을 가다듬었다.

정신 차려. 지금부터는 네가 이 남자의 마음을 사로잡아야 해.

"추태를 보여 정말 죄송합니다. 화장실에서의 통화를 어디서부터 들으셨는지 모르겠지만 친구와 지극히 사적인, 어떤 의도도 없는 대화였고, 치마는 제가 커피를 쏟는 바람에……."

"상관없습니다."

남자가 냉정하게 말을 잘랐다.

"부리는 사람이 무슨 생각을 하던, 무슨 추태를 보이건 일만 똑바로 해준다면요. 대신 일처리도 이딴 식이면……. 그땐 제가 정말 가만히 있지 않겠죠?"

내뱉는 한 마디 한 마디에 냉기가 풀풀 흘렀다. 그렇게 차가운 말을 내던지고는 자기는 아무렇지도 않다는 표정이다. 분명 이런 말투와 행동이 이 남자의 일상 일 테지.

지독히도 차가운 사람.

눈앞에 앉아 있는 남자가 어떤 사람인지 알 것만 같은 기분이었다.

"통성명부터 하죠. 태한기획 아트사업실 실장 권기태입니다."

"정식으로 인사드리겠습니다. 갤러리 홍 전시기획1팀 갤러리스트 송나현입니다."

살짝 목 인사를 하고 고개를 드는 순간 정면에서 자신을 응시하고 있는 눈과 마주쳤다. 무어라 덧붙일 얘기가 나올 줄 알았건만 기태는 아무 말 없이 가만히 나현을 바라볼 뿐이었다. 어색하고도 불편한 침묵이 감돌았다. 주위를 감싸는 공기의 밀도가 한층 높아진 느낌이었다. 숨이 막혀온다고 생각한 순간 쿵 하고 또 다시 심장이 쿵쾅대기 시작했다.

쿵. 쿵. 쿵. 쿵쿵. 쿵쿵쿵쿵.

넓은 공간에는 적막만이 흘러 요란한 심장 소리가 밖으로 들릴 것만 같았다.

아. 진짜 왜 이러지?

아무리 생각해도 도저히 이해할 수 없었다. 잘생긴 남자를 보고 두근대는 것도, 심하게 긴장하는 바람에 심박 수가 올라간 것도 아니었다. 그저 정체를 알 수 없는 지독히도 강렬한 반응이라고 밖에 설명할 수 없었다. 생전 처음 보는 남자였다. 이만큼 격렬하게 심장이 뛸 연유 따윈 없었다.

그때 나현의 눈동자를 가만히 응시하던 기태가 시선을 돌렸다. 자신을 몽땅 빨아들일 것 같이 옭아매던 새까만 눈동자의 시선이 뚝하고 끊겼다. 문득 낯이 뜨거워졌다. 뻔뻔스럽게 시선도 피하지도 않고 한참을 마주하고 있었으니.

"저…… 강 팀장님께 들은 바로는…… 저한테 시키실 일이 있으시다고."

머릿속에 위험 신호가 감지되었다. 텁텁하게 가라앉은 공기에 숨이 막혀왔다. 이곳에 오래 있어봐야 좋을 것 없다는 예감에 서둘러 본론을 꺼냈다. 그 얄팍한 의도를 알아차린 듯 남자가 또 다시 입 꼬리를 올려 비릿한 웃음을 지었다.

"이 자리가 힘든 모양이죠?"

같이 있었던 시간은 단 5분이었지만 엄청난 피로감이 몰려왔다.

철저한 갑을 관계.

그것을 몸소 실감하는 중이리라.

"아, 아닙니다. 전 단지 어떤 일인지 빨리 알고 싶어서……."

"나현 씨는 혹시 야망 넘치는 타입인가요?"

"네?"

"그렇다면 이 일, 어디 한 번 잘 해보세요. 여부에 따라 강 팀장에 이어 제가 송나현 씨의 든든한 뒷배가 되어 줄 수도 있을 테니까요."

기태가 자리에서 일어났다. 엄청난 존재감에 나현은 자신도 모르게 덩달아 소파에서 일어났다.

"그만큼 저한테는 중요한 일입니다."

기태가 긴 다리로 성큼 성큼 서재 문을 향해 걸어갔다.

"따라오세요."

2. 그림을 찾습니다

 기태가 나현을 데려간 곳은 저택에서 자동차로 10분 남짓한 거리였다. 규모는 저택보다 훨씬 작았지만 유럽풍의 외관에 상당히 공을 들인 아담하고 이국적인 별장이었다.
 "뭘 그렇게 멍하니 보고만 있습니까? 안 들어와요?"
 기태를 따라 안으로 들어간 나현은 눈앞에 펼쳐진 어마어마한 광경에 입이 떡 벌어졌다.
 이…… 이게 다 뭐야?
 눈으로 보면서도 믿을 수가 없었다. 별장 거실 벽면에는 수십 아니 수백 개의 미술품이 진열돼 있었다. 정말이지 '억' 소리 나는 컬렉션이었다.
 "이 별장 전체가 미술관이라고 해도 될 겁니다. 1층 거실뿐만이 아니라 지하와 2층까지 방마다 그림들이 전시되어 있습니다. 항습항온 기계로 24시간 온도는 21도, 습도는 55% RP로 유지되어 있고 모든 창에는 자외선 필터를 씌워 그림 보관에 최적화된 환경을 유지하고 있습니다."
 앤디 워홀, 프란시스 베이컨, 르누아르, 모딜리아니, 천경자……. 모두 한 점에 억대에서 백억 대를 호가하는 그림들이었다. 하지만 무엇보다 나현을 경악하게 만든 건 별장을 가득 채운 그림들이 모두,
 초상화. 그것도 여인들의 초상화라는 사실이었다.
 나현은 거실 안 깊숙이 발걸음을 옮기며 사방을 둘러보았다. 바닥 중앙에 놓인 소파를 제외하고는 별달리 가구라 불릴 것도 없었다. 그만큼 하얀 벽면은 온통 여인의 초상화로 채워져 있었다. 하필 초상화라니. 그림들을 바라보고 있자 묘한 섬뜩함에 몸이 떨렸다. 수백 개의 눈동자가 자신을 침입자인 마냥 노려보고 있었다.
 '어라……? 그런데 이건 뭐지?'
 문득 가장 중간에 위치한 벽면의 빈 공간이 눈에 들어왔다. 벽면마다 초상화가 빽빽이 들어차 있건만 어찌된 노릇인지 가장 한 가운데라 불릴 수 있는 중간 위치의 공간이 텅 비어 있었던 것이다.
 "여긴 왜……."
 "비어있냐고요?"
 "네."
 "송나현 씨에게 부탁할 일이 바로 이겁니다."
 "별장 안의 그림 배치를 다시 해달라는 부탁이신가요?"
 "아닙니다."
 "그럼……."
 "여기 이 빈 공간에 걸려야 할 그림을 구해 달라는 게 제 부탁입니다."
 기태의 손이 중간에 텅 빈 하얀 벽면을 가리켰다.

'구체적으로 어떤 그림을 말씀하시는 건지…….'
'저도 모르니 나현 씨에게 부탁하는 겁니다. 여기에 어울릴만한 그림을 구해주세요.'
'아니 그래도 대충이라도 어떤 그림을 원하시는지…….'
'저도 모릅니다.'
'모른다면 어떻게 그림을 구해요?'
'구해 오시면 그 그림이 맞는지 아닌지는 알 수 있습니다.'

이것이 기태와의 마지막 대화였다. 도대체 이 무슨 황당한 이야기인가. 나현은 차창 밖으로 쏜살같이 지나가는 바깥 풍경을 멍하니 바라보았다. 청량한 푸른 하늘이 두 눈 가득 채워졌지만 가슴이 답답해져왔다.

"도대체 권 실장하고 무슨 얘길 했기에 그렇게 넋이 나간 얼굴이야?"

운전하던 미진이 나현의 얼굴을 힐끔 살폈다.

"아니에요. 그냥 별장에 있는 본인 컬렉션을 관리해 달라고 하셨어요."

게다가 절대 발설하지 말라는 당부도 있었다.

"아들 쪽 컬렉션은 어떻던? 그 아비에 그 아들이겠지만."

"뭐, 예상하시는 대로죠. 그나저나 권 회장님은 팀장님이 보여드린 컬렉션 마음에 들어 하셨어요?"

미진이 작정하고 파고들어 질문을 한다면 거짓말 할 재간이 없을 것 같아 재빨리 권 회장 쪽으로 화제를 전환했다.

"당연하지. 그 늙은 너구리같은 영감 취향은 내가 15년 전부터 완전히 꿰고 있으니. 그 자리에서 바로 전량 구입."

"역시 대단하시다. 우리 팀장님. 정말 팀장님의 안목과 영업력은 지구상에서 따라갈 사람이 없어요. 도대체 못 하시는 게 뭔가요."

나현이 두 엄지를 치켜세우자 미진의 입가가 씰룩거렸다. 웃음을 참는 모양이었다. 프로치고는 칭찬에 한없이 약하다는 것도 미진의 인간적인 면모 중 하나였다.
"그런데…… 자기, 오늘 그렇게 입고 남자친구 만나러 갈 거야?"
물기가 마르자 진한 커피얼룩이 베이지색 치마 위에 도드라져 보였다.
"커피 얼룩 때문에 엉망이죠? 이거 지상 씨가 얼마 전에 사준 치마인데 생일 때 입고 나오라고 했거든요."
"이그. 그래도 그거 입고 가는 건 영 아니다. 나랑 바꿔 입어."
"아니에요. 괜찮아요."
나현이 펄쩍 뛰었다.
"시끄러. 내 말 들어. 어디 그 꼴로 돌아다니려고."
한사코 사양하는데도 미진은 원하지 않은 배려를 베풀었다. 모든 게 다 절 생각해서라는 걸 알지만은.
팀장님. 그 치마 저한테 안 맞는다고요.

"고맙습니다. 팀장님. 여기 내려주시면 돼요."
"내일 봐. 오늘 남자친구랑 아주 찐한 시간 보내고."
미진의 차 꽁무니가 하얀 연기를 내뿜으며 시야에서 사라졌다. 나현은 시끌벅적한 인사동 골목길을 천천히 걷기 시작했다. 길가에는 골동품을 한가득 실은 노점상이 곳곳에 즐비해 있었다. 간혹 흥미로운 골동품들에 눈길이 간간히 머물긴 했지만 머릿속에는 온통 기태와의 마지막 대화가 맴돌았다.
자신의 컬렉션에 어울릴만한 그림이라니. 게다가 무슨 그림인지 자신도 모른다니. 이 무슨 해괴한 주문이란 말인가? 어쩌면 나현의 안목을 시험하려는 수작일 지도 모른다. 하지만 왜? 왜 재벌집 아들이 자신의 안목을 시험해야 한단 말인가. 생각할수록 오늘은 방문은 알쏭달쏭하기 그지없었다.

별장을 가득 메우는 수많은 여인들의 초상화, 가운데 텅 빈 공간에 어울릴만한 그림을 가져오라는 주문 그리고……

무엇보다 권기태라는 남자.

나현은 조심스레 자신의 심장 가까이 손을 가져다 댔다.

쿵.쿵.쿵. 쿵쿵. 쿵쿵쿵쿵.

생각하는 것만으로도 금세 반응했다. 처음 보는 남자에게 왜 이렇게까지 가슴이 뛰는 걸까. 설마…… 그 남자에게 한 눈에 반하기라도 한 건가? 그런 차가운 남자가 내 취향이었나? 나현은 심장에 손을 댄 채 곰곰이 과거의 기억을 더듬어 보았다. 하지만 이내 고개를 저었다. 아니다. 아무리 생각해 보아도 한 번도 그런 타입의 남자를 좋아해 본 적이 없었다. 오히려 반대였다. 제일 싫어하는 타입. 첫사랑도, 대학생 때 사귄 첫 번째 남자친구도 한없이 다정하고 상냥한 남자였다.

두근거리는 심장을 진정시킬 요량으로 깊게 숨을 들이마셨을 때였다. 문득 골목 귀퉁이에 조그맣게 차려진 노점상 하나에 눈길이 닿았다. 끝이 돌돌 말린 때가 묻은 서책, 청동 물병과 도기 그릇, 은비녀와 자물쇠까지. 하나같이 출처를 알 수 없는, 그저 오래되기만 한 것 같은 골동품들이었다. 그 앞에 서서 흥미로운 듯 물건을 이리저리 살피던 나현의 눈이 조금 커졌다. 둘둘 말린 두루마리 서첩 하나가 눈에 띄었던 것이다.

"아저씨. 이건 뭐예요?"

"뭐더라?"

50대쯤 되어 보이는 노점상 주인이 심드렁하게 대답했다.

"펼쳐 봐도 돼요?"

"그럼요. 가져가시면 더 좋고."

조심스레 먼지내가 폴폴 나는 두루마리를 펼쳐 보았다. 끈을 풀자 말려있던 두루마리가 촤락 소리를 내며 아래로 펼쳐졌다.

여인의 초상화였다. 그것도 오래된. 아주 오래된. 붉은 색의 옷을 입고 머리를 늘어뜨린 고운 여인이 단아하게 손을 모으고 있는 그림이었다. 나이는 열다섯? 열여섯쯤 되었을까? 아직 소녀티를 채 벗지 못한 여인이 볼을 붉게 물들인 채 수줍게 웃고 있었다.

어쩐지 나현은 그림에서 눈을 뗄 수가 없었다. 아니, 오히려 그림이 맹렬하게 시선을 잡아채고 있다고 해야 할까? 게다가 기묘하리만큼 익숙한 느낌…… 이 느낌을 뭐라고 하던가. 기시감이라고 해야 하나. 순간 시야가 빙글빙글 돌기 시작했다. 속이 울렁거리고 메스꺼웠다.

"어…… 어라. 그러고 보니 이 그림 딱 아가씨 건가 보네. 어쩜 이렇게 그림이랑 닮았어?"

노점상 주인은 몇 번이고 그림과 나현의 얼굴을 번갈아보았다. 듣고 보니 정말 그랬다. 그림 속 여인의 얼굴은 정말이지 자신과 꼭 닮아 있었다. 동글동글한 눈매도, 새하얀 얼굴에 붉은 뺨도, 도톰한 입술과 짧은 인중마저.

"그럼…… 나랑도 닮았나요?"

불쑥 뒤에서 목소리가 들렸다. 놀라 돌아보니 긴 갈색 웨이브 머리를 늘어뜨린 보현이 싱긋 웃고 있었다.

"언니! 뭐야. 왔으면 기척이라도 내지."

"네가 너무 심각하게 그림을 보고 있길래. 얼마나 심각한지 말도 못 걸겠더라."

"이 아가씨 언니 분이유? 친언니?"

노점상 아저씨가 나현과 보현을 번갈아 보았다.

"네. 친자매요."

"아이고. 어찌 이리 안 닮았어?"

"무슨요! 우리가 얼마나 닮았는데요. 요기 요 콧대 높은 거랑 쌍꺼풀 있는 것도 똑 닮았잖아요!"

 보현이 아저씨를 향해 버럭 했지만 무작정 아저씨의 말이 틀리다고 할 수도 없었다. 그만큼 두 사람은 닮은 구석이 없었다. 보현이 키가 크고 이목구비가 뚜렷한 서구형 미인인 반면 나현은 체구가 작고 호리호리한 편이었다. 이목구비 또한 보현처럼 시원시원하기 보다는 오밀조밀하고 동글동글한 타입이었다. 그나마 둘 사이에 비슷한 거라곤 헤어스타일과 옷 입는 스타일 정도였다. 둘 다 높은 힐에 세련된 오피스룩을 즐겨 입었다.

 아니, 어쩌면 그것 역시 어린 시절부터 보현을 닮고 싶어 했던 나현의 자연스러운 선택이었을지 모른다. 10살이라는 어린 나이에 부모를 잃고 세상에 단 둘이 남겨진 이후, 보현은 나현에게 엄마이자 언니이자 친구인 유일한 사람이었다. 평범했던 나현과 달리 활동적이고 사교성이 좋았던 보현은 학창시절 내내 전교 1등과 학생회장을 도맡아 했었다. 학교에서 뿐만 아니라 동네 슈퍼를 가더라도 아이스크림 하나 더 얹어 받아올 만큼 모든 사람들의 주목과 사랑을 받는 유명인이고 인기인이었다.

 항상 자신만만하고 당당한 언니. 예쁘고 공부도 잘하고 성격도 좋은 언니.

 '아아……. 네가 송보현 동생이었어?'

 '야! 송보현 동생!'

 '걔 있잖아. 보현이 동생.'

 덕분에 이런 말들은 귀에 딱지가 앉을 만큼 익숙했다. 그만큼 어딜 가던지 나현에게는 보현의 동생이라는 꼬리표가 붙어 따라다녔다. 남들은 잘난 언니를 둔 덕분에 고생이 많다며 안쓰럽게 바라보기도 했지만 나현은 되레 그런 보현의 그늘이 좋았다.

 "그림이 그렇게 맘에 들어? 내가 사줄까?"

나현이 두루마리 서화를 손에 든 채 내려놓을 생각조차 하지 않자 보현이 물어왔다.

"아니."

"그럼 왜 그렇게 뚫어져라 쳐다봐?"

"그냥…… 왠지 익숙한 느낌이 들어서."

"에이. 너 마음에 든 것 같은데? 괜찮아. 나 월급도 받았으니 사줄게."

대답이 없자 보현 역시 나현의 시선을 따라 그림을 한참 동안이나 바라보았다. 문득 보현의 시선이 흔들렸다. 기분이 좋지 않은 듯 짙은 눈썹이 꿈틀댔다.

"사지 말자."

보현이 단호하게 말했다.

"응?"

사지 말자는 말에 조금 아쉬운 마음이 들었다.

"생일 선물, 내가 더 좋은 걸로 해줄게."

보현이 싱긋 웃으며 나현의 팔을 잡아끌었다.

나현은 쭉 뻗은 테헤란로를 빠르게 걸었다. 미진에게 빌려 입은 보라색 스커트가 허리에서 휭휭 돌아갔다. 시계는 어느덧 8시 10분을 가리키고 있었다. 보현과 카페에서 수다를 떠느라 시간이 이렇게나 지체된 줄도 몰랐다. 지상이 예약한 레스토랑에서 기다리고 있을 터였다.

'바쁜 사람인데…….'

일분일초가 금쪽같은 사람이다. 오늘도 얼마나 힘들게 시간을 낸 건지 알면서도 늦어버렸다는 생각에 미안한 마음이 앞섰다. 서둘러 통유리로 된 엘리베이터를 타고 GR타워 28층에 내리니 스카이라운지 끝에 지상의 동그란 머리가 보였다.

"오래 기다렸어?"

몰래 다가간 나현이 지상의 어깨를 살짝 감싸자 깜짝 놀란 지상이 허둥지둥 핸드폰을 닫았다.

어……?

나현이 멈칫했다. 짧은 순간, 홱 하고 뒤를 돌아본 지상의 얼굴이 너무나도 낯설었기 때문이었다.

"미…… 미안해. 언니랑 수다 떠느라 시간 가는 줄 몰랐어."

그 생경함에 말까지 더듬었다.

"고작 10분인데 뭘. 오늘 생일인데 나한테 미안하다는 말로 시작할 거야?"

이내 원래의 다정한 얼굴로 되돌아 온 지상이 핸드폰을 옆으로 치우곤 싱긋 웃어보였다. 짙은 회색의 세련된 정장차림에 왁스로 깔끔하게 빗어 넘긴 머리, 말쑥하고 단정한 얼굴에 걸친 스마트한 은테 안경까지. 그야말로 전형적인 엘리트의 모습이었다.

그래, 눈앞에 보이는 게 진실이지.

나현은 아까 본 얼굴을 간단히 머릿속에서 훨훨 털어 버렸다.

잔잔한 재즈 음악이 흐르고, 창 너머에는 화려한 야경이 펼쳐져 있고 자신의 미래를 분홍빛으로 만들어 줄 똑똑하고 자상한 남자가 눈앞에 있었다. 모든 것이 완벽한 순간이었다. 나현은 알맞게 익은 스테이크를 한 점 잘라 입 안으로 삼켰다. 고기의 풍미가 향긋하게 퍼졌다.

"으음~"

행복감에 탄성이 절로 나왔다.

"그렇게 맛있어?"

"응. 배고팠나봐. 오늘 하루 아주 다사다난했거든. 있잖아. 오늘 무슨 일이 있었냐면은, 내가 저번에 말했잖아. 오늘 권 회장님 댁에 간다고."

속사포처럼 하루 동안의 일들을 풀어놓으려는 찰나, 테이블 위에 올려둔 지상의 핸드폰이 울렸다.

"별거 아냐. 확인 안 해도 돼. 계속 얘기해."

지상이 슬쩍 핸드폰을 확인하고는 뒤집어 옆으로 밀어 놓았다.

"응. 그러니까, 권 회장님은 우리 갤러리 VVIP 고객이거든. 그런데,"

딩동. 이번엔 핸드폰 문자 알림이 울렸다.

"급한 일인가 봐?"

딩동. 딩동딩동딩동. 핸드폰이 쉴 새 없이 울려댔다. 나현이 애매하게 웃으며 입을 다물자 지상이 오른쪽 엄지손톱을 물어뜯기 시작했다. 초조하고 불안할 때마다 으레 하는 버릇이었다.

"잠시만. 나 통화 좀 하고 올게."

지상이 핸드폰을 쥐더니 자리에서 일어났다. 멀어지는 뒷모습을 보며 나현은 몰래 한숨을 쉬었다. 최근 지상의 행동이 조금 이상해졌다. 다정하고 상냥한 모습은 그대로이나, 무언가에 쫓기는 듯 초조해 보였다. 먼저 얘기해 줄 때까지 기다리자 마음먹었으나, 역시 자신은 그에게 의지가 되지 못하는 걸까 자책하는 마음이 드는 것도 사실이었다.

꽤 오랜 시간이 흘렀다. 그새 입맛도 떨어져 포크로 애꿎은 접시만 툭툭 치고 있으려니 멀리서 통화를 끝낸 지상이 모습을 드러냈다.

"미안. 병원 공사 현장에서 급한 일이 있다고 호출이 왔네. 생일인데 정말 미안해."

"아…… 괜찮아. 어서 가 봐."

지상이 나현의 뺨을 다정하게 감싸곤 이마 위에 쪽하고 키스를 했다.

"뭐야. 지상 씨. 여기 사람들 안 보여?"

"뭐 어때? 다시는 볼 일 없는 사람들인데."

"우엑. 생일이라고 이런 서비스 안 해도 된다고. 어서 가 봐."

실망감을 애써 감추며 지상의 등을 떠밀었다.

"이번 주 토요일 시간 되지? 그때 제대로 보답할게. 미안해."

이번 주 토요일이 되면 또 미안하다는 전화가 오겠지. 이렇게 지키지도 못할 약속이 몇 번째였던가.

"알았어, 알았어. 얼른 들어가 보라고."

급하게 걸어가던 지상이 갑자기 뒤돌았다.

"아. 그 치마. 저번에 내가 사준거지? 이쁘네. 잘 어울려."

지상이 눈부신 미소를 지으며 싱긋 웃어보였다.

"아⋯⋯. 어어⋯⋯."

애써 얼굴에 미소를 띤 채 손을 흔들었다. 지상이 시야에서 사라지자 나현의 얼굴이 급격하게 굳어졌다.

오피스텔 단지 안으로 들어가는 발걸음이 자못 처량했다.

'27번째 생일. 평생 못 잊겠군.'

다사다난한 하루였다. 처음으로 회사에 지각을 하는가 하면, 생전 처음 보는 옆집 남자에게서 막말을 듣고, 생애 첫 VVIP 고객 앞에서 추태를 보였으며, 사귀는 남자는 밥 먹다가 자리에서 일어났다. 오기로 혼자 남아 지상이 남긴 스테이크까지 꾸역꾸역 입 안에 억지로 밀어 넣었더니 속이 더부룩했다.

"생일인데 뭔가 모르게 신세가 처량하네."

처지를 한탄하고 있으려니 문득 길바닥에 붙은 화살표 모양의 형광 종이가 눈에 들어왔다. 종이 위에는 매직펜으로 커다란 글씨가 쓰여 있었다.

[송나현이면 화살표를 따라오시오.]

형광 화살표를 따라가니 또 다른 화살표가 나타났다.

[어허. 송나현만 따라오라니까.]
화살표에서 태진의 목소리가 음성 지원되는 것만 같아 피식 웃음이 나왔다.
[27번째 생일 어땠어?]
"우울했어."
[그래서 준비했지!]
마지막 화살표인 듯 주위에는 다른 화살표가 보이지 않았다. 대신 길바닥에는 열쇠 하나가 놓여있었다.
"이게 뭐지?"
"뭐긴 뭐야. 열쇠지!"
열쇠를 주워 든 순간, 뒤에서 갑자기 나타난 태진이 어깨를 와락 붙들었다.
"아, 깜짝이야. 놀랐잖아!"
본능적으로 손바닥을 휘둘러 태진의 등짝을 스매싱했다.
"당연히 깜짝 놀라야지. 놀라라고 숨어 있다가 왝 하고 나온 건데. 이렇게 놀래줘야 보람이 있지. 넌 어떻게 사시사철, 365일, 24시간 이렇게 매일 걸려 드냐."
"너 죽을래? 심장 떨어질 뻔 했잖아."
"애는 안 떨어질 뻔 했고?"
"이게 죽으려고!"
들고 있던 가방으로 태진의 등을 팡팡 후려쳤다.
"아파, 아파."
"결혼도 안한 여자한테 막말한 죄다. 넌 더 맞아야 해!"
"짠!"
한 손으로 공격을 막아내던 태진이 등 뒤에서 무언가를 꺼내 나현의 눈앞에 내보였다.

"어?"

장미꽃이었다.

"뭐, 뭐야? 이게?"

"일단 받고 시작하자고."

"느끼해, 진짜. 답지 않게 왜 이래?"

그래도 싫지 않은 모양인지 나현은 장미꽃을 받아들고는 코끝에 대고 향기를 맡았다.

"고마워. 오늘 하루 우울했는데. 너 때문에 웃는다. 물론 어이없어서."

"에헤이. 이런 소박한 아가씨를 봤나. 이 정도에 만족하면 어떻게 해?"

태진이 나현의 손을 잡아끌었다.

"어디 가는데?"

"미리 말하면 재미없지! 따라와 보면 알아."

끌려 간 곳은 오피스텔 건물 뒤 지상 주차장이었다.

어……. 서…… 설마.

멀리서도 주차장 바닥에 깔린 하트 모양의 촛불이 눈에 들어왔다.

"야……. 야야……. 나 안 가……. 너 뭘 짓하려고 하는 거야?"

"임마. 잠자코 따라와. 모름지기 정석은 통하는 법이거든."

"안 가. 안 가. 나 이런 쪽팔리는 짓은 못 해!"

"오라니까! 나 저거 하느라 얼마나 고생했는지 알아?"

"하지 말라니까! 너 나 엿 먹이려고 하는 거지? 이 오피스텔에서 매장시키려고!"

"어떻게 알았냐? 생일 축하를 가장한 테러인데."

"죽을래? 나 내일부터 어떻게 얼굴 들고 다니라고!"

"그건 내 알 바가 아니거덩."

태진은 싫다는 나현의 손을 잡아끌고 기어코 하트 모양 촛불 가운데 세웠다. 지나는 사람들이 힐끔대며 두 사람을 쳐다보았다. 쪽팔림에 고개를 제대로 들 수조차 없었다. 스무 살 첫 연애 때도 하지 않던 짓이다. 남들 다 하던 커플 옷도, 공개 고백도, 오글거리는 건 칠색 팔색하던 자신인데……. 저놈의 장난질에 장단 맞춰 하트 모양 촛불 가운데 서 있으려니 스스로의 모습이 믿기지가 않아 헛웃음이 절로 나왔다. 그러거나 말거나 태진은 아랑곳 하지 않고 옆에 놓인 기타를 집어 올렸다. 드리링 하고 기타 줄을 한 번 훑더니 선율에 맞춰 천연덕스럽게 목청껏 소리를 뽑아내기 시작했다.

"생일 축하합니다아아~~아아우워어어어. 생일 축하 합니다아아아~워우워어어어. 사랑하는 나현이의예에에에예. 생일 축하합니다아워어어어."

발라드 창법으로 부르는 생일 축하 노래였다. 장난스러우면서도 결코 장난으로 볼 수 없을 만큼 구성진 목청과 기교에 그만 웃음이 터져 나왔다.

맞아. 이 자식 노래 하나는 기똥차게 잘 했지.

"푸하하하. 야! 진짜. 고만해……."

"어허! 끝이 아니야. 마지막 피날레가 남아있지."

태진은 기타를 내려놓고는 다가와 나현의 눈을 두 손으로 가렸다.

"눈 뜨면 안 돼."

"어차피 네가 가리고 있잖아."

슬쩍 실눈을 떠 보았지만 커다란 두 손에 가려져 아무것도 보이지 않았다. 나현은 태진이 이끄는 대로 조심스럽게 발을 옮겼다.

"아까 길바닥에서 주운 열쇠 있지?"

"응."

"그거 내 차 키다. 얼른 꽂아서 돌려봐."

더듬거리며 차 트렁크 열쇠 구멍에 열쇠를 꽂아 돌렸다. 태진이 나현의 눈을 가렸던 손을 내리고는 트렁크 문을 활짝 열었다.

"우와아아······."

순간 빛을 내는 풍선이 트렁크에서 한가득 나와 하늘로 넘실넘실 올랐다. 깜깜한 하늘에 반짝이는 빛. 그야말로 장관이었다. 나현은 넋을 놓고 풍선을 바라보았다. 공중에 둥둥 떠다니는 빛을 내는 풍선은 무수히 떠 있는 등불 같았다.

하늘에 떠 있는 등불?

익숙한 장면이었다. 너무 예뻐서일까? 눈물이 날 것만도 같았다.

나······ 이런 예쁜 장면을 본 적이 있나?

갑자기 가슴이 먹먹해져왔다.

"예쁘다. 진짜."

"네가 더 이뻐."

태진이 장난기 가득한 얼굴로 말했다. 짧게 자른 머리에 왼쪽 눈 옆에 있는 점이 그의 얼굴을 더 개구져 보이게 만들었다. 나현은 손을 뻗어 태진의 머리를 슥슥 쓰다듬었다. 항상 장난만 치고 진지한 구석이라곤 한 개도 없는 녀석이지만 이래서야 도저히 미워할 수가 없었다.

"고맙다. 나 우울했는데 너 때문에 생일 마지막은 좀 괜찮았어."

"짜식. 친구 좋다는 게 뭐냐? 이럴 때 써먹는 거지."

태진이 나현의 어깨를 감싸며 이마를 콩하고 때렸다.

"우리 집에 들어가자. 커피 마시고 가."

도어락 비밀번호를 누르자 오피스텔 현관문이 열렸다. 불이 환하게 켜져 있었다. 거실에 발을 디디자 방바닥의 훈훈한 열기가 전해졌다. 보현이 다녀갔던 모양이었다.

줄곧 함께 살던 보현은 한 달 전 서초동 로펌 앞에 새로 지어진 아파트로 이사를 갔다. 입사 3년 차라 한창 일이 몰리는 시기인데다 능력을 인정받은 보현이 여러 업무를 담당하게 되면서 출퇴근 시간이라도 줄여 보자는 심산으로 이사를 하게 된 것이다. 하지만 시간이 날 때면 보현은 이렇게 종종 나현의 집에 들르기도 했다.

가방을 내려놓고 주방으로 향하려니 문득 거실에 하얀 종이로 싸놓은 상자가 보였다.

"뭐지?"

상자 위에 놓인 카드를 펼쳐 보았다.

[마음에 들어 하는 것 같아서 샀어. 생일 축하해. 언니가.]

상자 안에는 짐작한대로 인사동에서 봤던 두루마리 서화가 들어 있었다. 그림 속 붉은색 옷을 입은 여인이 수줍게 미소 짓고 있었다.

"뭔데?"

소파에 앉아있던 태진이 일어나 다가왔다.

"언니가 선물 놔두고 갔나봐."

"선물?"

태진이 한동안 말없이 그림을 바라보더니 시선을 떼지 않고 무심하게 물었다.

"그림…… 맘에 들어?"

"아니."

나현은 한 치의 망설임 없이 대답했다.

* * *

"가져가시오. 입지 않을 것이오."
허름한 삼베옷을 입은 여자가 선홍색의 비단옷을 바닥에 던졌다.
"이러시면 아니 됩니다. 곧 낭중 나으리께서 오실 시간입니다요."
여자의 앞에 선 시종들이 쩔쩔매며 비단옷을 집어 올렸다. 여자는 입을 앙다문 채 아무 말도 하지 않았다.
"아직도 이 차림인 걸 아시면 노하실 겁니다. 불호령이 떨어질 겁니다요. 제발 목이 그 자리에 붙어 있으려면 제 말 좀 들으십시오."
갑자기 문이 열리며 무장을 한 병사들이 들이닥쳤다. 여자의 어깨가 움찔했다. 가장 앞에 서 있던 서늘한 눈매의 남자가 시종의 손에 들린 비단옷을 바라보았다.
"당장 입히지 않고 무엇들 해!"
시종들이 우르르 여자에게 다가갔다. 손과 발을 막무가내로 잡고 여자가 입고 있는 삼베옷을 억지로 벗기기 시작했다.
"놓으시오. 이게 뭐하는 짓이오. 당장 그만 두시오!"
"설화 아씨. 제발…… 제발 가만히 계세요. 그게 모두가 사는 길입니다."

쾅쾅쾅. 쾅쾅쾅쾅.
나현은 어렴풋이 들리는 소음에 눈을 떴다. 눈가에 촉촉하게 눈물이 맺혀있었다. 뭐가 이렇게 슬픈 걸까. 왜 이리 가슴이 먹먹해 오는 걸까.
그리고……. 설화.
꿈속에 나오는 여자의 이름이었다.
"설화."
나현은 입 밖으로 소리를 내어 이름을 발음해 보았다. 낯설지 않았다.

오히려 지금까지 그 이름을 몰랐던 게 이상하게 느껴질 만큼 친숙한 이름이었다.

"설화……. 설화……."

하지만 분명 부르는 것보다 그리 불리는 게 더 익숙했을 것만 같은 이름.

쾅쾅쾅.

또다시 옆집에서 엄청난 소음이 들려왔다. 꿈에서 느낀 슬픈 감정이 채 가시기도 전, 귓가를 때리는 소리에 나현은 인상을 찌푸렸다. 그리고는 신경질적으로 벽에 걸린 잠바를 꺼내 걸치고 현관문을 나섰다.

똑똑.

"저기요."

현관문을 두드렸지만 안에서는 아무런 대답이 없었다. 대신 요란한 기계음만이 계속 흘러나왔다. 드릴로 벽에 못이라도 박는 모양이었다.

"계세요?! 옆집이에요."

"아, 네. 잠시만요!"

안에서 소음이 멈추더니 예의 경쾌하고 시원한 젊은 남자의 목소리가 들려왔다. 우당탕거리는 소리와 함께 문이 열리자 조금 긴 듯한 갈색 머리카락을 헝클어뜨리고 수염이 제멋대로 자란 키가 큰 남자가 서 있었다.

"아니. 도대체 왜 자꾸 아침부터—."

"옆집 살죠!?"

옆집 남자가 다짜고짜 말을 잘랐다.

"네에."

"하아……. 진짜 다행이다. 반가워요!"

옆집 남자는 능글맞게 웃으며 나현의 손을 덥석 잡았다.

"뭐…… 뭐하는 거예요?"

"진짜 죄송한데. 제가 너무 급해서 그런데……."
"네……?"
"혹시 드라이버 좀 빌릴 수 있어요?"

나현은 옆집 남자의 집 거실에 우두커니 서서 가구를 조립하는 그의 널따란 등을 바라보았다. 남자 옆에는 자신이 가져다 준 드라이버와 망치, 줄자 등이 굴러다니고 있었다. 처음에 드라이버만 빌린 남자는 또 다시 나현의 집 문을 두드려 망치를, 그리고 다음번엔 줄자를 빌려갔다. 남자가 네 번째로 문을 두드렸을 때 나현은 참지 못하고 짜증을 내려던 참이었다.

'왜요? 뭘 또 빌리려고요?'
'저기…… 혹시 라면 있어요? 제가 급히 외국에서 귀국하느라 환전을 하나도 못해 돈이 없어서…….'
귀가 의심스러웠다. 라면……? 라면을 달라고? 그때 옆집 남자의 집에서 우당탕하고 무언가 떨어지는 소리가 들렸다.
'으악! 기껏 조립해놨던 가구가 떨어졌나 봐요. 하여간 제 집으로 라면 좀 부탁할게요!'
옆집 남자는 라면을 부탁한 채 자신의 집으로 후다닥 들어가 버렸다. 라면을 가지고 올 나현을 배려한 차원이었는지 현관문은 열어 둔 채였다.
'아! 냄비도요!'
나현은 왜 자신이 라면 두 봉지를 들고 옆집 거실에 서 있는 건지 이해할 수 없었다. 기분 좋은 첫 만남도 아니었건만 이번엔 얼렁뚱땅 남자의 페이스에 휘말려 든 것 같았다.
"하아……. 다 됐다!"
옆집 남자는 완성된 탁자를 툭툭 두들기고는 바닥에서 일어났다. 몸이 찌뿌둥한 모양인지 크게 기지개를 한 번 켰다.
"고마워요. 덕분에 무사히 마쳤어요. 이사하는 거 보통 일이 아니네요. 라면 먹고 갈 거죠?"
"네? 제가 왜요? 라면 달라고 한 건 그쪽이잖아요. 그리고 무슨 아침 댓바람부터 라면이에요?"
"그런데 두 봉지 갖고 오셨잖아요."
"네?"
정말 남자의 말대로 자신은 라면 두 봉지를 들고 있었다.
"그…… 그건 왠지 한 봉지만 덜렁 주면 좀 야박해보여서."
"에이. 같이 먹어요. 두 봉지나 가지고 왔는데. 이웃사촌 좋다는 게 뭡니까. 난 주연호예요. 그쪽은?"
"송나현."

나현은 테이블 맞은편에서 후루룩거리며 라면을 먹고 있는 남자를 물끄러미 쳐다보았다. 늘어진 목 티에 작업 바지를 입고 있지만 단단한 체격과 큰 키 덕분에 전혀 후줄근해 보이지 않았다. 어딘가 거친 모습에 자유분방 해 보이는 미남자였다.
특히나 웃을 때 반달처럼 휘어지는 눈웃음이 무척이나 매력적이었다. 눈이 마주치자 연호가 싱긋 웃었다. 눈이 활처럼 휘어졌다. 눈웃음치는 남자라니. 여자 여럿 저 눈웃음에 꼴딱 넘어 갔을 것이다.
"네네. 저 잘생긴 거 알아요. 그렇게 안 보셔도 압니다요."
"무슨 소리예요?"
"제 잘생긴 얼굴 감상하는 중 아니었어요?"
"아.닌.데.요? 티에 묻는 밥풀이나 떼고 얘기하시죠?"
나현은 톡 쏘아붙이고는 괜시리 젓가락으로 라면을 휘저었다.

"그런데…… 외국에서 급하게 오셨나 봐요? 환전도 못하고 오셨다면."
"그러게요. 자다 말고 그대로 비행기 타고 왔네요."
"무슨 일이 그렇게 급했길래요?"
"계속 찾고 있던 사람을…… 드디어 찾았거든요."
연호가 찡긋 눈웃음을 치며 말했다.
"엄청 중요한 사람인가 봐요. 그렇게 서둘러 올 정도면."
"그렇죠. 정말 오랫동안 찾아 헤맸으니."
외국에서 왔다고 했으니 자신을 버린 엄마라도 찾은 걸까? 정말 오래라니. 얼마동안 찾아 헤맨 거면 정말 오래라는 말을 할 수 있는지 문득 궁금해졌다.
"얼마나요?"
"음……. 천 년?"
미친…….

어이없는 표정을 숨기지 않았으나 연호는 개의치 않고 들뜬 얼굴로 라면 먹기에 열중하고 있었다. 이상한 사람이었다. 옆집 사람에게 스스럼없이 무언가를 빌려 달라 말하다니. 외국에서 오래 살다 와서 각박한 서울 인심을 모르는 사람이거나 21세기 버전 이웃 간의 룰 따위는 무시하는 간 큰 인간임이 분명했다. 하지만 묘하게 편한 사람이기도 했다. 불과 한 시간 전만해도 전혀 모르는 사이였건만 대화를 하거나 같이 있는 상황이 어색하지 않았다.

대체 뭐하는 인간이지? 슬그머니 고개를 들어 거실을 둘러보았다. 곳곳에 캔버스와 유화 물감이 나뒹굴고 있었다. 그림을…… 그리는 모양이었다. 나현은 슬쩍 곁눈질로 연호의 얼굴을 살폈다. 최근 데뷔한 신인 작가 혹은 공모전 입상자 프로필 명단을 떠올렸지만 찾을 수 없는 얼굴이었다. 아마도…… 길거리에 좌판 깔고 그림을 팔거나 아주 잘 봐줘야 데뷔를 준비하는 무명작가 정도겠지. 그림을 그리냐고 물어볼까 잠시 망설였지만 괜한 주제가 될 것 같아 입을 다물었다.

"잘 먹었어요. 고마워요."
눈웃음을 치며 붙잡는 바람에 라면 한 그릇을 뚝딱하고 커피까지 얻어 마셨다. 게다가 정신없이 수다까지 떨고 말았다. 갤러리 홍 2팀 사람들 흉에, 집주인 욕까지 한바탕 늘어놓고 보니 한 시간이 훌쩍 지나버렸다. 문가에 서서 고맙단 인사를 하려니 묘하게 감사할 상황이 뒤바뀌어 버린 데다 만난 지 몇 시간도 안 된 남자의 페이스에 휘말린 것 같아 이상한 기분이 들었다.
"에이. 그건 제가 할 말이죠. 나현 씨 덕분에 이사도 무사히 마치고 아침도 잘 먹었습니다."
"겨우 라면이었는데요. 뭘…… 전 그만 가볼게요."
"나현 씨!"
고개를 다시 끄덕이고 뒤돌아서려는데 연호의 목소리가 나현을 붙들었다.
"이상하게 듣지 말고…… 아니다. 이런 말을 하니 더 이상하네. 혹시 최근에 이상한 일 겪은 거 없어요?"
연호도 자신의 질문이 괴상하다는 걸 아는지 겸연쩍은 얼굴로 머리를 긁적였다. 이상한 일? 이상한 일에 대한 기준이 무엇이냐 되물으려 하다 물음을 목구멍으로 삼켰다. 이야기가 길어질 것만 같아서였다.
"이상한 일요? 오늘 같은 일 말인가요?"
순간 연호가 한 대 얻어맞은 것 같은 얼굴로 웃음을 터뜨렸다. 원하던 대답은 아니었지만 마음에 드는 대답이었나 보다.
"아하하하. 맞아요, 나현 씨. 그렇게 생각할 수도 있겠네요. 으하하하."

청량감 넘치는 웃음소리였다. 의도적인 눈웃음보다는 소리 내어 웃는 게 참…… 예쁜 사람이었다.

"너 왜 거기서 나와?"

갑자기 뒤에서 서늘한 목소리가 들렸다. 현관문 앞에 인상을 찌푸린 지상이 서 있었던 것이다.

"지상 씨……. 이 시간에 여긴 어떻게……."

"네가 왜 거기서 나오냐고!"

"아, 아니야. 오해야. 이분은 옆집에 새로 이사 오신 분인데……. 드라이버가 없어서 내가 빌려드렸다가…… 어쩌다보니 아침식사 같이 한 거야."

당황한 나현의 입에서 뒤죽박죽이 된 이야기가 흘러나왔다.

"세상 천지에 어떤 사람이 옆집에 이사 왔다고 같이 아침을 먹어? 너 제정신이야?"

지상의 성난 목소리가 복도에 쩌렁쩌렁 울렸다. 맞는 말이었다. 생각이 짧았다.

"미안해……."

"죄송합니다. 남자친구 분이 있는 줄은 몰랐네요. 제가 외국에서 오래 살다 와서 한국에서 이런 일이 실례인지 몰랐습니다. 제가 있던 곳은 이사를 오면 이렇게 이웃들을 초정해서 대접하기도 하거든요."

연호가 대신 항변해 보았지만 지상은 더욱 인상을 찌푸릴 뿐이었다.

"일단 들어가서 얘기하자."

지상은 연호를 한참 쏘아보더니 나현의 집 현관문 비밀번호를 누르곤 먼저 집 안으로 들어가 버렸다. 쿵하고 문이 세게 닫혔다.

"이런……. 죄송해서 어쩌나……."

연호는 미안한 듯 뒷머리를 긁적였지만 어쩐지 전혀 미안해 보이는 표정이 아니었다.
"아니에요. 제가 죄송하죠. 아침부터 고약한 소리 듣게 해서."
"뭘요. 어찌됐건 얼른 남자친구 기분 풀어주고 화해해요."

거실에 들어서니 지상은 소파에 앉아 짜증 섞인 손길로 넥타이를 끄르고 있었다.
"미안."
"나 요새 병원 개업 때문에 바쁘고 힘든 거 알잖아. 너까지 정말 이러지마."
다소 누그러든 목소리였다.
"미안. 내가 실수했어. 다신 안 그럴게."
지상이 대답 대신 다정하게 나현의 허리를 안았다.
"그런데 이렇게 아침 일찍 어쩐 일이야?"
"이번 주 토요일 약속 못 지킬 것 같아서 출근하기 전에 얼굴이라도 보고 싶어 찾아 온 거야."
"……토요일도 바빠?"
역시나. 슬픈 예감은 틀린 적이 없다.
"응. 진짜 정신이 없다. 미안해. 같이 못 놀아줘서."
나현은 지상 모르게 작은 한숨을 내쉬었다. 제대로 얼굴 보고 같이 식사한 게 언제 적인지 기억도 나지 않았다. 병원 개업 때문에 바쁘다는 건 알고 있었지만 이렇게 얼굴 한번 보기 힘들 줄 몰랐다.
"근데 이건 뭐야?"
지상의 시선이 소파 테이블 위에 놓인 두루마리 서화를 향해 있었다.
"아. 그거? 언니가 생일 선물로 준 거야. 인사동 노점상에서 산 거. 나랑 닮았지?"

지상이 나현의 허리에서 손을 풀고 서화를 들어올렸다.

"너랑 진짜 많이 닮았네. 그런데 이거 엄청나게 오래된 것처럼 보인다. 언제 그려진 거야?"

"글쎄. 그건 잘 모르겠어. 나 현대 미술 전공이잖아. 아, 그러고 보니 지상 씨 고미술 쪽에 관심 좀 있지 않았어?"

"응. 할아버지가 취미가 고미술품 수집이었으니까. 집 안 창고에 항상 가득했었지."

"그럼 어때? 이거 돈 좀 되겠어?"

나현이 장난스레 물었다.

"되겠어? 인사동 노점상에서 샀다며. 오래 된 것처럼 보이도록 종이 표면처리 같은 건 제법 잘 했는데……. 보나마나 누가 돈 좀 받고 그려준 거겠지."

그림을 이리저리 둘러보는 지상의 눈이 반짝였다.

* * *

거대한 초상화의 무덤.

나현은 기태의 별장을 그렇게 밖에 부를 수 없었다. 하나같이 아름다운 여인을 그린 훌륭한 작품임에도 이렇게 한 장소에 모아 놓고 나니 섬뜩한 느낌이 들었다. 별장 2층의 오른쪽 복도 첫 번째 방에서 나현은 2시간째 사방에 걸린 그림들을 꼼꼼하게 살펴보고 있었다. 그러다 느낌이 좋은 그림이 있어 사진을 찍으려 휴대폰을 들이댔다.

"사진은 안 됩니다."

팔짱을 끼고 문가에 삐딱하게 기대선 기태가 말했다. 오늘도 퇴근하고 옷만 갈아입은 모양인지 흐트러짐 없이 깔끔하게 넘긴 머리에 어울리지 않은 편한 복장이었다.
"아래층 거실 비어 있는 공간에 어울릴 만한 그림을 갖고 오라고 하셨잖아요. 그러려면 실장님이 갖고 있는 다른 그림들에 대한 정보도 충분히 있어야……."
"지극히 개인적인 컬렉션이에요. 외부로 유출되는 거 기분 나빠할 거라는 생각, 안 해봤어요?"
"외부로 유출하지 않아요. 그냥 저만 보려는-."
"나현 씨 핸드폰에 저장되어있다는 사실 자체가 유출입니다."
툭툭 내던지는 한 마디 한 마디가 여전히 얼음장처럼 차가웠다.
"죄송합니다."
나현은 기분이 상한 채 핸드폰을 다시 집어넣었다. 어쩜 저리도 쌀쌀맞게 얘기하는지. 원래 성격이 저리 냉기가 풀풀 나는 건지 애초부터 자신이 밉상으로 찍혀 그런 건지 알 수가 없었다. 처음부터 말이 안 되는 주문이었다. 본인도 모르는 그림을 무슨 수로 가지고 온 단 말인가.
"실장님. 이대로는 도저히 그림 못 가지고 올 것 같아요. 어떤 그림을 원하시는지 조금이라도 말씀해주실 순 없나요?"
"저도 모른다고 말씀드렸습니다만."
속이 답답해졌다.
"그림을 가져와 달라고 얘기해 놓고선 아무런 단서도 없고, 무작정 어울릴만한 그림이라고 하면 어떻게 해요……."
"이게 쉬운 일이면 국내 최고인 갤러리 홍, 거기에서도 최고라고 자부하는 강 팀장님 팀에게 부탁했겠습니까?"
"그래도…… 여자 초상화인건 맞으시죠?"
기태가 대답 대신 빳빳하게 세운 고개를 한 번 끄덕였다.
"여기 있는 작품들 고전 미술, 현대 미술, 한국화, 중국화 다 있네요.

도대체 여자 초상화라는 것 빼고는 공통점이라는 게…… 단 한 가지도 없어요. 정말이지 참…… 취향이 참…….”
"왜요? 취향이 참 변태스럽다는 말을 하고 싶으신 겁니까?"
속이 뜨끔했다.
"아뇨. 참 한결같다고 말씀 드리려던 참이었는데요?"
"적어도 일관성이 있잖습니까."
"그렇죠. 쭈욱ㅡ. 처음부터 끝까지 여자 얼굴이니까요."
"그러니까 그림 찾는데 좋은 단서 아닙니까?"
"그렇네요. 세상 천지에 여자 얼굴은 지구상 인구 중 딱 절반만큼 밖에 안 되니까요. 실장님의 취향이 제 수고를 딱 절반만큼 줄여주셨네요."
아차. 순간 입을 합하고 다물었다. 독기가 올라 저도 모르게 꼬박꼬박 말대답을 하고 만 것이다.
"두 번째 본다고, 이제 제가 막 편한 모양입니다?"
"아……. 죄송합니다. 제가 주제넘게."
진심 없이 자동 반사적으로 나온 사과에 기태가 피식하고 웃음을 지었다.
엇……. 지금 웃은 건가?
처음 보는 그의 웃음이었다. 속이 아니, 가슴이 울렁거렸다.
"그럼 먼저 내려가 있겠습니다. 천천히 보다 내려오세요."
기태가 시야에서 사라지고 계단을 내려가는 소리가 멀어졌다. 그제야 긴장이 풀린 듯 스르르 어깨에 힘이 빠졌다. 독기가 올라 오늘은 저도 모르게 말대답을 해댔지만 재벌 2세가 아니더라도 정말이지 대하기 힘든 남자였다. 얼음장같이 차가운 얼굴과 말투는 차치하고서라도, 좀처럼 속을 알 수 없는 사람이었다. 특히나 까만 눈동자로 자신을 빤히 바라볼 때는 전신에서 힘이 쭉쭉 빠져나가는 느낌이 들곤 했다.

정말 기라도 빨리고 있는 거 아냐?

빨리 이곳을 벗어나는 게 상책이다 싶어 나현은 별장 안 10여 개가 넘는 방마다 전시된 초상화를 다시 살피기 시작했다. 사진도 못 찍게 하니 열심히 메모라도 하는 수밖에. 그렇게 한참을 메모에 열중한 와중이었다. 4번째 방을 나오려는데 문득 이상한 느낌이 자신의 뒷머리를 잡아챘다.

어라……? 이 느낌은 뭐지?

나현은 이미 지나쳐온 3번째와 2번째 방의 문을 열어젖혔다. 그리고는 방 안 가득히 진열된 그림을 휙 빠르게 둘러보았다.

역시나…… 자신의 느낌이 맞았다. 분명 걸려있는 그림들은 일관성을 찾아 볼 수 없을 만큼 뒤죽박죽이었다. 작품들은 나라별로, 연대별로 걸린 것도 아니고, 미술 사조별로 걸린 것도 아니었다. 어떤 방에는 조선시대 미인도와 현대 미술의 대가 프란시스 베이컨의 여성 누드화가 같이 걸려있기도 했다. 그런데…….

묘하게 방마다 비슷한 느낌이 들었던 것이다.

'도대체 왜. 왜 방마다 비슷한 느낌이 들었던 거지? 유사성이라곤 전혀 없는 그림들인데.'

한층 부풀어 오른 의문을 안고 1층으로 내려오자 거실 중앙에 자리한 소파에서 기태가 책을 보고 있었다. 뻥 뚫린 듯 아무것도 걸려있지 않은 거실 벽면의 빈 공간과 기태의 모습을 번갈아 보니 압박감이 느껴졌다. 몰래 한숨을 내쉬며 발걸음을 내딛었을 때였다. 갑자기 책을 보고 있는 그의 모습에 흐릿하게 다른 남자의 모습이 겹쳐 보이는 게 아닌가.

눈이 왜 이러지? 눈을 세게 비비곤 두어 번 끔뻑였다. 시야가 흐릿했지만 분명 긴 도포를 두른 남자의 모습이었다. 너무 피곤했나? 이상한 게 보이네.

"구경은 다 했습니까?"

서늘한 목소리가 귓가를 때리자 겹쳐보이던 남자의 모습이 어느새 스르륵하고 사라졌다.

"네."

"그럼 이제 가져올 수 있는 건가요?"

울컥했다. 이 자식이 정말…… 장난하는 것도 아니고. 나현이 대답 대신 미간을 찌푸리자 기태가 피식하고 웃었다.

또다. 또 웃었다.

가슴 언저리가 묘하게 간질거렸다.

"그런 표정 안 지어도 됩니다. 장난입니다. 나 그 정도로 몰인정한 사람은 아니거든요."

"그럼 기한이 언제까지 인가요?"

내일까지라고 말하기만 해봐라.

"원래는 올해 말까지였지만."

기태가 보던 책을 덮고 일어났다. 그리고 천천히 다가왔다.

……!

순간, 나현이 뒷걸음질 쳤다. 본능적인 움직임이었다. 기태가 다가오자 자신도 모르게 뒤로 물러선 것이다.

"생각이 바뀌었어요. 우리 매주 봅시다."

나현이 눈을 동그랗게 떴다.

"네? 매주요?"

"네. 매주요. 매주 그림을 한 점씩 가져 왔으면 좋겠어요."

* * *

등 뒤로 별장 대문이 쿵하고 닫혔다. 겨우 2시간 남짓 그곳에 있었지만 하루 종일 과한 업무에 시달린 듯 온 몸이 녹진녹진 지쳐왔다. 일보다는 같이 있었던 사람이 문제인 듯싶었다. 오늘은 기태가 가까이 다가오자 자신도 모르게 뒷걸음질까지 쳤다.

이제 그 정도로 어려운 사람은 아니건만. 무서······웠나?

터덜터덜 힘없이 평창동 골목길을 걸어 내려가고 있으려니 핸드폰이 울렸다.

"네. 팀장님. 이제 끝나고 사무실로 복귀하고 있어요."

"수고했어. 지금 6시인데 그냥 그 곳에서 곧장 퇴근하지?"

"아니에요. 오백흔 화백 전시회 작품 판매 현황 리스트 정리도 못 끝냈고, 이틀이나 작품 보관실 마감 업무 예정이한테 부탁했거든요. 오늘은 제가 가서 해야죠."

"자기 일 열심히 그리고 아주 잘 하는 거 아니까. 이렇게 쇼윙할 거 없어. 진짜 그냥 집에 가. 그 말 하려고 전화한 거야."

"팀장님······."

"자기, 요새 얼굴 엄청 안 좋은 거 알아?"

"제가요?"

"그래. 옆 팀에서 수군거린다고. 1팀 강 팀장이 얼마나 혹사시키면 팀원 얼굴이 하나같이 저 모양이냐고."

"괜찮은데······."

"잔말 말고 오늘은 바로 들어가서 좀 쉬어. 알겠지?"

"네. 감사해요. 팀장님. 제가 팀장님 엄청 사랑하는 거 알죠?"

"그 애정. 성과로 좀 보여주라."

"헤헤. 알겠어요."

나현은 전화를 끊고 거울을 꺼내 얼굴을 이리저리 비춰 보았다. 움푹 꺼진 퀭한 눈, 턱 밑까지 내려온 다크 서클, 푸석한 피부. 미진의 말 대로 아주 엉망이었다. 하지만 좋을 리 없지 않은가. 몇 주 동안 제대로 잠을 자지 못했으니. 아무런 꿈도 꾸지 않고 편히 잔 게 언제였는지 기억이 나질 않았다. 벌써 3주째 매일 꾸는 꿈은 점점 생생해져 갔고, 잠에서 깨어나 현실로 돌아오는 데까지의 시간도 점점 길어졌다. 이제는 꿈에서 깨어나면 한동안 자신이 꿈속에 나오는 설화인지, 나현인지 분간이 되지 않을 정도였다. 그 과도한 동화 현상에 나현은 감정적으로 점점 지쳐갔다.

'그래. 팀장님 말대로 집에 가서 잠이나 자자. 오늘은 제발 좀 푹.'

그리고는 갑자기 푹신한 침대가 간절히 그리워져 서둘러 평창동 골목길을 내려가던 중이었다. 가방 속에 넣어두었던 핸드폰이 울렸다.

"지상 씨?"

한창 바쁠 시간이었다. 보통 늦은 저녁때나 전화하곤 했는데 이 시간에 그에게서 걸려온 전화는 조금 의외였다.

"일하는 중이야?"

"아니. 이제 집에 가려고."

"그럼 평창동?"

"응. VVIP 고객 자택 방문했다 가는 길인데, 여기도 평창동이라."

"아……."

지상의 목소리가 잦아들었다.

"그런데 왜?"

"그냥. 목소리 듣고 싶어 전화했지."

어쩐지 힘 빠진 목소리였다.

"만날까? 내가 병원 쪽으로 갈까?"

푹신한 침대가 그리웠지만 지상의 기운 없는 목소리가 마음에 걸렸다.

"아니야. 퇴근한 환자들 몰려들 타이밍이라 바빠. 그냥 머리 식힐 겸 목소리나 듣고 싶었어."

나현이 슬그머니 미소를 지었다. 가끔씩 보여주는 의외성이 기특한 남자였다.

"너무 무리 하지 말고. 오늘은 일찍 들어가."

"응. 알았어. 너도 조심히 들어가."

나현은 핸드폰을 가방 속에 집어넣고 다시 바쁜 걸음으로 비탈길을 내려갔다.

엘리베이터가 10층에 멈추자 나현은 지친 몸을 이끌고 현관문 앞에 섰다. 얼른 따뜻한 물로 샤워를 하고 침대로 들어가고 싶다는 마음뿐이었다. 현관문 손잡이를 잡고 비밀번호를 누르려는데,

문이 닫혀 있지 않았다.

아주 조금이지만 문이 열려 있던 것이다.

'서…… 설마.'

현관문으로 향하는 손이 떨렸다.

부…… 분명히 닫고 나왔는데.

손잡이를 홱 잡아당겨 문을 활짝 열자 엉망이 된 집안 모습이 고스란히 눈에 들어왔다. 가구들은 모두 쓰러져 있거나 엎어져 있었고, 서랍 안 물건들이 모두 아무렇게나 꺼내져 있었다. 파랗게 질린 나현이 뒷걸음질 쳤다. 심장이 입으로 튀어나올 만큼 쿵쾅댔고 사지가 떨려 제대로 서 있을 수도 없었다.

딩동. 그때 뒤에서 엘리베이터가 멈추는 소리가 들렸다.

"어. 나현 씨? 왜 그러고 서 있어요?"

뒤에서 연호의 목소리가 들렸다. 나현은 천천히 연호를 향해 고개를

돌렸다.
"도…… 도둑이 들었었나 봐요."

3. 마지막의 시작

"괜찮아요?"

연호가 내미는 머그잔 위로 수증기가 모락모락 피어올랐다. 나현은 떨리는 손으로 머그잔을 감싸 쥐었다.

"고마워요."

"지금 경찰들이 조사하고 있으니 여기서 잠시만 기다려요."

넋이 나간 얼굴로 고개를 끄덕였다.

"오늘 저 집에서 자긴 힘들 것 같고. 어디 갈 데 있어요?"

"네. 언니 집으로 가면 돼요."

그때 수사를 마친 경찰관 두 명이 연호의 집으로 들어왔다.

"조사는 끝났는데. 혹시 없어진 물건이 있는지 확인해 보시겠습니까?"

자리에서 일어나려던 나현이 비틀거리자 단단한 손이 어깨를 감싸 안았다.

"같이 가줄게요. 너무 겁먹지 말아요."

집안은 한바탕 태풍이 휩쓸고 지나간 자리처럼 엉망진창이었다. 침실과 서재로 쓰는 작은 방을 둘러보았지만 제 자리를 찾지 못한 잔해더미 속에서 없어진 물건이 금방 떠오르진 않았다. 가전제품도 옷가지와 가방들도 그대로였고 귀중품 따위는 애초부터 갖고 있지 않았다.

"지금 집안 꼴이 너무 엉망이라 뭐가 사라졌는지 모르겠어요."

"그렇긴 하시겠죠. 그래도 집에 귀중품 같은 건 없으십니까?"

경찰관이 물었다.

"네, 없어요."

문득 머릿속에 한 가지가 떠올랐다. 냉큼 침실로 가 옷장을 열어보니. 역시나 사라졌다. 그 자리에 있어야 할 게 없었다.

"도대체 뭘 하길래 전화를 안 받는 거야."

트렁크를 끌고 보현의 아파트 출입문 앞에 선 나현이 통화 버튼을 다시 눌렀다. 아까부터 보현에게 몇 번이나 전화를 했지만 신호음만이 계속 울릴 뿐이었다.

'이를 어째야 하나.'

엉망진창이 된 집에서 잘 수는 없는 노릇이었다. 다시 트렁크를 끌고 아파트 단지를 빠져나온 나현이 손을 흔들어 택시를 잡았다.

"청량리역으로 가주세요."

택시가 내린 곳은 지상의 병원 앞이었다.

'봄봄 성형외과'

번쩍번쩍한 새 건물에 개업한지 얼마 안 된 병원 간판이 반짝였다.

'한창 바쁠 텐데 좋아하진 않겠지.'

하지만 도둑이 든 집으로 돌아가 잘 용기는 도저히 나지 않았다. 결심한 듯 트렁크의 손잡이를 꾹 쥐어 끌며 건물 안으로 들어갔다.

벌써 저녁 8시. 병원 영업시간이 끝나가는 시간이었다. 나현은 조심스럽게 병원 문을 열었다.

"실례합니다."

이상했다. 병원 안이 텅 비어있었던 것이다. 인테리어도 하나 만 모양새였고, 집기류 하나 없이 내부는 텅 비어 있었다. 지상은 지난 주 병원을 개업했다고 이야기했다. 물론 수상한 점이 없진 않았다. 요 근래 부쩍 피곤해 보이고 신경질적이었으며, 늘 누군가에게 쫓기는 듯 초조해 보였으니까. 하지만 병원 개업에 문제가 있을 것이라고 생각하진 않았다. 나현은 핸드폰으로 지상에게 전화를 걸었다.

"응. 어쩐 일이야?"

"아니. 그냥 목소리 듣고 싶어서 전화했지. 지상 씨. 그런데 지금 어디야?"

"어디긴 어디야. 내가 이 시간에 있을 데가 병원 밖에 더 있어? 병원에 있지."

"……."

"나현아. 왜 그래? 무슨 일 있어?"

"아냐. 일은 무슨. 아무 일도 없어. 오늘 우리 잠시 볼까? 내가 병원으로 갈게."

"아……."

지상의 목소리가 잦아들었다.

"나 오늘 병원 식구들하고 저녁 모임 있거든. 미안해."

"괜찮아. 선약인데 뭘. 나중 다시 연락할게. 술 적당히 마시고 조심히 들어가."

전화를 끊고 한동안 아무 말도 할 수 없었다. 무슨 일이 생긴 게 분명했지만 그는 감추고 싶어 했다. 속이 바짝 타들어갔지만 나현은 힘없이 발걸음을 돌렸다.

 사무실 벽면에 걸린 시계가 어느덧 12시를 가리키고 있었다. 나현은 책상 위에 놓인 핸드폰을 확인했다. 벌써 며칠째 보현과 연락이 되지 않았다. 드문 일이었다. 부모님이 돌아가신 이후, 아무리 멀리 떨어져 있어도 보현은 하루에 한 번씩 나현에게 전화를 걸어왔다.
 집에 도둑이 든 날, 나현은 지상의 병원을 나와 다시 보현의 집으로 향했다. 도중에 몇 번이나 전화를 걸었지만 도통 통화가 되지 않았다. 어쩔 수 없이 무작정 보현의 집으로 들어가 기다렸다.
 그날 보현은 새벽 2시가 넘어서야 집으로 들어왔다. 무척이나 지치고 불안한 얼굴이었다. 그저 요즘 맡은 업무가 힘들구나 생각하려 했지만 그토록 초조하고 긴장한 모습은 처음이었다. 게다가 나현이 그림을 도둑맞았다고 하자 경악에 찬 얼굴이라니…….
 '어쩌자고…… 어쩌자고 그 그림을 도둑맞은 거야?'
 '나도 모르겠어. 집으로 돌아와 보니 문이 열려있었고 그림은 없어졌어.'
 보현이 입술을 꽉 깨물었다.
 '나현아……. 내 말 잘 들어. 그 그림은…… 아니다. 나중에 다 설명할게. 나현아. 그 그림 무슨 일이 있어도 다시 찾아야 돼. 알겠지?'
 '경찰에 신고했으니 곧 연락이 오겠지.'
 '나현아. 너 요즘 주위에서 이상한 일 없었어?'
 '이상한 일? 어떤 일?'
 어제 옆집 남자와 같은 질문이었다.
 '수상한 사람이 접근한다거나……. 예전에 꾸던 꿈을 다시 꾼다거나.'

나현은 소스라치게 놀랐다. 한 번도 꿈에 대해 보현에게 애기한 적 없었다.

'예전에 꾸던 꿈……? 언니가 그걸 어떻게 알아?'

'……'

보현은 흔들리는 눈빛으로 나현을 바라보았다.

'언니 오늘 좀 이상해. 무슨 일 있는 거야?'

'아니야. 아무 일도 없어. 어쨌건 나현아. 위험한 일이 생길지도 몰라. 그리고 너에게 몇 명의 남자들이 접근해 올지도 몰라. 하지만 믿어선 안 돼. 그 누구도. 알겠지?'

'응. 알았어.'

'내 말 명심해. 그 누구도 믿지 마.'

그렇게 말하는 모습이 자못 비장해 보이기까지 했었다.

싱숭생숭한 기분으로 보현의 집에서 하룻밤을 보낸 뒤 출근을 했다. 정신없이 이리 뛰고 저리 뛰며 업무를 소화하고는 아직 난장판 그대로일 집으로 향했다. 보현의 집에서 갤러리 홍까지 출퇴근하기에 너무 먼데다, 그림을 도난당했다는 말을 한 이후로 보현도 정신이 없어 보였기 때문이었다. 쓸데없는 걱정을 끼친 것은 아닌가 싶어 더 같이 지내자는 보현의 말에 괜찮다고, 언니 덕분에 많이 안정되었다 말해주고는 집으로 향했었다.

언제든 내 편일 언니가 있다는 사실에 안도하며 어지러운 집을 정리했다. 심하게 걱정하는 모습이 마음에 걸려, 정리 마치고 안전하게 있다고 안부 전화를 하려고 했지만 보현은 벌써 3일 째 전화를 받지 않았던 것이다.

나현은 다시 핸드폰의 통화 버튼을 눌렀다. 신호음이 한참이나 울렸지만 여전히 보현은 전화를 받지 않았다.

대체 무슨 일이라도 생긴 걸까.
 "송나현! 점심 먹으러 안 가?"
 태진이 사무실 앞에서 얼굴을 비쭉 내밀고 나현을 불렀다. 태진은 바로 옆 팀인 전시기획2팀에 근무하고 있었다.
 "잠깐만 기다려."
 나현은 책상 위 서류를 한 곳에다 몰아놓고 자리에서 일어섰다.

 "왜 그렇게 죽을상이야?"
 입 안에 넣은 돈가스를 우걱우걱 씹으며 태진이 물었다.
 "아냐."
 "무슨 일인데……. 얼굴에 나 무슨 일 있어요. 딱 써 놓고선. 보는 사람 불안하게 왜 그래?"
 "실은…… 언니가 좀 이상해."
 갑자기 태진의 얼굴이 굳었다.
 "……보현 씨가?"
 "야. 네가 갑자기 우리 언니더러 보현 씨라고 하니까 이상하잖아."
 "아, 미안. 어떻게 이상한데?"
 "네가 더 이상해. 우리 언니 일인데 왜 그렇게 관심이 많아?"
 "어떻게 이상한데? 말을 해봐."
 태진의 목소리가 이상하게 떨려왔다.
 "너 왜 그래? 우리 언니 일에. 신경 쓰지 마. 그냥 좀 바쁜 거겠지. 얼른 점심이나 먹자."
 괜한 걱정이겠지, 머릿속을 털어내고 내려놓았던 젓가락을 다시 집어 들었을 때였다.
 "어떻게 이상한데! 빨리 말을 해보라고!"

태진이 테이블을 쾅하고 내리쳤다. 얼굴마저 시뻘겋게 달아올라 있었다. 식당 안에서 식사 중이던 사람들이 수군거리며 둘을 바라보다.
"태진아……. 너 왜 그래? 갑자기."
"제발…… 제발 말 좀 해봐. 보현 씨가 어떻게 이상한지."
절박해 보였다. 곧 울 것만 같은 얼굴이었다.
"3일 동안 연락이 안 돼."
그 기세에 눌려 나현이 얼결에 말을 내뱉었다.
"왜 말 안했어……."
삽시간에 얼굴을 일그러뜨리고는 태진은 그대로 음식점을 뛰어 나갔다.
"야! 이태진! 너 왜 그래? 밥 먹다 말고 갑자기 무슨 일이야!"
뛰어가는 태진을 나현이 부지런히 뒤쫓았다. 길가로 나간 태진이 지나가던 택시를 세워 재빠르게 올라탔다.
"태진아! 아저씨. 잠시만요! 저도 탈게요."
나현도 태진을 따라 택시에 올랐다.
"너 어디가?"
아무 말도 없었지만 태진을 알고 난 이후 처음 보는 무시무시한 얼굴이었다.
"서초동 유일 아파트로 가주세요."
놀란 나현이 태진을 쳐다봤다.
태진의 입에서 나온 주소는 보현의 집 주소였다.

택시가 서초동 유일 아파트 앞에 멈춰 서자 태진은 조금의 망설임도 없이 단지 안으로 향했다. 너무도 익숙하게 출입문 비밀번호를 누르는 모습에 어안이 벙벙했다. 엘리베이터에서 내리자마자 태진은 곧장 702

호로 향했다.

우리 언니 집은 어떻게 알았냐, 비밀번호는 또 어떻게 알고 있는 거냐, 태진의 뒤를 졸졸 쫓으면서 물어볼 말이 산더미였지만 무시무시한 그의 기세에 입을 다물 수밖에 없었다. 그새 보현에 대한 걱정을 날아가고 두 사람의 관계에 대한 궁금증이 일기 시작했다.

'헤매지도 않고, 비밀번호까지 알고 있는 것 보면 한두 번 온 게 아니란 얘긴데.'

먼저 현관문 앞에 선 태진이 비밀번호를 눌렀다. 버튼을 누르는 손이 미세하게 떨렸다.

"이번에도 너무 늦었으면 어떻게 하지."

아마도 혼잣말이었을 것이다.

삐비비빅. 손잡이가 돌아가고 현관문이 천천히 열렸다. 열린 문 틈 사이로 태진과 나현이 발을 내딛었다. 방바닥이 얼음장같이 차가웠다. 며칠 동안 난방을 가동하지 않은 모양이었다.

"언니⋯⋯. 언니 집에 있어?"

나현이 침실 문을 열었다. 단정하게 정리된 이불보가 눈에 들어왔다.

"언니! 있으면 대답 좀 해봐!"

목청껏 보현을 부르며 서재와 거실을 둘러보았지만 어디에서도 그녀의 모습은 보이지 않았다.

"집에 없는 거 같은데? 대체 이 여자 어딜 간 거야. 그만 가자."

허탈해진 나현이 현관으로 향하는 와중이었다.

"잠깐만."

태진이 나현을 불러 세우곤 욕실로 발걸음을 옮겼다. 그러고 보니 욕실에서 졸졸졸 물 흐르는 소리가 들렸다.

"에이. 집에 있었나 보네. 샤워하나 보다."

돌아서려는데, 발아래가 축축했다. 욕실에서 흘러나온 물 때문이었다. 자세히 보니 물 색깔이 조금 이상했다.
핏……물?
나현은 천천히 욕실 문손잡이를 잡고 문을 열었다. 그리고는 그대로 얼어붙고 말았다.
거짓말……. 아니야…….
아…… 아니야……. 이건 아니야……. 현실이 아니야…….
눈앞에 펼쳐진 광경은 지독히도 비현실적이었다. 새빨간 핏물이 출렁이는 욕조 안에 한 여자가 천장을 보고 누워 있었다. 물에 둥둥 뜬 검은 머리카락이 핏물을 따라 일렁이고 있었다. 욕실 바닥은 욕조를 넘쳐흐른 핏물로 가득 차 있었고 샤워기에서는 여전히 뜨거운 물이 흘러나오고 있었다. 태진이 욕조로 달려가 보현을 품에 끌어안았다.
"안돼! 안돼애! 안돼……! 으아아아아아…….”
목을 쥐어짜는 듯한 절규가 온 집 안을 쩌렁쩌렁 울렸다. 다리가 후들후들 떨렸다. 머리가 빙글빙글 돌았다. 정신을 차릴 수가 없었다. 갑자기 이상한 기억들이 몰려왔다.
그리고 정신을 잃었다.

시간이 얼마나 흐른 걸까. 방 안이 온통 깜깜했다. 일주일? 아니 한 달? 시간관념을 잃은 지 오래였다. 기절했다 깨어나 보니 이틀이나 지나 있었고, 완전히 넋이 빠진 상태로 장례를 치렀다. 장례식장에서도 두어 번 탈진했고 두어 번 졸도했다. 회사에서 2주간의 휴가를 받았지만 아직 2주가 되지 않았는지, 2주를 훌쩍 넘었는지 알 수가 없었다.
손목을 그었다……고 한다.
보현은 그 전날 9시쯤 집으로 들어가 11시 이후에 스스로 목숨을 끊었다. 경찰은 보현의 시신이 내내 뜨거운 물에 담겨 있어 제대로 된 사망 추정 시각을 확인하기 힘들다고 했다. 뜨거운 물을 계속 틀어 놓았기 때문에 손목에서부터 철철 흘러나온 피는 욕조를 넘어 바닥까지 핏물로 물들였다. 당시 입고 있었던 하얀 블라우스와 베이지색 스커트도 핏물에 절어 있었다.

경찰은 한동안 몇 번이나 나현을 찾아와 보현의 인간관계와 행적에 대해 질문을 했다. 아는 한에서 최선을 다해 답했고, 얼마 안가 수사는 자살로 종결됐다. 모든 것이 지독히도 현실감이 없었다.

언니가 죽었다.

이제야 겨우 실감이 났다. 실감하고 나니 제일 먼저 든 생각은 보현이 없는 세상 따위 살고 싶지 않다는 것이었다. 이대로 깜깜한 방 안에 처박혀 있다가 죽어 버렸으면 싶었다. 나현이 다시 이불을 다시 머리끝까지 끌어올렸을 때였다.

딩동, 하고 초인종 소리가 들렸다. 지금껏 몇 사람이나 걱정을 핑계로 찾아 왔는지 모른다. 하지만 한 번도 문을 열어준 적이 없었다. 10여 분만 버티면 저쪽에서 먼저 나가떨어질 것이다. 고작 그 정도 애정일 테지.

딩동. 딩동딩동.

몇 번의 초인종 소리가 들리더니 이내 멈췄다. 나현은 다시 이불을 머리끝까지 끌어 올렸다. 하지만 윙하는 기계 소리가 집안에 울려 퍼지자 침대에서 벌떡 일어날 수밖에 없었다. 분명 제 집 현관문에서 나는 소리였다. 누군가 기계로 현관문이라도 뜯어내려 하는 모양이었다. 맨발로 뛰쳐나간 나현이 현관문을 벌컥 열었다.

"이봐요! 미쳤어요? 여긴 사람 사는 집……!"

나현은 집 앞에서 팔짱을 끼고 삐딱하게 선 남자의 얼굴을 본 순간 경악하지 않을 수 없었다. 그는 뛰쳐나온 나현을 보고는 눈길을 한 번 흘끗

주더니 '아예 뜯어버리세요. 책임은 제가 집니다.'라며 마치 제집인 양 수리공들에게 이러저러한 지시를 내리고 있었다.

"권…… 실장님? 지금 뭐하시는 거예요?"

"보면 모릅니까? 문 떼어 내리고 하고 있죠."

"아니. 남의 집 문을 왜 떼어내는 거냐구요!"

"당최 나올 생각을 안 하니 밖에서 억지로라도 들어가는 수밖에요."

이 기가 막히고 황당한 논리에 입이 떡하니 벌어졌다.

"이렇게 나왔으니 됐습니다. 철수하세요."

기태가 문을 떼어내던 수리공들에게 말했다.

"들어가도 됩니까?"

물어 뭘 해. 대답도 듣기 전 기태는 긴 다리로 성큼성큼 집 안으로 들어오더니 거실 소파에 털썩 앉았다. 아닌 밤중에 홍두깨 마냥 얻어맞은 나현이 반격도 못한 채 황당한 얼굴로 맞은편 의자에 앉았다.

"실장님. 이게 대체 무슨 행패세요? 남의 집 현관문을 떼어내려는 것도 모자라 마음대로 들어오시고. 이거 주거 침입인거 모르세요?"

"바락바락 대들면서 따질 힘도 있고, 이제 기운이 좀 나는 모양입니다."

"제 얘기 들으셨겠지만…… 아직 저 제정신 아니에요. 저 도발하지 마세요. 실장님이 우리 회사 VVIP인거 알지만 저 지금 눈 돌아서 막말할지도 몰라요."

"어떤 막말이요?"

"야, 이 개자식아. 넌 세상에 하나뿐인 언니를 잃은 사람 집에 무단으로 처들어오고 싶냐? 개념은 어디로 처말아 먹고 사람에 대한 예의를 얻다 팔아먹은 거야! ……라고요."

기태가 나현을 보며 피식 웃었다.

"언니에 대한 애도예요? 아님 자기 연민이에요? 혹시 언니에 대한 감정보다는 혼자가 된 자기 자신이 불쌍한 것 아니냐고요."

"그…… 그게 지금 할 소리예요?"

"나한테는 정곡을 찔려서 감추고 싶어 소리치는 걸로밖에 안 보이는데요."

움켜쥔 주먹이 덜덜 떨렸다. 인간에 대한 최소한의 연민도, 공감의 능력도 상실한 최악의 인간. 여기까지 와서 고작 지껄인다는 소리가 저 따위다.

"네가…… 네가 뭘 아는데! 뭘 아는데 그딴 소리를 지껄이냐고! 우리 언니가 나한테 어떤 존재였는지…… 어떻게 아냐고……. 내 마음이 뭔지 어떻게 아냐고!"

"……."

"그리고 애도가 아니면 어때! 우리 언니도 불쌍하고 나도 불쌍해! 나도 내가 불쌍하단 말이야……! 이제 나 진짜 고아란 말이야. 우리 언니 없이 내가…… 내가 앞으로 어떻게 살아!"

그렇게 고래고래 악다구니를 쓰고 한참 동안이나 험한 말을 더 쏟아냈던 것 같았다.

"으어어엉……. 언니……. 언니……. 불쌍한 우리 언니……."

도중엔 다리에 힘이 풀려 주저앉아 땅을 치며 울기도 했다. 가슴 아래까지 깊이 쌓인 덩어리를 토해내는 느낌이었다. 그렇게 바닥을 치며 엉엉 울었다. 눈물 콧물 있는 대로 다 흘리며.

긴 시간이 흘렀다. 그렇게 얼마나 울었을까. 더 이상 흘릴 눈물도 없었다. 다른 사람 탓을 하며 실컷 울어보니 속이 뻥 뚫리는 느낌이었다.

"실컷 울었습니까?"

아까와는 비교도 할 수 없을 만큼 부드러워진 목소리였다.

"……네."

 나현은 눈물을 닦으며 마른 얼굴을 쓸어내렸다. 혼자 울고불고 난리를 치고 난 다음 몰려드는 민망함 때문이었다.

"욕하고 험한 말 한건 죄송해요……. 아깐 너무 제정신이 아니었어요."

"괜찮습니다. 남의 집 현관문을 통째로 떼어내리려고 했던 것도 제정신이 아닌 거니. 그리고 자기 연민이니 했던 말 진심 아닙니다. 진심으로 사과할게요. 당연하지요. 가족을 잃었는데. 나현 씨 마음 모르는 거 아닙니다. 나도 비슷한 경험이 있었으니까요. 얼마나 괴로울지도 힘들지도 압니다."

 처음으로 들어보는 다정한 말에 고개를 들어 기태를 바라보았다. 기태는 그런 스스로가 어색한 듯 나현의 눈길을 피해 고개를 돌렸다.

"하지만 어쩝니까. 살아있는 사람은 살아야지요. 다들 그렇게 제 몫의 괴로움을 안고 살아가더군요. 나현 씨만 특별한 거 아닙니다. 우리 모두 다 주위의 사랑하는 사람을 잃고 그 괴로움을 감내하면서 살아가더군요."

"그래도 언니 없이 앞으로 어떻게 살아야 할지 모르겠어요."

 또 다시 눈물방울이 뚝 하니 떨어졌다.

"빨리 일상으로 되돌아 와야 방법도 찾을 수 있겠죠."

 병원에서도, 장례식에서도 많은 사람들이 나현에게 위로의 말을 건넸다. 하지만 대부분의 말들은 '어떻게 하니……' '많이 힘들지…….'의 범주에서 크게 벗어나지 않았다. 너무 큰 비극 앞에서 남겨진 사람을 어찌 대해야 할지를 몰랐던 사람들은 언니의 죽음이라는 일이 얼마나 큰 고통인지, 나현이 얼마나 큰 슬픔에 빠져 있어도 되는지 만을 거듭해서 이야기했다. 모두가 겪는 일이라고. 하지만 많이 고통스러운 일이라고. 이제 그건 네가 안고 살아가야 할 네 몫의 고통이라고 이야기해준 사람은 기태가 처음이었다. 담담하게 내뱉은 말들 하나하나에 진심이 담겨 있었다. 그리고 어렴풋하게 같은 경험의 흔적들도 보이는 듯 했다.

"비슷한 경험이라면……. 실장님도 저와 비슷한 일을 겪은 적이 있다는 말씀이신가요?"

기태는 예상했던 질문이라는 듯 천천히 고개를 끄덕이며 희미한 미소를 지었다. 더 캐물어보고 싶었지만 누군가의 상처를 헤집어 위안을 삼고 싶진 않았다. 나현은 기태의 눈빛에 담긴 뜻을 헤아리곤 이내 화제를 전환했다.

"그런데 오늘 여긴 어떻게 오신 거예요?"

말을 내뱉고 나니 그제야 정말 그의 방문이 의아하게 생각되었다.

"송보현 씨……. 나현 씨의 언니 맞습니까?"

"네, 맞아요. 그런데 설마 그걸 물으러 오신 건 아닐 테고……."

"사실 송보현 씨가 죽기 전 절 찾아왔었습니다."

"네? 뭐라고요?"

나현은 자신의 귀를 의심했다.

"언니가 실장님을 찾아갔었다고요? 아니 왜요? 도대체 실장님을 어떻게 알고요? 원래 알던 사이였나요?"

"아니요. 처음 보는 사람이었어요. 그런데 회사로 무작정 찾아와 절 보겠다고 로비에서 소란을 일으켰죠."

"언니가요?"

"처음보자마자 한 말이 자신은 송나현의 언니다. 꼭 하고 싶은 말이 있다. 아주 중요한 말이라고 하더군요."

아무리 이성을 잃었다 하더라도 보현은 언제나 예의 바르고 경우를 아는 사람이었다. 그런데 무작정 동생이 일하는 회사의 고객을 찾아가 소란을 피우다니……. 믿을 수 없는 이야기였다.

"언니가 그럴 리 없어요! 아니 도대체 왜 언니가……. 언니는 실장님을 알지도 못하잖아요!"

"믿기지 않겠지만 사실입니다. 그리고는 편지 하나를 건네더군요. 꼭 읽어달라고."

"무…… 무슨 편지요?"

"미안하지만, 그때는 그냥 미친 여자인 줄만 알았어요. 그냥 비서에게 건네주고 버리라고 했죠."

나현은 고통스러운 듯 입술을 깨물었다.

"그리고는 안심하지 못하는 것처럼 몇 번이고 얘기했어요."

"뭐라고요? 언니가 뭐라고 하던가요?"

"나현이를 살려달라고. 그렇게 말하더군요. 미친 여자라고 생각하기에는 너무나도 절박해 보이는 얼굴이었어요."

* * *

무려 3주 만의 출근이었다. 나현은 숨을 한번 크게 쉬고는 사무실 문을 열었다.

"선배님!"

예경이 벌떡 일어나더니 눈시울을 붉혔다.

"죄송합니다. 저 이제야 돌아왔어요."

면목이 없어 고개를 숙이고 있으려니 미진이 다가오는 소리가 들렸다.

"힘들었지?"

따뜻한 한 마디에 왈칵 눈물이 나올 것만 같았다.

"돌아올 때까지 기다려 주셔서 감사해요. 이제 많이 추슬렀으니 못 다한 일 열심히 할게요."

"괜찮아. 우리 하나도 안 바빴어. 쉬엄쉬엄 적응해."

해문이 애써 밝은 목소리로 말했다. 보현의 장례식장에서도 번갈아가며 자신의 곁을 지켰던 사람들이었다. 정신이 나가 있는 자신을 대신해 장례 절차를 밟아주는가 하면 쓰러져 병원에 있는 동안에도 매일 같이 찾아왔다. 보현이 없어도 결코 혼자가 아니라는 걸 깨닫게 해준 고마운 사람들이었다. 이 은혜를 잊어서는 안 된다.

"고맙습니다. 정말요……. 이 은혜 잊지 않을게요."

눈시울이 붉어졌다. 덩달아 미진과 예경도 눈물을 글썽였다.

"아, 뭐야. 이러지 말자고. 응? 나중에 거국적으로 내가 자리 한번 마련 할 테니 우리 그때 울고불고 하자고."

해문이 휘이휘이 손을 휘저으며 무거워지려는 분위기를 애써 무마하자 다들 무언의 동의를 하며 자리를 찾아 돌아갔다. 나현도 책상 위에 가방을 풀어 놓고 PC를 켰다. 3주나 자리를 비웠다. 할 일이 산더미 같을 것이다. 보현이 죽었어도 일은 해서 먹고 살아야 한다. 새삼 일상의 무게가 느껴지는 순간이었다.

"그런데…… 2팀의 태진 씨는 도대체 어떻게 된 거야?"

옆 자리의 해문이 물었다.

"네? 태진이가 왜요?"

그러고 보니 방안에 틀어박혀 지낸 3주 동안 태진에게서 연락 한 번이 없었다. 이상한 일이었다. 항상 나현의 일이라면 가장 먼저 발 벗고 나섰던 태진 아니었던가.

"태진 씨도……. 3주째 결근이야. 휴직 했다고 하더라고."

"정말이에요?"

"응……. 네가 회사 안 나오기 시작한 그 날부터였어."

나현이 바로 핸드폰으로 꺼내 연락처 목록에서 태진을 찾아 전화를 걸었다.
'지금 거신 번호는 사용자의 요청에 의해 중지된 번호로…….'
도대체 어떻게 된 일일까.
"중지된 번호라고 나오는데요?"
"그러니까……. 그래서 지금 2팀 팀장도 곤란한 상황이라고 하더라고. 휴직 신청을 해서 받아주긴 했는데 언제 복직 가능하냐고 물으려고 해도 도통 연락도 안 되고……. 혹시 넌 태진 씨 집 주소 알아? 아니면 부모님 연락처나 다른 친구들 연락처는? 옛날 친구였다니 알거 아냐."
나현의 얼굴이 급속도로 어두워졌다. 핸드폰 번호 빼고는 태진에 대해 아는 것이 없었다.

오랜만에 출근한 덕택에 몸도 마음도 피곤했다. 오피스텔 단지 안에 들어서자 출입문 근처에 익숙한 인영이 보였다.
"이제 와? 늦었네."
지상이 얼굴을 드러내자 나현은 쌩하니 그 앞을 지나쳤다.
"얘기 좀 해."
"난 지상 씨랑 할 얘기 없어."
"나현아!"
지상이 거칠게 나현의 팔을 잡아 당겼다. 갑작스럽게 당겨지는 바람에 어깨 부근이 욱신거렸다.
"무슨 핑계를 대고 싶었는데? 지상 씨도 힘든 일 있었다고? 너무 힘들어 하는 것 같아 그냥 내버려 두는 게 좋을 것 같았다고? 무슨 변명을 하던지 3주 동안 아무런 연락이 없었던 거에 대한 핑계는 안 돼."
"사정이 있었어."
"그 대단한 사정. 듣고 싶지도 않아. 잘 가. 우린 이쪽에서 그만 하자."
"나현아. 애길 좀 들어줘."
"그만 해!"
고함소리가 오피스텔 단지 안을 쩌렁쩌렁 울렸다. 그래도 지상은 틀어 쥔 나현의 팔을 놓지 않았다. 힘이 들어간 지상의 손가락이 팔을 파고들 며 저릿한 아픔이 몰려왔다.
"거참. 이게 무슨 보기 안 좋은 짓입니까. 여성분이 놔달라고 하지 않 습니까."
연호가 쓰레기봉투를 들고 슬리퍼를 찍찍 끌며 오피스텔 출입문을 나 오고 있었다.
"상관 마세요. 개인적인 일이니."
지상이 여전히 나현의 팔을 붙든 채 연호를 향해 쏘아붙였다.
"그때 말씀드렸듯이 제가 외국에서 좀 살았는데요. 한국 드라마에서는 종종 이렇게 싫다는 여자 팔을 억지로 잡아끄는 게 로맨틱해 보일지 몰 라도, 외국에서는 아주 폭력적으로 보인다는 거 아세요?"
"제가 지금 제 여자 친구에게 폭력이라도 쓰고 있단 말씀이십니까?"
"제 눈에는 퍽이나 그래 보입니다만. 경찰들 눈에는 어떻게 보일까 요?"
연호는 주머니에서 핸드폰을 꺼내 버튼 세 개를 입력하곤 통화 버튼을 눌렀다. 거침없는 연호의 태도에 당황한 지상이 움켜쥐었던 팔을 놓았다.
"그쪽 때문에 놓는 거 아니니 착각 마세요. 나중 날 밝을 때 다시 얘기 하자. 중요한 얘기야."
지상을 그러고도 잠시 우물쭈물하더니 자리를 떴다. 나현은 눈길 한 번 주지 않고 지상이 잡았던 팔을 쓸어내렸다. 아직도 욱신거리는 게 내 일 멍이라도 들지 싶었다. 멀어지는 지상의 뒷모습을 보며 연호가 쯧 하고 혀를 찼다.

"보기보다 눈이 낮으시네."

"상관마세요."

"얼굴은 또 왜 이렇게 상했어요? 밥은 먹고 다니는 거예요? 살은 또 왜 이렇게 빠졌고."

연호가 나현의 턱을 잡고 얼굴을 이리저리 살폈다.

"뭐하는 짓이에요? 아까는 폭력 운운하더니."

"가만히 있어 봐요. 아까는 폭력이고 이건 진단이니까. 에헤이⋯⋯. 보자. 이거 보아하니 며칠은 굶고 며칠은 빵만 먹은 얼굴이네. 나 지금 설렁탕 한 그릇 하려고 가는 길인데. 같이 안 갈래요?"

"생각 없어요."

"에이. 같이 가요. 이웃사촌 좋다는 게 뭐야. 힘든 일 있을 때 서로 돕고, 뭐 챙겨도 주고 하는 거지. 같이 갈 거죠?"

싱글싱글 눈웃음을 짓고 있는 얼굴을 보니 더 이상 거절할 힘도 생기지 않았다. 능글맞고 제멋대로인 남자였으나, 같이 있는 사람을 편하게 만드는 재주가 있었다. 처음 연호의 집에서 라면을 먹을 때도 그랬다. 생전 처음 보는 사람이었지만 익숙하고 안온한 느낌이었다. 게다가 이럴 때일수록 자신의 눈치를 살피거나 지나치게 조심스러운 사람보다는 적당히 거리가 있는 타인이 되레 편했다.

"알았어요. 같이 가요."

"그럼 여기서 잠시만 기다려요. 쓰레기만 버리고 올게요."

어딘가 들떠 보이는 연호가 쓰레기장으로 발걸음을 옮겼다. 언니가 죽은 이후 제대로 끼니를 챙겼던 게 언제인지 기억도 나지 않았다. 굶어서 따라 죽겠다고 마음먹지 않은 이상 언제까지 이렇게 몸이 상하도록 내버려 둘 수 없는 노릇이었다.

그때 갑자기 주차장 저 편에서 요란하게 차 시동 거는 소리가 들렸다. 그리고는 강렬한 헤드라이트의 빛이 나현을 향했다.

눈부셔.

하얗게 내리쬐는 빛에 눈을 찡그렸다.

부웅-.

검은 차는 갑자기 액셀을 밟은 듯 속력을 높이더니 엄청난 속도로 달려오기 시작했다.

'어어어.'

피해야한다는 생각조차 할 수도 없었다. 아니, 쏟아지는 헤드라이트에 어느 쪽으로 피해야 할지 판단조차 내릴 수 없었다. 그대로 질주해온 차가 나현의 가냘픈 몸뚱이를 치려는 순간이었다. 갑자기 어디선가 튀어나온 연호가 나현을 안고 차를 피해 옆으로 굴렀다. 행여나 다칠 새라 나현의 머리와 허리를 두 팔로 꽉 감싼 채 바닥을 몇 바퀴나 굴렀다.

"괜찮아요?"

재빨리 일어난 연호가 나현을 살피며 말했다.

하지만 헤드라이트를 켠 차는 방향을 틀더니 바닥에서 뒹굴고 있는 두 사람을 향해 다시 한 번 돌진하기 시작했다.

부웅-. 끼익. 바닥을 긁는 마찰음이 울려 퍼졌다. 속력을 높인 차가 곧장 달려와 나현과 연호의 다리를 깔아뭉개기 일보 직전, 연호는 나현의 팔을 잡아끌어 일으키고는 한 번 더 길바닥을 뒹굴었다. 검은 차는 속도를 줄이지 못하고 돌진하다 쓰레기통을 쳐 박고는 그제야 멈춰 섰다.

"저거 미친 거 아냐?"

연호가 나현의 몸을 감싸 안은 채로 소리를 질렀다. 늦은 밤도 아니었는데 단지 안에는 쥐새끼 한 마리 보이지 않았다. 검은 차는 황급히 급회전을 하고는 쌩하니 오피스텔 출입문을 빠져나갔다. 연호는 오피스텔을 빠져나가는 검은 차의 뒤꽁무니를 바라보며 차량 번호판을 속으로 되뇌었다.

경찰서 안은 늦은 밤이 아닌데도 취객들로 소란스러웠다.
"마셔요."
연호가 나현에게 따뜻한 커피를 건넸다.
"지금 이 광경 어디서 많이 본 것 같지 않아요?"
"네?"
"얼마 전 나현 씨 집에 도둑 들었을 때도 내가 커피 건넸잖아요."
"그렇네요……. 자꾸 연호 씨가 옆에 있을 때 이런 일들이 생기네요. 본의 아니게 휘말려 들게 해서 죄송해요."
연호가 별것 아니라는 듯 어깨를 으쓱였다.
"송나현 씨. 잠시 이리로 와주시겠어요?"
사복을 입은 형사가 나현이 불렀다.
"안녕하세요. 저는 중부경찰서 강력1팀 우경태 형사입니다. 이쪽으로 와서 CCTV 영상 한번 보시겠습니까?"
사무책상에 놓인 PC에는 CCTV 영상이 재생되고 있었다. 하지만 화면 속에는 검은 차의 모습은 나오지 않은 채, 넘어지고 구르는 나현과 연호의 모습만이 담겨 있었다.
"그 자동차가 끝까지 두 사람을 쫓아가지 않은 이유가 있었네요. 아무래도 CCTV 사각지대를 알고 있었던 모양입니다. CCTV 화면만으로는…… 어떤 차량인지, 탑승자가 누구 인지 전혀 알 수 없겠는데요?"
"그럼 제가 불러드린 차량 번호는요?"
"없는 차번으로 나와요. 아무래도 대포차 같습니다. 목격자도 검은 차라는 것 밖에 본 게 없다고 하고……. 간단하게 해결될 사건은 아닌 것 같네요. 그래서 말인데, 혹시 송나현 씨 주위에 원환을 가질 만한 사람이 있나요?"

"아…… 아뇨. 그런 사람 없어요."

"그럼…… 최근에 수상한 사람을 봤다거나, 이상한 일은 없었습니까?"

나현이 괴로운 얼굴로 입술을 깨물었다.

"얼마 전에 언니가…… 죽었어요."

"어떤 연유로 사망한 건지 여쭤 봐도 됩니까?"

"경찰에서는 자살이라고 하더군요."

"그렇군요. 죄송합니다."

잠깐의 침묵이 이어졌다.

"그런데…… 아무리 생각해도 이상해요. 그때는 정신이 없어서 경찰에서 자살이라고 하니 그런가보다 했지만……. 정말 아무리 생각해도 언니가 자살할 리 없어요. 유서도 발견되지 않았고요. 언니가 발견된 정황도 정말 이상했어요."

"이번 사건과 연관이 있을 거라 생각하시나요?"

아무 상관도 없다고 한다면 재수사 요청도 거절당할 것이다.

"아마도…… 어느 정도는요. 평범하진 않잖아요. 한 달 새에 언니가 죽고 동생이 습격당하는 일은."

"한 번 알아보도록 하겠습니다. 그 외에 다른 일은 없으셨나요?"

나현이 곰곰이 생각을 하더니 고개를 저었다.

"아뇨. 없어요. 아무리 생각해도……."

"왜요? 나현 씨 집에 도둑이 든 적 있잖아요."

옆에서 가만히 대화를 듣고 있던 연호가 불쑥 끼어들었다.

"그쪽은……."

"주연호입니다. 송나현 씨 옆집에 살고 있어요. 그때 현장에 같이 있어서 잘 알고 있습니다. 경찰에서도 수사를 했으니 기록이 있을 거예요."

"그때 없어진 물건은 있으셨습니까?"

"언니가 사준 그림…… 그림이 없어졌어요. 방 안이 온통 뒤죽박죽이라 당시에는 뭐가 없어졌는지 잘 몰랐는데…… 생각해보니 다른 물건들은 그대로고 그 그림만 없어졌더라고요."

"그림이요?"

그림이라는 말에 연호의 표정이 순식간에 바뀌었다.

"네…… 제 생일날 언니가 인사동 골동품 노점상에서 그림을 사줬거든요. 오래돼 보이는 두루마리 서화였어요."

"가치가 있는 그림이었나요? 송나현 씨는 갤러리에서 일하시니 잘 아실 텐데……."

"아뇨. 전 현대 미술 전공이라 고미술 쪽은 잘 몰라요. 가치가 있었는지 없었는지 잘 모르겠어요. 몇 번 보지도 않고 옷장 안에 넣어뒀고 그 이후에는 한 번도 보지 않았거든요."

"그렇군요……. 어찌됐건 이번 사건은 죽일 의도가 있었든 다치게만 할 작정이었든 명백히 송나현 씨를 노린 범죄처럼 보입니다. 그리고 그전의 그림 절도 사건과 언니분의 죽음과도 관계가 있는지 수사하도록 하겠습니다. 신고는 접수됐으니 이제 그만 들어가 보세요."

딩동, 하는 소리를 내며 엘리베이터가 10층에 멈췄다. 문이 열리자 지친 얼굴의 나현과 연호가 나란히 엘리베이터에서 내렸다.

"그런 일이 있었는지 몰랐어요. 한동안 안 보인다…… 그렇게만 생각했거든요. 언니 일은 정말 유감이에요."

"괜찮아요. 저희 집에 도둑 들었을 때도 그렇고 지금도 그렇고. 연호 씨가 없었으면 정말 힘들었을 거예요."

"그러니까 제가 처음에 말했잖아요."
"네?"
"이웃사촌 좋다는 게 뭐냐고."
나현이 희미하게 웃었다.
"웃는 게 그게 뭐예요? 웃는 건지 우는 건지 알 수가 없네. 난 나현 씨 웃으라고 한 소린데."
연호가 웃으라는 듯 장난스러운 표정을 지었다.
"그런데…… 그 없어진 그림과 방금 전 자동차 사건……. 형사님 말씀처럼 무슨 관련이라도 있는 걸까요?"
"글쎄요."
"혹시 그 그림이 엄청나게 비싼 그림이었다거나, 그래서 누군가가 그 그림을 훔쳐갔고, 또 다른 누군가는 절 노리고 있다거나 그런 건 아닐까요?"
"혹시 그 그림 사진 찍어둔 거 있어요?"
"아뇨. 없어요. 이럴 줄 알았으면 사진이라도 찍어놓던가 아니면 자세히 라도 봐둘걸 그랬네요."
문득 머리 위에 따뜻한 기운이 느껴졌다. 연호가 다정하게 자신의 머리를 넘겨주고 있었다.
"오늘처럼 몸이 힘든 날은 너무 많이 생각하지 말아요. 몸이 힘들면 정신이라도 건강해야죠."
나현이 가만히 연호를 올려다보았다. 바람둥이 같은 눈웃음 뒤에 숨겨진 다정하고 따뜻한 눈빛 그리고 익숙한 손길이었다.
"고마워요. 그럼 들어가세요."
나현은 집 안으로 들어가 현관문을 닫았다. 바깥에서는 한참 후에나 옆집 문이 열리고 닫히는 소리가 들렸다.

* * *

"에단 주?"

미진이 기획안을 건네며 고개를 끄덕였다.

'에단 주 초청 전시회 기획안, 눈동자의 비밀展'

나현은 도저히 믿을 수 없다는 듯 동그랗게 뜬 눈으로 기획안 표지 제목을 몇 번이나 읽어 내려갔다.

"설마 모르는 건 아니지?"

"팀장님 제가 미쳤어요? 에단 주를 모르다니……."

이 업계에 몸담고 있으면서 어떻게 에단 주를 모를 수 있단 말인가? 에단 주는 미국 가고시안 갤러리 소속의 한국계 미국인 작가로 뉴욕 메트로폴리탄, 영국 화이트 큐브에서 전시회를 연이어 성사시킨 현대 미술계의 초대형 슈퍼스타였다. 그림 한 점에 수십 억, 아니 근래엔 수백 억을 호가하는 가장 핫한 작가. 하지만 이 신비주의로 똘똘 뭉친 작가는 언론사와의 인터뷰는커녕 자신의 사진 한번 공개한 적 없었다.

"응. 그런데 가고시안에서 초청 전시회를 제의했어."

"정말이요?"

미진 앞에 서 있는 5분 동안 한 달 치 놀랄 분량 다 놀란 기분이었다.

"그러니까, 에단 주가 한국에서 전시회를 하고 싶다고 강력하게 얘기했대."

"믿을 수가 없네요."

"게다가…… 그쪽에서 도와줄 사람으로 자기를 지목했어."

마지막 초대형 서프라이즈는 한 가지 더 남아 있었던 것이다. 자신의 귀가 잘못된 게 아니라면.

"네? 뭐라고요? 저를요? 절 어떻게 알고……."

"내 말이……. 그러니까 자기가 이번 건에 집중을 좀 해줘야겠어."

에단 주의 국내 전시회 기획이라니……. 도.저.히 믿을 수가 없었다. 이제 고작 갤러리에 입사한지 3년이 안된 신참내기로 이런 어마어마한 작가의 전시회를 담당하다니. 한없는 영광이자 부담이었다.

"그…… 그래도 제가 어떻게 이런 큰일을……."

나현의 입에서 자신감 없는 소리가 튀어나오자 미진이 의자를 빙글 돌렸다. 그리고는 늘씬한 다리를 한 번 꼬고는 안경을 올려 썼다. 이크. 또 무슨 말을 잘못한 걸까.

"자기. 갤러리스트로서 지금 이게 얼마나 큰 행운인지 알아? 다른 사람들은 지금 이 상황을 얼마나 질투하면서 부러워하는데……. 지금 그런 한가한 소리 할 때가 아냐."

"죄송합니다. 다른 선배님들도 계신데 제가 주제넘게 이런 일을 맡아도 되는 건지……. 그리고 도대체 어떻게 해야 할지 막막해서 그랬어요."

"걱정 마. 나도 있고, 해문 씨도 있잖아. 뒤에는 경험 많고 언제든 자기가 저지른 일 백업해 줄 수 있는 선배들이 있으니 걱정 말라고. 그리고 지난 3년 동안 같이 지내면서 난 자기가 아주 능력 있고 우수한 직원이라고 생각해. 차기 전시기획1팀 팀장감으로도."

"팀장님……."

"그러니까 자신 가지라고. 알겠지?"

"네. 알겠습니다. 최선을 다해서 해볼게요."

갑자기 일생을 통틀어 한 번 겪을까 말까한 행운과 불운이 한꺼번에 찾아온 느낌이었다. 지하 1층에 위치한 작품 보관실로 향하는 발걸음이 무거우면서도 가벼웠다.

에단 주 초청 전시회는 올해 갤러리에서도 총력을 다하는 전시회 사업이다. 아무리 에단 주가 나현을 지목했다 할지라도 중대한 의사 결정과 실질적인 움직임은 윗선에서 처리될 것이 분명했다.

메인 기획자는 국내 최고라 불리는 미진이 될 것이고, 에단 주가 직접 지목한 만큼 나현은 작가와의 커뮤니케이션 쪽을 담당하게 될 가능성이 컸다. 하지만 전시회의 기획자로 미진과 나란히 이름을 올리게 될 터이니 나현으로서는 여러모로 나쁘지 않은 데뷔전이었다.

결국 문제는 기태였다. 이번 주에는 반드시 기태의 별장으로 그림을 가져가야 한다. 보현의 죽음으로 3주나 미뤘지만 그는 재촉도 않고 참을성 있게 기다려 주었다. 더 지체한다면 능력 부족으로 밖에 비춰지지 않을 터였다.

지하 창고에 도달하자 눈앞에는 작품 걸이대인 랙이 빼곡하게 들어서 있었다. 10억대를 넘어가는 그림들은 금고 속에 보관하지만, 당장 전시회에 내놓아야 할 그림, 대여할 그림, 판매 예정인 그림들은 작품 보관실에 있는 랙에 걸어놓는다.

나현은 랙을 하나하나 넘기며 그림을 살폈다. 인터넷 서칭이나 보관 작품 슬라이드를 검토하는 등 앉아서 할 수 있는 자료 수집은 이미 다 끝냈다. 대강 몇 개의 후보군을 추려 냈으니 직접 눈으로 보며 기태의 컬렉션에 어울리는 그림인지 확인할 일만 남은 것이다.

"어디보자……. 전경도의 미인 3, 그리고 모딜리아니의 모자 쓴 여인……."

나현은 종이 위에 적힌 대로 전경도와 모딜리아니의 작품을 랙에서 떼어내 바닥에 세웠다. 한참 동안 들여다보며 기태의 별장에 걸려있던 여인들의 초상화를 떠올렸지만, 한숨이 먼저 나왔다. 전혀 어울리지 않는 느낌이었다. 별장을 가득 메우고 있는 그림들을 대표할 만한 작품을 골라야 하는데 그 정도의 대표성이 느껴지지 않는다고나 할까.

"하아……. 역시 실제로 보니 느낌이 달라……. 이건 아니야……."

맨바닥에 주저앉아 고개를 푹 숙였다. 이를 어째야 하나 눈앞이 캄캄했다.

그때 작품 보관실의 육중한 철문이 덜컹하고 열렸다.

"잠시만! 나현 씨 좀 비켜줄래?"

전시기획3팀의 이성현 과장과 물류팀 직원들이 그림 박스를 옮기며 보관실 안으로 들어오고 있었다.

"죄송해요, 과장님! 그런데 그건 무슨 그림들이에요?"

나현이 벽에 바짝 붙어 길을 터주며 성현에게 물었다.

"에단 주의 신작."

"네? 에단 주요? 전시회 일정도 안 잡혔는데 벌써 들어왔단 말이에요?"

"그러게 말이야. 덜렁 작품부터 보냈다니까. 참 성질 급한 노인네지."

"노인네요? 과장님은 에단 주의 얼굴 보신 적 있으세요?"

"그건 아닌데……. 이 정도 작가급이면 그냥 나이가 많을 것 같아서?"

부지런히 옮겨지는 그림들을 보며 나현은 침을 꿀꺽 삼켰다. 눈앞에 에단 주의 작품이라니…….

"진짜…… 에단 주의 신작?"

"바로 금고 들어 갈 거야. 꿈도 꾸지 마."

"저 한번만 보면 안 돼요? 선배님 제발요!"

"이럴 때만 선배님이지?"

성현이 절박하게 매달리는 나현을 보며 피식 웃었다.

"어차피 금고 안에 넣으려면 상자 풀어야 하니까 그때 멀찌감치 서서 봐."

"감사합니다!"

그리고는 흥미진진하게 성현의 작업을 지켜보았다. 상자 박스를 조심스럽게 떼어내자 특수 제작한 에어캡으로 돌돌 말린 작품이 모습을 드러냈다. 에어캡을 조심스럽게 풀어내고 코너캡을 떼어내자 캔버스에 유화로 그린 그림이 언뜻 보였다.

여자의 초상화였다.

"인물화예요?"

"응. 정말 의외지? 그런데 천재는 천재인가 봐. 처음 그리는 인물화도 아주……."

나현이 황급하게 다가와 성현에 손에 들린 그림을 뺏어 들었다.

"야야……. 너 왜 그래? 조심해! 이게 얼마짜린데!"

성현이 타박하는 소리도 귀에 들리지 않았다.

찾았다. 바로 이 그림이었다.

더없이 홀가분한 기분이었다. 그동안 기태에게 어떤 그림을 가져가야 하나 내내 마음 졸였는데 에단 주의 그림을 가져가도 된다는 허락이 떨어진 것이다. 사무실로 돌아와 자리에 앉자마자 예경이 나현을 불렀다.

"나현 선배! 누가 찾아왔는데요?"

"누가?"

문 앞에서 우경태 형사가 눈짓을 보내고 있었다. 미진과 해문이 호기심 가득한 얼굴로 우 형사를 바라보자 나현은 얼른 자리에서 일어나 사무실을 빠져나왔다.

"형사님. 여기까지는 어쩐 일로……."

"죄송합니다. 여기까지 찾아와서……. 다시 여쭤볼게 있어서요."

"그럼 잠시 자리를 옮기도록 하죠."

나현과 우 형사는 서둘러 회의실로 향했다.

"물어보실 게 뭔가요?"

"다름이 아니라…… 송나현 씨 언니분 사건 자료를 제가 다시 살펴봤습니다."

"가…… 감사합니다. 형사님! 봐 주셨군요……! 사실 기대도 하지 않았는데……."

"송나현 씨 말대로 의심스러운 구석이 몇 가지 있더군요."

"제가 말씀드렸잖아요. 언니는…… 절대 자살할 사람이 아니라고요. 아니, 무엇보다 이유가 있어야 자살을 하잖아요. 아무리 생각해도 언니에겐 자살을 할 이유가 없어요."

"저도 자료를 보던 중 석연치 않은 부분들이 있어 이렇게 찾아온 겁니다. 송나현 씨 입장에서는 어떤 부분들이 의심스러웠던 거죠?"

"수사를 했던 형사들은 언니가 퇴근을 하고 밤 9시에 집으로 들어왔다고 했어요. 이건 확실해요. 언니가 아파트 근처 편의점에서 물건을 산 카드 결제 내역이 있고, 편의점 직원도 언니가 곧장 아파트 쪽으로 향했다고 진술했으니까요. 그리고 11시 혹은 그 이후에 욕조에 들어가 뜨거운 물을 틀어놓고 면도칼로 손목을 그었다고 했어요."

"네, 맞습니다."

"그런데 언니는 지독한 결벽증이 있어요. 집에 오자마자 샤워를 하고……."

갑자기 회의실 문이 열렸다.

"렌즈를 빼고 안경을 쓰죠. 눈이 아파서."

태진이 성큼 대며 테이블을 향해 걸어왔다.

"형사들은 자살하려고 했기 때문에 샤워하는 것도 깜빡했고 렌즈를 빼고 안경을 쓰는 것도 깜빡했을 거라고 했어요. 하지만 자살할 마음을 먹었다고 사람의 일상이 완전히 달라질까요? 오히려 그런 걸 신경 쓸 겨를이 없었기 때문에 평소처럼 행동했을 거예요."

"그렇군요……. 그런데 누구시죠?"

"보현 씨의 남자 친구입니다."

생각지도 못한 대답이었다.

"뭐…… 뭐라고?"

"미안해. 너한테 먼저 말을 못 했어."

보현과 태진이 사귀는 사이라니. 전혀 그런 낌새를 알아차리지 못했다. 게다가 보현으로부터도 일말의 언급조차 없었다.

"언제부터?"

"두 달 전부터……. 너희 집에 간 날 우연히 보현 씨를 만났고, 첫눈에 반해서 내가 고백했고 바로 만나기 시작했어."

그래서였나? 그래서 보현의 얘기마다 과민 반응하고, 보현의 집 비밀번호를 알고 있었던 거였나? 가만히 앉아 둘의 대화를 듣고 있던 우 형사가 말을 꺼냈다.

"알겠습니다. 참고하도록 하죠. 또 다른 수상한 점은 없으셨습니까?"

"욕조 안의 뜨거운 물도 이상했어요. 저와 태진이가 언니의 집에 갈 때까지 뜨거운 물이 내내 틀어져 있었죠. 하지만 언니는 피부를 생각해서 뜨거운 물로 절대 샤워하지 않아요. 게다가…… 뜨거운 물을 내내 틀어놨다는 건 사망 시각을 혼란시키기 위해 누군가가 한 짓이 아닐까 하는 생각이 들었어요."

"제 생각도 마찬가지입니다. 이건 명백하게 사후 경직을 유도해서 사망 시각을 혼란시키기 위한 누군가의 의도가 있었다고 봐요. 결론적으로 사망 추정 시각도 뜨거운 물 때문에 밤 11시부터 6시 사이로 나왔잖아요. 누군가가 그때의 알리바이가 모호해서 사망 추정 시각을 크게 벌려

놓은 거라고 생각할 수밖에 없어요."
 태진이 나현을 거들었다.
 "그렇다면 누군가가 송보현 씨를 살해했다고 생각하십니까?"
 "네. 그렇습니다."
 단호한 대답이었다.
 "제 생각은 이렇습니다. 보현 씨가 그때 집에서 누군가를 만나고 있었을 거라고."
 "누군가를요?"
 "네. 그래서 보현 씨는 렌즈를 빼지 못했던 게 아닐까 싶습니다. 나현이도 알겠지만 보현 씨는 절대 남에게 안경 쓴 모습을 보여주지 않거든요. 그래서 사망 당시에 입고 있던 옷도 외출복 그대로였고요."
 나현은 보현을 욕조에서 발견할 당시의 모습을 떠올렸다. 핏물에 눅진눅진 절여 있었지만 하얀 블라우스에 베이지색 스커트 차림이었다. 보현의 평소 행동 패턴을 생각해 보았을 때 분명 집에 오자마자 렌즈를 빼고 실내복으로 갈아입었을 터였다. 우 형사도 태진의 의문점이 수긍한다는 듯 고개를 끄덕였다.
 "그때 수사 자료를 보니 CCTV 자료가 없더군요. 안타까운 부분입니다. 일주일에 걸쳐 아파트 전체의 CCTV를 교체하는 작업 중이었다고 하네요. 송보현 씨는 송나현 씨와 함께 살지 않았나요?"
 "네. 맞아요. 언니는 한 달 전만 해도 제 오피스텔에서 같이 살았었어요. 하지만 업무가 많아지면서 로펌에서 밤샘 작업을 하는 날들이 잦아지자 회사 근처로 이사를 갔죠."
 "……"
 "형사님. 제발 도와주세요. 언니는 정말 자살할 사람이 아니에요."
 "이해합니다. 송나현 씨와 이태진 씨가 제기한 의문점들은 충분히 의심할 만 합니다. 하지만 전부 정황 증거고 명확한 증언이나 증거가 없어요. 자살이 아니라는 물증도 없고, 수상한 사람이 송보현 씨의 집으로 들어가는 걸 봤다거나 무슨 소리를 들었다거나 하는, 자살을 뒤집을 만한 증언도 없습니다."

결국 재수사를 할 만한 이유가 부족하다는 소리였다.

"하지만 제가 수사 자료를 봤을 때 이상한 점이 한 가지 있더군요."

한줄기 내비치는 희망에 나현과 태진이 귀를 쫑긋 세웠다.

"송보현 씨가 사망한 날 부엌 바닥에는 송보현 씨가 그날 편의점에서 사 온 물건들이 꺼내지지 않은 채 봉지에 담겨 있었습니다. 쿠키 상자 2개, 1리터 오렌지 주스와 탄산음료 그리고 허브 티백 한 상자였죠."

"그게 언니가 편의점에서 산 물건들이었나요?"

"네. 자살하려던 사람이 자잘한 요깃거리를 사 온 것도 이상한데, 봉지 안에 든 물건의 목록이 좀 이상하다는 생각 안 드십니까?"

쿠키와 오렌지 주스와 탄산음료와 허브티라…….

"앗! 언니는 다이어트 때문에 절대 간식거리를 먹지 않아요! 게다가…… 탄산음료라니요. 탄산음료는 입에 대지도 않는 걸요."

"네. 그렇게 말씀하실 것 같았습니다. 부엌이나 냉장고 어디에서도 간식거리나 음료수는 찾아 볼 수 없었으니까요. 송보현 씨의 원래 식습관과는 꽤나 거리가 먼 물건들이다 생각했죠. 게다가……."

가슴이 쿵쾅거렸다.

"물건들이 꼭…… 누군가를 대접하기 위해 사 온 것 같지 않습니까?"

머리를 쿵하고 한 대 맞은 것만 같은 충격이 몰려왔다.

"그것도 별로 친하지 않은 사람을 대접하기 위해서요."

"어…… 어째서요?"

"찾아온 사람에게 대접을 하긴 해야 하나 무슨 음료를 좋아하는지 몰라 오렌지 주스, 탄산음료, 허브티를 골고루 사 놓은 것 같지 않나요?"
 우 형사의 말대로였다.
 "어쩌면 아까 이태진 씨가 말씀하신대로 누군가가 그날 송보현 씨의 집에 찾아왔을 수도 있다 생각됩니다. 그것도 무언가를 대접해야 할 만큼 긴 시간 머물렀다 추정되고요."
 "그…… 그 말씀은 언니의 죽음이 자살이 아닐 수도 있다는 말씀이죠?"
 나현이 우 형사의 손을 덥석 잡았다. 희망의 끈을 잡은 두 손이 덜덜 떨렸다
 "자살이 아니라고 단정 지을 순 없고, 그날 누군가 송보현 씨 집에 찾아왔다는 정황이 있다…… 정도로 해두죠."
 "그래도…… 감사합니다. 형사님. 감사합니다."
 나현의 두 눈에서 기어코 눈물이 흘러 내렸다.

 "왜 말하지 않았어?"
 옥상 벤치에 나란히 앉아 나현이 어렵사리 말을 꺼냈다. 나현에 물음에도 태진은 가만히 앉아 손에 든 빈 커피 캔만 만지작거릴 뿐이었다.
 "보현 씨가 너한테는 당분간 비밀로 해달라고 했어. 아무래도 동생의 친구와 만난다는 얘길 하는 게 쉽진 않았겠지."
 "너도 많이 힘들었겠네."
 3주 만에 보는 태진은 완전히 다른 사람이 되어버린 것 같았다. 여유 넘치던 모습과 장난기 어린 말투도 사라져 있었고 나현에게도 더 이상 다정하고 살갑지가 않았다. 분명 태진과 함께 있는데 낯선 사람과 앉아 있는 것처럼 불편하고 어색하기 짝이 없었다.
 "먼저 일어날게."

태진이 다 마신 캔을 찌부러뜨려 쓰레기통에 휙 던져 넣었다. 돌아서는 뒷모습을 바라보고 있자니 가슴 한편이 아려왔다. 언니의 죽음이 태진과의 관계마저 틀어놓은 것 같았다.

"태…… 태진아! 이번 주 토요일에 언니 집에 유품 정리하러 갈 건데……. 같이 안 갈래?"

무심하게 뒤를 돌아본 태진이 고개를 끄덕였다.

사무실로 돌아오자 해문과 예경이 호기심 가득한 얼굴로 나현을 기다리고 있었다.

"나현 선배님. 아까 그 사람…… 혹시 형사 아니었어요?"

"응, 맞아. 어제 자동차 사고가 있어서 관련해서 여쭤볼 게 있다고 찾아오셨더라고."

"그랬구나……. 아. 그리고 알고 계세요? 2팀에 태진 선배님 출근하신 거."

"응. 아까 만났어."

"그런데…… 뭐랄까. 분위기가 엄청나게 바뀌었더라고요. 완전히 다른 사람 같았어요. 도대체 한 달 동안 무슨 일이 있었길래 사람이 저리도 바뀔 수 있는 건지 여직원들이 수군대고 난리도 아니라니까요."

"그러니까. 나도 잠시 복도에서 만났는데. 영 딴 사람인 것 같더라고. 원래 장난기도 많고 밝고 활달한 사람 아니었어?"

해문이 끼어들며 말을 얹었다.

"그렇죠! 2팀 이태진이라고 하면 여우같은 여자들만 득실거리는 이 바닥에 단비 같은 존재죠. 키 크죠. 잘생겼죠. 장난기 많은 것도 매력적이죠. 특히 눈 옆에 있는 점이 개구쟁이 같으면서도 아주 섹시하잖아요. 그래도…… 지금의 뭔가 살짝 어두워진 다크 태진도 섹시미에 퇴폐미까지 플러스 됐다고 여직원들이 난리도 아니에요.”

"이래서 여자들이란. 그저 얼굴이지! 잘생긴 남자면 수염에 꽃을 달아도 좋다고 할 거야 아마!"

"남자들도 마찬가지잖아요!"

"글쎄. 내 생각은 좀 다른데?"

멀리 있던 미진이 걸어 나오며 불쑥 대화에 끼어들었다.

"네? 팀장님 뭐가요?"

"이태진 씨. 예전에도 일부러 늘상 웃는 얼굴에 장난끼 많은 사람처럼 포장하고 다닌다는 느낌이 많이 들었어. 가끔씩 혼자 있을 때 보이는 얼굴이 꽤나 서늘했거든. 특히 나현이를 보는 눈길이."

"절 보는 눈길이 어땠길래요?"

"음……. 글쎄 말로 표현하기 힘들지만……. 꽤나 성가신 걸 보는듯한 눈길?"

* * *

[10분 정도 늦을 것 같습니다. 거실에서 기다려 주세요.]

기태의 문자가 액정 위에서 반짝이고 있었다. 에단 주의 작품을 안고 별장 거실에서 기다리는 내내 미진이 한 말이 머릿속에서 떠나질 않았다. 성가시다다……. 단 한 번도 그런 식으로 생각해보지 않았다. 태진의 마음이 어떤지……. 당연히 태진은 가장 친한 친구였고, 언니 외에 유일하게 의지할 수 있는 사람이었다. 그런 태진이 다른 마음을 갖고 있을 리 없었다. 나현은 보현의 죽음만큼이나 태진과의 벌어진 관계에 마음이 아팠다.

"많이 기다렸나요?"

현관문이 열리며 찬 공기가 불쑥 흘러들어왔다. 기태가 별장 안으로 들어서고 있었다. 나현은 반사적으로 자리에서 냉큼 일어났다.

"저도 도착한지 얼마 안 됐어요."

성큼성큼 소파로 걸어온 기태가 재킷을 벗어 옆에 선 강릉댁에게 건네고 넥타이를 느슨하게 풀었다.

"괜찮아요. 일어나지 말아요. 커피 마실래요?"

"이미 한 잔 주셔서 마셨습니다."

나현은 가만히 선 채로 기태의 사소한 움직임을 눈으로 쫓았다. 넥타이를 느슨하게 푸는 동작, 셔츠의 손목 버튼을 풀고 걷어 올리는 모습. 하나하나가 감탄이 나올 만큼 기가 막히게 섹시했다. 기태가 맞은편 소파에 앉자 나현이 발밑에 세워진 그림 상자를 들어올렸다.

"요청하신 그림은 가져왔습니다. 에단……."

"뭐가 그렇게 급합니까? 나현 씨는 항상 여기 오면 빨리 도망치려고 하는 사람처럼 보여요. 이 자리가 그렇게 불편해요? 이젠 나 제법 익숙해졌을 만도 하잖아요."

"아뇨 그런 게 아니라……."

"식사 안했죠?"

"네."

"한식? 양식? 뭐 좋아해요?"

"네?"

"한식 괜찮죠? 여기서 일 도와주시는 강릉댁 아주머니 요리가 아주 깔끔하고 맛있어요."

"실장님!"

나현이 기태의 말을 잘랐다. 기태 스스로도 너무 일방적이었다는 걸 깨달은 모양인지 슬쩍 눈꼬리를 내렸다.

"역시 많이 불편한가요? 난 최대한 나현 씨랑 편하게 지내고 싶어서 그런 건데."

"저랑 왜……?"

"몰라서 묻는 거예요? 아니면 모르는 척 하는 건가. 일주일마다 보자고 얘기한 건 그럼 없이도 보자는 뜻이었는데."

"네……?"

"경력도 없는 신참내기 직원한테 일 맡기고, 몇 주째 집 안에 틀어박혀서 안 나오는 거 알고 문 떼어내려고 하고. 그게 사심 있는 거 아님 뭐로 보이나요?"

어안이 벙벙했다. 하지만 슬쩍 던진 미끼에 냉큼 걸려들 만큼 순진하진 않았다.

"장난치지 마세요."

"왜 장난이라고 생각해요?"

"기분 나빠지려 하네요."

갑자기 기태가 소리 내어 웃기 시작했다.

"아하하하. 대체 무슨 생각을 하고 정색하는 겁니까? 제가 나현 씨에게 있다는 사심이. 꼭 그런 쪽 사심만을 말하는 건 아니잖아요?"

"지금 저 놀리시는 거예요?"

"놀려보면 어떨까. 재밌을 거 같네, 라는 사심이 있었던 것도 인정할게요."

"실장님……!"

"몇 번 만나봐서 알겠지만 전 제법 이성적이고 냉정한 사람입니다. 감정, 느낌 그런 일시적인 것들에 의해 상황 판단 하지 않아요. 무엇보다 현상에는 반드시 그 현상을 초래하는 원인이라는 게 있다고 생각하죠. 아무 이유도 없는 결과는 없다고 생각합니다."

앞뒤 설명도 없는 기태의 말이 이해되지 않았지만 잠자코 듣기로 했다.

"난 어린 시절부터 강박증이 있었습니다."

절로 별장을 가득 채우고 있는 여인의 초상화가 머릿속에 떠올랐다.

"사회생활이나 일상생활이 힘들 정도의 강박증은 아닙니다. 하지만 어린 시절부터 누군가를 찾아야 한다는 강박증에 끊임없이 시달렸죠. 꿈에서는 또렷하게 알고 있는 얼굴인데 깨어나면 막연한 느낌만 남을 뿐 얼굴을 아무리 기억하려 해도 기억이 나지 않았어요."

"그럼 저 초상화들은 꿈에서 본 여자를 찾으려고 모은 건가요?"

문득 가슴이 두근거리기 시작했다.

"저 그림들을 보면서 이상한 느낌이 들지 않았나요?"

"음……. 근대 미술, 한국화, 팝아트. 전부 다 다른 시대와 사조의 그림들을 한데 모아 놨는데, 이상하게도 방마다 비슷한 느낌이 들었어요."

"그럴 수밖에 없죠. 어떤 그림들은 꿈에서 본 여자와 눈이 비슷했고, 어떤 그림들은 코가 비슷했고, 피부색이 비슷했고……. 하는 이유들로 모아 온 거니까."

역시 자신의 생각이 틀리지 않았다.

"설마. 처음 강 팀장님께 직원 한 명을 데려오라 하시면서 내건 조건도…… 비슷한 이유였나요? 요하네스 베르메르의 「진주 귀걸이를 한 소녀」 속 여자의 눈과 가장 닮은 여직원을 데려오라 하셨잖아요."

"맞아요. 이왕이면, 같은 눈을 한 직원이었으면 좋겠다고 생각했으니까."

"그럼 궁극적으로 제가 찾아야 하는 그림은…… 꿈에서 본 그 여자와 꼭 닮은 그림이겠군요."

"네. 맞습니다."

"그런데 실장님……. 꿈에서 본 그 여자를 그린 그림이 없을 수도 있잖아요."

"아뇨. 있을 겁니다. 전 확신해요. 그리고 그 그림을 찾는다면 더 이상 이렇게 지긋지긋한 강박증에 시달리지 않아도 되겠죠."

"저한테 이런 얘기를 하시는 이유가 뭔가요? 이렇게 말씀하셔도 실장님이 꿈속에서 어떤 여자를 봤는지 전 알 수 없잖아요. 게다가 실장님 본인도 그 여자 얼굴은 기억 못하시는데……."

기태가 지긋이 나현을 바라보았다. 저 눈동자. 자신을 알 수 없는 강렬한 감정에 사로잡히게 하는 눈동자. 그리고 심장을 요동치게 만드는 눈동자. 끝을 알 수 없는 새까만 감정이 휘몰아치는 눈동자.

"나현 씨를 만난 날은 그 꿈을 꾸지 않았거든요."

"……."

"그래서 알고 싶었습니다. 오늘도 그 꿈을 꾸지 않을지."

갑자기 맥이 탁하고 풀렸다.

"이제는…… 제가 그 꿈속의 여자와 닮았을지도 모른다는 얘길 하실 건가요?"

기태가 의아한 표정을 지었다.

"죄송하지만…… 전부 믿기 힘든 얘기네요. 꿈에서 본 여자라느니, 찾는 그림이 꿈속에 나오는 여자라느니 하는 말들이요. 저한테는 전부 그냥 여자 꼬시기 위한 수작 정도로 안 보여요. 결국엔 이젠 꿈속의 여자가 기억이 난다. 나현 씨가 그 여자를 닮은 것 같다…… 라는 얘길 하실 테죠."

"하하……. 역시…… 안 넘어가네요."

기태가 웃음을 터뜨리자 묘하게 기분이 더 나빠졌다.

"역시…… 다 그냥 하는 소리였던 거죠?"

"네. 맞습니다. 다 그냥 하는 소리니 잊어버리세요."

"앞으로는 그런 얘기 안하셨으면 좋겠어요. 실장님 같은 분이……. 저한테 진심이라고 생각지 않아요. 그냥 쉽게 다른 여자들처럼 대하실 바에는 부리는 직원으로만 봐주셨으면 좋겠습니다."

시선이 정면에서 얽혔다. 다시 한 번 더 느껴졌다. 이 사람의 압도적인 존재감이. 기태와 있을 때는 아무 것도 생각할 수가 없었다. 다른 것에 집중하는 것을 용납하지 못할 만큼 오만한 존재감을 뿜어내는 사람이었다. 같이 있으면 속수무책으로 끌려 다닐 수밖에 없게 만드는 지독히도 강렬한 존재감.

"식사 준비 됐습니다."

거실 끝에서 50대의 단아한 아주머니의 목소리가 들렸다.

"그래도 차려놓은 게 있으니 식사는 하고 돌아가세요."

기태가 자리에서 일어났다. 나현도 따라 일어나며 황급히 기태를 불러 세웠다.

"실장님……. 저 오늘 가지고 온 그림은……."

"그럼 보고 먹을까요?"

나현은 핸드백에서 열쇠를 꺼내 보안가방을 조심스레 열었다. 탈칵하고 열쇠 돌아가는 소리가 들렸다. 가방 안을 열어본 나현은 소스라치게 놀랐다.

이…… 이 그림은…….

자신이 가져오려고 했던 인물화가 아니었다. 운반 과정에 어떤 실수가 있었던 모양인지 다른 그림이 가방 안에 들어있었던 것이다. 나현은 그림에서 도저히 눈을 뗄 수가 없었다. 절벽 위에서 말을 탄 남자가 여자를 향해 칼을 내리치려는 그림이었기 때문이었다.

어떻게 이 그림이……?

머릿속이 새하얘졌다. 에단 주. 대체 누구기에 자신이 매일 밤 꾸는 꿈의 한 장면을 그림으로 그릴 수 있는지.

"그림을 잘못 가져온 모양이네요."

"네……. 네. 죄송합니다. 운반 과정에서 실수가 있었나 봐요. 원래 보여드리려 했던 그림의 에단 주의 신작 초상화인데……."

나현은 기태에게 그림이 보이지 않게 몰래 내려놓았다.

"에단 주? 신작이요?"

"네……."

"볼 필요 없을 것 같습니다."

"네? 그림도 보지 않고서…… 에단 주 작가 별로 안 좋아하시나요? 에단 주는 요즘 현대 미술계에서……."

"아니요."

기태가 나현의 말을 잘랐다.

"제가 찾는 그림은 최근에 그려진 그림이 아니라서 말입니다."

별장에서 보현의 아파트까지 무슨 정신으로 왔는지 기억도 나지 않았다. 에단 주. 베일에 싸인 인물이었지만 만나야 했다. 어떻게 그가 자신이 매일 꾸는 꿈의 한 장면을 그릴 수 있단 말인가. 기가 막힌 우연이라고 하기엔 뭔가 석연치 않았다. 주위에서 점점 말도 안 되는 일이 벌어지고 있었다. 어떤 불가사의한 힘이 일상을 송두리째 흔드는 느낌이다.

달칵, 문이 열리고 태진이 들어왔다.

"언제 왔어?"

"조금 전에. 먼저 정리 하고 있었어."

여전히 그늘진 모습이었다. 같이 찬 바닥에 앉아 상자에 보현의 물건을 넣고 있으려니 가슴 한 구석이 아려왔다. 불가사의한 힘에 대한 생각보다 눈앞에 놓인 현실이 먼저였다.

죽은 언니, 변한 친구.

머리가 아파오자 생각을 멈추고 옆에 있는 태진을 물끄러미 바라보았다. 태진이 보현의 물건을 하나하나 정성스레 박스에 담고 있었다. 사랑하는 여자를 떠나보내는 남자의 모습이 분명했다. 생채기 나고 진물이 난 상처받은 마음이 고스란히 느껴졌다.

"정리 다 했지? 마음이 아파 여기 더 이상 못 있겠다. 얼른 나가자."

태진의 말에 탁자 위 노트북을 닫으려는 순간이었다. 버튼이 눌려졌는지 불이 들어오며 화면이 켜졌다. 보현이 노트북을 끄지 않은 것이다. 화면에는 인터넷 커뮤니티 사이트의 메인 창이 그대로 떠 있었다.

[환생을 기억하는 사람들]

죽기 전 마지막으로 접속한 사이트인 모양이었다. 창 중앙에는 쪽지가 하나 도착해 있었다.

[곧 말씀드리죠. 윤회의 순환 고리를 끊을 수 있는 방법을요.]

쪽지의 발신자 이름은 'ED'였다.

"뭘 보고 있어?"

태진의 시선이 화면으로 향했다.

"환생을 기억하는 사람들?"

"응. 인터넷 커뮤니티 사이트인 것 같은데……. 노트북이 켜진 채로 있었어. 언니가 죽기 전에 접속했었나봐."

"이 사이트에?"

"그리고 누군가와 쪽지를 주고받았던 것 같아."

"무슨 쪽진데?"

"ED란 유저인데, 언니에게 이런 쪽지를 보냈어."

태진은 한참 동안이나 쪽지를 바라보았다.

"아무래도 이게 언니가 죽기 전 받은 마지막 쪽지인 것 같아. 아니 그것보다 왜 이런 사이트에 가입을 한 거야? 환생을 기억하는 사람들이라니……. 언니는 이런 걸 믿지 않아."

"일단 뭐 하는 사이트인지 한 번 좀 보자."

폐쇄적인 커뮤니티였는지 가입한 회원 수는 적었으나 매일 올라오는 게시물 수나 자료의 양으로 보아 꽤나 활발하게 활동하는 사이트로 보였다. 사이트에는 환생에 관한 경험담이나 관련 자료를 올리거나, 질문하고 답변하는 게시판 등이 있었다. 나현은 곧장 보현의 아이디를 확인했다. '여화'라는 이름이었다.

"여화……."

"여화라는 아이디로 쓴 글이 몇 개나 되는지 보자."

검색을 해 보아도 여화라는 아이디로는 쓴 글이 없었다.

"없네……. 아. 맞다! ED이라는 사람하고 쪽지를 주고받았을 거야. 쪽지함을 확인해보자."

수신 쪽지함은 비워져 있었으나 발신함에는 보현이 ED에게 보낸 쪽지가 5개 들어있었다. 그런데 첫 번째 쪽지의 발신 날짜가 나현의 생일이었다.

[증거가 나왔습니다. 이제 더 이상 부정할 수도 없습니다. 설마 했던 일이 현실로 벌어질 줄이야……. 이제 전 앞으로 어떻게 해야 할까요.]

도대체 ED라는 사람에게 왜 이런 쪽지를 보낸 것일까. 죽기 전 한동안 보현은 확실히 이상했다. 하지만 인터넷 커뮤니티에서 이런 내용의 쪽지를 주고받았을 거라곤 꿈에도 생각지 못했다.

"도대체 이 쪽지들이 뭘 말하는 걸까……"

"나현아. 고모님……. 한번 찾아뵙는 건 어때?"

나현은 태진이 보고 있는 마지막 쪽지를 확인했다.

[ED님. 오늘 경주에 계신 고모님을 찾아뵙고 왔어요. 그리고 모든 사

실을 들었습니다.]

* * *

 오랜만에 찾은 경주 큰 고모님 댁은 10년 전이나 지금이나 변한 게 없었다. 잔잔한 햇살이 각종 난초와 꽃들로 잘 꾸며진 집 앞 마당을 따스하게 비추고 있었다.
 "오는데 힘들진 않았어?"
 마지막으로 찾아뵈었던 게 1년 전이었다. 바쁘다는 핑계로 안부 전화도 자주 드리지 못한 사이 부쩍 야윈 것 같아 마음이 아팠다.
 "죄송해요. 매번 찾아뵙겠다고 말씀만 드리고 이렇게 오랜만에 와서……."
 "너희들 바쁜 거 잘 아는데 무슨 소리니……. 보현이 일 때는 내가 치료받느라 가지도 못했으니……."
 정숙의 눈가에 눈물이 맺히자 덩달아 눈시울이 붉어졌다. 고모님은 아버지의 유일한 혈육으로 유독 보현을 예뻐하셨다. 부모님이 돌아가시고 집안의 각종 대소사가 있을 때마다 홀로 남겨진 자매를 살뜰히 챙겨주시던 유일한 분이셨다. 하지만 3년 전 암 진단을 받고 치료에 전념하다 이제 겨우 회복하고 있는 실정이었다.
 "아니에요. 고모님 마음이 어떠실지 제가 누구보다 잘 아는데요……. 오지 못해서 얼마나 마음 아파하셨는지도 잘 알아요."
 "미안하구나……. 너 혼자 큰일을 감당하게 해서."
 말하지 않아도 알 수 있었다. 보현의 존재가 서로에게 얼마나 컸는지, 그리고 보현이 떠나고 난 후 얼마나 큰 상실과 괴로움에 시달리고 있는지를…….

"고모님 몸은 어떠세요?"

"많이 괜찮아졌어. 이제 그런 걱정 안 해도 돼."

"그래도 늘 조심하시고, 건강 검진도 꼬박꼬박 받으셔야 해요. 아시죠?"

"그럼……. 너도 조심하고. 그런데…… 전화로 물어볼게 있다고 하지 않았니?"

"네……. 실은 언니 일 때문에 찾아왔어요."

"보현이 일?"

"언니가 죽기 전 고모님을 찾아왔다고 하던데……."

정숙의 눈동자가 흔들렸다.

"어떻게 알았니……? 보현인 너한테 비밀로 해달라고 신신당부했는데……."

아마도 쉬이 입을 열지 않을 터였다.

"아니에요. 언니는 죽기 전 저한테 고모님께 모든 사실을 들으라고 했어요. 자신도 고모님께 모든 걸 들었다고."

한동안 정숙은 말이 없었다. 나현은 거짓말이 들통날까 가슴이 조마조마했지만 정숙은 그저 혼자만의 상념에 젖어 있는 것처럼 보였다.

"보현이 그렇게까지 얘기했다니……. 나도 더 이상 숨길 수가 없구나."

도대체 보현과 정숙이 계속 비밀로 해오던 일은 무엇일까. 어떤 비밀이기에 이토록 털어놓기 힘들어했는지…… 들어야만 했다.

"나현이 넌 첫 기억이 뭐니?"

뜬금없는 질문이었다.

"글쎄요……. 10살 때로 기억해요. 옷을 홀딱 벗고 방 안에서 엉엉 울고 있었어요. 뭐가 그렇게 슬펐는지 정말 가슴 아프게 울고 있었던 기억이 나요."

"조금 이상하다고 생각한 적 없어?"

"네……? 글쎄요. 옷을 벗고 있었던 게 이상하긴 하지만 10살짜리 여자애가 우는 건 흔한 일이고……."

"아니, 그게 아니고. 10살이라니…… 첫 기억치고는 너무 늦잖아."

망치로 머리를 얻어맞은 것 같은 충격이 몰려왔다. 그랬다. 다른 사람들은 4~5살 아무리 늦는다 하더라도 6~7살 때의 기억은 가지고 있었다. 그런데 자신은 10살이라니……. 늦어도 너무 늦은 게 아닌가.

정숙은 자리에서 일어나더니 사진 한 장을 가지고 와 나현을 향해 내밀었다. 오래되고 낡은 가족사진이었다. 7살? 8살쯤 되어 보이는 나현과 보현이 손을 맞잡고 부모님 앞에 서 있었다.

"처…… 처음 봐요. 어릴 때 사진은 한 장도 없었는데……."

그런데, 뭔가가 이상했다.

"어릴 적 사진은 너희 부모님이 다 버렸으니까. 네가 봐도 조금 이상하지?"

사진 속 자신의 얼굴을 물끄러미 바라보았다. 분명 자신의 어릴 적 모습이었건만 너무도 낯설었다. 표정을 짓는 방식, 입술을 다무는 모양, 눈을 치켜뜨는 법 모두가 지금과 달랐다. 무엇보다 저것은 어른의 얼굴이었다. 도저히 어린 아이가 지을 수 있는 표정과 눈빛이 아니었다.

"다른 사람 같아요."

정숙이 안타까운 눈빛으로 고개를 끄덕였다.

"얼굴은 분명 저인데……. 다른 사람 같아요."

"그랬을지도……."

"네? 뭐라고요?"

"저때의 넌…… 아마 다른 사람이었을지도 몰라."

"그게 무슨 말씀이세요? 제가 다른 사람이었다니요."

"네가 태어나고 말을 시작할 무렵부터 10살까지……. 넌 나현이 아니라 설화라고 했어."

설화. 놀라움을 넘어선 경악이었다. 늘 꾸던 꿈속에서 보던 여자의 이름이었다.

"역시 알고 있구나. 그 이름을……. 너도 꿈을 꿨던 거니?"

나현이 고개를 끄덕였다.

"말을 시작한 나이부터 10살까지 넌 고려시대 사람이며 송심언의 둘째 딸 송설화라고 했어. 우린 처음엔 어린 네가 책이나 남에게 들은 얘기에 너무 심하게 몰입되었나보다 생각했지. 그 나이 또래 여자애들이 자신을 동화 속 주인공이라고 생각하는 것처럼. 그런데 네 얘긴 어린애가 하기에는 너무나도 구체적이었어."

"……."

"게다가 네 말투나 사용하는 단어들도 도저히 어린 아이라고 생각할 수 없었어. 우린 널 수많은 정신과나 상담 센터에 데리고 갔지만 어디서든 명쾌한 대답을 듣진 못했지."

"그럼 전 10살 때까지 제가 송설화라고 계속 주장했던 건가요?"

"응. 넌 네 부모에게 단 한 번도 엄마, 아빠라고 부르지 않았어. 네 부모가 사고로 죽을 때까지도……."

"또 무슨 얘길 했나요? 고려에서 왔고 송심언의 둘째 딸 송설화라고 하는 것 외에."

정숙이 멈칫거렸다. 쉬이 입이 떨어지지 않는 모양이었다.

"살려 달라고……. 더 이상 죽고 싶지 않다고. 이번 생에서는 꼭 지켜 달라고 얘기했어. 어린 애 입에서 나온 얘기라고 하기엔 참으로 섬뜩했지."

"살려 달라, 라……."

"응. 넌 오랫동안 환생을 거듭해 와서 어떻게 죽었는지 정확하게 기억하지는 못한다고 했어. 누군가가 널 죽였고 그 사람도 환생을 거듭해오면서 매번 널 죽인다고 했지. 이번 생에도 너와 같이 환생을 했을 테니……. 이번에는 꼭 살려달라고 아주 간곡하게 부탁하더구나."

자신을 향해 돌진하던 검은 차의 습격이 번뜩 떠올랐다. 역시 단순한 위협이나 장난이 아니었다. 명백한 살해 의도였다 생각하자 모든 실마리가 풀리는 느낌이었다. 어린 시절부터 계속 반복적으로 꾸는 꿈이나 자신을 위협하는 누군가의 존재까지도.

"그런데 왜 전 지금 그걸 전혀 기억 못하는 거죠?"

"네가 10살이 될 무렵……. 점점 그런 말들을 하지 않기 시작하더니. 어느 순간 완전히 하지 않더구나. 대신 10살 이전의 일들을 전혀 기억 못했어. 차라리 우린 다행이다 싶었지. 그런 상태로는 제대로 된 삶을 살 수 없었을 테니까."

"그냥 없었던 일로 치자 싶으셨던 거군요."

"그렇지. 네가 꿈을 꾼다는 사실도 어렴풋이 알고 있었지만. 우리는 그냥 네가 그대로 잊어주길 바랬다."

"그렇다면 언니는요?"

"똑같았지 보현이도. 자신을 고려에서 온 송여화라고 했어."

"여화……."

[환생을 기억하는 사람들] 사이트에서 보현이 사용하던 아이디였다. 보현 역시 전생에 대해 알고 있었던 게 분명했다.

"너희 둘은 쌍둥이잖니."

정숙은 헤어지기 전 중요한 사실을 한 가지 더 알려주었다. 나현이 10살이 되기 전, 부모님과 고모님께 반복적으로 했던 말. 행여라도 모든 기억을 잃게 된 순간에라도 타인을 통해 들을 수 있도록 끊임없이 내뱉었던 말이었다.

'모든 것의 시작은 그림이라고 했어. 그리고 모든 것의 끝도 그림이 될 거라고.'

"그림이라……"

도대체 무슨 그림을 말하는 걸까. 갤러리에서 일하는 나현에게 의미 있는 그림은 한 방을 가득 채우고 남을 정도로 많았다.

'설마…… 그 그림인가?'

문득 도둑맞은 두루마리 서화가 떠올랐다. 혹시 그림을 가져간 사람이 전생에서 자신을 살해했고, 지난번 자동차로 습격했던 범인이 아닐까? 그리고 어쩌면…… 보현 역시 그 사람에게 살해당했을지도 모른다. 머리가 지끈지끈 아파왔다. 전생이라니……. 무엇보다 큰고모님의 이야기를 아무 거부감 없이 받아들이는 스스로가 놀라웠다.

어느새 오피스텔 현관문 앞이었다. 나현은 지친 몸을 이끌고 차가운 바닥에 발을 디뎠다. 예전에는 이 바닥이 훈훈한 날도 있었다. 보현은 때때로 나현의 집에 들러 냉장고에 직접 만든 반찬들을 채워 넣어주기도 했고, 청소를 해주기도 했다. 보현이 집에 왔다 간 날은 바닥이 훈훈하거나 시원했다. 그런 언니였다. 다시 심장 한 구석이 욱신대며 저려오기 시작했다. 참자, 참아보자 마음먹었지만 어느새 두 눈에서는 눈물이 주르륵 흘렀다.

"언니……. 여화 언니……"

나현은 주저앉아 소리 내어 울기 시작했다. 여화……. 문득 자신이 보현을 여화라고 불렀다는 사실을 깨달았다. 팔에 오솔오솔 소름이 돋았다. 기억이 날 것만 같았다. 누런색 삼베옷을 입고 긴 머리를 늘어뜨린 채 선한 웃음을 짓고 있는 여화의 모습이…….

뭐…… 뭐지? 지금 이 기억은…….

바닥을 뒹군 듯 흙투성이가 된 삼베 치마를 입은 여자가 여화를 향해 손을 뻗었다. 말을 탄 병사들이 여자와 여화가 살고 있는 기와집으로 쳐들어왔다. 말발굽에 짓이겨지는 살림살이들……. 울부짖는 여화의 모습……. 그리고 병사 중 한 사람에게 질질 끌려가는 여자의 모습…….

'안 돼. 안 돼! 설화를 놓아주세요! 제발 부탁입니다……. 제발!'

여화의 얼굴에서 눈물이 줄줄 흘렀다.

'언니. 나 좀 살려줘. 언니…….'

'시끄럽다! 끌고 가!'

말을 탄 병사 중 한 사람이 뒤에 선 병졸들을 향해 소리쳤다. 병사는 어깨에 둘러 멘 설화를 말에 태웠다.

'이랴!'

채찍질을 하자 말을 히잉 소리를 내며 땅을 박차고 내달리기 시작했다. 울고 있는 언니의 모습이 점점 멀어졌다.

'언니! 언니!!'

지어낸 기억이 아니었다. 분명 자신이 떠올린 기억이었다.

그때였다.

누군가의 기척이 느껴졌다.

뒤를 돌아보기도 전, 침입자는 두 손에 쥔 밧줄을 나현의 목에 감았다. 그리고는 있는 힘껏 줄을 잡아당겼다.

"아……악!"

비명이 채 새어나가기도 전 거친 밧줄이 가느다란 목을 압박하며 조여왔다. 나현은 본능적으로 있는 힘껏 발버둥을 치며 목에 휘감긴 밧줄을 손가락으로 긁어댔다. 하지만 곧 숨이 막혀오고 머리가 핑핑 돌기 시작했다. 정신이 가물가물한 가운데 손가락에 힘이 점점 빠져나갔다.

멀리서 누구야, 하고 고함치는 소리가 났으나 눈을 뜰 수가 없었다.

4. 천년의 기억

11세기 초 고려. 왕도 개경.

개경시 북쪽에 위치한 자하동. 가을단풍이 붉은 노을처럼 피어오르는 듯하다 하여 자하동이라 이름 붙여진 마을에도 어김없이 겨울이 찾아왔다. 우람하게 버티고 선 송악산의 산세와 시원하게 흘러나온 계곡물이 한데 어우러져 빼어난 절경을 자랑하는 한적한 마을에 아침부터 저녁까지 대문가 문전성시를 이루는 곳이 있었다. 귀한 개경 땅에서도 노른자위라 할 수 있는 곳에 자리한 최고의 사학기관인 구재학당. 그 곳의 초등 학당인 오륜당 앞마당은 비단옷을 입고 검은 유건을 쓴 어린 공자들의 외침소리로 가득 찼다.

"이현! 이쪽으로!"

"아니, 아니. 이쪽이라니까! 저쪽으로 차면 어이해?"

"저리 좀 비켜봐!"

아직 얼굴에 솜털이 보송보송한 아이들이 하얀 흙먼지를 날리며 공을 차고 있었다. 따뜻한 볕이 학당 마당을 쬐는 날이면 가만히 들어앉아 서책을 읽기 보다는 굴러다니던 실 뭉텅이라도 걷어차며 놀고 싶을 나이였다. 아이들이 가지고 놀던 실뭉텅이가 중문을 지나 마당 안에 막 들어선 시함의 발끝으로 또르르 굴러갔다.

"시함! 이쪽으로 던져줘!"

입에서 하얀 입김을 내뿜으며 이현이 시함을 향해 소리쳤다. 시함은 발아래 실뭉텅이를 슥 한번 보더니 피식 웃고는 그대로 오륜당 기둥 쪽으로 뻥 차버렸다.

"너 어디로 차는 거야?"

이현의 신경질적인 소리가 찬 공기를 가르기도 전 전각 기둥 뒤에서 작은 비명소리가 들렸다.

"아얏!"

숨을 몰아쉬던 아이들이 발걸음을 멈추고 소리 난 곳을 향해 바라보았다. 기둥 뒤에는 빨간 볼을 한 여자아이 하나가 머리통을 감싼 채 주저앉아 있었다. 학당 앞마당에서 공을 차던 남자 아이들과 비슷한 또래의 여자 아이였다. 모두의 시선이 일제히 자신을 향하자 설화는 빨개진 얼굴로 울상을 지었다.

"쟤 또 온 거야?"

"누구야?"

"이부상서 송심언 대감의 둘째 여식……. 여기 만날 오잖아."

"오늘도 이현 보러 왔나 보네."

마당에서 공놀이하던 공자들이 설화를 보고 술렁거렸다. 설화는 자신을 바라보는 아이들의 눈초리에 주눅이 들어 입을 삐죽거렸다. 꼭 생선을 훔쳐 먹다 걸린 고양이가 된 것만 같은 기분이었다. 어찌할 바를 몰라

멍하게 서 있으려니 공을 차던 무리 속에서 이현이 냅다 달려왔다.
"설화!"
익숙한 얼굴을 발견하자 이내 환한 웃음이 지어졌다.
"오늘은 또 어찌 온 게야?"
"그…… 그것이! 남대가 시전 상점에 포목을 사러 간다는 염가댁을 따라 나섰다가……."
"따라나섰다가?"
"길을 잃어서……."
"길을 잃어서?"
"길을 잃어서…… 음…… 길을…… 찾다……."
미리 생각해 놓은 변명거리가 없었던 모양인지 동그란 눈을 열심히 굴려대고 있었다.
"길을 잃어 이리저리 헤매다 보니 이리 들어오게 됐다는 얘기구나?"
설화가 우물쭈물하며 빨개진 얼굴로 고개를 끄덕이자 이현은 속으로 웃음을 삼켰다.
거짓말도 할 줄 모르면서.
매일같이 이런 이유, 저런 이유로 학당을 드나드는 설화가 이제는 신통방통하게 느껴질 지경이었다.
"유시오후5시~7시가 되면 학당이 마치니 오륜당 뒷마당에서 기다리거라. 내 집까지 데려다 줄 터이니."
"정말?"
"그럼. 또 혼자 돌아가다가 이리저리 헤매면 어찌하느냐?"
이현이 자못 심각한 얼굴로 말하자 설화가 환하게 웃으며 고개를 끄덕였다. 그런 설화를 보며 이현은 다시 한 번 웃음을 삼켰다. 어찌 보면 그들 사이에 매일 일어나는 정답과도 같은 대화였다.

데려다 줄 터이니 기다리렴.

그 말이 설화가 학당에서 시간을 보낼 수 있도록 하는 마법과도 같은 말임을 이미 잘 알고 있었다.

어느새 해가 뉘엿뉘엿 오공산 넘어가고 있었다. 오륜당에서 공자들의 경전 외는 소리가 바람을 타고 들려왔다. 설화는 뒷마당 흙바닥에 쪼그리고 앉아 나뭇가지로 무언가를 열심히 쓰는데 여념이 없었다.

"아. 이건가? 아닌가?"

분명 책에서 본 것인데 모양이 잘 생각나지 않았다.

"그럼 이건가?"

흙바닥에 써진 글자를 지우려던 찰나였다.

"아니. 이거다."

옆에서 불쑥 기다란 나뭇가지 하나가 튀어나와 바닥에 쓰인 글씨에 제대로 된 획 하나를 더 했다. 쪼그려 앉아 있던 설화가 고개를 번쩍 들었다. 쌍꺼풀 없이 길게 찢어진 진한 눈매에 오똑한 콧날과 매끈한 턱선, 정으로 깎아 놓은 듯 잘생긴 얼굴의 시함이 오만한 표정으로 내려다보고 있었다. 눈이 마주치자 저도 모르게 고개를 홱하니 돌려버렸다. 어느새 가슴이 두근두근 방망이질 치고 있었다.

"그 정돈 나도 알아."

설화는 시함이 쓴 글자를 손으로 지워버리고는 그 위에 다시 제대로 된 글자를 써 내려갔다. 귀가 화끈거렸다.

이런 모습을 보이다니. 분명히 멍청한 계집이라 생각할거야.

흙바닥 위의 글씨가 한없이 부끄럽고 민망하였다. 온 신경을 옆에 선 이에게로 곤두세운 채 떨리는 손으로 글씨를 쓰고 있으려니 시함의 인기척이 서서히 멀어졌다. 그제야 긴장했던 몸에 힘이 스르르 빠져나갔으나 한편으로 허탈하기 그지없었다.

　멍청해. 바보 같아. 왜 하필 그때 엉터리 글씨를 써서는…….

　제 자신이 원망스럽고 한심하기 짝이 없었다. 다시 바닥에 의미 없는 동그라미만 한참 그려대고 있으려니 머리 위로 작은 그림자가 드리워졌다. 고개를 슬쩍 들고 바라보니 시함이 예의 오만한 얼굴로 누런 서책 하나를 내밀고 있었다.

　"자."

　어리둥절한 얼굴로 책을 받아들 생각을 않자 불퉁한 얼굴의 어린 공자는 다시 책을 들이밀었다.

　"뭐야, 이게?"

　"논어. 내가 처음 보았던 책이다. 어렵지 않을 테니 읽어 보아라."

　"논어는 우리 집에도 있어."

　"내가 보아주겠단 말이다."

　귀가 잘못된 걸까? 설화는 자신의 귀를 의심했다. 제가 들은 말이 정녕…….

　"매일 학당 문이 닫을 무렵 이곳으로 오면 내 논어를 가르쳐 주겠다 하였다."

　심장이 방정맞게 뛰어대기 시작했다. 가슴 가득 환한 것이 혹 퍼져나갔다.

　"매일 학당에 오는 건 글공부가 하고 싶어서 그런 것이 아니냐? 내 마침 학당을 마치면 딱히 할 일도 없고……. 무료하여……."

　보아주겠다. 가르쳐 주겠다. 말과 표정은 오만방자하기 그지없었지만 마주선 눈을 똑바로 바라보지 못하는 시함에게서 왠지 모를 부끄러움이 느껴졌다. 게다가 설화를 향해 내민 서책이 미세하게 떨리고 있는 게 아닌가. 설화는 피식 웃으며 시함이 내민 책을 받아 들었다.

"참말이야?"

"대신 아무한테도 말하지 말아라."

"왜?"

"여…… 여하튼 아무한테도 말하지 마. 알겠지?"

설화가 논어를 품에 꼭 안고는 기쁜 듯이 고개를 끄덕였다. 그때 오륜당 뒷마당으로 여러 명의 공자들이 우르르 몰려오는 소리가 들렸다.

"난 가볼게. 학당 문 닫을 무렵 이곳이다!"

시함은 반대쪽을 향해 재빨리 걸음을 옮기며 외쳤다. 시함이 시야에서 사라지자마자 이현이 날쌘 걸음으로 뒷마당에 들어섰다. 아슬아슬한 찰나였다.

"설화! 오래 기다렸지? 미안해."

"아…… 아니야. 괜찮아."

아슬아슬한 긴장감에 심장이 두근거렸다. 비밀 언약이라도 한 양 들키면 안 될 것 같은 기분이었다.

"아까 누구랑 있었어? 말소리 들리던데."

"아…… 그냥 혼자…… 혼잣말하고 있었어!"

이현은 설화가 품에 안고 있는 논어 책을 흘낏 쳐다보았다. 누군가를 만났었는지 상기된 표정이었다.

"정말 혼자 있었어?"

왠지 모를 불길한 기분에 이현은 의심을 거두지 않고 재차 물어보았다.

"응. 그럼. 내가 왜 오라버니에게 거짓을 말하겠어?"

거짓말도 할 줄 모르면서.

단호한 대답에 이현은 목구멍까지 차오른 말을 삼키고 말았다.

이현은 옆에서 콧노래를 흥얼거리는 설화를 흘낏 쳐다보았다. 학당을 나와서부터 뭐가 그리 신나는지 설화는 콧노래를 부르거나 노래에 맞춰 거리를 깡충깡충 뛰어다니는데 여념이 없었다. 서책을 꼭 품을 안은 채로.

"설화."

"응?"

"그 서책 말이다. 어디에서 난 게냐? 아까는 없었던 것 같은데."

"아…… 이거?"

당황한 설화가 말을 얼버무렸다. 저 자그마한 머리에서 변명거리를 생각해내느라 눈알을 굴리는 소리가 다 들릴 지경이었다.

"학당에서 누가 준거야?"

"아니."

"그럼?"

"주웠어. 학당 뒤에 굴러다니던 거. 아마 면학하기 싫은 누군가가 내다 버렸나봐."

"그런 책을 왜 주웠어? 논어라면 너희 집에도 많잖아."

"그…… 그냥!"

"이리 줘. 내가 새 책 가져다줄게."

이현이 설화가 안고 있던 논어를 향해 손을 뻗는 순간이었다.

탁-.

설화가 이현을 손을 세게 쳐낸 것이다. 그리고는 이현은 절대 만질 수도, 만져서도 안 된다는 듯 서책을 품에 꼭 끌어안았다. 마치 소중한 것을 빼앗으려는 사람을 쳐다보는 듯 적대적인 얼굴. 그것은 이현이 처음 보는 설화의 낯선 얼굴이었다.

"아……. 미, 미안해, 오라버니. 세게 치려던 건 아니었는데."

설화가 이내 머쓱한 얼굴로 다가왔지만 이현은 짧은 순간 보았던 얼굴에 할 말을 잃었다.

저깟 서책이 무언데.

이현은 자신의 손을 잡고 이리저리 살펴보며 울상을 짓고 있는 설화를 찬찬히 내려 보았다. 불안감이 마음 한가득 퍼지고 있었다.

"언니!"

툇마루에 앉아 햇볕을 쬐던 여화가 잔잔한 미소 지었다. 설화는 상기된 얼굴로 한걸음에 달려와 여화의 옆에 냅다 앉았다.

"여직 바깥 공기가 찬데 왜 나와 있어? 얼른 들어가."

"아니다. 이리 볕도 좋은데. 오늘도 학당에 다녀 온 거야?"

"응."

"그 공자는 또 보았고?"

"……응."

살짝 숙인 얼굴이 발그레 졌다. 벌써 몇 달째, 설화는 매일같이 구재학당을 제집 드나들 듯이 하고 있었다. 설화가 처음 아버지에게 글을 배워 보겠다 간청한 것은 두 해 전이었다. 그때 송심언은 껄껄 웃으며 기특한 듯 머리를 쓰다듬어 주지 않았는가.

'네 어미를 꼭 닮았구나. 그래. 배움의 길에는 사내도 아녀자도 없는 법이지.'

후로 설화는 송심언이 퇴청할 시간만을 손꼽아 기다리곤 했다. 송심언은 피곤한 몸을 이끌고도 설화와 여화를 무릎 위에 앉히곤 밤늦도록 천자문을 알려주었다. 늦은 밤 방 안 가득히 조용하게 울리는 송심언의 천자문을 읊는 소리가 설화는 그 무엇보다 좋았다.

하지만 작년 송심언이 이부상서 관직을 하사 받고 나서부터는 설화, 여화와 보내는 시간도 현격하게 줄어들었다. 퇴청 시간은 점점 늦어졌고,

퇴청 후에도 사랑채 누각에서 다른 대감들과 회동하는 날이 잦아졌다. 시무가 고단한 모양인지 아버지가 기거하는 방은 늘 새벽이 다 되도록 환하게 불이 밝혀져 있었다.

 그런 아버지 면전에 글을 더 가르쳐 달라, 글 선생을 하나 붙여 달라, 아니면 학당에 보내 달라 떼를 쓸 수가 없었다. 집에는 오라비나 장성한 사내가 없었기에 어깨 너머로도 글을 배울 수 없었다. 여의치 않은 상황이 지속될수록 아니, 지속되었기에 글을 배우고 싶은 마음은 점점 더 커져만 갔다. 하지 말라니 더 하고 싶은 심보였다고도 할 수 있을 터였다. 그래서 이현이 올해 정월부터 구재학당에 다닌다는걸 알게 되었을 때 귀가 번쩍 띄었던 것이다. 후로는 이 핑계, 저 핑계를 대며 학당을 기웃거렸다. 핑계의 대부분은 이현이었다.

 '오라버니가 서책을 두고 가셔서······.' 혹은, '오라버니의 조반을 자시지 못해 배가 궁하여 면학하지 못할까하여 유밀과를 좀 가져왔는데······.' 혹은, '마침 시전을 나왔다가 오라버니 학당 마치는 시간과 맞아 같이 돌아갈까 하여······.'

 저를 여동생마냥 예뻐라 하는 이현은 그런 설화가 귀여운 모양인지 핑계라는 걸 알면서도 짐짓 모른 체 해주었다. 어디 모른 체 뿐이 아니었다. 오히려 설화가 오지 않거나 늦는 날이면 학당 대문 밖까지 나와 목을 빼고 기다리곤 했다. 하지만 설화가 학당에 매일 가는 이유는 비단 글을 배워보려는 것뿐만이 아니었다.

 "오늘은 말이라도 한 번 건네 보았어?"

 여화의 물음에 설화는 빨개진 얼굴로 고개를 끄덕였다.

 "참말? 참말이야?"

 "응! 게다가 이 서책도 받았어."

 설화가 논어를 번쩍 들어 보였다.

"매일 학당이 끝날 무렵에 찾아오면 논어를 가르쳐 주겠대!"
 말하고서도 제가 부끄러운 모양인지 설화의 얼굴이 저녁노을처럼 붉게 타올랐다.

* * *

 쭉 찢어진 눈에 부루퉁한 얼굴의 공자를 처음 본 건 지난 해 정월 초하루에 열린 연등회에서였다. 연등회는 한 해 중 설화가 가장 좋아하는 날이었다. 첫날 소회일에 국왕의 배례가 끝나면 나머지 이튿날 대회일에 개경 도성 안은 온통 축제의 장이었다. 밤늦도록 도심은 불야성을 이루었고 거리로 나온 사람들은 술에 취해 흥청거리거나 시끄럽게 떠들어대며 연회를 만끽했다. 아이들은 종이를 오려 장대에 붙여 깃발을 만들어 거리와 마을을 뛰어 돌아 다녔고, 인심이 넉넉해진 사람들은 잔칫상을 한가득 차려 내오기도 했다.
 설화는 그런 도심의 흥겨운 분위기가 무척이나 좋았다. 하지만 무엇보다 설화의 마음을 홀딱 빼앗은 건 거리에 가득히 매달려 있는 등불의 행렬이었다. 줄지어 매달려 도심을 가득 밝히고 있는 등불은 어찌 보면 까만 밤하늘에 둥둥 떠 있는 불빛 같아 보였다. 설화는 연등회 날이면 만호 장안을 고루 밝히고 있는 등불을 넋을 잃고 바라보곤 했다.
 지난 해 부친 송심언을 따라 궁중 연회에 참석한 설화는 궁중을 가득 밝히고 있는 비단 등롱에 홀딱 마음을 빼앗겼다. 도심의 등불과는 달리 화려한 비단에 고운 문양까지 있는 등롱은 생전 처음 보는 진귀한 것이었다. 연회가 벌어지는 궁중 앞뜰을 뒤로 하고 혼자 뒤뜰로 나온 설화는 고개를 들고 하늘 위 비단 등롱을 넋을 잃고 바라보며 걷고 있었다.
 "아얏."

바로 앞에 누군가 있었던 모양이었다. 하늘만 바라보고 걷다보니 앞에서 다가오던 사람을 보지 못했고 그대로 부딪혀 벌렁 뒤로 넘어져버린 것이다. 그 바람에 밤이슬로 축축해진 풀밭에 엉덩방아를 찧고 말았다. 축축하게 젖은 치마도 기분 나빴지만 뒤로 짚은 손이 까졌는지 욱신거렸다.

"공자님! 괜찮으십니까?"

설화와 부딪힌 이도 뒤로 벌렁 넘어진 모양인지 저 멀리서 검은 무복을 입은 호위 무사 하나가 뛰어 오고 있었다. 턱 밑에 깊은 상처가 있는 뾰족한 얼굴의 사내였다. 옷매무새를 가다듬고 일어나보니 앞에 나자빠져 있는 이는 제 또래만한 공자였다. 자신보다 더 장렬하게 넘어진 모양인지 찡그린 얼굴과 흙투성이가 된 몰골이 볼만했다. 설화는 킥 하고 저도 모르게 소리 내어 웃었다.

"웃어? 너, 지금 웃음이 나오느냐?"

호위 무사가 어린 공자를 일으켜 세워 흙을 탈탈 털어내는 동안 그가 버럭 소리를 질렀다. 빨개진 얼굴로 씩씩거리는 게 아픔보다는 창피함이 더 컸던 모양이었다.

"미안. 등불을 보느라 앞을 보지 못했어."

"네가 그렇게 멍청하게 걷고 있지만 않았어도……."

버럭 화를 내며 다가서던 시함이 입을 다물었다. 한 발 앞으로 내딛자 등불 때문에 역광이라 캄캄한 인영 밖에 보이지 않았던 꼬마 애기씨의 모습이 드러났기 때문이었다. 살구 빛이 도는 하얗고 통통한 뺨에 영롱하게 빛나는 까만 눈동자, 새빨간 입술.

"미안해."

빨간 입술을 옴팡지게 깨문 모습이나 아래로 살짝 처진 눈썹이 귀엽고 사랑스럽기 그지없었다.

"아…… 앞으론 조심해. 그렇게 넋을 놓고 다니다 벽에 부딪히기라도 하면 어찌 할 게야?"

시함이 툴툴거리며 손에 묻은 흙을 마저 털어냈다.

"그런데 너 혼자야?"

설화는 그 말에 놀라 주위를 두리번거렸다. 정말이었다. 아까까지만 해도 염가댁과 함께였는데……. 그러고 보니 뒤뜰로 가지 말고 잠시만 기다리라고 했던 말을 들었던 것 같기도 하고…….

"그러네……."

"그러네?"

시함이 기가 막힌 듯 혀를 찼다. 이 어린 애기씨는 연등회라는 축제날의 뒷모습에 어떤 위험이 도사리고 있는지 전혀 모르는 눈치였다.

"너도 부친을 따라 궁중 연회에 온 거지? 연회장은 이쪽이니 날 따라와. 매광! 앞서 걷게나."

시함의 말에 매광이라 불린 검은 무복의 사내가 앞서 걷기 시작했다. 설화는 앞서 걷는 시함의 작은 등을 가만히 바라보았다. 등불이 은은하게 비치는 그 어린 공자의 뒷모습이 꽤나 믿음직스러워 보였다. 궁중 연회장으로 돌아가는 길 내내 시함은 불퉁한 얼굴로 잔소리를 해댔다.

"야야! 조심해. 물웅덩이 있잖아. 할 수 없지. 손 이리 줘. 아니, 아니. 내 손 잡아."

"야! 칠칠맞게 치마에 흙이 다 묻어 있잖아. 이리 와 봐. 털어줄게."

말투는 불퉁하였으나 행동은 다정하기 그지없었다. 그 남모를 자상함에 왠지 가슴이 간질거렸다. 분명 발은 흙길을 내딛고 있었건만 뜰을 가득히 밝히고 있는 등불에 감싸여 둥둥 떠 있는 것만 같았다. 세상에 온통 저와 나 둘만 있는 느낌이었다.

연회장에 들어서자 염가댁과 송심언이 설화를 향해 반색하며 달려왔다.

"설화야!"

"아버지!"

"어디 있었던 게냐? 염가댁이 네가 사라졌다고 해서 온통 난리였다."

송심언이 걱정스럽지만 다소 엄한 목소리로 나무랬다.

"죄송해요. 비단 등롱을 구경하다 보니 저기 뒤뜰까지 가버렸지 뭐예요? 그래도 여기 있는 공자님이 무사히 데려다 주셨어요."

송심언은 설화 옆에 선 부루퉁한 표정의 어린 공자를 바라보았다. 쭉 찢어진 눈매와 우뚝 선 콧날이 눈에 익은 듯하였다. 윤시함……. 분명 윤일재의 차남이렷다.

"이부상서 나으리께 인사 올립니다. 문하시중 윤일재의 차남 시함이라 하옵니다."

시함이 정중하게 인사를 올렸다. 설화는 짐짓 어른인 체하는 시함을 향해 콧방귀를 뀌었다.

"자네가 문하시중 대감의 차남이로구만. 국자감 입학도 전에 사서삼경을 통달한 인재라 하여 그 출중함에 성상도 관심이 지대하다 들었네."

"송구한 말씀이옵니다."

"지나친 과찬이시오. 송 대감."

멀리서 낮지만 힘 있는 목소리가 들려왔다. 저만치에서 풍채 좋고 호탕한 걸음의 지체 높은 어른이 걸어오고 있었다.

"재상 어른!"

송심언은 윤일재를 향해 곧 몸을 낮춰 예를 표했지만 표정만큼은 얼어붙은 듯 딱딱하게 굳어 있었다.

"아직 한없이 부족한 자식이지요. 사서삼경을 통달했다고 하나 경전을 외우고 있는 것에 불과하며 아직 깨우침에 이르기엔 멀었습니다."

윤일재는 시함의 곁에 서서 그의 머리에 가만히 손을 올렸다. 과찬이라, 한없이 부족한 자식이라 겸양 어린 말이었지만 시함을 바라보는 눈에는 한없는 자랑스러움이 가득했다. 윤일재가 다가오자 시함은 으쓱해진 얼굴로 의기양양하게 설화를 바라보았다.

문하시중 윤일재의 차남이라니. 아무리 어린 설화도 윤일재란 함자 세 글자는 잘 알고 있었다. 아니, 고려 땅 천지에 누가 그 이름을 모를 수 있으랴. 옥좌에 있는 황제를 손아귀에 쥐고 좌지우지할 수 있는 인물. 구중에는 옥좌에 앉을 이를 결정하는 것도 전부 윤 씨 가문이라는 말이 돈 지도 한참이나 되었다. 설화는 흘낏 송심언의 얼굴을 바라보았다. 어린 아이였지만 느낄 수 있었다. 윤일재를 향한 아버지의 적대감을.

그것이 시함과 설화의 첫 만남이었다. 하등 인상에 남을 것 없는 만남이었지만 그 날 이후 설화는 잠을 이룰 수가 없었다. 눈만 감으면 그 공자의 무심하고 불퉁한 얼굴이 눈앞에 아른거렸다. 뿐이랴. 저도 모르게 연등회 날 있었던 짧은 만남을 자꾸만 곱씹게 되었다.

그때 그 공자가 뭐라고 했더라? 자기 손을 잡으라고 했었나? 아니, 그보다는 손 이리 줘!가 먼저였나? 그러다 사촌 오라비인 송기탁으로부터 그 공자가 이현과 같은 학당을 다닌다는 사실을 들었을 때는 옳다구나 하고 무릎을 칠 수 밖에 없었던 것이다.

"그런데 설화야. 그 공자가 그리도 좋으냐?"

골똘히 생각에 잠긴 설화를 향해 여화가 조심스레 물었다. 빨갛게 상기된 얼굴로 고개를 끄덕이는 모습을 보니 여화는 마음이 무거워졌다. 아흐레 전 의도치 않게 엿들은 아버님과 이약선 대감의 얘기가 생각났기 때문이었다.

'그나저나 설화가 부쩍 자랐습니다. 이젠 제법 여인의 태가 납니다.'

'그리 말해주시니 감사합니다. 아직 부족한 여식이건만……. 감히 이 가(家)의 연으로 삼아주시면 빈가의 영광이옵죠.'

 '설화가 열일곱의 나이가 되면 이현과 혼례를 치르도록 합시다.'

 그리고 두 어른의 껄껄거리는 웃음소리가 들려왔다. 여화는 다른 공자를 생각하며 웃는 동생의 모습을 보며 착잡한 마음을 지울 수가 없었다. 쌍둥이지만 장녀인 자신에 비해 비교적 자유롭게 자란데다 둘째의 어리광을 아버님은 기쁘게 받아주셨다. 그런 설화가 처음 가지는 연모의 정일 터였다.

 "이름이 시함이었어. 윤시함. 언니, 이상한 게 말이지. 그 공자는 내가 학당 어디에 있던지 날 기가 막히게 찾아내더라고. 언제나 날 찾고 있는 것처럼."

 설화는 활짝 핀 매화처럼 환하게 웃고 있었다. 그 모습에 여화는 마음 한 구석이 아려왔다.

 한 해 전 부친 송심언은 가노들을 모두 물리친 늦은 시각 여화를 사랑채로 불렀다. 방 안에는 부친 외에 자신보다 일고여덟 살 정도 많아 보이는, 이제 막 소년의 티를 벗은 젊은 사내 하나가 앉아 있었다. 제 아비가 말을 높일 정도로 귀한 신분인 그는 방안으로 들어서는 자신을 진득한 시선으로 바라보았다.

 부친은 제게 '몇 해 후 혼례를 올릴 것이다.', '이 분이 널 보살피실 것이다. 인사를 드리거라.' 하였지만 여화는 어쩐지 그 자의 시선이 불편했다. 그 후로도 몇 번이나 더 만날 기회가 있었지만 도통 마음이 가지 않았던 것이다.

 여화는 문득 설화가 그 공자에게 가지는 연모의 정이 한없이 부러워졌다. 그리고 제가 일평생 가져볼 수 없는 마음을 가진 채 만개한 매화꽃처럼 웃는 제 동생이 가슴 사무치게 부러우면서 애달팠다.

* * *

정월 보름 연등회를 맞이하여 도심은 불빛으로 가득했다. 광화문에서 십자거리 봉은사 산문으로 향하는 남대가는 둥둥 뜬 불빛의 향연이었다. 길을 따라 쭉 이어진 회랑 2층 누각마다 매달린 등불이 환한 빛을 발하고 있었다.

"우와!"

눈앞에 펼쳐진 절경에 설화는 입을 떡 벌린 채 연신 감탄사를 내뱉었다. 연등회 구경이 처음도 아니었건만 처음 보는 것 마냥 신나 깡충깡충 뛰어다녔다. 설화가 이리저리 뛰어다닐 때면 이현은 붙든 손을 더 단단히 잡아 쥐었다. 유모와 시비 몇몇이 꼭 달라붙어 쫓아오고 있긴 했지만 이렇게 사람이 붐비는 도심에서 잠시라도 한눈을 팔았다간 인파에 휩쓸려 길을 잃기 십상일 터였다. 이현이 그런 걱정을 하거나 말거나 설화는 제대로 앞도 보지 않고 두리번거리며 등불을 바라보기에 여념 없었다.

"오라버니! 저것 좀 봐!"

"보고 있어."

"참으로 예쁘지?"

"응. 참으로 예쁘다."

"그렇지?"

알긴 아는 게냐? 참으로 어여쁘다.

"설화야. 오라비 손 꼭 잡아야 한다. 사람들이 많으니 언제 잃어버릴지 몰라."

"걱정 마. 이렇게 꼭 잡고 있을 터이니."

온갖 사람들이 봉은사 밖 거리로 나와 축제를 벌이고 있었다. 술에 취해 흥청거리는 이들. 노래를 부르며 덩실덩실 춤을 추는 이들. 모두다 조금은 풀어진 모습들이었다.

그때였다. 행사의 일환이었는지 십자거리 아래 앵계천변에서 등롱 수십 개가 둥실둥실 하늘로 떠오르기 시작했다.

와아……. 풍등이다.

탄성소리가 곳곳에서 터져 나왔다. 수십 개의 등불이 하늘 위로 떠오르며 장관을 연출했다. 사람들은 하나같이 감탄사를 내뿜으며 하늘을 바라보았다. 그러다 보니 저마다 서로 더 잘 보겠다고 밀고 당기는 바람에 금세 거리가 혼잡해졌다. 이현과 설화는 부대끼는 인파에 이리저리 휘말리기 시작했다.

"어……. 어어……."

이현과 설화 사이에도 사람들이 비집고 들어오기 시작했다. 맞잡은 손이 팽팽해 질만큼 삽시간에 두 사람의 거리가 멀어졌다.

"설화!"

다시 수십 개의 등롱이 하늘로 떠오르자 사람들이 또 한 번 우르르 몰려들었다.

"오라버니!"

아슬아슬 잡고 있던 손을 결국 탁하고 놓쳐 버리고 말았다.

"설화야!"

순식간이었다. 손을 놓쳐버리자 바로 옆에 있던 설화가 사람들 틈바구니로 사라지고 만 것이다. 이현은 군중 속을 헤치며 설화가 사라진 곳을 향해 나아갔다. 하지만 밀려드는 인파에 이리저리 휩쓸리기만 할 뿐이었다. 눈에 띄게 좋은 비단옷을 입은 아이다. 이제 겨우 열 살. 이 소란스럽고 번잡한 거리에 혼자 남게 된다면 무슨 일이 당할지……. 이현의 얼굴이 새하얗게 질렸다.

"석만! 염가댁! 설화가 사라졌어!"

이현이 한참이나 뒤에 있는 종복들을 향해 소리쳤지만 그 마저도 사람들이 내지르는 소리에 묻혀버렸다.

한편, 설화는 외진 길가에 서서 어찌할 바 모르고 발만 동동거렸다. 이현의 손을 놓쳐버린 것도, 낯선 곳까지 떠밀려 온 것도 순식간이었다. 주위를 둘러보아도 익숙한 풍경, 아는 이 하나 없었다. 지나가는 사람들은 많았지만 조금은 음산한 거리였다. 인파에 휩쓸려 날탕과 왈패들의 저잣거리라 불리우리는 앵개천변까지 건너온 모양이었다.

"아부지……. 이현 오라버니……."

흉흉한 거리에 불안한 얼굴로 선 여자아이는 사람들의 시선을 끌기에 충분했다. 화사한 색감에 결 좋은 비단 옷과 고운 머리 장식 덕에 누가 보기에도 길 잃은 귀한 집 여식임이 한눈에 드러났다. 사람들이 힐끔대며 쳐다보기 시작했다. 아까만 해도 인심 좋고 넉넉해 보이던 얼굴들이 서서히 무섭게 변해가고 있었다.

"그리 불안하게 떨고 있으면 더욱 시선을 끌 겁니다."

목소리가 들린 곳을 바라보니 허름한 옷을 입은 거렁뱅이 승려가 벽에 등을 기대고 앉아있었다.

"일행이 있는 척 하세요. 안 그러면 배고픈 자들의 표적이 되기 십상일 테니까요."

거렁뱅이 승려의 말에 설화가 침을 꿀꺽 삼키곤 표정을 바꾸었다. 불안함을 지우고 누군가를 기다리는 듯한 태연한 표정으로. 그제야 설화를 유심히 바라보던 사람들이 하나둘씩 시선을 거두기 시작했다. 흥미를 잃은 듯, 그저 축제를 즐기러 온 수많은 귀족 아이들 중 하나를 보는 것처럼 무심히 스쳐 지나갔다.

"고맙습니다."

설화가 거렁뱅이 승려를 향해 다소곳하게 합장을 했다. 그때 마주 합장을 하던 승려의 배에서 요란한 소리가 났다. 꼬로록. 소란스러운 거리에서도 설화의 귀까지 또렷하게 들릴 만큼 맹렬한 소리였다. 설화가 킥하고 소리 내어 웃자 거렁뱅이 승려는 민망한 듯 머리를 긁적였다. 한껏 근엄한 채 해 놓고 요란히 울리는 꼬로록 소리라니. 설화는 웃음을 멈추곤 치마에 달린 작은 주머니를 부스럭거리며 뒤졌다.

아! 다행히 하나가 남아있었다.

"배가 고프신 것 같아서……."

주머니에서 꺼낸 떡을 내밀자 승려는 잠시 우물쭈물하더니 이내 눈앞의 떡을 덥석 두 손으로 그러쥐었다.

"감사히 먹겠습니다."

허겁지겁 떡을 입으로 우겨넣는 모습을 보니 굶주려도 한참 동안 굶주린 모양이었다. 떡을 순식간에 먹어치운 승려는 이제야 좀 살겠다는 듯 트림소리를 끄억, 하고 냈다.

"맛있으셨나봅니다."

설화가 키득거렸다.

"근 사흘간 아무것도 먹지 못했습니다."

하루, 이틀도 아닌 사흘간? 상상도 못할 일이었다. 설화는 걸신들린 듯 떡을 먹어 해치우던 승려를 보며 키득거렸던 제 행동이 부끄러워졌다.

그래도 제게 도움을 주었던 분인데. 사과라고 건네려는 찰나, 골목 끝에서 행색이 불량한 패거리가 건들거리며 승려를 향해 다가왔다. 설화보다 대여섯 살 연치가 있어 보이는 아이들로 거리를 돌아다니며 구걸을 하거나 행패를 일삼는 무리였다.

"이 거렁뱅이가 아직도 예서 뭐하고 있는 거야?"

"형님. 아무래도 그때 덜 맞은 모양인가 보오."

너덧 명의 불량 패거리에게서는 고약한 냄새가 풀풀 풍겨났다.

"얼마나 더 맞아야 여기에서 썩 꺼질 텐가? 엉?"

가장 앞에 있던 덩치가 곰만 한 사내아이가 위협적으로 손을 들어 승려를 내리치려 했다.

"뭣들 하는 게야?! 왜 가만히 있는 사람을 괴롭히는 것이지?"

설화가 승려 앞을 대뜸 막아서며 패거리를 향해 쏘아 붙였다. 패거리가 황당한 얼굴로 설화를 바라보았다. 고운 비단옷을 입은 여자아이가 승려의 일행일 거라 생각지 못한 탓이었다.

"이 꼬맹이는 뭐야?"

"이 스님을 내버려 두지 않으면 내 가만두지 않겠다!"

설화가 작은 팔을 대자로 벌리며 앙칼지게 소리치자 패거리들이 서로를 바라보며 낄낄거렸다.

"이 꼬맹이가 뭐라고 씨부렁거리며 나부대는 거야? 네가 어쩔 건데? 당최 우릴 어쩔 건데?"

곰 사내가 커다란 몸을 으스대며 다가왔다. 하늘로 치켜 올린 곰발바닥만한 손이 작은 몸뚱이를 향해 곧 내려칠 기세였다.

"내가 이런 곳에 혼자 나와 있을 거라 생각하는 게냐?"

곰 사내가 주춤하자 설화는 의기양양한 얼굴로 뒤에 선 장정들을 가리켰다.

"저 사람, 저 사람 그리고 저 사람 전부 우리 집 가솔들이다. 내 몸에 그리고 저 스님 몸에 손 하나라도 대 보거라. 내 여기서 떠나가라 소리 지를 터이니."

패거리들 사이에 작은 동요가 일기 시작했다.

"어…… 어떻게 하지?"

"귀한 집 여식 같은데……. 이런 골목에 혼자 있을 계제는 아닌 듯 하요, 형님."

뒤에 선 장정들의 몸집이 보통이 아니었으니 나이 어린 패거리들로서는 주눅이 들 만했다. 곰 사내는 뒤에 선 동료들이 웅성대자 기세 좋게 들어 올렸던 팔을 슬그머니 내렸다.

"쳇. 가자. 그리고 땡중 너, 다시 한 번 내 눈에 뜨이기만 해. 돌팔매질을 해줄 터이니."

곰 사내는 거렁뱅이 승려에게 으름장을 놓은 후 패거리들을 이끌고 골목 안으로 사라졌다. 패거리들이 눈앞에서 완전히 사라지자 설화는 휴우, 하고 참았던 숨을 토해냈다. 다행이었다. 뒤에 선 장정들은 등롱에 정신이 팔려 제가 한 말을 듣지 못했던 까닭이었다. 우연히 골목에 서서 등불을 구경하던 장정들도 어느새 사라지고 없었다.

"애기 보살님 덕분에 목숨을 건졌습니다."

거렁뱅이 승려와 설화는 서로 마주보며 빙긋이 웃었다.

"무얼요. 자기네들보다 강한 자에겐 고개를 숙이고 약한 자에게 윽박지르는 놈들에겐 이 방법이 제격이지요."

씩씩하게 웃는 설화를 보며 거렁뱅이 스님이 희미한 웃음을 지었다. 왠지 모르게 슬퍼 보이는 웃음이었다.

"이리도 상냥한 분이신데……."

"……?"

"그래서 제 목숨 값으로 한 가지 도움 될 만한 걸 가르쳐 드리려 합니다."

"목숨 값이요?"

"아니. 이 애긴 도움 되는 걸 넘어서 애기씨에게 아주 중요한 이야기가 될 겁니다. 애기 보살님. 제가 오늘 하는 말을 절대, 절대 잊으시면 아니 됩니다. 아시겠죠?"

거렁뱅이 승려의 목소리가 진지해졌다.

"알겠어요. 절대 잊지 않을게요."

"이 사실을 명심하세요. 모든 것은 그림에서 시작해서 그림으로 끝납니다. 그림을 조심하세요."

"그림이요? 어떤 그림인데요?"

거렁뱅이 승려는 초점 없는 눈동자로 앞을 멍하니 바라보았다. 설화는 조심스레 팔을 뻗어 승려의 눈앞에서 흔들어 보았다. 아무런 반응이 없었다. 맹인이었다.

"태어날 때부터 앞을 볼 수 없었습니다. 무언가를 본 적이 없으니 어떤 그림이라 말씀드릴 수가 없지요."

"저…… 제가 뭐라……"

"애기씨……"

"네?"

"애기씨의 삶이 순탄치만은 않을 것 같습니다. 이리 고운 마음씨를 지니셨는데…… 하지만 제 말만 명심하십시오. 제가 뭐라 말씀드렸죠?"

"모든 것은 그림에서 시작해서 그림으로 끝난다고요."

"명심하세요."

"네. 알겠습니다."

"그럼 전 할 말을 다 했으니 그만 가보도록 하겠습니다."

승려는 지팡이를 짚고 끙차 하고 일어나더니 인파 속으로 곧 사라졌다. 그림이라니……. 대체 무슨 그림을 말하는 걸까? 승려는 제게 명심하라 단단히 일렀지만 도통 이해할 수 없는 말이었다. 잠시 궁금증이 일었으나 눈앞에 닥친 현실이 먼저였다. 승려가 떠나고 난 휑한 자리를 보니 길 잃은 자신의 처지가 다시 실감 났던 것이다.

그나저나 어떻게 집에 가야 한다……?

집에서 광화문까지 꼬박 한식경동안 가마를 타고 왔다. 걸어서 간다 쳐도 어느 방향으로 가야 하는지, 어떻게 가야 하는지 알 수가 없었다. 게다가 분명 같이 연등회에 나섰던 아버지와 가솔들이 자신을 찾고 있을 터였다. 제멋대로 움직였다가 자칫 길이 어긋날지도 모를 지경이었다.

"어쩐다……. 일단은 서서 기다려야 하나……."

"기다려? 우릴 기다리는 건가?"

저만치에서 아까 승려를 괴롭히던 불량 패거리가 다시 건들거리며 다가오고 있었다.

"왜 또 온 거야?! 우리 집 가솔들이……."

"오호. 그 가솔들. 지금 어디 있는데?"

주위를 두리번거렸지만 등롱을 구경하던 장정들은 진작 사라진 지 오래였다. 패거리들도 아까 설화가 한 말이 거짓임을 눈치 채고 다시 되돌아온 것이 분명했다. 비단옷을 입은 귀한 집 여식이 길을 잃었다는 것을, 그리고 도와줄 사람이 아무도 없다는 것을 눈치 챘으리라. 그제야 왈칵 겁이 났다. 새파랗게 질린 설화가 슬금슬금 뒷걸음질 쳤다.

"왜? 좀 전처럼 고래고래 소리라도 질러 보지?"

곰 사내를 앞장세운 패거리들이 위협적인 발걸음으로 다가왔다. 그리고는 냅다 도망가려던 설화를 양쪽에서 번쩍 잡아 들어올렸다.

"이게 뭐하는 짓이야! 놓아라! 당장 놓으란 말이다!"

악을 쓰며 발버둥 쳤지만 곰 사내 옆에 있던 비쩍 마른 소년이 더러운 손으로 설화의 입을 막았다. 정신없는 축제의 현장 가운데 이들을 눈여겨보는 사람은 아무도 없었다.

게다가 패거리들이 작은 몸집의 설화를 빙 둘러싸는 바람에 설화가 끌려가는 모습은 누구에게도 보이지 않았다. 새까맣게 몰려오는 공포에 전신이 부들부들 떨렸다. 이대로 끌려가면 어떤 일을 당하게 될지……. 두려움에 눈물이 가득 차올랐다.

"그 손 놓지."

어디선가 익숙한 목소리가 들려왔다.

"그 더러운 손 당장 놓으라고 했다."

설화와 패거리가 소리 난 곳을 향해 일제히 돌아보았다. 눈물이 그렁그렁 맺혀 시야가 흐릿했지만 분명 제가 아는 목소리였다. 시함이었다. 곰 사내보다 몸집은 한참이나 작았지만 그는 단호한 표정으로 패거리들을 노려보고 있었다.

"이건 또 뭐야?"

곰 사내가 눈을 부라리며 시함에게 다가갔다.

"윤시함이다. 문하시중 윤일재 대감의 차남이지."

패거리들이 술렁거렸다. 아무리 거리를 누비는 무식하기 짝이 없는 이들이라도 문하시중 어른의 함자 정도는 알고 있었다.

"킥킥. 윤 대감의 자식이라면…… 오히려 잘 된 일 아닌가? 애들아, 저 치도 함께 잡아!"

곰 사내가 뒤에선 나머지 패거리에게 소리쳤다. 하지만 모두들 그 자리에 선 채 우물쭈물할 뿐 아무도 선뜻 나서질 못했다.

"나야말로…… 여길 혼자 이러고 있을까? 내 뒤에 선 우리 집 사병들이 자네 눈에는 안 보이는 모양이지?"

역광이라 잘 보이지 않았지만 분명 서너 명의 장정들이 시함 뒤에 버티고 서 있었다.

"제…… 제길."

곰 사내는 겁을 먹고 슬금슬금 뒷걸음질 치기 시작했다.

"이부상서의 차녀에게 험한 짓 했다고 교위병들에게 고하기 전에 어서

썩 꺼져."

시함의 이를 깨물고 고함치자 당황하던 패거리들이 냅다 골목 안으로 달아나기 시작했다. 설화는 도망가는 패거리의 뒤꽁무니를 멍하니 바라보았다. 흘러내린 눈물과 콧물이 뒤섞여 꾀죄죄한 얼굴이었다.

"뭘 그렇게 멍청한 얼굴로 쳐다보고 있는 거야? 입에 벌레 들어가겠어."

설화가 벌어진 입을 합, 하고 다물었다.

"어…… 어떻게……."

"어디서 쪼꼬만 계집애가 고함치는 소리가 들리기에 와봤지. 그러게 왜 이길 자신도 없으면서 동네 불량배들한테 대들고 그래?"

"지…… 지켜보고 있었어?"

시함이 고개를 끄덕였다.

"언제부터?"

"글쎄……. 네가 이현의 손을 놓치는 순간부터?"

길 잃은 순간부터 쭉 지켜보고 있었단 말이었다. 진작 곤경에 처한 걸 알았으면서도 도와주지 않았다니!

"왜 진작 도와주지 않은 거야? 사병까지 대동하고 있었으면서!"

"사병? 사병이 어디에 있는데?"

"분명 아까 패거리들에게……!"

설화가 씩씩거리며 시함의 뒤를 살펴보았지만 사병이라고 했던 장정들은 사라지고 없었다.

"아까는 분명히 있었는데."

"그건 너 흉내내본 거지."

"그럼 왜?"

"사실 나도 길을 잃었거든. 면구하여서 나도 아는 척 안했어. 같이 있어봤자 길 잃은 두 사람이 뭘 하겠어?"
 시함은 머쓱한 듯 머리를 긁적이며 다가왔다. 그러고는 벽에 등을 기대며 나란히 옆에 섰다.
 "정말 너도 길을 잃은 거야?"
 "그래."
 의아했다. 도저히 이런 곳에서 길 잃을 종자로 보이지 않았기 때문이었다. 자신이야 원래 이리저리 나부대는 것도 좋아하고 자주 딴 것에 정신이 팔려 종종 길을 잃는다 쳐도 차분하고 진중해 보이는 시함이 길을 잃었다는 게 도무지 믿기지 않았다.
 "어쩌다?"
 "글쎄. 너랑 똑같지 뭐. 예쁜 것에 정신이 팔려서."
 예쁜 것? 역시 시함도 등불에 정신이 팔린 모양이었다. 아무리 저가 어른인 채 행세해도 여적 어린 아이였다. 묘한 동질감에 피식 웃음이 새어나왔다.
 "너도 등불에 정신이 팔렸구나."
 '나와 똑같구나.' 라는 얼굴로 웃는 설화를 보며 시함은 어이없는 듯 웃음을 터뜨렸다.
 아니, 그 보다 더 예쁜 게 있는데.
 "그런데 우리 앞으로 어쩌지……."
 "일단 우리 둘이라도 붙어 있는 게 낫지 않겠어?"
 "부…… 붙어서?"
 "응. 그게 덜 위험하니까."
 시함이 곁에 선 설화의 손을 슬쩍 잡았다. 겨울인데도 손이 닿은 부분이 화끈거렸다. 설화는 빨개진 얼굴로 제 옆에 선 이의 얼굴을 곁눈질로 훔쳐보았다. 짙은 눈매, 오똑한 콧날과 단정한 얼굴선, 일자로 꽉 다문 다부진 입술까지 정으로 깎아 만든 듯 잘생긴 소년이었다. 갑자기 가슴이 쿵쾅거리고 얼굴이 달아올랐다. 정신없이 몰아닥친 일에 혼이 빠져 깨닫지 못하였지만 자신은 지금 오랫동안 연모해왔던 공자와 단 둘이 있는 것이었다.

"뭐야? 너 갑자기 왜 그래?"

"아…… 아니 뭘."

"갑자기 얼굴이 빨개졌잖아. 아픈 게야? 열이 나냐?"

시함이 손을 뻗어 설화의 이마를 짚었다. 안 그래도 발그레한 얼굴이 잘 익은 홍시 마냥 새빨개졌다.

"아냐."

고개를 돌리며 시함의 손을 치워냈다. 제 옆에 있는 이의 존재를 의식하자마자 거짓말처럼 갑자기 부끄러움에 몸이 배배 꼬였다.

"그나저나…… 너 죄지은 거 있어?"

"아니. 없는데."

"그런데 왜 자꾸 왜 이상한 사람들이 꼬이는 거야?"

시함의 시선을 따라 설화가 빠끔히 고개를 내밀어 골목 안을 내다보았다. 모퉁이로 웬 남자 하나가 홱 하니 몸을 감췄다. 남자의 빠른 움직임을 따라 무언가 찰랑하고 영롱한 소리를 내며 부딪치는 소리가 들렸다.

"누…… 누구야?"

"나도 모르지…… 근데 내가 널 지켜보고 있는 동안…… 내내 저 사람도 널 지켜보고 있었어."

"무서워……."

오늘 하루 동안 이미 충분히 감당치 못할 만큼의 일을 겪었다. 길을 잃었고 동네 불량 패거리에게 끌려갈 뻔도 하였다.

"내 손 꼭 잡아."

시함은 겁에 질린 설화의 손을 꼭 잡았다. 지금 믿을 수 있는 건 이 손밖에 없었다.

"일단 여길 벗어나자."

그리고는 냅다 달리기 시작했다.

"좀 천천히 뛸 수 없어? 손 놓칠 거 같아!"

잡아끄는 손에 이끌려 설화기 휘청대며 따라가기 시작했다.

"걱정 마. 난 절대 안 놓칠 테니."

얼마나 한참을 뛰었을까. 인적 드문 골목길에 두 사람이 멈춰 섰다. 어찌나 힘껏 내달렸는지 다리가 후들후들 떨려 왔다.

"헉…… 헉…… 더 이상 못 뛰겠어."

시함도 턱 끝까지 차오른 숨을 몰아쉬었다. 뒤를 돌아보았으나 찰랑이는 소리를 내며 뒤따라오던 남자의 모습도 더 이상 보이지 않았다.

"따돌린 것 같군. 보이지 않아."

"그런데 여긴 어디지……?"

"조금만 더 가면 십자거리야. 여기서 가구소시내 치안을 담당하던 기구가 멀지 않으니 더 이상 이상한 이가 쫓아오지 않을 거다."

둘은 골목길에 나란히 주저앉았다. 사람들에게 이리저리 치인데다 난리 통에 뛰고 구르고 하다 보니 곱게 차려입은 치마는 이미 꾀죄죄해진 지 오래였다. 한바탕 쏟아냈던 땀이 찬 공기에 식자 한기가 몰려왔다. 설화가 저도 모르게 몸을 부르르 떨었다.

"자."

시함이 장포를 벗어 쭈그리고 앉은 설화의 어깨에 덮어주었다.

"넌 어찌 하고?"

"뛰었더니 땀 나. 괜찮아."

무심하게 대답하는 시함의 입가에서 하얀 입김이 뿜어져 나왔다. 차갑게 식은 땀 때문에 목 언저리에 오솔오솔 소름이 돋아 있었다. 축제의 뒤안길은 고요하기만 했다. 모두가 십자거리로 나간 터라 골목길에는 개미 한 마리 보이지 않았다.

"넌 그런데 왜 학당에 매일같이 오는 거야?"

"나…… 나도 면학하고 싶어서."

"왜?"

왜냐고 물으니 대답할 말이 궁색했다. 딱히 이유에 대해 생각해 본 적은 없었다.

"글쎄…… 나도 잘 모르겠어. 아마도 어머니 때문이 아닐까 싶기도 해. 실은…… 어릴 적 돌아가신 어머니께서 서책을 참으로 좋아하셨거든. 역경과 예기까지 깨우치실 정도였지. 볕이 좋은 날에는 툇마루에 한비의 책을 놓고 옛날이야기 삼아 읽어주시던 기억이 나."

설화는 아무렇지 않게 얘기했지만 역경과 예기라면 국자감에서도 마지막 삼 년 동안 배우는 과목이었다. 시함은 설화의 기질이 어디서부터 비롯됐는지 알 것만 같았다.

"성정이 차가우신 편이라 날 안아주는 일이 많지 않았는데, 가끔 잠이 오지 않는 날에 몰래 방을 빠져나와 마당을 거닐고 있으면 어머니가 기거하는 방에서 경전 읽는 소리가 나지막이 들릴 때가 있었어. 그 소리가 달콤하기도 하고 자장가 같기도 해 종종 툇마루에 누워 어머니의 경전 읽는 소리를 들으며 잠이 들기도 했지. 나중에는 궁금해지더라고. 뒷이야기가."

"……"

"아버지는 어머니가 아녀자로써 면학에 너무 힘썼기에 힘든 삶을 사셨다고 하셨어. 나와 여화 언니는 그렇게 되길 바라지 않으신다고 더 이상 글을 가르쳐주지 않으셨지. 너도 그렇게 생각해? 아녀자들이 글을 알면…… 힘들게 살 수 밖에 없을 거라고?"

설화가 대답을 종용하는 듯 시함을 바라보았다. 설화의 모친은 여인의 몸으로 웬만한 관직의 사내들보다 더 학문에 조예가 깊었을 것이다. 차가운 성정이라 말한 것으로 보아 자식을 양육하는 것보다는 수학하기를 더 즐겨했을 터. 하지만 여인으로써 아무리 공부해봤자 출사할 길도, 배운 것을 사용할 방법도 없었을 것이다. 결국 모든 것이 별반 쓸모없는, 그야 말로 무용한 일임을 깨닫고 설화의 모친은 얼마나 절망했을지 시함은 어렴풋이 짐작이 갔다.

"아니. 난 그렇게 생각지 않아. 입신할 길은 없지만 배움이 긴 아녀자들은 훌륭한 성정과 지혜로움을 가질 수 있다고 생각해. 사내들이 아녀자들에게 배우지 말라는 이유는 하나야. 아녀자들이 많이 알게 되면 무엇이 잘못되었는지 알게 되고, 그러면 사내들이 만들어 놓은 질서를 부당하다 생각하게 될까봐. 그게 무서워서 배우지 못하게 하는 거야. 네 모친께서 많이 수학하여 불행한 삶을 살았다는 건……. 그런 뜻이 아닐까?"

"모친께서 너무 많이 배워 세상을 부당하다 생각해서?"

"응. 그리고 너희 부친은 네가 모친처럼 살기 원하지 않으신 거지."

어려운 이야기에 설화는 잠시 생각에 빠진 듯 보였다. 어머니처럼 불행한 삶. 그것이 무엇인지 정확히는 몰랐지만 상관없었다.

"그래도 난 글을 배우고 싶어. 부당함을 아느니 어쩌니 하는 건 모르겠어. 그저 난 면학하는 게 재밌단 말이야."

중대한 깨달음을 얻은 양 심각해진 설화의 표정에 시함은 속으로 웃음을 삼켰다. 너무도 사랑스러웠다. 아직 어린 나이지만 본인이 원하는 바가 무엇인지 정확히 알고 있었다. 그리고 주눅 들거나 주저함이 없었다. 그 당차고 솔직한 성정이 참으로 기특하고 어여쁘기 그지없었다.

"얼마든지 도와줄게."

시함이 싱긋 웃었다. 티 없이 맑은 웃음이었다. 늘 어른 흉내를 내느라 웃는 것에 지독히도 인색하더니 생각보다 개구진 어린 아이의 웃음이었다. 새까만 어둠 속 시함의 주위로만 밝은 빛이 아른거리는 듯 했다.

쿵.

쿵쿵. 쿵쿵쿵쿵. 그때였다. 가만히 그의 얼굴을 쳐다보고 있으려니 심장이 요란스레 울리기 시작했다. 호흡이 가빠지고 얼굴에 열이 올랐다. 왜…… 왜 이러지? 풀벌레 소리 하나 들리지 않은 적막한 골목에 자신의 심장 소리가 크게 울려 퍼질 것만 같았다.

"가자."

엉덩이를 탁탁 털며 시함이 일어났다. 그리고는 자연스럽게 설화를 향해 손을 내밀었다. 달빛에 비친 손이 하얗고 정갈했다. 내민 손을 잡으려다 설화는 이내 손을 거두고 말았다. 갑자기 손을 잡기가 부끄러워진 것이다. 분명 제 얼굴도 시뻘겋게 달아올라 우스꽝스러울 것이다. 꾀죄죄한 몰골도 너무나 창피했다. 설화가 고개를 폭 숙이고는 일어날 생각을 않자 시함이 고개를 갸우뚱거렸다.

"설화. 갑자기 왜 그래?"

"……"

아무런 대답이 없었다.

"어디가 아픈 게야?"

갑자기 설화의 고개가 홱 하니 돌아갔다. 양 뺨에는 따스한 기운이 느껴졌다. 한 뼘도 안 되는 거리에서 시함의 걱정스런 얼굴이 나타났다. 시함이 두 손으로 설화의 양 뺨을 감싸곤 고개를 돌려 얼굴을 마주한 것이다. 정면에서 눈이 마주치자 다시 설화의 얼굴이 터질 듯 붉어졌다.

"감모라도 든 건가? 얼굴이 빨개."

"……"

두 사람 사이의 공기가 일렁이었다. 침 삼키는 소리마저 들릴 만큼 고요한 가운데 두 사람은 아무 말 없이 서로를 한참 동안 바라보았다.

"시함……. 나 어떻게 해?"

"……"

"……"

"왜……?"

어디선가 차가운 바람이 불어왔지만 설화는 긴장감에 숨이 막힐 지경이었다.

"나 네 색시가 되고 싶어."

"……!"

여전히 설화의 양쪽 뺨을 잡고 있던 시함의 눈이 동그래졌다. 뿐이랴, 어찌나 놀랐는지 뒤로 털썩 주저앉고 말았다. 그 모습을 본 설화의 눈에 그렁하고 눈물이 맺혔다.

"역시 싫은 게지? 나 같이 이리저리 나부대고 길이나 잃은 천방지축 계집애는 싫은 게지?"

"……!"

"으헝……. 엉엉……. 그럼 난 이제 내가 연모하는 공자의 색시도 못되고 저기 파사국에 팔려 가서 호랑이 가죽을 어깨에 걸친 노인네의 세 번째 첩이나 될게 분명해. 으헝……. 엉……."

벙 찐 얼굴로 얼어붙은 시함을 뒤로 하고 설화는 소리 내어 엉엉 울기 시작했다. 도대체 파사국 노인네의 세 번째 첩 애기는 어디서 들은 모양인지 설화는 마치 그 일이 정말로 벌어지는 것 마냥 목 놓아 울고 있었다. 시함은 엉덩이를 탈탈 털고 일어나 설화를 향해 다가가 그 앞에 쪼그려 앉았다. 응……? 닭똥 같은 눈물을 뚝뚝 흘리던 설화가 고개를 살포시 들었을 때였다. 시함의 얼굴이 가까이 다가오더니 입술에 따뜻한 것이 느껴졌다.

"……!"

시함이 설화의 양 뺨을 손으로 감싸고 입을 맞춘 것이다.

"히익!"

이번에는 설화가 놀랄 차례였다. 어찌나 놀랬는지 히끅, 하고 볼썽사나운 딸꾹질이 튀어 나왔다.

"이게 무……슨……."

"넌 색시 삼아달라는 말을 아무렇지 않게 잘하더니. 왜 내가 입 맞추니 놀라는 건데? 넌 괜찮고 난 안 된다는 거야?"

"그…… 그래도……."

부루퉁한 표정이 조금 화가 난 것 같기도 했다.

"그리고 바보야! 그런 말은 사내가 먼저 하는 거라고! 넌 어떻게 계집애가 부끄러움이 없어?"

"내가 먼저 얘기 하지 않아, 네가 다른 여인을 색시 삼으면 어떻게 하고?"

"바보야! 그럴 일 따윈 없어. 애초부터…… 난 너를…… 내 색시로…… 너만…… 너 외에는……."

부끄러움에 목소리가 점차 잦아들었지만 그 뜻만은 명확하게 전달됐다.

"참말이야?"

"그래."

"참말로 날 색시 삼아줄 생각이었어?"

시선을 멀리 내던진 채였지만 시함은 빨개진 얼굴로 고개를 끄덕였다.

"……그래."

"언제부터? 난 연등회에서 널 처음 봤을 때부터 네 색시가 되고 싶었는데!"

"야! 너 제발 그만 해. 어떻게 부끄러움도 없이 그런 말을……."

"넌 언제부터였는데?! 말해 줘!"

언제 울었냐는 듯 설화는 얼굴 가득 함박웃음을 지었다. 어찌 이리 솔직할 수 있는지. 어찌 이리 티 없이 맑을 수 있는지. 사람과의 관계에 이문을 따지고 실리를 챙기려는 이들이 온통 판을 치는 세상 속에서 설화는 먼지 하나 섞이지 않은 순수의 결정체 같았다. 이리 솔직하고 순수하지 않아도 충분히 사랑스러운 아이였다. 그런데 지금은……. 그 사랑스러움이 견딜 수 없을 정도였다.

"나도 처음부터. 처음부터 그대와 혼인하고 싶었어."

시함이 조심스레 속마음을 털어 놓았다. 마음을 감추려 퉁명스레 너, 너 하던 호칭도 슬그머니 바뀌었다.

원하는 대답이 나오자 설화는 세상을 다 가진 듯 행복한 미소를 지었다.

"그런데……. 그대는 이현과 혼약을 맺지 않았어?"

"현이 오라버니? 아냐. 현이 오라버니와는 피를 나눈 남매 같은 사이일 뿐이야. 한 번도 그렇게 생각해 본 적 없는걸. 물론, 아주 어릴 때…… 아무것도 모를 때 연모하긴 했었지만."

시함이 오해할 새라, 설화가 황급히 부인했다.

"정말이야?"

"그럼 내가 거짓을 말할까봐?"

"쳇. 난 그런 줄도 모르고."

"?"

"네가 매일같이 학당에 찾아오기에. 그리고 다들 네가 이현을 보러 학당에 온다고 하기에. 언감생심 이현과 혼인 약조한 이에게 연심을 품은 줄 알았어."

"아니야! 이현 오라버니와 난 정말 아무런 사이도 아니란 말이야! 집안 어르신들끼리 친분이 있어 왕래가 잦은 것뿐이야."

설화는 펄쩍 뛰며 거듭 부인했다.

"그…… 그럼…… 진정 나와 혼인해 주겠어?"

뚱한 얼굴이었지만 긴장한 모양인지 시함은 손을 연신 만지작거렸다.

"그럼! 할 테야! 너하고 혼인 할 테야!"

시함의 말이 끝나기도 전 설화가 버럭 소리를 질렀다.

"아…… 알았다고."

"사내가 한 입으로 두 말하기 없기다?"

"그럼."

"야…… 약조 한 거다!"

"그럼!"

"지…… 진짜……."

"참말이라고!"

시함이 웃으며 설화의 말을 잘랐다. 잔뜩 상기된 얼굴로 씩씩거리는 모습을 보니 절로 웃음이 나왔다. 제가 혼인을 청한 것이 아니라 결투를 청한 줄로 아는 모양이었다. 문득 학당에서 저보다 연배가 많은 공자들이 농 삼아 떠들어대던 한담이 떠올랐다. 자고로 여인네에게는 말보단 징표로 사내의 연심을 증명해야 한다 하였다. 시함은 자리에서 일어나 길가에 핀 꽃 한 송이를 꺾었다. 그리고 줄기를 빙 둘러 가락지 모양을 만들었다.

"자."

"이게 뭐야?"

"혼인의 징표."

약지 손가락에 꽃송이로 만든 가락지를 끼우자 설화가 얼굴 가득히 환한 미소를 지었다.

"나중에 아버님께 말씀드리고 정식으로 혼인 약조할 때 더 좋은······."
"아냐! 난 이게 좋아! 이걸로 할래."

설화가 꽃 가락지가 끼워진 손을 조심스레 품 안에 안았다. 더 없이 행복한 얼굴이었다. 시함은 저 행복해 하는 얼굴을 위해서라면 무엇이든 할 수 있을 것 같았다. 금은보화를 가져오라면 가져 올 것이고, 불로장생의 약을 구해오라면 제 목숨과 맞바꾸어 가져올 것이다. 하지만 정작 당사자는 아무것도 바라지 않을 테지. 꽃 가락지 하나에 저리도 기뻐하니. 시함은 가슴 속으로 몰래 맹세했다. 평생 설화의 얼굴에서 저 미소가 사라지지 않게 하겠노라고.

봄, 여름 그리고 가을이 지났다. 어느덧 계절은 다시 스산한 바람이 불어오는 겨울의 문턱에 들어서고 있었다. 중천에 떠 있던 해가 차츰 오공산을 향해 기울 무렵. 몰래 툇마루로 나온 설화가 섬돌위에 놓인 신발을 신었다. 조금 후면 학당이 마치는 유시오후5시~7시가 될 터이니 지금 집을 나서면 얼추 시간이 맞을 듯싶었다. 염가댁이나 종복들에게 들킬까 조심하며 조용한 걸음걸이로 마당을 가로지를 때였다.

"심언! 안에 있는가?"

처음 보는 중년 남자가 안마당을 서성이고 있었다.

"있으면 대답 좀 해보게!"

남자는 한 손에 두루마리를 든 채 곤란한 얼굴로 송심언을 애타게 부르고 있었다.

"아버지는 금일 궐에 들어가셨습니다. 해시밤9시~11시나 되어야 퇴청하실 겁니다."

갑작스런 설화의 등장에 남자는 놀란 듯 했지만 이내 안도한 표정을 지었다.

"자네가 심언의 여식인가."

"차녀 설화라 하옵니다."

"난 자네 부친의 친우인 허진이라 하네. 내 중한 실수를 해 이리 급히 심언을 찾아왔네만……."

아무래도 종복들이 대문을 열어 주었지만 주인 없는 방에 선뜻 들어갈 수 없어 근처를 이리 서성이고 있었던 모양이었다.

"아버님의 친우분이라 하셨습니까?"

설화는 허진이라는 자의 얼굴을 조심스레 뜯어보았다. 아버지와 자주 회동하는 자들의 얼굴을 기억 속에서 추려내었지만 번뜩하고 떠오르는 얼굴은 없었다.

"왜 아흐레 전 사랑채 누각에서 이약선 대감과 문좌영 대감과 회합하던 날에도 자네를 봤네만."

어르신들의 얼굴을 희미했지만 이약선 대감과 문좌영 대감을 비롯한 몇몇 대감들이 누각에서 회동을 한 것은 사실이었다.

"아……. 네, 기억이 납니다. 그런데 무슨 일이신지……."

"염치불구하고 자네에게 한 가지 부탁함세. 내 서둘러야 할 일이 있어 송 대감이 오실 때까지 기다릴 시간이 없네."

"괜찮습니다. 어서 말씀하시지요."

허진은 잠시 곤란한 표정을 짓더니 이내 결심한 듯 설화를 향해 두루마리를 들어 보였다.

"사흘 전 내 심언의 방에서 서책을 빌리려다 그만 이 서화를 가져오고 말았네."

"서화…… 라고요?"

허진은 서화라는 말에 맞장구를 치듯 고개를 주악 거렸다.

"심언이 평소 그리 애지중지 간직하던 서화인데. 서책을 빌릴 때 딸려 온 줄 모르고…… 내가 심언에게 큰 실례를 범하였구먼."

제 아비가 애지중지하던 서화라……. 처음 듣는 얘기였다.

"이리 주십시오. 제가 아버지께 전해 드리지요."

허진은 설화에게 두루마리를 건네려다 잠시 멈칫거렸다.

"그런데…… 자네에게 한 가지 부탁을 더 해도 되겠나."

"말씀하십시오."

"내가 이 서화를 실수로나마 가져갔다는걸 심언이 알게 되면 심언을 볼 면목이 없어서 그러니 부디 몰래 원래 있던 자리에 놓아 줄 수 있겠나."

"그리 하겠습니다. 별로 어려운 일도 아닌 걸요. 어디에 있던 물건입니까?"

"그럼 책장 두 번째 칸 안에 넣어주게. 부탁함세."

"네. 알겠습니다. 걱정 마시어요."

설화가 생긋 웃으며 허진으로부터 서화를 건네받았다. 급한 일이 있다던 허진은 서화를 건넨 후에도 자리를 뜨지 않았다. 아버지가 그리 아끼시던 서화라……. 어떤 그림이기에 그리 중하게 여기셨던 걸까? 문득 궁금증이 일었다.

"그런데…… 무슨 서화이기에 아버님이 그리 중하게 생각하셨던 겁니까? 대대로 물려온 가보 같은 것이옵니까?"

"아닐세. 그게……."

허진이 당황한 얼굴로 고개를 저었다.

"……?"

"……자네 모친을 그린 그림일세."

"어머니의 그림이라고요?"

허진의 낯빛이 어두워졌다. 대답하길 꺼려하는 듯 시선을 이리저리 피했으나 집요한 설화의 눈빛에 못내 고개를 끄덕였다. 생각지도 못한 허진의 이야기에 궁금증이 더해갔다. 모친의 그림을 아버지가 중히 여겼다는 건 이해가 갔으나 제 아비는 그림에 대한 얘기를 입 밖으로 꺼낸 적이 없었다.

"하지만 아버지께서는 저에게 한 번도 어머니의 초상화에 대한 얘길 하신 적이 없었습니다."

"그럴만한 사정이 있었네. 내가 예서 말할 계제는 아니니 나중 심언의 입으로 직접 들었으면 싶네."

"……"

"그때까지 그 그림은 자네가 보지 않았으면 싶네. 그럼 부탁함세."

허진은 그리 말하고 재빠르게 돌아섰다. 순간 그에게서 무언가 찰랑이는 영롱한 소리가 들렸다.

어라……? 어디에선가 들었던 소린데.

허나 그는 이미 사라지고 없었다. 설화는 허진이 사라진 중문을 멍하니 바라보다 아차 하는 생각에 서둘러 대청마루에 올랐다. 낯선 이의 묘한 부탁에 시함과의 약조를 깜빡할 뻔한 것이다.

얼른 책장 서랍 칸에 서화를 넣어두어야지.

설화는 콧노래까지 흥얼거리며 방문을 활짝 열었다.

시끌벅적한 소리에 설화가 눈을 떴다. 동 틀 무렵이라 밖은 아직 컴컴했다. 묘시오전5시~7시도 채 지나지 않은 시간일 터였다. 우당탕거리는 소리와 시비들의 비명 소리를 보아하니 산짐승이라도 나타난 모양이었다.

설화가 다시 눈을 감고 베개 속으로 얼굴을 파묻으려 할 때였다.
"꺄악!"
"으아아악!"
"다 뒈져!"
공포에 질린 비명소리와 악을 지르는 소리, 깨지고 부서지는 소리가 심상치 않았다. 곧이어 히이잉 하는 말울음 소리마저 들려왔다. 설화는 자리에서 벌떡 일어나 이불을 걷어차고 방문을 활짝 열었다.
눈앞에 펼쳐진 광경은 광란이라고 밖에 할 수 없었다. 금위복을 입은 병사들이 문을 뜯어내고 방안으로 들어가 가솔들을 막무가내로 끌어내고 있었다. 머리채를 휘어 잡힌 시비들은 병사들에게 질질 끌려 나와 바닥에 패대기쳐졌다. 군화를 신은 채 방안으로 들어간 병사들은 집기류를 부수고 넘어뜨렸다. 집 안팎으로 온통 비명과 고함소리가 가득 찼다. 설화가 전신을 부들부들 떨며 넋 놓고 있는 사이 한 남자가 불쑥 다가와 뒷덜미를 움켜쥐었다.
"애기씨는…… 애기씨는 내버려 두시오!"
염가댁이 병사를 향해 소리를 질렀지만 옆에 있던 또 다른 병사의 발길질에 얻어맞을 뿐이었다.
"꺄아아아아!"
병사는 발버둥치는 설화를 앞마당까지 끌어내어 바닥에 내던졌다. 꼬꾸라진 몸에 바닥에 나동그라졌다. 오른쪽 어깨가 맨 땅에 세게 부딪힌 모양인지 눈물이 핑 돌 정도로 시큰거렸다.
"어르신. 찾았습니다!"
커다란 외침소리에 나머지 병사들이 우르르 몰려와 설화를 에워쌌다. 두 눈 가득 흥분을 감추지 못하는 장정들에게 둘러싸이자 바들바들 몸이 떨려왔다. 도대체 이게 무슨 일인지, 무슨 일이 어떻게 돌아가고 있는지 짐작조차 되지 않았다. 그저 갑자기 벌어진 모든 상황이 너무도 끔찍한 악몽 같았다. 주위를 둘러보았지만 도와줄 사람은 없었다. 여화마저 식솔들과 함께 바깥으로 끌려나와 있었고 송심언은 병사들에게 양손을 포박당한 채 머리를 땅바닥에 처박고 있었다.

"아…… 아버지!"

설화가 송심언을 향해 달려가려 하자 검은 무복 차림의 사내가 뒤에서 작은 몸뚱이를 붙들었다.

"설화야! 네 이놈들……! 이러고도 무사할 줄 아느냐! 당장 설화를 놓아라! 당장!"

"놓거라! 까아악!"

"조용히 못 해?"

퍽. 퍼억.

송심언을 포박하고 있던 병사들이 그를 향해 무자비한 발길질을 퍼부었다. 땅바닥에 얼굴을 처박고 있던 송심언은 가차 없는 발길질에 피투성이가 되어가고 있었다.

"그만—! 제발 그만!"

여화는 뒤로 까무러쳤고 식솔들은 아이고, 아이고 곡소리를 내며 울어 댔다. 설화도 고함을 지르며 발버둥을 쳤지만 검은 무복을 입은 사내의 손에 단단히 붙들려 꼼짝도 할 수 없었다. 한참 동안 비명과 신음, 곡소리가 마당 안에 울려 퍼졌다. 반항할 기력을 잃은 송심언은 죽은 듯이 바닥에 엎드려 있었다.

발길질 소리가 점차 잦아들자 병사들이 양쪽으로 길을 텄다. 하얀 수염을 기른 지체 높은 양반이 흙바닥에 주저앉아 있는 설화를 향해 천천히 다가오고 있었다. 느릿한 걸음이었지만 위압감만은 땅을 진동케 하기 충분했다.

"고개를 들어라."

하얀 수염을 기른 남자의 묵직한 음성이 귓가를 울렸다. 설화는 눈물범벅이 된 얼굴을 들어 남자를 바라보았다.

본 적이 있는, 익숙한 얼굴이었다.

번뜩이며 생각이 스쳤다. 그는 분명 시함의 부친, 문하시중 윤일재 대감이었다.

다…… 다행이다.

구원자를 만난 듯 설화가 얼굴이 환해졌다. 가까이 다가온 윤일재는 손에 쥔 무언가를 설화를 향해 내밀었다.

"이것에 대해 알고 있느냐?"

눈물이 시야를 가려 잘 보이지 않자 설화는 손등으로 눈물을 슥슥 닦아냈다.

'엇……. 저건…….'

윤일재가 손에 쥔 물건은 두루마리 서화였다. 며칠 전 아버지의 친우 허진 어른이 아버지에게 돌려주려 한 모친의 그림이 분명했다. 하지만 안다고 대답해야 하는 것일까……? 어찌된 노릇인지 자신을 둘러싼 병사들과 마당에 무릎 꿇고 앉은 모든 집안 가솔들이 숨죽여 바라보고 있었다.

"어서 대답하지 못할까?"

병사 하나가 버럭 소리를 질렀다.

"그만하게. 아이가 놀라지 않는가."

윤일재가 점잖은 목소리로 병사를 나무랐다.

"네가 솔직하게 대답만 하면 아무런 해도 입지 않을 것이다. 이것에 대해 알고 있느냐?"

한결 부드러워진 목소리와 낯빛이었다. 어쩌면…… 어쩌면 이 사람이

이 끔찍한 악몽에서 자신과 가족들을 구해줄 지도 모른다. 시함의 아버지니까.

"네. 알고 있사옵니다."

작은 웅성임이 일었다.

"어찌 알고 있느냐."

"제 어머니를 그린 그림으로 아버지께서 소중히 간직하고 있는 서화라 들었습니다."

순간 윤일재의 얼굴에 비릿한 웃음이 스쳤다. 그래. 내가 기다려온 대답이 바로 그것이다.

"정녕…… 네가 거짓을 고하는 게 아니렷다."

설화는 조심스레 고개를 들어 주위를 둘러보았다. 하얗게 질린 여화와 가솔들이 간절한 눈빛으로 자신의 입에서 나올 다음 대답을 기다리고 있었다.

"제가 어찌 나으리 면전에서 거짓을 고하겠나이까."

곳곳에서 탄식이 터져 나왔다. 윤일재는 대답에 만족한 듯 환한 웃음을 지으며 자리에서 일어났다.

"들었느냐. 이 그림이 송심언의 것이라는 증언이 나왔다. 그것도 송심언의 여식에게서. 아무것도 모르는 아이가 거짓을 고할 이유가 없을 터이니……. 이보다 더 정확한 증언이 어디 있겠는가. 그렇지 않은가, 심언?"

윤 가(家)의 호위무사 무겸과 매광이 피투성이가 된 채 바닥에 엎드려 있는 송심언을 잡아 일으켰다.

"이…… 이거 뭐하는 짓이오! 당장 놓으시오!"

어찌된 영문인지 갑자기 상황이 이상하게 돌아가고 있었다. 허나 아버지를 구하는 것이 먼저였다. 설화는 매광과 무겸을 향해 달려가 다리를 잡고 매달렸다.
"아버지를 어디로 데려가는 것이오! 아…… 아버지! 아버지!"
이대로…… 이대로 아버지를 놓치면 영영 다시 볼 수 없을 것만 같았다. 질질 끌려가던 심언은 고개를 돌려 바닥에 주저앉아 울부짖는 설화를 바라보았다.
'모두 다 내 업보다. 미안하구나.'
심언의 입모양은 분명 그리 말하고 있었다.

"으아아아!"
심언의 비명 소리가 형장 안에 가득 울려 퍼졌다. 형부상서 문좌영은 딱딱하게 굳은 얼굴로 형틀에 묶인 심언을 바라보았다. 좌영이 손을 들어 올리자 형틀 옆에서 주리를 틀던 두 남자가 손을 거두었다.
"……심언. 이제 그만 하시게. 이러면 자네만 힘들어."
피투성이가 된 심언이 좌영을 바라보았다. 비록 피떡이 된 모양새였지만 눈빛만은 형형하였다.
"난…… 아닐세. 정말 아닐세. 자네도 알지 않는가……."
모진 고문으로 심언에게서는 쉰 목소리가 흘러나왔다.
"나도 믿고 싶지만 자네 집에서 그 그림이 나왔네. 그게 무엇을 뜻하는지 자네도 알고 있겠지."
"그 그림은 황후마마가 아니란 말일세!"
쇠약한 몸 어디에 그런 기운이 숨어 있었는지 심언의 목소리가 쩌렁쩌렁 형장을 울렸다.
"자네의 말은 앞뒤가 맞질 않아."
문좌영이 손에 든 두루마리 서화를 펼쳤다. 그림 속에는 검고 풍성한 까만 머리를 늘어뜨리고 붉은 옷을 입은 여인이 다소곳하게 손을 모으고 있었다. 그림 속 여인은 열다섯 내지 열여섯으로 보였다. 그림을 올려다 본 심언의 눈동자가 불안하게 흔들렸다.

"다시 한 번 말해보게. 이 그림 속의 여인이 누구인지."

"내…… 내 둘째 여식 설화일세."

"자네 딸은 이제 겨우 열 살이지 않은가. 어찌 그림 속 여인이 자네 딸이라고 말하는가!"

"그…… 그건 내 딸이 자란 모습을 그린 그림일세."

심언이 주눅 든 목소리로 대답했다. 신통치 않은 대답에 주위 선 백관들이 혀를 끌끌 찼다.

"대체 어느 집 애비가 자신의 딸이 자란 모습을 상상하여 그림을 그려달라 한단 말인가!"

문좌영의 호통에도 심언은 입술을 꾹 다문 채 시선을 피할 뿐이었다.

"자네가 사실을 고하고 성상 앞에서 죄를 뉘우치길 바라는 게 그렇게도 큰 욕심이라 말인가."

"……."

"자네의 그 입을 열게 할 증인을 데려오도록 하지. 데려오게."

좌영이 금위군을 향해 소리치자 병사 중 하나가 허름한 옷을 입은 사내를 데려왔다. 작은 키에 몸집이 작고 비썩 마른 사내였다.

"자네가 누군지 말해보게."

"저는 혜문동 소목골에 사는 채교중이라고 합니다. 양반 댁 나으리들의 초상화를 그리는 일로 입에 풀칠을 하고 있습죠."

"이 그림을 기억 하는가."

채교중은 조아린 고개를 들어 그림을 바라보았다.

"네. 알고 있습니다요."

"어찌 알고 있는가."

"송구하지만 제…… 제가 그린 그림입니다요."

주위가 술렁였다.

"자네가 여기에 있는 송심언의 부탁을 받아 그린 여식의 그림이 맞는다는 것인가?"

"아…… 아닙니다요. 분명 제가 그린 그림이지만 송 대감의 여식을 그린 그림은 아닙니다."

송심언이 눈을 부릅뜨고 채교중을 바라보았다. 저 치가…… 지금 무슨 소리를 지껄이는 겐가.

"네 이놈! 어느 안전이라고 거짓을……!"

"시끄럽다!"

좌영이 고함을 지르자 형틀 옆에 선 남자들이 몽둥이로 송심언을 마구 때리기 시작했다. 퍽퍽 소리가 나며 쇠약한 심언의 몸이 앞으로 꼬꾸라졌다.

"그대는 계속 말하라."

좌영은 손을 들어 매타작을 멈춘 후 채교중을 향해 명했다.

"지금의 황후께서 금상과 혼례를 치르기 전에 그린 그림입니다요. 소인은 그 댁에서 초상화를 그리는 일을 오래도록 해왔습죠. 분명 그때 그린 그림입니다."

곳곳에서 탄식 소리가 터져 나왔다. '역시나…….' '저 그림은 황후가 맞았구려.' '그림을 그린 장본인이 저리 말하는데 어찌 아니라고 할 수 있겠는가.' 주위에 선 백관들이 고개를 절레절레 흔들며 저마다 한마디씩 내던졌다.

"알았네. 물러나게."

이미 끝난 싸움이었다. 그림을 그린 장본인인 채교중이 그림 속 여인이 황후가 맞다 증언하였으니, 판세가 뒤집어지기란 불가능하였다. 아니,

애초부터 불가능한 판세였으리라.

"그러면 내 다음 질문을 하도록 하지."

"……."

"어찌 설화는 황후 마마의 초상화를 향해 제 모친의 그림이라 하였는가."

모두가 궁금해 하였던, 아니 어쩌면 바로 이 장면을 목도하기 위해 몰려든 사람들이 눈이 반짝였다. 심언이 고개를 번쩍 들었다. 설마, 하는 생각이 머리를 스쳤다. 감히 상상도 할 수 없는 망측하고도 해괴한 생각이.

"네, 네…… 이 놈……! 문좌영……!"

그제야 사태가 어떻게 돌아가고 있는지 짐작이 가기 시작했다.

"내 이제야 네 놈들이 무슨 꿍꿍인지 알겠다. 그 그림과 나를 핑계 삼아 황후마마를 욕보이려 하는 것이냐!"

이제야 눈치를 채다니. 좌영은 멍투성이, 피투성이가 된 채 노기를 뿜어내는 심언을 바라보았다.

심언, 이리 어리석어서야.

애초부터 윤일재의 적이 되고자하면 안 되는 거였다.

"끝끝내 발뺌하려 한다면 내 또 다른 증인을 부르도록 하겠다. 게 들라 해라."

좌영이 명하자 이번에는 병사 두어 명이 누런 삼베옷을 입은 여인을 끌고 왔다. 설화와 여화의 유모이자 송심언의 집에서 대를 이어 일하는 가솔 염가댁이었다. 그녀 역시 모진 고초를 당한 모양인지 피딱지가 앉은 얼굴에 다리를 절고 있었다.

"네가 송가의 가솔 염분옥이 맞느냐?"

"네. 맞습니다요."

염가댁이 문좌영 앞에 납작 엎드려 벌벌 떨었다.

"언제부터 그 댁에서 일을 해왔느냐."

"쇤네는 그 집에서 태어나 쭉 송 대감 댁에서 애기씨들을 돌봐 왔습니다요."

"그러면 십 년 전 그 집에 여자아이 하나가 더 생긴 일도 기억하겠구나."

염가댁의 얼굴이 파랗게 질렸다. 오래전 묻어두었던 기억이 떠올랐다. 지금으로부터 꼭 십 년 전, 심언은 잔뜩 부른 오 부인의 배를 만지며 예쁜 여자아이 하나가 곧 생길 것이라 하였다. 허나, 함박눈이 펑펑 쏟아지던 날 출산을 한 오 부인의 방에서 나온 아이는 둘이었다.

"거짓을 고하면 엄벌에 처할 것이니 사실대로 고하거라."

문좌영이 엄한 목소리에 염가댁이 몸을 납작 엎드렸다.

"네……. 기억합니다요. 오 부인께서 출산한 뒤에도 며칠 동안 쇤네들을 물리시더니 어르신께서 솜이불에 싸인 갓난 애기씨를 하나 더 데려오셨습니다."

"그 아이가…… 송설화. 심언의 둘째 딸이 맞느냐."

형장에 있는 모든 이가 숨을 죽이고 염가댁을 바라보았다. 전신을 엄습하는 긴장감에 염가댁의 말라붙은 입술이 옴짝달싹 거렸다.

"마……, 맞습니다."

"송심언이 여자아이 하나를 십년 전 데리고 왔다라……."

형장 곳곳에서 혀 차는 소리와 탄식 소리가 터져 나왔다.

"자네와 황후마마는 한 동네에서 같이 자란 친우 같은 사이였다고 알고 있었네. 황후마마는 금상과 혼례를 치르고 난 직후 칠삭둥이 아이 하나를 낳았지만 바로 사산하였네. 하지만 칠삭둥이에 사산한 아이가 실은 황후가 궁으로 들어오기 이전 뱃속에 있었던 아이였다는 소문이 궁내에

쉬쉬하며 돌고 있었지."

"그…… 그건 말도 안 되는 소리요!"

"헌데 자네는 집에 십년 전 아이 하나를 데려왔고, 자네는 황후를 잊지 못해 그 그림을 소중히 간직하고 있기까지 했네."

모든 것이 기가 막히게 잘 들어맞는 이야기였다.

"설화는…… 누구의 아이인가?"

심언은 좌영 옆에 늘어선 어사대 고관들과 군병들을 애원하는 얼굴로 바라보았다. 허나 모두들 하나같이 차가운 눈빛이었다.

"이…… 이건…… 말도 안 되는……!"

"설화 역시 자네가 제 모친이 그려진 서화를 간직하고 있다 윤일재 대감 앞에서 증언하였지. 자네의 혐의는 사실로밖에 보이지 않는군."

"좌…… 좌영! 제발 내 말을……!"

"끌고 가게."

병사들의 묵직한 발소리가 들렸다.

"아닐세! 이 모든 게 모함이야! 설화는 나와 황후마마 사이에서 태어난 아이가 아니란 말일세!"

병사들은 몸부림치는 심언을 양쪽에서 붙들고 무자비하게 끌고 가기 시작했다.

"좌영. 제발……!"

심언의 외침이 형장 안에 메아리쳤다.

* * *

7년 후.

매화 향기가 은은하게 넘실대는 이른 봄날이었다. 설화는 담장 너머로 빠끔히 고개를 내밀고 있는 매화를 바라보았다. 이레 전까지만 해도 찬 바람에 코끝이 시렸건만 어느새 매화 꽃망울도 봄볕에 만개한 모양이었다. 옆구리에 소쿠리를 낀 설화가 낡은 기와집 안에 살그머니 발을 내딛었다. 행여나 들킬까 조심스러운 몸짓이었지만 사립문이 닫히며 그만 이음새가 삐걱하고 소리를 내었다. 마당 안에서는 화가 난 여화가 허리에 손을 얹고 설화를 기다리고 있었다.

"설화! 너 아직 바람이 찬데 왜 또 밖에 나간거야? 그거 이리 줘! 내가 나가지 말라고 했잖아!"

여화가 바느질 소쿠리를 잡아챘다.

"헤헤. 들켜버렸네. 내내 집 안에만 틀어박혀 있었더니 답답해서 그러지. 잠시 다녀온 거야."

"그래도!"

이번에는 엄하게 나무랄 작정인 모양이었다.

"오늘은 별도 제법 좋고, 이리 나와서 꽃구경하는 것도 좋고."

"가뜩이나 요즘 자꾸 잔기침도 하면서 이럴 거야?"

계속되는 타박에도 설화는 빙긋이 웃기만 하였다.

송심언이 참수 당한지도 언 칠 년이 흘렀다. 그의 죽음을 둘러싸고 구중을 떠돌던 와언은 한동안 세간을 떠들썩하게 했다. 사람들은 어딘가에서 들은 이야기에 한 마디씩 보태어 어디론가 전달했다. 추측에 추측을 더한 이야기는 사실이 되었고, 입 하나를 거칠 때마다 눈덩이처럼 불어난 사실은 점점 공고해져만 갔다.

사람들은 이렇게 떠들어댔다. 한 동네에서 어린 시절부터 함께 자란 송심언과 황후 황보혜임은 정을 통한 사이였다. 황보혜임이 황후로 간택받아 혼례를 준비하는 와중에도 둘은 정을 통하였다. 금상과 혼례를 치렀으나 황후는 이미 송심언의 아이를 가진 채였고 화가 미칠까 두려웠던 그녀는 결국 사산을 빙자하여 몰래 아이를 송심언에게 보냈다는 것이다.

이 모든 것의 증거는 그림이었다. 송심언이 황후로 추정되는, 황후와 꼭 닮은 그림을 소중하게 간직하고 있었다는 것. 그리고 설화가 그 그림을 제 모친이라 말한 것. 물론 십 년 전 아이 하나를 데려왔다는 염가댁의 증언도 무시할 수 없을 만큼 강력한 것이었다.

결국 송심언은 참수 당하고 황후 황보 씨는 폐위되었다. 폐위 당일 황보 씨는 궁을 나서기 전 목을 매 자결하였다. 어찌 보면 한낱 떠들썩한 치정으로 보이는 이 사건은 개경 도성에 커다란 풍파를 몰고 왔다. 당시 윤일재를 필두로 한 권문세가의 세력은 하늘을 찌를 듯하였다. 권세를 등에 업은 그들의 횡포에 백성들은 굶주림에 허덕였으며, 매관매직 등의 부정한 인사와 비리 갈취 등의 부패로 정치는 곪을 대로 곪아가고 있었다. 그리하여 막 서른의 나이에 접어 든 황제 왕렴은 권문세가와 외척의 손아귀에서 황권을 되찾아오고자 유학을 공부하는 젊고 학식 있는 사대부들을 제 사람으로 끌어들이기 시작했다. 이 은밀한 움직임에 앞장섰던 자가 바로 송심언이었다.

그는 삼십 대 중반의 젊은 나이에 종3품 이부상서 관직을 하사받은 인물이었다. 당시로는 파격적인 인사였다. 개경을 주름잡던 이름 있는 귀족 가문이 아닌 은진 송 씨를 종3품의 자리에 등용한 것만으로도 왕성은 한참 동안이나 시끄러웠다. 윤일재 세력의 견제에도 그는 부패를 척결하고자 하는 일념으로 뜻을 함께 하는 젊은 사대부들과 17개의 개혁안을 비밀리에 추진하고 있었다.

하지만 세간을 뒤흔든 송심언의 치정 사건으로 구심점을 잃은 사대부들의 힘은 급속도로 쇠약해져갔다. 당연한 수순으로 황제 왕렴이 추진하던 개혁안 역시 힘을 잃을 수밖에 없었다. 그리고 대대로 부와 권력을 세습해오던 파평 윤 씨 집안을 비롯한 문벌 귀족들의 세력은 더욱 공고해졌다. '황실은 천대천대 천천대 파평 윤 씨는 만대만대 만만대' 라는 세간의 말도 영 거짓만은 아니게 되어버린 것이다.

다시 기침이 도진 모양인지 설화가 파리한 얼굴로 콜록거렸다. 아버지가 돌아가시고 집안이 풍비박산 난 이후 설화의 건강이 부쩍 나빠졌다. 어렸을 때 몸이 약해 자주 드러눕던 이는 여화였건만, 날이 갈수록 여화는 건강해지는 반면 설화는 날로 약해져만 갔다. 궐증갑자기 정신을 잃고 넘어지는 병으로 자주 쓰러지는가 하면 겨울 내내 잔기침 때문에 밤을 꼴딱 새우기 일쑤였다.

황실의 망측한 치정사건을 들쑤시고 싶어 하지 않았던 무리 덕분에 설화와 여화는 환란에도 살아남을 수 있었으나 하사 받은 전답과 가옥을 모두 뺏기고 말았다. 정신을 차려보니 자매는 송악산 산등성이 입구의 낡은 기와집에서 바느질삯으로 입에 풀칠하며 근근이 끼니를 연명하는 신세가 되어 있었다.

"어서 들어가자."

사위가 어둑해지자 바람이 차가워졌다. 여화가 설화의 손을 잡아끌며 방안으로 들어가려는 찰나 사립문이 열렸다.

"날도 아직 추운데 왜 둘 다 나와 있어?"

이현의 뒤로 쌀가마니와 보따리를 인 시비들이 마당 안으로 줄줄이 들어서고 있었다.

"오라버니! 어쩐 일로 오셨소?"

설화가 사립문을 향해 뛰어나가 이현을 맞이했다. 어찌나 자주 들락날락 거린 모양인지 시비들은 부엌과 창고가 어디에 있는지, 이고 온 물건들은 어디에 두면 좋을지 묻지 않을 정도였다. 지난 칠 년 동안 설화와 여화가 먹고 살 수 있게 실질적으로 뒤를 봐준 사람은 이현이었다. 아버지의 친우와 친지들 모두 손가락질하며 등을 돌렸을 때 오로지 이현만이 한결 같은 모습으로 자매의 곁을 지켰다. 얼마 전 여화가 지나가는 말로 이현의 친우가 그를 찾으러 예까지 왔었다고 하니, 이현이 이 집을 제 집 드나들 듯 한다는 건 알법한 자들은 다 아는 모양이었다.

"너 또 바느질거리 얻어 온 거야?"

여화가 슬그머니 소쿠리를 뒤로 숨겼지만 잽싸게 알아차린 이현이 설화를 타박했다.

"그냥 집에 앉아있기만 하면 답답해서 그러지. 오라버니야 말로 뭘 또 이리 챙겨 온 게야? 저번에 가져다준 것도 아직 남았는데……."

"에헤이……. 장차 낭군 될 자로 내자의 집안 사정 챙기는 것은 당연하지 않으냐."

이현이 능글맞게 웃으며 농지거리를 던졌다.

"오라버니. 이제 그런 농은 그만 칠 연치가 되지 않았어? 그러다 혼삿길이라도 막히면 어쩌려고 그래?"

"그럼 설화 네가 거두어주면 되지 않느냐."

"되었어. 대감께서 들으시면 기함하실 소리를……. 될 성 싶은 얘길 해."

"내 그럼 네게 장가들려면 농지거리를 허구한 날 해야겠구나. 혼삿길 얼른 막히게."

"그만 하래도."

이현은 눈을 흡뜬 설화의 얼굴을 가만히 바라보았다. 이젠 제법 여인의 태가 나는 고운 얼굴. 비단옷을 입혀 놓으면 개경 천지 어느 여인도 앞에 내세우지 못할 만큼 고운 얼굴이었다. 보료가 깔린 따뜻한 방 안에 들어앉히고 바라만 보아도 아까울 얼굴이 부쩍 야윈듯하여 못내 마음이 아팠다.

아니다. 되레 잘 된 일인지도 모른다. 예전이었다면…….

이현은 씁쓸한 마음을 숨길 수 없었다.

"그만하고 어서 방으로 들어가. 아직 석반 전이지? 찬은 모자라지만 상 내어 갈 테니."

설화는 이현과 여화 등을 방 안으로 떠밀고 부엌으로 향했다. 이현이 들어서자 여화가 사용하는 작은 방이 꽉 들어찼다. 아랫목을 내어준 여화는 바닥에 엉덩이를 내려놓기 무섭게 이현을 몰아붙였다.

"도대체 대감께는 언제 말씀 드릴 거야?"

나무라는 듯 다소 앙칼진 목소리였다.

"……적당한 시기를 엿보고 있는 중이야."

"그 말만 도대체 몇 번째인 거냐. 지난 겨울 내내 그리 말했잖어. 도대체 그 적당한 시기란 대체 언제인거야? 설화가 첩으로 팔려나간 후에?"

"……."

"오라버니 사정 내 모르는 건 아니야. 개경 천지 효자로 소문난 분이라 이 대감님 뜻을 거역하는 말을 선뜻 꺼내지 쉽지 않겠지. 그래도 어찌 이리 답답하게 구는 게야?"

"내 여화 네 뜻 잘 알고 있다. 하지만 다 때가 있는 법. 내 욕심 때문에 설화의 삶이 다시 고단해지길 원하지 않아."

"오라버니가 그런 농지거리나 칠 때 무슨 일이 있었는지 알아?"

여화는 팽 돌아 앉아 끓어오르는 화를 삭였다.

"어제 산 아랫동네에 있는 갈천댁이 혼인 자리 하나를 가지고 왔어. 해주 지방 유지의 세 번째 첩 자리였어."

"뭐……?!"

이현이 저도 모르게 버럭 소리를 내질렀다.

"설화가 어느 날 내게 묻더라고. 우리 같이 해주로 가서 사는 건 어떻겠냐고. 연이 없는 곳이고 춥기야 하다만은 사람들 인심 좋고 공기 좋은 곳이라고."

"……."

"이상해서 이리저리 알아보니 혼인 자리 하나가 들어왔더라고. 얼마 전 갈천댁이 소일하던 장금위 어른 집에 해주 사는 친척분이 잠시 거처하러 오셨단 얘기는 나도 들은 적이 있어. 그런데 그 분이 바느질삯을 얻어가는 설화를 본 모양이야. 그 놈의 매파가 약값도 대주고 의원도 붙여주겠노라 하며 살살 꼬여낸 것 같더라고."

여화의 눈에 눈물이 그렁 맺혔다. 아버지가 살아 계셨다면 감히 꿈도 못 꿀 혼담이었다. 칠 년이란 시간이 흘렀는데도 예전의 처지와 비교하는 현실이 서글펐고 아픈 동생의 약값도 못 대주는 제 자신이 못내 원망스러웠다.

가만히 듣고만 있던 이현이 손을 움켜쥐었다. 그렇게도 못미더웠던 게냐. 아니, 어쩌면 설화는 처음부터 자신에게 그 어떠한 것도 기대하지 않았는지 모른다. 애초에 설화와 혼인하리라 마음먹은 건 저 혼자였고, 농이나 치며 넌지시 마음을 에둘러 표현하는 사이 그녀는 이미 제 살 길을 혼자 찾고 있었다. 입 안이 씁쓸했다. 7년 동안 농일지언정 그리 마음을 내비쳤건만 그녀는 제게 그 어떤 기대조차 하지 않았던 것이다.

물론 혼인을 위해서는 넘어야 할 산이 많았다. 송심언과 호형호제하며 지내왔던 이현의 부친 이약선은 송심언에 대한 연민에서라도 설화와의 혼인을 허락하겠지만 절대 정실로는 불가능할 터. 꽤나 오래 전부터 부친에게 넌지시 말을 꺼내보았지만 이약선은 확언도 않고 애매하게 말을 둘러댈 뿐이었다.

"내 오늘 부친과 결판을 내고 내일 이 집에 매파를 들이도록 할게."
"참…… 참말이야? 그리 할 것이야?"

"응. 믿어도 돼."

여화가 이현의 마음을 의심하는 것은 아니었다. 십여 년이 넘는 세월 동안 한결같이 설화만을 바라보았으며 자신의 집에 난리가 난 이후에도 변치 않고 자매를 대했던 유일한 인물이 아닌가. 하지만 한편으로 온화하고 분란을 싫어하는 그의 성격이 미덥지 못한 것도 사실이었다.

두 사람이 각자의 생각에 잠긴 사이 방문이 열렸다. 설화가 없는 살림에도 이것저것 찬거리를 마련해 상을 차려온 것이다.

"으썃. 오라버니가 좋아하는 순무조림이야. 차린 것 없지만 드셔요."

끼니마다 잘 챙겨 먹어라 갖가지 음식을 가져 날랐더니 이렇게 손님상에 듬뿍 차려내었다. 하지만 거절하는 것이 더 큰 상처임을 알기에 이현은 애써 밝은 표정으로 수저를 들었다. 문득 부엌살림으로 거칠어진 설화의 손이 눈에 들어왔다. 꿀꺽 삼킨 밥알이 모래알처럼 느껴졌다. 이현은 속으로 조용히 다짐했다.

부친이 반대하더라도 반드시 설화와 혼례를 치르리라.

타닥. 타닥. 히이잉.

새벽녘 멀리서 들려오는 희미한 말발굽 소리에 설화가 번쩍 눈을 떴다. 벌써 칠 년이나 흘렀건만 밤에 울리는 말발굽 소리는 끔찍한 악몽과도 같은 그 날 밤을 여지없이 떠올리게 했다. 조심스레 몸을 일으키고 바깥을 향해 신경을 곤두세웠다. 말발굽 소리라니……. 산등성이 입구에 위치한 이곳까지 말을 탄 이가 올 일은 거의 없었다.

"무슨 소리지……?"

여화도 한 무리의 말울음 소리에 불안한지 몸을 일으켜 세웠다.

"군병들이 말을 타는 소리네. 산에 도적 떼라도 나타난 모양인가……?"

애써 다른 상황을 생각해보려 했지만 말발굽 소리가 점점 커져왔다. 명백하게 자신들의 집을 향해 달려오는 소리였다.

"언니……."

설화가 불안한 눈길로 여화를 바라보았다. 아버지가 돌아가신 이후, 설화는 한동안 새벽마다 경기를 일으키며 깨어나곤 했다.

"내가 나가볼게."

"아…… 아니야. 우리 집으로 오는 게 아닐 거야."

방안에 가만히 숨죽이고 있는 사이 어느덧 말발굽 소리가 문 밖에서 멈췄다. 여러 명의 남자들이 말에서 내리는 모양인지 군홧발을 바닥에 내딛는 소리가 들렸다. 말에서 내린 병사들이 거칠게 사립문을 열고 마당으로 들어섰다. 병사들은 낡은 기와집을 둘러보더니 큰 소리로 외쳤다.

"송설화. 안에 있는가."

서늘한 목소리가 새벽 공기 속에 울려 퍼졌다. 방안에 있던 여화가 새파랗게 질린 설화를 부둥켜안았다. 새까만 공포가 몰려왔다. 꼭 7년 전 그날 밤…… 그날 밤이 떠올랐다.

"어서 뒤져!"

"넵!"

우두머리인 듯한 남자가 명령하자 사병들이 날쌔게 집안을 뒤지기 시작했다. 곳곳에서 방문이 열리고 쾅! 쨍그랑! 하며 집기류 부서지는 소리가 들렸다. 그때였다. 설화와 여화가 있던 방의 문이 활짝 열렸다.

"찾았습니다! 두 계집 다 여기 있습니다!"

사병들은 설화와 여화를 막무가내로 방안에서 끌어냈다.

"이거 놓으시오! 놓으란 말이오!"

"무슨 일이오. 대체 왜 이러시오!"

사병들이 끌고 나온 두 사람을 찬 흙바닥에 내팽개치는 순간이었다.

짝!

뺨 때리는 소리가 마당 안 찬 공기를 갈랐다. 어찌나 날카로운 소리였는지 히끅 대던 설화의 딸국질 소리가 뚝하고 멈췄다. 설화와 여화를 끌고 나온 사병을 후려친 남자는…… 설화도 알고 있는 얼굴이었다. 매광. 시함을 가장 가까이에서 보위하는 검은 무복의 검객. 오래전이었지만 턱 밑에 깊게 새겨진 상처는 그리 쉽게 잊을 수 있는 게 아니었다.

"내 정중하게 뫼시라 말하지 않았느냐."

"죄…… 죄송합니다."

"계집이라니……. 곧 낭중 나으리와 혼례를 치를 분이시다. 예를 갖추거라."

매광의 말에 사병이 팔을 놓아주었지만 설화는 맨바닥에 털썩 주저앉고 말았다. 혼례라니……. 온통 이해할 수 없는 것 투성이었다. 매광이 넋이 나간 채 덜덜 떨고 있는 설화를 향해 손을 내밀었다.

"송구합니다. 아랫사람의 무례를 용서하십시오."

정중한 언사에도 떨림은 멈추지 않았다.

"시일이 급박하여 이리 무례를 범할 수밖에 없었습니다. 어서 가시지요."

"가…… 가다니……! 내가 어디로 간단 말이오?"

매광의 눈이 똑바로 설화를 향했다. 정중한 말투와는 달리 감정이라곤 찾아볼 수 없는 텅 빈 눈동자였다. 이런 눈을 가진 사람에게 측은지심을 기대할 수 있을 리 만무했다.

"재상 어른과 낭중 나으리가 기다리고 계십니다."

"싫소. 가지 않을 것이오."

설화가 입술을 앙다물고 고개를 돌리자 매광이 천천히 다가왔다. 가까이 오는 것만으로도 위압적인 분위기가 물씬 풍겨났다.

"갈지 말지를 결정하는 건 아씨가 아닙니다."
"그게 무슨……!"
"뭣들 하느냐! 어서 뫼시거라!"
주위에 서 있던 사병 몇몇이 일제히 설화를 향해 달려들었다.
"설화야! 설화를 놔주세요! 설화야!"
바닥에 주저앉아 있던 여화가 벌떡 일어나 사병의 다리를 붙들었다.
"언니! 언니! 나 좀 살려줘! 언니!"
사병들은 울부짖는 여화를 붙들고 설화를 마구잡이로 매광의 말에 태웠다. 설화는 죽기 살기로 버둥거렸지만 남자들의 억센 힘을 당할 수 없었다. 매광이 군화발로 말의 배를 때리자 말은 희뿌연 흙먼지를 날리며 속력을 내기 시작했다.
"으어어엉……. 설화야……! 설화야……!"
여화가 맨발로 말의 뒤꽁무니를 따라왔지만 이내 까마득하게 멀어져 갔다.
"놓아라! 놓으란 말이다……!"
함께 말을 탄 설화가 몸부림을 치자 매광이 뒷목을 세게 가격했다. 엄청난 고통과 함께 전신이 찌르르 울리더니 까마득히 의식이 멀어져 갔다.
이대로…… 이대로 정신을 잃으면 안 되는데……. 어디로 끌려가는 걸까. 나도 아버지처럼 목이 잘리고 마는 걸까. 그럼 우리 언니는…….
그리고는 의식이 완전히 뚝하고 끊어졌다.

햇빛 한 자락이 눈꺼풀에 닿았다. 머리가 몽롱하고 전신이 욱신거렸지만 몸을 감싸는 보드라운 보료의 감촉에 모처럼 기분이 좋았다.
따스하면서도 보드랍고 매끈한…… 보료……?
기묘한 위화감에 무거운 눈꺼풀을 들어올렸다. 그제야 뒷목에서 아릿한 둔통이 느껴졌지만 신경 쓸 겨를이 없었다. 눈앞에는 생전 처음 보는 낯선 방안의 풍경이 펼쳐져 있었기 때문이었다. 누워있던 침상이며 덮고 있는 보료, 눈길이 닿는 방안 집기류 모두 지나치게 화려하고 고급스러운 것들이었다. 꿈을 꾸고 있는 것인가? 두 눈을 한 번 깜박여 보았지만 분명 현실이었다. 보료를 걷고 침상에서 내려오니 서서히 어젯밤 일이 하나둘씩 떠오르기 시작했다.

그랬다. 난데없이 집으로 쳐들어 온 병사들에게 붙들려 어디론가 끌려왔다. 말에 난폭하게 태워지고는 꼼짝없이 죽는구나, 했는데……. 이토록 화려한 방안에서 눈을 뜰 줄이야. 자신을 끌고 온 사람은 매광이었다. 그렇다면 이곳은 윤일재 대감의 가옥일 터. 도대체 아닌 밤중에 홍두깨 마냥 저를 끌고 와 이리 호화로운 방안에 데려다 놓은 이유가 무엇인가.

윤일재 대감의 가옥이라면 그가…… 그가 있을 터였다. 분명 혼례라 하였다. 설화는 자신을 가리켜 낭중 나으리와 혼례를 올리실 분이라 한 매광의 말을 떠올렸다. 아니다. 시합과는……. 아니, 그보다도 언니……! 자신이 끌려오고 난 뒤 여화는 어찌되었는가!

다급하게 휘장을 걷고 방문으로 다가가 문고리를 잡아당겼다. 하지만 문은 열리지 않았다. 뭐지? 의아한 마음에 다시 한 번 문고리를 잡아당겨 보았으나 문은 덜컹대기만 할 뿐이었다. 밖에 자물쇠가 달린 모양이었다. 이래서야 꼼짝없이 방 안에 갇힌 꼴이었다. 스멀스멀 두려움이 몰려왔다. 자신이 왜 끌려왔는지, 언니는 어떻게 되었는지 아는 바가 없으니 두려움은 점점 커져 갔다.

어찌해야 하나. 무력감에 몸이 무너져 내렸다. 그때 문 밖에서 누군가의 기척이 들렸다. 곧이어 덜컹대며 자물쇠 열리는 소리가 들리더니 문이 천천히 열렸다. 설화는 다급하게 문 앞에 선 이를 향해 고개를 들었다. 역광에 비친 얼굴은 보이지 않았으나 커다란 풍채의 젊은 사내였다.

"일어났군."

깊게 울리는 저음의 목소리였다. 쿵쿵. 설화의 심장이 요동치기 시작했다. 달라졌지만 알고 있는 목소리였다. 잊었다 생각했건만 거짓말처럼 모든 것이 떠올랐다. 설화는 후들거리는 다리에 간신히 힘을 주며 일어났다. 수백, 수천가지의 말들이 머릿속을 맴돌았으나 선뜻 입 밖으로 나오는 것은 없었다.

"오랜만의 해후치고는 꽤 대담한 차림 같소만……."

남자가 길게 찢어진 눈으로 설화를 머리부터 발끝까지 훑었다.

대담한? 아니……. 뭘 보고…….

설화가 남자의 시선 끝을 따라 천천히 고개를 내렸다.

그리고.

"꺄―악!"

설화가 비명을 지르며 주저앉았다. 그럴만했다. 속살이 비치는 새하얀 속곳 차림이었다.

* * *

"참으로 오랜만입니다. 그간 강녕하셨습니까."

차가운 말이 툭 튀어나왔다. 한참만의 정적을 깨고 설화가 먼저 입을 열었다. 무려 칠 년 만에 마주하는 얼굴이었다. 부친이 참수당하고 설화의 집이 사단이 나는 동안 시함에게서는 그 흔한 서신 한 통 없었다. 송악산 산등성이 낡은 기와집으로 거처를 옮긴 후에도 설화는 날마다 산 아래 길을 굽어보았었다. 그렇지만 간절히 보고 싶었던 단 한 명, 윤시함의 모습은 찾아볼 수가 없었다.

어린 시절 아무것도 모르고 한 혼인 약조였지만 태어나 처음 가져보는 연정이었다. 처음엔 아무 말도 하지 못하고 사라져버린 것에 대한 미안한 마음과 그리운 마음뿐이었다. 그래도 저도 귀가 있으니 떠도는 풍문을 들었다면 자신이 학당에 가지 못한 이유를 알았으리라.
 아버지가 참수당하고 집 밖으로 내몰리는 상황 속에서도 마음 한편에는 늘 시함에 대해 기다림이 자리하고 있었다. 식솔들이 모두 나가고 텅 빈 옛 가옥에서 몸을 뉘일 때, 스산한 바람이 휘-잉거리며 집안을 감쌀 때, 적막만이 내려앉은 집 안에서 집기들이 뒤틀린 소리를 낼 때. 그럴 때면 행여나 저 대문 밖에서 시함이 사병을 이끌고 자신을 구하러 오지 않을까. 진즉 찾아오지 못해 미안했다고 이제 설화와 여화는 제가 데리고 갈 터이니 걱정하지 말라고. 동네 아낙들이 몰래 숨겨두고 읽는 서책에 등장하는 인물 마냥 저를 찾아오는 생각을 했었다.
 하지만 송악산 아래 기와집으로 거처를 옮기고 밤마다 산짐승들의 울부짖는 소리에 잠을 이루지 못할 때도 그는 머리터럭 하나 내비치지 않았다. 저를 찾아오지 못하는 이유라도 있을까. 행여나 제 아비의 죄 때문에 저를 미워하게 된 건 아닐까 조바심 내는 날들이 이어졌다.
 야속하다거나 서운하다는 말로 끝낼 감정이 아니었다. 수많은 낮과 밤을 기약도 없는 기다림에, 반복되는 절망감에 설화의 마음은 무너지고 또 무너졌다. 혼자 화를 내고 미워하고, 또 용서하고 다시 원망하고 그리워하는 수많은 낮과 밤의 시간이 지나 그렇게 칠 년이란 세월이 흐른 것이다. 머릿속에 지난날의 설움 섞인 기억들이 스쳐 지나갔다.
 설화는 입술을 굳게 다물고 곁눈질로 시함의 얼굴을 살폈다. 사내의 내가 물씬 풍겨났다. 귀여운 얼굴을 한 소년은 사라지고, 훤칠한 키에 단단한 몸을 가진 장성한 사내가 눈앞에 있었다. 쭉 찢어진 눈매, 곧게 뻗은 콧날, 날렵한 턱 선 그리고 내뿜는 서늘한 기운까지. 모든 것이 예전과 달랐다.

"간밤에 험한 길을 왔을 텐데, 잠자리는 퍽이나 마음에 들었던 것 같소만······."

시함의 얄궂은 시선이 설화를 아래위로 훑었다. 절 보는 시선과 말투에서 어렴풋한 적대감이 느껴졌다. 서운하고 야속한 마음은 이쪽이 먼저일 것이다. 그런데도 날벼락을 맞은 듯 사내들에게 끌려와서는 속곳 차림으로 태평하게 자버린 여인네 취급을 받자니 억울하기도 했다.

"얼굴을 뵈니······. 그간 참으로 무탈하셨던 모양입니다."

"그럼 무슨 변고라도 있었길 바랐소이까."

명백하게 설화의 언사를 비꼬는 냉랭하고 차가운 말투였다.

"무슨 말씀을 그리 험하게 하십니까. 그저 긴 시간 생사를 알 길 없던 옛 동무의 강녕한 얼굴을 보니 기쁘기 그지없어서 하는 말이지요."

"옛 동무라······. 그러고 보니 어린 시절 그대와 잠시 인연이 닿은 적이 있긴 했군."

잠시 닿은 인연이라. 시함은 설화와의 약조가 뭣 모르던 시절의 불장난과도 같은 일이라 단정하고 있었다. 순간 가슴 한 구석이 뻐근하게 조여 왔다. 그런 줄도 모르고 저는 매일 밤 길 아래를 내다보며 그를 기다린 게 꼬박 칠 년 아닌가.

"그럼 그 인연에 기대어 한 가지 묻고자 합니다. 대체 저를 이곳으로 끌고 온 이는 누구이고 어떠한 연유입니까."

한동안 침묵이 흘렀다. 설화의 날선 물음에도 그는 입을 꾹 다문 채 아무런 대답도 하지 않았다.

"왜 대답이 없으십니까. 지난밤 절 이리로 끌고 온 자는 매광이었습니다. 그는 윤 가의 호위무사가 아닙니까. 매광이 절 끌고 왔다면 윤 대감 또는 공자의 명일 터. 공자께서 절 이리 찾아오신 것도 어젯밤 일로 제가 어찌하고 있는지 확인코자 함일 테지요."

"……."
"어찌 칠 년 만에 이리 무례히 절 찾아오셨습니까."
"……."
"대답을 들어야겠습니다."
단호하고 거침없는 말투였지만 무릎 위에 얹어 둔 손이 미세하게 떨리고 있었다.
예나 지금이나 변한 게 없군.
입을 앙다물고 있는 모습에서 오래 전 그날, 큰소리로 색시 삼아 달라 외치던 어린 설화의 얼굴이 아른거렸다. 턱하니 숨이 막혀왔다. 더 이상은 견디기 힘들었다. 시함은 시선을 외면한 채 자리에서 일어나 문가를 향해 걸어갔다. 함께 같은 공간에 계속 있는 것이 자신에게 그다지 좋지 않으리라.
"앞으로 예서 지내게 될 것이니 적응해 두는 것이 좋을 것이오."
"대답은 해주셔야죠. 이리 도망가실 겁니까."
돌아선 시함을 향해 설화가 소리쳤다. 같이 있는 내내 읽을 수가 없었다. 그의 눈동자에 깃든 감정을. 그만큼 떨어져 지내온 시간이 길었다.
"영랑이 설명해줄 것이오."
"이대로 가시는 겁니까. 제게 대답을……."
"그대는."
시함이 마른 침을 삼켰다.
"앞으로 이 집에서 기다리는 것을 먼저 배워야 할 것이오."
멍하니 선 설화의 귓가에 문이 열리고 닫히는 소리가 들렸다.

초조하게 방 안을 서성이길 잠시, 설화보다 두세 살 연치가 어려보이는 여자 아이 하나가 방으로 들어왔다.

"영랑이라 하옵니다. 앞으로 아씨의 시중을 들 것입니다. 시키실 일 있으시면 무엇이든 말씀해 주시어요."

"이 집에서 내 너에게 시킬 일 따윈 없다. 내가 왜 여기 있는지 알고 싶구나. 아니, 알 필요도 없다. 오늘 중으로 집으로 돌아가야 하니 조금 전 이 방을 나간 이 댁 자제분께 그리 전해다오."

"이제 곧 혼례를 치르실 분이 어딜 가신단 말씀이십니까?"

"호…… 혼례라니. 누가 말이냐?"

"아씨 말고 여기 다른 사람이 또 있습니까?"

영랑이 의아한 표정으로 되물었다.

"내…… 내가?"

"네. 아씨께서 낭중 나으리와 혼례를 치르지 말입니다요."

마른하늘에 날벼락과 같은 소리였다. 혼례라니. 혼례라니……. 야밤에 사내들에게 보쌈 당하듯이 끌려와 칠 년 만에 보는 이와 혼례를 치른다니 말도 안 되는 소리였다.

"그…… 그런 일 따윈 난 몰라."

"그러면 뭘 합니까. 이미 혼례를 올리기로 정해졌는데 말입니다. 온 집 안이 그 일 때문에 분주합니다요."

영랑은 신이 나서 제가 혼례 준비로 얼마나 바쁜지 떠들어 대기 시작했다. 주인집 자제와 혼례를 치를 아씨의 시중을 들게 되어 잔뜩 들뜬 것처럼 보였다. 설화는 몰아치는 분노에 전신이 바들바들 떨렸다.

아무리 아버지가 죄인으로 처형을 당했어도 은진 송 씨 집안은 대대손손 종5품 이상의 벼슬을 누려온 사대부 집안이었다. 지금은 비록 낡은 기와집에서 남의 도움에 기대 먹고 사는 형편이지만 가문에 대한 긍지를 잃어 본 적 없었다. 그런데 본인도 모르는, 아니 야밤에 도둑같이 보쌈을 당해와 치르는 혼례라니. 설화는 치밀어 오르는 분노에 머릿속이 하얘졌다.

"지…… 지금 당장 낭중 나으리께 기별을 넣거라."

"네?"

"못 들은 게냐? 내 지금 당장 낭중 나으리를 뵈어야겠다고 했다!"

서늘한 고함소리가 방 안에 울려 퍼졌다.

주눅 든 영랑이 방을 나서길 한 식경, 방문이 열렸다. 시함이 들어오는 기척을 느꼈지만 설화는 고개를 돌리지 않았다. 얼굴을 마주하기 전 화부터 삭혀야했다. 그러지 않았다간 평정심을 잃고 악다구니부터 쏟아 낼 것만 같았다. 크게 심호흡을 한 설화가 고개를 돌렸다. 다시 보아도 적응되지 않는, 낯선 시함의 얼굴이었다.

"도대체 이게 무슨 짓입니까. 명망 있는 가문에서 한밤중에 아녀자를 보쌈하여 오다니요. 게다가 당사자도 알지 못하는 혼례는 또 무엇입니까."

"왜 알지 못하는 혼례요? 우린 칠 년 전 혼인을 약조했던 사이 아니오?"

"그때와 지금은 사정이 많이 다르지 않았습니까. 이 무슨 해괴한 방법이오? 아녀자를 도둑질하듯 보쌈 해와 혼례를 치르는 건 어느 나라 법도인 겝니까!"

"도둑질?"

여유 있던 시함의 얼굴이 순식간에 굳었다. 그리고는 설화를 향해 성큼성큼 다가와 손목을 아프게 움켜쥐었다.

"아…… 아파……!"

"남의 것을 빼앗아 오는 게 도둑질이지. 원래 내 것을 찾아오는 걸 도둑질이라 하진 않아."

"제가 어찌 공자의 것이란 말입니까."

설화의 말에 시함이 눈을 부릅떴다. 형형한 눈빛에는 분노와 경멸 외에 그 어떤 감정도 느껴지지 않았다. 끔찍한 분노……. 설화는 시함이 어찌 이리 자신에게 화를 내고 있는지 이해가 가지 않았다.

"아니면 이현의 것이라 그리 말하고 싶은 겐가."

"이현 오라버니요……? 갑자기 무슨 말씀이십니까."

"가증스럽기 짝이 없군. 그대가 제일 잘 알지 않소."

시함이 붙잡았던 설화의 팔을 내던지듯 놓았다. 잡혔던 팔목이 욱신거렸다.

"이현처럼 아비에게 허락을 구하고 매파를 불러들여 번듯한 형식을 갖추라……."

"……."

"흥. 그리하다 이리 뺏겼으니 형식일랑 다 무슨 소용이란 말인가."

"무슨 말씀을 하시는 건지 도저히 알아들을 수가 없습니다."

시함은 경멸스런 눈초리로 다시 설화를 노려보았다. 너무나도 명백하게 느껴지는 적의에 가슴 한 구석이 시큰거렸다. 한밤중에 끌려와 혼례를 강요받는 사람은 자신이었다. 저런 눈으로 노려봐야 할 사람은 저였고 적의를 표할 사람도 자신이었다.

"미안한 마음도, 용서를 구할 마음도 전혀 없으시군요."

"내가 왜 그대에게 용서를 빌어야 한단 말이오."

시함이 어이가 없다는 듯 콧방귀를 뀌었다.

"그러면 아녀자를 이리 보쌈 해와 혼례를 치르는 게 아주 잘한 일이란 말씀이십니까. 어릴 적에는 규례와 법도를 아는 군자가 될 성싶더니만 어찌 이리 제 잘못도 모르는 무뢰한이 되셨소."

"그대야 말로 어릴 적에는 신의와 절개를 아는 열녀가 될 성싶더니만 어찌 이리 엉덩이가 가벼운 기녀가 되셨소."
 순간 시종일관 비꼬며 비릿한 웃음을 짓던 시함이 입을 다물었다. 설화의 눈가가 빨갛게 물들어 있었기 때문이었다. 상처 받았음이 명백한 얼굴로 설화가 시선을 피했다. 무릎 위에 올려둔 꽉 쥔 주먹이 바들바들 떨리고 있었다. 그 모습에 이유 모를 부아가 치밀었다. 화를 내고 제 할 말 다 하며 소리 지르는 편이 차라리 나았다.
 "이제 여기에 온 연유를 이제 알게 되었으니 잠자코 기다리시오. 난 나가보겠소."
 등 뒤에서 쿵하고 문 닫히는 소리가 들렸다.

 "아씨······. 제발 한 숟가락이라도 드셔요······. 낭중께서 아시면 경을 칠 것입니다."
 울상이 된 영랑이 수저를 들고 쩔쩔 맸다. 설화는 침상에 누워 머리끝까지 보료를 끌어 올린 채 꼼짝도 하지 않았다. 벌써 이틀째였다. 물 한 모금 마시지 않은지. 그동안 시함은 설화가 기거하는 별채에 한 번도 찾아와 보지 않았다. 방은 내내 굳게 잠겨 있었고 장정들이 문 앞을 지키고 있었다. 내보내 달라고, 혼례 따윈 치르지 않겠노라고 영랑에게 통사정을 해보았지만 그녀가 결정할 수 있는 사안일 리 만무했다. 그럼에도 설화가 시위를 할 수 있는 상대는 영랑뿐이었다. 이런 식이라도 시함의 귀에 들어가지 않을까하여 설화는 단식 투쟁을 하리라 마음먹은 것이다.
 "아씨. 제발 한 숟갈이라도 뜨셔요. 저가 나으리께 죽는 꼴 보시고 싶으셔요? 혼례 전까지 아씨 몰골이 이러하면 제가 끌려가 죽습니다요. 제발 절 봐서라도······."
 영랑은 울먹이더니 급기야 눈물을 뚝뚝 떨구기 시작했다. 가엽게 흐느끼는 소리를 듣자하니, 제가 하는 짓에 가장 괴로운 이가 누구인가 하는 생각이 들었다.

　결국 설화가 보료를 젖히고 자리에서 몸을 일으켰다. 순간 머리가 핑 돌며 눈앞이 깜깜해졌다. 이틀 동안 아무것도 먹지 않은 터라 손가락 하나 들 힘조차 없었다. 가뜩이나 약한 몸이 난리 통에 더 쇠약해져 갔다. 이래서야 정신마저 온전히 버텨낼 힘이 없을 것이다.

　영랑이 다가와 설화를 부축하여 천천히 몸을 일으켜 세웠다. 그동안 마음고생이 심했는지 얼굴이 까칠했다. 설화가 자리에서 일어나자 영랑은 그제야 눈을 반짝이며 다행이라는 듯 희미한 미소를 지었다.

　그래. 가장 괴로운 이는 영랑, 너로구나. 이 아이가 무슨 잘못이 있으랴.

　영랑이 희멀건 쌀죽을 떠 설화의 입가를 향해 가져갔다.

　"내가 먹으마."

　설화가 수저를 향해 손을 뻗으려는 찰나였다. 시끄러운 발소리와 함께 거칠게 문이 열렸다. 열린 문 사이로 여종 서너 명을 대동한 시함이 방 안에 들어서고 있었다. 걸음걸이만큼 사나운 얼굴이었다. 설화에게 곧장 다가온 시함이 한 손으로 그녀의 턱을 잡고 얼굴을 바짝 가져다 대었다.

　"내보내주지 않으면 죽겠다고 하더니. 그게 굶어 죽겠단 말이었소? 참으로 시일이 오래 걸리고 고된 방법을 택하였구려."

　턱을 그러쥔 손만큼이나 차디찬 말투였다. 무어라 되받아치고 싶었건만 이틀을 꼬박 굶은 터라 목소리를 쥐어짜낼 힘조차 없었다.

　"그리도 여기가 싫어 차라리 죽겠다 하면 내 말리지 않겠소. 굶어죽든 얼어 죽든 어디 마음대로 하시오. 하지만 그건 혼사를 치르고 아들을 낳은 후에야 가능할 것이야."

　흡사 짐승이 으르렁거리는 것 같은 말투였다. 설화를 직시하는 눈동자에는 분노가 가득했다.

"뭣들하고 있는 게냐. 당장 먹여라."

"알겠사옵니다."

밖에서 잠자코 기다리고 있던 풍채 좋은 여종들이 속속들이 방안으로 들어왔다. 그들의 손에는 죽 그릇과 수저가 들려 있었다.

"뭐 하시는 겁니까?! 제가 할 터이니 이리 주시어요."

놀란 영랑이 여종들을 말려보려 하였으나 내치는 힘에 밀려 바닥에 나동그라졌다.

"지…… 지금 뭐 하는 것이오!"

여종 둘이 설화의 팔 다리를 꽉 붙들자, 나머지들이 설화의 입을 억지로 벌리고 쌀죽을 퍼다 먹이기 시작했다. 설화가 고개를 내저으며 격렬하게 반항했지만 여종들은 이러한 일에 익숙한 모양인지 조금의 동요도 없었다. 어찌나 힘이 좋은지 붙들린 팔다리는 꼼짝도 할 수 없었고 벌린 입을 다물 수도 없었다.

"으……아……. 흡……. 켁켁……."

꾸역꾸역 죽이 목구멍으로 넘어갔다. 쌀죽 한 숟가락, 물 한 모금, 쌀죽 한 숟가락, 물 한 모금. 여종들에게 포박당한 팔다리도 시큰거릴 정도로 아팠지만 누군가에게 겁간이라도 당하듯 음식이 삼켜진 충격에 전신이 덜덜 떨렸다.

"아…… 아씨……."

눈물범벅이 된 영랑이 연신 발을 동동거렸다.

"이리 하지 않으셔도 드실 생각이었습니다요. 분명 제게 드시겠다. 내가 먹을 테니 수저를 이리 달라 그리 말씀하셨습니다. 나으리 제발 멈춰주시어요……."

희멀건 쌀죽을 삼키거나 토해내며 설화가 시험을 올려다보았다. 부릅뜬 눈가에서 눈물이 줄줄 흘러내렸다. 그릇에 담긴 쌀죽이 바닥을 드러낼 때까지 시함은 미동도 않고 눈앞의 광경을 지켜보고 있었다.
"되었다. 그만들하고 나가보아라."
시함의 명에 여종들이 빈 그릇과 수저를 챙겨 방에서 물러났다.
"아씨……! 괜찮으십니까!"
영랑이 침상에 누워 덜덜 떨고 있는 설화를 안아 일으켰다. 산발한 머리에 치마도 무릎 위까지 흘러덩 올라가 있었다. 고개를 내젓다가 혹은 삼키지 못하고 흐른 쌀죽이 입가와 목 언저리에 엉망으로 눌러 붙어 있었다.
"괜찮습니다. 아씨…… 이제 다…… 다 끝났어요……"
영랑이 옷매무새를 정리하며 설화를 다독였다. 영랑의 말에도 울음기가 배어 있었다. 등을 쓰다듬는 따스한 손길에 벌벌 떨기만 하던 설화가 숨죽여 울기 시작했다.
"아씨……. 우리 불쌍한 아씨."
"한 번 더 상을 무르기만 해 보시오. 이 정도로 끝나지 않을 터이니."
설화가 천천히 고개를 들어 부릅 뜬 눈으로 시함을 노려보았다. 마주친 시선에서 불꽃이 튀었다. 모든 것이 명백해졌다. 저를 향한 그의 감정은 단순한 적의나 서운함 따위가 아니었다. 형편없이 망가뜨리고 견딜 수 없는 모욕을 주겠다는 의지를 느낄 수 있었다.
"네에……. 먹지요, 먹겠습니다……. 공자께서 주시는 것 모두 다 내 남김없이 먹겠습니다."
오늘의 치욕을 절대 잊지 않을 것이다. 용서하지 않을 것이다. 설화가 입술을 피가 나도록 깨어 물었다.
"……"
"살아 있어야, 힘이 나야 도망이라도 가겠죠."
시함은 가소롭다는 듯 콧방귀를 뀌었다.

"아직도 그대는 이 상황을 착각하고 있는 것 같소만……. 먹느냐 먹지 않느냐, 도망을 가느냐, 혼례를 치르느냐는 그대가 선택할 수 있는 사항이 아니오."

"흥. 내 발로 내가 도망가면 그만인 것을……."

"아니. 아무 곳도 갈 수 없을 것이오. 그대는 이곳에서 나와 혼례를 치르게 될 것이란 말이오."

칼로 벤 듯 단호한 말투였다.

"어찌 그리 단정하시는 겁니까?"

"송여화의 명줄을 지금 누가 잡고 있겠소?"

쿵하고 심장이 바닥에 내동댕이쳐졌다. 새까만 분노와 아득한 절망감에 전신이 불길에 휩싸인 듯 뜨거워졌다.

"언니는…… 지금 언니는 어디에……."

냉정을 유지하려 했으나 목소리가 형편없이 떨렸다.

"내 그대에게 분명하게 일러두지. 그대는 나와 혼례를 치르고 아들을 낳아야 할 것이야. 그래야 송여화의 목이 몸뚱이에 그대로 붙어있을 수 있을 테니."

"도…… 도대체 나에게 왜 이러는 것입니까! 혼례는 무엇이고, 아들은 무엇입니까!"

결국 소리를 지르고야 말았다. 분노와 절망이 고스란히 드러났지만 미칠 것 같은 마음을 숨길 수가 없었다.

"……그대를 통해 낳은 아이가 꼭 필요하기 때문이오."

"왜입니까? 제발 연유라도 설명해 주시어요!"

"연유를 듣고 나면 순순히 내 말에 따를 것인가?"

"……말씀해 주시렵니까?"

방안에는 쌕쌕거리는 두 사람의 숨소리만 가득했다. 시함은 연유를 설명하지 않을 것이며, 설화 또한 시함의 말에 따르지 않을 것임을 두 사람 모두 알고 있었다.

5. 혼례와 살인자

"그게 무엇이냐?"
"저……."
영랑이 쭈뼛거리며 대답하기를 저어하였다.
"아…… 아씨의 혼례복이옵니다."
영랑의 두 손에는 비단적삼이 곱게 접혀 있었다. 그제야 시함이 이제껏 한 말이 허튼 소리가 아니라는 게 실감 났다. 그 치는 정녕 혼례를 치를 셈이었다.
"당장 내다 버리거라."
"아씨……."
영랑이 금세 또 울먹거렸다.
"되었다. 그냥 해 본 소리다. 내 그리하였다간 너에게 화가 미칠지언데……."

지난번 단식투쟁 이후 영랑은 시종들에게 불려가 한바탕 혼이라도 난 모양인지 며칠 동안 우울한 낯이었다. 시중을 드는 손에도 건네는 말에도 평소의 명랑함이 사라져 있었다. 제 고집에 아무 상관도 없는 아이가 시달림을 당한 듯하여 못내 마음이 씁쓸했다.

"이 댁에 온지 얼마나 되었느냐."

"지난해 여름에 왔으니 아직 한 해가 채 되지 않았습니다."

그제야 어찌 이 댁의 오랜 가솔이 아닌 영랑을 설화의 시종으로 들였는지 알 것만 같았다. 이 댁 사정에 눈이 어두운 영랑이라면 설화에게 무심코 흘릴 말도 없을 테니.

"거기 두고 가거라. 내 해가 지면 입어 볼 것이다."

"제가 그때까지 남아 거들겠사옵니다."

"아니다. 곧 해가 질 테이니 넌 어서 들어가 보거라."

영랑은 제 소임을 다하지 못한 게 마음에 걸리는 모양인지 잠시 망설였으나 이내 혼례복을 문갑 위에 올려놓고 자리를 떴다.

벌써 시함이 다년간 지 열흘이 훌쩍 넘어서고 있었다. 한바탕 전쟁 같은 싸움을 치른 후 그는 한 번도 별채로 발걸음을 하지 않았다. 이대로라면 혼례 전까지 그가 찾아오지 않을 성 싶었다. 설화는 창문 너머로 안뜰을 내다보았다. 어둠이 내려앉은 빈 마당에 적막감이 감돌았다. 시함이 퇴청할 시간은 이미 한참이나 지나 있었다.

'그를 기다리는 것은 이 혼례가 다 무엇이며 왜 아들을 낳아야 하는지 연유를 묻기 위함이야. 그 외에 다른 뜻은 없어.'

영랑을 돌려보내고 잠자리에 들 때까지. 설화는 혼자 방안에 있는 시간이 제일 고역스러웠다. 한동안 영랑이 가져오는 서책을 읽다 잠들기도 했지만 요즘은 잡생각이 온통 머릿속을 점령해 한 글자도 눈에 들어오지 않았다. 침상에 누워서도 뒤척이기만 할뿐 쉬이 잠들지 못하는 날도 많아졌다. 어찌 보면 제 자신은 이 싸움을 이미 반쯤 포기한지도 모른다. 꼼짝없이 갇혀 할 수 있는 일도 없는데다 여화의 목숨까지 그의 손아귀에 있었다.

설화는 문갑 위에 놓인 혼례복을 가만히 쓰다듬었다. 혼례복을 이리 입게 될 줄은 몰랐다. 누구보다 어여쁜, 세상에서 가장 행복한 신부가 되어 혼례복을 입을 것이라 생각하였다. 설화가 천천히 가슴께로 손을 가져갔다. 떨리는 손길로 옷고름을 풀자 낡은 삼베 치마가 스스륵 바닥으로 떨어졌다. 그리고는 혼례복을 들어 가만히 펼쳐보았다. 붉은 옷자락이 촤락 소리를 내며 아래로 떨어졌다.

그때였다. 안뜰 너머 멀리서 누군가의 자박이는 발걸음 소리가 들려왔다. 사내의 발걸음 소리였다. 걸음소리는 점점 또렷해지며 별채로 향하고 있었다. 놀란 설화가 혼례복을 내려놓고 허둥지둥 삼베 치마를 들어 올렸으나, 문이 열리는 게 먼저였다.

"꺄악!"

알싸한 술 냄새가 먼저 진하게 방안에 풍겨왔다. 뒤이어 거나하게 술에 취한 시함이 비틀거리며 퇴청 마루에 올라서고 있었다. 놀란 설화가 삼베 치마로 속곳만 입은 몸을 가리며 침상 쪽으로 뒷걸음질 쳤다.

"야⋯⋯ 야심한 밤에 이 무슨 짓이오!"

그러나 한밤의 무례한 침입자는 방 가운데까지 들어와 묘하게 열기가 띤 눈으로 설화를 내려다 볼 뿐이었다. 놀란 가슴이 여전히 쿵쾅거렸다.

"치⋯⋯ 치마를 갈아입으려던 중이었소. 어찌 이리 무례하시오. 기척도 않고 아녀자의 방문을 열다니 이 무슨 시정잡배들이나 할 법한 짓인게요!"

시함이 무심히 바닥에 떨어져 있는 붉은 옷을 향해 시선을 내던졌다.

"언제까지 그러고 있을 것이오. 혼례복을 입어 보려던 것 아니었소?"

술기운에도 지독히 냉한 말투였다. 아니, 오히려 붉게 달아오른 얼굴, 열기 띈 눈과 대조되어 더 차갑게 들렸다. 설화는 혼례복을 몰래 입어보려던 속내를 들켜 당황한 나머지 묻지도 않은 변명을 둘러대었다.

"영랑을 곤란케 하지 않기 위해 입어 보려던 것입니다. 공자께서 돌아가시면 입어 보겠습니다."

 심장이 여전히 팔딱거리고 있었다. 허나, 시함은 아무런 말이 없었다. 그저 이채를 띈 눈으로 설화를 노려보고 있을 뿐이었다. 긴장이 감도는 방안 공기에 알싸한 술기운이 묻어났다.

"지금 입어보시오."

"뭐라…… 지금 뭐라 하셨소?"

 제 귀를 의심했다. 정녕 저 치가 무엇이라 하였는가.

"그대는 항상 두 번씩 물어보는 구려. 지금, 그 혼례복을, 입어보라 하였소."

 치마를 움켜쥔 손이 떨렸다. 시함은 진정 절 유곽에 나앉아 사내 앞에서 옷고름이나 푸는 기녀 취급 할 셈이었다.

"싫습니다."

"싫다고?"

"공자께서도 어찌 두 번씩 물어보십니까. 싫다 얘기 하지 않았습니까. 시각이 야심하니 얼른 돌아가시지요."

 속에서 불구덩이가 치밀어 올랐지만 간신히 분기를 집어 삼켰다.

"처음 보는 차림도 아닌데 뭘 그리 지조 있는 망족의 여식처럼 구는 게요."

"뭐…… 뭐라 하셨소."

"본디 아무 사내나 집에 잘 들이지 않소."

 눈앞이 새하얘지고 전신이 바들바들 떨렸다. 치밀어 오르는 분노에 거친 숨이 새어 나왔다. 허나, 시함은 한낱 몸 파는 계집을 바라보듯 경멸에 찬 시선을 거두지 않았다.

"지금 절 모욕하시는 겝니까."

"옷고름이야 내 풀지 않아도 이미 풀려있고 어디 한 번 내 앞에서 그 옷을 입어 보시게."

"……!"

"여부에 따라 혼례 전 내 그대의 머리를 얹어 줄 수 있지도 않겠는가."

위태하게 이어져있던 가느다란 신경줄이 툭하고 끊어졌다. 설화는 벌떡 자리에서 일어나 경대의 서랍을 열고 가위를 꺼내 들었다. 그리고는 바닥에 떨어져 있던 혼례복을 향해 내리 꽂기 시작했다.

"뭐하는 거요!"

말릴 새도 없었다. 격분에 휩싸인 설화의 가위질에 혼례복이 갈가리 찢겨나갔다. 그제야 정신이 번쩍 든 시함이 가위를 쳐든 설화의 팔을 잡았다.

"내 지금 이 자리에서 이 치마를 갈가리 찢어 놓을 것입니다!"

"그만 하시오!"

"형제도 알아볼 수 없을 만큼, 다시 입을 수 없을 만큼 찢어 발겨 놓을 것이오!"

눈이 반쯤 돌아가 있었다. 악다구니를 쓰며 허공을 향해 가위를 마구잡이로 휘두르는 몸짓에서 공극한 분노와 절망이 느껴졌다. 저리하다 제가 휘두른 가위에 제가 베일 지도 모른다. 시함은 광란에 사로잡힌 설화를 진정시킬 길이 없어 뒤에서 단번에 그녀를 붙잡아 안았다. 시함의 두 팔과 넓은 품이 그녀의 몸을 포박했지만 설화는 여전히 울부짖으며 바동거렸다.

"놓으시오! 이거 당장 놓으란 말이오."

그때 갑자기 기우뚱하고 두 사람의 몸이 쓰러졌다. 시함이 설화의 몸부림에 뒷걸음을 치던 와중 바닥에 떨어져있던 비단 천을 밟은 것이다. 넘어지는 찰나, 시함이 설화의 몸을 꽉 안아 받쳤으나 둘은 우당탕 소리를 내며 바닥을 나뒹굴었다. 등잔불이 넘어지며 주위가 삽시간에 어두워졌다.

"아—악!"

푸욱. 설화는 제 손에 느껴지는 섬뜩한 기분에 가위를 화들짝 놓았다.

"으……윽."

주위가 어두워 아무 것도 보이지 않았지만 분명 알 수 있었다. 가위로 무언가를 찔렀다는 것을.

"이…… 이보시오. 공자……. 공자……!"

당황한 설화가 정신없이 시함을 불렀다. 칠 년 전처럼, 친근하게, 공자, 하고.

"으……."

어둠 속에서 손을 내뻗어 주위를 더듬거려 시함의 몸을 찾았다. 어깨인지 가슴인지 모를 부분에 손을 얹고 흔들었지만 그는 끙끙 대는 신음소리만 낼 뿐이었다.

"괜찮으십니까? 대답 좀 해보시어요."

가위에, 가위에 찔린 것이다. 어디를 얼마나 찔린지 몰랐기에 두려움은 배가 되었다. 진정 그를 찌르려 한 것이 아니었다. 죽이고 싶을 정도로 밉고 원망스러웠지만 이리 되어서는 안 되었다.

"게 밖에 누구……!"

갑자기 뒤에서 불쑥 튀어나온 커다란 손이 입을 틀어막았다.

"조…… 조용. 난 괜찮으니 아무도 부르지 마시오."

"일어설 수 있겠습니까? 어디를 얼마나 다치신 겁니까? 내 주위가 어두워 아무 것도 보이지 않습니다. 어서 사람을 불러……."

"어깻죽지를 조금 찔렸을 뿐이오. 크게 다친 건 아니니 소란 떨 것 없소."

"크게 다친 게 아니라니요. 분명 가위에 찔리셨으니 얼른 사람을 불러……."

누군가를 제 손으로 해쳤다는 두려움에 전신이 벌벌 떨렸다. 진정 괜찮은 것인지 눈으로 확인해야 했다. 주위를 두리번거리자 어둠에 익숙해진 눈이 바닥에서 나뒹굴고 있는 등잔불을 찾았다. 손을 내뻗으려는 순간 커다란 손이 설화의 손목을 잡았다.

"가만. 잠시만 이대로 가만히 있어 주시오. 그대가 이리 소란을 떨면 내 간신히 붙들고 있는 정신마저 놓을 것 같소."

여전히 얼음장같이 차가운 손이었다. 숨이 막힐 것 같은 정적이 흘렀다. 두 사람의 얕은 숨소리만이 방안을 가득 메우고 있었다.

"윽……."

시함이 다시 신음 소리를 내며 설화를 향해 꼬꾸라졌다.

"공자! 제발 어서 사람을 부르시어요……."

"지금 이 상황을 다른 이에게 어찌 설명하겠소? 그대가 날 찔렀다 생각할 것이고, 날 죽이려 한다 생각하면 화를 당할 것이오. 그러니 가만…… 가만히 있으시오. 내 상처는 거처로 돌아가 치료할 터이니."

"뭐라고요……?"

그녀가 불러주는 '공자'라는 단어에 한없이 가슴이 아파왔다. 마치 칠년 전으로 돌아간 것만 같았다. 지난 칠 년간 느껴왔던 감정의 고통과 육체적 고통이 뒤섞여 절로 신음을 내뱉었다. 그래도……. 좋았다. 공자라고, 자신을 불러주는 그녀의 음성이.

그런 시함의 마음을 설화는 알 수 없었다. 그저 자기가 누군가를 상처

입혔다는 것에 대한 놀라움과, 시함이 다쳤다는 것에서 오는 섬뜩함이 공존할 뿐이었다. 시함이 신음을 삼키며 고개를 설화의 어깨에 파묻었다.
순간 심장이 때를 모르고 주책없이 날뛰기 시작했다.

"별다른 소식은 없느냐?"
"무슨 소식이요?"
영랑이 설화의 뒤꽁무니를 졸졸 따르며 천진한 얼굴로 물었다. 어느새 안뜰 곳곳에는 복사꽃이 만개하여 향긋한 꽃 내음을 사방에 흩뿌리고 있었다. 이제 볕이 좋은 날에는 영랑과 함께 안뜰은 거닐 수 있었다. 물론 뒤에는 너덧 명의 사병들이 둘을 감시하고 있었지만 윤일재로부터 겨우 허락받은 한 식경의 바깥출입이었다.
"그냥…… 이 댁에 별다른 일이 없나 하여……."
사흘 전 시함은 상처 입은 어깨를 천으로 겨우 동여맨 채 새벽녘이 다 되어 자신의 거처로 돌아갔다. 그리고 여태껏 아무런 소식이 없었다. 진정 괜찮은 것인지 직접 찾아가 볼 수도 없으니 가슴만 답답해왔다.
어디를 얼마나 다친 것일까…….
영랑에게 몇 번이나 별다른 소식이 없나 넌지시 물어보았지만 눈치 없는 영랑은 관심도 없는 저잣거리 애기나 늘어놓곤 하였다.
"별다른 소식이라……. 아! 그러고 보니 사흘 전 낭중 나으리께서 괴한에게 피습을 당해 피를 흘리며 들어오셨다 합니다."
궁금해 하던 소식에 귀가 번쩍 뜨였다.
"그…… 그래서? 지금은 어떠하신가? 치료는 제대로 했고? 이제는 괜찮으셔? 어디를 얼마나 다치신 게야?"
물꼬가 트인 듯 정신없이 쏟아지는 질문에 영랑은 신이 나서 말을 이었다.

"괜찮으십니다. 칼에 어깨를 찔린 모양이신데. 크게 다치진 않아 며칠 간 치료만 잘 받으시면 별 탈 없다고 하십니다. 물론 상처는 남겠지만요."

원하던 대답이 나오자 설화가 안도의 한숨을 내쉬었다. 그간 걱정이 되어 밤잠도 제대로 이루지 못하고 끼니도 거르는 날들이 이어졌다. 묵은 체증이 한 번에 내려가는 것 같았다.

"그것 참 다행이구나……."

"그런데 아씨는 궁금하지 않으십니까?"

"뭐가?"

"누가 나으리를 해하려 하였는지요."

"다…… 당연히 궁금하지! 그래, 누가 공자를 찌른 게냐? 찌른 자는 잡혔고?"

"아니오. 뒤에서 갑자기 피습을 한 터라 나으리께서는 그 치의 얼굴도 보지 못하셨다고 합니다."

"그래?"

"그런데 참으로 이상하지 않습니까?"

"뭐가 말이냐?"

"나으리께서는 문인이시지만 무인 못지않게 칼과 활을 잘 쓰신다 들었습니다. 개경 최고의 검객이라 하는 매광과 무겸과의 대련에서도 결코 밀린 적 없으시고 활은 그야말로 백발백중이라 하지요. 그날 집으로 돌아오는 길에도 검을 차고 계셨다고 하시던데 어찌 그 자에게 당하고만 있었을까요?"

"그…… 그러게나 말이다."

"아마……."

"아마……?"

"다른데 정신이라도 팔리셨던 게죠!"

영랑의 엉뚱한 대답에 설화가 안도의 한숨을 내쉬었다.

"그런데 말입니다. 행랑채 시종들의 얘기를 들어보니 구중에 떠도는 소문으로는 피습한 자가……."

영랑은 누가 들을 새라 주위를 살피더니 귓속말로 속삭였다.

"대량원군의 사람일지도 모른다 하더이다."

"대량원군…… 왕유님 말이냐?"

"네."

"뭐 세간을 떠도는 와언이 어디 이 뿐이겠습니까. 그저 말 지어내기 좋아하는 이들이 만들어낸 헛소리이니 신경 쓰지 마셔요."

그때 신나게 떠들던 영랑이 갑자기 입을 다물고는 별채 중문을 향해 머리를 조아렸다. 시함이 매광과 무겸 그리고 사병 몇을 대동하고 별채로 들어오고 있었던 것이다. 설화는 저도 모르게 환한 미소를 지었다 금세 고개를 돌렸다. 행여나 크게 다쳤을까 하여 노심초사하던 차에 멀쩡한 얼굴을 보니 반가운 마음마저 들었던 까닭이었다. 사흘 만에 본 얼굴은 다소 핼쓱해져 있었으나 몸이 상한 것 같진 않았다.

"내 그대에게 긴히 할 말이 있소. 너희들은 예 잠시 있거라."

시함은 굳은 얼굴로 먼저 방안으로 들어갔다.

"혼례를 서둘러야겠소."

청자로 만든 돈원통형 의자에 엉덩이도 내려놓기 전에 하는 소리였다.

"뭐라 하셨습니까?"

"열흘 후 혼례를 치를 것이오. 그리 알고 계시게나."

또 다. 이번에도 앞뒤 설명 없는 일방적인 통보였다. 속에서 부아가 치밀었으나, 지난 번 화를 참지 못하고 제가 벌인 일이 생각 나 설화는 화를 짓눌렀다.

"어찌 갑자기 이리 서두르시는 겝니까."

"사정이 생겼소."

부드럽게 말을 이어가며 대화를 유도했으나, 이번에도 사정이라는 핑계로 시함은 댕강 말을 잘라내었다. 그러고선 시선을 피한 채 입을 꾹 다물고 있는 모습을 보니 여간 화가 치미는 게 아니었다.

"그 사정이라는 것이 도대체 무엇입니까. 제가 공자와 혼례를 치러야 하는 연유, 아들을 낳아야 하는 연유, 갑자기 서둘러 혼례를 치러야 하는 연유! 왜 저에겐 아무런 설명도 해주지 않으시는 겁니까!"

기어코 소리를 빽 하고 지르고 말았다. 지난 사흘간 다친 곳은 괜찮을까. 상처가 덧나진 않을까. 머릿속엔 온통 저에 대한 걱정뿐이었는데 간만에 찾아와서는 한다는 소리가 대뜸 열흘 후 혼례를 치른다는 말이라니……. 걱정한 시간이 아깝고 원통하여 속이 뒤집혔다.

"세상엔 때론 모르는 게 아는 것보다 나은 일도 있소."

"공자께서도 다른 사내들과 다를 바가 없군요."

실소가 흘러나왔다. 어찌하여 당신은 다르다 생각했을까…….

"사내들이 여인들의 면학을 저어하는 것은 세상의 부당함을 알게 될까 두려워서라고 말한 적이 있으시지요."

"……."

"공자께서 지금 제게 하는 짓이 다른 사내들과 뭐가 다릅니까."

"그만 하시오. 내 혼례를 앞두고 더 이상 그대와 말싸움하고 싶지 않소."

뜨끔했으리라. 허나, 시함은 이내 진저리가 난다는 듯 짜증스러운 얼굴로 돌아섰다.

"좋습니다. 내 더 이상 묻지 않겠습니다. 하지만 한 가지 약조는 해주시어요."

"무슨 약조요?"

"언니를 만나게 해주시어요. 혼례를 치르기 전에."

"……그리할 수 없소."

"어째서요. 언니를 놓아달라고 하는 것도 아닙니다. 그저 잘 지내고 있는지 얼굴만이라도 보고 싶어서 이리 청하는 것입니다."

"먼 곳에 있소. 혼례를 앞두고 거기까지 다녀 올 여력이 없소."

"그럼 혼례를 치르고 나면 언니를 보여주시렵니까."

"내 생각을 해 보도록 하지."

"약조를 원합니다. 확언을 해 주시어요."

단호한 눈빛이었다. 이는 더 이상은 한 발자국도 물어날 수 없다는 확고한 의지의 표명이었다.

"아버님께 그리 말씀드려 보겠네."

'아무래도 이상해.'

시함이 돌아가고 홀로 남은 설화는 곰곰이 생각에 잠겼다. 아무리 생각해도 그의 태도가 여간 이상했던 게 아니었다. 여화에 대하여 무언가 숨기고 있는 것이 틀림없었다. 왜 그토록 여화를 보여주지 않으려 하는 것인지. 혹시 보여줄 수 없는 것이 아닌가 하는 생각마저 들었다.

설마 여화는 이미…….

끔찍한 상상에 가슴이 덜컥 내려앉았다.

아니다. 그렇지 않아.

붙들려 있을지언정 살아는 있을 것이다. 허나 혼례를 치른다하여도 여화를 놓아주리라는 보장은 없었다. 아들을 낳을 때까지, 자신의 쓸모가 다 할 때까지 겁박할 용으로 여화를 잡아둘 것이 뻔하였다. 그때까지 여화의 몸도 정신도 이런 지독한 상황을 견뎌낼 수 있을 리 만무했다. 생각이 예까지 미치자 결론은 한 가지였다.

반드시 혼례 전 이곳을 나가야 한다.

하지만 감시하는 눈이 산재해 있고 윤가의 가옥 가장 깊숙한 곳에 있는 별채에서 어떻게 나간단 말인가. 제 편이 아무도 없는 이곳에서 누군가의 도움이 절실해졌다.

이현에게 연락이 닿을 수만 있다면…….

둘 다 갑자기 사라졌으니 이현이라면 백방으로 저를 찾고 있을 것이 분명했다. 윤일재 대감의 집에 갇혀 있다는 것을 알게 된다면 이현은 필시 사람을 이끌고 구하러 오겠지.

설화는 얼른 자리에서 일어나 사방을 뒤지기 시작했다. 반닫이며 머릿장과 경대 서랍장까지 죄다 뒤엎다시피 찾아댔지만 붓이고 종이고 지필묵은 코빼기도 보이지 않았다.

"하. 이를 어쩐다."

아무리 생각해도 이 집에서 도움을 청할 수 있는 이는 영랑 밖에 없었다.

"영랑! 영랑 게 있느냐?"

문 앞을 지키고 선 장정들이 저들끼리 쑥덕이는 소리가 들리더니 이내 영랑이 종종 걸음으로 방안에 들어섰다.

"부르셨습니까, 아씨?"

"너에게 부탁할 것이 있구나. 혹시 붓과 종이를 구할 수 있느냐?"

조심스런 말에 영랑이 우물쭈물했다. 방안에 들일 물건조차 누군가의 허락이 있어야 하는 모양이었다.

"내 방 안에만 있으려니 갑갑증이 나 그런다. 낭중 나으리께 드리고 싶은 말이 있으나 얼굴만 뵈면 샷된 소리가 나와 서신으로 전달하고 싶구나."

거짓말로 영랑을 현혹하는 것이 못내 마음에 걸렸지만 사실대로 털어놓을 수도 없는 노릇이었다. 설화의 애처로운 눈빛에 영랑은 잠시 고민하더니 결심한 듯 고개를 끄덕였다.

잠시 후 영랑은 포에 몰래 종이와 붓을 싸들고 와 건넸다. 시함에게 연서라도 보내는 줄 안 모양인지 빨개진 볼이 꽤나 설레는 것처럼 보였다. 설화는 먼저 시함에게 보내는 서신을 써내려갔다. 단지 영랑의 눈속임용으로 별다른 내용 없이 예전에 좋아하던 시문 하나를 적었을 뿐이었다. 그리고는 누군가 들이닥칠까 노심초사하며 이현에게 보낼 서신을 급히 써내려가기 시작했다.

'이현 오라버니께. 오라버니 난 지금 문하시중 윤일재의 가옥 안에 갇혀 있어. 야밤에 이 댁 장정들에게 잡혀와 갇힌 채 윤일재의 아들 윤시함과 혼례를 강요당하고 있어. 도망치려 했으나 그들은 여화언니의 목숨을 담보로 날 겁박해. 이 편지를 보면 날 구하러 와. 설화가.'

"이 서신을 낭중 나으리께 가져다줄 수 있겠느냐."

설화는 시함에게 쓴 서신을 영랑에게 내밀었다. 영랑을 활짝 웃으며 고개를 끄덕였다.

"그리고…… 이 서신을 이약선 대감 댁에 전해다오."

뒤에 숨겨놓았던 또 다른 서신 하나를 슬그머니 상 위에 올려놓았다.

"아씨……. 그건……."

"별다른 내용은 아니다. 그저 친오래비 같은 분께 잘 있다는 안부 인사나마 하고 싶구나."

영랑의 표정이 어두워졌다. 필시 설화를 보필하기 전에 여러 가지 당부를 들었을 터였다.

"내게는 언니가 있다. 가족들 죄다 죽고 유일하게 남은 피붙이지. 내가 이리로 끌려오고 나서 언니가 밥은 먹는지 잠은 자는지 어찌 지내고 있는지 알 길이 없구나. 친오래비 같은 분이 언니를 돌봐준다면야 내 마음 놓고 낭중 나으리와 혼인할 수 있을 것 같아 이리 서신을 보내는 것이다."

온전한 거짓은 아니었다. 진실이 곁든 설화의 간청에 영랑의 마음이 흔들리는 듯 했다.

"그…… 그게 어떤 마음인지 저도 알아요. 실은 제게도 아직 열 살도 안 된 어린 동생이 있어요. 제가 이리 오는 바람에 멀리 있는 고모님 댁에 의탁하고 있는 터라 달포에 한번 얼굴 보기도 힘들어요. 그래서 늘 밥은 잘 먹는지 잠은 잘 자는지 걱정이랍니다."

그리고는 덥석 두 손으로 설화의 손을 잡았다.

"저만 믿으시어요. 두 서신 다 잘 전달해 드리겠습니다. 아씨는 아무 걱정일랑 마시고 푹 주무시어요."

어느새 사위는 깊은 어둠에 휩싸여 있었다. 별채 뜰을 오가는 사병들의 자박이는 발걸음 소리만이 한밤의 고요를 갈랐다. 자시오후11시~오전1시 가 훌쩍 넘어 있었다. 일이 수틀리지만 않았다면 영랑이 이현에게 서신을 전달하고도 남음이 있는 시간이었다. 설화는 아직도 돌아오지 않은 이를 기다리며 초조하게 방 안을 서성였다.

일이 잘못 됐을까. 서신을 누구에게 들키기라도 했을까. 머릿속에 제멋대로 떠오르는 갖가지 불안한 생각들을 지울 수 없었다. 분명 영랑은 누구의 눈에도 들키지 않고 저택을 빠져나갈 수 있는 개구멍을 알고 있다고 하였다. 그리로 빠져나간 뒤에 돌아 올 테니 걱정 마시라고 씩 웃어 보이기까지 했다.

별안간 마당 밖에서 소란스러운 소리가 들려왔다. 여자의 비명소리 그리고 사내들의 무람한 발걸음 소리가 별채로 향하고 있었다. 소리는 이내 방 바로 앞까지 들려왔다. 무언가 잘못 되었을까. 불안감이 가득 엄습해올 무렵, 방문이 거칠게 열리며 시함이 영랑의 머리채를 잡고 방안으로 들이닥쳤다.

"잘못했습니다. 나으리…… 제발…… 제발 한 번만 용서해주세요……."

꺼억꺼억 하는 울음소리가 방안을 울렸다. 영랑은 납작 엎드린 채 시함을 향해 손이 발이 되도록 빌었다. 한바탕 매타작을 맞은 모양인지 옷은 흙먼지로 뒤덮여 있었고 고왔던 얼굴 이곳저곳에 피딱지가 눌러 붙어 있었다.

"데리고 가거라."

시함의 명에 사병들이 납작 엎드려 있던 영랑을 질질 끌고 나갔다.

"제발! 제발 살려주세요! 나으리!"

영랑이 바닥을 뒹굴며 발버둥 쳤지만 사내들은 우악스럽게 영랑의 사지를 잡아끌었다.

"저 아이를 어디로 데려가는 것이오!"

"아씨. 제발 저 좀 살려주세요!"

"이 아이는 내가 시켜서 한 죄 밖에 없소. 제발 저 아이를 살려주시오."

설화가 달려가 끌려가는 영랑의 다리를 뒤에서 붙들었으나 장정들의 힘을 당할 재간이 없었다. 그들은 설화를 떼어놓고는 여전히 발버둥을 치며 발악하는 영랑을 끌고 방 밖으로 사라졌다. 밖에서 영랑의 울부짖는 소리가 점점 멀어졌다.

"저 아이가 어떻게 될 것 같나."

망연자실한 설화가 눈물범벅이 된 얼굴로 시함을 올려다보았다.

"그대 덕에 저 아이는 매타작을 당하고 내일 아침 즈음 시신이 되어이 집 대문을 나가겠지."

"제······ 제발······."

"저 아이의 혼이 그대를 퍽 원망할 것 같소만······."

"영랑을 살려주십시오. 그러면 내 낭중이 하라는 것은 다 하겠습니다."

"저 아이가 죽어도 그대는 내가 시키는 대로 하게 될 것이야. 지금 상황을 어찌 아직도 이해하지 못하는 가? 어릴 때는 참으로 영민하더니 지금은 영 천치가 따로 없는 듯 보이는군."

싸늘한 시함의 눈동자가 이리 말하고 있었다. 설화, 영랑이 죽는 것은 모두 그대 탓일세. 그대의 괜한 짓에 아무 잘못도 없는 아이가 저리 죽어 나가고 있네.

눈에서 피눈물이 나는 듯 했다. 사람이 어찌 변해도 이리 변할 수 있는가. 어찌 나를 벌하기 위해 아무 잘못도 없는 어린아이를 죽이겠다 하는 것이며, 어찌 내게 이렇게까지 모질 수 있단 말인가. 가슴이 갈기갈기 찢어지고 있었다.

시함은 그런 설화를 향해 서신을 툭 하니 던졌다. 영랑을 통해 이현에게 전하려 했던 서신이었다.

"그대의 정인이 그대를 다시 보는 될 날은······ 혼례를 치르고 난 이후가 될 것이오."

설화가 바닥에 떨어진 서신을 구겨 쥐었다.

"다시 한 번 더 그대가 이현의 이름을 꺼내는 날에는······."

시함의 형형한 눈빛이 분노로 희번덕였다.

"그대도 죽고 그대의 정인도 죽는 날이 될 것이오."

매타작 소리가 별채까지 울려 퍼졌다.

"으아아아악! 아······악······ 사······ 살려······ 으아아아악!"

고통에 찬 영랑의 비명소리에 설화는 방안 구석에 쪼그려 앉아 눈물을 흘렸다. 아이를 사지로 몰아넣은 자신에게는 귀를 틀어막을 자격조차 없었다. 시함 그가 내린 형벌. 제 앞마당에서 고스란히 들려오는 매타작과 비명 소리가 날선 비수가 되어 가슴을 찌르고 있었다. 허나, 받아내야 하는 건 제 몫이었다. 들킨다면 저 아이가 고초를 당할 줄…… 몰랐던 건 아니었다. 무엇보다 일이 잘못될 수 있다는 가능성, 그리고 그 가능성에 대한 결과를 먼저 생각했어야 했다. 설화가 엉금엉금 기어 방문 앞으로 다가갔다.

"이보시오……. 제발 낭중 나으리를 불러주시오……. 제발…… 내가 사정한다고 말씀만 좀 넣어주시오……."

설화는 벌써 반나절 동안 방문 앞을 지키고 선 사병들에게 통사정을 하고 있었다. 절절한 호소에도 사병들은 아무런 미동이 없었지만 제가 할 수 있는 것이라곤 고작 이것뿐이었다. 그런 설화가 가여웠던 모양이었는지 사병 하나의 그림자가 살짝 뒤돌아 움직였다.

"낭중께서는 오늘 입궐하셨습니다. 이틀 뒤에나 들어오실 겁니다."

순간 매타작 소리가 잠잠해들었다.

"영랑은 어찌 되었소. 살아 있소?"

설화가 다급하게 물었다. 사병들은 물어볼 자격조차 없다 생각할지 모르지만 개의치 않았다.

"죽지는 않았지만 한동안 거동키 힘들 듯 합니다."

가슴이 아려왔다. 아직 열다섯이 안 된 아이였다. 도대체 어떻게 저 아이에게 이 빚을 갚아야 한단 말인가……. 설화는 다시 방구석으로 기어가 무릎에 얼굴을 파묻었다. 모든 것이 끔찍하기만 했다.

"이봐. 준경. 뒷간 좀 다녀오겠네."

그때 방문을 지키고 선 사병들의 말소리가 들렸다. 그리고는 늘 그 자리를 지키던 두 명의 사병 중 한 명이 자리를 떴다. 매타작 소리가 멈춘 적막한 밤에 자박거리는 발걸음 소리가 점점 멀어졌다. 한동안 고요한 침묵이 흘렀다.

"아씨. 제 말 들리십니까."

아까 영랑의 안부에 대해 대답해 준 준경이라는 사내였다.

"! 그래, 그래, 들린다. 영랑은 무사한가?"

"그러면 문 가까이 오시겠습니까."

영랑에 관한 기별인가 하여 별다른 의심 없이 문 앞에 서자 사내가 낮은 목소리로 재빠르게 말을 내뱉었다.

"저는 대령원군 왕유의 사람 안준경이라 하옵니다. 왕유님의 명으로 아씨를 돕고자 합니다."

예상치 못했던 말에 귀가 번쩍 뜨였다. 왕유라니……

왕유는 금상의 네 번째 동생으로 태자에 이은 두 번째 황위 계승자였다. 도대체 왕유가 어떻게 자신의 행방을 알고 있으며, 왜 도우려고 하는지 선뜻 떠오르는 연유가 없었다. 그런 설화의 생각을 알아챈 듯 준경이 빠르게 뒷말을 이었다.

"송심언 대감과 왕유님께서는 뜻을 함께하는 막역한 사이였습니다. 송심언 대감의 여식인 아씨께서 곤경에 처해졌다는 얘기를 들으시고 저를 보내어 돕고자 하십니다. 듣고 계십니까."

준경이 들릴 듯 말 듯 한 목소리로 속삭였다.

"듣고 있소."

한 줄기의 희망이 비치는 듯하였다. 생각지도 못한 도움의 손길에 가슴이 떨려왔다.

"이틀 뒤 낭중께서 돌아올 것입니다. 내일 밤이 유일한 기회입니다. 자시오후11시~오전1시경에 나갈 것이니 채비를 해 두십시오."

"하…… 하지만 여화 언니가 잡혀 있소. 내가 도망간 걸 알게 된다면 언니를 살려두지 않을 거요. 게다가 나 때문에 저리 만신창이가 된 영랑은 어찌하는가. 내가 사라진 걸 저들이 알면 영랑을 죽일 게요."

여화와 영랑. 제 손에 두 여인의 운명이 달려 있었다. 무턱대고 저지른 행동이 어떤 사단을 초래하는지 오늘 뼈아프게 느낀 터라, 두 사람의 안위를 장담 받지 못한 채 따라나설 수는 없었다.

"낭중께 지금 아씨는 꼭 필요한 사람입니다. 여화 아씨를 죽여서 일을 그르치진 않을 겁니다. 영랑은 저희가 알아서 할 것입니다. 일단 아씨는 제 말씀대로 하십시오."

"아니 되오. 언니가 어디에 있는지는 꼭 알아야 하오. 그리고 영랑과는 같이 나갈 것이네."

"이러실 시간 없습니다. 내일 약속한 시간에 올 터이니 그리 알아 두십시오."

준경이 다시 방문에서 멀어졌다. 고요한 달밤 아래 뒷간에 갔던 다른 사병이 돌아오는 소리가 들렸다.

"석반 때 먹었던 아욱이 뭔가 이상했나 보이. 자꾸 배앓이를 하네."

뒷간을 갔던 남자가 투덜댔다.

"그게 왜 아욱 탓인가? 자네가 한 그릇 더 먹어서 그렇지……."

준경이 달라진 목소리로 남자를 타박했다. 설화는 침상에 누워 가만히 눈을 감았다. 조금 전 나눈 대화가 떠올라 가슴이 쿵쾅거려 잠이 오질 않았다. 저이를 믿어도 되는 것일까. 그리고 저이의 말대로 아무도 다치지 않고 이 집에서 도망칠 수 있을까. 의심이 낙관으로 변하는 데는 그리 오랜 시간이 걸리지 않았다. 깊은 절망의 늪 가운데 비친 희망의 줄기를 외면하기란 쉽지 않았다. 밤이 깊어갈수록 설화는 제 스스로를 애써 달래고 있었다.

괜찮을 것이다. 그리고 반드시 이곳을 나갈 수 있을 것이다, 라고.

어둠이 깊게 내려앉은 밤. 맑은 밤하늘에 휘영청 뜬 보름달이 깜깜한 숲길을 희미하게 비추고 있었다.

헉……. 헉……. 헉…….

설화가 끝이 더러워진 치맛자락을 휘날리며 흙길을 뛰고 있었다. 맨발이었다. 숨이 턱 끝까지 찬 모양인지 잔뜩 괴로운 얼굴에 입가에선 하얀 입김이 뿜어져 나왔다.

"아얏!"

설화가 제 다리에 걸려 바닥에 풀썩 넘어졌다. 다리에 힘이 풀린 것이다.

"아씨!"

앞서 달리던 준경이 뒤돌아 설화를 향해 다가왔다. 더러워진 치마를 털어주더니 이내 설화의 손을 잡아끌었다.

"이제 거의 다 왔습니다. 힘들어도 달리셔야 합니다."

준경이 채 말을 마치기도 전, 저만치 숲 길 끝에서 희미한 말발굽 소리가 들려오기 시작했다. 순간 설화의 얼굴이 공포로 일그러졌다. 설화는 후들거리는 다리에 겨우 힘을 주고 일어나 다시 달리기 시작했다.

얼마나 달렸을까. 우거진 나무숲이 사라지고 맑은 밤하늘이 저 멀리 시야에 나타나기 시작했다.

'다 왔다.'

울창하던 수목이 양옆에서 사라지고 있었건만 무언가가 조금 이상했다. 뻥 뚫린 시야에도 앞이 여전히 캄캄했던 것이다. 설화의 발걸음이 조금씩 느려졌다. 아니, 그대로 멈출 수밖에 없었다. 길 끝에는 끝을 알 수 없는 절벽이 도사리고 있었던 것이다. 깎아지른 절벽 위에는 거센 바람이 맹렬하게 휘몰아치고 있었다. 설화는 준경을 향해 홱 하고 고개를 돌렸다.

"어찌…… 어찌 이곳으로!"

설화의 목소리가 떨렸다. 준경은 고개를 숙인 채 말을 잇지 못했다.

"이를 어쩐단 말이냐, 이를……."

말발굽 소리가 점차 가까워왔다. 설화는 절벽 끝에서 아래를 내려다보았다. 아래는 끝을 알 수 없는 암흑이 아가리를 벌리고 있었다. 뛰어내릴 엄두조차 나지 않는 높이였다.

'타닥타닥.'

'이랴—!'

그때 지척을 흔드는 말발굽 소리가 숲의 찬 공기를 울렸다. 이내 말을 탄 한 무리의 병사가 하얀 흙먼지를 날리며 달려왔다. 새파랗게 질린 얼굴로 설화가 조금씩 뒷걸음질 쳤다.

스물? 아니, 서른?

말을 탄 병복 입은 병사들이 엄청난 위압감을 풍기며 채찍을 휘둘렀다. 가장 앞에 선 시함이 손을 들어 올리자 병사들이 일제히 말고삐를 당겼다. 급하게 멈춰서는 말굽 때문에 흙먼지가 뿌옇게 일었다. 병사들은 천천히 말을 몰며 설화를 가운데로 빙 둘러 섰다. 시함은 손을 내리곤 천천히 말을 몰며 설화에게 다가왔다.

"나…… 나를 놔주시오. 제발 이대로 보내주시오."

설화가 준경의 손을 꼭 쥔 채 뒷걸음질 치며 사정했다. 시함의 얼굴에는 아무런 표정이 없었다. 서늘한 한기만이 가득했다. 하지만 설화는 알 수 있었다. 그의 눈동자에 휘몰아치는 엄청난 분노를. 설화는 시함의 눈길에 사로잡힌 듯 꼼짝도 할 수 없었다.

죽을 것이다……. 그의 손에 죽고 말 것이다.

'스륵.'

 한참 동안이나 설화를 말없이 바라보던 시함은 이윽고 허리에 찬 칼집에서 기다란 검을 꺼내 들었다. 표정만큼이나 서늘한 칼날이었다. 그리고는 천천히 칼을 들어올렸다. 하늘 높이 쳐들어 올린 검의 칼날이 달빛에 반짝였다. 시함은 검을 쳐 든 채 설화와 준경을 향해 천천히 말을 몰았다.
 설화가 주춤주춤 물러섰으나 뒤는 까마득한 낭떠러지 끝. 더 이상 뒷걸음질 칠 곳이 없었다. 시함은 다시 한 번 검을 높게 쳐 들어올렸다. 순간, 입가에 희미하게 미소가 퍼진 듯싶었다.
 그리고 한 치의 망설임도 없이 검을 휘둘러 내려쳤다.

* * *

"설화!"
 남자의 목소리가 의식의 먼 곳에서 들려왔다.
 '사…… 살려줘……. 살려주세요.'
 아무리 쥐어짜도 목소리가 터져 나오지 않았다. 지독한 공포에 의식은 캄캄한 동굴 속을 맴돌고 있었다.
 죽는다……. 죽고 싶지 않아……. 살려줘…….
 아무런 아픔도 고통도 느껴지지 않았다. 그저 살고 싶었다. 깊은 늪 속에 빠져 손을 허우적거리고 발버둥을 쳤지만 축 늘어진 몸은 꼼짝도 하지 않았다.
 그랬다. 시함은 끊임없이 설화를 죽여 왔다. 억겁의 세월동안 설화는 다시 태어나고 시함의 손에 죽어갔다. 이번 생에도 시함은 설화를 죽이고자 그녀의 삶 언저리에서 맴돌고 있었던 것이다.

가슴 부근에 규칙적인 압박이 전해져 왔다. 누군가가 입을 열어 공기를 불어 넣고 있었다.
"제발……. 제발……. 설화야……. 제발 살아줘……."
누굴까. 절절하게 자신의 이름을 부르는 사람은. 듣고 있으면 가슴이 아플 정도였다. 그 목소리는 늪 속으로 점점 빠져들던 자신의 몸을 표면 위로 끌어 올리고 있었다. 다시 한 번 가슴 부근에 강한 압박이 전해져왔다.
"하아……!"
드디어 입 밖으로 숨이 토해져 나왔다. 멀어지던 의식이 빙글거리며 돌아오고 있었다.
"정신이 들어?"
온 몸에 저릿저릿하게 피가 돌며 심장이 천천히 방망이질 치기 시작했다. 가까스로 정신이 돌아오고 있었다. 그제야 겨우 허덕거리며 숨을 몰아 쉴 수 있었다.
살아있는 건가……?
"다행이다……. 다행이야……. 이번에는 늦지 않아 다행이야……."
설화가 몸을 꿈틀거리자 남자가 울음 섞인 혼잣말을 내뱉었다. 자신의 몸뚱이를 강하게 끌어안은 채 부들부들 떨고 있는 남자의 손길이 느껴졌다. 무거운 눈꺼풀을 겨우 들어올렸다. 눈앞에 흐릿한 남자의 형체가 보였다. 여긴 어딘 걸까? 분명 자신은 시함이 휘두른 칼에 맞았다……고 생각했는데.
"누…… 누구시오?"
목소리가 갈라져 나왔다.
"나현 씨?"
"난…… 어떻게 살아있는 것이오. 분명 칼이 나를 향해 내리쳤는데…….."

남자의 움찔하는 기색이 느껴졌다.

"서…… 설화…… 기억을 하는구나."

시야가 밝아지자 흐릿한 남자의 형체가 점점 윤곽을 드러냈다. 설화의, 아니 나현의 눈앞에 괴로운 연호의 얼굴이 보였다.

"이게 어찌된 일이오?"

"나현 씨 집이에요."

"나현?"

"지금 당신의 이름."

갑자기 머리에 엄청난 통증이 느껴졌다. 나현은 두 손으로 머리를 감쌌다. 수많은 기억들이 한꺼번에 떠오르며 설화와 나현의 인생이 마구 뒤엉켰다. 처음 꽃신을 신고 마당에 발을 디뎠을 때 느꼈던 흙바닥의 단단함, 산수유가 필 무렵 여화와 함께 뒷산에 올랐을 때 코를 간지럽히던 꽃내음, 낡은 기와집 안에서 밤새 바느질을 할 때 보았던 초롱불의 일렁임.

빨간 가방을 메고 보현과 함께 손을 잡고 등교하던 날의 설렘, 처음 간 미술 학원에서 맡았던 수채화 물감의 냄새, 늦은 밤 해문과 함께 도서관을 나올 때 느껴지는 공기의 차가움까지.

"아아아악! 아—악!"

어디 기억뿐이랴. 동반되는 끔찍하고 고통스러운 감정들도 고스란히 몰아 닥쳤다.

"나현 씨. 나현 씨, 정신 차려요!"

연호가 고통에 몸부림치는 몸을 감싸 안았다. 나현은 바들바들 떨며 깊은 울음을 토해냈다.

"으어어어어……. 으어어어엉……."

울다 까무러쳐 정신을 잃고, 다시 깨어나 통곡하다 탈진하고, 괴로움에 몸부림치다 쓰러지길 몇 시간. 모든 현실 감각이 사라지고 껍데기를 벗은 혼이 무한한 시간과 공간 속을 부유하고 있었다. 연호는 그런 나현이 정신을 차릴 때까지 옆을 지켰다. 얼마나 고통스러울지, 얼마나 혼란스러울지 누구보다 잘 알고 있었다. 연호는 땀범벅이 되어 탈진한 나현의 일으킨 후 물을 한 모금씩 먹였다. 유령같이 새파란 얼굴에 차츰 핏기가 돌기 시작했다.

나현이 천천히 눈을 뜨고 연호를 바라보았다. 그제야 앞에 있는 이의 실체가 느껴졌다. 익숙했다. 어찌 몰랐을까 싶을 만큼. 당신도 천 년의 시간동안 수많은 삶을 살아가며 함께 태어나고 죽었던 사람 중 하나이겠지.

"이제 정신이 좀 들어요?"

"네……."

나현이 몸을 일으켜 침대 머리맡에 앉았다. 여전히 머리가 핑핑 돌고 속이 울렁거렸지만 겨우 버틸 만했다.

"봉인됐던 모든 기억이 돌아왔나 보군요. 처음엔 견디기 힘들 거예요."

한없이 다정한 저 얼굴. 기억이 날 듯 말 듯 했지만 무언가를 떠올리려 애쓸수록 머리가 깨질 것 같이 아팠다.

"생각하려 하지 말아요."

"여…… 연호 씨는 누군가요?"

"나중에 차차 얘기하도록 하죠. 지금은 본인이 떠올린 기억만으로도 감당하기 힘들 테니."

"그래요. 그런데…… 저 어떻게 된 거예요? 누군가가 뒤에서 목을 졸랐던 기억까진 있어요. 숨이 막히고…… 이제는 죽는구나 싶었는데……."

벌써 두 번째.

누군가 자신의 목숨을 노리고 있었다. 자신을 향해 돌진하던 검은 차에 이은 두 번째 위협이었다. 명백한 살의. 죽이겠다는 의지. 목 언저리에 서늘한 한기가 몰려왔다.

"집에 있는데 희미한 비명소리와 우당탕거리는 소리가 들렸어요. 이상한 느낌에 누구냐고 소리를 지르며 나와 보니 누군가가 황급히 계단을 내려가는 소리가 들렸고요. 문이 열려 있어 들어와 보니 나현 씨가 쓰러져 있었어요."

"느낌만으로 알았다고요?"

"아니요. 경험으로요. 나현 씨는 매번 생을 반복할 때마다 누군가에게 살해당했으니까요."

소름이 돋았다. 역시 자신만의 착각이 아니었다.

"누…… 누가요? 누가 제 목숨을 노린단 거죠?"

"그건 저도 몰라요. 매번 다른 모습이었어요. 이번 생에도 나현 씨 주위에 있는 누군가겠죠."

분명히 전생에서 설화를 죽인 사람일 것이다.

"윤시함……."

"네?"

"윤시함. 그 자일 거예요."

고려에서의 삶은 분명히 끊임없는 환생의 고리 중에서 첫 번째 생에 해당할 것이다. 모든 것이 시작되었던 바로 그 생. 그리고 첫 번째 생에서 설화를 죽인 것은 분명…….

윤시함.

"하지만…… 왜 시함이 날 죽이려고 했는지 모르겠어요. 우리는 분명……."

나현이 갑자기 말을 멈췄다. 저도 모르는 눈물이 두 눈에서 뚝 떨어졌다.
"어……? 뭐죠? 제가 왜 이러죠?"
"나현 씨……."
"가슴이 왜 이러죠? 꽉 막힌 것처럼 답답하고…… 너무 아파요. 연호 씨 가슴이 너무 아파요. 시함은 제게 왜 그랬을까요?"
자신도 모르게 울고 있었다. 쉴 새 없이 눈물이 흘렀다. 가슴 한 구석이 저릿저릿하게 아파왔다. 나현은 알 것만 같았다. 설화가…… 아픈 것이다.

*　*　*

"괜찮은 거야?"
전시기획1팀 사무실에 들어서자 강미진 팀장과 해문, 예경이 걱정이 가득한 얼굴로 나현을 기다리고 있었다.
"네. 괜찮아요."
애써 웃음을 지어 보였다.
"얼마나 걱정했는지 알아? 강도라면서."
"네……."
"더 쉬다 오랬더니 왜 벌써 나온 거야!"
해문이 되려 나현을 타박했다.
"이미 충분히 쉬었는데요. 뭘…… 많이 추스르고 나왔으니 걱정 안하셔도 돼요."
"얼마 전에 언니 분까지 그런 일을 당했는데…… 자꾸 왜 나현 선배한테 이런 일이 생기는지……."
예경의 눈에 눈물이 그렁그렁 맺혔다.

"그러게 말이야. 도대체 얼마나 좋은 일이 생기려고 이렇게나 지독하게 액땜을 하는지 모르겠다."

축 쳐진 사무실의 분위기를 살리려 나현이 애써 밝은 표정을 지었다. 보현마저 죽고 혈혈단신이 된 자신이 유일하게 의지할 수 있는 사람들이다. 자신이 출근하지 않은 동안 얼마나 힘들고 바빴을지 짐작이 갔지만 그저 걱정 어린 말만 건네는 그네들의 마음 씀씀이가 고마웠다. 더 이상의 폐를 끼치지 않기 위해서라도 빨리 일상으로 복귀해야만 했다.

책상 위에 놓인 업무 노트를 펼쳤다. 업무 목록 리스트 중 가장 윗줄에 지워지지 못한 글자가 눈에 들어왔다.

[권 실장 별장 방문. 3-3. 2장 그림? 박혜현 작가? 고미술팀 자문 요청.]

자신만이 알아볼 수 있는 암호 같은 문장에 별표까지 3개나 붙어 있었다. 비밀 엄수, 발설 금지라는 주문에 팀원들에게 사실대로 털어놓지 않았으니 다른 업무는 몰라도 기태가 요청한 그림 관련한 일은 조금도 진행되지 못한 상태였다.

권기태 실장. 노트를 보며 자연스레 연상된 얼굴에 가슴이 쿵쿵거리기 시작했다. 여전히 강렬한 반응이었다. 연호를 보고 느끼는 친근감처럼 기태를 보고 느끼는 동요도 유별난 것이었다.

설마……. 그도 전생의 사람 중 하나였을까?

문득 엉뚱한 생각이 머리를 스쳤다. 하지만 그 말도 안 되는 생각은 꼬리의 꼬리를 물고 점점 더 확장해 나가고 있었다. 아니, 왜 말이 안 된단 말인가. 분명 처음 보았을 때부터 낯설지 않았다. 지금은 제법 익숙해졌다 할지라도 처음에는 결코 편한 상대가 아니었다. 아니, 불편하고 어려웠다. 어쩌면 두려웠을지도 모른다. 비단 그가 차가운 성격에다 재벌 2세라는 범접하기 힘든 세계에 속한 사람이었기 때문만은 아니었다. 그것은 일종의 본능적인 거부감이었다.

처음 만났던 날이 기억났다. 정신없이 요동치던 심장, 정체를 알 수 없었던 강렬한 감정들, 그 두근거림이 설렘인지 두려움인지 알 수 없었던 혼란. 문득 기태가 자신의 집을 찾아와 했던 말이 떠올랐다. 기태는 보현이 죽기 전 자신을 찾아와 나현을 살려 달라고 절박하게 얘기했었다고 한다.

보현은 왜 권 실장을 찾아가 그런 말을 했던 걸까? 보현이 죽기 전 접속했던 사이트를 보아 그녀는 전생에 대해 알고 있었던 게 분명했다. 설화와 여화가 시함에게 살해당했던 것까지 다 기억했을 것이다. 보현은…… 누가 시함인지 알았던 것일까? 그래서 기태를 찾아갔던 것일까? 그렇다면 기태는 자신들의 전생과 밀접한 관련이 있는 게 분명했다. 기태가 이번 생에서 나현과 보현의 죽음을 막을 수 있는 사람이거나, 아니면…….

기태가 시함이거나.

갑자기 소름이 돋았다. 그렇다면 기태를 처음 보았을 때 느꼈던 불편한 감정들이 설명될 수 있었다. 저번에 그 역시 이야기하지 않았는가. 꿈속에서 본 여자를 찾고 있다고. 기태도 자신처럼 계속해서 전생의 꿈을 꿔 왔던 것이 분명했다.

하지만 기태는 예전의 자신처럼 전생의 기억을 제대로 떠올리지 못하는 것처럼 보였다. 기태가 전생을 완전히 기억하지 못하는 이상 자신을 죽이려 할 리 없었다. 아니다. 이런 말도 안 되는 우연이…….

나현이 고개를 절레절레 흔들었다. 기태가 시함일 리 없었다. 지금은 적어도 자신에게 적대적이지 않았다. 아니, 오히려 호의에 가까운 감정을 가지고 있지 않은가. 하지만…… 그래도…… 머릿속이 엉킨 실타래처럼 복잡해졌다.

"팀장님! 혹시…… 저 결근한 동안 권 실장님한테서 연락 온 거 없었나요?"

"권기태 실장? 음……. 그러고 보니 나현 씨 찾는 전화가 몇 번 왔었지."

"몇 번……이요?"

"어디보자……. 거의 하루에 한 번 꼴로 전화 온 것 같은데? 처음엔 아무 소리 없이 알겠다고 했는데 나중엔 통화 연결이 안 되니 짜증난 모양이더라고. 어쨌건 아프다고 얘기했고 나오면 연락 준다고 했는데……. 자기가 찾아가 본다고까지 하던데?"

"네? 뭐라고요? 저희 집으로 찾아온다고요?"

"응. 분명히 그렇게 말했어."

"그게 며칠이었어요?"

"그러니까……. 보자……. 저번 주 목요일."

머릿속의 종이 댕 하고 울렸다. 침입자에게 목이 졸린 바로 그 날이었다.

쏴아. 콰르릉 쾅.

거센 폭우가 몰아쳤다. 지하철역에서 나올 때부터 하늘엔 잿빛 구름이 가득하더니, 한 방울 두 방울씩 떨어지던 비는 기어이 굵은 빗발이 되어 쏟아져 내렸다.

이럴 줄 알았으면 택시를 타고 오는 건데.

나현은 작은 가게 처마 아래에서 으리으리한 대저택이 늘어선 골목 언덕을 바라보았다. 뛰어 간다 하더라도 10분. 높다란 담벼락만이 앞으로 쭉 뻗어 있는 골목이라 중간에 잠시 멈춰 서서 비를 피할 곳도 없어 보였다. 지금도 온통 젖어 있는데 그대로 나섰다간 물에 빠진 생쥐마냥 홀딱 젖을게 빤했다.

나현은 고개를 흔들어 앞머리에 맺힌 물방울을 털어냈다. 비에 젖은 코트가 물기를 머금어 묵직하게 가라앉았고 스타킹은 이미 흠뻑 젖어 다리에 끈적끈적하게 달라붙어 있었다. 게다가 물기가 증발하며 체온마저 앗아가 온 몸에 으슬으슬 한기가 돌았다. 겨울날 좀처럼 보기 드문 폭우였다. 나현은 한 시간 전 기태와의 통화를 떠올리며 뿌옇게 수증기가 이는 땅바닥을 바라보았다.

'실장님. 저 송나현입니다. 오늘 좀 뵀으면 하는데요.'
'몸은…… 괜찮습니까?'
'네. 괜찮습니다.'
'아팠다고 하던데…….'
'사고를 좀 당해서요.'
'……무슨 사고입니까?'
'가서 만나 뵙고 말씀 드릴게요. 여쭤볼 얘기도 있고…….'
'알겠습니다. 한 시간 후에 평창동 집에서 보도록 하죠.'

평소와 다름없는 통화 내용이었지만 기태의 목소리에서는 예전과 같은 차가움과 경계심이 많이 사라져 있었다. 오히려 걱정하는 말투에 가까웠다. 걱정? 누가? 권 실장이 날? 착각도 유분수라 헛웃음만 나왔다.

문득 옆으로 누군가 다가오는 기척이 느껴졌다. 길 가던 중 난데없는 폭우를 만난 누군가가 자신처럼 처마 밑에서 잠시 쉬어 가려나 싶었다.

"뭐가 그리 웃겨서 혼자 피식피식 거리는 겁니까?"

비에 홀딱 젖은 기태가 무심하게 내리는 빗줄기를 바라보고 있었다. 세상에. 이런 상황에서 절대 만나지 않을 거라 생각하는 유일한 인물이 바로 곁에 서 있다니.

"시…… 실장님?"

"……."
"여…… 여긴 어떻게."
생각지도 못한 만남에 당황한 나머지 말까지 더듬었다.
"제가 못 올 곳이라도 왔나요? 뭘 그렇게 당황해요?"
"아니…… 여긴 어떻게."
바보처럼 같이 질문이 입 밖으로 튀어나왔다.
"제 집 근처잖아요. 이상할건 없는데."
"아니, 자동차는, 아니, 그것보다 집에 계셨던 거 아니었어요?"
"저도 직장인입니다. 회사 다닌다고요. 회사원이 이 시간에 집에 있겠습니까?"

나현이 푸흡, 하고 웃음을 터뜨렸다. 직장인이라는, 회사원이라는 말이 퍽이나 어울리지 않았거니와 지금 이 시간에 집에 있으려던 건…… 사실 아닌가? 기태는 나현의 반응이 영 못마땅한 모양인지 미간에 주름이 가도록 인상을 찌푸렸다.

"오늘 외부 행사가 있어서 옷 좀 갈아입으러 잠깐 집에 들리려 한 겁니다. 그 참에 나현 씨도 보려고 했고요."
"아……. 네, 네. 잘 알겠습니다."
상대의 건성스런 대답에 기태의 말이 더 궁색한 변명 같아져 버렸다.
번쩍. 환한 불빛과 함께 번개가 쳤다.
우르르, 쾅! 하더니 잠시 뒤 커다란 천둥소리가 지척을 울렸다.
휘잉. 쏴아아ㅡ.
때마침 돌풍까지 불어 거센 빗줄기가 사방으로 흩뿌려졌다.
"이런. 도저히 그칠 기미가 안 보이는데요?"
나현은 작게 고개를 끄덕이며 곁눈질로 기태를 흘깃거렸다. 항상 흐트러짐 없이 뒤로 넘긴 앞머리가 비에 젖어 앞으로 내려와 있었다. 내린 앞머리 때문인지 오늘 그의 모습은 한결 편안해 보였다. 그때 앞머리에 매달린 빗방울이 또르르 굴러 눈썹에 방울방울 매달렸다. 한번 눈을 깜빡이자 빗방울은 매끈한 얼굴선을 따라 또르르 굴러가더니 턱 아래에서 통 하고 떨어졌다. 비에 젖어 찰싹 달라붙은 정장과 턱 끝에서 똑-하고 떨어지는 빗방울이 묘하게 눈길을 사로잡았다.

갑자기 숨이 턱하니 막혀왔다. 덩달아 심장까지 무섭게 가라앉았다. 쏟아져 내리는 빗소리가 땅을 울렸건만 쿵쿵거리는 제 심장 소리에 귀가 멍멍했다.

"얼굴이 제법 상했네요. 많이 아팠습니까?"

기태의 시선은 여전히 잿빛 하늘에 고정되어 있었다.

"이젠 괜찮아요."

"보는 사람이 다 걱정 되는군요."

쿵. 쿵. 쿵쿵. 세차게 내리는 빗줄기에 심장소리가 파묻혀 다행이다.

"비 오는 거 좋아해요?"

기태가 찰나의 정적을 깨며 나현에게 물었다.

"아뇨. 안 좋아해요."

"왜요?"

"어렸을 때부터 엄청 깔끔쟁이였거든요. 엄마 말로는 바닷가를 가도 백사장에 안 들어갔대요. 발에 모래 묻는다고."

기태가 피식 웃었다.

"모래 묻는 것도 안 좋아했는데. 빗물이라고 좋아하겠어요? 비에 젖으면 찝찝한 느낌이라 별로 안 좋아해요. 뭔가 우울감이 느껴지는 기분도 싫고요."

"비 내리면 상쾌하다고 좋아하는 사람도 있잖아요."

"에엑. 지금 이 광경을 보고도 그런 말을 할 수 있을까요?"

눈앞에는 몰아치는 광풍에 쓰레기며 신문지 등이 둥둥 떠서 휘날리고 있었다. 기태가 한 번 더 피식하고 웃었다.

"실장님은요?"

"나도 싫어해요."

"왜요?"

"왠지 사람을 감성적으로 만들잖아요."

이번에는 나현이 웃을 차례였다. 아니, 비웃을 차례.

"지금 그 웃음 뭡니까? 다분히 비웃는 거 같은데."

기태가 살짝 미간을 찌푸렸다.

"안 어울려요. 실장님이 감성적? 지나가던 개가······."

아차. 너무 나갔다. 나현이 합 하고 입을 다물었다. 하지만 기태는 별로 신경 쓰지 않는 듯 말을 이었다.

"왜 그런 거 있잖습니까. 괜시리 마음도 뒤숭숭하고. 나 같지 않은 행동도 하고."

"푸핫. 실장님도 그래요? 안 믿겨져. 그리고 실장님 같지 않은 행동이 뭔데요?"

나현이 재밌다는 듯 기태를 향해 활짝 웃었다. 순간, 내내 비 내리던 광경을 구경하던 기태 역시 고개를 돌려 나현을 바라보았다. 서로 바라보니 한 뼘도 되지 않는 가까운 거리였다. 두 사람의 눈이 정면에서 마주쳤다. 서로의 입가에서 내뿜는 하얀 공기가 뒤엉켰다. 갑자기 기태가 한 발자국 다가오더니 나현의 얼굴을 향해 손을 뻗었다. 흠칫하며 몸을 움츠리기도 전 기태의 기다란 손가락이 턱을 쓸어내렸다.

"빗방울이 매달려 있길래."

호흡이 가빠왔다.

"많이 젖었네요."

부쩍 가까워진 거리에 찬 공기가 열기에 데워진 듯 후끈거렸다.
"추워요?"
낮게 읊조리는 기태의 목소리가 귓가에서 맴돌았다. 나현이 고개를 살짝 끄덕였다. 공기에 실린 묵직한 긴장감에 심장이 터져버릴 것만 같았다. 조금 전, 그를 만나기 전까지 두근대는 심장은 두려움 때문이며 본능적인 거부감일지 모른다 생각했었다.
쿵. 쿵. 쿵.
하지만 어떻게 구분하지 못 할까. 제 심장이 무엇 때문에 뛰고 있는지. 기태는 축축하게 젖은 자켓을 벗어 나현의 어깨를 덮어주었다.
"젖긴 했지만 그냥 있는 것보단 나을 겁니다."
어깨에 걸친 자켓에서 비 냄새와 함께 기태의 내음이 옅게 풍겨났다.
"여기서 얼굴 더 상하면 차마 못 봐줄 것 같아서 그런 겁니다."
민망함을 감추려는 듯 기태가 퉁명스럽게 말했다. 나현은 도저히 고개를 들 수가 없었다. 새빨개진 얼굴이 자신의 감정을 고스란히 드러내고 있었기 때문이었다.
빨리 나가야 해. 심장이 터지기 전에.
오늘의 약속도, 해야 할 말들도 몽땅 머릿속에서 사라졌다. 자신을 압도하는 것은 지금 이 순간. 시간도, 공간도, 자아도, 현실감각도 모두 사라져버린 채 살아 움직이는 듯, 미친 듯이 팔딱 대는 제 심장만이 오롯이 느껴질 뿐이었다. 그 압박감을 견딜 수가 없었다. 벗어나야 한다. 어차피 이렇게 몽땅 젖은 몰골로는 기태의 집에 들어 갈수도 없을 것이다. 약속을…… 미루는 것이 나았다.
"저기 실장님."
결심이 섰을 때였다. 갑자기 기태가 나현의 손목을 붙잡았다.
"나현 씨도 그렇게 생각하죠?"

"네……? 뭘요?"

"아무래도 그칠 생각을 안 하는데 이미 젖은 거. 그냥 뛰어가죠."

"네에? 저…… 너무 젖었는데 그냥 다음에……."

"뛸 준비 됐죠?"

"저…… 저기……!"

그리고는 손목을 끌어당기며 빗속을 향해 뛰어가기 시작했다.

헉……. 헉…….

손목을 잡힌 채 빗속을 뚫고 뛰어가길 몇 분. 겨우 숨을 몰아쉬며 별채 현관문 앞에 멈춰 섰다. 머리부터 발끝까지 물웅덩이에 풍덩 담갔다 꺼내놓은 것처럼 홀딱 젖어 있었다. 기태의 모습도 별반 다를 바가 없었다. 물기가 증발하며 한기가 몰려왔다. 입에서는 새하얀 입김이 뿜어져 나왔고 몸이 오들오들 떨렸다. 숨을 돌리고 나니 그제야 아직까지 제 손목을 붙들고 있는 기태의 단단한 손이 느껴졌다.

"이제 어쩌시려고요? 이 꼴로 들어가서 뭘 한다고."

나현이 원망스런 눈길로 흘겨보았다.

"일단,"

기태가 머리에 묻은 물기를 손으로 툭툭 털어냈다.

"좀 씻을까요?"

따뜻한 물이 출렁대는 욕조에 몸을 담근 나현이 머리를 감싸 안았다. 수면 위 동그랗게 퍼져가는 파문을 넋을 잃고 바라보면서도 지금의 상황을 도저히 믿을 수가 없었다. 제 자신이 지금, 어디에서, 무엇을 하고 있는지.

권 실장의 집에서, 목욕을……?

미쳤다. 정말 미쳤어. 송나현 제정신이 아니야.

"으아아악! 정말!"

발을 첨벙거리자 벽과 바닥의 타일 위로 물이 사정없이 튀었다. 욕실을 나가면 어떻게 기태의 얼굴을 마주해야 하나.

정신 나간 년.

얼굴을 쓸어내리며 한창 자책에 빠져있는 와중이었다. 문득 욕실 문 앞에서 기척이 들렸다. 보일 리 없겠지만 본능적으로 가슴을 양손으로 가렸다.

"누…… 누구세요?"

"아……."

곤란한 듯 작게 내뱉는 목소리. 분명 기태였다. 화들짝 놀란 나현이 욕조물 속으로 몸을 푹 담갔다.

"뭐…… 뭐 하시는 거예요? 지금?!"

"아, 미안해요. 나현 씨. 놀래려던 게 아니었어요."

"아니, 지금 그 앞에서 뭐 하시는 거냐고요!"

욕실 안에 메아리가 치도록 소리를 질렀다.

"오해예요. 오해!"

"오해요? 아니 무슨 오해요? 실장님은 전적이 있으시잖아요!"

"전적이요? 무슨 전적?"

"저번에 화장실에서 제가 치마 벗고 있을 때도 문 벌컥 여셨잖아요!"

"허……! 나 참. 그때랑은 상황이 다르잖아요. 그때는 누가 큰 소리로 내 욕을 하기에……."

"어머머. 그럼 그때도 일부러 문 연거 맞네!"

"후……."

문 밖에서 낮은 한숨 소리가 들려왔다.

"그건 그때 일이고."

"지금은 또 왜요! 뭘 보시려고요!"
"옷 놔둔 겁니다."
"옷을 왜,"
아…… 그러고 보니 샤워하고 나서 갈아입을 옷이 없었다.
"왜? 지금 왜라고 했어요? 그럼 샤워하고 나서 홀딱 벗고 나올 겁니까?"
날선 목소리가 들려왔다.
"아…….."
"강릉댁에게 부탁하려 했는데 한창 식사 준비 중이라 대신 온 겁니다. 문 앞에 두고 가려 했는데 귀신같이 알아챈 누구 때문에 별 취급을 다 당하는군요."
"그…… 그게…….."
"다 씻었으면 얼른 나오기나 하세요."
그리고 멀어지는 발걸음 소리가 들렸다. 아우. 진짜 못 살아! 나현은 물 안으로 고개를 폭 하니 처박았다.

쭈뼛거리며 거실로 나오니 소파에 앉아있는 기태의 모습이 보였다. 손에는 회사에서 가져온 듯한 서류가 들려있었다. 갓 말린 뽀송한 머리를 내린 채 크림색 니트와 면바지를 입고 있는 모습이 편해보였지만 미간에 깊은 주름이 새겨 있었다. 심기가 몹시 불편하단 증거였다.
불현듯 이 별채의 거실에서 그를 처음 만난 날이 떠올랐다. 소파에 다리를 꼬고 앉아 지독하게 찬 냉기를 뿜어대던 모습. 뭐라고 했더라?
'똑똑하고 센스 있는 젊은 직원이었으면 좋겠다고 말씀드린 것 같은데 홀딱 벗고 덤벼들 준비를 하는 여직원을 소개시켜줄 줄은 몰랐습니다.'
'갤러리 홍에는 그렇게 인재가 없습니까?'

'부리는 사람이 무슨 생각을 하든, 무슨 추태를 부리든 일만 똑바로 해 준 다면요. 대신 일처리도 이딴 식이면……. 그땐 제가 정말 가만히 있지 않겠죠?'

첫 만남을 생각하니 지금의 관계는 엄청난 발전이었다. 그때 결심하지 않았는가. 무슨 수를 써서라도 이 남자의 마음을 사로잡아야 한다고. 마음? 대체 어떤 마음? 피식 웃음이 나왔다.

"웃었습니까? 지금 웃음이 나옵니까? 사람을 뭐 취급해 놓고서."

아니다. 퍽이나 발전? 취소다, 취소.

"아깐 미안했어요. 전 진짜 깜짝 놀라서……."

나현의 웃음기 어린 사과에도 기태는 길게 찢어진 눈을 부라리며 노려볼 뿐이었다.

"저 그런데 외부 행사 있다고 하지 않으셨어요?"

나현이 기태의 맞은편 소파에 앉으며 화제를 전환했다.

"취소랍니다. 비 때문에."

기태는 서류철로 다시 시선을 돌린 뒤 퉁명스럽게 말을 내뱉었다.

삐진……건가? 머쓱해진 나현이 강릉댁이라도 도울까 싶어 자리에서 일어섰을 때였다. 기태가 서류철을 탁 소리 나게 덮더니 손을 내밀었다.

"……?"

"핸드폰."

"네?"

"핸드폰 이리 달라고요."

"제 핸드폰은 왜……."

기세에 눌려 쭈뼛거리며 핸드폰을 건넸다. 기태는 핸드폰에 제 번호를 입력하더니 통화 버튼을 눌렀다. 반대편 손에 쥔 기태의 핸드폰이 요란하게 울렸다.

"나도 나현 씨 번호 저장 할 테니. 나현 씨도 내 번호 저장하세요."

"아······ 네······. 네······."

나현은 얼떨떨한 표정으로 기태가 내미는 제 핸드폰을 받아들었다.

"한두 번도 아니고 벌써 세 번째 일주일이 넘게 연락 두절되면 어쩝니까?"

"아······. 그게······. 죄송합니다······."

정말 의도치 않게 여러 번 미안하다 사과하게 만든다.

"기다리는 사람도 좀 생각해 주시죠."

에······에? 귀를 의심했다. 자신이 들은 말이 저 남자의 입에서 흘러나온 말이 맞는 건지 의심스러웠다. 지금 이 남자······ 제게 삐진 것도 모자라 투정을 부리는 건가?

"아······ 알겠어요. 앞으로 제게 무슨 일이 있으면 꼬박꼬박 보고 드릴게요."

"부탁 좀 합시다."

여전히 인상을 쓴 채 그리 말하는 모습이 어쩐지 귀여워 보여 웃음이 나왔다.

"지금 웃는 겁니까? 뭘 잘 했다고 아까부터 실실 웃어요?"

"아닙니다. 죄송해요."

나현이 여전히 입가에 웃음기를 머금은 채 마음에도 없는 사과를 건넸다. 때마침 강릉댁이 부엌에서 나왔다.

"실장님. 식사 준비 다 됐습니다."

기태가 소파에서 일어났다. 성큼성큼 부엌으로 가다말고 나현을 향해 뒤돌았다.

"피곤하게 하지 말고. 두말하게 만들지 말고. 잔말 말고 먹고 가요."

그러고는 대답도 듣지 않고 다시 몸을 홱 하니 돌렸다. '전 괜찮아요.'

'가보겠습니다.' 라는 말을 준비했건만 내뱉을 기회는 그대로 사라져 버렸다.

"그런데…… 물어볼 말이 뭡니까?"
정갈하게 놓인 접시에서 콩자반을 집으며 기태가 물었다.
"아……. 그게……."
그제야 기태의 집을 찾아온 이유가 번뜩 생각났다. 엉망진창으로 꼬인 상황 때문에 오늘 보기로 한 목적까지 머릿속에서 완전히 사라져 버렸던 것이다. 하지만 머릿속을 맴돌던 말은 선뜻 입 밖으로 나오지 않았다. 대체 기태가 전생과 관련된 인물이라는 것을 어떻게 확인할 수 있단 말인가?
혹시 전생을 기억하세요? 전 전생에서 살해당했는데 최근 제 주위에 나타난 남자들이 하나같이 다 이상하답니다. 혹시 당신도 제 전생과 관련 있는 사람인가요? 아니면 설마 절 죽인 게 당신인가요?
당장 미친 여자 취급당하며 이 집에서 끌려 나가겠지. 연호처럼 스스로 말하지 않는 한 그가 전생과 관련된 인물인지 아닌지 확인할 수 있는 방법은 없어 보였다. 자신의 목숨을 노리는 사람은 전생과 관련된 사람임이 분명했고, 연호 역시 나현의 주위에 있는 누군가가 범인일 것이라 추측했다. 현재 가지고 있는 단서는 연호의 증언과 부분부분 잘려져 있는 자신의 기억 뿐. 그것만으로 전생에 대한 일들과 현재의 범인을 밝히기엔 턱없이 부족했다.
대답을 기다리는 기태의 시선을 피한 채 애꿎은 콩자반만 젓가락으로 툭툭 건드리고 있으려니 한 가지 생각이 머리를 스쳤다. 언니가 생일 선물로 준 그림. 붉은 옷을 입은 여인이 단아하게 손을 모으고 있는 그림이 떠오른 것이다. 무척이나 기분 나빴었지. 으슬으슬하고 소름끼치고. 딱히 기분 나쁠만한 그림도 아니었는데, 본능적으로 그림에 대한 거부감이 들었었다.

혹시…… 전생과 관련된 그림이 아닐까하는 생각이 들었지만 도저히 기억 속 그림을 떠올릴 수가 없었다. 전생의 기억 속 윤일재 대감은 두루마리 서화를 펼쳐 보이며 이 그림을 아냐고 물었었다. 그때 분명히 그림을 보았지만 아무리 생각을 떠올려 보려 해도 그림의 모습은 명확하지 않고 흐릿하기만 했다. 다시 한 번 더 그 그림을 볼 수만 있다면 많은 기억들을 떠올릴 수 있을 것만 같았다. 지금으로써는 전생과 현생을 연결해 주는 유일한 단서는 그림뿐이었다. 게다가 만약 그 그림을 기태가 기억한다면……. 기태가 시험인지 알 수 있을지도 모르는 것이다.

"그게…… 실장님. 사실 부탁하신 그림. 구했었어요."

"구했었다? 어째 과거형이네요."

"얼마 전 집에 도둑이 들어 도둑맞았거든요."

"그런 일이 있었어요?"

"네."

"아니, 나현 씨는 무슨 사건 사고를 매일 달고 다닙니까?"

기태가 얼굴을 찌푸렸다.

"지금 그게 논점이 아니잖아요. 중요한 건 실장님께 보여드릴 그림을 도둑맞았다는 거죠."

나현은 그림을 도둑맞아 안타까워 죽겠다는 듯 조금은 과장되게 울상을 지었다.

"그래서 이젠 어떻게 해야 하는 겁니까? 구했던 그림은 도둑맞고…… 어쩔 수 없이 다른 그림을……."

"아니. 꼭 그 그림이어야 해요."

확신에 찬, 최대한 단호해 보이는 대답이어야 했다.

"정말 확신해요. 실장님이 찾는 그림은 그 그림이란 걸……."

"나도 내가 찾는 그림이 어떤 그림인지 모르는데. 그걸 나현 씨가 어떻게 확신합니까?"

"그림을 보시면 제가 무슨 말하는지 아실 거예요."

그 그림을 보고 기태가 무언가를 떠올리거나 크게 동요한다면 그는 분명 전생과 관련이 있는 사람일 것이다. 하지만 만약 아무렇지 않아 한다면…….

이 지긋지긋한 의심병에서 벗어날 수 있겠지.

일종의 도박이었다. 먹이가 없는 미끼를 던졌고. 이제 상대가 물어 주느냐, 않느냐 하는. 나현은 숨을 참으며 온 신경을 달싹거리는 기태의 입술에 집중했다.

제발…… 제발 알겠다 라는 말이 나오길.

"그래요? 나현 씨가 그렇게 말할 정도라면…… 한 번 믿어나 보죠."

걸려들었다. 나현은 속으로 회심의 미소를 지었다.

"그런데 잃어버린 그림을 어떻게 찾나요?"

"그래서 실장님을 찾아 왔잖아요. 도둑맞은 그림 찾는 걸 도와달라고."

"일단 자초지종을 설명해보세요. 그림을 구하게 된 경위부터 도둑맞은 일까지."

나현은 인사동에서 그림을 처음 본 일, 보현에게 선물을 받은 일부터 도둑맞는 일까지 차근차근히 설명해 나갔다.

"그러니까…… 언니 분에게 그림을 생일 선물로 받았고. 후로 집에 도둑이 들었는데 아무것도 사라진 건 없고 그림만 없어졌다 이건가요?"

"네, 맞아요."

"경찰에 신고는 했어요? CCTV나 목격자는요?"

"신고는 했지만 당시에는 그림이 없어진 줄도 몰랐어요. 도둑맞은 물건이 없다고 하니 수사도 유야무야 마무리됐죠. CCTV는 사생활 때문에 오피스텔 복도에는 설치되어 있지 않고 엘리베이터에만 설치 돼 있었어요. 게다가 수사가 그렇게 마무리 되는 바람에 CCTV는 확인도 못해봤죠. 그 이후에 찾아가 보았지만 일주일치만 녹화되는 터라, 그 날의 영상은 이미 지워졌더군요."

"그림에 대해 아는 사람이 있나요?"

생일날부터 도둑이 든 날까지의 기억을 떠올려보았다.

"그림을 남자친구 아니, 전 남자친구에게 보여줬어요. 저랑 워낙 닮……."

그런 얘기까지 할 필요는 없다.

"아니, 그냥 워낙 오래된 그림이고 인상 깊어서 보여줬죠. 그리고…… 생일 선물을 풀어볼 때 친구가 옆에 있었어요."

"남자친구와 친구라……."

기태가 곰곰이 생각에 잠겼다.

"일단 CCTV 영상부터 가져오세요."

"CCTV는 이미 지워졌다고 말씀드렸잖아요."

"그건 보통 사람이 하는 소리고."

"그럼요?"

"난 보통 사람이 아니잖아요. 복원시켜 보죠."

씩 웃어 보이는 표정이 자신만만해 보였다.

"감사합니다."

나현이 현관문 앞에 서서 기태를 향해 꾸벅하고 인사를 했다.

"그래야죠. 당연히."

생색도 가지가지였다.

"샤워까지 하고 옷도 빌려 입고 점심 얻어먹고. 이렇게 우산까지 빌려주시니 제가 감사해서 어찌할 바를 모르겠네요."

말하는 본새와 말 속에 담긴 내용이 상반되자 기태가 피식 하고 웃었다. 그 모습에 나현도 슬며시 미소를 지었다. 오늘 하루 있었던 일들을 제 입으로 나열해보니 참으로 스펙터클하기 그지없었기 때문이었다. 쫄딱 젖은 채로 그의 집에 들어가 샤워를 하고 옷까지 빌려 입다니. 묘한 동질감에 친근한 감정까지 느껴졌다.

편안한 옷차림과 머리스타일 때문일까? 아니면, 기태의 말처럼 비 오는 날이 그를 감성적으로 만들었기 때문일까? 오늘의 기태는 속을 알 수 없는 음험한 사람이 아니라 투정을 잘 부리는 보통 남자처럼 느껴졌다. 나현이 이제 그만 가보겠다는 뜻이 담긴 눈인사를 건네고 뒤 돌아 서려던 찰나였다.

"아직 비가 덜 그쳤는데 좀 더 있다 가지 그럽니까."

예상치 못한 말이었다.

"네…… 네?"

"일기예보에 점심 지나고 오후엔 비 그친다고 했으니, 그치면 들어가요. 그 높은 구두 신고 가기엔 길도 미끄러워서 위험하다고요."

뭔가 묘하게 잡는 듯한 말투였다. 분명 자신이 저 말 뜻을 바로 이해했다면. 그리고 기태의 말 속에서 숨은 이면이 없다면. 더 있다 가라고 붙잡는 것이었다. 게다가 이번에는 생색내는 것도 아닌, 비꼬는 것도 아닌 순수하게 걱정하는 말투. 가슴이 다시 두근두근 대기 시작했다.

"아…… 아니에요. 정말 가봐야 해요. 지금까지도 충분히 감사했습니다."

나현이 우산 손잡이를 꾹 붙들며 서둘러 인사를 했다. 자신을 찬찬히 바라보는 그의 눈에서 왠지 모를 애잔함까지 느껴졌다. 간질간질한 기운이 가슴 한편에서 천천히 번져나갔다. 빨리 여기서 벗어나야 한다. 섣부른 오해 따윈 하고 싶지 않았다. 이 묘한 긴장감의 정체 따윈 확인하고 싶지 않았다.

그대로 뒤돌아 현관문에서 앞마당까지 나 있는 돌계단을 향해 발을 내딛었다. 빨리 벗어나고자 하는 마음에 조금은 서둘렀기 때문이었을까? 돌계단에 발을 내딛는 순간 빗물에 구두가 확 미끄러졌다.

"으앗!"

순식간에 몸이 균형을 잃으며 휘청였다. 그리고는 돌계단 아래로 꼬꾸라졌다.

"설……!"

기태가 재빠르게 뒤에서 나현의 허리를 강하게 끌어안았다. 앞으로 꼬꾸라지던 몸이 기태의 강인한 팔 안에 턱하니 걸렸다.

하아……. 하아…….

등 뒤에서 식은땀이 주르륵 흘러내렸다. 정말이지 큰일 날 뻔했다. 가빠진 호흡을 어느 정도 가누자 제 허리를 감싸고 있는 기태의 단단한 팔이 느껴졌다. 휘청거리던 자신의 몸을 단번에 안아 올린 남자의 팔. 그 생생한 감촉에 심장이 다시 세차게 뛰기 시작했다.

"저……."

"……."

"실장님. 저 이제 괜찮은데……."

힘주어 끌어안은 팔 안에서 벗어나고자 몸을 뒤틀었을 때였다.

"미쳤어요?!"

벼락같은 고함 소리가 귓가를 때렸다.

"제정신입니까? 사람이 왜 그렇게 부주의해요? 하루에도 수십 명씩 계단에서 굴러 떨어져 죽는 거 몰라요? 비 오니까 위험하다고 내가 좀 더 있다 가라고 몇 번씩 말했잖아요!"

기태는 나현의 몸을 돌려 세워 어깨를 붙들고는 정신없이 화를 냈다. 얼굴은 시뻘겋게 달아올라 있었고 어깨를 붙든 손이 부들부들 떨렸다.

"죄…… 죄송해요."

그 기세에 눌려 나현이 넋이 빠진 얼굴로 사과를 했다. 확실히 자신은 부주의했고 돌계단에서 미끄러져 다칠 수도 있었지만 그가 이렇게 화낼 일은 아니었다. 슬그머니 부아가 치밀었다.

"실장님. 저 도와주신 건 고마운데…… 그래도 이렇게까지 화내실 일은 아니잖아요."

여전히 기태는 제 화를 못 이긴 양 씩씩거리고 있었다.

"다칠 뻔 했다고요!"

"……."

"주…….."

기태는 선뜻 말이 나오지 않는 듯 멈칫거렸다.

"죽…… 죽을 수도 있었어요."

기태의 말에 나현은 맥이 빠졌다.

"너무 오버하시는 거 아니에요? 돌계단 몇 개 높이에서 넘어진다고 죽진 않아요."

나현의 말에 기태는 아무 대답도 하지 못했지만 여전히 미간을 찌푸린 채였다. 어깨를 잡은 손도 여전히 떨리고 있었다.

"실장님……."

나지막한 목소리에 기태가 나현의 어깨에서 스르륵 손을 내렸다. 그리고는 고개를 들고 똑바로 나현을 쳐다보았다. 두 사람의 눈이 마주쳤다. 순간 기태의 표정이 이상하게 일그러졌다. 혼란스럽다는 듯 괴로운 표정이었다. 무언가 이상했다.

"실장님…… 왜 그러세요?"

"나…… 아니…… 그……."

그는 좀처럼 말을 잇지 못했다. 이리저리 굴러가는 눈동자에 혼란이 가득했다. 평소의 차분하고 냉정한 모습과는 너무도 달랐다.

"실장님……. 저……."

기태는 두 눈을 감고 인상을 찌푸리더니 두 손으로 마른세수를 하며 얼굴을 쓸어내렸다.

"미안해요. 나현 씨 말이 맞아요. 내가 그렇게 화낼 일은 아니었어요."

기태가 나현의 시선을 외면한 채 돌아섰다.

"실장님……!"

저렇게 얘기하고 돌아서면 어쩌란 말인가.

"오늘 일은 미안합니다. 지금은 그냥 가주세요."

기태는 멍하게 서 있는 나현을 내버려두고 성큼성큼 현관문을 향해 걸어갔다.

"힘들지?"

옥상 난간에 기대어 긴 한숨을 터뜨리는 나현에게 해문이 커피를 건넸다.

"고마워요. 잘 마실게요."

"날도 추운데 혼자 청승맞게 옥상에서 뭐하는 거야?"

"그냥요. 가슴이 답답해서요."

나현은 며칠간 내린 비로 깨끗해진 평창동 일대를 가만히 내려다보았다. 표정 없는 얼굴에서 고단함이 느껴졌다.

"일이 힘들면 얘기해. 나랑 예경이랑 얼마든지 도와 줄 테니."

"고마워요. 그런데 회사 일이 힘들게 뭐 있나요. 저한테 벌어진 일들을 생각하면."

해문은 괜한 얘기를 꺼낸 건가 싶었다. 나현으로서는 굳이 꺼내고 싶은 화제가 아니었을 터.

"미안. 괜히 생각나게 해서."

"아니에요. 선배한테마저 이런 얘기 안 꺼내면 내가 어디서 털어놓을 수 있겠어요? 그냥 모든 게 답답해서 그래요."

"……."

해문이 얼마든지 들어주겠다는 표정으로 나현의 어깨를 가만히 두드렸다.

"진짜…… 언니는 그렇게 되고, 전 죽을 뻔하고. 도대체 갑자기 왜 이런 일들이 벌어지는지 모르겠어요."

"아직도 범인 안 밝혀졌지?"

"네. 경찰에서 수사는 하고 있는데…… 때마침 그때 CCTV가 고장이 났대요. 누가 일부러 고장을 낸 것 같다고 하더라고요. 목격자도 없고 침입의 흔적도 없고 흉기도 발견 안 되고. 아주 감쪽같대요. 심지어 제 목을 조른 게 뭔지도 밝혀지지 않았어요."

"큰일이네. 빨리 범인이 잡혀야 할 텐데 말이지."

"그러니까요."

"……."

"선배. 나 정말 무서워요. 그 범인이 아직도 절 노리고 있다고 생각하면요. 잠도 제대로 못 자겠고, 하루에도 몇 번씩 뒤를 돌아봐요. 길가다 마주치는 모든 사람들이 무서워요."

무섭다 두렵다 얘기하는 나현의 얼굴이 부서질 듯 위태해보였다. 해문은 그녀가 얼마나 안간힘을 쓰며 일상의 끈을 붙들고 있는지 알 것 같았다.

"설마…… 또 그런 일이 일어나겠어?"

"모르죠."

"누군가에게 원한을 산 일도 없잖아. 단순 강도겠지."

"강도가 절 두 번씩이나 노리겠어요?"

"짐작 가는 사람도 없어?"

짐작 가는 사람이라……. 시험이 떠올랐지만, 전생이니 하는 얘기를 믿어 줄 턱이 없었다.

"없어요. 아무도."

"아니면…… 최근에 새로 알게 됐거나 가까워진 사람들 중에 수상한 사람은?"

수상한 사람이라……. 그 말에 최근 몇 달 사이 자신의 일상에 불쑥 끼어든 남자들이 하나둘씩 머릿속에 떠올랐다.

"최근 몇 달 사이라면…… 권 실장님하고 옆집 남자. 그리고 전 남자친구 정도일거예요."

"뭐? 남자친구?"

해문이 놀란 듯 큰 소리로 물었다.

"네. 지상 씨요."

"사귄지 오래 됐던 거 아니었어?"

"아뇨. 소개팅하고 바로 사귀었으니까……. 세 달쯤 됐네요."

해문의 표정이 사나워졌다.

"보통 이런 경우 남편 아니면 남자친구가 범인이긴 하지."

"에이, 설마."

나현이 어이없다는 듯 웃음을 터뜨렸다.

"그리고 또 한 사람 있잖아."

"누구요?"

"최근 네 주위에 나타난 남자."

고개를 갸우뚱거렸다. 아무리 생각해봐도 해문이 말하는 또 한 사람이 누군지 선뜻 떠오르지 않았다.

"누구요? 그 외에는 없는데……."

"전시기획2팀 이태진 씨."

탁, 하고 누군가가 머리를 세게 친 것 같은 충격이 몰려왔다. 목 주위에 오슬오슬 소름이 돋았다.

"에이. 무슨 소리예요! 태진이는 어릴 적부터 친구인데."

나현이 목 언저리에 돋은 소름을 쓸어내리며 말했다.

"너야말로 무슨 소리야? 둘이 다시 만난 게 3개월 전이잖아. 이태진 씨가 전시기획2팀 경력직으로 입사하면서부터."

"그래도 태진인 빼요! 어릴 적 친구였는데."

말도 안 되는 소리다. 나현은 내면에서 일렁이는 불안감을 외면한 채 고개를 저었다.

"그건 이태진 씨 얘기고. 생각해봐. 너 처음에 태진 씨가 막 반갑다고 난리칠 때 어리둥절해 했었잖아. 그리고 우리한테 얘기했었어. 기억 안 난다고."

"제…… 제가요?"

"와……. 이래서 세뇌가 무섭구나. 3개월 동안 20년 지기 단짝처럼 붙어 다니더니, 너 벌써 잊은 거야? 그럼 지금이라도 떠올려봐. 그 어릴 적 기억. 난 사실 그게 진짜였는지도 의심스럽다고. 진짜 어릴 적 친구가 맞는지. 아니면 단지 너한테 그렇게 세뇌 시켰는지."

3개월 전, 태진은 옆 부서인 전시기획2팀에 경력직으로 채용되었다. 2팀 팀장이 태진을 데리고 1팀에 인사를 하러 왔었고, 나현을 알아본 태진은 손을 덥석 잡으며 반가워했다.

'이햐! 너 송나현 맞지? 진짜 오랜만이다. 그동안 잘 지냈어? 나야 나. 영암초등학교 3학년 3반 이태진.'

반가움이 가득한 얼굴로 아는 체를 해왔지만 사실 전혀 기억나지 않았다. 아니, 기억할 수 없었던 걸지도 모른다. 어차피 자신에게 10살 이전의 기억은 없으니. 그 후로 나현과 태진은 팀 공동 프로젝트를 함께 하며 가까워졌다. 3개월 내내 붙어 다니며 예전 얘기를 들으니 서서히 어린 시절의 태진이 떠오르는가 싶기도 했다. 하지만 그 기억이 태진이 주입하고 나현이 상상해 만들어 낸 기억인지, 실제 존재했던 기억인지 알 수가 없었다.

어쩌면 10살 이전의 기억이 없다는 두려움에 태진과 함께 한 시절의 기억이 실제 존재하는 기억이라 믿고 싶었을지도 몰랐다. 그런데 그런 그가 3개월 전 난데없이 자신의 인생에 나타난 인물이라니……. 그러고 보면 자신은 그에 대해 아는 게 하나도 없었다. 어디에 사는지, 학창 시절을 어떠했는지. 태진은 자신에 대한 이야기를 전혀 하지 않았다.

갑자기 태진이 낯설게 느껴졌다. 태진이라는 인물의 실체가 희뿌연 안개에 싸인 듯 보이지 않았다.

어쩌면……. 어쩌면, 보현과 태진이 연인이었다는 것도 거짓말일지 모른다. 보현이 태진과 만났다면 자신에게 얘기하지 않았을 리 없다. 그렇다면 왜 태진은 자신에게 어릴 적 친구라며 접근했고, 왜 보현의 연인이라 거짓말을 했던 걸까.

"왜 그렇게 넋 놓고 있어?"

"아, 아니에요. 그냥 여러 가지 생각을……."

"내가 괜한 얘길 해서 마음이 심란해졌나 보네. 뭐 난 그냥 최근에 나타난 사람을 의심해 볼 수 있다 얘기한 것뿐이니 너무 신경 쓰지 마."

"알겠어요."

나현은 애써 불안함을 감추며 해문을 향해 희미한 웃음 지었다.
순간 부르르하고 주머니에서 진동이 느껴졌다. 핸드폰 화면에 뜬 이름은 미진이었다.
"네, 팀장님."
"나현 씨. 자기, 지금 어디에 있어?"
뭐가 그리 급한지 안 그래도 앙칼진 미진의 목소리가 한 옥타브 더 올라가 있었다.
"저 지금 해문 선배하고 옥상에 있는데요?"
"지금 당장! 당장 사무실로 내려와!"
좀처럼 듣기 힘든 흥분한 목소리였다. 대체 무슨 일인거지?
"왜요? 팀장님. 무슨 일 있어요?"
"지금…… 여기, 에단 주가 와 있다고!"
"네? 에단 주요?"

* * *

나현은 커다랗게 뜬 눈을 끔뻑거렸다. 제 눈으로 보고 있으면서도 도저히 믿을 수가 없었다.
"뭐해? 에단 주 작가님께 인사드리라니까."
미진이 나현의 옆구리를 쿡 찔렀다.
"뭐예요? 연호 씨."
퉁명스러운 말이 툭 튀어나왔다. 눈앞에는 연호가 놀란 나현의 얼굴을 보며 히죽대고 있었다. 늘어진 티셔츠 대신 깔끔한 정장차림, 헝클어진 긴 머리 대신 단정하게 빗어 넘긴 머리까지. 집에서 보던 것과는 완전히 다른 모습이었다. 회의실 밖에서는 투명 유리창 너머로 여직원들이 옹기

종기 모여 연신 감탄을 자아내기 바빴다. 그만큼 멋들어진 모습이었다.

"와. 생각보다 안 놀라시네? 난 놀라서 까무러치는 나현 씨 모습 상상했는데."

연호의 눈이 반달처럼 휘었다. 저건 분명 제 눈웃음이 매력적이라는 걸 아는 다분히 의도적인 행동이다. 화내지 못하도록!

"그때 연호 씨 집에서 그림 도구 보고 그림 그리는 사람이라 생각은 했지만……. 덕수궁 돌담길에 좌판 깔고 그림 파는 사람인줄 알았지, 헐리우드 배우 몸값 정도 되는 비싼 화가인줄은 정말 생각도 못했네요."

감쪽같이 속아 넘어갔다 생각한 나현이 퉁명스런 말투로 비꼬았다. 처음부터 이상하긴 했다. 미진이 '에단 주 초청 전시회 기획안, 눈동자의 비밀展'을 건네며 에단 주가 기획자로 직접 나현을 지목했다고 했을 때부터였다. 에단 주라면 현대 미술계 초대형 슈퍼스타이며 그림 한 점에 수십 억, 아니 근래엔 수백억을 호가하는 가장 핫한 작가가 아닌가. 그런데 어떻게 조그만 한국 땅에서 그것도 갤러리 말단 기획자를 직접 지목했는지 의심부터 했어야 했다. 신나서 좋아라 열심히 해 보겠다 마음먹었던 제 자신이 바보같이 느껴졌다. 나현의 얼굴이 점점 굳어지자 그제야 연호가 당황하기 시작했다. 화가 났다는 걸 눈치 챈 것이다.

"미안해요, 나현 씨. 속이려고 한 건 아니에요."

"그럼 놀리려고 한 거였어요?"

"아니에요. 진짜 미안. 그냥 말할 틈이 없었어요. 그래서 외국에서 오래 살다 왔다고 얘기 했잖아요."

"그게 연호 씨가 에단 주 작가라는 말이었어요? 와. 내가 이해력이 떨어지는 건가? 연호 씨 말 참 쉽게 하시네요."

"그래서 그림 그리는 사람이라고도 했잖아요."

"그러니까 그게 본인이 에단 주라는 말이냐고요!"

탁구공 치듯 통통 주고받는 말을 미진과 해문이 넋을 놓고 구경하고 있었다.

"서로 아는 사이였나 보네?"

도저히 끝날 것 같지 않은 대화를 기다리다 미진이 슬쩍 끼어들었다.

"아. 이웃사촌이죠."

"옆집 남자예요."

나현과 연호가 동시에 대답했다.

"앞으로 작가님 전시회 기획을 나현 씨가 담당할 텐데. 아는 사이였다니 다행이네요."

"앞으로 잘 부탁합니다."

연호가 나현을 향해 씩 웃었다. 화가 풀리는 듯 얼굴 가득 해맑은 눈웃음을 보니 또 마냥 화가 나진 않았다. 그저 허탈한 웃음이 나왔다. 재주라면 참 재주다. 저렇게 아무렇지 않게 얼렁뚱땅 넘어가는 것도.

똑똑. 때마침 노크 소리가 들리더니 누군가 회의실 문을 열고 들어왔다.

어……라?

이번에는 태진이었다. 순식간에 얼굴이 굳어버렸다. 하지만 이내 눈이라도 마주칠까 하여 일행을 향해 걸어오는 태진을 계속 쳐다보았지만 그는 한 번도 나현을 향해 눈길을 주지 않았다. 문득 시선을 느끼고 고개를 돌리자 연호가 자신을 바라보고 있었다. 그리고는 웃으라는 듯이 입가에 손을 대곤 씨익 하고 먼저 웃어 보였다. 괜한 감정을 들킨 것 같아 나현은 머쓱함에 머리를 쓸어 넘겼다.

"좀 늦었습니다."

"아냐. 괜찮아. 우리도 이제 막 만났어. 인사하지. 이쪽은 에단 주 작가님. 이쪽은 전시기획2팀의 이태진 씨예요. 나현 씨를 도와 주 작가님의 전시회 기획을 담당할거예요."

미진이 연호에게 태진을 소개했다.

"반갑습니다. 에단 주,. 주연호입니다."

"이태진입니다."

연호가 내미는 손을 태진이 맞잡았다. 두 사람 사이의 공기가 미묘하게 울렁였다.

뭐…… 뭐지?

아주 짧은 찰나였지만 두 사람이 뿜어내는 순간적인 기운이 느껴졌다. 그것은 분명…….

적대감.

미진은 흐뭇한 미소를 지었지만 나현은 예상외의 분위기에 두 사람의 얼굴을 연달아 바라보았다. 아무렇지 않은 척 맞잡은 손을 내려놓았지만 분명 그것은…… 옆에 있는 사람이 서늘해 질 정도로 강한 적대감이었다.

두 사람…… 처음 보는 사이 아니었던가?

"주 작가님이 직접 말씀하셨던 나현 씨와 태진 씨가 앞으로 한국에서의 전시회 실무를 담당할 겁니다. 전시회 컨셉과 일정, 초청명단 등 중요 사안들은 앞으로 두 사람과 논의해 주시면 돼요."

소개를 마쳤다 생각한 미진이 좌중을 휘어잡는 카리스마로 회의를 주도했다.

"아, 그리고 아직 한 사람이 안 왔는데……."

기다렸다는 듯 회의실 문이 열렸다.

"어머, 마침 오셨네요."

미진이 회의실로 들어서는 사람을 향해 반색했다. 무심코 고개를 문 쪽을 향해 돌렸을 때였다.

세상에…… 이런…… 말도 안 되는…….

갈수록 태산이다. 깔끔하게 핏이 떨어지는 세련된 정장을 전투복처럼 갖춰 입은 기태가 회의실 안으로 들어서고 있었다.

"태한기획 아트사업실의 권기태 실장님이십니다. 이번 주 작가님 전시회 후원과 콜라보레이션 사업을 맡게 되셨어요."

미진이 기태를 소개하는 음성이 귓가에서 맴돌았다. 나현은 고개를 들어 앞에 앉은 3명의 남자를 차례로 훑어보았다. 까딱 목인사를 한 뒤 무표정한 얼굴로 시계를 보는 기태, 뭐가 그리 좋은지 싱글벙글 눈웃음이나 치고 있는 연호, 고개를 책상에 쳐 박고 건성건성 보고서를 넘겨보는 태진. 앞으로 이 불편한 모임을 계속 해 가야 한다는 생각에 벌써부터 머리가 아파오기 시작했다.

"그러니까…… 이번 전시회 콘셉트는 '눈동자의 비밀'라는 주제에 맞춰 비밀스럽고 미스터리한 느낌으로 가는 게 좋을 것 같습니다. 전시회장은 3층 대연회장을 쓰고요……. 입구와 바닥을 어두운 갈색으로 통일하고 무거운 소재의 패브릭을 사용해 전체적으로 동굴 느낌을 주면 좋을 것 같습니다."

진땀이 흘렀다. 전시회 콘셉트에 대해 발표를 하는데 아무도 앞을 바라보지 않았다. 기태와 연호, 태진 세 남자는 말없이 회의실 의자에 앉아 팔짱을 끼고 서로를 노려볼 뿐이었다.

"그리고 첫날 전시회 오프닝 파티 초청 명단은 주 작가님과 권 실장님 쪽에서 각각 10명씩 보내주시고요."

이 남자들 대체 뭐 하자는 건지.

"음료 브랜드인 까페루네, 여성복 미스틱 미스티와의 콜라보레이션은 태한기획 아트사업실 배성희 차장님과 강성조 과장님, 그리고 2팀의 이태진 씨가 맡아서 진행하겠습니다."

스크린을 비추고 있던 빔 프로젝트를 끄자 회의실이 순식간에 캄캄해졌다. 그제야 세 명의 남자가 앞에 선 나현을 바라보았다.

"그렇게 인상 쓰고 있으면 답이 나오나요? 제 PT 듣고 계신 거 맞죠?"

"그럼요. 듣고 있죠."

태진이었다.

"아주 훌륭하네요."

기태였다.

"뭐 흠잡을 데가 없어요. 그대로 진행하면 좋을 것 같네요."

연호였다.

한숨이 절로 나왔다. 전시회에는 별다른 관심 없이 다른 꿍꿍이가 있어 보이는 이 세 남자와의 앞으로가 걱정됐다. 그림은 참 좋았다. 셋이 함께 있는 모습은 잡지 화보 촬영 중이라 해도 무방할 정도였다. 하지만 연호와 태진은 그렇다 쳐도 왜 갑자기 기태가 불쑥 이 일에 끼어든 것일까. 에단 주의 작품 콜라보레이션을 태한기획에서 하기로 했다니……. 불과 일주일 전만 하더라도 전혀 듣지 못한 이야기였다.

게다가 이틀 전 비 오는 날 기태의 집에 갔을 때도 에단 주의 전시회 기획에 대해서는 한 마디 언급조차 없지 않았나. 모르는 척 시치미를 떼고 있는 모습을 보니 슬그머니 화가 치밀어 올랐다. 제법 가까워졌다 생각했는데 아닌 모양이었다. 이틀 전에는 자신이 오해할 법한 말과 행동을 늘어놓더니 오늘은 또 예전 그대로. 깔끔하게 빗어 넘긴 머리와 완벽한 정장차림에 무표정한 얼굴은 다시 무장한 예전의 기태로 되돌아 간 것 같아 멀게만 느껴졌다.

"오늘은 킥오프니 일단 이 정도 설명만 드리는 걸로 끝낼게요. 기획안 작성은 여기 있는 이태진 씨와 제가 진행할거고. 주 작가님과 권 실장님께는 곧 기획안으로 보고 드릴게요."

나현이 싸늘하게 마지막 말을 내뱉으며 회의가 끝났음을 알렸다. 잠시 방안에 머뭇거림이 일었으나 태진은 자리에서 일어나 말도 없이 회의실을 나가버렸다. 기태는 여전히 자리에 앉은 채였고, 연호가 테이블 위의 노트북과 자료들을 정리하고 있는 나현을 향해 다가왔다.

내가 다시는 이런 모임 하나 봐라.

"오늘 몇 시에 끝나요?"

"글쎄요. 작가님 전시회 기획 초안 바로 작성해야 하니 야근해야 할 테고. 9시나 10시쯤이요?"

"엑. 그렇게 늦게 끝나요?"

"제 야근의 원인이 되시는 분이 무슨 말씀이세요?"

속아서 억울한 기분이 남은 모양인지 말이 곱게 나오지 않았다.

"아. 그런 건가?"

"그런데 왜요?"

"사실 이 근처에 볼일이 있어서. 볼일 끝나면 나현 씨랑 저녁이나 먹고 같이 집에 들어갈까 했죠."

충분히 오해의 소지가 있는 말이었다. 아직 테이블에 기태가 앉아 있었기에 괜시리 마음이 뜨끔했다.

"그렇게 말하면 다른 사람이 오해해요. 같이 집에 들어가다니요. 옆집 일 뿐이잖아요. 그리고 저 오늘 야근이라 저녁은 중국집에서 짜장면이나 시켜 먹을 건데요?"

당황한 나현이 목소리를 높였다.

"다른 사람이 오해하다니요. 지금 여기 권 실장님 밖에 없는데. 뭘 그렇게 변명해요?"

얼굴이 달아올랐다. 명백하게 기태를 의식하고 한 말이라는 게 티가 났다.

"그…… 그게 아니라!"

그때였다.

"됐습니다. 제가 방해가 되는 모양이군요. 그럼……."

자리에서 일어난 기태가 고개를 까딱 숙여 인사하고는 회의실을 빠져나갔다.

"뭐예요! 괜히 분위기 이상해졌잖아요! 제 고객인데 괜한 오해될 말은……."

"오해 아닌데."

"네?"

"나 정말 나현 씨한테 데이트 신청하는 건데."

"네에?"

"나현 씨는…… 날 알아보지 못했지만. 난 바로 알아봤어요. 저번 생에는 제가 조금 늦었지만 이번에는…… 그렇게 어이없이 놓치고 싶지 않아요."

시종일관 장난스러웠던 연호의 눈빛이 진지해졌다.

'나현 씨도 나한테 물어볼 얘기 있잖아요. 전생에 대한 기억들. 내가 누구인지. 어디까지 기억하고 있는지. 알고 싶지 않아요?'

그 말에 덜컥 데이트 신청을 승낙해버렸다. 한번은 진지하게 물어보려 했으나 얼결에 연호의 페이스에 휘말려 버렸다. 머릿속으로 어떤 질문을 무슨 순서로 물어야 하나 정리를 하며 탕비실 문을 열었을 때였다.

"왜 이렇게 늦게 와?"

탕비실 안에는 태진이 손에 커피 잔을 들고 서 있었다. 예상치 못했던 만남에 다리가 얼어붙었다. 어색한 공간에 들어가야 하나 망설여졌다. 태진은 그런 나현을 향해 천천히 다가오더니 다른 손에 든 커피 잔을 건넸다.
"아……. 고마워."
어색하게 커피 잔을 받으며 나현이 눈길을 피했다. 보현이 죽은 이후 태진과 제대로 얘기를 나눠 본 적이 없었다. 완전히 변해버린 그를 받아들이기엔 충분한 심적 여유가 없었다.
아니, 오히려 태진이 자신을 밀어내고 있으니 나현으로써는 다시 한번 더 손을 내밀었다 상처받고 싶지 않았다. 게다가 낮에 해문이 했던 말도 신경 쓰였다. 태진은 오랜 친구가 아니라 3개월 전 불쑥 친구라는 이름으로 자신의 삶에 나타난 인물이라는 것. 나현은 커피나 빨리 마시고 나가야겠다는 마음으로 뜨거운 커피 잔을 입술에 갖다 댔다.
"저기……."
어색한 침묵이 감도는 가운데 태진이 먼저 입을 열었다.
"……."
"음……."
태진은 선뜻 말이 나오지 않는 모양인지 잠시 머뭇거렸다.
"왜……?"
"미안해…… 너한테 못되게 굴어서."
"응……?"
"보현 씨 죽고 나 한동안 너한테 차갑게 굴었잖아."
"……너도 얼마나 힘들면 그랬겠어."
"그래도 너한테 그렇게 하는 거 아니었어……. 내 감정 내가 못 추스르고 너한테 화풀이 한 거 미안해. 너랑 어색해지는 거……, 생각보다 너무 괴롭더라."
얼굴에는 미안함이 가득했다. 두 눈에는 예전 나현이 알던 장난기가 서려있었다. 갑자기 모든 게 와르르 무너져 내렸다. 분신과 같았던 언니의 죽음과 두 번이나 연이은 살해 위협. 그럼에도 하루하루 일상을 보내야만 하는 현실. 그 사이에서 팽팽하게 잡아 당겨진 긴장의 끈이 태진의 장난기 어린 미소를 보는 순간 툭 하고 끊어져 버렸다.

언니가 죽었어도 밥은 먹어야 했다. 언니가 죽었어도 보고서는 써야 했다. 매일 밤 침대에 누워 소리 죽여 울어도 다음날 말짱한 얼굴로 출근해야 했다. 가슴 한 구석은 그리움과 상실감에 썩어 문드러져 가도 누군가와 농담도 하고 웃어야 하는 일상이 무겁고 버거웠다. 그런데 같은 아픔을 공유하는 태진 앞에서 그동안 참아왔던 감정이 일순간에 폭발하고 만 것이다.

"개자식! 나쁜 새끼!"

나현이 테이블에 커피 잔을 탁 소리 나게 올려다 놓았다.

퍽, 퍽!

그리고는 주먹으로 태진의 가슴을 마구 때렸다. 두 눈에 눈물이 금세 차올랐다. 한번 터져 나온 서러움은 제어가 되지 않았다.

"진짜 나쁜 새끼."

"아야야야……. 아파."

태진은 양 팔로 나현의 주먹을 막으며 아파 죽겠다는 시늉을 했다.

"그래! 네가 잘못했어! 언니 죽고 나 누군가에게 두 번이나 끔찍한 일 당하면서 얼마나 힘들었었는데……. 넌 예전 같지도 않고……."

"미안해……."

주먹세례가 점점 느려지자 태진이 가만히 나현의 양 손목을 잡았다.

"흐……윽……. 흑……."

나현이 기어이 서러운 울음을 토해내기 시작했다. 지긋지긋했다. 갑자기 몰아닥친 불행만으로 벅찬데, 주위에 있는 사람들 중 누군가가, 더군

다나 단짝을 시함이라고 의심하는 상황이 너무나 괴로웠다.

"아야, 너 왜 울고 그래! 여기 회사라고! 안 그래도 주위 사람들이 너랑 나랑 사귀냐 의심하고 그러는데. 네가 울면 내가 울린 줄 알거 아냐!"

"네가 울린 거지! 네가 울린 거 맞잖아! 엉어엉……. 나쁜 노옴……."

어깨를 토닥이는 손길이 한없이 다정했다. 태진이 나현의 어깨를 끌어안았다. 익숙하면서도 편안한 품이었다.

"미안해. 나현아. 정말 미안해……."

나현이 한참을 우는 동안에도 태진의 사과 소리는 끊이지 않았다. 이제야…… 이제야 겨우 원래의 태진이 돌아온 것이다.

네온사인이 번쩍이는 화려한 종로 거리는 아직 깊은 밤도 아니었건만 술에 취해 흥청거리는 사람들로 북적였다. 나현은 거대한 빌딩 숲 사이에서도 가장 높이 솟은 제이스 빌딩을 바라보았다. 그곳의 35층 스카이라운지가 연호와 만나기로 약속한 장소였다. 때마침 핸드폰이 울렸다. 기다리고 있는 연호의 전화인가 싶어 핸드폰을 꺼내 보았던 나현이 인상을 찌푸렸다. 액정 위의 반갑지 않은 이름 때문이었다.

[백지상]

한참을 울리던 전화가 조용해지더니 이번에는 메신저 알림이 울렸다.

[제발…… 전화 좀 받아주라. 나도 사정이 있었어. …….]

나현은 장문의 문자를 다 읽지도 않고 삭제 버튼을 눌렀다. 이런 남자였던가. 한 번 실망하고 나니 자꾸 안 좋은 것들만 눈에 보였다.

지상을 처음 만난 건 3개월 전이었다. 행정팀 직원인 민수진 씨의 결혼식에서였다. 신랑 측 친구였던 지상은 누가 보기에도 훤칠하고 잘생긴 남자였고 나현은 묘한 익숙함에 식이 진행되는 내내 그에게 눈길이 갔다.

일주일 후 그다지 친하지 않았던 민수진이 소개팅을 해보지 않겠냐고 물어왔다. 그리고 소개팅 자리에서 만났던 사람이 바로 지상이었던 것이다. 나중에 알고 보니 지상이 결혼식장에서 본 나현을 소개해달라고 수진에게 부탁해서 만든 자리였다고 한다.

어쨌건 성형외과 의사라는 직함에 깔끔하고 스마트한 외모, 세련된 매너는 나현의 관심을 끌기에 충분했고 그의 열렬한 구애에 만난 지 일주일 만에 초고속으로 사귀게 되었다. 하지만 마냥 핑크빛 찬란하리라 생각한 시간은 그리 길지 않았다. 서로를 잘 알지 못한 채 시작했고, 사귀고 나서는 알아갈 시간도 충분하지 않았다. 그는 항상 바빴고 나현에게 자신의 모든 상황을 털어놓진 않았다. 분명 처음 느꼈던 감정은 호감이었지만 그 감정이 지리멸렬함으로 바뀌는 데에는 그다지 오랜 시간이 걸리지 않았다.

아무리 그래도 이렇게나 마음이 빨리 식을 줄이야.

왠지 모를 허탈함에 나현은 입안이 씁쓸했다. 언제부터였더라……? 기억을 떠올려보니 생일 무렵이었다. 여러 가지 사건이 연이어 터지면서 지상에 대한 감정 역시 완전히 식어버린 것이다.

어느덧 발걸음이 빌딩 출입문 앞에 멈춰 섰다. 머릿속을 털어내는 것이 나으리라. 자신에겐 지금 지상까지 신경 쓸 여력 따윈 없었다. 오늘 연호의 입을 통해 듣게 될 이야기가 훨씬 더 중요했으니.

엘리베이터가 열리자 35층 스카이라운지가 한눈에 펼쳐졌다. 데스크에 예약자 이름을 얘기하자 직원이 가장 안쪽에 위치한 룸으로 안내했다. 문을 열자 창밖으로 무수하게 흩뿌려진 불빛을 감상하던 연호가 나현을 향해 활짝 웃어 보였다. 연호가 제멋대로 우겨서 만든 약속. 하지만 그가 그리 밉거나 귀찮지 않은 걸 보니 그것도 참 재주라면 재주라는 생각이 또 다시 들었다.

"이런데서 식사 하자고 한 건지 몰랐어요."
"아무렴 첫 데이트인데요. 배고프죠? 뭐 먹고 싶어요? 여기 랍스타 곁든 송아지 스테이크 죽이는데."
"그럼 그걸로 할게요."
벨을 호출해 메뉴판을 보며 이리저리 주문하는 그는 살짝 들뜬 것처럼 보였다. 그 모습마저 익숙해 연호도 불과 3개월 전 자신의 인생에 불쑥 끼어든 남자 중 하나라는 게 도무지 실감 나지 않았다.
"와. 여기 진짜 분위기 좋죠? 우리 샴페인도 시킬까요?"
나현이 고개를 절레절레 흔들었다. 연호의 얼굴이 잠시 실망감이 스쳤다.
"오늘은 그냥 이렇게 앉아서 그림 얘기도 전생 얘기도 하지 말고 재밌는 얘기만 하고 싶은데……. 나현 씬 지금 그럴 여유가 없어 보이네요."
부드러운 목소리에 야속함이 섞여 있었다.
"나 그렇게 비장한 얼굴이에요?"
속내를 들킨 것만 같아 나현은 미안한 마음이 들었다.
"아니요. 그거 알아요? 나현 씨 처음 봤을 때 제가 무슨 생각했는지."
나현이 피식 웃었다. 연호를 처음 봤을 때 자신은 잠에서 막 깨어난 상태였다. 울다 일어났으니 통통 부은 맨얼굴에 부스스한 잠옷차림에, 꼴이 아주 볼만 했을 테다.
"안 해도 알아요. 꼴이 아주 가관이었죠."
"여전히 예쁘구나. 여전히 사랑스럽구나. 어떻게 변하지도 않는지."
장난스레 넘기려 했으나 연호의 눈빛이 진지해졌다.
"여전히……요?"
말하자면, '여전히'라는 말을 쓸 정도로 당신은 어떻게 이미 나에 대해 알고 있는 건지 얘기해 달라는 뜻이었다.

"안 하면 안 되나? 오늘은?"

연호가 눈웃음을 지으며 말했다.

"그 얘기 핑계로 다음번에도 다다음번에도 데이트 하자고 조르면 나현 씨가 들어줄라나?"

"전……."

"그렇게 곤란한 표정 짓지 말아요. 나도 아니까. 내가 이러는 거 나현 씨 입장에서는 갑작스럽겠죠. 그저 옆집 남자일 뿐인데……. 같이 밥도 먹고 위험에 처한 것도 몇 번 도와주긴 했지만."

"연호 씨가 그저 옆집 남자가 아니란 거 알아요."

그렇지 않으면 그를 보고 느낀 편안하고 친근한 감정이 설명이 되지 않을 테니까. 처음 볼 때부터 익숙했다. 기댈 수 있고 의지가 되어주는 사람이라는 확신도 있었다. 연호와 함께 있으면 포근한 이불에 감싸인 느낌이었다.

"아마도 제게 굉장히 중요한 사람이었겠죠……?"

"그렇게 말해주면 굉장히 고마워할 거예요."

누가……?

"이현이요."

이현……. 심장이 두근두근 거렸다. 그가 이현이라면 이 친근하고 편안한 감정의 실체도 이해할 수 있었다. 짐작이 맞았다.

"저…… 정말이에요? 연호 씨가?"

"네. 맞아요."

"어떻게 알았어요? 연호 씨도 어린 시절부터 꿈을 꿨나요? 전 10살 때까지의 기억이 없어요. 제 어린 시절을 기억하는 큰고모님은 10살 이전까지 전 다른 사람이었대요. 설화라고 하며 누군가가 절 죽이러 온다고 했대요."

"……."

"그리고 10살 생일 이후로 완전히 변해버렸어요. 더 이상 제 자신이 설화라고 하지 않았지만 모든 기억을 잃었대요. 그때부터였어요. 줄기차게 전생의 꿈을 꾼 건. 막연하게 꿈에 나오는 여자가 나일지도 모른다는 생각은 했지만 전생에 어떤 일이 있었는지 알게 된 건 불과 얼마 전이었어요. 목이 졸린 이후."

이현이라는 사실을 알자마자 나현이 속사포처럼 이야기를 토해냈다. 아무에게도 말하지 못한 자신의 이야기. 같은 것을 공유하는 사람을 만나자 오랫동안 쌓여온 말들이 봇물 터지 듯 터져 나왔다.

"나현 씨는 그 사건 이후로 전생에 대해 각성을 했지만……. 난 어린 시절부터 쭉 이현이었고 주연호였어요. 한 번도 전생에 대한 기억을 잃어 본 적이 없어요. 어린 시절부터 난 이현이 환생한 존재라는 걸 알고 있었거든요."

"어떻게요?"

"지금까지 두 개의 기억을 가지고 두 개의 삶을 살아왔거든요."

"두…… 두 개의 삶이요? 어떻게 그게 가능해요? 받아들이기 쉽지 않았을 텐데……."

"정체성이 생길 무렵에는 힘들었죠. 다른 사람들과 달랐으니까. 이상한 말을 해대니 주위에서 걱정도 많이 했어요. 하지만 근본적으로 내가 누구인지 알 수 없었다는 게 가장 힘들었던 것 같아요. 하지만 어느 순간부터는 받아들이게 되더군요. 제가 이현이 환생한 존재라는 걸."

연호는 담담하게 지나온 이야기를 풀어냈다. 아무렇지 않게 얘기하고 있었지만 그가 얼마나 힘들게 살아왔는지 짐작하고도 남았다.

"그런데 나현 씨 그거 알아요? 제가 이현의 환생체라는 걸 받아들일 수 있었던 가장 큰 이유가 뭔지."

"뭔데요……?"

"단순히 전생의 기억이 남아있다. 그리고 그 기억이 매우 생생하다. 그런 문제 따위가 아니었어요."

"그러면요?"

"내 자신이 이현이라는걸 받아들일 수밖에 없었던 가장 큰 이유는…… 기억뿐만이 아니라, 이현이 가지고 있던 욕망, 의지, 감정까지 고스란히 남아 있었기 때문이에요. 그래서…… 그랬기 때문에 난 정말 이현이었어요."

"……"

"그리고 이현의 가장 큰 의지는……."

연호가 고개를 들어 가만히 나현을 응시했다. 고통에 찬, 아니 어쩌면 의지에 찬 눈동자였다.

"설화를 지켜내는 것이었어요."

"설화……. 저의 죽음이요?"

연호가 고개를 끄덕였다.

"그럼…… 옆집으로 이사 온 것도……."

"맞아요. 이현은 수많은 환생을 거듭하면서 기억을 잃은 적이 단 한 번도 없어요. 매번 설화가 누군가에게 살해당하고 다시 환생하는 걸 지켜보았죠. 설화의 죽음을 막으려 했지만 번번이 실패했어요. 설화가 수십 번이고 죽는 걸 지켜볼 수밖에 없었어요. 이번에는 반드시 설화의 죽음을 막아야 한다, 그게 이현의 가장 큰 의지입니다."

"그러면 지금까지 쭉 절 찾아왔던 거예요?"

목소리가 떨렸다. 가슴 가득 물기 같은 것이 촉촉하게 차오르기 시작했다.

"……네. 참 오래 걸렸죠? 27년이 걸렸으니."

가슴이 먹먹해져왔다. 따뜻한 게 퍼지는 듯싶더니 결국 눈물이 되어 왈칵 쏟아져 나왔다.
"왜 울고 그래요! 울라고 한 말 아닌데."
연호가 허둥지둥 손수건을 꺼내더니 다정하게 눈물을 닦아주었다. 27년. 아니 거듭한 환생까지 더한다면 천 년을 자신만을 위해 살아온 사람이 있었다.
사랑……하는구나. 이현은 설화를 가슴 사무치게 사랑하는구나……. 이 긴 세월 앞에서 그가 가진 감정의 무게가 가늠조차 되지 않았다.
"고마워요……. 그리고 미안해요……. 늦게 알아봐서."
"난 다른 말이 더 듣고 싶은데."
장난스럽게 웃는 모습에 가슴 한 구석이 아려왔다.

송아지 스테이크는 연호의 말대로 아주 훌륭했다. 하지만 나현은 아무런 맛도 느낄 수 없었다.
"왜 그렇게 잘 못 먹어요? 입맛에 안 맞아요?"
"아뇨. 맛있어요. 그냥 입맛이 별로 없네요. 소화가 안 될 만큼 많은 얘길 들었더니."
실제로 속이 더부룩했다.
"연호 씨가 얘기했었죠? 설화는 천 년 동안 환생을 거듭하면서 계속 시함에게 살해당했다고요. 전 매번 어떻게, 그리고 언제 죽었나요?"
나현은 진지하게 들을 준비가 됐다는 듯 포크를 내려놓았다. 제일 듣고 싶지만 선뜻 튀어나오지 않았던 질문. 계속 곁에서 지켜본 연호라면 답을 알고 있을 것이다. 그가 한꺼번에 많은 이야기를 하는 것을 주저하고 있다는 사실은 알고 있었다. 나현이 전생의 기억을 되찾고 괴로워했던 것을 바로 옆에서 지켜본 게 연호였으니.

"고려에서 설화는 17살 때 죽었어요. 환생하고 난 이후에는 30대에 죽은 적도 있고 40대에 죽은 적도 있었지만 한 가지 공통점은 있었어요."

"무슨 공통점이요?"

"완전히 환생하고 나서…… 17살이 되었을 때. 바로 설화와 같은 나이가 되었을 때 죽었다는 거죠."

"완전한 환생?"

"네. 나현 씨 10살 때까지 기억이 없다고 했죠. 그리고 10살 때까지 나현 씨는 다른 사람이었다고 했죠. 나현 씨는 10살 때까지 설화였을 거예요. 10살을 기점으로 나현으로 환생 한 거죠."

"그러면…… 환생하고 나서 17살이니……."

순간 소름이 돋았다. 테이블 위에 올려놓은 손이 미세하게 떨렸다.

"이번 생에는 27살……이군요."

목소리가 탁하게 갈라져 나왔다. 두 번의 살해 위협은 허상이 아니었다. 막연한 두려움이 생생한 실체가 되어 목을 조르는 느낌이었다.

"연호 씨는…… 제 살해범을 알 수 없나요? 알아보지 못하나요?"

연호가 고개를 저었다. 자신을 원망하는 듯한 고통스러운 얼굴이었다.

"안타깝게도. 난 설화가 죽기 전에는 살해범을 알아보진 못해요. 하지만 환생하고 나서 17살이 될 무렵 항상 당신 주위에는 전생과 관련된 사람들이 나타나기 시작했어요. 나도 그 중 한 명이고요."

"……."

"아무리 당신을 조금 더 일찍 찾아보려 노력해도 그 보다 먼저 찾을 순 없더군요. 매번 그랬어요. 17년째가 가까워 오면…… 기적처럼 찾아지더군요. 살해범도 아마 같을 거예요. 최근에 나현 씨 주위에 나타났던 남자 중 하나 일 가능성이 커요. 그래서 그 그림도 그린 거예요."

"그 그림이라면······."

"시함이 설화를 칼로 내리치는 그림."

"아······."

기태에게 잘못 가져간 그림이었다.

"나현 씨가 그 그림을 잘못 가져갔다는 얘길 들었어요. 좀 난감했죠. 실은 나현 씨를 놀래게 하려던 게 아니라 살해범에게 경고하기 위해서 그렸던 그림인데."

"경고라니요?"

"아까 얘기했던 대로 살해범은 나현 씨 주위에 나타났던 남자 중 하나일 가능성이 커요. 그렇다면 이번 제 전시회에 나타날 확률도 크죠. 그때를 대비해서 그 그림을 전시회에 전시할 계획이었어요. 전생을 똑똑하게 기억하고 있고 당신을 알아보고 있다고 경고하기 위해서죠."

이렇게까지 준비하고 있는 줄 상상도 하지 못했다.

"무······ 무서워요. 주위에 있는 사람들 중 하나가 제 목숨을 노리고 있다는 게."

"최근에······ 주위에 나타났던 남자들이 없나요?"

"최근이라면······."

"나현 씨가 27살이 된 올해를 기준으로 해두죠. 생각나는 사람 없어요?"

해문이 했던 말과 같았다. 최근 자신의 주위에 나타난 남자. 그때 누구를 손꼽았더라.

그래. 연호, 기태와 태진 그리고 지상이었다.

* * *

침대에 누웠지만 쉬이 잠이 오지 않았다. 이불 속에 누워 한참을 뒤척였으나 정신은 오히려 또렷해져만 갔다. 나현은 작게 한숨을 쉬며 머릿속을 온통 점령한 연호의 모습을 떠올렸다. 레스토랑에서 식사를 마치고 둘은 함께 오피스텔로 돌아왔다.

'오늘 고마웠습니다. 저녁식사도, 이야기도요.'

'에이. 말로만 고마워요?'

연호가 장난스럽게 한쪽 뺨을 내밀었다. 나현이 픽 웃으며 들어가라고 어깨를 떠민 순간, 그가 나현의 어깨를 붙잡고 이마위에 키스를 했다.

'이번에는 다를 거예요.'

나현은 자신의 이마를 손으로 감싸보았다. 연호의 마음 아니, 이현의 마음. 천 년이라는 시간의 무게를 짊어진 그의 마음이 느껴졌다. 설화를 따라 환생을 반복하면서 얼마나 수많은 절망과 안타까움에 좌절했을지……. 나현은 제 가슴에 가만히 손을 갖다 대었다. 일정한 속도로 심장이 뛰고 있었지만 그는 아직 다정하고 편한 사람. 그저 그뿐이었다.

그때 침대 옆 협탁 위에 올려둔 핸드폰이 울렸다. 메시지 수신 알람이었다.

이 밤에 누가…….

스탠드 조명을 켜고 핸드폰을 켰다. 기태였다.

"권 실장님?"

[늦은 밤에 미안하지만 생각할수록 기분이 나빠 연락드립니다. 나현 씨 이런 사람이었습니까? 그림 찾아달라는 제 의뢰를 최우선적으로 해달라고 말씀드렸죠. 그런데 에단 주 전시회 기획 덜컥 맡아 버리는 건 뭡니까? 전 나현 씨 부탁으로 그림 도둑 잡는 일까지 손수 도와주려 했습니다. 이 일 빨리 끝내고 싶어서요. 그런데 도대체 무슨 생각으로 전시회를 맡은 겁니까? 생각이 있긴 한 겁니까?]

"뭐야. 이 야밤에……."

이 무슨 해괴한 소리인가. 기가 막혔다. 자기야 말로 에단 주 전시회에 대해 한 마디도 꺼낸 적 없으면서. 게다가 뭐? 손수? 이 일을 빨리 끝내고 싶어? 낮에 회의실에서 내비쳤던 기태의 차가운 태도까지 합세해 서운한 감정이 순식간에 몰려왔다. 나현은 감정을 억누르며 핸드폰 문자판을 꾹꾹 눌러 답장을 했다.

[죄송합니다. 실장님. 실장님이 부탁하신 일을 제가 뒤로 미뤄놓은 것 같이 느끼셨다면 그건 제 불찰입니다. 아시겠지만 저희 전시기획팀에서 하는 업무는 매우 다양하고 과중합니다. 한 사람이 한 가지 일에만 집중하면 좋으련만 회사 사정상 그럴 수 없는 입장입니다. 실장님이 부탁하신 일을 최우선적으로 처리하도록 노력하겠으니 마음 푸세요.]

핸드폰을 내려놓고 다시 누우려니 잠시 뒤 답장이 왔다.

[그 말은 에단 주의 전시회 기획을 계속 하겠다는 겁니까?]

[네. 맞습니다. 에단 주 전시회도 저희 갤러리의 매우 중요한 사업 중 하나예요.]

한 동안 문자가 울리지 않았다.

"할 말이 없나보지? 아우 진짜. 이 화상."

다시 침대에 누우려는 순간 문자가 울렸다.

[하지 마세요.]

이게 무슨 소리지?

[무슨 말씀이세요. 실장님. 하지 말라니요?]

[에단 주 전시회 기획에서 나현 씨 빠지란 얘깁니다.]

기태가 못을 박았다.

"아아아악! 이 사람 진짜 이 야밤에 열통 터지게 왜 이래?"

잠이 확 달아났다. 대체 이게 무슨 말도 안 되는 투정인가 싶었다. 그렇게 설명을 했건만 씨알도 안 먹혔다. 핸드폰 번호는 괜히 가르쳐줬다. 이렇게 야밤에 사람 속을 뒤집어 놓을 줄 알았다면 가르쳐 주는 게 아니었다.

[실장님……. 제가 좀 전에도 충분히 말씀드렸잖아요. 저희 갤러리의 중요한 사업 중 하나라고요. 실장님이 섭섭하게 느끼셨다면 정말 죄송해요. 별장에 어울리는 그림 구해오라고 시키신 일. 정말 차질 없이 진행할게요. 최우선적으로요. 그러니 너무 걱정 마세요.]

나현은 다시 한 번 더 구구절절하게 설명했다.

[아뇨. 싫습니다. 하지 마세요.]

[이 일이 실장님이 싫다고 막 못하고 하는 게 아니라니까요.]

[지금 나현 씨가 누구한테 제일 잘 보여야 할지 잘 판단하길 바랍니다.]

[지금 저 협박하시는 거예요?]

[협박이 아니라 충고입니다.]

[충고는 제3자가 하는 거구요. 키를 쥐고 있는 사람이 하는 건 협박이죠.]

[지금 얼굴 안 보고 얘기하는 거라고 막말하는 겁니까? 이젠 내가 아주 만만한가 봅니다?]

[실장님이 지금 억지를 부리고 계시잖아요. 뻔히 제 사정 아시면서 어떻게 이렇게 생떼를 부리세요?]

[생떼라니요!]

[그러면 제가 에단 주 전시회 기획에서 빠져야 할 이유를 설명해 보시라고요!]

핸드폰이 잠잠 했다. 답장이 없었다. 어라……? 이긴 건가? 얼떨떨한 기분이 들었다. 하긴 기태의 입장에서는 자신이 에단 주 기획전에서 빠져야 할 이유를 선뜻 댈 수 없을 것이다. 약간은 찜찜한 마음으로 다시 침대에 누우려 하는데 또다시 메시지 알람이 울렸다.
 아우. 정말 징글징글한 인간.
 핸드폰을 열었다. 이 인간이 정말……!
 [그냥 싫.습.니.다!]
 머리 뚜껑이 텅하고 열리는 소리가 들렸다.

6. 숨길 수 없는 사랑

출근하는 인파로 북적이는 지하철 역사 계단을 나현이 성난 발걸음으로 오르고 있었다. 손에 쥔 핸드폰에서는 문자가 끊임없이 울려댔다. 심각한 얼굴의 나현이 전투태세로 핸드폰을 열었다. 어젯밤부터 오늘 아침까지 핸드폰 상에서는 처절한 혈전이 벌어지고 있었다.

[안 된다고 몇 번을 말씀드려요. 진짜 입이, 아니 손가락이 아플 지경이라고요. 게다가 저 지금 지하철 계단 올라가고 있는데 이러다가 계단에서 구르기라도 하면, 실장님이 책임지실 거예요?]

[까짓거 책임지죠 뭐. 그리고 이렇게 화창한 아침부터 왜 그렇게 성질을 내십니까? 이마에 주름 생겨요.]

[이게 다 실장님 때문이잖아요. 하루사이에 십년은 늙은 거 같아요. 제 아이크림 값 물어내라고요.]

[그거야 백 번도 더 물어낼 수 있죠. 기획전에서 빠지겠다고 약속 한

다면.]

[재벌이 왜 그렇게 쪼잔해요? 아이크림 그거 얼마나 한다고.]

[재벌이라고 돈 펑펑 쓰는 줄 아십니까? 푼돈 아까운줄 알아야 큰돈도 굴릴 줄도 아는 겁니다.]

대화는 산으로 간지 오래였다. 대화의 목적은 이미 저 멀리 가버리고 티격태격하는 말장난만이 남았다. 씩씩거리며 화난 듯 포장해 문자를 보냈지만 실상 그렇지 않다는 건 두 사람 다 알고 있었다. 낯선 설렘에 가슴이 간질거렸다.

[어머. 지금 푼돈이라고 인정했으면서 그거 나한테 쓰기 싫다고 하는 거죠? 진짜 너무하시네. 그동안 제가 실장님 때문에 고생한 게 이만저만이 아닌데.]

[고생한 게 뭐 있습니까? 별장 와서 차 마시고 그림 구경한 게 다면서.]

[몸 고생만 고생인 줄 아세요? 마음고생은요! 그동안 얼마나 마음고생이 심했는데…….]

그러고선 핸드폰이 한동안 잠잠했다. 흐음 편해졌다고 너무 막 나갔나……. 제가 한 말이 다소 무례했는지 확인하기 위해 지난 대화를 훑어보고 있을 때였다.

딩동. 다시 핸드폰 문자 알림이 울렸다.

[그동안 차갑게 굴었던 건 미안합니다.]

어라……?

연이어 문자가 도착했다.

[그런데 말입니다.]

더디게 오는 문자에서 망설임이 느껴졌다.

[나현 씨는 날 참 나답지 않게 만드는군요. 제가 점점 이상해집니다.]

두근. 또 심장이 크게 울렁거렸다.
딩동. 다시 문자 알림이 울렸다.
[오늘 끝나고 약속 있습니까?]

정신없는 하루였다. 전시기획1팀 사무실에 벼락이라도 친 듯싶었다. 쉴 새 없이 울려대는 전화에, 관장님 호출에, VIP 고객 방문에. 모두가 눈코 뜰 새 없이 바빴다.
"아우우……. 허리야. 왜 이래? 오늘 무슨 날이야? 다들 오늘로 날이라도 받은 거야? 어째 전부 일 시키는 사람들마다 '오늘까지 꼭요.' '오늘까지 부탁해요.'라는 거니?"
미진이 퉁퉁 부은 다리를 주무르며 투덜거렸다.
"그러게 말이에요. 다들 오늘까지 꼭 하기로 새끼손가락 걸고 약속이라도 했나 보죠."
산더미 같은 서류철을 낑낑대고 옮기며 해문이 맞장구쳤다. 나현도 책상 앞에 놓인 서류 더미를 보며 크게 한 숨을 쉬었다. 관장님께 제출해야 할 에단 주 전시회의 세부 기획안, 지지난달 있었던 오백흔 작가 전시회 판매 현황 자료와 성과 보고서, 신진 작가 최나래의 작품 가격 변동 추이 보고서까지……. 갤러리에 입사하면 그림 구경은 질릴 때까지 할 수 있으리라 생각했지만 그림보다 더 먼저 질린 건 보고서였다. 하지만 눈앞에 있는 보고서 따위보다 더 큰 문제가 똬리를 틀고 있었다.
권기태 실장. 난데없는 오늘 만나자라니. 데이트……라고 해도 좋으려나? 어찌됐건 무슨 핑계건 그쪽에서 아무 이유 없이 만나자고 했다.
[오늘 끝나고 약속 있습니까?]
[아뇨, 없어요.]
[그럼 좀 봅시다.]

[시키신 일 때문이세요? 아님 에단 주 전시회 때문에?]

[아뇨. 꼭 이유가 있어야 보나요. 갤러리로 데리러 갈게요.]

[네? 실장님. 무슨 일이신데요?]

그러고선 여태까지 답문이 없었다. 상대는 만만치 않은 인물이었다. 만남의 목적을 알 수 없으니 방비도 불가능했다. 무방비로 나갔다 된통 당한 적이 어디 한두 번이었나.

그래도…… 최근 둘 사이의 분위기가 많이 부드러워졌다. 아니, 자신에게 솔직하자면 부드러워진 것 이상이었다. 기태는 때때로 착각할 만한 말들과 행동을 했고, 자신도 더 이상 어리지 않기에 그게 무엇을 의미하는지 알고 있었다. 하지만…… 그래서 더 군건한 방비가 필요했다.

"송나! 송나현! 잠깐 나와 봐!"

사무실 밖에서 태진이 다급하게 손짓을 했다.

"왜? 나 지금 무진장 바쁘당."

"잠깐이면 돼."

태진은 한껏 흥분한 상태였다. 나현의 팔을 다짜고짜 잡고 2층 홀을 가로질러 계단을 내려가기 시작했다.

"뭐야. 너 왜 그래?"

"같이 확인할게 있어."

계단을 내려간 태진이 지하 작품보관실로 들어섰다. 그리고는 두리번거리며 주위를 살피고 금고 문을 열었다.

"너 지금 뭐하는 건데."

"가만 있어봐."

금고 안에서 이리저리 무언가를 찾던 태진이 그림 하나를 꺼냈다. 나현이 기태의 집에 잘못 가져갔던, 시험이 설화를 칼로 내리치고 있는 그림이었다.

"이거 에단 주 그림 맞지?"
"응. 맞아."
"죄다 초상화인데. 이것만 다르더라."
"……."
"그런데 이걸 봐."
태진이 그림 아래 작가 서명을 가리켰다.
'E.D.'
필기체로 쓰인 영문 이니셜이었다.
"생각나는 거 없어?"
머릿속에 번개같이 생각이 스쳤다.
"보현 씨가 접속한 사이트에서 쪽지 주고받았던 사람 아이디가 ED 아니었어?"

옥상 위 벤치에 앉은 두 사람 사이로 찬바람이 휑하니 불어왔다. 손에 든 캔 커피는 이미 식어 빠진지 오래였다.
"그걸 나보고 믿으라고?"
"믿건 믿지 않건 그건 네 자유야. 나와 보현 언니가 미쳤다고 생각해도 할 수 없어. 받아들이기 힘들겠지 전생이라니……."
"하……. 말도 안 돼. 진짜 말도 안 돼."
"나도 알아. 정말 말도 안 되는 일이란 거. 하지만 사실인 걸 어떻게 해……. 적어도 나한테는 이게 현실인데."
"그럼 보현 씨는…… 전생 때문에 누군가에게 살해당했을지도 모른다는 거야?"
"내 생각에는……."
"보현 씨를 죽인 사람이 널 두 번이나 죽이려 했고. 이 모든 건 전생 때문이다."

대답 대신 고개를 끄덕였다.

"네 옆집에 사는 놈 아니, 주연호 아니, 에단 주도 전생에 너와 얽힌 인물이며 네 죽음을 막기 위해 옆집으로 이사를 왔다. 그리고 살해범에게 경고하기 위해 저 그림을 자신의 기획전에 전시할 예정이다?"

조금은 비꼬는 말투에 울컥했지만 그래. 믿을 수 없겠지.

"전생의 네 이름은 설화였고, 보현의 이름은 여화였다."

"응……."

애써 믿어달라고 다른 사람을 설득할 생각은 없었다. 하지만 말도 안 되는 일이라고 잘라 말하는 태진이 야속한 것도 사실이었다.

"그래. 백번 양보해서 네 말이 사실이라고 치자. 그런데 보현 씨가 사이트에서 마지막으로 쪽지를 주고받은 사람 아이디가 ED이고, 주연호의 작가 서명도 E.D.라는 건 어떻게 설명할래?"

"우……연 아닐까?"

"네 말대로라면 이런 기가 막힌 우연이라는 거, 괜히 생기는 게 아니잖아."

"하지만 연호 씨는 그런 말 없었어. 전생을 기억하는 사람들이란 사이트에 대한 말도, 거기서 언니와 쪽지를 주고받았단 말도."

"그러니까 수상한 거지."

"그럴 리 없어."

"너 너무 순진한 거 아냐? 뭘 믿고 그 사람 말을 백퍼센트 믿는 거야?"

"연호 씨 그런 사람 아니야. 전생에서도 이현은 그런 사람 아니었어."

"바보야. 주연호가 전생의 이현이란 거……. 그거도 그 사람 말 뿐인 거잖아."

"그렇기야 하지만……."
"난 오히려 그 사람이 의심스러운데?"
"뭐?"
태진의 얼굴이 사뭇 심각해졌다.
"그 사람……. 이현이 맞긴 한 거야?"

새삼 보현이 죽기 전 한 말이 떠올랐다.
'위험한 일이 생길지도 몰라. 그리고 너에게 몇 명의 남자들이 접근해 올지도 몰라. 하지만 믿어선 안 돼. 그 누구도. 알겠지?'
'내 말 명심해. 그 누구도 믿지 마.'
아무런 설명도 없이 그런 말을 남기고 죽어버린 보현이 조금은 원망스러웠다. 주위엔 정체를 알 수 없는 살해범이 자신을 노리고 있다. 그런데 주위에는 믿을 수 있는 사람이 없다. 그 사실이 얼마나 끔찍한지 보현이 알았을 리 없었다. 해문은 태진을, 태진은 연호를, 자신은 기태를 의심했다. 누군가를 끊임없이 의심해야 하는 마음 자체가 지옥이었다.
빵! 클락션이 울렸다. 건너편에 검은 차 한 대가 서 있었다. 다가가자 기태가 창문을 열고 외쳤다.
"얼른 타요."
보조석에 올라타니 좌석 시트가 알맞게 데워져 있었고 공기도 훈훈했다.
"왜 나와 있었어요? 날도 추운데."
"어디 구석에 들어가 있음 실장님이 어떻게 알고 찾아오겠어요?"
"핸드폰은 뒀다 뭐합니까. 문명의 이기를 누릴 줄 알아야 현대인이죠."
"네네. 그래요. 전 문명의 이기도 못 누리는 구석기 화석이니까. 그런데 이렇게 섹시한 구석기인은 본 적 없을 걸요?"

장난스럽게 턱을 조금 치켜들었을 때였다. 기태가 고개를 돌려 나현의 코앞에 얼굴을 바싹 갖다 댔다.

"뭐…… 뭐하시는 거예요?"

갑작스런 행동에 나현이 움찔하고 뒤로 물러났다.

"맞네요. 없는 거 같네요."

그러고선 혼자 씩 웃는 게, 이 상황이 퍽이나 웃긴 모양이었다. 이상했다. 아까의 답답한 마음이 어느새 사라져 있었다. 사소한 말장난에 웃고, 웃는 모습에 가슴이 간질거리고, 머릿속에 생각이 사라지는 건…… 이 기분을, 이 느낌을 이미 알고 있었다.

"어디 갈까요? 가고 싶은 곳 있습니까? 먹고 싶은 곳도 좋고."

기태가 운전대를 잡고 시동을 걸었다.

"정말이에요?"

"뭐가 말입니까?"

"오늘은 그냥…… 아무 목적도 없이 절 만나러 오신 건가요?"

"사람 말을 뭘로 들은 겁니까. 그냥 만나러 온 거라고 얘기 했잖아요."

기태가 툴툴거렸다. 처음에는 얼마나 어려운 사람이었나. 이렇게 툴툴거리는 모습이라니. 그때는 감히 상상조차 할 수 없었던 모습이었다.

"실장님. 저, 요즘 되게 우울했었거든요. 언니가 그렇게 죽고 두 번이나 누군가로부터 습격당하고. 잠도 제대로 못 자고 끼니도 제대로 못 챙길 만큼 무섭고 불안했어요. 그런데 어제 오늘 실장님과 문자로 티격태격하는데……."

"그런데요?"

"재밌더라고요. 사소한 일로 투닥거리고 열 내고 하니……. 저한테 닥쳤던 일들이 별 것 아닌 것처럼 느껴지기도 했어요."

"그러라고 한 겁니다."

"네?"
"기분 풀리라고⋯⋯ 어울리지 않는 짓 좀 했다고요."
"실장님이 왜⋯⋯."
"왜겠습니까? 그 조막만한 머리 잘 좀 굴려 보라고요."
기태가 나현의 이마를 손가락으로 쿡 찔렀다.
"아. 그리고 그건 농담 아닙니다."
"뭐가요?"
"에단 주 전시회 기획 빠지라는 거."
나현의 얼굴이 순식간에 구겨졌다.

생각보다 소박한 데이트였다. 기태가 몰고 나온 차는 번쩍번쩍한 외제차도 아니었고, 데려간 식당도 눈 돌아갈 만큼 화려한 레스토랑도 아니었다.
"음식은 입에 맞았어요?"
"네. 특히 국물이요."
"친구네 어머님이 하는 식당이에요. 뭐 비싼 데는 아니지만 몸보신하기엔 딱이죠. 나현 씨 요즘 너무 힘이 없어 보여 특식 대접한 겁니다."
기태가 한강이 내려다보이는 공터에 차를 세웠다. 도시의 야경이 한강물에 반사되어 유리가루를 뿌린 듯 불빛이 울렁였다.
"이런데도 아시고. 실장님 완전 선수시네요."
"선수는 아니고 저 좋단 여자는 발에 채일 만큼 많았죠."
기태가 장난스럽게 씩 웃었다.
"진짜 한 번을 안 져주시네. 알았어요. 알았어. 딱 보기에도 여자 많았을 거 같아요."
"저 좋단 여자가 많았다고 얘기했지 여자가 많았다고 얘기하진 않았는데요."
한 마디도 지지 않다니.
"아우. 정말."
기태가 오디오 볼륨을 높였다. 잔잔한 재즈가 흘러나왔다. 침묵이 흐르자 차 안의 공기가 작게 일렁였다.
"나현 씨는 귀신이나 미신, 외계인 이런 거 믿어요?"
짧은 침묵을 깨는 엉뚱한 질문이었다.
"어떨 거 같아요?"
"믿을 뿐만 아니라 엄청나게 좋아할 거 같은데요?"
나현이 피식 웃었다.
"정답. 엄청 좋아해요. 믿기도 하고. 그런 게 없다면 삶이 너무 지루하잖아요. 그런데 갑자기 왜요? 실장님은 믿나요? 초자연적인 현상들."
"어떨 거 같은데요?"
"안 믿을 거 같아요."
"정답."
"실장님은 이성적인 분이잖아요. 보통 그런 분들은 초자연적인 현상들 안 믿더라고요."
"맞아요. 안 믿어요. 귀신이나 미신, 외계인 그리고 전생 같은 것들."
전생이라는 말에 나현이 움찔했다. 동요하는 걸 들킬까 태연한 척을 가장했지만 미묘하게 공기가 달라졌다는 건 눈치 챘으리라.
"그럼, 전생은 믿어요?"
기태가 몸을 아예 옆으로 틀고는 나현을 똑바로 쳐다보았다. 진지한 눈동자였다. 일종의 시험과도 같은 질문. 입이 바짝 타들어갔다.
"믿어요."
기태의 눈동자가 설핏 흔들렸다.

"믿어요. 전생."

단호한 대답이었다.

"제가 나현 씨를 서너 번째쯤 만났을 때 했던 말 혹시 기억합니까?"

"꿈에서 본 여자를 찾아야 한다는 강박증에 시달린다는 얘기 말씀이시죠?"

"맞아요. 가끔은 그게 전생이 아닐까 하는 생각이 듭니다."

쿵쿵. 심장이 쿵쿵대기 시작했다.

"우습죠? 내가 이런 말 하는 거."

"그런데 왜 저한테 이런 말을 하시는 거죠?"

"전 느낌이나 감정 같은 말을 좋아하지 않습니다. 일시적일 뿐만 아니라 논리적인 설명을 할 수 없을 때 사용하는 말이라고 생각하니까요."

"……."

"그런데. 나현 씨를 보면 그런 느낌이 듭니다."

"어떤 느낌이요?"

"예전에 만난 적이 있는 것만 같은 느낌이요."

"……!"

"저번에 얘기했었죠? 나현 씰 만나는 날에는 꿈을 꾸지 않는다고. 꿈에서 난 항상 끔찍한 후회에 시달립니다. 스스로를 원망하며 괴로워하죠. 그런데 나현 씨를 만나는 날에는 꿈을 꾸지 않아요. 그래서 후회도 괴로움도 없습니다. 그리고…… 그 여자를 찾아야 한다는 지독한 강박증도요."

"그 꿈이 무슨 꿈이죠?"

기태의 입술이 달싹거렸다. 입술을 떼기까지 걸린 몇 초의 침묵도 참을 수가 없었다.

"그것까지 얘기하면 미친 놈 취급당할 것 같네요. 오늘은 여기서 그만

하죠."

집에 데려다 줄 때까지 기태는 별다른 말을 하지 않았다. 시시껄렁한 농담만 해댈 뿐. 몇 번 다시 전생에 대한 화제를 넌지시 꺼내보았지만 기태는 교묘하게 그 화제를 피하고 있었다. 그 후로는 의미 없는 대화들뿐이었다. 어느새 차가 오피스텔 출입문 앞에 멈춰 섰다.
"다 왔네요."
이렇게 가까운 거리였나.
"고마워요. 덕분에 즐거웠어요. 그럼……."
찰나의 순간, 수많은 생각이 머리를 스쳤다. 밥을 얻어먹었으니 근처에서 커피나 한 잔 하자고 해야 하나? 너무 쌩하고 바로 내려버리면 예의가 아닌 걸까? 아냐. 더 앉아 있다간 뭔가를 기대하는 것처럼 보일거야.
"내일도 이렇게 볼 수 있나요?"
생각의 끈을 댕강 자른 건 예상치 못한 기태의 질문이었다.
"네?"
"말씀드렸었죠? 나현 씨랑 있으면 제가 좀 이상해진다고."
아……. 두근. 심장이 크게 한 번 울렁였다.
"그런데 그게 참 기분이 좋네요."
꿀꺽. 목구멍으로 침을 삼켰다. 정적이 감도는 조용한 차 안에서 침 삼키는 소리가 새삼 크게 귓가를 울렸다. 말 그대로 머릿속이 새하얘졌다. 무어라 대꾸해야 할지 머릿속에 떠오르는 단어가 단 한개도 없었다.
"아무래도…… 우리 한 번 만나볼까요?"
"히익."
목소리가 뒤집히는 바람에 희한한 소리가 나왔다.
"딸꾹."

생전하지 않던 딸꾹질도 나왔다.

"네? 네에? 네에에?"

지나치게 경기를 일으키며 놀라는 모양새가 영 못마땅한지 기태가 인상을 찌푸렸다.

"뭐…… 뭐라고요?"

"다시 듣고 싶은 겁니까? 잘못 들은 거 아닙니다. 아무리 생각해도 그거 외에는 답이 나오지 않아요. 몇 번이라도 다시 말할 수 있습니다."

"아…… 아뇨. 됐습니다. 심장에 과부하 걸려요."

이토록 무덤덤한 고백이라니. 무슨 만나보자는 말을 오늘 날씨 좋네요, 라는 말보다 더 무심하게 하는지. 하는 사람 보다 듣는 사람이 더 크게 동요하는 고백이었다.

"농담이시죠? 무슨 장난을 그렇게 하세요. 저 그만 들어가 볼게요."

당황한 나현이 장난으로 넘기고자 가볍게 말을 받아치며 차에서 내리려 했다.

"나현 씨야 말로 이런 말을 장난으로 받으면 안 되죠."

묵직한 음성이 뒤통수를 때렸다. 빼도 박도 못하게 쐐기를 박은 것이다. 나현은 할 말을 잃었다. 기태에게 끌리는 건 사실이다. 강렬한 이끌림, 늘 요동치는 심장, 완벽하게 자신을 압도하는 오만한 그의 존재감. 하지만 그것이 과연 좋아하는 감정인지는 명확하지 않았다.

아니다. 거짓말. 이렇게 회피해 봐야 소용없다. 자신은 그에게 끌리고 있었다. 그것도 처음부터, 무자비할 만큼, 혼이 쏙 빠지도록. 하지만 지금 자신이 처한 상황에서 끌리는 것만큼 기태가 믿을 만한 사람인지 확신이 부족했다.

"뭐, 당장 대답을 들으려고 한 건 아닙니다. 피곤했을 테니 오늘은 들어가 쉬세요."

"오…… 오늘은 감사했습니다. 조심히 들어가세요."

애써 얻은 기회를 놓치지 않고 자동차에서 잽싸게 내렸다. 살짝 목례를 하고 뒤돌아 오피스텔 출입문을 향해 걸어갈 때까지 기태의 자동차는 자리를 뜨지 않았다. 왠지 모르게 뒤통수가 화끈거렸다. 그때 손에 쥔 핸드폰이 울렸다. 켜보니 역시나 기태였다.

[그러니까 우리 내일도 보는 겁니다.]

가슴이 잔잔한 파동이 일기 시작했다.

다음 날, 오후 6시 20분.

갤러리 C관 로비 앞에 검은 차 한 대가 세워져 있었다.

"저…… 정말 오셨네."

나현이 혼잣말로 중얼대자 마중 나온 기태가 입가를 씩 올려 웃었다.

"타요. 얼른."

행여나 싶어 다른 사람보다 10분 일찍 나온 게 다행이었다. 나현은 누가 볼 새라 고개를 양옆으로 휙휙 돌려 주위를 살피고는 잽싸게 보조석 안으로 몸을 숨겼다.

"오늘은 또 뭐예요?"

안전벨트까지 매자 기태가 능숙하게 핸들을 돌리며 천천히 차를 몰았다.

"오늘도 아무 목적 없이 놀러 다니고 싶지만 실은…… 가야할 곳이 있어요."

"가야 할 곳?"

왠지 모르게 맥이 빠지는 기분이었다. 난데없는 고백에 한숨도 못 자게 만들어 놓고서는 이제 가야 할 곳이 있다니. 아주 사람을 들었다 놨다지 맘대로다.

"도둑맞은 그림. 누가 가져갔는지 알아냈다고 하면 믿어줄래요?"

기운 빠져 있으려니 다시 귀가 솔깃한 말을 꺼냈다.

"아니. 실장님은 그 그림도 보지 못하셨으면서 어떻게 찾으셨단 거예요?"

"나현 씨가 준 CCTV 영상 파일 복원 했거든요."

"사생활 때문에 오피스텔 복도에는 CCTV도 없고, 엘리베이터하고 출입문에만 CCTV가 있을 텐데 어떻게 알아내신 거예요?"

"그날 엘리베이터와 출입문 영상을 분석해 봤습니다. 오피스텔을 들락 날락한 사람과 그 오피스텔에 사는 거주자는 총 35명. 그 중 나현 씨가 오기 전에 나갔다가 들어오지 않은 사람이나 들어갔다 바로 나온 사람은 총 14명. 나오지 않은 거주자로 추정되는 사람들까지 포함해서 나머지 21명과 나현 씨와의 관계를 파악 해봤죠."

입이 떡 벌어졌다. 그런 식으로 접근할 것이라 생각도 하지 못했다.

"그래서요?"

"주연호 씨. 에단 주가 나현 씨 옆집에 살고 있죠?"

가슴이 덜컥했다.

"서…… 설마…… 아니에요! 연호 씨는 그때 제가 엉망이 된 집을 발견했을 때 나갔다가 들어오는 참이었어요. 엘리베이터에서 내리다가 현관문 밖에 서 있는 절 발견했었다고요."

"그렇게 맹렬하게 그 사람 변명해주면 이쪽에서 별로 기분 좋진 않습니다만."

기태가 미간을 찌푸리며 대꾸했다.

"맞아요. 확인 차 물어본 것뿐이에요. 주연호 씨는 그날 나현 씨가 출근하기 전에 나갔다가 나현 씨가 엉망이 된 집을 발견할 무렵 돌아온 게 맞아요.

"뭐예요! 연호 씨를 의심하는 줄 알고 놀랐잖아요."

"아니, 그 사람은 뭘 믿고 그렇게 감싸는 겁니까? 슬슬 기분 나빠지는데요."

"······."

나현이 뭐라 딱히 대답할 말을 찾지 못하고 있는 사이 기태가 말을 이었다.

"백지상······이라는 사람. 알죠?"

팔에 소름이 돋았다.

"네······. 사······ 사귀던 사람이었어요. 물론 지금은 헤어졌고요."

괜한 오해를 할까 굳이 묻지도 않은 말을 덧붙였다.

"오래 만났습니까?"

"아뇨. 3개월 남짓이죠. 언니가 죽고 난 후 헤어졌어요."

설마.

"그런데 지상 씨가 왜요?"

"그러니까 나현 씨가 집에 도착한 시간이 7시 10분 맞죠? 바로 뒤이어 주연호 씨가 엘리베이터를 타고 10층에 도착했고요."

"네. 맞아요."

"혹시 백지상 씨하고 그 날 만나기로 약속이 되어 있다거나······."

"그······ 그런 적 없어요. 그날 지상 씨와 만나기로 한 적도 없었고, 만난 적도 없어요."

"그런데 백지상 씨는 왜 그날 나현 씨의 오피스텔에 나타났던 걸까요?"

"네?"

"백지상 씨가 오피스텔 현관문에 나타났다가 엘리베이터를 타고 12층으로 추정되는 곳에 내린 시각이 6시 10분. 그리고 다시 엘리베이터를 탄 시각이 6시 43분. 약 30분 동안 나현 씨에 집에 있었을 거라 생각되는군요."

믿을 수가 없었다. 지상이라니. 전혀 생각지도 못한 전개였다.

"설마…… 지상 씨가 우리 집에 침입하고 그림을 훔쳐간 범인이라고 말씀하시는 건가요?"

"백지상 씨가 나현 씨의 집에 머무는 33분 동안 뭘 했는지는 모르겠지만 전 사실만 말씀드린 겁니다."

"아니 지상 씨가 왜 그런 짓을……."

"수상해서 백지상 씨 뒤를 좀 캐봤습니다. 자금이 상당히 필요한 상황이더군요. 개업하려던 병원에 추가 자금이 생각보다 많이 들어가 여기저기 돈을 빌린 것 같더군요. 그 중 몇몇은 안 좋은 자금이기도 했고요."

"안 좋은 자금이라면……."

"사채업자요. 제 1금융권에서는 대출을 받을 수 있는 만큼 다 받은 터라 사채업자에게까지 손을 내민 것 같습니다. 물론 원금에 이자까지 눈덩이처럼 불어나는 건 순식간이었겠죠."

이제야 비로소 이해가 갔다. 지상이 왜 그토록 불안하고 초조해 했었는지, 같이 있을 때마다 쉴 새 없이 울리던 전화는 무엇이었는지 그리고 개업한 병원은 왜 텅텅 비어있었는지를.

"전혀 몰랐어요."

"당연히 몰랐겠죠. 쉽게 나현 씨에게 말을 꺼내지도 않았을 겁니다. 남자에게는 일종의 자존심 같은 문제라."

"그런데 그게 지상 씨가 저희 집에 왔던 것과 무슨 상관이 있단 말이죠?"

"나현 씨가 인사동에서 샀다는 그 그림. 아주 오래된 고서화라고 얘기했었죠?"

"네. 맞아요."

"그 그림이 아마 꽤나 값어치가 있었던 모양입니다."

"네?"

"미술 하는 사람이 그렇게 보는 눈이 없어서야 쓰겠습니까?"

기태가 인상을 쓰며 쯧하고 혀를 찼다.

"전혀…… 몰랐어요."

"백지상 씨의 할아버지가 우리나라에서 꽤 유명한 고미술품 수집가더군요. 그 아래에서 고미술품 보는 눈을 제법 터득한 모양입니다. 알아봤겠죠. 정말 고려시대 그림이라는 걸."

"하지만 지상 씨는 그 그림이 가짜라고 했어요. 오래된 그림처럼 위조한."

"그때부터 계획을 세우지 않았을까요?"

"계획이라면……."

"나현 씨 집에서 그림을 훔칠 계획."

머리가 멍했다. 분노가 스멀스멀 피어올랐다. 겨우…… 겨우 그런 남자였다. 잠시나마 그런 남자와 분홍빛 미래를 꿈꿨던 스스로가 한심스러워 참을 수가 없었다. 그러고 보니 그날 퇴근 무렵 지상에게서 전화가 왔었다. 늘 늦은 저녁 혹은 밤에 전화를 하곤 했었는데 이른 저녁에 걸려온 전화가 조금 이상하다 생각했었지. 전화상으로 지상은 물었었다. 나현이 어디에 있는지를.

'일하는 중이야?'

'아니. 이제 집에 가려고.'

'그럼 평창동?'

생각해보니 그 전화는 나현이 어디쯤 있고, 그림을 훔쳐내기까지 시간을 얼마쯤 벌 수 있는지 계산하기 위한 것이었다.

"그래도…… 증거가 없잖아요."
"그래서 지금 가는 겁니다."
"?"
"도둑놈 잡으러요."

저녁 7시. 이미 해는 떨어져 바깥은 온통 깜깜해져 있었다. 기태의 차가 청량리역 3번 출구 앞에 있는 건물에 멈춰 섰다.
'봄봄 성형외과'
깨끗한 새 간판이 눈앞에서 반짝였다.
어떻게 안 걸까.
기태는 간판을 잠시 노려보고는 건물 입구로 망설임 없이 발을 내딛었다. 엘리베이터가 12층에 멈췄다. 투명한 유리 출입문 너머로 주홍색 빛을 내뿜고 있는 깨끗한 병원 내부가 훤히 들여다보였다.
얼마 전까지만 해도 정상적인 영업은커녕 내부 인테리어도 하다 만 모양새였건만 어느새 병원은 영업 개시를 위해 완벽한 준비를 마친 것만 같았다. 나현은 쓰린 입맛을 다시며 기태의 뒤를 따라 병원 안으로 들어섰다.
"죄송합니다만. 진료 시간은 끝났습니다."
리셉션에 앉아있던 머리를 말끔하게 틀어 올린 간호사가 영업용 웃음을 지으며 말했다.
"백지상 선생님 잠깐 뵐 수 있을까요?"
"죄송하지만 지금 선생님……."
간호사의 말이 채 끝나기도 전 기태가 성큼 진료실로 향했다.
"이보세요! 지금 진료 시간 끝났다고 말씀드렸잖아요!"
놀란 간호사가 빠르게 제지하려 했지만 기태는 이미 안쪽 복도에 들어선 상태였다.

"잠시만요!"

그리고는 '백지상 원장'이라는 팻말이 붙은 진료실 문손잡이를 단번에 잡아 당겼다.

"……!"

"……!"

진료실 안에서는 기가 막힌 광경이 펼쳐지고 있었다. 바닥에는 빨간 브래지어와 스틸레토 힐이 나뒹굴고 있었고 지상은 정장 바지를 반쯤 내린 채 어떤 여자와 부둥켜안고 있었다. 문 여는 소리에 놀란 지상이 새파랗게 질린 얼굴로 굳어버리자 그제야 지상의 목에 매달려 쪽쪽거리던 상대방 여자의 키스 세례도 잦아들었다. 피식하고 기태가 비웃는 소리도 들렸던 것 같다. 화나지 않았다. 놀라지도 않았다. 어이없는 실소만이 흘러나왔다. 아니, 이런 황당하고도 기가 막힌 상황을 혼자 맞닥뜨리지 않아 기태에게 고마운 마음이 들 정도였다.

"나…… 나현아……! 그게 아니라!"

지상이 여자를 떼어내고 허둥지둥 바지를 끌어올렸다.

"오해야. 진짜 오해야. 내 말 좀 들어봐."

지상이 바지를 끌어올리며 우스꽝스러운 자세로 다가오자 기태가 나현 앞을 막아섰다.

"상황 설명은 우리가 본 걸로 이미 끝난 것 같은데요."

"당신 뭐야?"

"당신에게 설명할 필요 없는 것 같습니다만."

"뭐라고? 당신 뭔데 나현이랑 같이 있어? 그리고 뭔데 날 그딴 식으로 쳐다 봐?"

"이봐요. 우린 댁이 다른 여자랑 뒹굴든 말든 상관없다고요. 다른 볼

일이 있어 찾아왔으니 바지나 추켜 입고 얘기합시다."

"나…… 나현아!"

어설프게 올려 입은 바지가 다시 쭉 내려갔다. 지상이 허둥지둥하던 사이 기태는 나현을 데리고 진료실을 나와 문을 닫았다. 짧은 침묵이 흘렀다.

"기분 안 좋아요?"

"……."

"헤어졌다더니……. 이런 장면 보고 그렇게 굳어 서 있는 건……."

"허! 나 참. 푸하하."

느닷없이 나현이 웃음을 터뜨렸다.

"나현 씨. 충격이야 크겠지만."

"충격이요? 네. 충격이라면 충격이죠."

허나 이내 웃음을 멈추고 시니컬하게 팔짱을 꼈다.

"형편없는, 남자보는 내 눈에 대한 충격, 한때나마 사귀었던 남자와 다른 여자의 키스씬을 보았는데도 무감각한 스스로에 대한 충격."

"정말 괜찮은 거예요? 아니면 괜찮은 척 하는 거예요?"

"보시는 대로."

신기했다. 쪽팔려서 괜찮은 척 거짓말 한 게 아니라 정말이지 아무렇지 않았다. 가슴이 아프지도 고통스럽지도 않았다. 단지 예상치 못했던 광경에 놀랐을 뿐. 그 이상도 그 이하의 감정도 느껴지지 않았다. 애초부터 호감 그 이상의 감정은 아니었다. 잘생긴 외모, 좋은 조건을 가진 적당한 남자였기에 호감을 가지고 만나기 시작했다. 차츰 호감이 좋아한다는 감정으로 변할 것이라 생각했지만 안타깝게도 나현과 지상에게는 그만큼 함께 보낸 시간이 없었다.

"놀라울 정도네요."

그래도 가슴 한 구석에는 씁쓸함이 남아 있었다. 한때나마 좋은 감정을 나눴던 사람의 밑바닥을 보는 건 그다지 유쾌한 기분이 아니었다. 기태는 그런 나현의 마음을 아는지 두 손으로 어깨를 살짝 감싸 안았다. 얼마간의 시간이 지나자 진료실 문이 열리고 지상과 붙어 있던 붉은 머리의 여자가 스틸레토 힐을 또각거리며 걸어 나왔다.

"똥차 보내고 벤츠 탔으니 잘된 거 아니야?"

붉은 머리의 여자는 기태를 대놓고 쳐다보더니 쌩하고 지나쳐갔다. 여자가 복도에서 사라지자 기태가 나현의 손을 잡고 진료실 안으로 들어갔다. 구겨진 얼굴의 지상이 책상 앞에 손을 모으고 앉아 있었다. 하지만 이내 기태가 잡은 나현의 손을 바라보더니 픽하고 웃음을 터뜨렸다.

"내가 미안할 것도 없었군. 뭐가 먼저였어? 나한테 헤어지자고 한 게 먼저야? 아님 저 남자를 만난 게 먼저야?"

"뭐?"

"지난번 아침에는 옆집 남자 집에서 나오더니 이 남자 저 남자 안 붙어먹는 남자가 없구나? 너."

자신의 눈과 귀를 의심했다. 눈앞에서 비열한 얼굴로 저런 소리를 지껄이는 남자가 진짜 지상이 맞는지.

"뭐라고? 지상 씨 그게 나한테 할 소리야? 자기야말로 나랑 헤어지자마자 다른 여자랑 그것도 병원에서 뒹굴었으면서 그걸 내 탓으로 뒤집어 씌우고 싶은 거야?"

"내가 틀린 말 했어? 너 지금 내 병원에 시위하듯이 남자랑 나타났잖아. 너야말로 먼저 저 남자랑 붙어먹었으면서! 먼저 헤어지자고 얘기한 거 정당화 시키려고 내가 이런 상황일 때 여길 덮친 거 아니냔 말이야!"

그때였다.

"한 번만 더 혀 그따위로 놀려봐. 지금 이 자리에서 혀를 뽑아 버릴 테니."

서슬이 퍼런 기태의 목소리가 지상의 말을 잘랐다. 전신에서 내뿜는 살기 때문이었을까. 그의 조용한 말 한 마디의 위력은 대단했다. 쥐새끼같이 지상은 자신보다 강한 포식자를 본능적으로 알아채곤 한 걸음 물러섰다. 그저 입을 다문 채 살기등등하게 두 사람을 노려볼 뿐이었다.

"당신이 다른 여자랑 뒹굴든 살림을 차리든 우린 신경도 안 씁니다. 그러니 더 이상 그 일로 나현 씨 괴롭히지 마세요. 그것보다 당신에게 더 중요한 볼일이 있으니."

우리라는 말이 거슬렸는지 지상은 사납게 쏘아보다 내키지 않는 듯 물었다.

"무슨 일인데요."

"나현 씨에게서 훔쳐 간 그림. 지금 어디 있습니까?"

순간 지상이 숨을 흡, 하고 들이키더니 얼굴을 완전히 일그러트렸다.

병원에서 한참이나 떨어진 카페 쉘브르는 무척이나 한산했다. 오래되고 퀴퀴한 냄새나는 소파를 보니 왜인지 이유를 알 것만도 같았다.

"제발 딱 일주일만. 일주일만 기다려주시면 안 되겠습니까?"

맞은편 소파에 앉은 지상이 징징거리며 사정했다. 훔친 그림 이야기를 처음 꺼냈을 때, 지상은 뻔뻔스러운 얼굴로 무슨 소리냐고 발뺌하기에 바빴다. 하지만 기태가 USB에 담아온 CCTV 영상과 계좌 거래 내역을 보여주니 그제야 본인의 절도 사실을 시인했다.

예상대로 돈 때문이었다. 지상은 두루마리 서화를 보자마자 그 자리에서 즉시 예사 물건이 아님을 눈치 챘다. 더욱이 나현이 그닥 그림을 마음에 들어 하지 않는다는 걸 알고서 훔치기로 마음먹은 것이다. 집에 도둑이 든 것처럼 꾸미고 그림만 훔쳐 간다면 그림을 썩 마음에 들지 않아했던 나현이 집요하게 도둑을 잡기 위해 노력하진 않을 것이라 생각했다고 한다.

현관문 비밀번호야 진작부터 알고 있었고, CCTV는 출입문과 엘리베이터에만 설치되어 있었다. 많은 사람들이 들락날락거리기 건물이기 때문에 자신이 의심받을 것이라 크게 염려치 않았다. 지상은 그림을 훔쳐낸 다음 할아버지와 오래도록 거래하던 장물상에게 그림을 넘겼다. 그리고 그림을 담보로 돈을 빌려 병원 개업에 드는 자금을 충당한 것이다. 기태는 지상이 그림을 넘긴 장물상의 연락처를 내놓으라고 다그쳤지만 그림은 이미 담보로 잡혀 BS캐피탈이라는 대부업체에 넘어간 상태였다.

"병원을 팔아서라도 그 그림 당장 되찾아 오는 겁니다."
"어떻게 병원을 내일까지 팝니까."
지상이 울상을 지으며 징징거렸다.
"그러면 장기라도 팔아요. 사지 멀쩡하지 않습니까."
서늘한 기태의 표정에 지상은 몸을 움츠렸다. 백퍼센트 농담으로 들리는 말은 아니었다.
"시간을 딱 일주일…… 일주일만 주시면 안 되겠습니까."
절절 매는 얼굴이 비굴해보이기까지 했다. 나현은 그 얼굴을 보자 그나마 남아 있던 좋은 기억까지 깡그리 사라지는 듯 했다.
"일주일 후에도 못 갖고 온다면 시간 낭비한 대가로 장기 하나는 더 내놔야 할 겁니다. 그러면 5억은 충분하겠군요."
"5억……. 그게 지상 씨가 빌린 돈인가요?"
나현이 물었다.
"네. 고작 그 5억에 수십억의 가치가 있는 그림을 팔아넘긴 거죠."
"수십억이라고요?"
"몰랐습니까?"

나현의 입이 떡 벌어졌다. 고작 인사동 노점상에서 산 그림이 수십억이라니…….

"몰랐던 모양이네요. 갤러리 홍의 고미술팀에게 사과라도 해야겠습니다."

기태가 혀를 차고는 지상을 바라보며 다시 냉정하게 말을 이었다.

"어쩔 겁니까? 병원 팔고 그림 되찾아 올 겁니까? 아님 장기라도 팔 겁니까? 얼른 선택하시죠."

"BS캐피탈. 그…… 그 놈들…… 보통 놈들이 아니란 말입니다."

"BS캐피탈 한동민 사장. 일본 야쿠자와 연관된 자금으로 BS캐피탈을 설립한 이후 이 바닥에서는 악랄한 현금 장사로 유명한 사람이죠. 주로 자산은 풍부하지만 단기 자금이 모자라 흑자 부도의 위기에 처한 우량 중소기업들을 대상으로 150%가 넘는 고리로 현금을 빌려주고 기업들이 도산할 경우 헐값에 회사를 팔아넘기는 기업 사냥꾼. 아닙니까?"

"그런 곳에서 어떻게 그림을……."

나현이 기태를 향해 물었다.

"그 한동민 사장이라는 사람. 그림에도 꽤나 조예가 깊었던 모양입니다. 인사동, 삼각지 뒷골목 장물상들과 연줄이 있어 그림을 담보삼아 급전을 빌려주는 일도 종종 했다고 하네요. 백지상 씨도 할아버지와 안면이 있었던 장물상에게 한동민 사장 소개를 받은 것 아닙니까?"

"네. 맞아요, 맞습니다! 그런 사람에게서 어떻게 다시 그림을 찾아옵니까!"

지상이 절규에 가까운 울음소리를 내었다.

"당신이 나현 씨에게서 훔친 그림을 멋대로 넘기고 돈을 빌렸으니 당신이 책임 져야죠. 아니면 CCTV 영상도 있겠다, 계좌 거래내역도 있겠다. 이대로 경찰서로 갈까요?"

"그러게요. 영업정지 당하고 감옥가고 의사 자격 박탈당하고 패가망신 한번 해보던가."

옆에서 나현이 기태를 거들었다. 지상은 얼굴을 일그러뜨린 채 자리에서 꼼짝도 하지 못했다.

결국 기태와 나현은 지상에게 며칠간 말미의 시간을 주기로 하고 자리에서 일어났다. 옛정을 생각한 최소한의 배려였다. 기태의 말처럼 장기를 팔아서 돈을 가져오든, 경찰에 넘겨져 쇠고랑을 차던 이제는 지상이 선택해야 할 일이었다. 자동차가 오피스텔 출입문 앞에 멈췄다.

"그래도 백지상 씨. 어떻게든 그림을 찾아오긴 할 겁니다. 본인도 지금껏 쌓아올린 모든 걸 무너뜨리고 싶진 않겠죠."

"글쎄요. 이제는 그 사람이 그 정도의 능력도, 의지도 있는 사람인지 모르겠네요. 저 정말 남자 보는 눈 형편없죠?"

집에 가까워져 올수록 기태의 말수가 줄어들었다. 자동차마저 멈춰 선 지금 고요한 침묵만이 두 사람을 감싸고 있었다.

"앞으로 잘 선택하면 되죠."

그 말이 무엇을 의미하는지 알고 있었기에 어떤 대꾸로 할 수 없었다. 그저 이미 대답을 알고 있는 자신의 심장 고동소리만 가만히 느껴질 뿐.

"피곤한 하루였죠?"

시계가 밤 10시 반을 가리키고 있었다.

"그렇네요."

나현이 지친 얼굴로 머리를 쓸어 넘겼다. 기태는 그런 나현의 얼굴을 물끄러미 바라보다 손을 뻗어 매끈한 뺨을 부드럽게 매만졌다. 얼음장 같이 차가운 손이었다.

"저…… 혹시 생각은 해봤습니까?"

"뭐…… 뭘요?"

알면서도 여우같은 대답이 절로 튀어나왔다. 기태는 나현의 대답이 영 못마땅한지 인상을 찌푸렸다.

"일부러 애타게 하려고 그러는 겁니까? 이쪽은 이미 충분히 애가 탑니다만."

"풉. 실장님 같이 항상 여유 넘치는 분이 무슨 애가 그리 탄다고……."

어울리지 않은 말에 나현이 피식 웃으며 시선을 내던졌을 때였다. 순간 미세하게 떨리는 기태의 손이 눈에 들어왔다. 핸들을 꽉 쥔 손이 하얗게 변해 있었다. 긴장한 티가 역력했다.

"……?"

"이런 상황에서 여유 넘치는 사람이 어디 있습니까? 저도 보통 남잡니다."

어두워서 잘 보이진 않았지만 인상을 구긴 기태의 얼굴이 붉게 변한 듯 했다. 생각지도 못한 반응에 나현은 구름 위에 붕 떠 있는 것만 같은 느낌이 들었다.

"피. 안 어울려요."

쿵쿵대는 심장을 외면하고자 괜스레 기태의 건너편에 있는 휴지를 잡기 위해 손을 뻗었을 때였다.

"! 시…… 실장님."

갑자기 기태가 새빨개진 얼굴로 제 몸을 가로지르는 나현의 팔목을 틀어쥐었다.

"미쳤습니까?!"

기태가 소리를 질렀다.

"왜…… 왜 그렇게 소릴 질러요? 깜짝 놀랐잖아요."

"지금 이런 상황에서 제 몸 쪽으로 손을 뻗고 싶어요?"

"네……? 무슨 소리예요? 전 실장님 자리 옆에 있는 휴지를 집으려고 한 거라고요!"
"어쨌거나 제 몸 위를 지나서 집으려 한 거 아닙니까!"
"그게 왜요?!"
아…….
기태가 새빨개진 얼굴로 고개를 돌렸다. 그제야 나현의 얼굴에도 열기가 오르기 시작했다. 갑자기 차 안이 후끈 달아올랐다.
"좋아하는 여자와 단 둘이 밀폐된 공간에 있는 사람 심정도 헤아려 주시죠."
기태가 고개를 홱 하고 돌리고는 차창 밖을 바라보았다. 어쩐지 조금은 화가 난 듯한 표정이었다. 그러거나 말거나 차 안의 더운 공기에 숨이 막힐 지경이었다. 쾅쾅대는 제 심장도, 크게 부풀어 올랐다 내리기를 반복하는 기태의 가슴도 모두 정신을 아찔하게 만들었다. 그리고 여전히 제 손목은 꽉 붙들린 채였다.
"저…… 이제 그만 가볼게요."
나현의 말에도 기태는 여전히 창밖을 바라보며 손목을 놔주지 않았다. 기태가 쥔 부분이 불에 덴 듯 뜨거워졌다. 차에서 내리기 위해 손목을 틀어 빼내려는 순간이었다.
"잠시만 이러고 있으면 안 됩니까?"
여전히 고개를 돌린 채였지만 귓가 부분이 새빨갛게 물들어 있었다.
쿵쿵. 쿵쿵.
차 안은 온통 두 사람의 심장 소리로 가득 차올랐다.

'오늘은 이쯤에서 놔줄게요.'
기태는 그러고도 한참이나 나현의 손목을 붙잡고 있었다. 어떤 말을 하지 않아도 둘 사이에 흐르는 공기의 미묘함이 달라진 관계를 여실히 설명해주었다. 시간이 더 지나고 나서야 기태는 아쉬운 듯 나현을 놓아주었다. 서로 먼저 들어가라는 말을 한참이나 주고받고서야 기태가 자동차를 몰고 자리를 떴다.

나현은 오피스텔 출입구에 멍하니 서서 멀어지는 차 꽁무니를 바라보았다. 이상하게 가슴 한 구석이 텅 빈 것만 같은 느낌이었다. 방금 전까지도 같이 있었는데 헤어지자마자 그리움이 가득 차올랐다. 애초에 고삐를 풀면 안 되는 거였다. 자신의 마음을 인정하지 말았어야 했다. 한번 제어가 풀린 마음은 고삐 풀린 망아지처럼 날뛰기 시작했다.

그 사람이…… 도대체 뭐가 모자라서 나 같은 여자에게 마음을 주겠는가. 그에게는 그저 한번 스쳐지나가는 호감일 뿐일지도 몰랐다. 그래서 겁이 났다. 마음을 왕창 주고 상처만 받을까. 행여나 드러날까 꽁꽁 싸매고 주지 않기 위해 꼭꼭 숨겼건만 여지없이 풀려버리고 말았다. 이제는 인정할 수밖에 없었다. 그에게 정신없이 끌리는 자신의 마음을.

"그동안 왜 그렇게 바빴어요? 얼굴 한번 보기 힘들던데."

깜짝 놀라 뒤돌아보니 출입문 옆 벤치에 연호가 앉아 있었다. 빨간 볼과 꽁꽁 언 얼굴이 얼마나 오랜 시간 동안 밖에서 기다렸는지 말해주고 있었다. 괜스레 가슴이 뜨끔해졌다. 자신이 외면할 수 없는 마음이 여기에도 하나 있었던 것이다.

"아……. 요새 작가님 전시회 때문에……."

"와. 그럼 나 지금 내 무덤 판 건가? 나현 씨 좀 자주 보려고 기획전 갤러리 홍에서 하자고 떼 좀 썼는데."

웃는 얼굴이 쓸쓸해 보였다. 연호는 나현이 어떤 눈길로 멀어지는 기태의 차를 보고 있는지 알아차렸을 것이다. 가슴 깊이 스멀스멀 피어오르는 미안함, 고마움 그리고 연민. 애석하게도 그 중에 사랑의 감정은 없었다.
"저기, 작가님……."
"그렇게 부르지 말아요. 그렇게 부르는 거 거리감 느껴져서 싫다."
"연호 씨."
"좋아. 합격."
연호가 또 다시 애써 얼굴에 웃음 지었다.
"여기에서 날 기다린 거예요?"
연호가 고개를 끄덕였다.
"왜요?"
"에이. 당최 그동안 내 말을 어떻게 들은 거예요? 당연히 나현 씨가 보고 싶어서죠. 뭐가 그렇게 바쁜 건지 나한테는 한 번도 안보여주는 그 예쁜 얼굴 좀 보려고."
"난……."
"그만해요. 말하지 말아요."
한 번도 본적 없는 표정이었다. 절박하고도 안타까운.
"아니요. 연호 씨에 대한 예의 차원에서라도 얘기해야 해요. 난……."
"그만해요!"
연호의 얼굴이 일그러졌다. 괴로움을 삼키는 얼굴이었다.
"왜 그래요? 왜 항상…… 그 사람에게 끌리는 거예요?"
"그 사람……?"
"왜 바보같이 알아보지 못하는 거냐고요?"
"내가 뭘 알아보지 못한다는 거예요?"
"그 사람이 시함이라는 걸."
쿵. 쿵. 쿵쿵. 쿵쿵. 쿵쿵쿵쿵. 심장이 쿵쿵대다 툭 하고 내려앉았다.
"무슨 말이에요?"

"알고 있잖아요. 권기태가 윤시함의 환생체라는 걸."
"네?"
"권 실장을 처음 만났을 때 심장이 두근거렸죠? 내 말이 틀려요?"
그랬다. 처음 보았을 때의 강렬한 감정과 시종일관 쿵쿵대던 심장 소리는 지금도 잊을 수 없었다.
"그런데 그거 알아요? 심장은 두렵거나 무서울 때도 두근거리고 쿵쾅거린다는 걸."
"무…… 무슨."
"설화는 항상 그걸 헷갈려하죠. 심장이 두근거리는 걸 사랑의 감정으로. 무섭고 두려운 그 본능적인 반응을 설렘과 사랑으로 항상 오해하죠."
"아…… 아니에요. 제가 설마 두려움을 사랑으로 잘못 알겠어요? 그 정도의 구분은 할 줄 안다고요!"
"내 말은 첫 만남을 말하는 거예요. 처음 시함의 환생체를 만났을 때 무서움과 두려움, 공포로 두근대는 심장을 설화는 늘 오해하거든요. 그리고 한 번 시작된 오해는 걷잡을 수 없죠."
"증거, 있어요? 권 실장이 시함이라는 증거요. 처음에 연호 씨는 누가 시함인지 모른다고, 알 수 없다고 말했었잖아요. 그런데 난데없이 권 실장님이 시함이라고 얘기하는 이유가 뭐예요?"
순간 나현이 숨을 멈췄다. 자신을 바라보는 그의 표정이 너무나 슬퍼 보였기 때문이었다.
"처음엔 나도 항상 몰라요. 누가 시함인지. 하지만 결국 알게 되죠."
"……"
"설화는 항상 시함을 사랑하게 되거든요."
"그럴 리 없어요. 어떻게 자길 죽인 사람을 사랑해요? 난 지금 반쯤 각성한 상태잖아요. 내 속에 있는 설화가 시함의 환생체를 사랑할 리 없어요."

"죽임을 당할지 몰랐으니까. 사랑한 게 먼저였어."

사랑이라는 말에 연호의 얼굴이 일그러졌다.

"설화는 늘 그랬어. 항상. 시함을 사랑했고 시함의 손에 죽었지."

"그…… 그럴 리 없어요. 내 기억 속에 제가 시함을 사랑한 기억은……."

"괴로웠을 거야. 그래서 환생할 때마다 설화는 둘 중 하나의 기억을 지워버리곤 했으니까."

거…… 거짓말이야.

"이번 생에는 그런 실수 하지 않길 바라요."

"……."

"나현 씨도 알겠지만 시함의 어깨엔 상처가 있어요. 설화가 만든 상처죠. 환생을 거듭하는 동안에도 그 상처가 사라진 적은 없었어요. 그걸 본다면 알 수 있을 거예요. 권 실장이 시함이라는 걸."

[토요일인데 집에만 있을 건 아니죠? 데리러 갈게요. 바람이나 쐬러 가요.]

기태의 문자였다.

[저…… 실은 오늘 실장님 별장에 다시 가보고 싶은데 안 될까요? 그림들 한 번 더 보고 싶어서요.]

[난 오늘 나현 씨 데리고 맛있는 것도 먹으러 가고 근교라도 가 볼 셈이었는데.]

[강릉댁 아주머니 음식 솜씨 좋잖아요. 오늘은 실장님 댁으로 초대해주세요.]

꼴딱 밤을 새고야 말았다. 그렇다고 무엇 하나 해결되는 건 없었지만 연호가 한 말이 밤새 떠올라 도통 잠을 이룰 수 없었다.
　권 실장이 시함일까?
　한 번 의심으로 가닥 잡은 마음은 뭉게뭉게 부풀어만 갔다. 확실히 기태는 두어 달 전 불쑥 자신의 삶에 나타난 사람이다. 게다가 처음에 느꼈던 강렬한 감정과 두근거림은 예사롭지 않았다. 이유 없이 시종일관 그만 바라보면 요동치던 심장 아니었던가. 연호의 말대로 몸이 기억하고 있었을지 모른다. 그 두려움을 그 공포를. 그것을 자신은 사랑의 감정으로 착각했을지도 모르는 것이다. 하지만 지금 이 감정은 분명 착각이 아니다. 좋아하는 감정이었다. 연호는 설화가 항상 시함을 사랑하다 시함의 손에 죽는다고 했었다.
　허나…….
　나현은 고개를 흔들었다. 자신에게는 그런 기억이 없었다. 시함을 사랑한 기억. 머릿속이 잘못된 것인지, 연호가 거짓말을 한 것인지. 체한 듯 속이 답답했다. 기태의 어깨에 상처가 없다는 걸 확인…… 해야 하는 걸까? 전생 때문에 엉망진창으로 흐트러진 일상 속 기태와의 관계만은 안식처가 되길 바랐다. 기태는…… 전생과 연관된 인물이 아니길…….
　천천히 침대에서 몸을 일으켰다. 현관문 너머 아직도 연호가 그 자리에 그대로 서 있다는 게 느껴졌다. 자신을 향한 마음이 어떤 마음인지 알고 있기에 더욱 나갈 수 없었다. 포기해야 할 쪽은 자신이 아니라…… 연호가 되어야 했다. 아침 햇살이 방을 비추기 시작할 때야 나현은 자리에서 일어나 욕실로 향했다.
　집 밖을 나오자 그 자리에 꼼짝도 않고 서 있는 연호가 한 눈에 들어왔다. 밤새 그렇게 서 있었는지 퀭한 눈에 초췌한 얼굴이 안쓰러웠다.
　"설화……."
　"그렇게 부르지 말아요."

부러 차갑게 말을 던졌다.

"믿어줘요. 난 이번에도 나현 씨가 그 사람 손에 죽는걸 보고 있을 수가 없어요."

나현이 입술을 깨물었다.

"내가 기댈 수 있는 건 내 기억과 연호 씨의 말뿐이에요. 더 이상 나한테 그런 끔찍한 얘긴 하지 말아요."

"그러면 확인해 봐요. 권 실장의 어깨에 상처가 있는지. 그럼 내 말이 사실이라는 걸 알 수 있을 거예요."

"그딴 거 하고 싶지 않아요."

"설화야. 왜 넌 항상 그 사람에게 그렇게 맹목적이야?"

"연호 씨……."

연호가 나현에게로 천천히 다가왔다. 그리고는 하얀 뺨을 가만히 쓸었다. 따뜻한 온기가 전해져왔다.

"이번에는 기회를 준다고 했잖아."

"미안해요."

울 것만 같은 얼굴이었다.

결국 이번에도 상처 주고 말았다.

* * *

처음에는 화가가 되고 싶었다. 12살 무렵 보현과 함께 간 미술 학원에서 진열된 그림을 보며 '나도 저렇게 그리고 싶다.' 라고 생각한 게 발단이었을 것이다. 미술 학원에 보내달라고 먼저 떼를 쓴 건 보현이었다. 하지만 활동적인 보현은 곧 그림 그리기에 싫증을 냈고, 다음 타깃인 태권도로 관심이 옮겨가는 데에는 그다지 긴 시간이 걸리지 않았다.

보현이 가는 곳에 항상 나현도 함께였지만 그때만큼은 달랐다. 동네 아파트 상가 2층에 위치한 작은 미술 학원이었지만 커다랗고 낡은 나무 책상 위에 스케치북을 펼쳐놓고 수채 물감으로 그림을 그리는 것도, 4B 연필로 소묘를 하며 빛의 움직임을 살피는 것도 좋았다. 어설픈 붓 터치로 완성한 그림을 40대 풍채가 넉넉한 선생님께 보여주면 선생님은 환한 웃음을 지으며 머리를 쓰다듬곤 했었다. 나현은 미술 학원에 들어설 때면 느껴지는 수채화 물감의 냄새, 종이 냄새를 진심으로 좋아했다.

고등학생이 되어서야 자신에게 그다지 특별한 재능이 없다는 걸 깨달았다. 주위에는 너무 많은 천재들과 노력하는 사람들이 있었고 각종 미술제에서 번번이 낙선하면서부터 그림 그리는 일은 포기하게 되었다. 하지만 여전히 그림은 나현에게 수많은 환상과 영감을 가져다주는 매력적인 도구였고 결국 미학과에 진학하며 전시기획자의 길을 걷기로 결심하게 된 것이다. 나현은 고개를 들어 별장 안을 가득히 메우고 있는 초상화를 둘러보았다. 처음의 오싹한 느낌은 사라지고 하나하나 스스로 온전한 빛을 발하는 명화들이 눈에 보이기 시작했다.

"무슨 주말도 일 생각뿐입니까."

차를 세우고 뒤늦게 현관문에 들어선 기태가 투덜거렸다. 나현은 이제 그 투덜거림이 낯설지 않아 빙그레 웃으며 기태를 맞이했다.

"우리도 좀 놀고 맛있는 거 먹고 그럼 안 됩니까?"

"실장님이야 말로 회사 다녀오신 거잖아요."

"난 임원이고 그쪽은 직원. 책임감이 다르잖습니까."

그 말에 나현이 인상을 쓰자 기태는 한참이나 아래에 있는 동그란 머리를 가만히 쓰다듬었다. 부쩍 잦아진 스킨십에도 나현은 더 이상 예전처럼 몸을 움츠리거나 하지 않았다.

"잠시 앉아서 기다려요. 옷만 갈아입고 올게요."

기태는 정장 차림이 불편한 모양인지 거실에 발을 딛자마자 넥타이를 끌었다. 강릉댁에게 재킷을 건넨 기태는 나현에게 소파에 앉아 있으라는 눈짓을 하고 2층을 향해 걸어갔다. 나현은 2층 계단을 오르는 기태의 탄탄하고 넓은 등을 물끄러미 바라보았다. 하얀 와이셔츠 너머 천 년 전 설화가 새긴 상처가 희미하게 보이는 듯 했다. 2층에서 걸음소리가 멈추고 문 여닫는 소리가 들렸다. 아마 그 짧은 시간동안 수만 번 생각이 바뀌었으리라.

없을 거야. 아니, 행여나 있으면 어떻게 해?

아냐. 절대 없어. 그래도 혹시 있으면 어떻게 해?

확인해 봐.

두 마음이 여전히 치열한 전투를 벌이고 있었다. 하지만 나현은 이내 무엇에게 홀린 듯 슬리퍼를 신은 발걸음을 천천히 옮기기 시작했다. 아닐 거라 확신했지만 확인해야 했다. 전생과 관련 있는 인물은 보현과 연호만으로 충분했다. 기태는 그저 나현의 일생에 우연히 떨어진 축복과도 같은 존재일 뿐이라 생각하고 싶었다. 그리고 그 생각이 틀리지 않았음을 확인 받고 싶었다.

2층에 오르자 화려한 조형물이 있는 홀을 중심으로 양방향으로 복도가 쭉 뻗어 있었다. 오른쪽으로 나 있는 복도는 초상화가 걸려있는 방들로 죄다 먼저 구경한 곳이었다. 나현은 망설임 없이 왼쪽으로 나 있는 복도를 향해 걸음을 옮겼다. 곧 화려한 양각이 새겨진 커다란 문이 보였다. 아마도 침실일 것이다. 그리고 그곳에서 그가 옷을 갈아입고 있을 것이다.

이 문을 열고나면 무슨 변명을 해야 할까. 놀라는 그를 향해 뭐라고 애기해야 할까. 2층에 진열된 초상화를 구경하러 왔다 방을 잘못 찾은 거라 변명해야 할까. 식사가 준비 되었으니 내려오라고 강릉댁이 올려 보낸 거라 거짓말을 해야 할까. 변명거리를 한 가득 머리에 이고 천천히 침실 문을 열었다.

끼익. 금속 마찰음이 들리고 육중한 침실 문이 양쪽으로 서서히 열렸다. 커튼이 걷힌 커다란 유리창 너머로 햇살이 방 안을 따스하게 내리쬐고 있었다. 블랙 앤 화이트와 실버로 인테리어 된 내부는 모던하고 세련된 느낌이었다. 방 안 한가운데 키가 훌쩍 큰 탄탄한 체격의 기태가 손에 셔츠를 들고 있었다.

그리고…… 근육이 잘 자리 잡힌 탄탄한 등에는…….
어깨부터 이어진 붉은 상처 자국이 선명하게 드러나 있었다.
"……!"
힘이 쭉 풀린 다리를 겨우 움직여 슬금슬금 뒷걸음질 쳤다.
쿵. 쿵. 쿵. 쿵쿵. 쿵쿵. 쿵쿵쿵쿵.
심장이 미친 듯이 날뛰었다. 하지만 이제는 분명히 알 수 있었다. 그것은 분명 두려움, 섬뜩함 그리고 전신을 지배하는 끔찍한 공포에 대한 반응이었다.

"나현 씨?"
놀란 기태가 뒤돌아보았다. 나현의 얼굴이 심상치 않다는 걸 알아챈 그가 성큼 다가왔다.
"왜 그래요?"
"어깨에 상처…… 어떻게 생긴 거예요?"
한 발자국. 물러섰다. 기태가 가까이 올수록 공포의 그림자가 더욱 짙어졌다. 손이 벌벌 떨리고 숨이 제대로 쉬어지지 않았다. 심장이 바짝 조여 왔다.
"상처…… 같죠? 이건 상처 아니고 원래 있던 거예요."
"원래?"

"태어날 때부터요."

나현의 얼굴이 일그러졌다. 그리곤 하얗게 질린 얼굴로 부들부들 몸을 떨었다.

"당신…… 당신이었군요."

"무슨 소리예요? 나현 씨. 왜 그래요? 갑자기."

한 발자국. 새까만 두려움의 기운을 달고 기태가 더 가까이 다가왔다. 나현은 공포에 몸을 떨며 한 걸음 더 뒤로 물러섰다. 이제는 둘 다 복도로 나와 나현의 등이 복도 벽면에 닿을 지경이었다.

"다…… 당신이었어. 차로 날 치려했던 것도 내 목을 졸랐던 것도."

"그게 무슨 말입니까! 갑자기 왜 그러는 거예요? 도대체 왜!"

다급하게 소리치는 그의 얼굴이 이상하게 일그러졌다. 기괴한 표정이었다. 그 표정을 보는 나현의 팔에 소름이 돋았다.

"시함…… 당신이 날 죽여 왔던 윤시함이었어."

커다란 손이 나현을 향해 뻗어왔다. 어깨를 붙들려하는 듯한 모습이었다. 나현은 기태를 뿌리치고 그대로 복도를 뛰쳐나갔다.

"나현 씨!"

복도가 쿵쿵 울리며 기태가 따라오는 소리가 들렸다. 나현은 전력을 다해 복도를 가로질러 계단을 향해 뛰어갔다. 나현을 잡기 위해 뻗은 손이 아슬아슬하게 등에 닿았다. 놀랍도록 차가운 손이었다.

"기다려요! 내가 다 설명할게요! 나현 씨!"

고함소리가 별장 안 가득히 울려 퍼졌다. 나현은 정신없이 계단을 내려와 그대로 별장 현관문을 향해 질주했다. 그리고는 망설임 없이 현관문을 열고 별장을 빠져나왔다. 초상화의 무덤, 혹은 자신의 무덤이 될 수 있었던 그 곳에서.

"설화―!"

별장 안에서 기태의 울음에 찬 절규가 들려왔다.

빨간 왜건형 자동차가 길가에 끽 소리를 내며 급정거했다. 정지한 차에서 헐레벌떡 숨을 몰아쉬며 연호가 내렸다. 급하게 집에서 나온 모양인지 부스스한 머리에 후드티 차림이었다. 연호는 길가에 쪼그리고 앉은 나현을 향해 다급하게 다가갔다.

항상 단정한 긴 웨이브 머리는 산발한 채였고 흘러내린 눈물로 얼굴은 엉망진창이었다. 코트는 어디엔가 벗어뒀는지 얇은 블라우스 차림이었고, 어딘가에서 구르고 넘어졌는지 하얀 스커트는 더러워져 있었다.

무엇보다 맨발이었다. 한참이나 맨발로 걸어 다닌 모양인지 발은 상처 나고 더러워져 있었다. 연호가 다가오자 나현은 그제야 고개를 들어올렸다. 안도감에 혹은 절망감에 눈물이 주룩 흘러내렸다. 연호는 도로에 인접한 길가에 쪼그리고 앉은 나현에게 다가가 그 앞에 무릎을 꿇고 앉았다. 지나던 사람들이 모두 두 사람을 흘낏대며 쳐다보았다. 연호는 나현의 더러워진 발을 들어 자신이 입고 있던 셔츠로 그리고 손으로 닦아주었다.

"당신이 맞았어요."

목소리에 울음이 가득했다.

"그 사람이 시험이었어요. 난 언제나처럼 바보같이······."

"그만. 오늘은 그만해도 돼요."

연호가 나현의 손을 두 손으로 감싸고 가만히 입술을 가져다댔다. 그리고 자신의 뺨에 대고 다시 키스를 하고 감싸 쥐었다. 성스럽고 귀한 것을 만지는 듯 조심스런 행동이었다. 꽉 쥐면 부서질까. 놓으면 날아갈까. 그저 소중한 걸 다시는 놓치고 싶지 않듯 조심스러운 행동이었다.

"연호 씨······."

"괜찮아요."

연호가 가만히 나현의 겁먹은 눈동자를 바라보았다.

"난……."

"아무 말 하지 않아도 돼요. 이제 내가 지켜줄게요. 그 사람으로부터 나현 씰 지켜줄게요."

찬바람이 스산하게 불러와 두 사람을 감쌌다. 가슴 한구석이 뭉텅 잘려나간 것 같았다. 나현은 그대로 가슴을 쥐고 소리 내어 울기 시작했다.

"흐윽……. 흑. 으어어……엉……. 흐어어엉……."

커다랗고 강인한 팔이 나현을 감싸 안았다. 찬바람으로부터 그리고 모든 해로운 것들로부터 자신을 지켜낼 것 같은 탄탄한 가슴이었다.

* * *

"얼른 들어와요."

연호가 트렁크를 끙차하고 들어 거실에 올려다 놓았다. 벌써 몇 분 째 나현은 연호의 집 현관문 앞에서 망설이고 있었다.

"당장 필요한건 이게 다죠? 하긴 뭐 바로 옆집이니 필요한 게 있으면 내가 가서 가져오면 되니까. 일단 오늘은 아무 생각하지 말고 들어가 좀 쉬어요."

망설이는 나현을 의식한 듯 쉴 새 없이 조잘댔지만 양 귀가 붉게 물들어 있었다. 게다가 아까부터 제대로 나현의 얼굴조차 바라보지 못하고 있지 않은가. 이래서야 보는 사람이 더 부끄러울 지경이었다.

나현을 차에 태우고 집으로 오는 길. 연호는 당분간 자신의 집에 들어와 지내는 게 어떻겠냐고 제안해왔다.

'당분간 우리 집에 들어와 있어요.'

'네?'

'나현 씨 집은 위험해요. 예전에도 한 번 당할 뻔 했잖아요. 뭣보다 혼자 집에 있는 건 너무 위험해요.'

'그럼 팀장님이나 다른 사람들 집에……'

'나현 씨 사정을 아는 건 나밖에 없잖아요. 멀쩡한 집 놔두고 다른 사람 집에 머물려는 이유는 뭐라고 설명할래요? 게다가 언제까지 피해있어야 할지 모르잖아요.'

'하지만……'

'마침 빈방도 하나 있고 바로 옆집이라 필요한 물건이 있을 때마다 갔다 올 수도 있고 무엇보다……'

'……'

'나현 씰 목숨 걸고 지켜줄 사람도 있고.'

'……'

'내가 무슨 짓 할까봐 걱정된다면 방에 번호 키 달아줄게요.'

'……'

'손 끝 하나 안 댈게요.'

'……'

'훔쳐보지도 않을게요.'

나현이 어렵사리 고개를 끄덕였다.

'정말요? 진짜요? 무르기 없기예요?'

싱그럽게 휘어지는 눈웃음을 지으며 진심으로 기뻐하는 모습을 보니 가슴이 다시 먹먹해졌다. 연호는 나현의 쓸쓸한 표정을 보고는 곧 얼굴에서 웃음을 거두었다.

'나현 씨의 불행을 기뻐하는 건 아니에요. 믿어줘요. 단지, 나현 씨를 가까이서 지켜줄 수 있다는 게 기쁠 뿐이에요.'

'알아요. 그렇게 생각하지 않아요.'

'평생 아니, 천 년 동안 바랐던 이현의 의지이자 삶의 이유예요. 설화를 지키는 것. 만약 그럴 수 있다면 난 다시 환생한 목적을 이룰 수 있을 것 같아요.'

그 사람이 진실을 말하는지 거짓을 말하는지는 눈을 보면 알 수 있다고 한다. 진실을 담고 있는지 거짓을 담고 있는지. 연호의 눈은 한 치의 거짓도 없이 진실만을 담아내고 있었다. 그 눈 속에는 나현을 지키겠다는 강한 의지와 신념이 담겨 있었다. 아니, 설사 연호의 눈이 거짓을 담고 있다 해도 나현은 그것을 알아볼 수 있는 통찰력이나 진실성을 파헤치고자 하는 의지가 없을지도 모른다. 그만큼 모든 것에 지쳐있었다. 진심으로 모든 걸 내려놓고 기댈 곳이 필요했다.

"얼른 들어와요."

연호가 입구에서 여전히 망설이고 있는 나현을 향해 손을 내밀었다. 얼굴 가득히 머금은 싱그러운 미소가 처음 본 날을 떠올리게 했다. 쭈뼛거리며 내민 연호의 손을 잡았다. 무척이나 따뜻한 손이었다.

연호가 마련한 방은 나현이 지내기엔 충분할 정도로 모든 가구와 생필품들이 완비되어 있었다. 지내기 마땅치 않을 거라고, 내일 당장 필요한 물건들을 주문하겠다고 한 연호의 말은 완전히 거짓말이었다. 나현은 자신의 집에서 가져온 물건들을 트렁크에서 꺼내 대충 정리하고 침대로 향했다.

녹진녹진한 몸을 이끌고 이불 속에 들어가 누워보았지만 도통 잠이 오지 않았다. 습관처럼 몸을 기울여 옆에 놓인 핸드폰을 들어 올리자 까만 액정만이 보였다. 핸드폰 전원은 꺼놓는 게 좋겠다는 연호의 충고대로 배터리를 빼놓은 탓이었다.

전원을 다시 켜지 않아도 알 수 있었다. 아마 기태로부터 수십 통의 전화와 문자가 와 있을 터였다. 어깨에 난 상처. 분명 착각이 아니었다. 설화가 시함을 찌른 그 상처가 분명했다. 게다가…… 마지막에 분명 기태는 나현을 향해 소리쳤었다.

'나현 씨! 기다려요! 내가 다 설명할게요! 나현 씨!'

그리고, '설화─!'라고.

몸이 부르르 떨렸다. 소름이 끼쳤다. 기태는 알고 있었다. 자신이 누구인지, 알면서도 아니, 알았기 때문에 권력과 힘을 이용해 접근해 왔고 그렇게 나현의 마음을 철저하게 기만하고 농락했다. 더 쉽고 더 치밀한 기회를 얻기 위해.

바보같이 완벽하게 속고야 말았다. 멍청하게 그것을 사랑이라 생각했다. 가슴이 찢어질 것 같다는 느낌을 비로소 알 것만 같았다. 처음엔 충격과 공포로 몸을 떨었고 다음은 속은 게 분하고 배반당한 게 화났다.

하지만 시간이 지날수록 마음을 준 사람을 잃었다는 상실감이 정신을 잠식해 왔다. 살면서 그렇게 강렬한 끌림은 처음이었다. 그의 존재만으로 자신의 세계가 완성된 느낌이었다. 이제야 겨우 그 끌림을 거부하지 않고 솔직한 마음을 내보이려는 찰나였다. 더 빠지지 않아 다행이었다고 해야 할까. 아니다. 물꼬를 튼 마음은 폭포처럼 쏟아져 이미 한 방향으로 흘러넘쳐 버렸다.

'쾅쾅쾅!'

벽 너머 누군가 현관문을 두드리는 소리가 들렸다.

"나현 씨! 집에 있어요? 제발 내 얘기 좀 들어줘요!"

기태가 주먹으로 나현의 집 현관문을 두드리고 있었다.

"제발요. 전부 다 설명할게요. 속이려던 것 아니었어요. 제발 내 얘기 좀 들어줘요!"

처음 들어보는 다급한 아니, 절박한 목소리였다. 그토록 냉정하고 차갑던 사람이었다. 항상 여유가 넘치고 한 순간의 흐트러짐도 없는 사람이었다. 그런데…… 자신의 이름을 저토록 애타게 부르짖는 남자는 누구인지. 과연 자신을 죽이려는 사람이 저렇게 애절하게 자신의 이름을 부를 수 있을까.

"흔들리지 말아요. 저 사람이 그동안 나현 씨를 어떻게 속여 왔는지 잘 알잖아요."

방문 앞에서 연호의 목소리가 들렸다. 나현은 침대에서 일어나 천천히 방문 앞으로 다가가 문을 열었다. 불안한 눈빛의 연호가 나현을 바라보고 있었다.

"제발……. 제발 문 좀 열어줘요. 제발요……. 할 얘기가 있어요. 미안해요. 진작 했어야 했는데. 나도 한동안은 혼란스러웠어요."

벽 너머로 여전히 기태의 애절한 외침이 이어졌다.

"나현 씨가 저 사람에게 완전히 마음을 여는 순간, 저 사람은 늘 그래 왔듯 당신을 죽일 거예요."

연호는 담담한 듯 말하려 애썼지만 목소리에 떨림이 묻어났다.

"제발……! 한 번만 내 얘기 들어주면 안 돼요? 나현 씨!"

쾅쾅. 쾅쾅쾅.

기태가 현관문을 주먹으로 내리치고 있었다.

그만해요. 실장님. 손 다 상하겠어요. 그렇게 현관문을 주먹으로 내리치면 어떻게 해요?

손 다쳐요. 그만해요.

어느새 눈물이 두 뺨을 타고 흘렀다. 자신이 어떤 얼굴을 하고 있는지 연호의 표정만 봐도 알 수 있었다.

"내 귀 좀 막아줘요. 저 사람 목소리가 들리지 않게."

빠른 걸음으로 다가온 연호가 두 손으로 나현의 양 귀를 막았다. 나현이 눈을 감았다. 아무 것도 보이지 않고, 들리지 않길.
"내가 도와줄게요. 다시는 저 사람의 목소리가 들리지 않도록."
그리고 나현의 허리를 강하게 끌어안았다. 허리를 끌어안은 손이 부들부들 떨리고 있었다. 처음의 거센 손길과는 달리 부드럽게 그리고 아주 조심스럽게 힘없이 늘어진 몸을 품에 안았다.

아침 햇살이 눈가를 간지럽혔다. 무거운 눈꺼풀을 겨우 들어 올리자 평소와는 다른 천장이 눈앞에 보였다. 나현이 침대에서 찌뿌둥한 몸을 일으켰다. 온몸이 누군가에게 두들겨 맞은 듯 쑤시고 저렸다.
어느 정도 잠의 여운을 털어내자 어젯밤 일들이 어렴풋이 생각나기 시작했다. 그제야 자신이 지금 어디에 있는지, 무슨 일이 있었는지 떠올라 정신이 번쩍 들었다. 기태의 별장에서 맨발로 뛰쳐나온 일, 연호의 집에 들어온 일 그리고 그의 품에 안겨 밤새 울다 지쳐 쓰러진 일. 화들짝 놀란 나현이 자리에서 벌떡 일어났지만 다행히 차림새는 어젯밤 잠옷차림 그대로였다.
무슨 생각을 했던 거야.
얼굴이 화끈 달아올랐다. 방문 너머 거실에서는 연호가 부산스레 움직이는 소리가 들렸다. 아침이라도 하는 모양인지 달그락거리는 소리와 냄비 끓는 소리와 함께 잔잔한 음악 소리가 들려왔다. 어떤 얼굴로 마주해야 할지. 민망함에 나가지도 못하고 방안을 서성이고 있었다.
'똑똑.'
노크소리가 들려왔다. 화들짝 놀란 나현이 다시 잽싸게 침대 속으로 뛰어 들어갔다. 도저히 연호의 얼굴을 마주할 자신이 없었다.
"일어난 거 알아요. 나 보기 싫다고 계속 방 안에만 있을 거예요?"
나현이 이불을 뒤집어 쓴 채 웅크리고 누워 숨소리를 죽였다.

"우리 집에서 첫날인데 나현 씨랑 얼굴 보면서 밥 먹고 싶다고요."

하아. 어떻게 해야 하나. 눈알만 굴리고 있는 사이, 방문이 벌컥 열렸다.

"꺄악."

나현이 이불을 다시 머리끝까지 뒤집어썼다.

"뭐예요? 이렇게 여자 방에 막 들어와도 돼요?"

연호가 피식 웃는 소리가 들렸다.

"안 보고 어떻게 알아요? 내가 나현 씨 방에 들어왔는지 문가에 서 있는지."

맞는 말이긴 하지만 아침에 막 일어나 세수도 안한 얼굴을 보여줄 순 없었다.

"빨리 나가요. 빨랑! 나 세수만 하고 주방으로 갈 테니까요."

"곧 나올 거죠?"

"알았다고요. 그리고 연호 씨. 처음 약속하고 다르잖아요! 처음엔 내 방에……."

어…… 어라?

"손 끝 하나 안 댄다고 했고 훔쳐보지 않는다고 했지 방 안에 안 들어오겠다고 한 적은 없는데요?"

나현은 이불을 걷어내고 고개를 확 돌려 연호를 째려보았다. 분하지만 맞는 말이었다.

"이햐. 세수 할 것도 없네. 아침에 일어났는데 이렇게 예뻐도 되는 거예요? 화장품한테 사과해야겠네."

싱글벙글 웃는 연호를 향해 베개를 던졌다.

"빨랑 문 닫고 나가라고요!"

베게로 얼굴을 얻어맞고서도 해실거리는 얼굴이라니.

"네네. 알겠습니다. 근데 문 닫고는 못 나가잖아요. 나 여기 계속 있으란 소린가?"

천연덕스러운 얼굴을 향해 쿠션 하나가 더 날아왔다.

"당분간 회사도 쉬는 건 어때요?"

콩나물국을 한술 뜬 숟가락이 식탁 위에서 멈칫했다.

"이미 너무 많이 쉬었어요. 내후년 연차까지 다 끌어다 썼을걸요. 나, 회사까지 잘리고 싶진 않아요."

나현이 마저 한입 크게 삼키며 대답했다. 외국 생활을 오래한 것치고 연호는 삼시세끼 꼬박꼬박 한식으로 챙겨 먹어야 직성이 풀리는 모양이었다. 게다가 음식 솜씨도 제법 좋았다. 짜지도 않고 간도 딱 알맞았다.

"목숨이 중요해요? 회사가 중요해요? 당장 바깥에 나현 씨 목숨을 노리는 사람이 있는데. 무슨 회사에 로열티가 그렇게 높아서 이 마당에 출근한다고 고집이에요? 회사는 나현 씨 하나 없어도 쌩쌩 잘만 돌아간다고요."

연호가 젓가락을 내려놓으며 부루퉁한 표정으로 말했다.

"알아요. 그래도…… 지금 날 버티게 해주는 건 어쩌면 평범한 일상일지도 몰라요. 그것마저 없으면 정말 난 이 집에서 미쳐버릴지 모른다고요."

기태가 자신의 목숨을 노리고 있다. 언제 그의 손에 죽을지 모른다. 하루 종일 그런 생각만 하고 있자면 그의 손에 죽기 전에 정신이 먼저 돌아버릴 지경이었다. 3개월 전까지만 해도 아침에 일어나 툴툴거리며 출근 준비를 하고 회사에서 정신없이 울려대는 전화를 받고 보고서를 쓰고 저녁이면 팀장의 눈치를 봐가며 야근을 하는 평범한 일상이 이렇게나 소중한지 몰랐었다.

소소하지만 작은 기쁨들과 사소한 고민들로 넘쳤던 보통의 일상. 어쩌면 연호에게 했던 말처럼 지금 자신을 제정신으로 있게끔 지탱하는 건 그런 평범한 일상일지도 몰랐다.

"알았어요. 대신 같이 가요."

"같이요?"

"핑계는 얼마든지 있잖아요. 나현 씨는 지금 제 전시회 기획 준비하고 있으니까요. 이건 양보 못해요."

나현이 수저를 입에 물고는 고개를 끄덕였다.

"목숨 걸고 지켜주겠다고 약속했잖아요. 그러니까, 내 옆에 꼭 있어요."

"네."

"정말이에요. 약속해요. 내 옆에 꼭 붙어있겠다고."

"약속할게요. 연호 씨 안 떠날게요."

그제야 연호의 두 눈이 반달처럼 휘어졌다. 싱그러운 눈웃음을 보고 있자니 가슴 한 구석이 먹먹해져 왔다. 그가 바라는 것을 과연 자신은 내어줄 수 있을까. 목숨을 걸고 지켜주겠다는 약속에 과연 무엇으로 보답해야 할까. 새삼 연호의 약속이 무겁게 느껴졌다.

"난 오늘 작업실에 잠시 다녀와야 해요. 매니저한테 부탁하고 싶지만 내가 직접 해야 하는 일이라. 미안해요. 대신 금방 다녀올게요. 한 시간이면 돼요."

"그동안 꼼짝 말고 집 잘 지키고 있으란 얘기죠?"

"아우, 착해라. 말 잘 듣네요."

연호가 장난스럽게 나현의 머리를 쓰다듬었다.

"일요일인데 나가지도 못하고 답답하겠지만 내가 방도를 찾을 때까지 좀 버텨줘요."

"걱정 말아요."

"뭐 필요한 건 없죠?"

"없어요."

그 뒤로도 연호는 나현의 집에서 더 가져올 건 없냐, 설거지는 하지 말고 그대로 둬라, 영화는 뭘 좋아하냐 영화라도 보고 있어라 등등 사소한 잔소리들을 해가며 나갈 채비를 서둘렀다. 나현은 알고 있었다. 연호의 당부는 결국 한 가지로 귀결된다는 것을.

절대 기태를 만나지 말 것. 아니, 절대 이 집을 나가지 말 것.

무엇을 그토록 불안해하는지 잘 알고 있었다. 나현은 현관문까지 따라나와 나갈 채비를 마친 연호가 스니커즈를 신고 있는 걸 바라보았다.

"조심히 잘 다녀와요."

나현의 말에 연호의 두 눈이 동그래졌다 다시 반달처럼 휘었다. 싱글벙글 입가에 웃음도 걸렸다.

"진짜 좋은데요?"

"뭐가요?"

"출근하는 신랑 배웅해주는 마누라 같아서요."

"뭐라고요?"

나현의 얼굴이 새빨개졌다.

"우리 좀 신혼부부 같지 않나?"

"헛소리 그만하고 나가라고요!"

나현이 연호의 등을 떠밀자 연호가 아쉬운 듯 현관문을 열었다.

"금방 다녀올게요."

현관문이 끽-하는 소리를 내며 열렸다. 열린 문틈 사이로 차가운 공기가 훅하고 집 안으로 들어왔다. 순간 밖에 서 있던 누군가가 열린 문틈을 향해 손을 뻗어 문을 잡았다.

7. 의심과 오해의 마침표

　나현의 몸이 그대로 얼어붙었다. 연호는 열린 문을 다시 닫으려 했지만 그보다 현관문을 잡은 사람이 문틈 사이로 들어오는 게 먼저였다. 기태였다. 어제 별장에서 본 옷차림 그대로였다. 밤새 현관문 앞을 지키고 섰던 모양이었다. 항상 단정하고 깔끔한 모습은 온데간데없이 사라지고 구겨진 정장 차림에 머리도 헝클어져 있었다. 하지만 무엇보다 눈빛. 눈빛이 완전히 달라져있었다. 흉폭하게 날뛰는 분노와 휘몰아치는 절망감을 고스란히 담은 일그러진 눈빛. 하룻밤 사이 전혀 다른 사람이라도 된 것 마냥 뒤틀린 얼굴이었다. 그 무시무시한 기세에 나현이 저도 모르게 한 발짝 뒤로 물러섰다.
　"이봐! 뭐하는 거야? 당신! 나현 씨 얼른 방으로 들어가 문 잠가요!"
　막무가내로 들어오려는 기태를 막으며 연호가 소리쳤다. 하지만 다리가 땅에 그대로 박힌 듯 좀처럼 움직여지지 않았다. 머리에서는 얼른 달려! 도망가! 라고 외치지만 몸은 그대로 얼어붙은 듯 움직일 줄 몰랐다.

"이 쥐새끼 같은 놈. 네가 하는 짓이 결국 이런 짓이지. 도대체 설화에게 뭐라고 얘기한 거야?!"

기태가 고함을 치며 연호의 멱살을 잡았다.

"나현 씨! 얼른 들어가요! 방 안으로 들어가서 문 잠그고 귀 틀어막아요! 이 사람 말 들을 것 없어요!"

멱살을 잡힌 연호는 반격도 하지 않은 채 나현을 향해 끊임없이 외쳤다. 기태가 연호의 멱살을 잡아 벽에 세게 밀어붙였다. 연호의 어깨와 등이 벽면에 부딪히며 쿵하는 소리가 났다.

"아악!"

나현이 주저앉아 귀를 틀어막았다. 연호가 반대쪽 벽면으로 기태를 밀치며 멱살을 쥔 손을 잡고 떼어냈다. 다시 한 번 쿵하는 소리가 났다.

콰앙!

기태가 연호를 향해 다시 달려들었고 두 사람은 서로의 멱살을 잡은 채 현관에서 복도 쪽으로 함께 쓰러지며 뒤엉켰다.

"설화한테 도대체 무슨 얘길 한 거야! 내가 설화를 죽였다니!"

"네가 윤시함이고, 네가 설화를 죽였잖아! 우리가 그걸 모를 거라고 생각해?"

"무슨 헛소리야?! 내가 왜! 내가 왜 설화를 죽여!"

"거짓말 해봐야 소용없어! 나현 씨! 빨리 현관문 잠가요!"

나현이 현관문으로 엉금엉금 기어갔다. 다리가 후들거려 도저히 일어날 수가 없었다. 겨우 힘을 내 자리에서 일어났다. 열린 문 틈 사이로 복도 바닥에 엉겨 붙어 엎치락뒤치락 하고 있는 두 사람의 모습이 보였다.

"나현 씨! 그러지마! 제발······. 제발 내 얘길 들어줘. 설화를 죽인 건 내가 아니야!"

현관문 손잡이를 잡는 순간, 절박한 기태의 눈과 마주쳤다.

제발…….

나현은 두 눈을 꾹 감고 손잡이를 세게 잡아당겼다. 쿵하고 문이 닫히는 소리가 들렸다. 방안으로 들어가 문을 잠그고 침대에 앉아 두 귀를 틀어막았다. 아무 소리도 듣고 싶지 않았다. 밖에서는 경찰차 사이렌 소리가 어렴풋이 울렸고, 얼마의 시간이 지나자 두 남자의 외침 소리도 잦아들었다. 그래도 여전히 귀에서 손을 떼지 않았다. 손을 떼면 두 남자의 외침 소리가 들려올 것만 같았다.

'저 사람 말 믿지 말아요! 저 사람은 나현 씨를 죽일 거예요!'

'나현 씨. 제발 나를 믿어줘요. 난 죽이지 않았어!'

정반대의 말을 서로 믿어달라고 절박하게 애원하는 두 사람의 목소리가 계속 들려왔다. 미칠 것만 같았다. 누구의 말을 믿어야 할지. 여기에 그대로 있을 수도 없었다. 지금은 연호도 기태도 모두 보이지 않는 곳으로 가고 싶었다. 핸드폰에 배터리를 끼우고 전원을 켰다. 전원이 들어오자 기태가 보낸 수많은 문자들이 딩동 소리를 내며 수신되었다. 나현은 곧장 연락처 탭을 눌러 익숙한 이름들을 살폈다.

강미진, 윤해문, 전예경 그리고 이태진.

태진이…….

태진의 연락처를 선택해 통화 버튼을 누르려다 잠시 망설였다. 하지만 그대로 핸드폰을 내려놓고 자리에서 일어섰다.

카드키를 잠금 장치에 대자 초록 불빛을 내며 호텔방 문이 열렸다. 나현은 트렁크를 끌고 호텔 방 안으로 들어섰다. 곧장 창가로 다가가 두꺼운 커튼을 양옆으로 치니 밝은 햇살이 어두웠던 방 안을 가득 밝혔다. 이웃들의 신고로 연호와 기태가 경찰서로 연행되어 간 사이 트렁크에 짐을 우겨 넣고는 연호의 집을 나왔다. 누군가에게 기대고 싶은 마음은 굴뚝같았지만 이제 더 이상 타인의 말에 휘둘리고 싶지 않았다. 애초에 이런 혼란을 가져온 건 자신의 판단을 믿지 못하고 다른 사람의 말에 의존했기 때문이 아닌가.

'피곤해.'

옷도 갈아입지 않은 채 호텔방 한가운데 자리한 부담스럽게 큰 침대 위에 벌렁 누웠다. 눈을 감고 아무 생각도 하지 않으려 해도 오만가지 잔상들이 떠올랐다. 지나온 일들을 다시 곱씹어 봐야 가슴만 답답해 질 것이다. 앞으로 어떻게 해야 할지를 스스로 결정해야만 하는 순간이었다.

회사는…… 아무래도 한 번 더 연차를 내야 했다. 연호와 기태. 누구를 믿어야 할지 모르는 상황 속에서 두 사람은 되도록 피하는 게 좋을 것 같았다. 그런데 정말 두 사람 중 한 사람이 거짓말을 하고 있는 게 맞을까? 절박한 기태와 연호의 눈빛을 떠올렸다. 아무리 생각해 봐도 두 사람 다 거짓말을 하고 있다는 게 믿기지가 않았다. 하지만 분명 기태는 시함이었다. 연호가 말해서가 아니었다. 기태를 떠올리자 쿵쾅거리는 심장 위에 손을 가만히 올려다 놓았다. 기태는 시함이었다. 그건 자신이 가장 잘 알고 있었다.

그렇다면 기태가 한 말이 거짓일까? 시함이 설화를 죽이지 않았다는 말. 분명 꿈에서 자신은 시함에게 살해당했다. 시함이 설화를 향해 내리치던 칼날의 서늘함까지 고스란히 느끼지 않았는가. 하지만…… 왜 자꾸만 기태의 말이 거짓말이 아니라는 생각이 드는지 도통 알 수가 없었다.

'꿈이라도 한 번 더 꿨으면 좋겠는데…….'

전생을 각성한 이후 한 번도 전생에 관한 꿈을 꾸지 않았다. 꿈이라도 꾼다면 제3자의 입장에서 자신의 상황을 다시 한 번 냉철하게 볼 수 있을 텐데, 이제는 자신에게 남아있는 희미한 전생의 기억에 의존해야 하는 것이다.

'기억은 왜 이렇게 흐릿한 거야.'

명확하게 기억해내지 못하는 자신이 원망스러웠다. 조금이라도 선명하게 기억했다면 확실히 분간해 낼 수 있을 텐데……. 그때 문득 기억의 한 조각이 머리를 스쳤다. 전생의 연등회에서 만났던 거렁뱅이 스님이 했던 말이 떠오른 것이다.

'애기 보살님 덕분에 목숨을 건졌습니다.'

'그래서 제 목숨 값으로 한 가지 도움 될 만한 걸 가르쳐 드리려 합니다.'

'아니. 이 얘긴 도움 되는 걸 넘어서 애기씨에게 아주 중요한 얘기가 될 겁니다. 애기 보살님, 제가 오늘 하는 말을 절대, 절대 잊으시면 안 됩니다. 아시겠죠?'

'모든 것은 그림에서 시작해서 그림으로 끝납니다. 그림을 조심하세요.'

그림……. 나현이 침대에서 벌떡 일어났다. 거렁뱅이 스님이 말했던 그림……. 혹시……? 가만히 눈을 감고 전생의 기억을 더듬기 시작했다. 아버지를 반역 죄인으로 몰아갔던 그림……. 아버지의 친우에게서 건네받았던 그림……. 그 그림이 어떤 그림이었지? 희미하게 그림의 형체가 나타났다 다시 사라졌다. 분명 어머니의 그림이라고 했었지.

그 그림은…….

번쩍 눈을 떴다. 인사동에서 발견한 두루마리 서화.

그것은 붉은 옷을 입은 여인의 그림이었다.

* * *

시계가 오후 3시 반을 가리키고 있었다. 차마 배터리를 빼놓았던 핸드폰을 켤 수 없어 호텔 로비에서 전화기를 빌려 지상에게 전화를 걸었다. 만났으면 좋겠다는 말에 지상은 어떻게 할 건지 결정했냐고 먼저 물어왔다. 장기를 내어놓던지, 쇠고랑을 차던지 선택하라는 기태의 말에 꽤나 똥줄이 탔던 모양이었다.

'그 남자도 함께 나오는 거지? 권기태.'

명줄을 잡은 게 누구인지 정확히 알고 있었다.

'응. 같이 나갈 거야.'

아니라고 대답한다면 제대로 상대해 주지 않을 것이다.

'저번에 가 봐서 알지? 병원 근처 쉘브르 다방. 5시까지 거기로 와.'

대책도 없이 저지르고 보니 뭘 어떻게 해야 할지 몰랐다. 일단 그림에 대해 먼저 알아야 했다. 하지만 그림에 대해 안다고 과연 제대로 된 전생의 기억을 떠올릴 수 있을까? 처음 그 그림을 보았을 때도 기분만 나쁠 뿐 별다른 기억이 떠오르지 않았었다. 가슴이 답답했다. 거렁뱅이 스님이 얘기한 '모든 것은 그림에 달려있다'는 말이 무엇을 의미하는지 도통 감이 오지 않았다. 이렇게 홀로 남아 보니 스스로 할 줄 아는 게 아무것도 없는 바보처럼 느껴졌다. 하지만 지금은 자책하고 우울해할 시간 따윈 없었다. 목숨이 달린 일이었다. 누구의 목숨도 아닌 자기 자신의 목숨이. 나현은 가방에서 수첩과 펜을 꺼내어 자신이 해결해야 할 문제들을 적어 보았다.

  1. 보현의 죽음은 타살인가? 타살이라면 전생과 관련된 것인가? 보현을 죽이려는 사람은 날 습격한 사람과 동일인물인가?

  2. 전생에서 거렁뱅이 스님이 말한 모든 것은 그림에서 시작해서 그림으로 끝난다는 말은 무엇인가? 그 그림은 보현이 선물해준 두루마리 서

화가 맞는 것인가?

  3. 현재에서 날 죽이려는 사람은 누구인가? 전생에서 설화를 죽인 사람은 시함이 맞는가? 시함은 과연 기태인가?

  모두 다 막막하기만 한 문제들이었다. 일단은 지상을 만나기로 했으니 그림에서부터 시작하는 게 맞으리라. 거렁뱅이 땡중이 말했던 것처럼.
  '하아······. 이를 어쩐다.'
  이럴 줄 알았으면 사진이라도 찍어둘 걸 그랬다. 그림을 처음 보았을 때는 그저 오래된 그림일 뿐이라 생각했지 이토록 오래되고 값나가는······.
  '잠깐······.'
  문득 이상한 생각이 머리를 스쳤다. 우리나라에 현재 고려시대에 그려진 그림은 몇 점 남아있지 않았다. 그림의 완성도를 넘어 현존하는 고려시대 그림이 있다는 것만으로 충분한 가치가 있다. 아무리 할아버지 아래에서 고미술품 보는 눈을 키워왔다 할지라도 지상이 단숨에 그 그림을 고려시대 그림이라 알아본 건 이상했다. 지상이 그림을 본 시간은 길해야 5분 정도. 지상이 그림을 들여다 볼 때 기분이 나빠 얼른 두루마리를 다시 말고 옷장 안에 넣지 않았는가. 그 짧은 시간 안에 그림이 진짜 고려시대에 그려진 그림인지 또 얼마나 값어치가 나가는지 알아보기란 전문가라도 불가능했을 터이다. 지상은 대체 어떻게 그 그림이 진짜 고려시대에 그려진 그림인 줄 알았을까? 설마······. 지금 떠오르는 생각이 사실이 아니길 바랐다.
  '그럴 리 없어.'
  고개를 절레절레 흔들어 보았지만 그 사실 아니고서야 지상의 행동을 설명할 길이 없어 보였다. 게다가 예전에 해문과 얘기했듯 지상도 근래 나현의 인생에 등장한 인물이 아닌가. 연호도 나현이 죽음에 가까이 다가갈수록 전생과 관련된 인물이 갑자기 하나둘씩 나타날 것이라 말했었다. 주변에 한기가 도는가 싶더니 팔에 오슬오슬 소름이 돋았다. 스멀스멀 나쁜 기운이 온 몸을 휘감았다.

분명했다. 지상은 그 그림을 이미 알고 있었다.

"잘 찾아왔네? 지독한 길치라 적어도 10번 이상은 왔다 갔다 해야 길 외우잖아."

지상이 때가 끼고 케케묵은 낡은 천 소파에 앉아 다리를 꼬았다. 음산하고 저열한 눈빛이 낯설었다. 불과 한 달 사이에 그는 전혀 다른 사람이 되어버린 것만 같았다.

"왜 이렇게 나한테 적대적이야? 내가 지상 씨한테 무슨 짓을 한 것도 아니잖아. 오히려 그림을 훔쳐 간 건 지상 씨인데 왜 이렇게 나한테 적대적으로 대해?"

켕기는 게 있으니 일부러 세게 나가는 것이 분명했다. 유치하고 치졸하고 속이 뻔히 보이는 소인배.

"그 사람은?"

뜨끔한 모양인지 지상이 화제를 돌렸다.

"안 와."

"뭐? 같이 온다고 했잖아."

그림을 훔쳐간 사실을 어물쩍 넘길 뿐 아니라 기태와 돈 문제에 관해 협상이라도 할 심산이었던 모양이었다.

"이제 같이 안 와."

"하……! 진짜 어이가 없네."

지상이 자리에서 일어났다.

"그 사람 안 데리고 오면 너하고 볼일은 없어. 나 간다."
한 치의 망설임도 없이 등을 돌리는 순간 나현이 다급하게 외쳤다
"그림……! 어떻게 알아 본거야? 고려시대에 그려진 거라고."
흘깃 뒤돌아보는 지상의 눈이 가늘어졌다.
"……딱 보면 알 수 있어."
"거짓말하지 마. 5분도 안 되는 시간이었어."
"난 알아."
"원래 그 그림 알고 있어서?"
지상은 다시 천천히 소파에 앉았다.
"이제 기억하나봐? 자신이 누구인지."
기묘한 웃음이 입가에 퍼졌다. 머리부터 발끝까지 전신에 소름이 돋았다. 알고 있는 게 분명했다. 저 웃음을. 지상의 얼굴이 누군가와 흐릿하게 겹쳐보였다.
저 얼굴은……. 저 얼굴은…….
겹쳐 나타난 얼굴이 선명해 지려는 순간 이내 사라져버렸다. 머리가 욱신욱신 아파왔다.
"누…… 누구야? 당신 누구냐고."
노력했지만 목소리가 덜덜 떨렸다.
"난 아직 못 알아보네. 억울한데? 당신들 그 대단한 사랑 놀음 때문에 개죽음 당한 것도 모자라 원치도 않는 환생 계속해 온 사람으로서는."
"뭐…… 뭐라고? 그게 무슨 말이야!"
"네가 날 못 알아보면 안 되지. 너 때문에 내가 죽기까지 했는데."
지상의 비열한 눈빛이 반짝였다.
살기등등한 눈빛. 지상은 어느새 나현을 죽일 듯이 노려보고 있었다. 머리가 빙글빙글 돌고 속이 울렁거렸다. 토기가 밀려왔다. 분명히 저 눈

빛을 알고 있는데……. 어떤 장면이 떠오를 듯 말듯하다 뿌옇게 사라졌다. 어지러워 그대로 앉아있을 수가 없었다.

"다…… 당신 누구야. 뭘 알고 있어."

"아직 다 기억 못하는구나?"

입가에 지은 미소가 섬뜩했다. 즐거워 보이기까지 했다.

"어디까지 기억하고 있는데?"

느긋하고 여유롭게 소파에 몸을 뉘이며 지상이 물었다. 그리고는 오른쪽 엄지손톱을 잘근잘근 물어뜯기 시작했다.

어…….

그것은 지상이 초조할 때 마다 하는 행동이었다. 별거 아닌 질문인 듯 말을 던졌지만 사실 굉장히 중요한 질문임이 분명했다. 과연 나현이 전생에 관해 어디까지 알고 있는지. 상대방의 정체도 모르는 상황에서 모든 패를 다 까발릴 순 없었다.

"당신이 누군지 알려주는 게 먼저야."

"하하."

지상이 어이없다는 듯 웃음을 터뜨렸다.

"이봐. 지금 상황이 어떤 상황인지 잘 모르나 본데……. 아쉬운 건 너야."

"아니지. 당신이야. 잊었어? 지상 씨, 나한테서 미술품 훔쳐갔잖아. 그걸 경찰에 신고할 지 안할 지는 내 손에 달린 거 아냐?"

지상의 얼굴이 일그러졌다.

"그러니까. 그림을 떠나서 협조를 하자 이거야. 서로."

"협조?"

"응. 지상 씨가 나한테 전생에 관한 솔직한 정보를 준다면……. 나도 경찰에 신고하지 않을게."

"그림은?"

"어쩔 수 없이 BS캐피탈로 넘어 가겠지. 그러면 그쪽에서도 더 이상 지상 씰 건드리지 않을 거야. 내가 경찰에 신고만 안 한다면 지상 씨는 손해 보는 게 아무것도 없잖아."

"……."

"하지만 지상 씨가 한 얘기 중에 하나라도 거짓이 있다면 그대로 경찰에 가서 신고할 생각이야. 의사 면허도 정지되고 병원도 압류되겠지."

지상이 입술을 깨물었다.

"알겠지만 지금 내 주위에는 전생에 관련된 사람들이 갑자기 나타나기 시작했어. 지상 씨가 거짓말을 한다면 언제든지 알아챌 거야."

"그래서 궁금한 게 뭔데?"

알 수 있었다. 그가 진지하게 대답할 준비가 되었다는 걸. 3개월 짧은 시간의 만남이었지만 거짓말을 하는지 정도의 구분은 가능했다.

"권기태 씨가 시함이 맞는지, 그리고 난 누구에게 살해당했는지 알고 싶어."

"뭐?"

잔뜩 힘 빠진 얼굴. 질문에 이해가 가지 않는다는 듯 미간에 깊은 주름이 가도록 인상을 썼다.

"내 질문이 이상해?"

"당연하지. 너 정말 권 실장이 윤시함인것도 몰랐어?"

역시……. 가슴 한 구석 통증이 느껴졌다. 권 실장이 시함이었다. 연호와 지상 두 사람의 입에서 나온 공통적인 이야기였다. 의심할 여지가 없었다. 하지만 왜 자신은, 설화를 죽이지 않았다는 시함의 말을 믿고 싶은 것일까.

"도대체 네가 기억하는 게 뭐야? 어떻게 윤시함을 몰라 봐?"

"……."

"그리고 두 번째 대답은 내가 해 줄 수가 없어."

"……왜?"

"내가 너보다 먼저 죽었으니까. 윤시함의 칼에 맞아서."

"뭐?"

"너랑 같이 도망치던 날……. 널 쫓아온 윤시함의 칼에 맞아 죽었잖아. 절벽에서."

물 컵을 쥔 손이 덜덜 떨렸다. 천천히 빙빙 돌던 머리가 빠르게 돌기 시작했다. 눈앞에 새까만 어둠이 몰려들었다. 그리고 수많은 기억들이 그 속으로 조금씩 빨려 들어갔다.

나현이 자리에서 박차고 일어나 화장실을 향해 뛰어갔다. 목구멍까지 토기가 밀려와 참을 수가 없었다. 변기를 잡고 한참 동안 왝왝거렸더니 누런 신물만이 입에서 흘러나왔다. 온 몸에 힘이 쭉 빠졌다. 제대로 서 있을 수조차 없어 화장실 맨 바닥에 주저앉았다. 가슴이 저릿저릿했다. 아니, 무언가 날카로운 칼날 같은 것이 가슴을 파고드는 듯 했다.

등신같이……. 도대체 제대로 기억하는 게 뭐야.

별장에서 뛰쳐나오던 날, 설화를 부르며 절규하던 상처 입은 기태의 눈이 떠올랐다. 가슴에 불덩어리 같은 것이 부풀어 올랐다. 그리고 목구멍까지 치밀어 오르기 시작했다.

"흐……윽……. 흑……. 으어……어……."

조용히 시작된 울음은 거친 울부짖음으로 변해갔다. 나현이 손을 들어 제 가슴을 치기 시작했다.

"으……. 흐…… 으어……엉……. 으헝……."

아니었다. 처음부터 그 사람이 아니었다. 가슴이 무너져 내렸다. 화장실 바닥에 엎드려 긴 울음을 토해냈다. 제 속에 있는 모든 것을 다 끄집어내어 뱉어 버리고 싶은 심정이었다.
"으……. 허……엉……. 으어엉……."
그때 머리 위에 검은 그림자가 드리워졌다.
"권기태 실장한테 전화 왔어. 너 혹시 만났냐는 말에 만나고 있다고 대답했어."
화장실 문 앞에 서 있던 지상이 발걸음을 돌렸다. 그리고는 문득 멈춰 서더니 조용히 읊조렸다.
"설화를 좋아했던 적은 단 한 번도 없었어. 하지만 송나현 넌……. 안타깝게 생각해."

쉘브르 다방에서 나와 컴컴한 지하 계단을 올랐다. 후들거리는 다리로는 계단을 오르는 것도 힘에 부쳤다. 난간에 기대어 잠시 한숨을 돌린 나현이 가방에서 핸드폰을 꺼냈다. 전원을 켜자 메시지 도착을 알리는 수신음이 끊임없이 울려댔다.
연호, 연호, 기태, 기태, 기태, 연호, 기태, 연호, 기태…….
'쉘브르 다방으로 갑니다. 그대로 있어요.'
3분 전에 도착한 기태의 메시지가 마지막이었다. 도대체 무슨 낯짝으로 그 사람 얼굴을 본단 말인가. 믿지 않았다. 도망쳤다. 그리고 상처 주었다. 불완전한 기억을 과신하며 그 사람이 범인이라 단정 지어버렸다. 나현은 도망치듯 지하 계단을 오르기 시작했다. 오늘은 도저히 그의 얼굴을 볼 자신이 없었다. 힘겹게 계단을 오르는 중에도 핸드폰은 계속 울렸다. 보지 않아도 알 수 있었다. 자신을 애타게 찾는 기태라는 걸.

"지금 소요산, 소요산행 열차가 들어오고 있으니 승객 여러분들은……."

지하철 안내 방송이 청량리역 안에 울려 퍼졌다. 기태는 거친 숨을 몰아쉬며 계단을 향해 질주했다. 땀에 흠뻑 젖은 와이셔츠가 끈적끈적하게 몸에 달라붙었다. 큰 키에 미끈하게 잘생긴 남자가 지하철 역사 안을 뛰어다니자 사람들은 영화촬영 중이라 생각했는지 두리번거리며 술렁였다. 기태는 잠시 멈춰 서서 숨을 고르곤 핸드폰을 열어 전화를 걸었다. 신호음은 갔지만 여전히 전화를 받지 않았다.

이 여자. 대체 어디에 있는 거야. 백지상은 분명 지하철 역 쪽으로 갔다고 했는데.

두어 군데 탑승구를 뒤져보았지만 새까맣게 몰려든 사람들 사이에서 나현의 모습은 보이지 않았다.

빠앙. 열차가 역사를 향해 진입하는 소리가 들렸다. 기태가 다시 이리저리 고개를 돌리며 혼잡한 인파를 헤쳐 나갈 때였다. 멀리서 언뜻 익숙한 남자의 뒷모습이 눈에 들어왔다.

분명……. 본 적이 있는 남자다. 갤러리 홍에서 에단 주 전시회 회의 때 본 적이 있는 남자였다.

이름이……. 태진.

이태진이었던가?

기태가 사람들 틈 사이를 비집고 다가서는 찰나였다. 태진이 앞에 있는 여자의 등을 힘껏 밀었다. 사람들의 시선을 피한 교묘한 몸짓이었다. 여자의 몸이 선로를 향해 기우뚱하더니 붕하고 날아 선로로 추락했다.

저…… 저건…….

나현 씨!

벼락이라도 맞은 듯 전신이 떨려왔다.

빠아앙. 빵빵.

어느새 선로 반대편 쪽에서는 거대한 열차의 몸통이 맹렬히 역사 안으로 진입하고 있었다. 기태는 망설임 없이 선로로 뛰어들어 나현을 품안에 안고 반대 방향으로 달리기 시작했다. 뒤에서는 열차가 맹렬한 속도로 기태를 따라 붙고 있었다. 나현을 안고 있어 달리는 속도가 점점 늦어졌다. 다리에 돌덩이를 달아놓은 듯 자꾸만 아래로 푹푹 꺼져 들었다. 뒤에서는 더운 열기를 내뿜는 열차의 기세가 가까이 느껴졌다. 끼이익 하며 찢어질 듯한 마찰음이 귓가를 울려댔다.

이대로는 안 된다. 하고 싶은 말이 많았다. 아니, 나현이 들어야만 하는 말이 많았다. 아니, 이대로 보낼 수 없다. 제발…….

"으아아아아!"

기태는 마지막 온 힘을 다해 앞을 향해 달렸다.

끼이이익.

느려지던 열차가 귀를 찢는 금속 마찰음 소리를 내며 내달리는 기태의 바로 뒤에서 완전히 멈춰 섰다. 지켜보던 사람들이 안도의 한숨을 내쉬며 환호성을 질렀다.

"헉……. 헉…….."

기태는 그제야 숨을 몰아쉬며 자신의 품에 안겨 있는 나현을 바라보았다. 정신을 잃은 파리한 얼굴에 심장이 오그라드는 것 같았다.

"나현 씨! 나현 씨! 괜찮아요? 정신 좀 차려 봐요!"

애절한 외침에도 나현은 눈을 뜨지 않았다.

"설화……! 설화……!"

기태가 힘없이 늘어진 몸을 힘주어 품에 안았다. 꺼져버릴 듯 가녀린 몸이었다. 안타까움에 가슴이 타들어 가는 것 같았다. 이건 아니다. 이래서는 안 된다.

"제…… 제발…….."

그때였다. 나현의 눈꺼풀이 파르르 떨리더니 천천히 눈을 떴다. 시야가 흐릿한 모양인지 몇 번 눈을 깜빡이더니 천천히 기태를 향해 시선을 맞춰왔다. 눈동자가 잠시 흔들리더니 말간 눈물이 순식간에 고였다. 두 눈에 차고 또 차고 넘치던 눈물이 눈가를 빙 둘러 흘러내리기 시작했다.

"흐…… 흑……."

기태가 천천히 손을 들어 올려 나현의 뺨을 쓰다듬었다. 부드러운 뺨에 닿은 손이 미친 듯 떨려왔다. 여전히 숨은 턱 끝까지 차올랐고 심장이 크게 부풀어 올랐다 내리길 반복했다. 순간 나현의 입술이 달싹였다.

"시함……. 다…… 당신……이었어……."

나현이 축 늘어진 손을 올려 기태의 뺨을 가만히 쓰다듬었다. 하지만 곧 들어 올렸던 손이 힘없이 떨어지고 온 몸이 기태의 품으로 무겁게 가라앉았다. 정신을 완전히 잃은 것이다.

* * *

겨울은 소리 없이 찾아왔다. 떨어진 낙엽으로 무성하던 황궁 뜰에도 늦은 밤 내린 솜털 같은 싸라기눈이 굴러다니고 있었다. 왕유는 돌담 뒤에 몸을 숨기고 맞은편 불 꺼진 신덕전황제의 침전을 한참 동안이나 바라보았다. 금위군들이 신덕전 주위를 맴돌며 순찰을 하거나 지정된 장소를 우두커니 지키고 서 있었다. 하필이면 어젯밤 눈이 내린 터라 걸을 때마다 자박거리는 소리가 났다. 누구의 눈에도 띄지 않고 신덕전에 들어가기란 불가능해 보였다.

'이를 어쩐다.'

이대로라면 속절없이 시간만 흐를 듯싶었다.

"저를 따르시지요."

갑자기 들린 여인의 목소리에 왕유가 놀라 뒤를 돌아보았다. 발걸음

소리는커녕 사람의 기척도 느끼지 못하였건만 바로 뒤에는 포를 뒤집어 쓴 상궁 하나가 자신을 따르라는 눈짓을 보내고 있었다. 왕유가 알아차린 듯 고개를 끄덕이니 상궁은 재빨리 종종걸음으로 어디론가 향하기 시작했다.

으슥한 길을 몇 번이나 돌고 나니 신덕전 뒷문이 눈앞에 보였다. 상궁은 뒷문을 지키고 있던 금위군에게 다가가 무엇이라 속삭였고, 금위군들은 순찰을 가장한 듯 이내 하나 둘씩 자리를 뜨기 시작했다.

"들어가시지요. 나가는 길은 들어오는 길과 같습니다."

왕유를 뒷문까지 안내한 상궁은 자신의 소임을 마치자 이내 어둠 속으로 사라졌다. 들어선 신덕전 안은 텅 빈 듯 개미 새끼 한 마리 보이지 않았다. 필시 황제 왕렴이 내관과 궁녀들을 모두 물리친 터.

'그 누구도 알아선 아니 된다.'

왕렴의 의지 어린 눈동자가 떠올랐다. 밤마다 윤일재가 내리치는 칼날에 목이 잘리는 꿈을 꾸며 깨어나던 겁 많던 모습도, 어전에 칼을 차고 들어오는 무례를 범한 윤일재에게 아무 소리 못하던 유약한 모습도 아니었다.

'폐하께서는 결심을 하신 것이다. 진심으로 윤일재의 세력에 맞서기로.'

십여 년 전, 갓 서른을 넘긴 혈기왕성했던 왕렴은 윤일재의 손아귀에서 황권을 되찾고자 조용히 자신의 사람들을 키워갔다. 과거제를 통해 뛰어난 문재들을 중용하고 국자감 출신의 젊은 사대부들을 황실 직속 기관으로 불러 들였다. 당시 중추가 되었던 인물은 이부상서 송심언과 형부상서 문좌영이었다. 대쪽같이 강직했던 송심언은 올곧은 말을 하는데 주저함이 없었고, 그의 논리와 주장을 틀린 바가 없었기에 귀족 세력들에게는 눈엣가시나 다름없는 인물이었다.

두 사람은 유교를 기반으로 나라의 제도를 새로이 정비할 것을 주창하며 탐관들의 빈번한 뇌물 수수와 백성들을 수탈하는 행위, 갖가지 폐단들에 관한 상소문을 매일같이 올렸다. 처음에는 몇몇 젊은 사대부들이 주제도 모르고 나부대는 행위라 생각했건만 일에 대한 파급효과는 곳곳에서 터져 나오기 시작했다. 서해도에서 농민들이 반란을 일으켜 명망 높은 가문인 평산 한 씨의 가옥을 습격해 곡창을 터는 사건이 벌어지는가 하면, 젊은 국자감 생들이 황제에게 단체로 상소문을 올리기도 했다. 개경 거리는 밤마다 '황제가 일어서고 나라가 일어서고 윤가가 패망할지어다.' 라는 방이 곳곳에 나붙기도 했다. 그 누구도 부당하다 말하지 못했건만 한번 터져 나온 불만은 곳곳에서 불씨를 키워갔던 것이다.

  결국 불안한 시국을 안정시킨다는 명목으로 황궁에서는 윤일재의 측근들을 부패의 죄목으로 귀양 보내고 전답과 노비를 몰수했다. 그리고는 송심언과 문좌영에게 은밀하게 황명을 내려 17개에 이르는 개혁안을 추진토록 하였다. 이는 윤일재를 필두로 한 공고하기만 했던 귀족 세력을 뒤흔들기 충분한 것이었다. 그렇게 쉽게 오랫동안 잃어버렸던 황권을 되찾을 수 있을 것만 같았다.

  하지만 백 년이 넘는 시간동안 권력을 손아귀에 쥐고 있던 자는 어떻게 그 권력을 유지하는 잘 알고 있는 법. 그들은 갑작스러운 기세가 어떻게 한 번에 꺾일 수 있는지 알고 있었다. 송심언이 황후와 사통한 죄로 처형을 당하자 나머지 일들은 윤일재가 원하는 대로 빠르게 흘러갔다. 벌떼처럼 모여들었던 신진사대부 세력들은 외관 한직으로 밀려나거나 정치에 등을 돌리고 고향으로 내려갔고 백성들과 국자감 생들은 거짓말처럼 입을 다물어 버렸다.

  그리고는 다시 아무것도 변한 게 없었다. 모든 것이 예전 그대로였다. 그 일로 왕렴은 한동안 개혁의 의지를 모두 상실한 듯 보였다. 몇 날 며칠 아니, 두 계절이 다 가도록 형부상서 문좌영의 여식인 현비의 처소에 머물며 치마폭에서 벗어날 줄 몰랐다. 항상 술에 취해 정사에는 완전히 관심을 끊은 듯 편전인 선정전에는 얼굴 한 번 내비치지 않은 날들이 이어졌다. 한번 꺼져버린 개혁의 불씨는 다시 살아날 기미가 보이지 않았다.

그랬던 왕렴이 어느 날 사람을 보내어 왕유에게 비밀 회동을 제안한 것이다. 술에 취해 흐리멍덩했던 눈빛이 반짝였고 얼굴에는 단호한 의지가 서려있었다.

왕유는 문 앞에서 무릎을 꿇고 조용히 아뢰었다.

"대량원군 왕유, 폐하를 뵈옵니다."

그리고는 문이 조용히 열렸다. 눈앞에는 아직 용포를 벗지 않은 왕렴이 침의 위에 바른 자세로 앉아 있었다.

"이리 가까이 오거라."

왕유가 천천히 다가갔다.

"어찌됐느냐. 알아보았느냐. 송심언의 여식이 어디에 있는지를."

"네, 폐하."

왕유의 목소리가 비통하였다. 설마 하였던 비보를 어찌 전해야 할지 암담했다.

"어디에 있는 것이냐. 얼른 대답해 보거라."

"윤일재의 가옥에 감금되어 있다 하옵니다."

왕렴의 낯빛이 어두워졌다.

"윤일재의 집이라……. 네 추측이 맞는 것처럼 보이는구나."

"곧 윤일재의 자제와 혼례를 치르게 할 모양입니다."

"이…… 이를……."

"더 이상 망설일 시간이 없습니다, 폐하. 필시 둘 사이에서 자손을 볼 것이고, 그 피가 황실의 피라 주장하며 손이 없는 황실의 양자로 들이라 할 것이옵니다."

"기…… 기어코 황권까지 손아귀에 쥐겠다, 이것인가."

"윤시함의 아들, 윤일재의 손자를 태자로 책봉케 하겠지요."

처음부터 윤일재가 설화와 시함을 혼례 시키고 그 사이에서 낳은 자식을 황실의 양자로 들이겠다 마음먹은 것은 아닐 것이다. 황제 왕렴과 황후는 금슬이 좋았지만 자식 복이 없었다. 혼례를 올리자마자 회임한 아이는 사산하였고 그 이후 황후는 폐위할 때까지 단 한 번도 회임할 수 없었다. 이는 다른 후궁인 문좌영의 여식인 현비와 이 년 전에 들인 윤비도 마찬가지였다. 왕렴의 동생인 둘째 왕성은 출가를 하였고, 셋째 왕지는 병사하는 바람에 넷째인 가흥대군 왕각이 태자로 책봉되었으나 그마저도 이 년 전 낙마하여 자리에 드러눕게 되었다.

태자인 왕각마저 생이 위태로운 지금 유일한 다음 황위 계승권은 자연스레 이십대 중반의 나이에 들어선 다섯째 왕유의 차지가 된 듯싶었다. 하지만 윤일재는 아직 태자께서 살아계신데 태자 책봉을 다시 하는 것은 도리에 어긋난다, 전란의 기운이 돌고 있으니 시국이 안정된 후 태자 책봉을 하자며 차일피일 미루기만 하였다. 그로써는 갓 이십대 중반에 접어든 혈기왕성한 왕유를 꼭두각시처럼 제멋대로 주무르기 쉽지 않다고 생각했을 터.

더욱이 왕유는 송심언과 가까이 지내며 자주 회동하였던 인물이다. 윤일재로서는 죽어가는 왕각을 다시 살리는 한이 있더라도 왕유가 태자에 책봉되는 것만큼은 막아야했다.

그때 윤일재의 머릿속에 한 가지 생각이 스쳤을 것이다.

'황실의 피가 흐르는 자가 어찌 왕유뿐이랴.'

십여 년 전 제 손으로 황실의 자손 하나를 더 만들어내지 않았는가.

황후의 딸. 송설화.

기실 고려 황실에서는 혈연관계에 의한 혼례를 빈번히 치뤘으며 황후는 왕렴의 사촌 누이였으니 설화에게도 황실의 피가 흐른다고 주장하는 것은 이치에 들어맞았다. 결국 윤일재는 제 후손을 옥좌에 앉히고자 기나긴 계략을 세운 것이다. 설화와 시함 사이에서 본 후사를 황실에 양자로 입양하여 태자로 책봉케 할 치밀하고 교활한 계략을.

"송설화가 자식을 낳고 황실의 양가로 들이기까지는 아직 너무 먼 얘기다. 지금부터 서두를 필요가 없지 않느냐."

"분란의 씨는 애초부터 싹을 잘라내어야 함이 옳은 줄 아뢰옵니다."

"그렇다고 하나 송설화와 윤시함의 혼인을 막을 명분이 부족하구나."

예상했던 말이 여지없이 나왔다. 명분이라······.

"폐하. 폐하께서는 명분 따위는 없어도 될 것입니다."

"그게 무슨 말이냐."

"송설화를 죽이십시오."

"지······ 지금 무엇이라 하였느냐?"

왕렴이 목소리를 높였다.

"송설화를 죽이라 하였사옵니다. 황제께서 명하시면 바로 그리하겠습니다."

왕렴의 눈동자가 흔들렸다. 송설화. 그녀가 누구인가. 송심언의 여식 아닌가. 비록 황후와 사통한 죄로 처형당했고 그로 인해 구중심처에는 온갖 와언들이 떠돌았지만 왕렴은 한 번도 송심언의 결백을 의심해 본 적 없었다. 윤일재 앞에서도 굽힘없이 올곧은 말만 했던 송심언.

'폐하. 판부사 황석판은 매관매직을 일삼아 뇌물이 공공연히 오갔으며 이로 인해 그의 집에는 수만 근의 고기가 썩어나갈 지경이라 하옵니다. 백성들의 토지를 빼앗고 노비를 시켜 남의 수레와 말을 약탈하니 백성들

의 원성이 하늘을 찌릅니다. 부디 민심을 굽어 살피시어 그에 응당한 벌을 내려 본보기로 삼으시옵소서.'

황제인 자신에게 충심으로 간언하였던 송심언.

'폐하. 밖에는 흉년이 들어 백성들이 풀뿌리를 캐어먹다 못해 이웃마을의 아이를 잡아먹는 일까지 빈번하다 하옵니다. 의창을 설치하시어 가난한 백성들에게 곡식을 대여해주고 가을에 추수하면 이자를 붙여 받도록 함이 옳은 줄 아뢰옵니다.'

이런 그가 어찌 황후를 향해 음심을 품을 수 있으랴. 하지만 왕렴은 그의 결백을 믿으면서도 지켜주지 못했다. 너무나 명명백백해 보이는 조작된 증거들 앞에서, 윤일재와 귀족들의 권세 앞에서, 그는 여지없이 한낱 종이 쪼가리에 불과한 황제의 모습으로 돌아가고야 만 것이다. 왕렴은 오명을 쓰고 세상을 떠난 충신과 황후 황보 씨의 비참한 최후에 가슴이 아팠다. 그런데, 이제는 그의 여식을 죽여야 한다니.

"내 그리 할 수 없다."

"폐하. 옛 신하에 대한 사사로운 감정……."

"유야."

엄한 목소리가 침전을 울렸다.

"내 그리 할 수 없다 일렀다. 이는 변치 않을 터이니 절대 송심언의 여식에게는 털 끝 하나 건드리지 말거라."

여전히 유약한 형님.

"왜 대답이 없느냐."

"그리 하겠습니다. 대신 혼사는 막아야 할 터이니 혼례 전에 송심언의 여식을 그 집에서 몰래 데리고 나와야 합니다."

"방도가 있느냐."

"오래전 윤일재의 집 사병으로 제 사람을 하나 들여보낸 적 있습니다."

왕렴이 속으로 몰래 숨을 들이 삼켰다. 저보다 훨씬 영특하고 기민했던 동생은 윤일재를 치기 위해 오래 전부터 치밀하게 준비하여 왔던 것이다. 어린 시절부터 무섭도록 대담하고 결단력 있던 아이였다. 어쩌면 우연히 장자로 태어나 옥좌에 앉은 자신보다 훨씬 더 옥좌에 어울릴만한 인재였다.

"제 시비의 먼 친척의 친척쯤 되는 사내로 평주 출시의 안준경이라 하는 자이옵니다. 발이 빠르고 민첩하여 이런 일에는 제격인 사내입니다. 이제는 윤일재로부터 제법 신뢰를 얻고 있다 하니 슬슬 움직여도 좋을 듯하옵니다."

"충심이 깊은 자인가?"

"그보다는 재물에 마음이 깊은 자입니다. 그자에게 감당 못할 재물을 안겨주겠다 약조하면 배반치 않을 것입니다."

"그럼 어찌할 생각이냐. 송심언의 여식을 몰래 빼내와 감춰 놓을 곳이라도 있느냐."

"소신이 부리는 사람 중 송에 인척이 있는 자가 있습니다. 그곳으로 보낼까 하옵니다."

송이라……. 어린 나이에 아버지를 잃고 고단하게 살다 이제는 생전 듣도 보도 못한 나라로 가서 살아야 하는 아이의 기구한 신세가 안타까웠다.

"부디 편케 데려가도록 하라. 불쌍한 아이다."

"심려치 마시옵소서."

신덕전을 나오는 왕유의 발걸음이 무거웠다. 예상대로 형님은 설화를 죽이지 말라 명하셨다. 그 마음을 이해 못하는 건 아니었다. 송심언에 대한 마음의 빚은 형님을 병들게 할 정도였으니.

송설화……. 송심언의 여식 그리고 여화의 동생. 가슴이 답답해 왔다. 불현듯 칠 년 전 송심언과의 마지막 회합이 떠올랐다. 당시 자신은 약관이 채 되지 못한 나이였다. 그는 오랫동안 숨겨왔던 기나긴 자신의 치부 하나를 막 꺼내놓은 참이었다.

'대량원군. 지금까지가 내가 저지른 죄의 전말이외다.'

'저에게 이 이야기를 하신 연유가 무엇이옵니까?'

'인두겁의 탈을 쓰고 야만의 짐승도 행치 않을 짓을 하여 지킨 아이입니다. 제 혼은 지옥 불에 던져 질지언정 그 아이만큼은 내 지키고 싶소이다. 대량원군께서 신의 뜻을 이어가 주시옵소서.'

송심언은 눈물을 흘리며 머리를 조아려 부탁해 왔다. 그리 부탁하지 않아도 설화는 죽어야 한다. 손 안에 쥐어질 황권을 위해. 그리고 여화를 위해. 그 누구의 손도 아닌 내 손으로 반드시 그리 행할 것이다. 형님께 간언을 구하러 간 모양새였지만 처음부터 끝까지 이 일을 계획하고 실행한 것은 왕유였다.

그리고 그 계획에 설화를 살려둔다는 선택지는 애초부터 없었다.

얼큰하게 술기운이 오른 시함이 대문가에 들어섰다. 국자감에서 동문 수학하던 동기생들과 한 잔 두 잔 주거니 받거니 하다 보니 어느새 얼콰하게 취하도록 마신 것이다. 이렇게까지 마셔본 것은 실로 오랜만이었다. 기실 그는 술에 취해 실언을 하거나 사리분별 못하고 마음에 이끌리어 저지르는 일들을 경멸했다. 그러던 그가 오늘은 동기들의 술 한 잔 하러 가자는 권고를 평소처럼 단칼에 거절치 못했다.

일찍 퇴청이라도 하는 날에는 곧장 집 안 제일 구석진 곳에 자리한 별채로 한달음에 달려갈까. 의지대로 움직이지 않는 제 발걸음이 미덥지 못했기 때문이었다. 하지만 술에 취하던 취하지 않던 그의 발걸음은 어느새 별채로 나 있는 중문을 넘어서고 있었다.

시함은 찬 공기를 들이 마시며 아직도 희미하게 불이 밝혀진 별채를 가만히 바라보았다. 초롱불에 여인의 그림자가 아른아른 거렸다. 서책이라도 읽는 모양인지 고개를 숙인 채였다.

'쯧. 불빛도 어두운데. 이 밤에 무슨 책을 읽겠다고.'

어렸을 때도 그리 서책을 좋아하더니, 지금도 설화가 갇힌 방에는 서언이고 문갑 위에 책이 가득했다. 무료하고 지루한 시간들을 책을 보며 지내는 모양이었다. 시함은 그간 영랑을 통해 사서삼경 뿐 아니라 시전 서점에서 파는 여인네들이 좋아할만한 소설까지 챙겨 넣어주곤 했다. 문득 입 안이 씁쓸해졌다. 책 몇 권 밀어 넣어주는 것으로 제가 한 짓에 대한 이해를 구하고자 하는 속내가 너무나 빤했기 때문이었다. 그저 지독히도 이기적인 자기 위안일 뿐.

시함은 별채를 향해 천천히 발걸음을 내딛었다. 자박거리는 발걸음 소리만이 싸늘한 공기를 울렸다. 내뿜은 하얀 입김에서 알싸한 술기운이 묻어났다. 어느덧 별채 문 바로 앞에 다다라있었다. 시함은 문고리를 향해 손을 뻗었다.

지금 이 문고리를 잡아당긴다면 너는 어떤 표정을 지을까.

나는 널 어이 바라볼까.

우린 또 얼굴을 붉히며 서로를 향해 저주의 말을 내뱉겠지.

단 한 번이라도 네가 날 향해 예전처럼 웃어준다면, 꽃 같은 미소를 보여준다면.

난 널 용서할 수 있을까.

망설이던 손이 문고리를 향했다. 조금만. 조금만 더. 문고리에 손끝이 닿으려는 찰나, 지난날들이 머리를 스쳐 지나갔다. 마당에서 발가벗겨 진 채 피떡이 되도록 두들겨 맞으면서도 설화와의 약조를 지키고자 했던 자신의 모습. 그리고 그렇게 지켜낸 약조를 산산조각으로 부수던 설화와 이현의 모습까지도.

시함은 이내 뻗은 손을 거두고 주먹을 꾹 쥐었다. 아니다. 이리 쉽게 용서할 수는 없었다.

그리곤, 몸을 돌려 별채 안 뜰을 빠져나왔다.

오늘의 흔들렸던 마음은 그저 술김이었다. 술김.

* * *

칠 년 전.

꼭 열흘이 흘렀다. 설화가 자취를 감춘 것이. 그날도 시함은 학당을 마치자마자 쏜살같이 달려 나와 길 아래를 굽어보았다. 애먼 돌멩이들을 향해 발길질을 하며 한참을 기다렸지만 오공산 너머 해가 지도록 설화는 약속한 장소에 나타나지 않았다. 하루 이틀은 그저 보고 싶은 얼굴을 보지 못한 아쉬움이었다. 하지만 소식 없는 날이 하루 이틀 더해질수록 걱정과 초조함이 몰려들었다. 감모 때문에 자리에 드러누운 건가. 그것도 아니면 부친으로부터 출가 금지 명이 떨어진 건가. 머릿속에서는 수만 가지 이유가 맴돌았지만 알도리가 없으니 갑갑증만 더해 갔다.

지난 연등회 때 혼인을 약조한 이후 봄과 여름, 가을 내도록 한 번도 빠짐없이 학당을 찾아왔던 설화였다. 둘이 함께 한 공부도 어느새 논어를 거의 마쳐 가고 있었다. 이현에게 물어볼까 싶기도 했지만 저도 모르는 이유를 그가 알고 있다면 그 또한 불쾌하기 짝이 없는 일.

시함이 속이 까맣게 타들어가도록 애만 태우며 설화에게 어찌 서신을 보낼까 궁리하며 오륜당 뒤뜰을 정처 없이 걷고 있을 때였다. 전각 뒤에서는 시함보다 너덧 살 연식이 더 되어 보이는 공자 두 명이 한담을 나누고 있었다.

"박 형. 그 얘기 들었습니까?"

"무슨 얘기?"

"왜 지금 난리지 않습니까. 저잣거리에 나서면 술판 벌어지는 곳마다 온통 그 얘기뿐이건만. 어찌 이리 귀가 어둡단 말이오?"

"무슨 일인데 그러냐? 얼른 얘기해 보아라."

"왜 학당에 만날 찾아오던 이부상서 송심언 어른의 둘째 여식 기억하시오?"

"알지. 키가 요만하고 그 눈 동그랗고 뺨 통통한 여자아이."

"아. 그 아이가……."

뻐드렁니가 난 공자는 주위를 슥 둘러본 뒤 목소리를 낮췄다.

"글쎄 황후와 이부상서 송심언이 사통하여 낳은 아이랍니다!"

"참말인가?"

"명명백백한 증거가 있다 합니다. 얼마 전 형장에 끌려가 문초 당한 모양인데 곧 참수를 당할 거라지요. 참 사람 속은 알 수가 없나봅니다. 그리 대쪽같이 곧은 성미를 가진 양반처럼 보이더니만."

멀어지는 두 사람의 목소리를 뒤로 시함은 정신없이 내달리고 있었다. 설마 그 집에 큰 환란이 생겼을 것이라곤 생각지 못하였다. 시함의 발걸음이 어느덧 고위 백관들의 가옥이 늘어선 마을 어귀에 들어섰다. 곧이어 기다란 담에 둘러싼 고즈넉한 가옥 한 채가 보였다.

"이보시오! 안에 계시오?"

대문가에 서서 크게 소리쳤다.

"이보시오! 문 좀 열어주시오!"

한참 동안이나 외쳐도 굳게 잠긴 대문은 열릴 줄 몰랐다. 다급해진 나머지 주먹으로 대문을 쿵쿵 쳐댔지만 적막이 감도는 내부는 집이 텅 비어 있다는 걸 알려 주었다. 오가는 가노들이라도 마주칠까 하여 대문가에서 한참이나 서성였지만 집을 드나드는 사람은 아무도 없었다. 부친이 형장에 끌려갔으니 설화와 여화는 분명 근처 친지 댁에 의탁하고 있을 터였다. 집 안은 비어있고 아무도 없다는 걸 알았지만 시함은 자리를 뜰 수가 없었다.

늦은 밤이 되어서야 제 집으로 돌아온 시함은 요란을 떠는 가노들을 뿌리친 채 곧장 사랑채로 향했다.

"아버지. 잠시 들어가도 되겠습니까."

"그래, 들어 오거라."

윤일재는 술이라도 한 잔 걸치고 들어온 모양인지 불콰하게 달아오른 얼굴이었다. 시함은 방안으로 들어가 조용히 장지문을 닫고 그 앞에 무릎 꿇고 앉았다.

"네 무슨 일이기에 야밤에 날 찾아온 게냐."

"긴히 드릴 말씀이 있사옵니다."

"말해 보거라."

기분이 좋은 듯 평소와 달리 퍽이나 너그러운 목소리였다.

"소자. 불충하게도 아버님의 뜻을 여쭙지 않고 혼례를 약조한 소저가 있습니다."

"혼례라……?"

윤일재의 눈이 커졌다. 하지만 이내 그는 크게 소리 내어 웃기 시작했다.

"허허허. 그래. 사내의 첫 연심이란 게 그러하지. 네 나이 만한 연식에는 그리할 수 있다. 하지만 시간이 지나면 어리석고 철없던 시절의 치기라는 걸 깨닫게 될 날이 올게다."

"그리 할 것이었다면 애초에 사내의 이름을 걸고 혼례를 맹세치 아니

했을 겁니다. 소자. 사내의 이름을 걸고 맹세한 그 약조를 지키고자 이렇게 아버지께 부탁드리고자 합니다."

아들의 진중한 얼굴을 보고 윤일재는 예삿일이 아님을 직감하였다. 평소 헛된 말은 입 밖에도 꺼내지 않는 그 성정을 누구보다 잘 알고 있었다. 더욱이 이제껏 자라면서 무엇 하나 갖고 싶다 떼를 써 본 적 없는 자식이었다. 한기가 풀풀 풍길 정도로 매사에 냉하고 애착하는 것이 없어 도리어 걱정인 적도 있었다. 그런데 제 속으로 낳아 제일 잘 알고 있다 생각한 자식이 저리도 낯선, 애달프고 다급한 얼굴로 머리를 조아리고 있는 것이다.

"네 혼례라면 아직 한참이나 훗날의 일이다. 그리 급할 것 없다 했느니."

윤일재는 다소 굳은 얼굴과 목소리로 엄하게 일렀다.

"지금이어야 합니다."

"쯧. 어리석은지고. 이리 경솔하고 방정맞다니 내 너를 한참이나 잘못 보았구나."

"사…… 살려야 해서 그러하옵니다. 그 아이를…….'"

"대체 네가 혼인을 약조했다는 아이가 어느 집 여식이냐."

윤일재가 다소 짜증스럽다는 듯 말을 내뱉었다. 어린 자식의 치기 어린 말을 더 이상 들어줄 수가 없었던 것이다.

"이부상서 송심언 대감의 둘째 여식 송설화이옵니다."

순간 윤일재는 망치로 뒷머리를 얻어맞은 듯한 충격에 정신이 아연하였다.

"뭐…… 뭐라? 네 지금 그 집이 어떤 사단에 휘말렸는지 몰라서 하는 소린 게냐?"

"잘 알고 있습니다. 하지만 그리하여 이리 아버지께 아뢰는 것입니다.

혼인을 약조한 소저가 곤경에 빠져 있습니다. 장차 낭군 될 자로써 그냥 두고 보고만 있다면 이 또한 도리가 아닐 것입니다. 아버지께서는 그 아이를 살릴 만한 힘이 있지 않습니까."

피눈물이라도 흘릴 듯 절절한 제 자식의 토설을 듣고 있자니 가슴 깊은 곳에서 분노가 치밀었다. 향후 윤 씨 일가의 기둥이 될 재목이라 여겨 그리 애지중지 키웠던 놈이다. 심성이 곱지만 아둔한 제 어미를 닮은 첫째보다 젊은 날의 저를 쏙 빼닮은 둘째에게 마음이 더 갔다. 사내놈이라 애정을 표하는 것에 박하였지만 아비가 제게 거는 기대가 얼마나 막중한지 잘 알고 있을 놈이었다. 그런데 이리 허튼 소리를 내뱉다니…….

"두말 할 것도 없다. 네 방으로 돌아가거라."

분노를 삭이는 차가운 말투였다.

"그리 못합니다. 설화를 살려주실 때까지는."

"그 아이는 제 아비가 지은 죄 때문에 죽을 것이야."

"……연좌된다는 말씀이십니까?"

시함의 얼굴이 새하얗게 질렸다. 목소리가 떨리고 눈에는 눈물이 고였다.

"제 아비가 저지른 불충도 그만한 불충이 없지 않느냐."

"아…… 아니 됩니다. 아버지……. 제발 설화를…… 살려주십시오. 제발……."

시함은 이마를 바닥에 대고 빌기 시작했다. 가득 차오른 눈물이 급기야 줄줄 흘러 넘쳤다. 제 아비가 제일 경멸하는 짓임을 알고 있었지만 생각할 겨를조차 없었다. 아직 열 살. 채 피어보지도 못한 꽃봉오리 같은 그 아이. 학당이 끝나면 넌 언제나처럼 날 기다리고, 우리는 함께 집으로 향하는 나날이 계속될 줄만 알았다. 어느덧 우리가 자라면 넌 어여쁜 아씨가 되고 난 네 치맛자락만 봐도 설레 하며 널 품 안에 안는 날을 기다리게 될 줄 알았다. 모두의 축복 속에서 너와 혼례를 치르고 널 닮은 예쁜 아이들을 낳으며 우리는 함께 늙어 가리라, 그리만 생각하였다.

"살려주십시오. 아버지. 제발 살려주십시오!"

시함이 목이 터져라 울부짖었다.

"못난 놈! 네 지금 무어라 지껄이느냐! 당장 그만하지 못할까? 게 아무도 없느냐?"

윤일재가 자리에서 벌떡 일어났다.

"아버지……. 제발……."

시함은 무릎을 꿇은 채 엉금엉금 기어가 윤일재의 바짓가랑이를 잡고 매달렸다. 윤일재의 호통에 가노들이 사랑채 안으로 들어왔다.

"놓지 못할까? 네가 실성을 해도 단단히 실성을 했구나! 봉만아, 네 당장 이 놈을 끌고 가거라!"

가노들이 시함에게 차마 손을 대지 못하고 절절매자 윤일재는 커다란 손으로 시함의 뒷덜미를 잡아 밖으로 끌어내기 시작했다.

"아버지! 제발 살려주세요! 하라는 건 다 하겠습니다! 제발…… 설화를 살려 주십시오……!"

시함은 윤일재에게 끌려가면서도 연신 설화를 살려 달라 울부짖었다. 한밤중 사랑채에서 일어나는 소동에 온 식구들이 달려 나왔다. 하지만 그 누구도 감히 윤일재를 말리지 못하고 곁에 서서 발만 동동거릴 뿐이었다. 윤일재는 시함을 바닥에 패대기치고는 곳간으로 가 몽둥이 하나를 꺼내왔다.

"대…… 대감! 이게 무슨 일입니까. 말로 합시다, 말로!"

모친 양씨가 다급하게 윤일재의 팔에 매달렸다.

"저 놈에게 귀신이 쓰인 모양이오. 내 오늘 그 귀신과 결판내려 하니 말리지 마시게."

퍽. 퍽.
"으……."
퍽. 퍽!
"으, 윽……."
매타작 소리가 한참 동안이나 사랑채 안 뜰에 울려 퍼졌다. 맞는 사람도 때리는 사람도 지치지 않았다.
"서……설화를 살려 주십시오……."
피떡이 된 얼굴로 시함이 윤일재를 바라보았다. 윤일재는 높이 쳐든 몽둥이를 들고 부들부들 떨고 있었다. 윤일재는 매질을 멈추고 온통 피떡이 된 얼굴로 고집스럽게 애원하는 시함을 바라보았다. 더 이상 매질을 했다간 정말 죽을 수도 있었다.
"네 언제까지 그리 말 할 수 있는지 지켜보도록 하지. 봉만아. 이놈을 당장 광에 쳐 넣고 물 한 모금도 주지 말거라."
윤일재는 들고 있던 몽둥이를 탁 소리 나게 바닥에 던지고는 봉만을 향해 소리쳤다. 부인 양씨는 아이고 아이고 곡소리를 내며 주저앉았고 가노들은 어찌할 바를 몰라 우물쭈물했다.
"못 들었느냐! 당장 이 놈을 광에 쳐 넣으라니까!"
천둥 같은 고함 소리가 지척을 흔들자 가노들은 바닥에 납작 엎드려 있는 시함을 업고 광으로 향했다. 정신을 잃은 듯 보였던 시함이 겨우 고개를 들고 제 아비를 바라보았다.
"제가 이길 겁니다. 아버지는 자식을 잃을 마음 따윈 없으시니까요."
"그럼 넌 애비를 잃을 마음이 있다는 얘기냐."
시함은 아무런 대답도 하지 않았다. 자신에 대한 아버지의 사랑을 놓고 한 시험이었다.

광에 갇힌 지 사흘이 흘렀다. 그리고 시함의 말처럼 윤일재는 결국 제 손으로 광문을 열었다. 갑자기 쏟아지는 빛에 제대로 눈을 뜰 수 없었다. 그저 어렴풋이 천천히 자신을 향해 걸어오는 아버지의 인영을 느낄 뿐이었다.

"좋다. 내 송설화를 살려주마."

"저…… 정말입니까?"

"대신 조건이 있다."

"무엇이옵니까."

"네 나이가 실지로 혼례를 치르게 될 나이, 즉 약관의 나이가 될 때까지. 그 아이와 절대 만나지 말거라. 그것만 지킨다면 내 너와 송설화의 혼사를 허하도록 하지."

"차…… 참 말이십니까? 그런데 어찌……."

"증명을 하도록 하여라. 너희들이 한 약조가 진실 된 것이라면 그깟 십 년의 세월이 무슨 대수라 하겠느냐. 십 년 동안 한 번도 만나지 않고도 너희가 한 약조를 둘 다 지킨다면 내 감복하여 혼사를 허하도록 하지."

"……"

"자신이 없느냐? 내 너에게 이런 말을 했었다. 사내의 첫 연심이란 게 다 그런 것이라고. 그리고 시간이 지나면 어리석고 철없던 시절의 치기라는 걸 깨닫게 될 날이 올 것이라고."

"……"

"네 너와 송설화는 다를 것이라 했으니……. 그걸 증명해 보란 것이다."

"……그럼 마지막으로 한 번만 만나보면 아니 되겠습니까."

"안 된다."

"……."

"네가 지금 선택할 수 있는 건 이것뿐이다."

단호한 눈빛이 선택을 종용하고 있었다. 아버지는 설화도 자신도 십 년이라는 세월에 지고 말리라 그리 생각하고 계신 게 분명했다. 보잘것없는 사내의 첫 연심, 어린아이의 풋내 나는 연정. 그리 생각하실 테지. 어쩌면 아버지의 말씀처럼 지금의 이 죽을 것 같은 마음도 별것 아니게 될 날이 올지도 모른다. 하지만 어찌 사내로써 최선을 다해보지 않고 물러난단 말인가.

설화……. 나중에 내 너를 만나면 난 자신 있게 얘기할 수 있을 것 같아. 내가 너와의 약조를 지키기 위해 어찌 했는지. 네 목숨을 구하기 위해 무얼 버리려 했는지.

"그리…… 하겠습니다."

마지막으로 그 꽃 같던 얼굴 한 번 더 보고 싶었다. 날 향해 웃어주던 햇빛보다 환한 네 미소가 그립다. 십 년이란 세월 별거 아닐 것이다. 누군가 얘기하지 않았던가. 세월은 화살처럼 지나간다고. 십 년 세월 눈 한 번 깜박이면 금방이라고.

* * *

그렇게 7년이 흘렀다.

황제와 송심언이 추진하던 개혁안을 물거품으로 만든 지 어언 7년. 그럼에도 윤일재는 안심할 수 없었다. 황제가 지금은 정신없이 술과 여자에 빠져 지낸다지만 언제 다른 마음을 먹고 제 목에 칼을 겨누게 될지 모른다. 사사건건 제 뜻에 반대하는 아들놈도 골칫거리였다. 하필, 후계자로 키우고자 마음먹었던 시함이 송심언의 딸을 마음에 두었을 줄이야.

세월이 지나면 한때의 치기로 잊을 법도 하건만 꿋꿋하게 10년을 기다리고 있는 것도 머리가 아파왔다.
　'못난 놈……. 송설화와 혼인을 한다? 하. 내 손으로 황후의 사생아로 만들어 그 아비를 끌어 내렸거늘.'
　생각이 여기까지 미치자 윤일재의 머릿속에 문득, 생각이 스치고 지나갔다.
　'황후의 사생아라……. 황후가…… 황제의 사촌 누이 아니었던가.'
　하, 하하…….
　윤일재의 웃음소리가 저택에 울려 퍼졌다.
　"여봐라, 게 아무도 없는가. 시함을 불러 오거라."

　'이쯤일 텐데…….'
　시함은 종이를 든 채 송악산 등성이 아래 초막들 사이를 기웃거렸다. 손에는 국자감 동기인 황문이 그려준 지도가 들려 있었다.
　정말이지 어린아이보다 못한 그림 솜씨였다. 이 지도를 들고 예까지 찾아온 제 자신이 놀라울 지경이었다. 지도 위에 삐쭉 올라온 선을 따라 오른쪽으로 난 길에 들어설 무렵, 저 끝에 매화나무가 고개를 내밀고 있는 돌담에 둘러싸인 기와집 하나가 보였다. 천천히 매화나무 집을 향해 발을 내딛을수록 심장이 입 밖으로 튀어나올 만큼 두근대기 시작했다. 어찌 변해있을까. 지금도 볼이 빨갛고 통통할까. 이제 제법 여인의 태가 날 터인데.
　시함은 칠 년 전 윤일재와 설화를 다시는 만나지 않겠다 약조를 한 뒤 매광을 불러 서신 한 통을 몰래 쥐어 주었다.
　'네가 나보다는 아버지의 명을 더 중히 여긴다는 사실을 잘 알고 있다. 하지만 이번 한 번은 날 도와다오. 언젠가는 형님이 아닌 내가 아버지의

뒤를 이어 가주가 될 것이다. 윤 가(家)의 다음 가주가 너에게 큰 빚을 지게 되는 것이다.'

매광은 곤혹스러워했지만 이내 서신을 받아 들었다. 서신에는 자신이 설화를 찾아가지 못하는 구구절절한 이유들과 반드시 찾아갈 터이니 기다려달라는 내용이 담겨 있었다.

어느덧 발걸음은 사립문 앞에 멈춰서 있었다. 지금 이 문을 열면 그리고 설화가 절 보면 어떤 표정을 지을까. 우는 게 먼저일까. 웃는 게 먼저일까. 크게 원망하지 않았으면 좋으련만. 두근대는 가슴을 진정시켜 볼 요량으로 숨을 크게 한 번 들이마시며 사립문을 향해 손을 내뻗었을 때였다.

"누구……시오?"

뒤에서 여인의 목소리가 들렸다. 뒤를 돌아보자 낡았지만 깨끗하게 손질된 하얀 삼베옷을 입고 머리를 붉은 깁으로 둘러 늘어뜨린 고아한 인상의 미인이 서 있었다. 갑자기 나타난 여인이 수상한 눈초리로 자신을 바라보자 시함은 당황하였다.

"누구신데. 우리 집을 기웃거리는 거요?"

"아…… 다름 아니오라……. 그…… 그게……."

때마침 집 안에서 웃음소리가 크게 울려 퍼졌다. 여자와 남자의 웃음소리였다. 모두 귀에 익은 목소리였다. 불안감이 스멀스멀 몸속에서 퍼져 나가기 시작했다.

"아……. 혹시 이현 오라버니를 뵈러 온 분입니까?"

시함은 저도 모르게 고개를 끄덕였다.

"아아……. 이현 오라버니의 친우 되시는 분이시군요."

"……그렇소이다."

여인은 이내 얼굴에서 경계를 풀고는 집 안에서 흘러나오는 웃음소리를 들으며 슬그머니 미소를 지었다.

"역시 우리 설화를 웃게 하는 건 이현 오라버니 밖에 없는 모양입니다."

얼굴이 순식간에 굳었다. 이현이라니······.

"이현이 자주 이곳에 오는 모양입니다."

"그럼요. 곧 혼사를 치를 사이인데."

여인은 그리 말하며 부끄러운 듯이 얼굴을 붉혔다.

"우리 설화를 저리 평생 웃게 해줬으면 싶습니다."

벼락을 맞은 듯 무엇인가가 시함을 쾅 내리쳤다. 전신이 부들부들 떨리고 정신이 아득하였다. 지금 저 여인이 하는 소리가 무엇인지 선뜻 이해되지 않았다. 설화······가······ 혼사······라. 그것도 이현과······. 혼사라는 말이 낯설게만 느껴졌다. 누가 누구와 하는 혼사란 말인가.

설화가 이현과······?

무언가 날카로운 것이 가슴을 꿰뚫는 것 같았다. 그것은 제 가슴을 마구잡이로 헤집고 갈기갈기 찢어놓기 시작했다. 시함은 가까스로 숨을 내쉬었다. 호흡이 가빠왔다.

"이보시오. 괜찮습니까? 어찌 안색이······."

"······괜찮습니다."

목소리가 갈라져 나왔다.

"아, 그보다 내 얼른 집에 들어가 이현 오라버니를 불러오도록 하겠습니다. 예서 잠시만 기다리셔요."

여인이 마당 안으로 빠르게 사라졌다. 여인의 뒷모습을 보며 시함은 얼른 뒤돌아 올라온 길을 되돌아가기 시작했다. 열이 올라 머리가 뜨거워졌지만 이내 찬물을 뒤집어 쓴 듯 모든 것이 명료해졌다. 내 너를 어찌 살렸는데. 어떻게 네가······ 꼭 말아 쥔 손이 하얗게 질렸다.

용서하지 않을 것이다. 내 너를…….
절대…… 절대 용서하지 않을 것이다.

* * *

등롱의 불빛이 서책 위에 울렁거렸다. 서언 위에 올려둔 책은 벌써 한 식경이 넘어가도록 한 장도 넘어가지 않은 채 그대로였다. 시함은 서언 위에서 턱을 괴고는 눈으로는 책을 바라보며 생각에 잠겨 있었다.
'분명 걱정하는 얼굴 아니었는가.'
가위에 찔린 왼쪽 어깻죽지를 손으로 가만히 만져 보았다. 치료를 받느라 한동안 별채에 들르지 못하였다. 사흘 만에 설화를 보았을 때 그녀의 표정이란……. 심장의 고동이 제 몸을 천천히 울리기 시작했다.
윤일재로부터 설화와 혼례를 치르라는 명을 받았을 때 시함은 어처구니없는 운명의 장난에 정신이 아연하였다. 제가 그리 원할 때는 갖지 못하였건만 배신당하고 외면당하고서야 거짓말처럼 손 안에 쥐게 되다니.
평소 하늘을 찌를 듯한 권세와 황제 못지않게 누리는 부귀영화에도 불구하고 권력에 대한 끝없는 집착을 보이는 아버지의 행동에 사사건건 반발하며 부딪혀 온 그였다. 특히 은밀하게 그리고 은연 중 드러나는 부친의 황권에 대한 욕망에 시함은 치를 떨었다. 허나, 윤일재로부터 설화와의 혼례, 둘 사이에서 낳은 자식을 황가에 양자로 보내겠다는 계략을 들었을 때, 시함은 아무런 대꾸도 하지 않았다. 아비의 숨겨진 속내가 반역에 가까운 것이라 생각하였건만, 신하된 자의 도리와 막아야한다는 생각은 머릿속에서 사라지고 불쑥 새까만 욕망만이 고개를 들이밀었기 때문이었다. 그것은 제 뱃속 가장 아래에 밀어놓은 어둡고도 치졸한 욕망이었다.

부친의 말대로 할 것이다. 정인이 있는 이를 세상에서 가장 무례하게 데려다 놓고 저와의 혼례를 강요할 것이다. 상처주리라. 고통스럽게 하리라. 제가 몸 바친 연정을 그리 짓밟고 농락한 그 여자를……

그리하여 꽃 같은 미소만 짓게 하고 싶었던 얼굴에서 피눈물만 철철 흘리게 하였다. 모진말로 가슴이 갈기갈기 찢어놓고 벌어진 상처에 소금까지 뿌려놓았다.

그런데 어찌 저를 걱정한단 말인가. 별채 안뜰에서 사흘 만에 만났을 때 보았던 얼굴. 필시 한참 동안 기별을 기다린 양 반가움과 별 탈 없어 다행이라는 안도감이 뒤섞인 묘한 표정 아니었는가.

이런 바보 같은 여인네…….

꽁꽁 싸매어 깊숙이 밀어놓았던 마음이 한 순간에 터져 나올 것만 같았다.

"낭중 나으리. 계십니까."

문 밖에서 기척이 들리더니 무겸이 소리 없이 들어왔다. 매광이 바로 곁에서 시함을 보위한다면 무겸은 왕유의 움직임을 염탐키 위해 보내놓은 차였다.

"왔는가."

"강녕하시었습니까."

"네가 이 시간에 예까지 왔다는 건 직접 전해야 할 급박한 기별이 있다는 뜻이겠지."

비린 바람 냄새가 풍겨왔다. 흙투성이가 된 무복과 시큼한 땀냄새는 그가 얼마나 급하게 이리 달려왔는지를 말해주고 있었다.

"서두르셔야겠습니다."

"그쪽 움직임은 어떠한가."

"이 댁 별채를 습격할 암살대를 조직하고 있는 듯하옵니다."

무겸은 왕유의 뒤를 밟아 제가 목격한 바를 시함에게 소상히 아뢰었다. 한 식경 전 쯤 왕유는 변복을 하고 사병 두어 명만 대동한 채 개경 변방 부곡의 한 허름한 가옥 안으로 들어갔다. 겉보기에는 허름해 보였지만 끝도 없이 이어진 담벼락은 안에 꽤 넓은 공간이 있음을 짐작케 했다. 무겸은 담벼락을 따라 가옥의 뒤편으로 향했다. 가옥의 뒤는 거의 산기슭과 맞닿아 있었고 무겸은 산기슭에 올라 조금 높은 지대에서 가옥 안을 살폈다.

가옥 안에는 훈련장 방불케 하는 넓은 공터가 펼쳐 있었다. 흑색 무복을 입은 십여 명의 사내들이 맨손으로 대련을 하거나 활쏘기 연습을 하고 있었다. 왕유는 옆에 선 양계진으로부터 보고를 들으며 훈련하는 사내들을 둘러보고 있었다. 무겸은 사내들의 뛰어난 무예 실력과 강도 높은 훈련에 이들이 설화를 죽이기 위한 암살대임을 바로 알아차렸다. 하지만 그 무엇보다 무겸의 시선을 사로잡은 건 사내들이 쓰는 화살과 검은 모양이었다. 그것은 분명 고려에서 쓰이는 것이 아니었다.

"거사일이 언제인지 알아냈느냐."

"송구하오나 알아내지 못하였습니다."

"그래……."

"하오나 왕유가 직접 훈련장을 방문한 것으로 보아 거사일이 얼마 남지 않았을 것입니다."

피식 웃음이 흘러나왔다.

왕유. 이번 판은 내가 이긴 것 같소. 암살이라는 게 본디 상대가 전연 몰라야 하는 것 아니오. 이리 정보가 새어나왔고 우리는 그대들의 검과 활에 대한 방비를 할 것이니 내가 이긴 것 같소.

"아버지께서 설화의 거처를 개경 동쪽 적성지방 감악산에 있는 산사로 하자 하셨을 때 내 그리 하지 말자고 간곡히 청하였다. 이 집 별채에 두자 말씀 드렸을 때도 아니 된다 펄쩍 뛰셨지."

"……."

"하지만 내 자신 있게 말씀드릴 수 있었던 건 고려 땅에서 이 집 보다도 더 안전한 곳은 없기 때문이었다. 황궁보다도 말이지."

"옳으신 말씀이십니다."

"그런데 감히 이 집에 암살대를 들인다? 그것이 얼마나 방자한 생각인지 내 뼈저리게 느끼게 해주지. 무겸. 당장 매광을 부르거라."

별채를 지키는 사병을 배로 늘려 암살대의 침입에 방비토록 할 것이다. 어쩌면 이 일이 설화도 지키고 왕유도 잡는 일석이조가 될 수 있을 것만 같았다. 무복이나 검과 활은 서역의 것을 쓴다 하였으니……. 결국 암살대 중 하나를 잡아 실토하면 될 것이다.

내 진정 호랑이 한 마리를 잡을 수 있겠구나.

시함은 입가에 잔잔한 미소를 지었다.

'분명 오른쪽 끝에서 열다섯 번째라고 하였는데.'

준경은 별채 뒤뜰을 둘러싼 돌담 앞에 서서 기왓장 하나를 조심스레 들어올렸다. 역시나. 기왓장 아래에는 몇 번이나 꼬깃꼬깃 접은 종이 하나가 들어 있었다.

'내일. 자시밤11시~오전1시.'

종이에는 단 두 글자만이 적혀있었지만 그 뜻을 알아차리는데 어려움은 없었다. 내일 왕유의 암살대가 별채를 습격할 것이다. 암살대는 서역을 상대로 상단을 운영하던 양계진이 사들인 자들로 상단을 호위하는 용병들이었다. 그들이 사용하는 검과 활 모두 서역의 것이며 출신지도 명확치 않아 잡힌다 하여도 배후에 있는 왕유가 드러나지 않을 것이다.

당연히 이런 잡병들이 윤가의 가옥에 침입하여 설화를 죽일 수 있을

리 만무하였다. 그들의 역할은 윤가에 암살대가 급습하리라는 은밀히 정보를 흘려 최대한 윤일재와 윤시함의 주의가 그들에게 집중케 하는 것일 뿐.

진짜 계책은 바로 준경이었다.

암살대가 윤가의 별채를 급습하는 날, 구하러 왔다는 말로 설화를 구슬려 왕유가 지정한 곳으로 데려갈 것이다. 그 곳에서 설화의 숨통을 끊어 놓을 것이며, 뒤따라온 시함으로 하여금 피투성이가 된 설화의 시신을 보게 할 것이다.

준경은 종이를 작게 꾸깃꾸깃 만 다음 입 안에 넣고 꿀꺽 삼켰다. 설화가 저를 따라와 주느냐, 그렇지 않느냐가 계략의 관건이었지만 준경은 그녀가 별채로 온 날부터 방문 앞을 지키는 역할을 해왔다. 설화에게 저는 제법 익숙한 얼굴일 터. 믿고 따라오지 않을 이유가 없었다. 이번 일만 성공하면 왕유가 약속한 금덩이가 굴러 들어올 것이다.

휘잉. 챙, 챙, 챙!

난데없는 활 쏘는 소리와 검이 부딪히는 소리가 적막한 밤하늘에 울려 퍼졌다.

"으악!"

"컥. 컥."

"침입자다! 침입자가 나타났다!"

스륵. 챙, 챙, 챙!

준경은 저에게 자시밤11시~오전1시라 하였다. 이곳에 끌려올 때 입고 왔던 삼베옷으로 갈아입고 그를 기다리고 있는데 갑자기 침입자들이 나타난 것이다. 깜깜하여 아무것도 보이지 않았지만 창호 너머 보이는 검은 인영들이 한데 뒤엉켜 안뜰에서 혈전을 벌이고 있었다. 사병들의 고함

소리와 살을 베는 소리, 컥 하면서 몇몇의 숨넘어가는 소리가 들려왔다. 그리고는 휭 하고 활이 날아와 박히는 소리와 챙챙, 하며 검끼리 부딪히는 소리가 요란하게 뒤섞여 마당 안을 울리고 있었다. 설화가 정신을 잃지 않으려 안간힘을 쓰며 문고리를 잡고 있을 때였다.

"꺄아아악!"

검은 무복을 입은 사내가 피투성이가 된 채 창호 문을 부수며 방안으로 쓰러졌다. 휘장이 잡아 뜯기고 문가에 세워둔 병풍이 와르르 무너졌다. 사내를 벤 사병은 뒤따라 방안으로 들어와 피 묻은 칼을 높이 쳐들고는 쓰러진 사내의 심장을 향해 내다 꽂았다. 사병이 칼을 빼자 사내의 몸에서는 시뻘건 피가 분수처럼 솟아나왔다. 설화는 생전 처음 보는 끔찍한 광경에 정신이 아연해졌다. 활짝 열린 문 밖으로 검은 무복을 입은 침입자들과 윤일재의 사병들이 혈투를 벌이는 광경이 고스란히 눈에 들어왔다.

"아씨! 괜찮으십니까?"

아까 사내를 찌른 사병의 물음에 간신히 고개를 끄덕였다.

"이 곳은 위험하니 저를 따라오시죠."

사병이 설화의 손을 잡아 일으켜 세웠다. 이 자를 따라 가야 하는 것인가. 준경이 곧 온다 하였거늘. 잠시 망설이고 있는 사이 준경이 사내의 뒤에서 불쑥 나타났다.

"이봐 성도! 아씨는 내 모시도록 하겠네. 자네는 가서 구태흔을 돕도록 하게."

성도라 불린 사내는 고개를 끄덕인 후 곧장 자리를 떴다.

"따라오시지요."

준경이 설화의 손을 잡고 방 밖을 나섰다.

"컥. 크헉."

"죽어라!"

설화는 부들부들 떨리는 다리에 힘을 주고는 빠른 걸음으로 준경을 따라 나섰다. 준경은 설화를 별채의 뒤뜰로 인도했다. 몇몇 사병들은 침입자들과 싸우면서 두 사람이 무사히 피신할 수 있도록 호위하기도 했다. 돌담 근처에 이르자 준경은 냅름 자리에 엎드렸다.

"아씨. 절 타고 넘으십시오."

망설이다 이내 등을 밟고 섰다. 뒤뜰의 담은 높지 않은지라 똑바로 서니 제 가슴께 정도 왔다.

"일단 매달리세요."

끙차 하고는 뛰어올라 가슴을 담에 걸쳤다. 준경이 곧장 일어나 설화의 발을 밀어주자 그제야 다리 하나를 돌담에 걸칠 수 있었다. 그때 사병들이 뒤뜰을 향해 오는 소리가 들렸다.

"준경이 아씨를 모시고 이쪽으로 갔습니다요."

"이곳은 뒤뜰 아니냐?"

"그러게 말입니다. 뒤뜰로 가서 잠시 피신해 있는 것 아니겠습니까?"

얼추 침입자들을 물리쳤는지 피신한 두 사람을 찾고 있는 소리였다.

"어…… 어찌합니까. 병사들이."

"이러고 있을 시간이 없습니다. 아씨. 빨리 담을 넘으십시오."

설화는 젖 먹던 힘까지 짜내 몸을 담 위로 넘겼다. 몸을 지탱해 내느라 팔이 부들부들 떨렸지만 사병들이 자신을 찾아낼 것이라는 두려움이 컸다. 겨우 다른 쪽 다리까지 담을 넘기자 준경이 훌쩍 담을 뛰어 넘었다. 그리고는 대롱대롱 매달려 있던 설화를 안아 바닥에 내려놓았다.

드디어 바깥이었다.

"빨리 움직입시다. 사병들이 아씨와 제가 사라졌다는 걸 곧 알아차릴 거예요."

준경이 감흥에 차 있던 설화를 재촉했다.

어둠이 깊게 내려앉은 밤. 맑은 밤하늘에 휘영청 뜬 보름달만이 희미한 빛을 발하고 있었다. 설화는 준경을 향해 홱 하고 고개를 돌렸다. 도달한 곳에는 끝을 알 수 없는 절벽이 도사리고 있었던 것이다.
"어찌…… 어찌 이곳으로!"
순간 준경의 얼굴이 비릿한 미소가 스쳤다. 준경은 당황하는 설화의 뒷모습을 보며 조심스럽게 품 안에 손을 집어넣었다. 그때 말을 탄 한 무리의 병사들이 하얀 흙먼지를 일으키며 달려왔다. 준경의 얼굴에 당혹감이 서렸다. 이리 빨리 올 줄은……. 윤시함은 궐에 들어갔다 하지 않는가. 가장 앞에서 말을 탄 시함이 손을 들어 올리자 병사들이 일제히 말고삐를 당겼다.
"나…… 나를 놔주시오. 제발 이대로 보내주시오."
'스륵.'
한참 동안이나 설화를 말없이 바라보던 시함이 이윽고 허리에 찬 칼집에서 기다란 검을 꺼내 들었다. 그리고는 천천히 말을 몰며 다가와 한 치의 망설임도 없이 검을 휘둘러 내려쳤다.
"으악!"
설화가 눈을 질끈 감았다. 날카로운 비명소리가 귓가를 울리며 오른쪽 팔에 무언가 끈적거리는 것이 확 끼얹어진 듯 뜨끈해져 왔다. 칼날이 자신을 내리 칠거라 생각하였건만 엄청난 충격이나 끔찍한 고통은 없었다. 찌푸린 두 눈을 천천히 떴다. 눈앞에는 지독히도 무서운 얼굴을 한 시함이 피가 뚝뚝 흐르는 칼자루를 쥐고 있었다.

설마…….
옆에는 목이 잘린 준경의 시신이 기묘하게 뒤틀린 채 바닥에 엎어져 있었다. 목은 저만치 데굴데굴 굴러가 있으며 주위는 온통 피바다였다. 설화는 부들부들 떨리는 손으로 제 오른쪽 뺨에 묻은 피를 만져 보았다. 바로 옆에 섰던지라 준경의 목이 잘릴 때 내뿜은 피를 옴팡 뒤집어 쓴 채였다. 다시 고개를 들어 시함을 바라보았다. 분노를 감추고 있는 차가운 눈길이었다. 지독한 공포에 온몸이 떨리고 머리가 핑핑 돌기 시작했다. 빙글빙글 도는 까만 소용돌이 속으로 정신이 몽땅 빠져 나가는 듯 했다.

다음은 내 차례일 것이다……. 다음엔 저 칼날이 내 목을 칠 것이야…….

눈앞이 캄캄해지며 설화가 정신을 놓고 바닥에 쓰러졌다.

"아씨를 뫼시거라."

시함이 여전히 피가 뚝뚝 흐르는 장검을 검집에 집어넣었다. 가슴 속에서는 불덩이가 치밀어 올랐지만 한편으로는 긴장감이 한순간에 온 몸을 빠져나갔다. 암살대를 유인하기 위해 궐에 들어간다는 정보를 일부러 흘려놓았다. 예상대로 시함이 집을 비운 날 암살대가 별채를 습격했다. 허나, 암살대를 모두 죽이고 난 후 설화와 준경이 사라졌다는 걸 안 순간 정신이 아득하였다. 왕유의 진짜 계략이 암살대가 아닌 준경이었음을 알아차린 시함은 매광과 무겸을 비롯한 사병들을 불러 즉시 추격대를 꾸린 후 바로 뒤를 쫓았다. 왕유에게 설화는 살아있는 것만으로도 위협이 되는 존재. 필시 집을 빠져 나간 다음 준경에게 죽이라 명하였을 것이다. 아마도 빠져 나간 직후가 되리라.

정신없이 백운산을 향해 말을 몰았다. 잠시라도 저가 지체하는 사이 준경은 설화를 죽일 지도 모른다. 우거진 숲 때문에 길이 보이지 않아도, 나뭇가지에 얼굴이 베여도 한시바삐 설화를 찾아야 한다는 마음에 오로지 앞만 보며 달렸다. 손에 꽉 쥔 말고삐가 살갗을 파고들어도 아픈 줄 몰랐다. 설화를 처음 만난 순간부터 지금까지의 모든 기억들이 스쳐지나갔다. 자신을 향해 활짝 웃어주던 모습, 토라진 모습, 울부짖던 모습, 아련하게 바라보던 모습까지 모두 날카로운 비수가 되어 심장을 찔렀다.

제발……. 제발……. 무언가를 향해 이토록 빌어본 게 얼마만인가.

살아 있어만 준다면……. 그대가 살아만 있어준다면…….

하지만 낭떠러지 앞에 서 있는 두 사람을 보자 피가 거꾸로 솟는 듯하였다. 살아있다는 안도감이 채 가시기도 전에 다른 이의 말을 믿고 도망한 설화에 대한 분노가 온 몸을 점령하였다. 그리고…… 시함이 천천히 준경을 바라보았다.

네까짓 게 감히 내 것에 손을 대……?

처음에는 살려두어 왕유의 계략을 설토하게 만들 작정이었지만 시함은 망설임 없이 목을 내려쳤다. 피를 뒤집어 쓴 설화가 하얗게 질린 얼굴로 오들오들 떨고 있었다. 다음은 제 차례라 그리 생각이라도 한 모양이었다. 내 그대를 죽일 수 있었으면 진작 열두 번도 더 그리 하였을 것이다. 그대가 날 한 번 배신한 것으로 모자라 두 번 그리고 세 번째 배신하여도. 난 그대를…….

풀썩 쓰러지는 소리가 들렸지만 뒤돌아보지 않았다.

* * *

벌써 한나절이 지나도록 설화는 자리에서 일어날 줄 몰랐다. 지독한 꿈을 꾸는 모양인지 파리한 얼굴로 식은땀을 흘리며 끙끙대고 있었다. 시함은 하얀 비단 조각을 다시 찬 물에 담갔다 꺼내 얼굴을 닦아주었다. 잡티 하나 없이 하얗고 말간 피부, 오뚝한 콧날, 풍성하고 까만 속눈썹까지. 혼절하여 깨어나지 못한 이를 놓고 할 생각은 아니다만 참으로 고운 얼굴이었다.

그대는 여전히 내 마음을 지옥으로 만드는구나.

그리 미워하고 원망하였다. 하지만 설화와 처음 마주한 순간 깨달을 수 있었다. 꼭 그만큼 사무치게 그리워했다는 것을. 사람 마음이라는 것이 미워하면 미워하는 것, 사랑하면 사랑하는 것 한 가지뿐이면 좋으련만. 죽도록 미워하고 원망하면서도 한없이 애달프게 연모하였다. 그리하여 모진 말로 상처를 줄수록 제 마음에 생채기는 더욱 커져만 갔다. 아파하는 설화를 보며 제 가슴도 피를 철철 흘리고 있었던 것이다.

왜 그리 하였느냐. 설화……. 왜……. 왜…….

시함은 대답도 들을 수 없는 질문을 속으로 몇 번이나 되풀이하였다.

"으……윽."

설화가 신음소리를 내며 천천히 눈을 떴다. 정신을 바로 차릴 수 없는 모양인지 몇 번이나 눈을 깜빡이더니 천천히 몸을 일으켜 세웠다. 그리고는 제 옆에 있는 이가 시함인 걸 알아보고는 새하얗게 질린 얼굴로 비명을 질러댔다.

"꺄아아악!"

설화가 보료를 가슴께까지 끌어올리고는 바들바들 떨며 뒤로 물러났다.

"사…… 살려…….."

시함이 인상을 찌푸리며 다가가자 설화는 경기라도 일으키는 듯 전신을 부들부들 떨었다. 숨도 제대로 쉬어지지 않는 모양인지 목구멍에서 히끅 대는 소리가 났다.

"사…… 살려 주시오. 살려 주시오…….."

두 눈에서 눈물을 뚝뚝 흘렸다. 새까만 동공 속에는 끔찍한 두려움만이 가득했다.

저것이다. 그녀가 제게 느끼는 감정은 오직 저 것.
"해하지 않을 것이오."
조용한 음성으로 다독이듯 얘기했으나 설화는 경계심을 풀지 않았다.
"그리고 처음부터 해할 생각도 없었소."
설화는 히끅대는 딸꾹질을 멈추고도 믿지 못하겠다는 양 겁에 질린 얼굴로 시함을 바라보았다. 여전히 보료를 단단히 잡은 손이 부들부들 떨렸다.
"내 어찌 그대를 해친단 말이오."
목소리가 낮게 잦아들었다. 어쩐지 제 자신에게 하는 말인 양 읊조리는 속삭임 같았다.
"칼을 들고 쫓아오지 않으셨습니까……."
낭떠러지에서의 광경을 다시 떠올린 듯 여전히 두려움에 휩싸인 얼굴이었다.
"그대가 도망한다 하여도, 다른 이와 혼례를 올린다 하여도 내 어찌 그대를 해하겠는가."
설화는 문득 그리 말하는 시함이 상처받은 것처럼 느껴졌다. 마치, 절해하려 한다고 생각하는 것 자체가 상처라는 듯.
"그…… 그럼 어찌……!"
"준경을 막으러 뒤쫓아 온 것이오. 그대를 죽이려 하는 자로부터 그대를 지키기 위해."
"그…… 그게 무슨 소리입니까. 준경이 날 죽이려 했다니요!"
뭐…… 뭐? 엄청난 충격이었다. 시함의 입에서 자신이 상상치도 못했던 말이 튀어 나온 것이다.
"준경은 대량원군 왕유의 사람이오. 그대도 알다시피 왕유는 현 태자 저하를 이을 다음 황위 계승권자요."

"아…… 알고 있습니다."

"나와 그대 사이의 후사를 보기 전까지는."

"네……? 그…… 그게 무슨 말씀이십니까?"

무슨 말인지 선뜻 이해가 되지 않았다. 준경이 자신을 죽이려 했다는 사실 자체도 받아들이기 힘든 이야기건만 난데없는 왕위계승권과 후사 얘기라니…….

"잊었소? 그대는 금상의 사촌 누이인 황후의 핏줄 아니오."

쿵. 정신이 아연해지고 눈앞이 깜깜해졌다.

"내…… 내가……."

"그대가 아들을 낳고 그 아이를 금황의 양자로 보낸다면……. 내 부친과 왕유 사이에서 다음 황위 계승권을 놓고 꽤 볼만한 싸움이 일어날 것 같지 않소?"

"하…… 하지만 지금은 태자 저하가 계시지 않습니까?"

"낙마하여 반신불구가 된지 오래 되지 않았소? 더 이상 회복이 불가하다 결론 나면 새로이 태자를 책봉하자는 말들이 나올 것이오."

"그…… 그렇다면……."

"그대가 생각한 대로요. 지금으로써 황실의 핏줄을 이은자는 왕유와 그대뿐. 왕유에게 그대는 반드시 없애야 할 인물일 것이오."

상상조차 하지 못했던 말들이 시함의 입을 통해 마구 쏟아져 나왔다. 조금도 예상치 못했던, 믿을 수 없는 말들에 머릿속이 혼란스러웠다.

"믿을 수가 없습니다. 낭중께서 하시는 말씀을 내 어찌 믿어야 한단 말입니까."

"믿어야 하오."

칼같이 단호한 말투였다.

"어째서……?"

"준경으로 끝날 것 같소? 왕유는 지략이 뛰어나고 대담한 자요. 필히 다음 방도를 준비했을 것이오."

앞으로 설화가 더 큰 위험에 빠질 지도 모른다는 말이었다. 아니, 더 큰 위험보다 자신의 목숨이 위태로울 수 있다는. 아니, 죽을 수도 있다는 말.

나를 죽이려 하는 자.

당황하던 설화의 얼굴이 급속도로 어두워졌다.

두려움, 공포, 막막함, 불안함, 원망, 혼란. 말로 설명 할 수 없는 감정들이 휘몰아쳐왔다. 하지만 결국 그중 가장 선명하게 보이는 감정 하나가 있었다. 억울함. 참담할 만큼 억울하고 원통하였다. 황권이라는 자신과는 전혀 상관없어 보이는 싸움 가운데 놓여 누군가는 자신을 죽이려 하고, 누군가는 자신과 혼례를 치르려 한다.

"이 모든 이야기가 한 번에 감당키는 힘들……."

"전 결국 모두의 필요로 인해 존재하는군요."

"……?"

"낭중께는 아들을 낳기 위해 저의 목숨이 필요하고, 대량원군께는 다음 황권을 위해 저의 죽음이 필요하군요."

"……."

"저도 사람인지라 원하는 바가 있습니다. 그저 아무도 우리를 해하려 하지 않는 곳에서 언니와 함께 조용히 살고 싶었습니다. 그런데 제 생에 제 의지와 선택 따윈 없군요. 황권을 위해 전 아들을 낳거나 아니면 누군가의 손에 죽거나."

"……."

"그럼 저를 윤 가로 데려온 것도 이 때문이었습니까?"

시함은 아무런 말도 하지 않았지만 어쩐지 그에 대한 대답을 들은 것만 같은 기분이었다.

"그때 내가 일각만 지체하였어도 그대는 왕유가 보낸 자의 손에 죽었을 것이오."

처음부터 아버지의 계략에 동조할 마음 따윈 없었다. 윤일재도 처음엔 사사건건 자신의 행보에 반목하는 시함에게 모든 것을 털어놓진 않았다. 허나, 설화와 혼례를 치르고 아들을 낳으라는 명을 들은 순간, 시함은 제 아버지의 시커먼 속내가 눈앞에 보이는 듯 했다. 반역에 가까운 행위였건만 설화와의 사이에서 낳은 아이를 황실에 주지만 않는다면 아무 문제없을 것이다, 스스로를 달래며 아버지의 명에 못 이기는 척 설화를 데려오기로 결심하였다.

그리고는 수많은 번민과 고뇌의 날들이 이어졌다. 자신을 배신한 이에 대한 원망과 상처주고 싶은 마음 그리고 어쩌면, 어쩌면 혼례를 치르고 아이를 낳으며 그녀와 함께 살 수 있으리란 일말의 기대감이 괴롭게 교차하였다. 하지만 왕유가 그녀의 목숨을 노리고 있다는 걸 안 순간, 모든 번민은 순식간에 먼지처럼 사라졌다. 그리하여 왕유로부터 설화를 살리기 위해 한밤중에 보쌈 해 오듯이 데려온 것이다.

허나, 시함은 이런 구구절절한 사정 따위를 설명할 생각이 없었다. 한밤중 보쌈 하듯 무례히 데려와 죄인처럼 별채 안에 가둬 놓은 제 속내, 엉망이 되도록 상처주리라 마음먹은 제 속내를 또 무어라 설명해야 할까.

"그리고 한 가지 더 여쭙겠습니다. 제 언니를 낭중께서 데리고 있는 게 맞습니까?"

시함의 표정이 어두워졌다.

"역시…… 제 예상이 맞군요."

가슴이 무너져 내렸다. 결국 시함은 자신을 황권을 위한 한낱 도구로 이용하는 것으로도 모자라 거짓말로 자신을 겁박해 온 것이다. 저를 살리려 하였지만 그 마저도 장차 손에 거머쥘 황권을 위한 일. 결코 제 목숨 따위가 소중해서 그리 한 것은 아니리라.

"맞소. 송여화는 지금 어디에 있는지 모르오."

"언니가 어디로 갔는지도 모르십니까?"

"무겸이 송여화를 데리러 다시 그 집으로 갔을 때, 그녀는 없었소. 혼자 도망쳤을 거라 생각도 해보았지만 아무래도 누군가가 그녀를 보호하고 있을 가능성이 크오."

"그…… 그렇군요."

어쩐지 자신의 물음에 곧이곧대로 대답하는 시함의 목소리에 미안함이 묻어나는 듯했지만 그마저도 자신의 착각이리라. 방안에는 조용한 침묵만이 흘렀다.

"미안하오."

귓가를 울리는 나지막한 목소리에 고개를 살포시 들었다. 제 귀를 의심할 수밖에 없었다. 저 치가 자신에게 미안하다고 말하다니……. 시함은 설화의 눈을 마주하지 못한 채 시선을 창밖으로 내던지고 있었다. 아주 어렵게 꺼낸 말 인양 목소리가 무겁게 가라앉아 있었다.

"원치 않은 싸움에 휘말려들게 해 미안하오."

그리고 모진 말로 그대를 아프게 한 것도, 무례하게 대한 것도.

시함이 고개를 돌려 설화를 똑바로 바라보았다. 어떤 복받치는 감정을 참으려는 듯, 일그러지려는 얼굴을 간신히 붙들어 매고 있는 것 같았다.

"처음부터 했어야 하는 말이었소."

가슴 언저리가 간질간질해져 왔다. 몸속에는 무언가가 차고 넘쳐흐르기 시작했다. 순간 설화는 그 앞에서 제 가여운 운명을 한탄하며 울고 싶은 기분이 들었다.

"그리고 이것만은 약조하리다. 내 그 자로부터 그대를 목숨 걸고 지킬 것이오."

'도대체 어디로 간 게냐. 설화야……'
까칠한 얼굴의 이현이 대문을 열고 마당에 들어섰다.
"어찌 이제 오십니까."
대문가에 서서 안절부절 못하던 석만이 한걸음에 달려왔다.
"석반은 자셨습니까? 마님께서 걱정이 이만저만이 아니십니다요."
이현은 종종걸음으로 자신의 뒤를 쫓으며 걱정 어린 말을 늘어놓은 석만을 향해 얼굴을 찌푸렸다.
"끼니는 내 알아서 한다고 이르라 하지 않았느냐."
"그래도 어찌 마님께서 심려치 않으시겠습니까. 자나 깨나 공자님 염려뿐이신데."
마당 끝 중문 너머 안뜰을 바라보았다. 안채는 여태껏 불이 환하였다.
"내 들어왔다 이르거라. 시각이 야심하여 문안 인사는 내일 드리겠다 전하고."
석만은 우물쭈물하더니 이현이 노려보고 나서야 발걸음을 안채로 향했다.
설화가 사라진 지 꼭 한 달이 지났다. 기와집은 도적떼가 지나간 듯 풍비박산이 나 있었고 자매는 감쪽같이 사라졌다. 사방팔방 돌아다니며 둘을 찾아 헤맸지만 하늘로 솟은 건지, 땅으로 꺼진 건지 흔적조차 찾을 수가 없었다. 도적떼에게 변고라도 당한건가 싶었지만 근처 마을에 도적떼가 출몰했다는 이야기는 전혀 들을 수가 없었다. 허면 몰래 도망이라도 한 건가 싶었지만 가산뿐만 아니라 늘상 신던 고무신도 그대로였다. 하루하루 피가 마르고 속이 시꺼멓게 타들어 가는 날의 연속이었다.
그러던 어느 날 멀찍이 떨어진 마을 이웃들로부터 새벽녘 말을 탄 무리들이 왔다 갔었다는 이야기를 전해 듣게 되었다. 단서를 잡은 후로는 전쟁과 같은 매일이었다. 미친 사람처럼 저잣거리에 나가 돌아다니며 설화에 대해 묻고 다녔으나 행방을 아는 이가 없었다.

'설화의 모습을 그림이라도 있으면 좋으련만.'

그때 생각 하나가 번뜩 떠올랐다. 붉은 옷을 입은 여인의 그림, 황후의 그림. 세간의 소문에 의하면 그림 속 황후의 모습이 설화와 꼭 닮았다 하지 않았는가.

그 그림을 집 안에서 본 기억이 있다. 외당 제일 깊숙한 곳에 있는 문갑 안에서였다. 그 그림을 몰래 가져가 화원에게 몇 냥 쥐어주면 똑같은 그림을 그려줄 것이다. 그리고 똑같이 그린 그림을 가지고 저잣거리에 나가 방을 붙인다면……. 어쩌면 설화를 본 사람이 나타날 지도 모른다. 깜깜한 암흑 속에 비친 한 줄기 빛이었다. 이현은 서둘러 외당을 향해 발걸음을 옮겼다.

사방이 좁은 복도와 기둥으로 둘러싸인 외당은 저택 안 가장 후미진 곳에 위치해 있었다. 창문 하나 없이 두꺼운 판문에 둘러싸인 완전히 밀폐된 공간이었다. 그런데 이 야심한 밤에 나무 틈으로 작은 빛 한줄기가 새어나오고 있었다. 자세히 보지 않으면 쉬이 지나칠 정도로 미약한 불빛이었다.

"이 그림이로군요. 대감은 여직 내키지 않으십니까."

진중하고 호방한 젊은 남자의 목소리였다.

"송구하옵니다. 소신도 아비인지라 자식의 원이 마음에 쓰여……."

그 뒤 낮게 읊조리는 부친 이약선의 목소리가 들렸다. 이현은 외당으로 향하는 발걸음을 조심스레 내딛으며 귀를 쫑긋 세웠다. 부친이 말을 높이는 자는 그리 많지 않으니 상대방에 대한 호기심이 일었던 것이다.

"알고 있습니다. 효심 깊은 이 댁 공자의 원이 못내 마음에 걸리시겠지요. 허나. 아시지 않습니까. 그 아이가 살아 있으면 위험하다는 것을."

"자식 놈이 줄곧 연모했던 아이입니다. 심언이 살아있을 적엔 이현과 그 아이의 혼담을 이야기 한 적도 있었죠. 얼마 전에도 언뜻 그 아이와의 혼례에 대해 얘기를 꺼내더이다."

순간 귀가 번쩍하였다. 두 사람의 대화 속 그 아이는 설화가 틀림없었다. 그런데, 왜. 이런 야심한 밤에 세간의 눈을 피해 은밀한 곳에서 설화의 이야기를 하는 것인지 몹시 의아했다.

"아니 될 일입니다. 그 아이는 살아있으면 안 되니까요."

이 무슨 소리인가.

"말씀 전해 들으셨겠지만 암살대와 준경이 그 아이를 죽이는데 실패했습니다. 꽤나 공들인 계책이라 타격이 크군요. 헌데 판어사대사께서도 이리 중언부언하시면 내 믿을 사람이 없소이다."

"송구하옵니다."

"엎친 데 덮친 격으로 그 일로 윤시함과 그 아이의 혼례를 서두른다 합니다."

"이…… 이를…….''

"혼례를 하면 그 댁의 사람이 될 터이니 그 아이를 죽인다면 문제가 더욱 커질 것입니다. 반드시 혼례 전에 거사를 치러야지요."

"옳으신 말씀이십니다."

"내 대감께서 그림을 빌려 주신다면 잘 쓰고 돌려주겠소이다. 이 나라와 황권을 바로 세우는 일이니 마음에 가책 따윈 갖지 마시오. 어차피 대감은 그림 하나를 빌려주는 것 뿐 아니오."

"알겠사옵니다. 대량원군."

"내 이틀 뒤 자시밤11시~오전1시경에 약속한 그 곳으로 사람을 보내리다. 그때 그자에게 그림을 전달해 주시오."

꽉 깨문 입술에서 피가 흘러나왔다. 찐득하고 비릿한 피 맛이 느껴졌으나 아픈 줄도 몰랐다. 대량원군 왕유. 부친과 밀담을 나누는 자의 정체였다. 제 아버지와 대량원군이라는 작자는 한차례 설화를 죽이려다 실패한 것도 모자라 다음 번 음모를 꾸미고 있었다.

게다가 설화가 윤시함과의 혼례를 앞두고 있다니.

어찌하여 갑자기 흔적도 없이 자매가 사라졌는지, 자신이 그리 찾아 헤맸건만 둘의 머리터럭 하나 찾을 수 없는지, 모든 것이 명료해졌다. 숨을 들이키자 새벽의 찬 공기가 폐부를 가득 채웠다. 이유를 알고 나니 앞으로 해야 할 일도 분명해졌다. 아버지가 빌려주기로 한 그림은 필시 황후의 그림일 터. 일단은 그림을 따라 움직여야 할 것이다. 그림이 자신을 설화에게로 안내할 터이니. 그 치에게 무람하게 잡혀 있는 설화를 구해내야 한다. 이현은 입술에서 흘러내린 피를 손등으로 닦으며 결심했다.

"아씨!"

얼굴에 희미한 멍 자국을 달고 영랑이 절뚝거리며 달려왔다.

"영랑아!"

둘은 안 뜰에서 부둥켜안고 엉엉 울더니 또 서로 마주 보고 웃다가 또 엉엉 울기를 반복했다. 시함은 한 발자국 떨어진 곳에서 두 사람의 해후를 지켜보았다. 겨우 한 달 남짓 곁에 두고 부리던 시종 아이일지 언대친 자매를 만난 듯 애틋해 하는 모습을 보니 영랑을 다시 데려 온 게 썩 잘한 일이라 생각되었다.

"아씨. 다친 곳을 없으십니까? 얼굴이 어찌 이리 핼쑥해지셨습니까."

"너야말로 몸은 괜찮으냐? 다리는 왜 아직도 절뚝이고. 얼굴에 이 멍은 다 무어냐……. 내 널 만나자마자 용서를 구하고 싶었다. 내 너에게 큰 죄를 지었구나. 정말 미안하다. 영랑아……."

"아닙니다요! 아씨, 이러지 마십시오. 전 괜찮습니다. 사흘만 지나 보십시오. 얼굴의 멍은 깨끗하게 사라져 예전처럼 피부도 반짝반짝 빛이 날 것이고, 다리도 다 나아 쌩쌩 잘만 달릴 테니. 그때 부러워하시지나 마시어요."

영랑의 속 깊은 말에 설화가 희미하게 웃었다.

"예서는 이만하시고 얼른 별채로 들어가시오. 밤이슬이 아직 찬지라 감모라도 들면 어쩌려고 그러하는가."

걱정 어린 말이 시함의 입을 통해 흘러나왔다. 어쩐지 미안하다는 말을 들은 이후, 그의 태도가 퍽이나 달라진 것만 같았다. 함께 말을 타고 산을 내려오는 내내 그는 별다른 말이 없었다. 그저 앞에 설화를 태우곤 조용하고 느릿하게 말을 몰았다. 행여나 설화가 말에서 떨어질까 두 팔 가득히 자신을 가둔 채 말 고삐를 단단히 틀어쥐었다. 등 뒤에선 내내 그의 단단한 가슴팍이 느껴졌다. 흔들거리는 말 위에서 가끔씩 시함의 가슴팍과 제 등이 맞닿을 때면 번개를 맞은 듯 전신이 떨렸다. 그리하여 저택에 도착한 이후 제대로 얼굴도 마주하지 못하고 있었던 것이다.

두 사람 사이의 미묘한 기류에 영랑이 혼자 슬쩍 웃었다. 어색한 얼굴을 한 두 사람 사이에 껴 있자니 염치가 없는 것처럼 느껴졌다.

"아이고, 아씨. 제가 갑자기 다리가 욱신거려…… 방으로 돌아가 봐야 할 것 같은데……. 우리 아씨 여적 놀란 마음 진정되지 않은 터라 혼자 두고 가려니 마음에 걸립니다요."

영랑이 갑자기 아이고 소리 내며 아픈 시늉을 하였다.

"아직 다리가 아픈 게냐?"

설화가 걱정스럽게 물어왔다.

"비만 오면 시큰거리는 데다 오늘 시전엘 다녀와 무리를 한 모양인지 다리가 저려오고……."

"되었다. 내 아씨가 잠들 때까지 곁에 있을 터이니 넌 걱정 말고 들어가거라."

다리를 주무르며 과하게 아픈 체 하자 시함이 대번에 말을 잘랐다.

"진정 그리해도 되겠습니까? 아⋯⋯ 아닙니다. 제 어찌 나으리께 그런 실례를⋯⋯."

"되었다 하지 않았느냐. 얼른 들어가거라."

걱정을 빙자하여 내쫓을 심산인 게 너무나 분명했다.

"그⋯⋯ 그럼 전 이만 들어가 보겠습니다. 고단하셨을 텐데 편히 주무시어요."

당황한 영랑은 제 바람이 이루어졌다는 기쁨보다는 당황스러움만 가득 안고 안뜰을 종종 걸음으로 가로질러 갔다. 영랑이 사라지고 방안으로 자리를 옮긴 후 둘만 남게 되자 어색함이 맴돌았다.

"몸은 괜찮소? 한나절을 꼬박 앓았는데."

"괜찮습니다. 낭중께서는 지난날 가위에 찔린 어깨는 어떠십니까."

"나도 괜찮소이다."

서로의 안부를 묻고 나니 달리 할 말이 없었다. 날은 이미 어두워져 적막감이 감도는 방안에 두 사람의 숨소리만이 가득했다. 문득 시함의 행동이 어딘가 어색하고 낯설어 보였다. 짐짓 부끄러워하는 기색도 엿보였다. 그리 제게 무례하게 굴던 이가 새삼스레 부끄러움이라⋯⋯. 그 격차에 칠 년 전 그의 모습이 떠올랐다. 저를 색시 삼아 주겠노라, 부끄러움을 숨기기 위해 일부러 짓던 불퉁한 얼굴을. 지금 얼굴이 꼭 예전 그 얼굴과 같아 설화가 피식 소리 내어 웃었다.

"뭐가 그리 즐거워 웃는 것이오?"

역시나. 시함이 불퉁한 얼굴로 물어왔다.

"아닙니다. 그나저나 낭중께선 무얼 그리 내외하시는 겁니까. 속곳 입은 모습도 두어 번이나 보았으면서."

"무슨 말이 그리 하시오? 남이 들으면 작정하고 몰래 염탐한 줄 알겠소."

당황한 시함이 펄쩍 뛰었다.

"여기 낭중 말고 저 외에 다른 이가 어디 있다고 발끈하십니까? 게다가 그리 발끈하시면 진짜 작정하고 염탐한 것 같습니다. 기실 여인의 방에 기척도 없이 벌컥벌컥 문을 열어댔으니 속곳 차림을 보고 싶었던 속마음이 있었는지 내 어찌 압니까?"

발끈하는 모습을 보니 슬그머니 더 놀리고 싶어졌다.

"이리 헛소릴 늘어놓는걸 보니 다 나은 모양이오. 내 괜한 걱정을 하였소."

"걱정일랑 하셨습니까?"

"그럼 밤새 끙끙 앓고 있는 이의 식은땀을 닦아준 자가 누구였겠소."

아차. 그리고 울렁. 두 사람 사이에 흐르는 공기가 달라졌다.

"밤새…… 제 곁에 계셨습니까?"

시함에게서는 대답이 없었다. 대신 시선을 외면한 채 예의 그 불퉁한 얼굴로 어딘지 모를 방 한구석을 바라보고 있었다.

"그대가 아프면…… 혼례가 늦춰질까 하였던 것이오. 다른 뜻은 없었소."

아……. 예나 지금이나 거짓을 말하면 이토록 티가 나는 이다.

"시종을 시키셔도 될 일이셨습니다."

"시종이 없었잖소."

"가병에게 부탁해도 될 일이셨습니다."

"내 어찌 아녀자의 방에 사내를 들인단 말이오."

"낭중께서는 사내가 아니십니까?"

"난……! 난…….."

이번엔 뭐라 대답할까.

"그대의 낭군이 될 이잖소. 그대에게는 억지로 하는 혼례이지만 난 도리를 다 할 것이오."

"단지 의무감에만 빗댄 행동이었습니까?"

찰나의 정적이 흘렀다. 울렁이는 침묵이 질문에 대한 대답을 대신하고 있었다. 심장이 기어코 세차게 방망이질 치기 시작했다.

어찌……. 어찌하여……. 분명 그는 저를 미워할 진대, 어찌 저런 눈빛으로 저를 바라보고 있는 것일까.

"대답은 들은 걸로 하겠습니다."

"무슨 말이오?"

"공자께서 …… 지금 하신 대답이요."

설화는 자기도 모르게 시함을 공자, 라고 불렀다. 떠오르는 옛 기억에 제가 내뱉고도 잠시 놀랐지만 이내 말을 이었다.

"난 아무 말도 하지 않았소."

"그래도 제 귀엔 들렸습니다."

"어찌 들렸단 말이오?"

"의무감에 빗댄 행동만은 아니라고요."

"참 예전과 달라진 바가 없구려."

"예전에 제가 어찌했기에요?"

"제멋대로에다가 천방지축, 나부댈 줄만 아는."

"그런데도 공자께서 한없이 어여삐 여기지 않았습니까."

"그리하였지."

아차. 그리고 바로 이은 또 한 번의 아차. 서로의 얼굴을 도저히 마주할 수가 없었다. 그리 입을 다물고 고개를 모로 돌리니 방 안 어디에도 시선 둘 곳이 없었다. 마주하고 있지 않으나 몸 안의 모든 감각이 배로 또렷해져 상대를 향하고 있었다. 얕게 내쉬는 숨소리, 뒤트는 아주 작은 움직임까지 모조리 잡아낼 만큼.

"꾸밈없이 솔직하고 사랑스러웠으니까."

쿵. 쿵. 이대로 있다간 기어코 심장이 터져버릴 것이다. 아니라 열두 번도 넘게 부정하여도 이제는 분명히 알 것 같았다. 마음속에 아직도 열 살, 시함을 몰래 엿보며 연모하던 열 살의 제가 살아있음을.

"시간이 야심하오. 험한 하루를 보내 고단하였을 텐데 난 이제 가보겠소."

울렁이는 공기를 가르며 시함이 자리에서 일어났다.

"고…… 공자!"

이대로는 아니 되었다.

"내 청이 하나 있습니다."

"말해 보시오."

"종일 방안에만 있으려니 갑갑증이 나 참을 수가 없습니다. 날도 좋으니 뒷산에라도 한번 오르고 싶습니다."

"허나…… 그대도 알다시피 왕유가…….."

"공자와 함께 가면 되지 않습니까?"

"나…… 나와?"

"네. 같이 가고 싶습니다. 공자와."

시함은 한방 맞은 듯 병 찐 얼굴이었다. 저리 당돌하게 말하는 설화를 바라보니 꼭 7년 전에 저가 홀딱 빠진 그 꼬마 여자아이가 떠올랐다. 방안에는 여전히 두 사람의 심장 소리가 가득 울렸다.

"어찌 이리 아둔하단 말이요? 먼저 산에 오르자 한 이는 그대잖소."

"누구 덕택에 오랫동안 방안에만 틀어 박혀 있었더니 다리 쓰는 법을 잊은 모양입니다."

두 손으로 치마를 걷어 올린 채 언덕을 오르며 설화가 거친 숨을 몰아 쉬었다.

"다리 쓰는 법을 잊어버린 이가 도망할 때는 어찌 그리 날래게 달린단 말이오?"

"죽고 사는 문제가 달려 있어 그리하였습니다. 지금도 뒤에서 칼 들고 쫓아 와 보십시오. 내 토끼보다 더 날쌔게 달릴 터이니."

헉헉거리면서도 꼬박꼬박 말대꾸는 다 한다. 못마땅한 얼굴로 투덜거려도 방안에서 끙끙 앓고 있는 것보다는 백배 더 나았다.

"겨우 뒷동산이오. 조금만 더 힘을 내면 될 것이오."

"그 말 지금 다섯 번째이옵니다. 언제 도착하는 겁니까?"

이마에 땀이 송골송골 맺혔다. 말 그대로였다. 방안에만 쳐 박혀 있다 보니 야트막한 동산도 오르기가 버거웠다.

"이제 다 왔소."

열 걸음 정도 앞서 있던 시함이 설화를 향해 돌아보며 빙긋 웃었다. 산 언덕 위에 오르자 평지가 넓게 펼쳐져 있었다. 때마침 땀을 식혀줄 찬바람이 솔솔 불어왔다. 설화는 어깨를 펴고 바람을 맞으며 한 눈에 펼쳐진 시내 거리를 바라보았다. 속이 뻥 뚫리는 광경이었다.

"갑갑증이 좀 풀린 것 같소?"

"네. 가슴이 아주 뻥 뚫린 것 같습니다. 바람도 시원하고요."

"올라오느라 힘들었을 터인데 잠시 저 곳에서 쉬도록 하지."

가리킨 곳에는 영랑이 커다란 나무그늘 아래 천을 깔고 앉아 손을 흔들고 있었다.

"아씨!"

"영랑아! 언제 와 있었느냐?"

"나으리의 분부를 받잡고 와 있었죠. 오시느라 힘드셨죠? 이리 앉아서 좀 쉬시어요."

설화가 달려가 깔아놓은 천 위에 앉으니 영랑이 바로 자리에서 일어났다.

"그럼 즐거운 시간 보내시어요. 저는 이만 가보겠습니다."

"어디 가는 게냐? 같이 있지 않고?"

영랑은 황당함이 가득한 얼굴로 시함의 낯을 한번 살피었다. 아씨가 정녕 나으리의 손에 내가 죽길 바라는 건 아니겠지.

"아씨, 저도 일이 바쁜 사람입니다. 내려가서 아씨 드실 점심찬 만들고 있을 테니 천천히 쉬다 내려오셔요."

영랑은 아씨가 영민하다는 이야기는 다 거짓부렁이라고 생각했다. 낮중 나으리가 저렇게 쳐다보고 있는데 그걸 모르시는 건가? 영랑은 시함을 향해 저 잘했죠? 하듯이 쳐다보고는 금세 산등성이를 달려 내려가기 시작했다.

시함은 쯧, 하고 혀를 한번 차고는 설화 옆으로 다가와 자리에 털썩 앉았다.

"그리 소원하던 일을 이루니 좋습니까?"

"네. 좋습니다. 참으로 좋습니다. 산도, 들도, 바람도 다 좋습니다."

풀 내음을 가득 실은 산바람이 귀밑머리를 스쳤다. 뒷산이 이리 소담하고 정겨운 풍경을 그려내고 있는 줄 몰랐다. 흙냄새가 스며든 풀 내음이, 바람이 부서지며 흔들리는 나뭇가지 소리에, 사는 게 이리 좋은 거라 생각하게 될 줄 몰랐다.

"어찌 이리도 소박하단 말이오."

"제가 좀 그렇습니다. 원래부터 그랬습니다. 큰 걸 바라지 않죠. 작은 행복만 있으면 만족하면서 그렇게 삽니다."

"그렇지. 그대는 그러한 이였지. 한낱 꽃 가락지에 기뻐하는."

고개를 들어 바람을 맞고 있던 설화의 얼굴에 이내 웃음기가 사라졌다. 꽃 가락지는 행복했던 어린 시절의 저를 떠올리게 했고, 닿을 수 없을 만큼 벌어진 간극에 참담함이 몰려 왔던 것이다. 그때 저는 믿을 수 없을 만큼 단순하게 낙관적인 미래를 꿈꿨었고, 세상이 모두 제 편이라 생각했었다.

"어렸으니까요. 꽃 가락지에도 기뻐했죠."

고르고 고른, 가장 무난하다 생각되는 대답이었다.

"지금은 그렇지 않을 것이란 말이오?"

책망하는 듯한 말투였다. 얼굴에는 서운한 기색이 역력했다.

바보 같은 사람. 참으로 바보 같은 사람.

"그거 아십니까? 기실 금이냐 꽃이냐 하는 것은 여인네에게 하등 중요하지 않습니다."

"그러면 무엇이 중하단 말이오."

"누가 주느냐, 하는 것이지요."

당신이 주는 것이니 그저 그리 기뻤다. 부끄러움을 감추기 위해 불퉁한 얼굴로 건네는 꽃 가락지가 그리도 좋았다. 색시가 되어 달라 청하는 말이 진심이라는 걸 알았기에 그리도…… 그리도 좋았던 것이다.

"설화……."

나지막한 음성이 바람을 타고 흩날렸다.

"그럼 이 가락지에도 기뻐해 줄 것이오?"

보지 않아도 알 수 있었다. 저를 향해 내미는 손에 무엇이 들려 있는지. 왈칵 눈물이 쏟아져 나올 것만 같았다. 가슴이 이리도 두근거리는 걸 보니 제 마음의 행방은 이미 분명하였다.

"그대가 원치 않은 혼인이라는 것, 내 잘 알고 있소. 허나 어차피 해야 할 혼인……. 내 그대에게 좋은 낭군이 되도록 노력하겠소. 그러니…….."

진작 했었어야 할 말이었다. 저를 그리 무례히 데려오고 가슴에 생채기를 내더니. 이제와…… 이제와…… 이런들.

"설화……."

못내 초조한 목소리였다.

"말씀 드렸었죠? 여인네에게 중한 것은 누가 가락지를 주느냐 하는 것임을……."

시함의 낯빛이 어두워졌다. 그리고 쓰린 속을 삼키며 손바닥 위에 있는 금가락지를 쥐려는 찰나, 설화가 살포시 손을 내밀었다.

"좋은 낭군이 돼 주시어요. 남은 평생……."

두 눈에서 눈물이 방울방울 흘러 내렸다. 그가 절 미워해도, 그에게는 부친의 명을 따른 어쩔 수 없는 혼사라 하여도…….

저는 그가 여전히 한없이 좋았다.

* * *

지척을 분간할 수 없는 어둠이 사위를 둘러싸고 있는 밤이었다. 검은 인영 하나가 외당 문을 조심스럽게 열고 나왔다. 그리고는 두꺼운 통판문에 자물쇠를 걸어 잠갔다. 이현은 외당을 둘러싼 돌담 넘어 검은 인영의 움직임을 조용히 눈으로 쫓고 있었다. 검은 인영이 몇 걸음 내딛자 달빛에 언뜻 그의 얼굴이 드러났다.

'아버지……!'

부친 이약선의 손에는 두루마리 하나가 들려 있었다. 필시 대량원군 왕유의 사람에게 전달키로 한 황후의 초상화일터. 이약선은 주위를 살펴더니 조용한 발걸음으로 외당 중문을 나섰다. 이현은 그런 부친의 뒤를 조심스레 밟기 시작했다.

한 식경쯤 걸었을까. 마을 골목을 지나 산 어귀에 들어선 이약선이 어둠에 파묻힌 폐가 안으로 사라졌다. 왕유가 보내겠다고 한 사람과 만나기로 한 약속 장소였던 모양이었다. 이현은 천천히 발을 내딛으며 폐가의 뒤편을 향해 걸어갔다. 다행스레 뒤편에는 작은 창 하나가 달려 있었다. 고개를 들어 창 안을 들여다보았다. 부친 이약선의 얼굴이 창을 향해 있었고 맞은편에 있는 키가 크고 호리호리한 사내의 뒷모습이 어둠속에서 설핏 보였다.

"만평. 조심히 사용하고 돌려주시게나. 내 심언으로부터 이 그림을 잘 보관해달라는 부탁을 받았네."

"염려 마십시오. 그림은 그저 유인책 일뿐입니다."

만평이라 불린 사내가 대답했다. 사내답지 않게 찢어질 듯 가느다란 목소리였다.

"이 그림으로 어찌 유인하겠다는 것인가. 대량원군의 말을 듣자하니 그 아이는 윤 가(家)의 별채에 갇혀 있다 들었건만."

"지난 소동으로 그 아이도 대량원군께서 자신의 목숨을 노린다는 걸 알았을 겁니다. 어쩌면 윤 낭중이 얘기를 해 주었을지도 모르고요. 지금 잔뜩 겁먹은 고양이마냥 집 안에 틀어박혀 나오지 않을 겁니다."

"그럼 어쩌려는 건가. 윤 가는 왕궁보다 방비가 삼엄하다 하거늘."

"들어가기 힘들면 나오게 해야지요."

"나오게? 그 아이를 말인가?"

"네. 혼례를 앞두고 있는데다 이제 곧 기일도 다가오고 있으니, 송심언의 위패가 있는 사찰을 방문할 것이옵니다. 바로 그때 이 그림이 고양이처럼 웅크리고 있는 그 아이를 홀로 유인해 낼 비책이 될 것입니다."

……! 저자가 지금 무슨 소릴 하고 있는 건가!

이현이 뒤돌아 선 남자의 모습을 좀 더 자세히 보고자 발을 한 걸음 옆으로 내딛었을 때였다.

바삭.

나뭇가지를 밟는 소리가 폐가에 울려 퍼졌다. 이현이 재빠르게 고개를 숙이자마자 이약선과 뒷모습의 사내가 창문을 향해 돌아보았다. 이크. 이런 실수를. 이현은 숨을 죽이고 폐가 뒤에 바짝 붙었다.

"게, 누, 누가 있느……!"

"쉿. 조용히 하십시오."

만평은 큰 소리를 내려는 이약선을 막아서며 조용하라는 손짓을 보냈다.

"대감 나리는 여기 계십시오. 제가 잠시 둘러보고 오겠습니다."

그리고는 천천히 폐가의 문을 열고 조심스럽게 발을 내딛었다. 사방은 불빛 하나 없이 짙은 어둠에 잠겨 있었다. 만평이 귀를 쫑긋 세웠지만 풀벌레 소리와 작은 동물들이 몸을 감추는 소리 외에는 별달리 들리는 소리가 없었다.

"산짐승이었나 보오."

이약선이 만평을 따라 문을 나섰다.

"쉿."

허나 만평은 경계를 늦추지 않고 폐가 뒤편으로 향하기 시작했다. 저벅저벅, 발걸음 소리가 점점 커져왔다. 이현은 폐가에 바짝 붙어 만평의 발걸음 소리에 온 신경을 집중하며 허리에 찬 칼을 향해 조심스럽게 손을 뻗었다.

저 치가 폐가 뒤편을 향해 고개를 들이미는 순간 그의 목을 칠 생각이었다.

호흡이 가빠오고 손이 미세하게 떨렸다. 그때였다. 쥐새끼 한 마리가 푸드득 소리를 내며 숲을 헤치고 나와 폐가 앞마당을 향해 뛰어갔다.
"히익."
이약선이 화들짝 놀라며 뒤로 물러섰다. 이현마저 놀라 소리를 내지를 뻔하였다.
"아이고 놀래라. 만평. 아까 그 소리도 저 녀석이 낸 모양이오."
이약선의 말에도 만평은 미심쩍은 표정으로 쥐새끼의 뒤꽁무니를 바라보았다.
"더 이상 이곳에 있으면 안 될 것 같습니다. 대감. 그런 전 이만……."
만평은 꾸벅 인사를 한 뒤 빠른 걸음으로 사라졌다. 만평이 떠나자 이약선도 지체 없이 발걸음을 뗘었다. 이약선이 완전히 떠난 걸 확인한 후 이현은 재빨리 만평이 사라진 방향으로 내달리기 시작했다.

맑은 목탁소리와 승려들의 염불 외는 소리가 차가운 새벽공기를 타고 넘실거렸다.
"다 왔습니다."
설화가 빙긋 웃으며 우거진 나무 사이에 언뜻 보이는 사찰을 가리켰다.
"예서 잠시 기다리거라."
시함이 뒤를 향해 손짓을 보내자 스무 명 남짓한 사병들이 일제히 말고삐를 당겼다. 설화는 사병 중 하나의 도움을 받으며 말에서 내렸다. 그리고는 산문을 향해 곧장 빠른 걸음으로 걷기 시작했다.
"누가 안 잡아갑니다. 천천히 좀 가시오."
"얼른 이리 오시어요. 아버지께 혼례를 치른다 인사를 드려야지요."
설화가 시함의 팔을 잡아끌었다. 오랜만의 외출인데다 더욱이 혼례 전 부친의 위패를 모신 사찰을 방문한 터라 한껏 들뜬 모양이었다. 뜰을 가로질러 봉안당으로 향하니 스님 하나가 먼저 다가와 합장을 했다.

"시간이 좀 걸릴 것이옵니다. 봉안당에서 재를 올리고 불전에 들러 기도를 올리자면 반나절은 족히 걸릴 것 이온데……."

한참이나 기다려야 할 것이다. 새벽 댓바람부터 따라나선 그에게 미안한 마음이 들었다.

"괜찮소. 급할 것 없으니 천천히 하시오. 내 그동안 이 사찰이나 천천히 둘러보겠소."

아무리 도둑같이 치르는 혼례라 하여도 부친께 인사는 올려야 하지 않겠느냐, 먼저 제안해 왔던 것은 시함이었다. 때마침 부친의 기일도 다가온 터라 그 무엇보다 반가운 얘기였다. 준경의 손에 죽을 뻔한 한바탕의 소동을 겪은 후 시함은 설화의 신변에 예민하게 촉각을 세우고 있었다. 설화가 잠시라도 눈에 보이지 않으면 안절부절, 별채를 나설 때마다 이처럼 한 무리의 사병들 대동하기 일쑤였다. 당장 있을 혼례를 앞두고 예까지 오기란 쉽지 않았을 터인데 저를 생각해주는 그의 마음 씀씀이가 고마웠다.

"그럼 다녀오겠습니다."

봄 햇살 같은 얼굴로 꾸벅, 인사를 하고는 봉안당으로 걸음을 옮겼다. 설화가 봉안당 안으로 들어간 직후, 뒤편 문으로 키가 크고 호리호리한 사내가 나오는 모습이 시함의 시선에 걸렸다. 고개를 푹 숙인 채 빠른 걸음으로 걷는 것이 오히려 눈에 띄는 행동이었다. 허나, 시함은 별다른 의심 없이 이내 시선을 거두고는 산사의 운치를 감상하고자 시선을 돌렸다.

설화가 차가운 봉안당 마룻바닥에 발을 디뎠다. 향로에서는 하얀 연기가 피어오르고 있었다.

'아버지…….'

제단 위에 안치된 부친의 위패를 향해 걸어가자 목이 메어왔다. 짧다면 짧고 길다면 긴 세월이 흘렀건만 아비의 마지막 모습은 여직 뇌리에 선명했다. 피투성이가 되어 금위군들에게 끌려가면서도 저더러 미안하다 하였다. 모든 것은 제 잘못이라며……. 용서하라 하셨다. 설화는 세간에 나돌던 추문 따윈 한 치도 믿지 않았지만 제 아비가 마지막 던진 말이 못내 마음에 걸렸다. 부친께선 설화와 여화를 붙들고 몇 번이나 말씀하셨다. 구중에 떠도는 아비와 황후를 둘러싼 와언들은 죄다 거짓이니 믿을 것 없다고. 그저 아비는 황권을 둘러싼 견제 세력의 모함에 누명을 쓴 것 뿐이라고. 하지만 왜 부친께서는 설화를 향해 모든 것이 제 잘못이며 용서하라 하였던 것인지……. 여태껏 풀리지 않은 의문점이 머릿속에 똬리를 틀고 있었다. 허나. 답해 줄 이는 세상에 없었다.

향을 피우기 위해 위패가 모셔진 제단으로 한 걸음 가까이 발을 떼었을 때였다. 시선이 위패 앞에 가지런히 놓인 두루마리에 머물렀다.

"이…… 이건……!"

본적이 있는 서화였다. 어찌 저 서화를 잊을 수 있겠는가. 설화는 부들부들 떨리는 손으로 두루마리 서화를 집어 들었다. 아직 온기가 남아 있었다. 조금 전 누군가가 위패 앞에 놓고 간 것이 틀림없었다. 두루마리를 손에 꼭 쥐고 주위를 두리번거렸지만 염불을 외고 있는 스님 외에 다른 이는 눈에 띄지 않았다. 아니다. 봉안당으로 들어서기 전, 웬 남자 하나가 봉안당 뒷문으로 나가지 않았는가. 설화는 뒷문을 향해 몸을 돌렸다가 잠시 멈칫했다. 어쩌면…… 이 또한 저를 죽이기 위한 왕유의 계략일지 모른다. 시함이 절대 혼자 움직이지 말라 절더러 신신당부를 했었다. 하지만…… 왕유가 어찌 이 그림을 가지고 있을 수 있단 말인가. 또한 왕유가 어찌 설화가 이곳에 들를 줄 알고 미리 위패에다 이 서화를 가져다 놓는단 말인가. 이는 필시 우연일 것이다.

마음이 다급해졌다. 뒷문으로 나간 남자는 그림에 대해 알고 있는 자가 분명했다.

"스님. 이 두루마리를 놓고 간 이를 보셨습니까?"

"방금 뒷문으로 나간 불자가 놓고 가더이다."

역시나. 설화는 두루마리를 손에 꼭 쥐고 뒷문을 향해 서둘러 발걸음을 옮겼다.

남자는 숲으로 난 좁은 길을 빠르게 걷고 있었다.

"이보시오! 이보시오!"

치맛자락을 펄럭이며 남자의 뒤를 쫓아갔지만 거리는 좀처럼 좁혀지지 않았다.

"이보시오!"

남자가 여전히 고개를 숙인 채 오른쪽으로 난 좁은 길로 몸을 틀었다. 이리 조용한 곳이라면 제 목소리를 들었을진대……. 문득 그 사실을 깨닫고 나니 싸한 한기가 느껴졌다. 그제야 설화가 그 자리에 우뚝 멈춰 섰다. 벌써 봉안당에서 제법 멀리 떨어진 곳까지 와버린 것이다. 불현듯 수풀이 작게 흔들리는 소리가 여기저기서 들렸다. 머리가 쭈뼛쭈뼛 서고 다리가 후들후들 떨렸다. 함정이었다.

곧이어 사방에서 흔들리던 수풀 속에서 대여섯 명의 사내들이 모습을 드러냈다. 왕유가 보낸 자들이라고 하기엔 행색이 비루하고 거동이 불량하였다. 도적떼들임이 분명했다. 뒷걸음질 치며 도망가려 했지만 뒤에선 덩치가 큰 사내가 앞을 막아섰다.

"에헤이. 어딜 가려 하시나."

"이…… 이게 무슨 짓이오."

새하얗게 질린 얼굴로 주춤주춤 물러서던 설화가 기척을 느끼곤 뒤를 돌아보았다. 뒤에서는 뺨에 칼자국이 난 삐쩍 마른 사내가 칼을 들고 건들거리며 다가오고 있었다.

"일 어렵게 만들지 말고 쉽게 갑시다. 쉽게 가."

"이러지 마시오……."

"얌전히 있는 다면 한 번에 깨끗하게 가게 해주지."

"까아……."

비명이 목구멍에서 채 새어나오기도 전 덩치가 커다란 손으로 설화의 목을 감았다.

"켁."

턱 하고 갑작스레 숨이 막혔다. 덩치의 팔에 대롱대롱 매달린 설화가 허공에서 발길질을 했다. 그럴수록 제 몸의 무게 때문에 목이 점점 더 조여 왔다. 피가 제대로 돌지 않아 눈앞이 핑핑 돌았다. 칼자국이 덩치에게 목이 졸린 채 매달려 있는 설화를 향해 다가왔다. 얼굴 가득 비열한 웃음을 머금은 채 칼날을 혀로 한번 슥 핥았다.

"모두들 네년이 도적들 손에 죽은 걸로만 알 것이야."

역시 왕유가 보낸 이였다. 그림으로 저를 꾀어내어 죽인 후 도적떼의 만행으로 뒤집어씌울 속셈이리라. 새까만 어둠이 눈앞에 몰려왔다. 두려움이 온 몸과 정신을 점령했다. 제발…… 제발…… 이라는 말 외에는 아무 것도 생각나지 않았다. 칼자국은 혼자서 킬킬 웃더니 설화의 얼굴을 손등으로 슥 한번 만졌다. 눈빛이 묘한 열기를 띤 듯 일렁였다.

"보기 드물게……."

칼자국은 설화를 얼굴에서부터 발끝까지 노골적인 눈길로 훑어보았다.

"고운 계집일세."

칼자국의 손길이 지나는 곳마다 벌레가 기어가는 듯 했다. 저를 보는 눈빛이 무엇을 담고 있는지 너무나도 여실하였다.

"으읍……! 으으으읍!"

설화가 죽을힘을 다해 발버둥을 쳐댔다. 저 칼에 목이 베이는 것보다 더 끔찍하고 악몽 같은 일이 벌어질지 모른다는 생각에 지독한 공포가 몰려왔다.

제…… 제발……. 도와줘…….

시함……!

정신없이 시함을 불러댔지만 목소리는 그저 목구멍을 맴돌 뿐이었다. 칼자국이 설화의 옷고름을 잡고 거칠게 잡아 뜯었다. 북 하고 저고리가 찢어지는 소리가 들리더니 하얀 어깨가 드러났다.

"킬킬킬……. 속살도 아주 어여쁘구나."

칼자국의 저열한 말투가 바로 옆 귓가에서 들렸다. 고약한 입 냄새도 함께 풍겨왔다. 전신이 부들부들 떨렸다. 토기가 치밀어 오르고 정신 아득해졌다.

제…… 제발……! 누군가……!

그때였다.

촤악.

바람을 가르는 소리와 함께 칼날이 눈앞에 번뜩였다.

"으윽."

칼자국이 단발마의 비명을 지르며 앞으로 꼬꾸라졌다. 등 뒤에서는 피가 분수처럼 솟아 나왔다.

"아아아악!"

뒤에서 설화를 붙들고 있던 덩치가 설화를 땅바닥으로 내팽개치고 반격을 시도하기도 전, 덩치의 오른팔이 댕강 잘려나갔다. 놀란 설화가 흘러내린 눈물로 엉망이 된 얼굴을 가까스로 들어올렸다. 희뿌연 시야 때문에 검을 들고 있는 남자의 형체만 흐릿하게 보일 뿐이었다. 남자는 날

렵하고 차분한 검술로 나머지 도적떼들을 하나씩 베기 시작했다.
"으악-!"
"커헉……."
"사…… 살려줘……!"
순식간에 도적떼를 베어낸 남자가 숨을 고르며 잠시 그 자리에 섰다. 익숙한 남자의 뒷모습을 보자 복받친 듯 가슴 깊은 곳에서 울음이 토해져 나왔다.

오라버니…….

한눈에 알아 볼 수 있었다. 여전히 눈물로 시야는 흐릿했지만 그냥 저이가 이현임을 알 수 있었다. 피붙이같이 저를 살뜰히 아껴주었던 오라비. 다정하고 상냥한 오라비. 설화는 복받쳐 오르는 설움과 반가움에 오열하기 시작했다.

"현이 오라버니……. 오라버니, 오라버니……."

그저 오라버니라는 말만 끊임없이 되풀이 하였지만 두 사람 모두 설화가 어떤 마음으로 그리 부르는지 잘 알고 있었다. 이현이 칼을 검집에 넣고 다가왔다.

"설화야……."

목이 메었다.

"오라버니……. 으어어어……. 오라버니……."

그리고는 무릎을 꿇고 여전히 바닥에 앉아 통곡하는 설화를 가만히 안아주었다. 익숙한 손길, 익숙한 내음, 제가 알고 있는 바로 그 품이었다. 문득 이현과 함께 숲에서 길을 잃었던 어린 시절이 떠올랐다.

'오라버니…… 무서워. 곰이라도 나타나면 어떻게 해?'
'이 손만 꽉 잡고 있어. 설화 넌 이 오라비가 목숨 걸고 지켜 줄 테니.'
'정말?'

'그럼! 곰이 다 무어냐? 널 해하려는 게 있다면 이 오라비가 평생 곁에서 책임지고 지켜줄게. 그러니 절대 이 오라비 곁을 떠나지 말거라.'

'응! 알았어.'

넌 이 오라비가 지켜줄게. 이현의 목소리가 귀에서 맴돌았다. 사방에 위험이 도사리고 믿을 이 하나 없는 곳에서 그리운 이를 보니 그동안의 설움이 물밀 듯 밀려왔다. 그때였다. 인기척도 없이 이현의 목에 차가운 칼날이 닿았다.

"놓거라."

싸늘한 음성에 설화가 고개를 번뜩 돌렸다. 시함이 차가운 얼굴로 이현을 향해 칼을 겨누고 있었다.

"여전하군. 남의 것을 탐하는 그 성정은."

"고…… 공자!"

그 자리에 얼어붙은 이현을 뒤로하고 설화가 자리에서 벌떡 일어났다. 이현은 반가움과 안도감이 뒤섞인 설화의 얼굴에서 묘한 이질감을 느꼈다. 저것은 제가 모르는 설화의 얼굴. 연심을 품은 여인의 얼굴이었다. 이현은 제 목을 겨누며 살갗을 베고 있는 칼날보다 설화의 얼굴에 잠시 떠오른 그 표정에 생살을 찢는 듯한 아픔을 느꼈다.

"이현 오라버니십니다. 도적떼로부터 절 구해주시었어요. 공자께서도 아시잖습니까. 학당에서 동문수학하였던……."

안도감에, 설화는 시함에게 다가가며 숲에서 벌어졌던 일에 대해 설명하려 했지만 자신을 노려보는 살기등등한 눈빛에 말끝을 흐렸다.

"이것이었소?"

"무슨 말씀……"

"내 청을 받아들이는 척, 얌전히 혼례를 치르는 척 했던 것은 다 오늘을 위한 것이었소?"

무언가 또 어긋나고 있었다.

"그리하여 이곳으로 와 겨우…… 겨우 이현을 만나고자 한 것이오?"

시함의 눈빛이 분노로 일렁였다. 예전 저를 죽일 듯이 노려보던 바로 그 눈빛이었다. 다급해진 설화가 외쳤다.

"제 말 좀 들어 보시……."

"내가 어리석었군. 어찌 그대가 변했을 거라 생각했단 말인가."

형형한 눈빛, 으르렁거리는 사나운 목소리였다. 이현은 그 자리에 굳은 채 아무 말 없이 둘의 대화에 귀를 기울였다. 그 사이 이현의 목을 겨눈 칼날이 살갗을 파고들면서 기어이 피가 주룩 목을 타고 흘러내렸다.

"무슨 소리십니까."

"내 그대에게 일렀지."

"……."

"다시 한 번 더 내 앞에서 이현의 이름을 꺼내는 날엔, 그대도 죽고 그대의 정인도 죽는 날이 될 것이라고."

"공자! 제 말을 좀 들어주세요! 이현 오라비는 도적떼로부터 절 지켜주었을 뿐입니다!"

스륵. 챙!

시함이 설화와 언쟁하는 하는 와중, 이현이 자리에서 일어나 검집에서 칼을 꺼내 시함을 향해 겨눴다. 목에 겨눈 시함의 칼이 이현의 목을 베며 긴 상처를 남겼다. 고요하던 숲길에 팽팽한 긴장감이 가득했다.

"설화. 이리와."

이현이 시함에게 시선을 떼지 않은 채 설화를 향해 말했다. 예상치 못했던 상황 전개에 설화는 어안이 벙벙해져 그저 둘 사이에 멀뚱히 서 있을 뿐이었다.

"지금 거기서 한 발자국이라도 움직인다면 당장 벨 것이오."

지독히도 서늘한 음성이었다.

"누…… 누굴 말입니까."

간신히 시함과 마주 보게 되었다 생각했건만, 다시 여지없이 처음으로 돌아갔다. 왜 자신을 믿지 못하는지. 그에 대한 원망이 가슴 속에서 스멀스멀 피어났다.

그때, 날선 대치를 하고 있던 이현이 기습적으로 칼을 휘둘렀다.

"이야아아아앗!"

시함이 재빨리 칼을 반대 방향으로 휘두르며 이현의 공격을 막아냈다.

챙! 챙! 챙!

검끼리 맞부딪히는 금속의 소음이 숲을 요란하게 흔들었다.

"까아악!"

설화가 귀를 막으며 주저앉았다. 한 사람이 내리치면 한 사람이 맞받아치며 앞섰다 물러서는 팽팽한 싸움이 지속됐다.

"설화를 놔줘!"

이현이 칼을 머리위로 번쩍 들며 시함의 어깨를 향해 내리쳤다.

챙!

이현의 칼을 아래에서 위로 내받아친 시함이 분노에 이글거리는 눈빛으로 이현을 쏘아보았다. 팽팽하게 맞부딪힌 칼날 사이로 두 사람은 서로를 죽일 듯이 노려보고 있었다.

"다시는 넘볼 수 없게 내 기어코 여기서 널 죽여주지."

그때 숲길 아래에서 여럿이 뛰어 오는 소리가 들렸다. 매광과 무겸이 사병 몇몇을 이끌고 숲을 향해 달려오고 있었다. 이현의 신경이 잠시 흐트러진 찰나였다.

"으아아아아!"

시함이 이현을 뒤로 몰아붙인 후, 칼을 휘둘러 이현의 칼을 내리쳤다.

챙그랑.

이현의 칼이 저 멀리 내던져졌다. 이현의 얼굴이 흙빛으로 변하였고 시함이 다시 한 번 더 칼을 하늘 위로 번쩍 들어올렸다.

"이야앗!"

"안 돼!"

하늘로 번쩍 들어 올렸던 칼을 내려치려는 순간, 설화가 시함과 이현 사이로 뛰어 들었다.

"제…… 제발 살려주시어요. 공자……."

설화는 부들부들 떨면서도 양팔을 벌린 채 이현 앞을 막아섰다. 그 사이 매광과 무겸의 무리가 혈투가 벌어지는 현장에 막 도착하였다. 누가 봐도 판세는 뻔하였다.

"비키시오."

주위를 순식간에 얼어붙게 만들만큼 한기가 도는 목소리였다.

"이리 간곡히 청합니다. 제발 이현 오라버니를 살려주시어요."

"지금 그대가 무슨 소리를 하는 건지, 알고나 있으시오?"

"네. 잘 알고 있습니다. 어린 시절부터 피붙이나 다름없이 함께 자라온 이의 목숨을 구걸하고 있사옵니다. 아버지께서 돌아가시고 모두가 등을 돌렸을 때, 유일하게 곁에 남아 먹고 살 거리를 챙겨주시던 은인의 목숨을 구걸하고 있사옵니다. 공자께 이년의 죄가 깊사오나 부디 군자의 도량과 하해와 같은 마음으로 이년의 청을 들어주시어요."

두 눈에서 펑펑 눈물을 쏟으면서도 한 치의 어긋남도 없는 눈빛이었다. 숲길에 침묵이 감돌았다. 휘잉 하는 바람소리마저 숨죽인 듯싶었다. 시함은 고통스러운 눈길로 설화를 바라보더니 칼을 검집에 넣고 홱 뒤돌았다. 그리고는 지체 없이 무서운 발걸음으로 숲길을 내려가기 시작했다. 단단한 등이 상처받은 듯 보였다. 그는 자신이 이현과 도망하리라 생각한 게 분명하였다. 아니라 그리 말하였는데 그는 여태껏 저를 믿지 못했다. 그에게 상처주고 말았다는 미안함과 자신을 믿지 못하는 시함에 대한 원망이 동시에 몰아쳤다.

"얼른 돌아가."

설화는 이현을 쳐다보지 않고 차갑게 말을 내던졌다. 제가 시함에게 어떤 감정을 가지고 있는지 고스란히 드러났을 것이다. 이현이 입술을 깨물었다. 지독한 패배감이 몰려왔다. 무력으로 시함을 이기더라도 설화는 저를 따라 나서지 않았을 것이다.

억지로 윤시함에게 끌려갔으면서, 왜…… 왜…… 아직도 넌 그를…….
"가시죠."

매광과 무겸이 설화를 재촉했다. 설화는 이현의 시선을 느끼면서도 단 한 번도 눈길을 주지 않은 채 숲길을 내려가기 시작했다.

집으로 돌아오는 내내 시함은 한마디 말도 하지 않았다. 앞에서 말을 몰고 가는 시함의 널찍한 등이 단호하게 설화를 거부하고 있었다. 어느덧 별채 안뜰에 도착하였다. 말이라도 어찌 건네 볼까 쭈뼛거렸지만 지독히도 차가운 냉기만을 풍겨대는 시함에게 감히 말 한마디 붙여볼 용기가 나지 않았다.

"오늘…….''

용기 내어 오늘 고마웠다 인사라도 할 요량으로 입을 뗀 순간, 시함이 다짜고짜 팔을 끌어 당겼다. 휘청, 하고 설화의 몸이 시함에게로 기울었다.

"고…… 공자……!"

시함은 우악스럽게 설화의 팔을 잡고는 그대로 질질 끌고 별채로 향하기 시작했다.

"아픕니다. 놓아주세요."

엄청난 힘에 설화는 속수무책으로 딸려 갈 뿐이었다. 시함은 별채 문을 벌컥 열고 설화를 안으로 밀어 넣었다. 그리고는 방 안에 설화를 내동댕이친 채로 문을 쾅 소리 나게 닫았다. 밖에서 자물쇠로 문을 잠그는 소리가 들렸다.

"이보시오! 공자……! 열어 주시오! 이게 무슨 짓이오!"

설화가 달려가 주먹으로 문을 두드렸다.

"그대가 과연 이 문을 자유롭게 드나들만한 자격이 있는지 스스로 생각해보시오."

"말씀 드렸잖습니까. 도망하려던 게 아니었습니다. 믿어주시어요……!"

멀어지는 발자국 소리에 설화가 다급하게 외쳤다.

"한두 번도 아니고 세 번이나 그대에게 배신당한 내가 어찌 그댈 또 믿어야 하겠소."

세…… 세 번? 배신? 무슨 이야기를 하는 것인지 알아들을 수가 없었다.

"무슨 소리입니까? 세 번은 무엇이고 배신은 또 무엇입니까? 배신한 건 내가 아니라 공자가 아닙니까."

방 문 너머 비웃는 소리가 들렸다.

"졸렬한 언사로군. 이게 진정 그대의 모습인가. 한심하기 짝이 없군. 혼례는 사흘 뒤요. 그때까지 그대는 그 곳에서 한 발자국도 나오지 못할 것이오."

"어…… 어디 가시는 것입니까? 제 말을 좀 들어주시어요."

"사흘…… 뒤에 올 것이오. 그때는 더 이상 이런 승강이 따윈 필요 없이 우린 부부 사이가 되어 있겠지."

그리고 망설임 없는 발걸음 소리가 안뜰로 사라졌다.

"공자, 공자! 제발 제 말 좀 믿어주세요. 공자!"
안타까운 외침만이 텅 빈 별채 안뜰에 아득히 메아리쳤다.

하늘에 구멍이라도 뚫린 듯 세차게 비가 내리 퍼부었다. 방안으로, 빗줄기가 지붕 기와를 세게 때리는 소리가 들려왔다. 방 한 구석에 쪼그리고 앉은 설화는 곰곰이 생각에 잠겨 있었다. 시함은 자신에 대해 단단히 오해하는 것이 있음이 틀림없었다. 언제부터인가 느껴지기 시작했다. 그들의 대화가 미묘하게 엇갈리고 있음을. 어쩌면…… 어쩌면…… 자신 또한 시함을 오해하고 있을지도 모른다는 생각이 머리를 스쳤다.

아버지의 처형 이후 집이 풍비박산 나며 둘은 연락도 없이 헤어졌고 무려 칠 년이라는 세월이 흘렀다. 그 시간 동안 저에게 수많은 사정이 있었던 것처럼, 그에게도 말 못할 사정이 있지 않았을까. 이대로 멍청하게 앉아 있을 수만은 없었다. 설화는 자리에서 일어나 방문을 두드리며 외치기 시작했다.

"이보시오! 이보시오! 거기 아무도 없소? 낭중 나으리를 불러주시오! 이보시오!"

커다란 외침에 저택 안뜰을 오가던 사병들이 잠시 머뭇거렸지만, 무슨 명이라도 받은 모양인지 아무도 문가 근처에 오지 않았다.

"이보시오! 내 나으리께 할 중한 얘기가 있단 말이오!"

문 앞에서 인기척이 느껴졌다.

"낭중께서는 혼례 날에나 돌아오실 겁니다."

낮게 읊조리는 목소리. 매광이었다.

"그러니 기별 좀 넣어주시오. 내 꼭 혼례 전 나으리께 드릴 말씀이 있다고."

"오지…… 않으실 겁니다."

"어찌 오지 않는단 말이오. 혼례 전에 얼굴을 보아야 하지 않겠소."
다급하게 애원에도 매광은 한참 동안이나 말이 없었다.
"아씨. 아씨께 드릴 말씀이 있사옵니다."
철컹철컹하는 자물쇠를 푸는 소리가 나더니 문이 열렸다. 문 밖에는 내리 퍼붓는 비를 고스란히 맞아 흠뻑 젖은 매광이 서 있었다.
"뭐…… 뭐 하시는 겁니까. 왜 그리 서 있는 것이오. 이러지 마시고 들어오시오."
고통스럽게 얼굴을 일그러뜨린 매광이 천천히 무릎을 꿇었다.
"소인. 지금부터 아씨께 용서받지 못할 죄를 고하고자 합니다. 오랫동안 가슴을 짓누르던 돌덩이 하나를 내려놓고자 하니 들어주십시오."
칠 년 전에도, 그리고 지금도 제 앞에선 한 번도 감정이라는 걸 드러낸 적 없는 이였다. 바위처럼 단단한 사내, 돌덩이처럼 감정이 없는 사내였다. 그런데 어찌…… 머릿속이 혼란스러웠다. 매광의 입에서 나온 '용서받지 못할 죄'라는 말이 아득한 두려움과 기대감을 동시에 몰고 왔다.
"말씀해 주시지요."
선뜻 이야기가 나오지 않은지 머뭇거리는 얼굴이었다.
"칠 년 전……. 아씨께 꼭 전해드렸어야 했으나 전달치 못했던 서신이 있었습니다."
가슴이 세차게 뛰기 시작했다. 매광은 고작 서신을 전달치 못했다는 말뿐이었지만 설화의 머릿속에는 이미 수만 가지 생각들이 소용돌이치기 시작했다.
"아씨의 집안에 큰일이 생기고 낭중께서는 아씨를 구하기 위해 대감과 큰 싸움을 하셨습니다. 피떡이 되도록 두드려 맞고 사흘 꼬박 광에 갇혔지요."
"……."

이…… 이게 무슨 소린가. 제게는 꼬박 칠 년 동안 연락 한번 없던 어린 날의 무정한 연인 아니었는가.

"부친의 죄를 연좌하여 아씨를 죽이겠다는 대감께 제발 살려 달라 빌고 또 빌었습니다."

쿵. 쿵. 쿵쿵. 쿵쿵. 쿵쿵쿵쿵.

미친 듯이 날뛰던 심장이 아프게 조여 왔다.

"대감께서는 결국 낭중 나으리의 뜻을 꺾지 못하고 아씨를 살려두는 대신 한 가지 제안을 하셨습니다. 십 년이라는 세월 동안 아씨를 만나지 아니하면…… 그래도 그 연심이 변하지 아니하면 혼인은 허하겠다 하신 게죠."

"……"

어째서…… 그런데…… 왜…… 머릿속에는 수만 가지 질문이 맴돌았지만 선뜻 입 밖으로 튀어 나오는 말은 없었다.

"나으리께선 아씨의 목숨만 살릴 수 있다면 그리 하겠다 하셨습니다. 그리고 제게 서신 한 통을 주셨습니다."

매광이 고개를 들고 충격에 빠져 있는 설화를 바라보았다. 매광의 두 눈에도 감정이 소용돌이 쳤다.

"그…… 그런데……. 왜 저는……. 왜……."

"전달치 못하였습니다."

매광은 칠 년 전 그날을 떠올렸다. 서신을 가지고 몰래 담을 넘으려던 순간, 등 뒤에서 서슬 퍼런 목소리가 들려왔다.

'이리 내놓거라.'

매광은 담에서 다시 풀쩍 내려와 윤일재에게 다가갔다.

퍽.

윤일재가 가열차게 매광의 뺨을 후려쳤다. 어찌나 세게 내리쳤는지 그

힘에 밀려 바닥으로 나자빠질 정도였다.

'내 네가 시함에게 갖는 충성심을 기특히 여겨 널 살려두도록 하지.'

뒤에 선 사병들이 매광의 팔다리를 붙들고는 품 안의 서신을 꺼내 윤일재에게 전달했다. 윤일재는 한 번 슥 훑어본 후 조금의 지체함도 없이 서신을 갈기갈기 찢었다.

'오늘 넌 송설화에게 이 서신을 전달한 것이다. 알겠느냐.'

기복이 없는 목소리였으나 그 안에 든 살벌함과 위압감은 매광을 완전히 얼어붙게 하기에 충분하였다.

"소인……. 주인의 신의를 잃을까 두려워 여직껏 가슴 속에 돌덩이 하나 얹어 놓고 살았습니다. 나으리의 마음의 병을 알면서도 아씨의 고통을 지켜보면서도……."

매광의 입을 통해 나오는 이야기가 지독히도 낯설었다. 저 치가 지금 무슨 소리를 하는 겐가. 왜 이제껏 제게 없었던 사실을 가져와 난데없이 진실이라 말하는가.

"그리고 얼마 전 나으리께서는 아씨의 댁에 찾아 가셨습니다. 재상 어른의 눈을 피해, 어찌 지내고 있는지 멀찍이서 보겠다고 하셨죠. 낭중께서 칠 년간 약조를 지키셨기에 재상 어른도 낭중에 대한 의심을 많이 풀어둔 상황이었습니다."

"공자께서 우리 집에 왔었……습니까……?"

"그날 밤 나으리께서는 지독히도 무서운 얼굴을 하고 돌아오셨습니다. 연유를 여쭈어 보았으나 아무 말씀 없으셨습니다. 그 이후로는 아씨 얘기는 입 밖에도 꺼내지 않으셨죠. 어느 날 술에 취해 제게 속내를 털어놓기 전까지."

"무엇을 털어놓으셨습니까."

"아씨가 이약선 대감의 자제 이현과 혼인한다 하시더군요."

날카로운 비수가 심장을 찔러 헤집어 놓았다. 누군가 심장을 세게 쥐어 비틀어 내는 것만 같았다. 숨이 제대로 쉬어지지 않았다. 다리가 후들거리고 온 몸에 힘이 빠져나갔다. 하얗게 질린 얼굴로 자리에 풀썩 주저앉았다. 매광이 서둘러 달려와 바닥에 쓰러지려는 설화의 몸뚱이를 잡았다.

"아씨!"

"지…… 지금까지 그대가 한 말은 진정 참 말입니까?"

매광이 고개를 끄덕였다.

"그저 이년 꼴 보기가 싫어 마음 한 번 헤집어 놓고자 작정하신 말이 아니십니까?"

"제가 어찌……."

"대답해 주시어요!"

설화가 울 것 같은 얼굴로 매광을 향해 소리쳤다. 가슴이 조여 왔다. 당장 어디론가 뛰쳐나가 소리 지르고 싶은 마음이었다.

왜……. 왜……. 왜……! 왜 이제와 진실을 말하는 것인가. 어찌 그를 원망하고 저주했던 제 7년의 세월을 무(無)로 돌리는가. 어찌 하늘에서 난데없이 떨어진 날벼락을 진실이라고 받아들이라 종용하는가. 분노와 혼란, 부정과 기대. 말 할 수 없는 감정이 몰아쳤다.

"이것이 칠 년 전의 진실이옵니다. 소인의 목숨을 걸고 말씀드릴 수 있습니다."

설화가 떨리는 다리에 힘을 주어 자리에서 일어났다.

"지금 공자께서는 어디 계십니까. 내 그리 가려 합니다."

"비가 이리도 내리는데 어찌."

"내 그 얘기를 듣고 어찌 지체할 수 있겠습니다. 당장 공자를 뵈어야겠습니다."

쏴아.

비는 여전히 폭우처럼 쏟아지고 있었다. 세차게 내리는 찬 빗줄기에 하얀 수증기가 일어 가뜩이나 컴컴한 시야를 완전히 가리었다. 사랑채 퇴청마루에서 시함을 기다린 지 언 두어 식경. 얇은 저고리 차림의 설화는 물기를 머금은 찬 공기에 몸을 부르르 떨었다. 이미 한참 전에 파래진 입술 사이로 하얀 입김이 뿜어 나오고 이가 딱딱 부딪힐 만큼 추웠지만 마음속에서는 불덩이가 이는 것만 같았다.

그제야 모든 것이 명료하게 이해되었다. 왜 시함이 그토록 절 보면 분노했는지. 그리고 왜 그렇게 고통스러워했는지. 처음 그를 만났을 때부터 모든 순간순간이 머릿속을 스치고 지나갔다. 매광의 이야기를 난 직후에는 충격에 몸을 가눌 수 없을 정도였지만 시간이 지날수록 가슴이 두근대기 시작했다. 말할 수 없는 기대감이 가슴 가득 부풀어 올랐다.

……기대감? 아니다. 그따위 미약한 감정 따위가 아니다. 억지로 동여매고 있던 마음이 탁 하고 풀려 넘쳐흐르기 시작했다. 그리고 한번 넘쳐흐른 마음은 멈출 줄 몰랐다.

그때, 멀리서 거뭇한 인영 하나가 모습을 드러내며 천천히 사랑채를 향해 다가왔다. 설화는 왔다 갔다 하던 발걸음을 멈추고 미간을 찌푸려 검은 인영의 모습을 살폈다. 굵은 빗줄기 속 형체마저 흐릿했지만 분명 시함이었다.

아…….

벌써 눈물이 나올 것만 같았다. 제대로 말을 할 수 있을까. 복받치는 감정에 자신의 해명마저 흘러갈까 두려웠다.

사랑채를 향해 성큼성큼 다가오던 걸음걸이가 점차 느려졌다. 필시 자신을 발견했으리라. 보지 않았지만 알 수 있었다. 못마땅한 눈초리로 바라본다는 것을. 설화를 발견한 시함은 그 자리에 우뚝 서더니 이내 몸을 휙 하니 돌려 걸어온 길을 되돌아 걷기 시작했다.

"잠시만……! 잠시만, 공자!"

쏴아아.

하늘이 뻥 뚫린 듯 굵은 빗줄기가 정신없이 퍼붓는데도 설화는 빗속을 향해 달려갔다. 철벅철벅 소리를 내며 흙탕물이 튀어 올랐다. 처마 밑에서 나오자마자 물독에 빠졌다 나온 사람 마냥 홀딱 비에 젖어버렸다. 강한 빗줄기 때문에 눈가에 빗물이 맺혀 앞도 잘 보이지 않았다. 허나 이대로 그를 보내 버리면 영영 기회가 없을 것만 같았다.

그때 물기 먹은 흙바닥에 내딛은 한쪽 발이 옆으로 쭉 미끄러졌다.

"아앗."

설화가 내지르는 비명소리에 시함이 반사적으로 달려왔다. 그리고 넘어져 있는 설화를 일으키려 손을 내뻗는 순간, 멈칫하고는 내민 손을 거두었다. 시함의 눈앞에는 홀딱 젖은 설화가 애처로운 얼굴로 구정물이 고인 바닥에 앉아 있었다. 한참 동안 밖에 있었던 모양인지 하얗게 질린 얼굴과 새파란 입술이 가관이었다. 비에 흠뻑 젖은 걸로 모자라 바닥이 고인 물에 뒹굴기까지 하다니. 분노가 채 일기 전에 이게 무슨 짓인가 싶었다.

"이리 비를 홀딱 맞고 감모라도 들면 혼례가 늦춰 질 줄 알았소?"

시함이 있는 힘껏 제가 낼 수 있는 가장 냉랭한 목소리로 핀잔을 주었다. 지금은 보지 않는 것이 서로에게 좋을 것이다. 한없이 연모했었고 가슴이 터질 것처럼 지금도 연모하고 있다. 허나 갈기갈기 찢어 죽이고 싶을 만큼 증오스럽기도 했다. 하지만 무엇보다 그녀는 제 마음을 지옥의 구렁텅이로 밀어 넣었다. 마음이 통하였다 생각 허면 여지없이 배신당하기 일쑤였다. 지옥 같이 변해버린 마음으로 다시 상처주고 싶진 않았다.

설화가 처음 이 집 별채에 온 날이 떠올랐다. 괴로워하던 모습, 저를 죽일 듯이 노려보던 눈빛. 어차피 설화에게는 원치 않는 혼례다. 형식적으로 혼례를 치른 후 그저 떨어져 남남처럼 사는 것이 서로에게 이로울 것이다. 생각이 예까지 미치자 저도 모르게 설화를 향해 뻗은 손을 거둘 수밖에 없었던 것이다.

"아니면 이런 꼴로…… 지금 내게 시위라도 하는 것이오?"

그리 못되게 말하면 마음이 편하답니까.

"아닙니다. 애원이라도 하는 것입니다."

"혼례를 치르지 않겠다 애원……"

"저를 한 번이라도 똑바로 봐 달라, 제 얘기를 들어 달라, 사정하는 것이옵니다."

절절한 설화의 말에 시함이 입을 다물었다. 하루 만에 변한 이의 모습이 낯설었다. 어찌 저리도 애달프고 애절한 모습인지……. 허나, 이내 눈을 돌렸다. 그리 당하고서도 정신을 차리지 못하였단 말인가. 저 가증스런 얼굴에 천치마냥 또 속절없이 휘둘리고 말 것이다. 시함이 주먹을 아프게 움켜쥐었다. 아니다. 아니다……. 이제는 알면서도, 천치마냥 속절없이 휘둘러 주고 싶었다. 배신당할 것을, 농락당할 것을 알면서도 바보처럼 당해주고 싶었다. 설화가 휘두르는 칼날에 베여 피를 철철 흘릴지라도 무방비한 제 가슴을 내어주고 싶기까지 하였다. 시함은 보답 받지 못할 제 연심이 안타깝고 원망스러웠다.

"공자……"

설화가 자리에서 일어났다. 홀딱 젖은 몰골에 흙탕물을 뒹굴었지만 단단한 눈빛이었다. 천천히 다가와 시함의 바로 코앞에 멈춰 섰다. 그리고는 손을 뻗어 뺨을 부드럽게 어루만지었다. 두 사람의 심장 소리가 서로에게 들릴 만큼 쿵쿵거렸다. 설화의 눈에 빗물인지 눈물인지 모를 물기가 가득 차올랐다.

"칠 년 전 서신은 받지 못하였습니다. 그리고 이현 오라비와는 혼인을 약조한 적이 없습니다."

…….

쏴아. 빗소리가 세게 귓전을 때렸다.

뭐……?

지…… 지금 무엇이라 하였는가.

"공자께선 항상 두 번 묻는 걸 좋아하시죠. 다시 대답해 드리리다. 아니, 백 번도 천 번도 더 말씀해 드리리다. 칠 년 전 서신은 전달 받지 못하였습니다. 그리고 이현 오라비와는 혼인을 약조한 적이 없습니다."

설화는 눈물인지 빗물인지 모를 물기를 눈에 매달고 시험을 바라보았다. 아니, 어쩌면 진작 울고 있었는지도, 어쩌면 울부짖고 있었는지도 모르겠다. 순간 하늘이 무너졌다. 제가 알던 세상도 함께 무너졌다. 분노, 절망, 혼란, 회한. 그리고 설명할 수 없는 감정들이 휘몰아쳤다. 목구멍에서는 수많은 말들이 맴돌았지만 단 한마디도 쉽게 꺼낼 수가 없었다.

"단 두 마디면 될 일이었습니다. 그렇지 않습니까?"

털썩, 하고 무릎이 꺾였다. 세차게 내리는 빗줄기를 몽땅 맞아 머릿속을 비워내고 싶었다. 흘러가는 빗줄기와 함께 그 동안의 지옥 같은 마음도, 증오하던 마음도 모두 씻어 내리라. 그간 지독한 소유욕과 질투심에 눈이 멀어 눈앞의 진실을 보지 못했다. 속에서 부글부글 무언가 끓어 넘치기 시작했다. 가슴이 터질 것 같았다.

"설화……."

목구멍에서 쥐어짜내는 듯, 쉰 소리가 흘러나왔다.

"네. 말씀하시어요."

"어찌 날 원망하지 않는 것이오."

속에서는 하고픈 말이 백 가지, 천 가지가 뒤섞였지만 고작 나온 말은 이 것이었다. 누군가 날카로운 칼로 제 심장을 잘근잘근 도려내고 있었다. 숨이 막히고 가슴이 조여와 말이 제대로 나오지 않았다.

"원망합니다. 어찌 원망하지 않겠습니까. 절 억지로 보쌈 해와 별채에 가둬놓고 연유도 설명치 않고 혼례를 강요 하셨죠. 그뿐입니까. 유곽에서 몸 파는 계집 마냥 절 무례히도 대하셨습니다."

"……"

"미안하다 말씀도 아니 나오시죠? 그럼요. 필히 그러셔야죠."

"내 어찌……."

"그리하셔야 평생을 한눈팔지 않고 저만 귀애하며 살지 않으시겠습니까."

시함의 눈동자가 흔들렸다.

"그리하셔야 좋은 낭군이 되어 주지 않겠습니까."

시함이 강하게 설화를 끌어당겨 품 안에 안았다. 휘청거리며 가냘픈 몸이 시함에게 안겼다. 그 품은 이제야 짝은 만난 듯 제게 꼭 맞는 품이었다. 쿵쿵쿵 거리며 전신을 울리는 시함의 심장소리가 고스란히 전해졌다. 바들바들 거리는 떨림도 그대로 느낄 수 있었다.

"으……, 으아아아……. 아아……!"

설화를 품에 안은 채 짐승 같은 소리가 시함의 목구멍을 타고 흘러나왔다. 두 사람은 세차게 내리 퍼붓는 빗속에서 그리 한참을 서 있었다. 내리는 빗물에 모든 걸 씻어 버리고 싶은 것처럼. 한참 동안이나 서로를 품 안에 안고 퍼붓는 비를 고스란히 맞고 서 있었다.

그리고 이틀 후, 저택에서는 성대한 혼례식이 열렸다.

* * *

누군가의 시끄러운 고함 소리가 귓전을 웅웅 하고 울렸다. 남자는 성난 목소리로 외쳐대고 있었고, 곧 이어 사람들이 부산스럽게 움직이는 기척이 느껴졌다. 정신이 희미하게 들자 전신이 누군가에게 흠씬 두들겨 맞은 듯 욱신거렸다.

"으⋯⋯. 으윽⋯⋯."

몸을 한 번 뒤척이려니 입 밖으로 끙끙대는 신음소리가 절로 흘러나왔다.

"나현 씨! 정신이 좀 들어요?"

익숙한 음성에 천천히 눈을 떴다. 코앞에는 미간을 찌푸린 기태가 걱정스럽게 자신을 바라보고 있었다.

"괜찮아요?"

그러더니 나현의 눈을 손가락으로 크게 벌리며 심각한 얼굴로 눈동자를 살폈다. 마음에 안 드는 일이 있을 때면 눈을 가늘게 뜨는 버릇, 찌푸린 미간과 약간 튀어난 입술이 그려내는 불퉁한 얼굴.

내가, 설화가 가슴 터지도록 사랑한 얼굴.

시함이다.

기태이지만, 여전히 시함이었다.

밀려드는 감정에 목이 메었다. 이젠 괜찮다 생각하였는지 기태는 나현의 얼굴에서 손을 떼곤 쌩하니 뒤돌았다. 그리곤 병원 침대 앞에 일렬로 늘어서서 쩔쩔매는 의사들을 대차게 쪼아대기 시작했다.

"고작 이 따위 링겔 하나 팔에 꽂아 놓고 지금 할 일 다 했다는 겁니까? 아직도 정신을 못 차리고 있지 않습니까? 확실히 머리엔 이상 없는 거 맞아요? 그 MRI 기계 언제 들여온 겁니까? 내가 이렇게 일일이 확인해야 하는 겁니까?"

나현이 기태의 등을 향해 천천히 손을 뻗었다. 나한테 더 이상 등 보이지 말아요.

"아까도 말씀드렸지만 가벼운 뇌진탕으로……."

내뻗은 손길이 바르르 떨렸다. 당신 얼굴이 보고 싶어. 당신이 시함이라는 현실감이 나한텐 필요해.

"허! 가벼운 뇌진탕? 본인 일 아니라고 참 쉽게 말씀들 하십니다. 뇌진탕이 가벼운지 무거운지 어떻게 압니까? 저울에 무게라도 달아봤습니까?"

기태가 의사들을 향해 한걸음 내딛었을 때였다. 뒤에서 누군가 자신을 당기고 있는 느낌이 들었다. 돌아보니 나현이 병실 침대에 앉은 채 기태의 자켓 끄트머리를 한 손으로 꽉 쥐고 있었다. 두 눈에는 눈물이 가득했다. 툭하고 건드리면 빵하고 터질 것만 같은 얼굴이었다. 찌푸린 눈가에서는 어느덧 그렁그렁 맺힌 눈물이 뚝뚝 떨어지고 있었다.

"흐……흑……."

서서히 시작 된 울음은,

"시함……. 으어어어엉……. 으어……엉……."

곡소리가 되어 터져 나왔다. 설움, 아픔 그리고 미안함이 뒤섞인 감정은 통곡이 되어 흘러나왔다.

왜…… 진작 당신을 알아보지 못했을까……?

오해해서 미안해요……. 아프게 해서 미안해요……. 그리고 진작 알아보지 못해 미안해요…….

수많은 말들이 방울방울이 되어 흘러내리고 있었다.

기태가 천천히 나현을 향해 다가갔다. 그리고 양손으로 가만히 울고 있는 얼굴을 감싸 쥐었다. 얼굴을 제대로 마주하니 가슴이 터질 것만 같았다. 괜스레 부산을 떨었던 건 이리 얼굴을 마주하면 어떤 표정을 짓고 어떤 말을 해야 할지 몰랐기 때문이었다. 제대로 마주하면 가슴 깊이 묻어 놓았던 감정들이 미쳐 날뛸 것 같아서. 제어하지 않은 날 것의 감정들이 그냥 마구 쏟아져 나올까봐. 오래전, 아주 오래전부터 시작된 감정들의 끝도 알 수 없는 깊이에 그대로 파묻혀 버릴까봐.

"괜찮아요."

고작 한다는 말이 이거다.

"알고 있어요."

울고 있는 나현을 살포시 끌어안았다. 물씬 풍겨나는 향내가 나현이고, 설화였다. 나현의 등을 감싼 기태의 손이 떨렸다. 왈칵 눈물이 터져 나올 것 같았다. 괜찮다, 괜찮아. 나현에게 하는 말인지, 스스로에게 하는 말인지 기태 자신도 알 수가 없었다. 너무 오랜 시간 동안 엇갈려 왔지만, 이제 드디어 얼굴을 마주하게 되었으니 다 괜찮았다.

그리고 다음날.

태진이 사라졌다.

"아니. 보통 마지막 인사는 하는 거 아닌가? 이러이러한 사정 때문에 관두게 됐습니다. 적어도 이유를 설명하면서 사직서 직접 전달하는 게 상식 아니에요?"

예경이 연인에게 배신이라도 당한 마냥 흥분했다.

"왜 네가 그렇게 흥분을 해? 뭐 말 못할 사정이 있었겠지."

해문이 시큰둥한 얼굴로 타박하자 예경이 입술을 삐죽거렸다.

"아 진짜! 2팀 이태진 선배 없으면 이제 무슨 낙으로 출근 하냐고요!"

예경이 절망한 듯 책상에 엎드려 우는 시늉을 했다.

"쯧쯧. 나현이 네가 이해해라. 얘 태진 씨 얼빠라 이래. 몰래 조직해 놓은 비밀 모임도 있었단다. 일명 이추사. 이태진을 추종하는 사람들의 모임."

지하철역 사고 다음 날, 전시기획2팀 팀장의 자리에는 사직서 한 장이 놓여 있었다. 사람들은 갑작스런 태진의 사직에 대해 이러쿵저러쿵 말들이 많았지만 누구도 그의 정확한 퇴직 사유를 알지 못했다. 갤러리에 적어낸 전화번호와 핸드폰 번호는 모두 불통이었고, 적어 놓은 주소는 가짜였다. 그야말로 애초에 존재하지 않았던 사람처럼 감쪽같이 사라진 것이다.

"아, 진짜 뭐냐고. 왜 갑자기 태진 선배가 미스터리한 남자가 된 걸까요? 아니, 애초부터 우리처럼 평범한 사람이 갑작스럽게 사라지거나, 아니면 연락이 두절될 이유가 뭐가 있냐고요!"

"우리처럼 평범한 사람이 아니었나 보지."

해문이 아무렇지 않게 대꾸를 했지만 나현은 어쩐지 그 말이 예사롭지 않게 들렸다. 평범한 사람이 아닌…… 사람. 자신을 세 번이나 죽이려 했던 사람. 그리고 자신을 죽이기 위해 끊임없이 환생을 반복한 사람.

왕유.

기태로부터 지하철 역사 안에서 태진이 자신을 미는 장면을 목격했다는 얘기를 들었을 때, 나현은 도저히 그 사실을 믿을 수가 없었다. 어느 정도 충격에서 벗어나니 어찌 알아차리지 못했을까 싶을 만큼 태진이라는 존재 자체가 낯설게 느껴졌다. 얼마 전, 해문조차 말하지 않았는가.

'최근에 네 주위에 나타난 남자. 또 한 사람 있잖아.'

'누구요? 그 외에는 없는데…….'

'전시기획2팀에 이태진 씨.'

'에이. 무슨 소리예요! 태진이는 어릴 적부터 친구인데.'

'무슨 소리야? 너네 둘이 다시 만난 게 3개월 전이잖아. 태진 씨가 전시기획2팀 경력직으로 입사하면서부터.'

'그래도 태진인 빼요! 어릴 적 친구였는데.'

'그건 이태진 씨 얘기고. 생각해봐. 너 처음에 태진 씨가 막 반갑다고 난리칠 때 어리둥절해 했었잖아. 그리고 우리한테 얘기했었어. 기억 안 난다고.'

'제…… 제가요?'

'와……. 이래서 세뇌가 무섭구나. 3개월 동안 20년 지기 단짝처럼 붙어 다니더니 너 벌써 잊은 거야? 그럼 지금이라도 떠올려봐, 그 어릴 적 기억. 난 사실 그게 진짜였는지도 의심스럽다고. 진짜 어릴 적 친구가 맞는지. 아니면 단지 너한테 그렇게 세뇌 시킨 건지.'

해문의 말은 틀린 것이 하나도 없었다. 나현은 어린 시절을 하나도 기억하지 못했고, 태진에 대해 아는 것이 아무 것도 없었다. 3개월 동안 단짝 친구처럼 붙어 다니며 수많은 이야기들을 나누었지만 정작 태진 자기 자신에 대한 이야기는 쏙 빠져 있었다. 나현이 골몰히 생각에 빠져있는 찰나, 예경이 어깨를 툭하니 쳤다.

"선배. 저기."

예경이 가리킨 곳을 바라보니 우 형사가 사무실 문가에 서서 나현을 향해 눈짓을 보내고 있었다.

회의실로 자리를 옮긴 나현이 우 형사를 향해 커피 잔을 건넸다.

"감사합니다."

우 형사는 커피를 받아들고는 나현의 얼굴을 물끄러미 바라보았다.

"그래도 송나현 씨, 참 대단하십니다."

"제가요?"

"언니 분 돌아가시고. 여러 가지 사고도 많이 겪으시고. 그렇게 힘든 일이 많았는데 잘 버텨내고 있잖아요."

"그렇게 보이나요?"

"송나현 씨를 잘 알지는 못하지만. 삶에 대한 의지가 아주 강하신 분 같습니다."

그게 설화의 의지니까요. 나현은 희미하게 웃으며 속으로 대답했다. 천년 동안 환생을 거듭하면서 많은 기억들을 잃어버렸지만 단 한 가지 잊지 않은 염원이 있다면 바로 그 것일 것이다.

살아야 한다. 살고 싶다.

가슴은 피투성이가 되어도, 엉망진창으로 망가진 인생이라 해도 설화는 단 한번이라도 17살이 넘도록 살아 보고 싶었을 것이다.

"수사는 어떻게 진행되고 있나요?"

나현이 먼저 본론을 끄집어냈다.

"권기태 씨의 증언대로 수사를 진행하는 와중 몇 가지 새로 발견된 점이 있어서요."

"……새로운 점이요?"

"송나현 씨와 이태진 씨는 친한 친구사이셨죠?"

나현이 대답 대신 고개를 끄덕였다.

"그러면…… 혹시 이태진 씨가 왜 송나현 씨를 해치려 했는지 짐작 가는 부분이 있나요?"

전생 때문이겠죠. 내뱉을 수 없는 말을 속으로 중얼거렸다. 머뭇거리는 모양새를 보고 우 형사는 이유를 알지만 말할 수 없으리라 짐작하는 듯했다.

"말씀하시기 곤란하신가 보네요. 어쨌든 나중에 진술하실 때 말씀 부탁드립니다."

"그렇게 할게요."

"권기태 씨의 증언을 바탕으로 해당 지하철 역사 안 CCTV를 조사한

결과 이태진 씨로 추정되는 사람이 찍혀 있더군요. 사람들이 많아 혼잡한 상황이라 송나현 씨를 밀고 있는 결정적인 장면은 녹화되어 있지 않고, 화질도 나빠 이태진 씨인지 명확치는 않지만 권기태 씨의 증언을 충분히 뒷받침 해 줄 물증이 될 수 있을 것 같습니다."

가슴이 욱신거렸다. 행여나 우 형사가 다른 증거를 가져올지도 모른다는 미약한 기대도 있었다. 하지만 되레 범인이 태진이라는 확인 사살까지 받고 나니 가슴 한구석이 뻐근하게 조여 왔다.

"게다가 이전 두 차례의 습격에 대해서도 이태진 씨를 중심으로 조사를 더 해봤는데요. 송나현 씨가 두 번째로 습격당한 날 있잖습니까."

집에서 목이 졸린 날. 그날을 말하는 것이다.

"목격자도, 침입의 흔적도 없었고 흉기도 발견되지 않았죠. 오피스텔 CCTV도 누가 일부러 그런 것처럼 감쪽같이 고장이 나 있었고요."

침을 꿀꺽 삼켰다.

"오피스텔 내부의 CCTV는 일부러 고장 낼 수 있었어도, 근처 CCTV까지는 다 손을 볼 수 없었던 모양입니다. 나현 씨가 집에 들어가기 5분 전 이태진 씨가 나현 씨의 집으로 향하는 장면과 10분 후 다시 나오는 장면이 오피스텔 근처 골목 CCTV에 찍혀 있더군요."

가슴에 싸한 공기가 스며들며 태진의 웃는 얼굴이 떠올랐다. 장난스럽게 웃으면 눈 옆에 있는 점 때문에 더 개구쟁이처럼 보이던 얼굴, 생일날 우울한 나현을 위해 서프라이즈 이벤트를 해주던 모습, 목청껏 구성지게 생일 축하 노래를 불러주던 모습까지. 아직도 너무나 선명했다. 하지만 그 모든 웃음들은 거짓이었다. 조금 더 치밀한 기회를 노리기 위해 계산된 행동들.

"수사는 좀 더 진행해봐야겠지만. 오피스텔 주차장에서 대포 차량으로 송나현 씨를 습격했던 사람도 이태진 씨가 아닐까 염두 해 두고 조사 중입니다."

더 이상 의심의 여지가 없었다.

"형사님."

우 형사가 말을 마치자 기다렸다는 듯 나현이 우 형사를 불렀다.

"예전에 언니의 죽음이 의심스럽다고 말씀드린 거 기억하시죠?"

우 형사가 고개를 끄덕였다.

"타살일지도 모른다고. 형사님도 편의점에서 사온 물건들을 보아 언니가 죽기 전 누군가 언니 집에 방문한 정황이 있다고 하셨잖아요."

"네. 그랬죠."

"그러면…… 혹시 태진이가 언니를 죽였을지도 모른다는 가정 하에 수사를 진행해주실 수 있나요?"

"송보현 씨와 이태진 씨는 연인 사이라고 하지 않았나요?"

"네. 맞아요. 그렇지만……."

"송보현 씨 사건에 이태진 씨가 관여됐을 만한 이유가 있나요?"

변명할 거리를 찾지 못해 나현이 우물쭈물 하던 찰나, 우 형사가 먼저 말을 내뱉었다.

"하긴 모든 사건은 치정 아니면 돈이니까요. 남자친구라면 그 아파트 CCTV가 교체 중이란 걸 알았을 수도 있고, 하지만 편의점 물건으로 보아 송보현 씨 집에 방문한 사람이 별로 친하지 않은 사람일 것이라 추측한 부분과는 맞지 않는군요."

하지만 그 말에 문득 한 가지 의문점이 떠올랐다.

정말 두 사람이 연인사이였을까?

보현은 한 번도 태진의 이야기를 입 밖에 꺼낸 적이 없었다. 둘이 연인 사이었다는 증거는 오로지 태진의 말뿐이었던 것이다.

우 형사를 배웅하고 다시 사무실로 돌아오는 내내 머릿속에는 여러 가지 의문점들이 남아 있었다. 도대체 왜 태진은 자신을 죽이려고 했는지. 혹시 태진이 보현을 죽인 것은 아닌지. 미친 듯이 분노하고 찢어질 듯 가슴 아파하고 나니 마지막으로 남는 것은 의문점이었다.

* * *

기태의 자동차가 나현의 오피스텔 출입문 앞에 멈춰 섰다.
"그렇다면 결국 결론은 하나겠군요."
"태진이가…… 왕유일 거라는."
전생에서 설화를 그토록 죽이고자 한 인물은 하나뿐이었다. 대량원군 왕유. 태진이 전생과 관련된 인물이라고 한다면 태진은 왕유가 환생한 것이라고 볼 수밖에 없었다.
"예전에 태진이에게 전생에 대해 말한 적이 있었어요. 그런데 그때 태진인 말도 안 된다고. 요즘 세상에 그런 걸 믿는 사람이 어딨냐고 펄쩍 뛰었었죠."
"그럼 순순히 인정했겠습니까? 목숨을 노리고 있던 사람이."
"진짜 모르는 것 같았는데……."
"오래전부터 나현 씨 주위를 맴돌며 기회를 포착하기 위해 치밀하게 계산하고 행동했던 사람입니다. 그 정도 연기는 문제도 아니었겠죠."
"정말…… 태진이가 왕유일까요?"
"네. 틀림없어요."
단호한 대답에 더 이상 의문을 제기할 수 없었다. 너무도 명백한 증거 앞에서, 그리고 모든 것이 맞아 떨어지는 상황 앞에서 이제 인정 해야만 했다. 그런데…… 뭔가 미묘하게 기태의 심기가 불편해 보였다. 아까부터 시종일관 불퉁한 얼굴이었던 것이다. 왜 저러지? 말을 꺼내려는 찰나, 다시 번뜩이는 생각이 나현의 머리를 스쳤다.

"아! 실장님! 지상 씨가 있잖아요. 지상 씨는 전생에 준경이었어요. 그리고 준경은 왕유의 심복이었죠. 왕유의 명으로 절 절벽으로 데려가 죽이려 했잖아요. 분명 지상 씨는 왕유에 대해 뭔가 알고 있을 거예요."

탐정에 빙의한 듯 나현이 심각한 얼굴로 골똘히 생각에 잠겼다.

"아, 답답해요. 전생에 대한 기억이 명료하지가 않아요……. 나도 연호 씨처럼 전부 다 기억하고 있었으면 좋을 텐데. 지금은 혼례를 올린 것까지……."

나현은 혼례라는 단어를 꺼냈다 슬그머니 입을 다물었다. 공기가 미묘하게 달라졌음을 눈치 챈 것이다. 슬쩍 곁눈질로 기태를 쳐다보았다. 쭉 찢어진 눈이 전혀 웃고 있질 않아 처음 보았을 때처럼 싸늘해 보였다. 상당히 심기가 불편해 보이는 얼굴이었다.

"실장님. 어디 불편하세요?"

"참 일찍도 물어보십니다."

다소 차가운 말투였다.

"네?"

"나현 씬 눈치가 참 없네요. 눈치는 아까 저녁 먹었던 대구탕 집에다 두고 왔습니까? 야심한 밤에 자동차에 단둘이 있는데. 이런 얘기만 계속하고 싶어요?"

기태는 그간 많이 참은 모양인지, 기회가 주어졌을 때 폭풍처럼 불만을 쏟아냈다.

"게다가 나랑 있으면서 태진 씨, 지상 씨, 연호 씨. 딴 남자 얘기들 꺼내서 뭘 어쩌자는 겁니까?"

"네?"

"다른 남자 이름만 나와도 싫은걸 보니. 아무리 생각해도 윤시함은 질투도 집착도 심했던 것 같습니다."

"네?"

"아니, 어쩌면 권기태가 그럴지도 모르고."

나현이 옆에서 심각하게 추리에 골몰하는 동안 혼자서 딴 생각만 한가득 키운 모양이었다. 어쩐지 내내 대답이 시큰둥했다.

"실장님……. 저 지금 무진장 황당한 거 아세요? 지금 이 상황에서 범인 찾고 전생의 일 밝혀내는 것보다 중요한 게……."

"있죠."

아니, 대체 뭐가.

"우리도…… 잠시라도 좀 보통 연인처럼 있어 봅시다."

기태가 피곤한 듯한 머리를 쓸어 넘겼다.

여…… 연인…….

생각지도 못한 단어에 심장이 쿵쿵 뛰기 시작했다.

"보통…… 연인처럼 있는 게 뭔데요."

아. 정말 나 왜 이래. 의도치 않았던 새침한 말이 튀어 나왔다. 말을 내뱉고 나니 내숭 9단 여우 중 상여우들이 뻔 하게 할 법한 대사였다. 심장이 쿵쿵쿵쿵 미쳐 날뛰기 시작했다. 요동치는 가슴 때문에 호흡이 가빠왔다.

"왜 모르는 척 합니까?"

쿵. 쿵. 쿵. 쿵.

자신의 심장 소리. 아니, 기태의 심장소리. 아니 두 사람의 심장소리가 자동차 안을 가득히 울렸다.

"뭐…… 뭐 하려고요?"

아. 나 또 왜 이러니. 자꾸만 꼬리 9개 달린 여시 같은 말들만 튀어나왔다. 알면서도 모르는 척, 기태가 운전대에서 손을 내리고 무릎 위에 올

려둔 나현의 손을 잡아 쥐었다.

"손도 잡고."

다른 한 손으로 나현의 머리를 부드럽게 쓰다듬었다.

"얼굴도 질리도록 보고."

기태의 얼굴이 점점 가까워져 왔다.

"어떻게 해요? 나머지도 말로 먼저 설명하고 나서 할까요?"

쿵쿵쿵쿵. 심장이 너무 뛴다. 어떻게…… 어떻게 해야 하지? 17살 어린애도 아닌데. 그냥, 그냥 그건데! 아 숨 막혀.

"아뇨."

나현이 말을 내뱉자마자 기다렸다는 듯 강한 팔이 훅, 하고 뒷목을 끌어당겼다.

"아ㅡㅅ."

얕은 비명이 새어 나가기도 전 말캉, 부드러운 것이 입술을 짓눌렀다.

"하아……."

잠시 뜨거운 숨을 내뿜는 사이 기태의 펄떡이는 혀가 입술을 가르고 들어왔다. 그리고 나현의 혀를 감미롭게 감싸고 얼얼하도록 빨아 당겼다. 그렇게 두 사람의 혀가 정신없이 뒤엉켰다. 머릿속에 불꽃이 펑펑 터졌다. 전기가 몸통을 단번에 뚫고 지나간 듯 전신에 찌릿찌릿했다.

하지만 그 와중에서도 머리를 스치는 생각 하나가 있었다. 익숙함. 분명…… 처음 하는 키스인데 익숙했다. 자동차 안은 두 사람의 가쁜 호흡 소리가 후끈해진 공기를 울리고 있었다. 정신이 몽롱하고 머릿속에 아득해졌다. 첫 키스도 아닌데 처음 하는 키스처럼 전신의 모든 말초신경이 예민해져 있었다.

하아…….

얼마의 시간이 흘렀을까. 한참 만에 기태의 입술이 떨어졌다. 두 사람의 입술이 모두 뭉개지고 짓눌려 새빨개져 있었다. 나현을 붙잡았던 기태도 슬그머니 손을 내렸다. 완급 조절을 하지 못해 키스 하던 내내 힘이 들어갔다 빠졌다 어찌 할 바를 모르던 손이었다. 저질러 놓고 나니, 차 안에는 어색한 공기가 감돌았다. 나현은 얕게 숨을 몰아쉬며 얼른 기태의 손에서 벗어나 고개를 슬쩍 차장 밖으로 돌렸다. 자동차 안에는 어색한 정적만이 흘렀다.

"나랑 같은 생각해요?"

"무…… 무슨 생각이요?"

"왜 이렇게 익숙하지?"

기태가 장난스럽게 웃자 산통 깨는 말에 나현이 얼굴을 찌푸렸다. 그래도 타박할 수 없었던 건 기태의 말이 하나도 틀린 것이 없다는 사실 때문이었다. 이럴 때 쓰는 말인가 보다. 몸이 기억한다는 말이.

"나현 씨."

이번엔 달콤하면서도 부드러운 목소리가 귓바퀴를 감싸며 흘러 들어왔다.

"네."

"오늘 이대로 우리 집으로 갈 거예요."

네. 시간도 늦었는데 당연히 집에 가셔야지요. 고개를 끄덕하려던 찰나, 뭔가 말이 이상하다는 것을 깨달았다. 주어가 빠져있었지만 누구를 말하는 것인지 충분히 예측 가능했다.

에―에? 우리? 누…… 누구랑 누가?

"네에? 네에에?"

"나현 씨하고 저하고 같이요."

오…… 오늘 당장? 준비도 안 됐는데! 너무 갑작스런 제안에 나현은 어안이 벙벙했다. 머릿속에는 수만 가지 생각이 동시에 떠올랐다.

어쩌자는 거지? 설마 내가 생각하는 그건가?
아니면 우리 집에 가자는 말에 자신이 모르는 또 다른 의미라도 생긴 건가!
아무리 생각해도 저 말 뒤에 숨은 진의를 파악할 수가 없었다.
"뭘 그렇게 눈알을 굴리고 있어요? 말 그대로 우리 집으로 가자는 건데."
"제…… 제가 왜요?!"
"저번엔 나 피해서 주연호 씨 집에는 덜컥 잘만 들어가더니."
기태는 제가 먼저 그 화제를 꺼내 놓고서는 다시 생각해도 기분 나쁜 모양인지 인상을 사정없이 구겼다.
"그때 이야긴 그만하자고요. 그땐…… 실장님이 절 죽이려고 하는 줄로 알고……."
"저도 마찬가지입니다. 집에 가자는 거 이상한 뜻이 있어 그런 건 아니에요. 그냥 이 오피스텔에 혼자 두기가 싫어서."
"하지만 그때 이후로 방범창도 두 겹으로 달고 번호 키랑 자물쇠도……."
"이태진이 어디에 있는지 모르잖아요. 아직 잡히지도 않았는데 나현 씨를 혼자 두고 싶지 않아요."
진심으로 걱정하는 눈빛이었다.
"정말 그 이유 때문이에요?"
기태의 진심을 알면서도 슬그머니 마음을 떠보고 싶어졌다.
"그럼요. 제가 지금 나현 씨의 처지를 이용해서……."
"이용해서?"
뒷말을 따라 물었다.
"이용해서…… 어떻게라도 좀 해보려고……."

기태가 말을 얼버무렸다. 예상치 못했던 반응일터였다.
"어떻게요?"
"그러니까……."
기태의 찢어진 눈이 가늘어졌다. 뭐라 할 말을 찾지 못하다…….
"아. 뭡니까. 진짜."
이내 불퉁한 얼굴로 타박해왔다. 저 얼굴. 나현은 이상하게도 불퉁한 저 얼굴이 좋았다. 당황하거나 부끄러울 때면 나오는 얼굴이 분명했다. 나현은 자신만 아는 그 얼굴이 꽤나 귀여웠다.
"나도 같이 있고 싶어요."
솔직해지자, 가슴 한가득 따뜻한 것이 부풀어 올랐다.
"그렇게 오랜 세월을 지나 이제 겨우 같이 있게 되었는데. 걱정되니 우리 집에 들어와라. 그렇게 밖에 얘기 못해요? 그냥 같이 있고 싶다. 그 한 마디면 되는데. 예나 지금이나 시함은 항상 한 박자 느…….."
갑자기 기태가 나현을 몸을 끌어당기더니 넓은 품 안에 와락 안았다. 쿵쿵쿵 하고 전신을 울리는 심장소리가 맞닿은 가슴을 통해 고스란히 전해졌다.
"같이 있고 싶습니다. 잠시라도 떨어지고 싶지 않네요."
품에 안긴 나현이 조용한 웃음을 지었다.
"그리고요?"
"나한테 등 돌리고 집으로 들어가는 거 더 이상 보고 싶지 않기도 하고요."
"그리고요?"
"나현 씨…… 지켜주고 싶기도 하고."
바보같이. 제일 먼저 했었어야 할 말을. 보나마자 자신이 한 말이 부끄럽고 쪽팔려 미간을 찌푸린 채 불퉁한 표정을 짓고 있겠지.

"참 잘했어요."
나현이 기태의 등을 토닥토닥 두들겼다.

8. 변질된 삶

"웬만하면 그냥 가도 됩니다."
 자동차 운전석 창문을 열고 기태가 또 다시 소리쳤다.
 "네. 네. 알겠다고요."
 나현은 뒤도 돌아보지 않고 오피스텔 출입문을 향해 걸어가며 건성스레 대답했다.
 "다 있다니까요. 아니면 내가 지금 당장 강릉댁한테 전화 걸어서 필요한 거 사놓으라고 할게요."
 "저기에 다 있는데 뭘 또 사요? 간단한 것만 챙겨 오겠다니까요."
 이 실랑이만 벌써 5분 째다. 기태는 그냥 바로 자신의 별장으로 가자고 생떼를 쓰고 있었고, 나현은 그래도 필요한 물건은 챙겨가야겠다 우기고 있었던 것이다.
 "진짜 나 따라가지 말아요? 도대체 얼마큼 더 위험에 처해봐야 정신을 차릴 겁니까?"

"제발. 진짜 제발이요. 나 혼자 갔다 올게요."

기태가 따라가겠다고 우겼지만 나현은 극구 사양하며 엘리베이터에 올랐다. 사실을 안다면 또 한소리 듣겠지만 실은, 짐을 가지러 가겠다는 것은 핑계였다. 왠지…… 연호가 자신을 기다리고 있을 것만 같았기 때문이었다. 그렇게 헤어지고 한 번쯤은 연호와 만나 제대로 된 이야기를 해 보고 싶었다. 하지만 이렇게 기태의 집으로 들어가게 되면 연호와 얘기할 수 있는 기회는 영영 사라지게 될 것이다. 이현이 그리고 연호가 어떤 존재였던가. 자신을 향한 또 다른 마음을 차디차게 외면할 수만은 없었다.

땡. 엘리베이터가 10층에 멈춰 섰다. 천천히 엘리베이터 문이 열리며 자신의 집 현관문 앞에 서 있는 연호의 모습이 한눈에 들어왔다.

그래. 당신은 이런 사람이었지. 자신이 어디에 있던지 한결같이 기다리는 사람.

초췌한 연호의 얼굴이 일그러졌다. 울 듯 말 듯 한 얼굴이었다. 연호가 성큼 다가오자 엘리베이터에서 발을 내딛으려던 나현이 뒤로 움찔 물러섰다.

"거기서 한 발만 더 다가오면……."

연호가 발걸음을 멈췄다.

"나 이 엘리베이터 문 닫고 바로 내려 갈 거예요."

단호한 말에 연호가 다시 뒤로 물러섰다.

"이렇게까지 할 거예요? 잔인하네."

상처받은 얼굴. 반달처럼 휘는 눈웃음이 더 슬퍼보였다.

"잔인한 건 연호 씨죠."

여지를 주면 안 된다. 나현은 모질게 마음을 먹었다.

"왜…… 왜 나한테 거짓말 한 거예요? 왜 시함이 설화를 죽였다고 거짓말 한 거예요?"

연호가 다급한 얼굴로 다시 한 걸음 나현에게 다가왔다.

"그만! 다가오면 나 그대로 내려간다고 했죠? 내려가면 정말 다시는 연호 씨 안 볼 거예요."

"그렇게 날 못 믿겠어요?"

"기억을 찾았거든요."

연호가 희미하게 웃었다. 놀랠 줄 알았건만 아무렇지 않은 반응이었다.

"오해를 풀고 혼례를 올렸죠. 그런 시함이 설화를 죽일 이유 따윈 없잖아요."

"기억을 찾았군요."

힘이 빠진 목소리였지만 당황하거나 변명하려 들지 않았다.

"네."

어쩐지 조금 꽤씸해졌다. 거짓말을 했다고, 제게 미안하다며 사과할 줄 알았건만 연호는 놀라지도 미안해하지도 않은 것이었다.

"그런데……."

"……."

"어디까지요?"

"네……?"

"그러니까 어디까지 기억을 찾았냐고요."

"그게 무슨 말이에요? 시함과 설화는 혼례를 치르고……. 그리고 ……."

그게 다였다. 기억은 거기까지였다.

"거봐요. 여전히 나현 씨는 전생에 설화를 죽인 사람이 누구인지 기억해내지 못하고 있잖아요."

사실이었다. 설화와 시함 사이의 오해가 풀린 것에 도취된 나머지 전생에 대한 자신의 기억이 미완성이라는 것을 알아채지 못한 것이다.

"그…… 그래도 시함은 아니에요. 오해를 모두 풀었다고요. 그 다음에 혼례를 올렸죠. 아무리 연호 씨가 부정하고 싶다 해도 시함에게는…… 설화를 죽일 이유 따윈 없어요."

불안감이 습자지처럼 내부에 스며들었다. 완벽하지 못한 기억은 여전히 의심을 낳았고 불안감을 증폭시켰다. 아무리 설화와 시함의 사랑이 공고하다 할지라도, 자신의 기억에 확신이 있다 할지라도…….

"그러니까. 그러니까 아직 끝난 게 아니죠."

"도대체 연호 씨는 뭐예요? 전생에 설화를 죽인 사람을 알고 있다면 연호 씨가 가르쳐 주면 되잖아요! 왜 그렇게 애매하게 말 하는 거예요?"

답답했다. 무조건 시함이 설화를 죽였다는 말만 거듭할 뿐. 연호의 주장에는 이유가 쏙 빠져 있었다. 하지만 쏘아붙이는 기세에 연호는 고통스러운 듯 고개를 떨궜다.

"그게 나도 스스로가 제일 원망스러운 부분이에요. 왜 기억을 하지 못하는지. 마음으로는 알고 있는데 머리가 기억을 못해요. 나현 씨가 알아듣기 쉽게 설명할 수 없다는 점이 가슴 아프네요."

어쩌면 그가 거짓말을 하고 있는지도 모른다. 나현과 기태를 떼어놓기 위해 말도 안 되는 거짓말로 휘두르려 하는지 모른다. 하지만 저토록 진지하고 절절한 얼굴로 어떻게 거짓말을 할 수 있을까? 아무리 연호가 타고난 연기자라 해도 듣고 있는 상대방의 마음을 울릴 정도로 연기를 할 순 없을 것이다. 나현은 시함이 설화를 죽였다고 믿고 있는 연호가 불쌍하고 안타까웠다. 그리고 되돌려 받을 수 없는 사랑을 한없이 베풀고 있는 이현도.

"설화를 죽인 건 왕유예요. 그리고 왕유가 환생한 건 태진이구요."

더 이상 쓸데없는 말을 할 수 없게끔 나현이 단호하게 얘기했다. 연호는 알고 있었다는 듯 입술을 깨물고는 고개를 살짝 아래로 떨궜다.

"아…… 알고 있었어요?"

당신까지 이러지마. 배신감이 물밀 듯 몰려왔다.

"어떻게…… 어떻게 연호 씨가 나한테 이럴 수 있어요? 태진이가 왕유라는 사실을 알면서도!"

연호는 고통스러운 표정으로 고개를 숙이고는 아무런 말도 하지 못했다.

"언제부터 알고 있었어요?"

"……전시회 기획 때 만났을 때부터요."

"정말 연호 씨. 대단한 사람이네요. 태진이가 내 목숨을 노린다는 걸 알면서도 어떻게……."

"왕유가 설화를 죽인 게 아니기 때문이에요."

"네……?"

"왕유는 끊임없이 설화를 죽이려 하지만 결국 실패했어요."

거짓말, 거짓말이다. 더 이상 자기 합리화와 변명이 기저에 깔린 어쭙잖은 거짓말을 들어줄 수 없었다.

"정말 최악이네요."

"제발 믿어줘요. 왕유는 설화를 죽이지 못했다고요!"

절절한 외침에는 거짓이라고 도저히 생각할 수 없는 절박함이 깃들어 있었다. 도대체 뭐란 말인가, 거짓말이 아니라면.

"미안해요, 연호 씨. 난 연호 씨의 마음을 받아줄 수도, 연호 씨의 말을 더 이상 들어줄 수도 없네요."

"……이번 생에서는 나한테도 기회를 준다고 했잖아요."

떼를 쓰는 듯한 연호가 이제는 안쓰럽고 초라해보였다

"그럴 수 없다는 거 알잖아요."

나현이 침대 위에서 몸을 뒤척였다. 분명 자신의 집에 있는 침대와는 비교도 안 될 만큼 푹신한 매트리스에 온 몸을 휘감는 이불 또한 깃털처럼 가볍고 보드라웠지만 좀처럼 잠이 오지 않았다. 연호는 거짓말을 하는 것이 아니었다. 그토록 절절한 얼굴로 거짓말을 할 만큼 교활한 사람은 아니었다. 생각할 수 있는 건, 연호가 범인을 잘못 알고 있을 가능성. 아마, 기억 속 한 부분의 오류로 왕유를 시함이라 착각하고 있는 것이 분명했다.

부스럭대며 다시 바깥 방향으로 몸을 돌렸다. 문득 정면으로 깜깜한 어둠에 휩싸인 방문이 보였다. 저 방문을 지나 바로 건너편 방에 기태가 있을 것이다.

'되도록 가까이 있는 게 좋을 거 같아서요.'

기태의 방이 바로 맞은편이라는 걸 알았을 때 그는 씩 웃으며 속이 빤한 변명을 늘어놓았다. 그 얼굴이 개구쟁이처럼 장난스럽게 보여 나현은 그저 눈을 한 번 흘기고 말아버렸다.

귀여……웠지?

서른이 넘은 남자가 귀엽다니. 눈에 콩깍지가 씌워도 단단히 씌인 모양이었다. 나현이 다시 한 번 몸을 뒤척이려다 멈칫했다. 이리도 조용한 밤중이라면 이 방에서 나는 작은 소리가 건너편 방까지 들릴지도 모른다. 부스럭거리는 소리를 들었다면 아마도 자신이 잠을 이루지 못한다는 사실을 눈치 챌 것이다. 아니, 이미 기태는 깊이 잠들었을지도 모르지.

자고…… 있을까……?

모든 신경이 건너편 방에 쏠린 것 같은 기분이었다. 자는 것마저도 건너편 방을 의식하게 됐으니 이 집에서의 생활이 결코 편하진 않을 것이란 예감이 들었다. 어쩌면 이미 기태는 잠에 들었을지도 모른다. 건너편 방을 의식하며 잠 못자고 있는 건 자신뿐인지도.

'에이. 잠이나 자자.'

다시 벽 쪽을 향해 몸을 틀었을 때였다. 침대 옆 협탁에 올려둔 핸드폰이 울렸다. 핸드폰을 열자 환한 불빛이 눈앞으로 쏟아졌다.

[왜 그렇게 못 자고 있습니까? 잠자리가 불편합니까?]

두근. 가슴이 뻐근해왔다. 항상 이런 식이다. 예상치 못할 때, 아무런 방비도 하지 못하고 있을 때 이렇게 훅 치고 들어온다. 하지만 그 마음도 잠시, 건너편까지 자신이 잠 못 이루고 있다는 사실이 알려지자 조금은 창피한 마음이 들었다. 설마 설레서 못 자고 있다 생각한 건 아니겠지? 아냐. 기태도 이 시간까지 자지 못하고 있다는 건 자신과 똑같은 상황이라는 것이다. 게다가 문자를 보아하니 저쪽 역시 이쪽에 온 신경을 곤두세우고 있다는 게 여실히 느껴졌다. 나현은 속으로 10까지 천천히 센 다음 문자판을 꾹꾹 눌렀다.

[잠자리가 바뀌면 원래 잘 못 자요. 예민한 편이라⋯⋯.]

전송 버튼을 누르고 조용히 핸드폰을 내려놓기도 전, 문자가 다시 울렸다.

[난 또 내가 건너 방에 있어서 못 자는 줄 알았네.]

벌써 새벽 1시 반. 오늘 잠자기는 완전 글렀다. 설레서, 온 몸이 간질간질 거려 눈꺼풀만큼 내려왔던 잠이 확 달아나 버린 것이다. 그나저나 뭐라고 답을 해야 하나. 맞다고 얘기하면 너무 감정을 다 드러내는 것처럼 보이고, 아니라고 얘기하면 내숭 떠는 것처럼 보이고. 적당한 말을 찾기가 쉽지 않았다.

[실장님이야말로 아직까지 안 주무시고 뭐하세요?]

답변 대신 물음을 던졌다. 이럴 때는 답변을 에둘러 피하고 공을 상대편으로 넘기는 것이 최고다. 배우지도 않은 여우 짓을 절로 하고 있는 스스로가 놀라웠다.

[나도 잠이 안 와서.]

킥, 하고 소리 내어 웃었다. 핸드폰을 든 채 두 손으로 얼굴을 가리고 허공에서 발을 동동거렸다. 아 오글오글거리고 간질간질거려. 설화와 시함은 혼례까지 치른 사이였지만 어찌됐건 기태와는 처음 시작하는 연애 아닌가.

[얼른 자요. 내일 출근해야 하잖아요. 굿나잇~]

이 간질간질한 문자질을 끝내고 싶은 마음은 털 끝 만큼도 없었다. 하지만 어쩐지 기태를 떠보고 싶은 마음도 들었다. 에이. 설마 여기서……

[그래요. 나현 씨도 잘 자요.]

라고 할까.

엥? 나현은 환한 불빛을 내뿜는 핸드폰 화면을 멍하니 바라봤다. 아까까지 붕붕 떠다니며 구름 위를 걷는 것 같은 마음이 땅 아래로 혹 추락했다.

뭐야. 이 담백함을 넘어선 시큰둥한 답변은.

이후로 문자가 오겠지 하며 5분가량을 기다렸지만 침대 머리맡에 올려둔 핸드폰을 울릴 생각조차 하지 않았다. 핸드폰이 제대로 켜진 건가. 진동이 울렸는데 놓친 게 아닌가. 2초마다 한 번씩 핸드폰을 켜 보았지만 기태의 문자는 거기서 딱 끝이었다. 뭐야. 정말! 왠지 심통한 마음에 몸을 벽면 쪽으로 돌렸을 때였다.

딩동. 핸드폰이 울렸다.

[안 되겠네. 오늘은 그냥 재우려고 했는데.]

놀란 나현이 침대에서 몸을 일으킨 순간이었다. 동시에 방문이 스르륵 열리고 문 앞에 커다랗고 검은 인영 하나가 나타났다.

"왜요? 기대했던 게 아니라 서운해요?"

들고 온 태블릿을 탁자에 고정하며 기태가 장난스럽게 물었다.

나…… 지금 서운……한가?

나현은 어이없는 표정으로 팔짱을 낀 채 부산스럽게 움직이는 기태의 움직임을 눈으로 쫓았다. 태블릿에 영화라도 다운 받은 모양인지 보기 좋게 고정해 놓고는, 언제 준비했는지 팝콘에 맥주까지 들고 와 탁자 위에 늘어놓았다.

"이 야밤에 지금 나랑 영화 보자고요?"

"아뇨. 기념 파티 하자고요."

기태는 눈을 가늘게 뜨고 웃으며 플레이 버튼을 눌렀다.

"얼른 앉아요. 시작하네요."

침대 프레임에 등을 기대곤 바닥에 앉아 옆자리를 탕탕 치며 앉으라는 시늉까지 했다.

나 긴장은 왜 한 거니?

허탈한 웃음이 나왔다. 긴장한 자신이 바보 같이 느껴졌지만 기태의 집에서의 첫 날을 이리 보내도 나쁠 것 같진 않다는 생각이 들었다. 보통의 연인처럼 함께 밥을 먹고, 영화를 보고, 시답잖은 이야기를 하는 것. 과거의 역사와 감정의 크기에 비해 함께 하는 시간이 상대적으로 적었던 둘에게 진정 필요한 것은 이런 시답지 않은 시간을 같이 보내는 것인지도 몰랐다.

결국 기태가 가리킨 자리에 털썩 앉았다. 바짝 붙은 기태에게서 시원한 향이 물씬 풍겨왔다. 앞머리가 촉촉하게 젖은 걸 보니 샤워를 막 마치고 온 모양이었다. 고작 옆자리에 앉은 것뿐이지만 벌써 심장이 팔딱팔딱 뛰며 난리가 났다. 나현은 탁자에 놓인 맥주를 향해 손을 뻗었다. 맥주라도 마시지 않으면 꿀꺽하고 마른 침을 삼키는 소리가 바로 옆까지 생생하게 들릴 것만 같았다.

"그런데 갑자기 웬 영화예요?"

"그냥…… 심란한 일도 있었고. 잠자리가 바뀌어 잠도 안 올 거 아니에요."

피곤 할 텐데. 생각해 준 건가?

태블릿 화면에서는 나현이 TV 앞을 오가며 본 적 있는 달달한 로맨틱 코미디 영화가 시작하고 있었다. 한 번 본적이 있는 영화였지만 그 사실을 굳이 얘기하지 않았다.

"이런 류의 영화 좋아해요?"

"영화는 다 좋아해요."

방안은 조용했고, 화면에서 흘러나오는 인위적인 웃음소리만 가득했다.

"그럼. 나중에 같이 영화 보러 가요."

꿀꺽하고는 맥주 삼키는 소리가 들렸다.

"……좋아요."

영화를…… 보러 가? 보통 사람들처럼……? 곧이어 세상의 모든 연인들이 하는 보통의 연애가 머릿속에 그려졌다. 만나기로 한 약속 장소에 나현이 인상을 쓰고 서 있으면 늦은 기태가 헐레벌떡 뛰어와 미안하다 사과를 하고. 표를 예매해둔 영화관으로 달려가 아슬아슬 하게 자리를 잡고. 팝콘을 입 안에 넣어주며, 간혹 서로의 귓가에 웃기지도 않은 농담을 하며 키득거리고. 인터넷으로 검색한 맛집에 들어가선 실패했다며 맛없는 식사에 서로 열을 내고. 쌀쌀한 거리를 두 손 잡고 걸으며 하루 동안 있었던 사소한 일과에 대해 주절거리고. 봄이 되면 벚꽃을 보러 가자, 여름이 되면 해수욕장에 가자, 겨울이 되면 스키를 타러 가자, 먼 미래에 대해 세세한 계획을 세우고……. 이번 생에서는 우리, 정말 그런 보통의 사랑을 할 수 있을까?

문득 바닥에 내려놓은 손 위로 따스한 기운이 느껴졌다. 기태가 뒤로 팔을 뻗어 바닥을 짚은 채로 나현의 손가락 위에 제 손을 올려놓은 것이다. 나현이 고개를 올려 기태의 옆모습을 바라보았다. 모르는 척, 시선은 화면을 향해 있었지만 어쩐지 긴장한 기색이 역력했다. 제 손을 덮은 기태의 손도 땀으로 축축하게 젖어 있었다. 나현이 기태의 손을 가만히 잡았다.

보통의 연애. 그래 해보자. 끝이 어떨지 짐작조차 할 수 없었지만 어디 한 번 해 보는 거다.

결국 영화는 다 보지 못했다. 5분도 지나지 않아 기태는 나현의 어깨에 머리를 기대곤 쿨쿨 잠에 빠져 들었다. 피곤했을 테지.

지하철 역사 사고 이후 나현은 병원 1인실에 머물며 치료를 받고 쉬었지만 기태는 그럴 수가 없었다. 평소처럼 회사에 출근하고, 퇴근해서는 병실 옆에 붙어 있는 보호자실에서 잠을 잤다. 그리고 나면 또 다시 새벽같이 출근. 며칠이나 이 생활을 반복했으니 피곤할 법도 하였다. 시시콜콜한 얘기까지 다 하는 수다스러운 사람이 아니었기에 얼마나 힘들지 짐작만 할 뿐이었는데, 자신의 어깨에 기대어 잠든 모습을 보니 애잔한 마음이 들었다.

나 때문이다. 이 사람이 이렇게 피곤한 것도, 애타하는 것도, 무언가를 목숨 걸고 지키려 하는 것도. 그렇게 생각하니 마음 깊이 고마움과 미안함이 몰려왔다. 재력, 외모, 재능, 못 가진 게 없는 남자. 아니, 안 가진 게 없는 남자. 기태도 시함도……. 이렇게 좋아도 되는 걸까. 너무 좋아서, 너무 달달한 행복 속에 부유하는 것만 같아 되레 불안해졌다.

* * *

"선배!"

전시기획1팀 사무실 앞에서 문고리를 잡아당기려는 순간 뒤에서 누군가가 나현을 와락 껴안았다. 호들갑스러운 말투를 보아하니 예경이었다.

"팀장님하고 해문 선배한테 얘기 들었어요. 결국 휴직하신다면서요."

"응. 그렇게 됐어. 예경 씨한텐 정말 미안하다. 한창 바쁠 때에."

"아니에요. 요즘 선배 주위에 일어나는 말도 안 되는 일 때문에 걱정이 이만저만이 아니었어요. 회사 나오는 것도 엄청 무리하는 것처럼 보였다고요. 당분간 같이 일 못 하게 된 건 서운하지만, 선배를 생각하면 잘한 결정인 것 같아요."

예경이 제법 어른스러운 소리를 했다. 섭섭함이 가득한 눈초리였지만 그보다 더 큰 걱정을 담은 눈이었다.

"나도 예경이 말에 동감. 잘 결정했어."

사무실 문을 열고 들어가자 미진과 해문이 나현을 기다리고 있었다. 안에서 나현과 예경의 대화가 들린 모양이었다.

"죄송해요, 팀장님. 죄송해요, 선배. 곧 다시 건강해져서 돌아올게요."

진심이었다. 앞으로 어디에서 무슨 일을 하던지 이 사람들만큼 좋은 사람들과 함께 일하는 행운은 없을 것이다. 정말 하고 싶었던 일, 하면서도 정말 좋아했던 일. 그리고 가족같이 푸근하고 다정했던 사람들. 생각보다 아쉬움은 컸다.

"아, 나현아. 잠시만."

미진이 뒤돌아서는 나현을 불러 세웠다.

"이번 달 15일. 주연호 작가 전시회 오프닝 날이야. 알고 있지?"

나현이 대답 대신 고개를 끄덕였다.

"그날은 와서 좀 도와줘. 주 작가님이 정말 간곡하게 부탁했어. 그날만이라도 너 와서 도와달라고."

나현이 멈칫거리며 망설이자 미진이 한숨을 쉬며 머리를 쓸어 넘겼다.

"요새 자기한테 뭔가 엄청난 일이 생긴 거 알아. 우리한테 말 못할 사연이 있는 것도. 그리고 거기에 주 작가님과 이태진 씨가 관여 되어 있다는 것도."

아무리 티를 내지 않으려 해도 가까이에서 지켜본 미진이라면 충분히 눈치 채고도 남았을 것이다.

"그래도 정말 간곡하게 부탁하더라. 오프닝 날만이라도 나현 씨 꼭 좀 오게 해줄 수 없냐고."

"……."

"이제 우리가 자기한테 부탁 좀 하자. 주 작가, 우리 갤러리에 어떤 사람인지 알잖아? 이참에 주 작가 발목 한 번 잡아서 다음 전시회도 좀 해보자고."

미진의 농담조의 말에 나현은 석연치 않은 표정으로 고개를 끄덕였다.

"왜 이렇게 늦게 나와요."

환청이라도 들은 건가.

익숙한 목소리에 나현이 고개를 휘휘 돌렸다. 환청이 아니었다. 건물 앞에 세워 둔 자동차에 몸을 기댄 채 기태가 퉁퉁거리고 있었던 것이다. 예상치 못한 만남에 나현은 놀라움보다 어안이 벙벙해졌다.

아니, 자기가 내 꼬리야? 왜 이렇게 졸졸 쫓아다녀? 회사는? 아침에 분명히 출근 했잖아.

"이제 회사도 안가고 내 뒤만 쫓아다니기로 작정한 거예요?"

"그럼 누군가 나현 씰 노리고 있는데 내가 회사를 어떻게 갑니까?"

나현의 답변이 마음에 안 드는 모양인지 기태가 인상을 팍 찌푸렸다.

"아침에 출근 하셨잖아요."

"나도 휴직계 내고 온 겁니다."

"에에? 그런 말씀 없으셨잖아요!"

"뭐. 내고 나면 말할 생각이었죠."

"그런데 실장님도 휴직계 같은 거 내고 그래요? 그냥 막 안 나갈 줄 알았는데 의외네요."

"회사가 그렇게 우스운 곳 인줄 아십니까?"

우습게 보지 않……았었나?

기태가 보조석 문을 열고는 고개 짓으로 타라는 시늉을 했다. 나현이 올라타자 안전벨트를 쭉 잡아끌어 버클에 채웠다. 시원한 체향과 함께 기태의 얼굴이 나현의 코에 닿을 듯 가까이 다가왔다. 그 바람에 가슴이 또 주책없이 뛰기 시작했다.

"그렇게 긴장하지 말아요."

"안 해요! 제가 언제 긴장했다고."

억울한 듯 소리쳐봤지만 새빨개진 얼굴은 설명하지 않아도 모든 것을 드러내 주었다.

"어디 가는 거예요?"

기태는 바로 대답하지 않고 운전대를 돌려 천천히 차를 몰았다.

"저번에 나현 씨가 차 안에서 했던 얘기. 생각해 봤는데 맞는 말 같아요."

차 안에서? 갑자기 처음으로 키스한 날이 생각이 나 얼굴이 붉게 타올랐다.

"보기보다 응큼하시네. 그 생각부터 떠올리다니."

기태가 짓궂게 놀려댔다.

"그…… 그런 게 아니라!"

당황해서 새빨개진 얼굴로 소리쳤지만 그날 무슨 이야기를 했는지 선뜻 생각이 나지 않았다. 무슨 말을 했더라?

"그날 나현 씨가 얘기했었잖아요. 어쩌면 백지상 씨가 이태진에 대해 무언가 알고 있을지도 모른다고."

그러고 보니 그런 얘기를 했었다. 지상이 전생의 준경이었으며, 준경은 왕유의 사람이었으니 지상이 전생을 기억하고 있다면 태진이 왜 나현을 죽이려 하는지 이유를 알고 있을 것이다.

"저번에도 찾아갔었지만 백지상 씨는 우리에게 모든 걸 다 얘기하진 않았어요. 아무래도 나현 씨에게 그림을 훔친 일로 켕기는 게 있으니."

"그렇죠. 마지막 보루로 전생의 중요한 사실을 감추고 있을지도 몰라요. 특히나 설화를 죽인 왕유에 대해서는……. 지금 사실을 알고 있는 건 지상 씨 뿐일 거예요."

"그러니까 가보자는 겁니다. 백지상 씨에게."

기태가 붕 소리가 나도록 액셀을 밟았다.

"이젠 아예 세트로 다니기로 한 모양이죠?"

흰 가운을 입은 지상이 진료실 창문 블라인드를 내리며 인상을 썼다. 한창 병원 손님이 몰리는 시간대에 맞춰 연락도 없이 나타난 민폐 세트가 달갑지 않을 터였다.

"그래서. 이번에는 또 뭡니까?"

"지상 씨한테 묻고 싶은 게 있어서요."

기태가 입을 떼기 전 나현이 선수를 쳤다. 둘이 대화를 주고받게 놔두었다가는 본론도 들어가기 전에 서로 언성 높이다 이 짧은 만남이 끝날 것 같았기 때문이었다.

"또 뭐? 그림 관련이야? 그림 건은 전생에 대해 얘기해주는 대신 그냥 넘어가기로 약속 했잖아."

지상이 짜증을 냈다.

"그림 관련 아니야. 전생에 관해 다른 물어볼게 있어서 그래."

"뭐?"

"왕유에 대해 아는 게 있습니까?"

악감정이 여전한지 날선 목소리로 기태가 물었다.

"실장님도 아시는 사실 아닌가요? 왕유가 끊임없이 설화의 목숨을 노렸다는 것."

지상은 묻는 게 고작 그거였냐는 듯 새로울 게 없지 않냐는 눈초리로 기태와 나현을 번갈아 보았다.

"왕유가 누구로 환생했는지. 백지상 씨는 진작 알고 계셨죠?"

기태의 말에 지상이 입을 다물었다. 그런 반응으로 보아 애초부터 알고 있었을 것이다. 왕유가 태진으로 환생하여 나현의 주위를 맴돈다는 사실을.

"지…… 지상 씨. 정말이야? 진짜 태진이가 왕유라는 사실을 알고 있었어? 그런데 어떻게 나한테…… 한마디도……."

그래도 세 달 가까이 사귀었던 사이다. 비록 좋아한다, 사랑한다는 감정까진 아니었지만 서로에게 호감은 가지고 있었다. 그런데 태진이 왕유라는 사실은커녕 목숨이 위험하다는 신호조차 한번 보내주지 않은 그가 괘씸했다.

"도대체 지상 씬 애초에 내게 왜 접근한 거야? 날 보호할 목적도 해칠 목적도 아니었다면……."

아……. 말을 내뱉다보니 왜 지상이 자신에게 다가왔는지 알 것만 같았다.

그럼…….

바로 그림 때문이었다. 수십억의 가치가 있는, 붉은 옷을 입은 여인의 그림.

나현의 곁에 있다면 언젠가 그 그림을 찾을 수 있을 테니, 그 그림을 훔칠 목적으로 접근했던 것이 분명했다. 잊을 뻔했다. 전생에 준경의 의지가 무엇이었는지. 설화를 살리고자 한 이현의 의지, 설화를 죽이고자 한 왕유의 의지가 있다면 환생한 준경의 의지도 남아 있을 터. 애초에 준경은 돈 때문에 설화를 죽이려고 하지 않았는가.

움켜쥔 주먹이 떨렸다. 한없이 경박하고 치졸한 남자. 이번 생에서도 고작 돈 때문에 태진이 왕유라는 사실을 알고서도 조심하란 말 한마디 해주지 않은 것이다. 나현의 이글거리를 눈빛을 보자 지상이 고개를 돌렸다.

그래. 네가 사람이라면 내 눈을 똑바로 못 쳐다보겠지. 그 정도 양심이라도 있어 참 다행이다.

기태 역시 나현의 분노를 눈치 챘는지 무릎 위에 올려둔 손을 살며시 감싸 쥐었다. 크고 단단한 기태의 손이 느껴지자 분노로 활활 타올랐던 마음이 조금 가라앉는 듯싶었다.

"질문에 대한 대답은 들은 걸로 하고. 그럼 왜 이태진은 나현 씨를 해치려 하는 거죠? 사실 우리가 가장 의아한 점이 그 부분입니다."

화를 억누르고 있는 나현을 대신해 기태가 물었다.

"이거라도 대답해줘. 나에 대해 조금이라도 미안한 마음이 있다면."

나현이 기태를 거들었다. 기태가 한 말 그대로였다. 왕유가 설화를 죽이려고 했던 이유는 황권 때문이었다. 자신이 황제의 자리에 오르는 데에 설화가 위협이 되었기에. 하지만 어째서 환생을 거듭하는 동안에도 내내 왕유는 설화를 노렸던 걸까. 아직 전생의 기억이 완전하지 않지만 만약 설화가 결국 왕유의 손에 죽었다면 그것으로 왕유는 목적을 달성하였을 것인데. 무슨 원한이 있어 환생을 거듭하며 그토록 설화를 죽이려 하는지 이해가 되지 않았다. 나현의 말에 갑자기 지상의 얼굴이 씰룩씰룩 거렸다.

"뭐야. 정말 둘 다 모르는 거야? 아니면 기억을 못 하는 건가?"

지상은 웃음을 참는 듯 기묘하게 일그러진 얼굴로 나현과 기태를 번갈아 보더니 이내 입 꼬리를 쓱 하고 올려 웃었다.

"헛짓거리 할 생각하지 말고 당장 아는 사실을 털어놔."

무시무시한 얼굴의 기태가 협박조의 목소리로 뇌까렸다. 하지만 자신의 위치가 더 우월하다는 걸 아는 지상이 갑자기 태도를 바꿔 여유를 부리기 시작했다.

"흐음. 내가 왜?"

얼굴에 비열함이 스쳤다.

"내가 왜 도와줘야 하는데? 그때 말했다시피 난 당신네들 사랑 놀음에 죽기까지 하고 원치 않는 환생을 반복해온 피해자라고."

"그래서. 원하는 게 뭐야."

서슬 퍼런 기태의 목소리가 지상을 압박했다. 지상은 그 위압적인 태도에 잠시 움찔했지만 기태의 입에서 원하던 이야기가 흘러나왔는지 다시 입 꼬리를 쓱 하고 올려 웃었다.

"아실 텐데."

돈. 저 작자가 원하는 건 하나뿐이다. 나현이 한마디 하려들자 기태가 한 팔로 나현을 제지했다. 그리고는 품 안에서 지갑을 꺼내 신용카드 한 장을 탁 소리 나게 테이블에 올려놓았다.

"일단은 이거. 한도가 없는 거야."

"실장……"

또 다시 뭐라고 내뱉으려는 순간 기태가 손을 들어 나현의 말을 가로

막았다. 차마 중간에 끼어들 수 없는 팽팽한 긴장감이 기태와 지상 사이에 맴돌았다. 지상은 테이블 위에 놓인 신용카드를 물끄러미 바라보더니 천천히 집어 들곤 가운 옆 주머니에 챙겨 넣었다.

"좋습니다. 일단은요."

언젠가는 저 비열하고 저급한 얼굴을 있는 힘껏 후려칠 것이다. 기태의 몫까지.

"난 먼저 죽어서 설화가 누구에게 죽었는지는 모르지만……. 왕유라면 왜 전생을 거듭하면서 설화를 죽이려고 했는지 이해는 가."

"……."

"왕유가 설화를 죽이려고 한 이유는…… 두 사람도 알다시피 황권 때문이야. 설화가 시함과의 사이에서 아들을 낳는다면, 태자의 자리를 놓고 윤일재와 어려운 싸움을 벌여야 했으니까. 애초부터 분란의 싹이 될 설화를 죽이려 했지."

"그런데……."

지상이 끼어들려던 나현의 말을 잘랐다.

"그런데 그 이유뿐만이 아니었어. 사실 왕유에게는 설화를 죽여야 할 더 큰 이유가 있었거든."

"그게 뭔데."

더 큰 이유라니? 왕유에게 자신을 죽여야 할 이유가 또 뭐가 있단 말인지. 게다가 얼마나 지독한 원한이나 강렬한 염원이면 이토록 끊임없이 환생을 거듭하며 자신을 죽이려 하는지 상상조차 되지 않았다. 자꾸만 모르는 이야기가 불쑥 불쑥 튀어나왔다. 기억을 조금씩 되찾으며 이제는 되었다 싶으면 또 다시 전생의 사실은 깊은 암흑에 드리워져 있는 것만 같았다.

"여화 때문이잖아. 네 언니."

"뭐라고?"

생각지도 못했던 이름이 지상의 입에서 튀어나왔다.

"이번 생에서는 송보현이지 아마? 네 쌍둥이 언니."

지상은 뭐가 그리 우스운지 저 혼자 킬킬거리기까지 했다. 갑자기 머리가 으스러질 듯 아파왔다.

"으……윽."

기억해 내고 싶지 않은 역겨운 것이 머릿속을 기어 다녔다. 하지만 무언가에 가로막힌 듯 기억은 선뜻 수면 위로 떠오르지 않았다. 의식 저편 아래에서는 무언가를 필사적으로 떠올리려 하는 한편, 필사적으로 막으려고도 하는 것 같았다.

"왜 그래요? 어디 아파요?"

나현이 머리를 짚으며 힘들어하자 기태가 바로 알아차리곤 옆에서 부축했다.

"크하하하. 난 이때가 제일 재밌더라."

뭐가 그리 신나는지 지상은 배를 움켜쥔 채 요란하게 웃고 있었다. 자리에서 벌떡 일어난 기태가 지상의 멱살을 움켜쥐고는 벽으로 몰아붙였다.

"그 입 다물어."

"아까도 말했지만 난 당신네들 사랑 놀음에 원치도 않은 환생 반복해 온 피해자라고. 이것도 못 해?! 내가 이번에도 당할 줄 알고?"

지상이 눈을 희번덕이며 악다구니를 썼다.

"난 나현 씨처럼 자애롭지 않아서 말이지. 아까 준 카드 뺏기고 그림 도난 문제로 철장 가고 싶지 않으면 지금 당장 알고 있는 사실 얘기해."

기태가 음산하게 중얼거리며 지상을 눈을 똑바로 바라보았다. 지상은 뭐가 그리 억울한지 가슴을 들썩거리며 화를 식히곤 분이 풀리지 않은 눈으로 나현을 바라보았다.

"너와 네 언니는 두 사람 중 한 사람이 죽어야 하는 운명이잖아."

언니……. 그래…… 언니와 난…….

맞아……. 왕유는…….

"그리고 왕유는 여화를 살리기 위해 널 죽이려 했고."

지상의 말에 나현의 눈앞이 갑자기 팟! 하며 새하얗게 변했다.

* * *

'만월루.'

이현은 홍등이 주렁주렁 매달린 화려한 누각의 2층 계단을 천천히 올랐다. 골목 안쪽으로 줄지어 늘어선 회랑들 중에서도 가장 호사로운 유곽이었다. 개경의 이름난 기녀들이 모두 모여 있는 곳. 계집들의 교태 섞인 웃음소리와 취객들의 고함 소리가 끊이지 않는 곳. 이현은 약속 장소를 이리 잡은 이를 마음속으로 원망하며 남은 계단을 마저 올랐다. 계단 끝에는 짧은 황색 저고리를 입고 반지르르한 머리에 전모를 쓴 여인이 야릇한 웃음을 날리고 있었다.

"어찌 이리 늦으신 건가요? 기다리고 있었습니다. 홍란이라 하옵니다."

백분을 하얗게 바른 기녀의 얼굴이 새까만 밤중에 둥둥 떠 있는 것처럼 보였다. 가까이 가자 여인에게서 진한 향료가 풍겨 왔다.

"이리 아름다운 여인을 기다리게 하다니 사내 된 자로 큰 실례를 했구료."

이현이 웃자 그의 눈이 활처럼 둥글게 휘었다. 홍란이 그 눈웃음에 홀린 듯 몽롱한 표정을 지었다.

"과연 개경 천지에 소문난 호남이십니다. 우리 애들이 어찌나 공자님 이야기를 하는지……. 실지로 얼굴 한 번 뵙는 게 소원이라 그리 호들갑을 떨었는데 어찌 이제야 들러 주십니까."

이현은 뭐라 대꾸할 말이 없어 그저 불편한 웃음을 지었다.

"어찌 되었건 이리 짧은 만남이어 아쉽습니다."

홍란은 다시 한 번 얄궂은 웃음을 지은 뒤 엉덩이를 흔들며 좁은 복도를 걸어가기 시작했다. 홍란이 안내한 곳은 2층 행랑칸 중 가장 끝에 위치한 곳이었다. 좁은 복도를 한참이나 걸어 소란스러운 입구로부터 멀어지니 주위가 삽시간에 조용해졌다. 발걸음에 맞춰 삐걱삐걱 대는 나무 바닥의 이음판 소리만이 적막한 공기를 울렸다. 홍란은 복도 제일 끝 막다른 벽면 앞에 섰다. 그리고는 눈앞에 있는 검은 나무판을 통통통 하고 세 번 두드렸다.

"오시었습니다."

교태롭지만 공손한 말투였다.

"들어오시게."

홍란이 언뜻 보면 눈치 채지 못할 검은 나무판 아래 작은 홈에 손을 끼우곤 능숙하게 문을 열었다. 문 안에는 고급스러운 집기류로 이루어진 작은 방이 모습을 드러냈다. 방 안에는 주인인양 허리를 곧추 세운 왕유가 앉아 있었다.

설화를 죽이려는 자. 앞으로 내가 막아야 할 자.

이현은 결연한 얼굴로 방 안을 향해 할 걸음 내딛었다. 술상 맞은편에 앉자 왕유가 앞에 놓인 잔에 술을 따랐다.

"여직 밖에 한기가 도는 모양이오. 몸 좀 녹일 겸 한 잔 드시게나."

왕유가 느긋한 음성으로 이현을 향해 술잔을 건넸다.

"한가로이 술이나 한 잔 하려 이리 온 것이 아닙니다."

"내 자네를 풍류를 아는 자로 들었네만. 좋은 술을 앞에 두고 쳐다보지도 않으니 과연 헛된 소문이었나 보오."

이현의 무례한 말에 왕유가 피식 웃고는 술을 한 모금 들이켰다. 왕유라는 자가 가진 거대한 존재감과 위압감 앞에 이현은 제 자신이 풋내 나는 어린 아이처럼 느껴졌다. 하지만 그렇다고 예까지 와서 물러설 수 없는 일. 이현은 마음을 가다듬으며 먼저 입을 열었다.

"얼마 전."

"……"

"대군께서 부친과 인적 드문 외당에서 회동하는 것을 보았습니다. 그리고 산사에서 그림으로 설화를 유인해 돼지 잡종 같은 도적떼로 하여금 죽이려 하였지요."

"그것이 어찌 내가 한 일이라 단정할 수 있는가."

왕유가 입가에 비릿한 웃음을 지었다.

"발뺌하셔도 소용없습니다. 진실로 대군께서 설화를 죽이시려 하던, 기가 막힌 우연으로 도적떼가 설화를 죽이려 하던 윤일재 대감에게 필요한 건 더 그럴 듯한 이야기겠지요. 지금 제가 윤일재 대감에게 가서 이 사실을 고한다면, 그들이 어떤 이야기를 택할 것 같나이까."

윤일재는 분명 이현을 증인으로 세워 왕유를 몰아붙일 것이다. 만에 하나 그 일이 왕유가 한 짓이 아니라 하여도 명명백백한 증언 앞에서 왕유는 수세에 몰릴 것이 뻔하였다.

"공자께서는 그리 할 수 없을 걸세."

왕유가 탁 소리 나게 잔을 내려놓으며 무서운 기운을 내뿜었다.

"진정 송설화를 윤시함에게 빼앗기고 싶은 것인가."

무릎 위에 올려둔 주먹이 떨렸다. 제가 처한 진퇴양난의 상황을 누구보다 정확히 꿰뚫고 있었다.

"그대가 이 사실을 윤일재 대감에게 고하는 순간, 그들은 지금보다도 더 겹겹이 송설화 주위를 호위병으로 둘러싸겠지. 후사를 볼 때까지. 자네는 오랜 시간 동안 연모했던 여인을 그리 뺏기고 싶은 겐가. 윤시함과의 사이에서 아들까지 낳으면 자네에게 송설화를 다시 데려올 기회는 영영 사라지게 될 것으로 보이네만."

"그런 말에 제가 넘어갈 것으로 보이십니까. 제겐 설화가 사는 것이 먼저입니다."

가슴 한구석이 타들어 가는 듯 했지만 이미 각오했던 일. 그에 관해서는 더 이상 양보의 여지가 없었다. 이미 다른 사내의 여인이 되어 버렸지만 그래도 죽는 것 보다는 나았다. 멀리서 그저 행복하길 소원하며 지켜만 볼지라도…….

"참으로 대단한 연정이오. 죽는 것보다 뺏기는 게 낫다라……. 나라면,"

왕유가 탁 소리 나게 술잔을 내려놓았다. 그리고는 형형하게 빛나는 눈으로 이현을 바라보았다.

"내 손으로 죽일지언정 다른 사내에게 뺏기진 않을 것이오."

제 선택을 조롱하는 자리에 더 이상 앉아 있을 수가 없었다.

"할 말을 마친 것 같습니다. 더 이상 송설화를 해하려 하지 마십시오. 끊임없이 대군의 주위를 살필 것이옵니다. 만약 다시 한 번 수상한 움직임이 포착된다면……. 그땐 정말 윤일재 대감의 편에 설 것입니다."

떨리는 목소리로 마지막 경고를 한 채 자리에서 일어나려는 순간이었다.

"하지만 만약 내가 송설화를 죽이겠다는 것이 아니라면?"

왕유의 말에 이현이 멈칫했다.

"무슨 말이십니까. 제 눈으로 똑똑히 보았습니다. 대군께서 설화를 해하려 하는 것을."

"내게 중요한 건 오직 하나. 황권 뿐이오. 송설화가 황권에 위협만 되지 않으면 내 어찌 그대의 여인을 죽이려 하겠소."

"설화를 살려둘 수도 있다는…… 말씀이십니까."

이현이 다시 자리에 앉자 왕유가 여유로운 웃음을 지었다.

"어찌 보면 그대와 난 같은 목적을 가지고 있는 셈일지도 모르오. 윤 시함에게서 송설화를 떼어놓는 것. 그리고 이미 한 혼례가 강압에 의한 것임을 증명하고 무효화시킨다면…… 그대와 난 같은 목적을 이룬 셈 아닌가."

"그…… 그러면 방도가 있습니까?"

이현의 목소리가 다급해졌다.

"방도도 없이 내 그대와의 만남을 허했겠는가."

왕유는 이현을 만나기 전부터 준비해왔던 말을 서서히 꺼내자 싶었다. 이현의 입을 다물게 하려면 결국 같은 편으로 끌어 들여 달래야 하는 수밖에 없었다. 이를 위한 비장의 무기. 왕유는 상 위에 주먹만 한 크기의 하얀색 주머니 하나를 올려놓았다.

"이게 무엇입니까."

"백운산 기슭에 있는 장 의원에게 가져다주시오."

장 의원이라면 개경에서 가장 소문난 명의였다. 윤가에서도 필시 장 의원으로부터 탕약을 지어 먹고 있을 터였다. 독약……? 이현의 얼굴이 순식간에 사나워졌다.

"그리 바라보지 마시오. 독약 따위가 아니니. 의심스럽다면 지금 당장 마당에 있는 개에게 먹여 봐도 좋소."

"그럼 무엇에 쓰는 물건입니까."

"회임을 막는 약이오."

이현은 상위에 올려진 주머니를 가만히 움켜쥐었다.

"제가 대군을 그리 간단히 믿을 거라 생각지 마십시오. 저희 집 의원에게 어떤 약인지 알아볼 것입니다."

"좋을 대로 하시오."

여전히 의심을 거두지 못하는 이현을 향해 왕유가 자신만만한 웃음을 지어보였다. 이현은 하얀 주머니를 움켜쥐고 품 안에 넣었다. 어찌됐건 이 약이 회임을 미뤄 잠시 동안이나마 시간을 벌어다 줄 것이다.

"허나, 이 약만으로는 설화를 윤시함에게서 떼어 놓을 수 없을 겁니다. 그저 시간을 벌어다 주는 걸로 족하겠지요."

이현에 말에 왕유는 기다렸다는 듯이 비릿한 웃음을 지었다.

"그 뿐이 아니오."

어쩐지 섬뜩한 음성이었다.

"……."

"몸에 회임한 것과 같은 효과가 나타날 것이오."

"하지만 회임한 것만으로 어찌 설화를 그 집에서 나오게 할 수 있단 말입니까. 설화도 더 이상 섣불리 혼자 움직이려 하지 않을 것입니다. 대군께서 자신의 목숨을 노리고 있다는 사실을 명백히 알았으니까요. 설사 설화의 몸에 회임의 징후가 나타난다 하여도 그들은 필시 의원을 집으로 불러들여……."

"조만간 황명이 내려질 걸세."

황명……!

"사병들이 여전히 그 집을 에워싸고 있겠지만 윤일재와 윤시함은 황명을 받아 궐로 들어갈 것이야."

"그…… 그럼 전 어찌."

"이후는 그대의 몫이지."

왕유는 입 꼬리를 올려 웃으며 술잔을 들어 한 모금 들이켰다. 이현이 장 의원과 함께 윤일재의 집 안으로 들어가든, 회임한 줄 안 설화와 가솔들이 장 의원을 방문하는 길목에 기다리고 있다 급습을 하든, 그것은 이현의 몫이었다.

왕유가 설화를 그 집에서 빼오기만 한다면 설화를 살려두겠다 하였지만 이현은 선뜻 그 말을 믿을 수가 없었다. 분명 설화를 살려 주겠다 한 말은 이현을 달래고 끌어들이려는 수작일 뿐, 뒤로는 빼내온 설화를 죽이려는 다른 계획을 감추고 있는지도 몰랐다.

그저 어리숙하게 믿어서는 아니 되는 자다.

이현은 술상 아래에서 가만히 두 주먹을 쥐었다. 자신은 왕유와는 별개로 또 다른 계획을 세우고 있어야 한다. 황명이 내려지는 날, 윤일재와 윤시함이 자리를 비우면 왕유와 약속한 대로 그 집에서 설화를 데리고 나올 것이다. 하지만…… 그 후에는 왕유가 알아차리지 못하게 몰래 송으로 데리고 도망쳐야 한다. 송까지 도망친다면야 왕유가 굳이 따라와 설화를 죽일 이유까진 없을 것이다. 생각이 예까지 미치자 해야 할 일들이 저절로 떠오르기 시작했다. 시일이 촉박했지만 송까지 갈 채비를 하지 못할 이유도 없었다. 아마도 고려 땅에서의 모든 것을 포기해야겠지. 하지만 그리 해서라도 설화를 살려야 했다.

설화. 내 죽는 한이 있어도 너를 살릴 것이야.

이현이 속으로 나지막이 되뇌었다.

왕유와의 회동을 마치고 만월루에서 나온 이현은 집 안 가장 외진 곳에 있는 외당으로 향했다. 자박자박하는 흙길을 밟는 소리가 까만 밤공기를 울렸다. 어둠에 휩싸인 외당의 목문에 손을 대자 나무 이음새가 끼익- 하는 소리를 내었다. 이현이 열린 문틈으로 발걸음을 내딛었을 때였다.

"어디 다녀오는 길인 게냐."

깜깜한 어둠에 휩싸인 외당 안에서 낮은 목소리가 흘러나왔다. 놀란 이현이 잠시 발걸음을 멈췄지만 이내 그 목소리가 제 부친임을 알아차렸다.

"이미 아시잖습니까. 어찌 이런 곳에서 절 기다리고 있으셨던 겁니까."

질책이 섞인 이현의 말에 이약선이 어둠 속에서 한 걸음 걸어 나왔다. 그제야 달빛에 어렴풋이 근심어린 얼굴이 드러났다.

"밖에서 쉬이 할 수 있는 얘기가 아니다."

"……."

"넌 지금 대량원군 왕유 그 자가 무슨 짓을 하려는지 알고 천지도 모르는 망아지처럼 날뛰는 게냐."

이약선의 목소리가 엄했다.

"전부 다 알고 있습니다. 아버지께서도 왕유에게 동조하지 않으셨습니까. 지난 날 왕유에게 그림을 빌려주는 것을 내 보았습니다."

이현의 목소리가 떨려왔다.

"어찌 그리 하셨습니까. 아버지는 송심언 대감의 절친한 친우 아니셨습니까. 그런데 어찌…… 그 여식을 죽이는데 동조하시고 기꺼이 돕기까지 하셨습니까!"

피를 토하는 듯 절규하는 이현 앞에서 이약선을 아무 말도 하지 않았다.

"아무리 윤일재로부터 황권을 되찾기 위한 일이지만 어찌…… 어찌……."

"어찌…… 친우의 여식을 죽이려 하는가. 이리 물었느냐."

이현이 부들거리는 주먹을 세게 쥐었다.

"친우를 위해! 친우였기에 설화를 죽이려 하는 것이다."

생각지도 못했던 말이었다. 제 아비가 지금 무슨 말을 하고 있는 것인지 선뜻 이해하기가 힘들었다.

"그…… 그게 무슨 말이십니까. 송 대감을 위해 설화를 죽이려 한다니요."

이현은 이약선에게 한걸음 성큼 다가가 핏발이 선 눈을 부라렸다. 제가 지금 들은 이야기가 진정 맞는 것인지. 말이나 될법한 이야기인지 믿을 수가 없었다.

"설화는 어차피 죽을 아이다. 친우를 위해, 하나라도. 여화라도 살리고자 설화를 죽이려 한 것이다."

"그…… 그게……."

"이 모든 게 부덕한 내 친우 송심언, 그리고 말리지 못한 나 때문이다……."

이약선의 목소리가 잦아들었다. 끔찍한 고해라도 하는 양 후회와 절망감이 가득한 목소리였다.

"제대로 말씀해주십시오."

한참을 망설이던 이약선의 눈빛에 결심이 서렸다.

"설화는 송심언이 황후와 사통하여 낳은 아이가 아니다."

"그…… 그렇다면 모든 것이 진실로 윤일재의 모함이라는 말씀이십니까. 하…… 하지만 그림은요. 송 대감은 분명 황후의 그림을 소중히……."

그때 이약선이 손에 쥐고 있던 그림을 아래로 촤르륵 펼쳤다. 붉은 옷을 입은 여인의 그림이었다.

"보거라. 이 그림 속 여인이 누구라 생각하느냐?"

이현은 눈을 가늘게 뜨고 그림 속 여인을 살피었다. 어릴 때는 황후의 그림이라 생각했건만…… 느낌은 달랐지만 분명 지금의 설화와 닮아있었다.

"이 그림은 진실로 설화를 그린 그림이다. 우연히도 황후와 똑같이 그려진."

놀라지 않을 수 없었다. 송심언의 말이 사실이었다니.

"그 그림이 그려진 건 7년 전이 아니옵니까? 어찌하여 송심언 대감은 어린 자식의 장성한 모습을 그림으로 그린 것이옵니까?"

이현의 정당한 물음에 이약선은 선뜻 입을 떼기 힘들었는지 한참을 머뭇거렸다. 그리고는 이내 결심한 듯 천천히 입을 열었다.

"이 그림에는 강한 사념이 깃들어 있다. 이 그림은 무한한 생명의 순환을 기원하는 그림이지."

"무한한 생명의 순환이라니요?"

"너도 알다시피 여화와 설화는 쌍생아다. 처음 오 부인이 쌍생아를 회임한 사실을 알았을 때 의원은 오 부인이 두 아이를 낳는 산고를 견디기엔 몸이 너무 약하다 하였고. 결국 뱃속에 있는 아이 중 늦게 나오는 아이의 생명은 포기하자 하였지. 헌데 여화가 제 어머니의 뱃속에서 먼저 나올 때 설화가 제 언니인 여화의 다리를 잡았다고 하더구나. 이로 인해 시간이 지체되어 여화는 숨이 끊어져 나올 뻔하였고 오 부인도 죽을 고비를 넘겼지."

"……."

"태어날 때부터 설화는 그리 달갑지 않은 아이였다. 어찌 보면 죽었어야 할 아이였어."

이현은 문득 염가댁이 형장에서 증언했다는 말이 떠올랐다. 염가댁은 심언이 잔뜩 부른 오 부인의 배를 만지며 예쁜 여자아이 하나가 곧 생길 것이라 하였으나, 출산을 한 오 부인의 방에서 데려나온 아이는 둘이었다 증언하였다고 한다. 송심언과 오 부인에게 설화는 처음부터 없는 존재나 마찬가지였던 것이다.

"게다가 이 일로 인해서인지 여화는 태어나서도 내내 병환에 시달렸다. 의원 역시 여화가 세 살을 넘기지 못할 것이라 하였어."

"하지만…… 그것이 어찌……."

이현은 그것이 어찌 설화의 탓일 수 있겠느냐는 뒷말을 삼켰다. 태어나지도 않은 뱃속의 아이가 의도한 바는 아니었겠지만 세상 사람들이 본다면 여화의 병환을 설화의 탓이라 말 할 수도 있을 것이었다.

"여화를 살리기 위해 심언과 오 부인은 안 해본 일이 없었다. 모든 일을 제쳐 놓고 전국 방방곡곡의 유명한 의원들을 찾아다녔지. 그러던 어느 날 한 맹인 파계승으로부터 방책을 하나 얻어 왔더구나."

"장성한 설화를 그린…… 바로 이 그림이옵니까."

이약선이 고개를 끄덕였다.

"쌍둥이인 설화의 가장 생명력이 넘치는 나이대의 그림을 여화의 방에 걸어 놓아 설화가 가진 생의 기운을 여화가 나눠 가질 수 있게 하는 것. 그것이 바로 그 그림의 역할이었다."

이현은 제 아버지의 입에서 나오는 말을 믿을 수가 없었다. 유교의 선봉자이며 민간에서 행하는 주술을 금기할 것을 주창했던 송심언이 그리 했을 거라 도저히 믿을 수가 없었던 것이다.

"송심언 대감은…… 민간신앙과 주술의 폐해에 대해 간언하였던 사대부 아니셨습니까."

"그래도 자식을 살리기 위해서라면 짐승의 탈인 양 쓰지 못하겠느냐. 아픈 자식이 그저 더 마음에 사무치고 애달픈 게 아비의 마음이다. 송심언과 오 부인의 마음 한구석엔 설화 때문에 여화가 그리 아픈 것이라 탓

하는 마음도 있었겠지."

"그러면 설마…… 어릴 적 몸이 아팠던 여화가 강건해지고, 설화가 아프기 시작한 것도 바로 그 그림 때문입니까."

이약선은 고통스러운 듯이 고개를 끄덕였다. 이현은 손톱이 파고들어 피가 날 때까지 주먹을 움켜쥐었다. 어찌 하나를 살리기 위해 하나를 죽이려 할 수 있는가.

"그러면 송심언 대감은 여화를 살리기 위해 설화를 죽이고자 하였습니까."

이약선은 강하게 고개를 흔들었다.

"어찌 그리하였겠느냐. 내 그 그림의 역할이 무한한 생의 순환이라 하지 않았느냐. 설화의 기운을 받아 여화가 강건해지고 다시 설화의 생의 꺼질 때가 되면 여화의 기운이 설화에게 가는 순환 고리를 만든 것이다."

"언제까지입니까, 그것이. 누구 하나가 죽을 때까지 입니까."

분노로 떨리는 목소리에 이약선은 할 수 없이 고개를 끄덕였다.

"그런 것 같구나……. 누구 하나가 죽을 때까지."

"둘 다 살 수는 없는 것입니까."

"애초의 생의 기운은 한 사람의 몫이었고 한 사람의 몫을 둘이서 나눠 가졌으니 그리 할 수는 없다 하였다."

"허…… 허나 어찌 그것이…… 죽는 자가 설화가 되어야 한단 말입니까. 애초에 설화의 기운을 빼앗은 건 여화 아닙니까."

"둘은 같이 있어야 생의 기운을 나눠 가질 수 있다. 지금 둘은 떨어져 있으며 생의 기운이 여화에게 기울어져 있으니…… 여화의 기운을 받지 못하면 설화는 곧 죽을 것이야."

"여화가 죽으면요."

"설화는 살 수 있겠지."

꽉 쥔 주먹에서 피가 흘러나왔다. 생살이 찢어지고 흘러내린 피가 바닥에 뚝뚝 떨어지는데도 아픈 줄 몰랐다.

"그러면 송 대감은 어찌 진실을 고하지 않았습니까. 그 그림이 황후와 사통한 증거가 아니라, 어찌 말하지 못하셨습니까."

"어찌 말할 수 있었겠느냐. 멀쩡한 딸을 사지로 몰아가며 아픈 딸을 살리려 한다고. 그에게는 오명을 쓰고서라도 감추고 싶었던 비밀이었다. 심언이 아직 어린 설화의 장성한 모습을 그린 이상한 그림을 가지고 있다는 사실을 안 윤일재는 허진이라는 자를 보내 여화의 방에서 그림을 몰래 빼내었다. 그리고 그림을 본 순간, 우연히도 그림 속 장성한 모습의 설화가 황후와 꼭 닮아 있었다는 사실을 깨닫고는 심언을 모함에 빠뜨릴 계략을 세운 것이지. 아마도 그 그림을 그린 채교중이란 화원이 금상과 혼례 이전의 황후의 초상화를 오래도록 그린 이였기 때문에 심언의 요청을 받고 설화의 장성한 모습을 상상하여 그릴 때 무심코 자신이 오래도록 그려온 여인의 얼굴과 비슷하게 그려낸 건지도 모를 일이지. 나중에는 그마저도 헷갈렸을 것이다. 제가 그린 그림이 장성한 모습의 설화였는지, 오래전에 그린 황후 황보씨였는지. 어쨌거나 윤일재는 허진을 통해 다시 그 그림을 송심언의 저택에 돌려놓았고, 어린 설화에게 넌지시 그 그림이 설화의 모친이라는 말까지 흘려 놓았다. 결국 심언은 이로 인해 황후와 사통한 죄를 뒤집어썼지만 어찌 사실대로 고할 수 있었겠느냐. 모든 것이 시작된 그 그림이 멀쩡한 딸을 사지로 몰아가며 아픈 딸을 살리는 주술이 깃든 그림이라고."

"……."

"심언은 처형당하기 전 나와 대량원군 왕유를 불러놓고 모든 사실을 털어놓았다. 자신이 오명을 쓴 채 죽어가면서도 그토록 지키고 싶어 했던 비밀과 남겨진 아이들을 위해. 나에게는 그림을 맡아 달라 부탁했고,

대량원군께는 여화를 부탁하였지."

"그런데 어찌 아버지께서는 설화를 죽이는데 동조하셨습니까."

"둘 중 하나가 곧 죽을 수밖에 없다면……. 윤일재가 황권을 쥐는데 도구가 될 설화, 원래 죽었어야 할 아이였던 설화보다는 여화가 사는 것이 낫다 생각하였다."

쾅! 캄캄하고 좁은 외당 안에 무언가가 와르르 부서지는 소리가 연이어 들렸다.

"혀…… 현아……!"

이약선이 이현에게 달려갔지만 이현은 그만큼 뒤로 물러섰다.

"오지 마십시오. 오늘은 아버지의 얼굴을 보고 싶지 않습니다."

내리친 주먹은 피투성이가 되었으나 그보다 더 철철 피 흘리고 있는 건 찢기고 발겨진 제 가슴이었다.

"여화와 설화 중 누가 사는 것이 낫다, 누가 죽는 것이 낫다 판단할 자격을 누가 아버지께 주었습니까."

"……."

"대체…… 누군가의 생명을 취해 누군가에게 나눠줄 자격을 누가 송심언에게 주었습니까!"

벼락같은 고함소리가 외당에 울려 퍼졌다. 목을 쥐어짜는 듯한 절규였다.

"여화도 설화도 포기할 수 없었던 아비의 마음이라 생각할 순 없겠느냐."

"하늘이 정해준 명줄을 인간이 제멋대로 늘리거나 줄이다니요. 천벌이 내려질 것입니다. 무서운 일이 벌어질 것입니다. 차마 송심언 대감이 생각지도 못한 엄청난 일들이 생길 것입니다."

"……."

"아버지께서는 왕유를 도우십시오. 전 설화를 살릴 것입니다. 여화를 제 손으로 죽이게 되는 한이 있더라도."

이현은 그대로 뒤돌아 문을 박차고 나갔다. 이약선은 열린 문 사이로 분기에 찬 이현의 등을 가만히 쳐다보았다.

'무서운 일이 벌어질 것입니다. 차마 송심언 대감이 생각지도 못한 엄청난 일들이 생길 것입니다.'

그의 말에 문득 송심언이 죽은 후 그림을 들고 전국 방방곡곡을 찾아 헤맨 끝에 어렵사리 찾아낸 맹인 파계승과의 만남이 떠올랐다. 송심언의 유지를 받들어 그림을 자신이 보관하겠다 하였을 때 그는 그림을 없애라 간곡히 청하며 이리 말하였다.

'대감께도 무서운 일이 벌어질 지도 모릅니다. 그리하여도…… 하시겠습니까? 생을 순환하는 고리는 어쩌면 두 아이 사이를 넘어 더 큰 순환의 고리를 만들어 낼지도 모릅니다.'

'더 큰 순환의 고리라니요.'

'끊임없이 반복하는 생의 순환 고리 말입니다. 영원히 반복되는.'

그리고 파계승은 마지막으로 이리 덧붙였다.

'순환의 고리를 끊으려면 그림을 없애십시오. 하지만 결코 간단치는 않을 것입니다.'

* * *

시함은 파리한 얼굴로 침상에 누워 끙끙 대는 설화를 못마땅하게 바라보았다. 찬물을 적신 비단으로 이마에 송골송골 맺힌 땀을 닦아내 보았지만 불덩이 같은 몸의 열은 가실 줄 몰랐다. 시함은 설화의 몸을 닦던 비단을 내려놓고 손을 가만히 잡아 올렸다. 하얗고 정갈한 손이 힘없이 축 늘어져 있었다.

혼례를 치른 후 설화는 신방에 들어서자마자 그대로 자리에 쓰러졌다. 무리한 일정과 지나친 긴장감이 초래한 사단이었으나 그동안 시함 제 자신 때문에 겪어야 했던 일들 역시 몸이 감당할 만한 수준을 넘은 탓이었다. 결국 혼례를 치른 날 밤, 설화는 제 할 일을 다 마쳤다는 듯 시함의 품에 풀썩 쓰러진 것이다. 시함은 이미 미지근해져 버린 놋대야 안의 물에 견사를 적셨다. 저에게 그동안의 오해를 해명키 위해 차가운 빗속에서 몸을 떨던 모습이 떠오르자 한없이 마음이 아파왔다.

바보 같은 여인네.

다시 땀에 끈적하게 젖은 몸을 닦아 내려 비단 조각을 들었을 때, 문득 애처로운 어깨와 가녀린 허리가 눈에 들어왔다. 근래 들어 부쩍 쇠약해진 것 같은 느낌이었다. 어릴 때는 볼도 통통하고 작지만 생명력 넘치던 이였다. 그런데 지금은 어떠한가. 누군가 기라도 쪽쪽 빨아 먹는 양 맥아리가 없는 모양새였다. 의원을 불러 탕약이라도 한 채 지어 먹여야 하는 것 아닌가, 하며 혀를 끌끌 찰 무렵이었다. 문이 열리며 영랑이 놋대야에 찬 물을 한가득 담아 방 안에 들어서고 있었다.

"아씨는 좀 어떠셔요? 여적 정신을 못 차리고 계십니까?"

영랑이 대야를 내려놓고는 엉덩이를 침상 구석 한 켠에 붙이고선 물어왔다.

"많이 고단했던 모양이다."

영랑은 대야에 담긴 차가운 물에 견사를 적시며 시함을 흘깃 노려보았다. 원망이 가득한 눈초리였다.

"고단하실 만 허지요. 이 집에 끌려와서는 죄인 마냥 별채에 갇히면서 마음 고생, 죽을 고비를 넘기면서 몸 고생. 어디 남아났겠습니까? 신경줄이 쇠심줄 모양 질겼어도 버텨내지 못했을 겁니다요."

어쩐지 묘하게 저를 타박하는 말투였지만 모두 사실인지라 대꾸할 말이 마땅찮았다.

"불쌍한 아씨. 어찌 날이 갈수록 이리 마르는 건지. 드시는 건 죄다 어디로 가는지 원."

영랑이 땀에 젖은 설화의 몸을 닦으려 속곳을 살짝 들추었을 때였다. 하얗고 낭창한 허리가 슬쩍 드러났다. 야들야들하고 보드라운 살결과 부드러운 곡선이 만들어내는 요염함이 보는 이로 하여금 꿀꺽 침을 삼키게 하기 충분했다.

꿀꺽.

적막감이 감도는 방안에 시함이 침 삼키는 소리가 크게 울려 퍼졌다. 설화의 허리춤을 닦던 영랑이 그 소리에 움직임을 멈췄다. 낭패다. 정말 침을 삼킬 줄 몰랐다. 시함은 영랑이 저를 소리 없이 노려보는 기척에 천천히 눈을 감았다. 끙끙 앓는 아픈 이를 앞에 두고 회나 동한 천하의 잡스러운 놈이 되어 버렸다.

"한창 때는 그저 여인네가 거적때기만 두르고 있어도 발정 난 망아지 마냥 날뛰는 게 사내라더니 원……."

영랑이 혀를 차며 혼잣말을 내뱉었다. 시함이 흠흠하고 헛기침을 하며 민망함을 애써 무마하려 해 보았지만 저를 금수 보듯 하는 영랑에게 오해 아닌 오해를 해명할 길이 없었다. 때마침 설화가 끙 소리를 내며 몸을 뒤척였다. 아직 몸이 아픈 모양인지 미간을 찌푸린 채였다.

"정신이 드시오?"

"아씨! 정신이 드십니까?"

시함과 영랑이 동시에 몸을 기울이며 외쳤다. 설화는 눈을 감은 채 한참을 끙끙대다 힘겹게 눈꺼풀을 들어올렸다.

"괜찮으시오? 이틀을 꼬박 앓았소."

설화는 말을 하는 것도 힘에 겨운지 대답 대신 희미하게 웃으며 고개를 끄덕였다. 그 모습이 어찌나 애처롭고 안타깝던지 보는 이의 가슴이 뻐근하게 조여 왔다.

"일으켜 세워 주시어요."

시함이 한 손으로 등을 받치고 조심스레 몸을 일으켜 세웠다. 이틀 내내 누워 있다 일어나려니 머리가 핑 도는 모양인지 설화가 미간을 작게 찌푸렸다. 그 모습에 시함은 손을 어째야 할지 안절부절 못하며 쩔쩔매고 있었다. 영랑은 그 모습을 보며 혼자 킥 소리 나게 웃었다.

"넌 뭐가 그리 우스운 게냐?"

눈을 뜨니 영랑은 뭐가 그리 우스운지 고개를 숙이고 킥킥 거리고 있었고 시함은 당황한 얼굴로 어정쩡하게 앉아 있었다.

"아닙니다. 내 아씨 때문에 평생 다시는 못 볼 희귀한 광경을 구경하게 돼 황송해서 그럽지요."

영랑이 뜻한 바를 눈치 챈 시함이 멋쩍은 듯 큼큼하며 목소리를 가다듬었다.

"일어나셨으니 전 이제 나가보겠습니다. 동방화촉도 못 밝힌 신방에 있을 라니 눈치가 보여 엉덩이를 붙이고 앉아있을 수가 없구만요. 그럼 이만 나가보겠습니다."

영랑은 종종걸음으로 물러난 후 방문을 닫았다. 화두를 던져놓고 도망가버렸으니 낯부끄러움은 남겨진 이의 몫이었다. 괜시리 동방화촉이니, 신방이니 영랑이 던져 놓은 말에 방 안의 공기가 울렁거렸다.

"무어라도 먹어야 하지 않겠소? 영랑더러 석반을 준비해 오라 이르겠소."

"아니어요. 식욕이 없습니다."

"조금이라도 먹어야 얼른 기운을 차리지 않겠소."

"그저 혼례 치르는 일이 조금 힘들었나 봅니다. 이제 정신을 차렸으니 곧 예전처럼 힘이 날 것이어요."

시함이 천천히 손을 뻗어 설화의 파리한 뺨을 부드럽게 감쌌다. 이 얼굴이다. 그리도 만지고 싶어 애가 타던, 그리 애달프게 보고 싶던.

이제, 드디어.

모두 내 것이다.

시함은 설화의 몸뚱이를 바스라지게 끌어안고 싶은 마음을 꾹 눌러 참았다.

"혼례까지 치렀으니 이제 모두 끝났소. 그들은 더 이상 그대를 해하려 하지 않을 것이오."

혼례를 치렀으니, 이제 왕유가 설화에게 손을 댄다면 그 것은 파평 윤씨 가문 전체를 향한 선전 포고가 될 터. 쥐새끼처럼 끊임없이 은밀하고 집요하게 설화를 노리겠지만 예전 같은 직접적인 위협은 줄어들 것이다. 시함은 보드라운 설화의 얼굴을 매만지며 한참 동안 바라보았다. 보고 또 보아도 보고 싶어 갈증이 이는 얼굴이었다. 하얗고 말간 피부, 짙고 영롱한 눈동자, 오똑한 코, 빨간 입술.

그리고 부드러운 어깨선과 낭창한 허리, 그리고…….

다시 침을 꿀꺽 삼켰다. 온 몸에 천천히 열기가 번져나가기 시작했다. 이래서야…… 영랑이 한 말은 하등 틀린 것이 없었다. 때를 가리지 않고 달려드는 금수라고 했던가. 제 자신이 한심스러워 한숨이 절로 나왔다. 그때 설화가 다시 인상을 찌푸리더니 잔기침을 콜록거렸다. 핑계거리가 생긴 듯 시함이 자리에서 일어났다.

"영랑더러 탕약을 달여 오라 하겠네. 아무래도 그날 감모가 단단히 들은 듯 싶소."

"괜찮습니다!"

설화가 다급하게 시함의 소매 깃을 붙잡았다. 그가 어디론가 멀리 가 버리기라도 하는 듯 눈동자에는 불안함이 깃들어 있었다.

"그냥 옆에 있어주시면 아니 되겠습니까?"

물기 어린 눈동자가 시함을 똑바로 응시했다. 하지만 그보다 제 소매 깃을 잡고 있는 설화의 새하얀 손목과 봉긋하게 솟아오른 가슴 언저리가 먼저 눈에 들어왔다. 하아. 머릿속에 무언가가 펑하고 터질 것만 같았다. 그동안 제가 저지른 잘못을 이리 갚는 건가 싶기도 했다. 어찌 사람의 인내심을 이토록 시험한단 말인가. 시함은 주먹을 꽉 쥐고 고개를 돌렸다. 더 이상 텁텁한 공기가 맴도는 좁은 방 안에서 얼굴을 마주하고 있을 자신이 없었다. 그러자 설화가 영문을 몰라 눈을 동그랗게 떴다. 제가 뭔가 실수 한 거라 생각한 모양인지 낯빛이 금세 어두워졌다. 그 모습을 보니 또 가슴 한 쪽이 시큰거렸다. 오해를 풀길이 막막했다.

"내 잠시 바람이나 쐬고 오겠네."

시함은 설화가 잡은 소매 깃을 살며시 떨쳐내곤 몸을 돌려 방문을 향해 걷기 시작했다. 방안의 가득 메운 더운 열기에 정신 줄을 놓을 것만 같았다. 찬바람이라도 쐬며 머리를 식혀야……

"제…… 제가 또 쓰러져서 그러신 게지요."

뒤에서 울음을 삼키는 목소리가 들렸다.

"툭하면 아픈, 골치 아픈 계집이라 낭군께서도 싫으신 게지요."

또 혼자 무슨 생각을 한 건지 외면당했다 여기는 모양이었다. 진퇴양난. 이럴 때 쓰는 말이었던가. 하아……. 오늘 몇 번째 내뱉는 한숨인가 기억도 나지 않는다. 시함은 천천히 몸을 돌려 설화를 바라보았다. 침상에 앉아 입술을 꾹 깨물고 눈가에 그렁그렁 눈물을 매달고 있는 모습이 가여우면서도 몸 안에 이는 열기에 다시 불을 집혔다. 군자는 자고로 때와 장소를 가리어 경거망동하지 말고 몸가짐을 정중히 하여야 한다고 했던가……. 시함이 성큼성큼 설화를 향해 빠르게 걸어갔다. 갑작스럽게 다가오는 시함에 놀란 설화가 몸을 움츠렸다. 하지만 이내 시선이 빙글 하고 돌더니 갑자기 눈앞에 방 천장이 보였다. 몸이 침상 바닥으로 확 넘어가 버린 것이다. 제 위에서는 고통스럽다는 듯 얼굴을 찌푸리고 있는 시함이 양팔을 누르며 설화를 내려다보고 있었다.

쿵. 쿵. 쿵. 쿵쿵. 쿵쿵.

제 가슴과 맞닿아 있는 시함의 심장이 북소리 나듯 울려 퍼졌다.

"나…… 낭군……."

"어찌 이러시오."

바로 코앞에 시함의 얼굴이 보였다. 물씬 사내의 향이 풍겨왔다. 쿵. 쿵. 누구의 심장 소리인지 분간하기 어려운 울림이 서로의 몸에 전해졌다.

"제…… 제가 뭘요?"

천진한 설화의 눈동자가 시함을 향해 있었다.

"어찌 이리 날 괴롭게 하는 것이냔 말이오."

"무슨 말씀이신지 하나도 알아들을 수가 없습니다."

그때 시함의 시선이 설화의 가슴께로 향했다. 눈에는 이상한 열기가 가득했다. 생전 처음 보는 얼굴이었다. 그러더니 가만히 손을 들어 설화의 얼굴을 쓰다듬기 시작했다. 항상 차갑기만 하던 손도 불덩이처럼 뜨거웠다.

두근두근. 심장이 터질 것만 같았다.

갑자기 설화의 얼굴이 새빨갛게 달아올랐다. 그제야 시함이 왜 그렇게 괴로워했는지, 왜 둘만 있는 방 안에서 그토록 나가고 싶어했는지. 그리고 열기 띈 눈이 무엇을 의미했는지 이해가 가기 시작했다.

"나…… 낭군……."

시함의 커다란 몸 아래에 깔린 설화가 작게 몸을 뒤틀었다. 부끄러워 견딜 수가 없었다.
　"정중하고 사려 깊게 대하고 싶었소. 그런데 왜 날 이렇게 못난 놈으로 만드는 게요."
　혼잣말을 하듯 낮게 읊조리는 시함의 목소리가, 그리고 조금은 거친 숨소리가 귓가에서 맴돌았다.
　"지금이라도 혼례를 물리고 싶으면 그리 하시오."
　시함의 입술이 설화의 이마에 닿았다.
　"조금 전까지 정신을 잃은 이에게 회가 동해 발정 난 망아지처럼 날뛰는 사내이니."
　시함의 입술이 설화의 뺨에 닿았다. 닿은 곳이 불에 데인 듯 화끈거렸다. 쿵쿵. 심장이 터져 나갈 것 같았다.
　"혼례를 물러 달라 하면 그리 하실 겁니까?"
　목소리가 신음소리처럼 새어나왔다. 시함의 입술이 설화의 목에 닿았다.
　"아니. 죽기 전에는 아니, 죽어서도 절대 놓아 주지 않을 것이오."
　시함의 뜨거운 입술이 그리고 혀가 설화를 집어 삼킬 듯 덮쳐왔다. 온몸이 불에 덴 듯 뜨겁게 타올랐다. 시함의 커다란 손이 가녀린 허리를 잡아 끌어당겼다. 더 이상 밀착 될 수 없을 만큼 가까이 달라붙은 두 사람의 몸이 한데 뒤엉켰다.

　해질녘 즈음 추적추적 내리던 비는 칠흑 같은 어둠이 내린 밤이 되자 폭우처럼 쏟아지기 시작했다. 이현은 손으로 머리 위 가리개를 만들고 시야를 확보한 후 백운산 기슭으로 발걸음을 옮겼다. 멀리서 흐릿한 불빛이 반짝이는 장 의원 댁이 보였다. 우장을 놓고 나오는 바람에 빗물을 머금은 포가 온 몸에 달라붙어 있었고 검은 혁리화에는 빗물이 흠뻑 스며들어 걸을 때마다 질척이는 소리가 났다.

이현은 지난 번 왕유와의 회동과 부친 이약선으로부터 들은 이야기를 머릿속에 떠올렸다. 며칠간 수도 없이 방도를 고민해 보았지만 결론은 분명하였다. 왕유와 손을 잡는다 하여도 왕유는 설화를 죽이려 할 것이다. 그러니 그에게 협력하는 척 하며 뒤로 몰래 설화를 빼내 송으로 데리고 가야 한다. 그리고……. 하지만 이내 이현의 낯빛이 변하였다. 송으로 데려간들 뭘 하겠는가. 그리한다 하여도 지금 설화에게 붙은 숨은 그리 길지 않을 것이다.

여화를…… 여화를 찾아야 했다.

이현이 품안의 하얀 주머니를 확인하며 장 의원 댁 사립문을 열고 마당을 가로질러 걸어가는 와중이었다. 방 안에서 속삭이는 목소리가 들려왔다.

"……걱정 마시오. 그 애송이는 소금 덩어리를 회임을 막는 약인 줄 알고 설쳐대고 있을 겁니다."

익숙한 목소리였다. 분명 들어본 적이 있는 목소리…….

"윤일재에게 달려가 고하지 못하도록 그 애송이를 붙들어 매는 게 목적이니까요."

"……내 이미 그 약은 탕약 속에 집어 넣었……. 마시는 순간 곧 효과가……. 실패하여도 곧 이리로 올 테니 그때……."

장 의원과 익숙한 목소리는 무엇이라 몇 마디 더 주고받았지만 세차게 내리 퍼붓는 빗소리에 대화는 부분부분 잘려 들렸다. 익숙한 목소리가 부스럭거리며 자리에서 일어나자 이현은 잽싸게 집 모퉁이를 돌아 몸을 숨겼다. 내리는 굵은 빗줄기에 얼굴이 또렷이 보이지 않았지만 우장을 쓴 중년 남자 하나가 장 의원 댁을 나오고 있었다. 키가 크고 호리호리한 체형, 구부정한 어깨. 박만평. 왕유의 하수인 박만평이었다. 만평이 방에서 나오자 장 의원도 툇마루로 나와 그를 배웅했다.

"어찌 이리 비가…… 가는 길이 쉽지 않겠소."

장 의원은 쏟아지는 빗줄기를 보며 턱 밑에 난 수염을 쓸어내렸다. 만평은 툇마루에 걸터앉아 약 꾸러미를 옆에 내려놓고 축축하게 젖은 혁리화에 발을 집에 넣었다.

"그래도 어찌합니까. 오늘까지 약을 꼭 가져다 드리라 하였으니……."

내리는 빗줄기를 보며 인상을 찌푸리던 만평이 끙차 하고 자리에서 일어났다. 모퉁이 담벼락에 등을 기대고 있던 이현이 귀를 쫑긋 세웠다. 만평이 왕유의 명을 받아 약을 가져다 드려야 하는 인물이라면…….

"아씨께서 적적하기도 하겠소이다. 그 적막한 산사에 혼자 계시려면."

"그러니 한시 바빠 서둘러야지요."

만평은 장 의원을 향해 고개를 꾸벅 숙이고 우장을 깊게 드리워 썼다. 그리고 흙탕물을 첨벙이며 마당을 빠르게 가로질러 사립문을 열고 밖으로 나갔다. 만평이 사라지자 장 의원은 지체 없이 방 안으로 들어가 방문을 닫았다. 몇 마디 되지 않은 두 사람의 대화에 이현은 모든 것이 선명하게 눈앞에 보이는 듯 했다.

여화…… 이현은 어찌 제가 그리 여화를 찾아 다녀도 머리터럭 한 올 찾을 수 없었는지 알 수 있었다. 왕유가 보호하고 있는 것이었다. 이현은 장 의원이 방안으로 사라지자 모퉁이를 돌아 빠른 걸음으로 사립문을 향해 걸어갔다. 이리 세차게 비가 내리는 날이어서 정말 다행이었다. 만평을 뒤따르는 자신의 기척도 모두 내리는 빗소리에 파묻혀 흘러가 버릴 것이다.

오공산 깊은 산자락에 숨어 있는 산사.

불전을 돌아 경내에서도 한참이나 산을 향해 나 있는 조그만 길을 거슬러 올라가니 길 끝에는 아담한 암자 하나가 자리하고 있었다. 이현은 굵은 나무 기둥 뒤에 몸을 숨긴 채 문이 닫힌 암자를 가만히 바라보고 있었다. 만평이 돌아간 지 한 식경이 되었지만 언제 다시 돌아올지 모를 일. 이현은 해가 질 때까지 기다릴 참이었다.

만평이 문가에 서서 문을 두드렸을 때 방 안에서 나온 이는 분명 여화였다. 만평은 툇마루에 나온 여화를 향해 서신을 전달하였고, 한참 동안이나 서신을 읽던 여화는 다 읽은 서신을 구겨버리곤 마당에 내던졌다. 그리고는 무엇이 그리 화가 나는지 툇마루 아래 선 만평을 내버려두고는 방 안으로 들어가 버렸다. 남겨진 만평은 약 꾸러미를 문가 앞에 내려놓고는 몸을 돌려 산을 내려갔다.

이현은 제 손에 들린 하얀 주머니를 바라보았다. 주머니 안에는 원래 들어있던 약 대신 날카로운 쇠붙이 하나가 들어있었다. 그리고 아직도 세차게 비를 내리퍼붓는 하늘을 잠시 바라보았다. 검은 먹구름이 두텁게 드리워있어 해가 저물지 않았건만 사방은 잿빛으로 물들어 있었다.

'그럼, 이제 가 볼까.'

이현은 나무 기둥 뒤에서 나와 조심스레 암자로 향해 걸어갔다. 그리고는 마당에 떨어진, 여화가 읽고 내다버린 서신을 가만히 주워들었다. 빗물에 젖어 먹으로 휘갈겨 쓴 글씨가 군데군데 번져 있었지만 읽을 만했다.

'여화 보시게나. 내 윤일재의 가택에서 설화를 데리고 나오기 위해 백방으로 애를 쓰고 있지만 쉽지가 않소이다. 그대가 밤잠을 못 이루며 설화의 안위를 염려한다 생각하니 내 마음이 찢어질 것 같소. 설화를 데려올 때까지 부디 갑갑하더라도 산사에 잘 머물러 있어 주시오. 필요한

것이 있다면 언제든 서신을 보내시오. 만평을 통해 구해다 드리리다.'

 '오늘도 눈을 감으면 그대의 얼굴이 떠올라 잠을 이룰 수가 없구려. 몸은 좀 어떠하오? 행여나 미편한 곳이 있다면 지체 없이 알려주오. 반드시, 반드시 그리해야 하오. 만평을 통해 약재를 보내니 꼭 매 끼니때마다 챙겨 드시오. 내 다시 곧 서신을 보내리다.'

 이현은 다 읽은 서신을 가차 없이 구겼다. 왕유는 저에게도 모자라 여화에게도 거짓말을 하고 있는 것이다.
 결국 설화를 죽일 것이면서.
 이현은 분노를 삭이며 굳게 닫힌 문을 두드렸다. 안에서 작은 기척이 일었다. 하지만 대답이 없었기에 이현은 다시 한 번 더 문을 두드렸다.
 "다시 찾아오지 말라 내 이르지 않았습니까."
 서슬 퍼런 여화의 목소리가 들려왔다.
 "여화. 날세."
 행여나 제 목소리를 알아채지 못할까 하여 조금은 큰 소리로 문을 향해 외쳤다. 안에서는 동요하는 움직임이 일더니 문이 활짝 열렸다. 문고리를 잡은 채 여화가 눈물을 그렁그렁 매달고 이현을 바라보고 있었다.
 "오라버니!"
 여화가 냅다 달려와 풀썩 품에 안겼다. 감격에 찬 목소리였다. 이현은 품 안에 안긴 여화의 등을 잠시 토닥여주었다.
 "어찌…… 어찌 날 찾은 게야?"
 이현은 여화를 잠시 품에서 떼어 놓고는 얼굴을 가만히 들여다보았다. 반질반질 윤기가 흐르는 말간 피부, 혈색이 도는 복숭아 빛 뺨, 앵두처럼 빨간 입술, 영롱한 눈동자.
 이 모든 것은 원래 설화의 것이었다.

그리 생각하니 가슴 속에서 불구덩이 같은 것이 치밀어 올랐다. 아무 것도 모른 채 반가움에 해맑은 미소를 짓고 있는 여화가 안타까우면서도 원망스러웠다. 이현의 표정이 심상치 않아 보였는지 여화는 곧 얼굴에서 웃음을 거두었다.

"무슨 일이 있는 게야? 오라버니 얼굴이……."

걱정스런 말투에 이현은 가만히 여화를 방 안에 앉혔다. 추운 날씨에도 습기 때문에 방안이 눅눅해져 있었다.

"여화. 내 너에게 중요한 말을 하려 이리 찾아왔어."

"중요한 말?"

"지금부터 내가 하려는 말은 한 치의 거짓도 없는 진실이야."

"무…… 무슨 말을 하려는 겐데."

"그전에 여화. 대량원군과는 무슨 사이야? 무슨 사이길래 왕유가 널 이리 깊은 산사에 보호하고 있는 거지?"

"보호……? 흥…… 그래 보호일 수도 있겠네."

여화가 서늘한 얼굴로 차갑게 말을 내뱉었다.

"아마 혼례를 올리게 될 거야, 곧."

"혼례……?"

"아주 오래전부터 정해진 혼례였어."

"하지만 나와 설화에게는 한 마디 말도 없었잖아!"

"난…… 그 자가 싫었거든."

"……."

"날 보는 눈길도, 뭔가 꿍꿍이가 있을 것 같은 속내도."

영특한 여화라면 왕유의 시커먼 속내를 짐작하고 그를 멀리 했을 지도 모른다. 비록 부친이 정해준 정혼자라 할지라도.

"그런데 할 말이라는 게 뭐야? 한 치의 거짓도 없는 진실이라는 말이?"

 어떻게 말을 꺼내야 할지 막막했다. 네가 그동안 설화의 생의 기운을 갈취해 여태껏 살아왔다는 말을 어찌 전해야 하는 것인가. 그리고 이 말을 여화에게 전하려는 진짜 제 속내는 무엇인가. 하지만 이제 모든 것을 되돌릴 순 없다. 결심하지 않았는가. 무슨 일이 있더라도 설화를 살리리라. 이현은 품 안에서 하얀 주머니를 꺼내 서언 위에 조용히 올려두었다.
 "시작은 말이야. 그림으로부터 시작해……."
 어느덧 비가 그치고 산사에 고요한 밤이 찾아올 때까지 이현의 이야기는 그치지 않았다.

* * *

 쪼그려 앉은 두 발이 욱신욱신 저려왔다. 이리 앉아 바느질만 한지 어느덧 반나절이 지나고 있었지만 설화는 자리에서 일어날 적당한 구실을 찾지 못하였다. 발이라도 주무르고 싶었지만 앞에 앉은 이의 서늘한 눈초리에 경거망동한 행동은 꿈도 못 꿀 일이었다.
 "어디가 불편한 것이냐."
 여전히 바느질에 열중하며 시함의 모친 양 부인이 말을 꺼냈다.
 "아…… 아니옵니다. 어머님."
 저도 모르게 어머님이라는 말을 내뱉었다 입을 합하고 다물었다. 혼례를 치르고 며칠이나 지났지만 여직 한 번도 불러보지 못한 말이었기 때문이었다. 어머님이란 말에 양 부인의 미간이 살짝 찌푸려졌다. 분명 양 부인으로써는 마땅찮은 혼사였을 터. 그간 개경에 내놓으라 하는 귀족 집안에서 수많은 혼사가 들어왔었을 것이다. 어디 내놓아도 부족함 없는 자랑스러운 아들일진대 패망한 집안의 여식을 정실로 들였으니 어미로써 가슴을 쳤을 것이 분명했다.

"……처음 대감께서 자네와 시함의 혼사에 대해 말씀을 꺼내셨을 때 난 반대했었네."

가슴이 철렁하였다. 짐작은 했건만 직접 제 귀로 들으니 절로 몸이 움츠러들고 주눅이 들었다.

"아……. 다…… 당연히 그러실 테지요. 패가망신한 집의 여식이라……."

"나도 어미인지라 내 자식의 가슴에 대못을 박고 아버지와 등지게 만든 처자가 그리 썩 마음에 들진 않더구나."

에……? 예상치 못한 말이었다. 양 부인은 설화의 처지보다 다른 일 때문에 설화를 아니 꼬아 하고 있었다.

"내 살면서 그런 시함은 처음 보았네."

설화가 바느질을 하며 양부인의 말에 귀를 기울였다. 시함에게서는 듣지 못할 이야기가 저 입을 통해 흘러나올 듯싶었다.

"항상 차분하고 진중한 아이였는데 어찌나 미친 망아지마냥 설화를 살려 달라 난리를 치던지. 우린 꼭 귀신이라도 쓰인 줄 알았었네."

미친 망아지라는 말에 웃음이 나왔지만 심각한 양 부인 앞에서 속으로 웃음을 삼켰다.

"매타작을 당하면서도, 온몸이 멍투성이에 피를 철철 흘리면서도 사내 된 자로 혼례를 약조한 여인의 목숨 하나 지키지 못하면 무슨 사내라 할 수 있냐며 아주 호기롭게 얘기하더니."

설화는 어느새 바느질거리를 바닥에 내려놓고 멍하니 양 부인의 말을 듣고 있었다. 당시의 일은 아무리 시함에게 물어봐도 얘기해주지 않았기에 처음 듣는 말이었다.

"결국은 눈물, 콧물 다 흘리며 설화가 죽으면 나도 죽겠다고 대자로 드러눕고 패악을 떨더구나."

기어이 킥 하는 웃음소리가 새어나왔다. 양 부인이 눈을 가늘게 뜨고 설화를 노려보았지만 어쩐지 썩 야단치는 것 같지는 않은 눈초리였다.

"내가 지금은 이리 아무렇지 않게 이야기해도 그때 당시에는 난리도 그런 난리가 없었네. 평소 냉하고 애착하는 것이 없어 도리어 걱정이던 아이였는데 그리 하는 걸 보니 빠져도 아주 홀랑 빠졌구나 싶었지."

"그리하여서요, 어머니? 그 다음엔 낭군께서 어찌하였어요? 또 무슨 말을 하시던가요?"

설화가 스윽 엉덩이를 양 부인에게로 밀며 가까이 다가갔다.

"널 살려두는 대신 십 년 동안 만나지 않겠다 제 아비와 약조한 뒤에야 광에서 나올 수 있었다. 꼬박 사흘간 물 한 모금 마시지 않은 채로 버티더구나. 제 아비에게 그 약조를 받아내기 위해. 지금은 이리 아무렇지 않게 말하지만 난 진정 그때 내 아들을 잃는 줄 알았다. 시함은 정말 죽을 각오가 되어 있었어."

담담한 양 부인의 말에 가슴 한 구석이 아려왔다. 그리도 자신을 살리고자 했던 시함의 애절함에 그리고 그런 아들을 지켜봤을 절절한 어미의 심정에 마음이 아파왔던 것이다.

"죄…… 죄송……."

"네가 죄송할 것 무어냐. 그 놈이 여인에게 눈이 뒤집혀서 그런 걸."

분명 저리 냉하게 말씀하여도 설화의 마음을 편하게 해주려 하는 처사였다. 절 그리 미워하지 않을 수도…… 작은 희망이 가슴에서 움텄다.

"후로 난 정말 한 두어 달이면 잊고 금세 다른 여인의 뒤꽁무니를 졸졸 쫓아다닐 줄 알았다. 어쩌면 차라리 그리했으면 싶기도 하였고."

"그런데요?"

"그런데 말이다. 정말 지독하더구나. 너에 대한 연심이."

쿵. 쿵. 쿵. 심장이 온 몸을 울렸다. 다른 이의 입을 통해 듣는 시함의 마음이 또 다른 울림으로 다가왔다.

"……."

"저는 아무 말 안했지만 밤마다 훌쩍훌쩍 울며 서신을 쓰는 걸 내 여러 번 보았지."

"저…… 정말이십니까?"

"내 어느 날은 시함이 학당에 갔을 때 모아 둔 서신을 몰래 엿보기도 했단다."

양 부인은 누가 들으면 큰일이라는 듯 설화의 귓가에 소곤대며 얘기했고, 둘은 마주보며 킥킥 웃었다.

"서신엔 무어라 적혀 있었습니까, 어머님? 전 그 서신들에 대해서는 아무것도 듣지 못하였습니다."

"그럴 테지. 그걸 보여줬으면 시함은 부끄러워 네 얼굴도 제대로 쳐다보지 못할 것이다."

"왜요? 무어라 적혀 있었기에요?"

"설화. 벌써 낙엽이 지는 가을이오. 잘 지내고 계신가. 그대를 보지 못한지 언 일 년이란 세월이 흘렀구만. 내 아버지와 한 약조를 지키고자 그대를 찾아가보지 못하네만 내 마음은 항상 그대뿐이오."

양 부인이 시함의 흉내를 내며 서신을 읽어 내려가는 척 하자 설화가 기어이 크게 웃음을 터뜨렸다. 순간 방문이 벌컥 하고 열렸다. 놀란 두 사람이 문가를 바라보자 얼굴이 온통 시뻘겋게 달아오른 시함이 씩씩거리며 서 있는 게 아닌가.

"무슨 짓인 게냐? 아녀자가 거처하는 곳에 이리 기척도 없이 문을 열어대다니."

양 부인이 시치미를 떼며 엄한 목소리로 나무랐지만 시함은 대꾸도 않고 방안으로 들어와 설화의 팔을 무람하게 잡아 일으켰다.
"더 들을 것 없소."
허나, 시선을 마주치지 못했다.
"왜 그러십니까. 전 어머님과 담소 중이었습니다. 아직 들어야 할 이야기가 많사옵니다."
설화까지 놀리듯 말하자 시함의 얼굴이 금세 사나워졌다.
"아, 들을 것 없다 하잖소."
"시함. 애기의 팔을 놓거라. 어찌 그리 무례한 것이냐. 쯧쯧."
양 부인의 나무람에 시함은 붙든 팔을 슬그머니 놓았으나 여전히 분이 풀리지 않은 모양이었다.
"어릴 적 쓴 서신엔 평생 귀애하겠다. 금은보화를 잔뜩 안겨주겠다. 보료에 감싸 방안에 데려다 놓고 아무 데도 내보내지 않겠다며……."
"어머니!"
시함이 인상을 쓰며 호통을 쳤지만 양 부인은 꿈쩍도 않고 슬그머니 웃기만 하였다. 옆에 선 설화는 다른 이의 입을 통해 들은 낯간지러운 말들에 제가 되려 얼굴이 빨개졌다.
"내 너희가 아직 합방도 아니하여 답답해서 이런다. 다 큰 사내와 여인이 뭘 그리 부끄러워 아직 합방도 못하고 있느냐."
"그동안은 설화가 아프지 않았습니까. 그리고, 저희가 언제 합방을 하지 않았다는……!"
순간 방안에 정적이 흘렀다. 시함이 아차, 하며 입을 다물었지만 이미 엎질러진 물이었다.
"흐음."
양 부인이 눈을 가늘게 뜨고 두 사람을 바라보았다. 시함이 눈을 가늘게 뜰 때와 똑 닮은 것이 과연 모자지간이구나 싶었다. 설화는 설핏 그리 생각하다가, 양 부인과 눈이 마주치자 얼른 고개를 숙였다. 다른 생각에 정신이 팔려 있었지만 부끄러운 것은 부끄러운 것이다.

"그렇단 말이지. 난 또 내 아들이 안 사람을 귀애해서 신주단지 모시듯 바라보고만 있는 줄 알았지."

양 부인이 아무렇지 않은 표정으로 다시 수를 놓기 시작했다.

"잘하면 내년에는 나도 할머니 소리를 들을 수 있을……."

시함은 양 부인의 말을 더 이상 들어줄 수 없다는 듯이 설화의 팔을 잡아끌고 방을 나섰다.

설화의 손목을 잡고 신방이 차려진 사랑채를 향해 가는 동안에도 시함은 아무 말이 없었다. 설화는 가만히 앞선 이의 뒷모습을 바라보았다. 산같이 넓고 듬직한 등이었다.

뭘 저리 부끄러워하는 걸까.

설화가 발걸음을 멈추고 제자리에 섰다. 앞서 걷던 시함이 기척을 느끼고는 뒤돌아보았다.

"어찌 그러시오."

"어찌 한 번도 제 눈을 마주치지 않는 것입니까?"

"무슨 소리인 게요?"

무슨 소리냐고 발뺌하면서도 그는 여전히 시선을 제대로 맞추지 못했다.

"아까부터 한 마디 말씀도 없으시잖습니까. 눈도 제대로 쳐다보시지도 않고."

설화가 야속하다는 듯이 투덜대자 시함은 미간을 찡그리며 얼굴을 쓸어내렸다.

"그게……."

"부끄러워 이러시는 겁니까?"
"뭐가 말이오."
"어머님이 얘기해주셨던 연서 말입니다!"
시함이 미간에 찌푸렸다.
"그런 것 쓴 적 없소. 어머님이 다 지어낸 것이오."
시함이 다시 뒤돌아 혼자 뚜벅뚜벅 걸어가기 시작했다.
"에이. 그럴 리 있겠습니까?"
"……."
"진정 그리 연모하였습니까?"
설화가 싱긋 웃으며 장난스럽게 물었다. 부끄러워하는 생경한 모습이 자꾸만 보고 싶었다.
"아니라 하잖소."
"제가 너무 그리워 막 눈물이 난다 하시었습니까?"
"그저 그립다하였지 그렇게까지 쓰진 않았소."
시함은 인상을 찌푸리며 방문을 열었다. 설화는 고무신을 벗고 툇마루에 발을 디디면서도 종알대는 입을 다물진 않았다.
"그게 그거지요. 어머님도 그리 말씀하시지 않았습니까. 낭군께서 밤마다 눈물 흘리며 연서를 쓰셨다고. 밤마다 자리에 누우면 제가 그리 눈앞에 아른아른 거리고……."
갑자기 설화의 머리 위로 검은 그림자가 드리워졌다. 문득 정신을 차려보니 어느덧 두 사람은 신방 안으로 들어와 있었고 시함이 바로 코앞까지 다가와 있었다. 그제야 조잘대던 입을 가만히 닫았다. 괜스레 심장이 두근대기 시작했다.
"왜 갑자기 입을 다무는 것이오? 어디 계속 해보지 그러시오."
코앞까지 다가온 시함이 설화를 내려다보았다. 그 눈빛에 묘한 열기가 도는 듯하여 설화는 멈칫거리며 한 발자국 뒤로 물러섰다.
"어…… 어찌 이러십니까."
설화가 시함의 가슴을 밀어내며 고개를 돌렸다. 순간 시함이 손을 뻗어 설화의 턱을 부드럽게 잡아 다시 제게로 돌렸다. 두 사람의 시선이 마주쳤다.
"사내가 밤마다 자리에 누워 여인의 얼굴을 눈앞에 떠올리는 것이 어찌 그리워서 뿐이겠소."
얼굴이 확 달아올랐다. 심장이 폭발할 것처럼 쿵쿵대기 시작했다. 다시 한 걸음, 시함이 다가오자 설화가 뒷걸음질 쳤다. 그것이 재미난 모양인지 시함은 피식 웃으며 다시 한걸음 다가왔다. 물러선 설화의 등이 벽에 닿았다.
"이제 도망갈 곳도 없어 보이는데 어이 할 것이오."
"그…… 그것이."
강한 손이 설화의 턱을 꽉 그러쥐었다. 그리고는 놀라 벌어진 설화의 입술을 제 입술로 단번에 덮어버렸다.
"흡!"
부드러운 혀가 뜨거운 입김과 함께 얽히고설켰다. 시함이 팔을 천천히 내려 가녀린 설화의 허리를 힘껏 끌어안았다. 서로의 몸이 빈틈없이 맞닿았다. 팔딱 거리는 심장소리도 꿈틀거리는 몸의 움직임도 고스란히 서로에게 전해졌다.
하아…….
긴 입맞춤 끝에 시함이 살며시 설화의 입술에서 제 입술을 떼어냈다. 한참 동안의 입맞춤에도 아쉬운 모양인지 여전히 빨개진 설화의 입술을 손끝으로 매만졌다.
"그대는 기어이 나를 미치게 하는 구려."

"나⋯⋯ 낭군⋯⋯."

설화가 부끄러움에 몸을 뒤틀었다. 다음에 다가올 일이 무엇인지 잘 알고 있었기 때문이었다. 시함의 단단한 손이 끌어안은 설화의 등과 허리를 부드럽게 쓸었다. 기묘한 감각에 전신이 바들바들 떨렸다. 큼지막한 손이 이내 상의 옷고름을 푸르고 옷깃을 끌어내렸다. 동그란 어깨와 가슴 위 뽀얀 속살이 스며든 햇빛 아래 드러났다. 고작 드러난 어깨를 본 것뿐인데, 시함은 참을 수 없는 갈증에 입안이 바짝 마르는 듯하였다. 그리고 천천히 손을 뻗어 가슴 위 동여맨 끈을 잡아 당겼다. 촤락 하고 치맛자락이 떨어지며 아슬아슬하게 비치는 선군 속 하얀 나신이 드러났다.

설화가 부끄러움에 새빨개진 얼굴로 고개를 돌렸다. 자신을 바라보는 시함의 눈에 담긴 생생한 음욕을 견딜 수 없었기 때문이었다. 시함은 떨고 있는 설화의 몸을 안아 침상 위 모전 위에 천천히 눕혔다.

아직 해가지지 않아 창호지 너머로 햇빛이 들어오고 있었다. 아직 환한데⋯⋯. 밀려오는 부끄러움에 설화가 입술을 앙다물었다. 눈앞에는 한 뼘도 안 되는 거리에서 시함이 설핏 장난기 어린 눈으로 자신을 바라보고 있었다.

"뭐⋯⋯ 뭐하시는 겁니까! 어찌 그리 바라보고 있는 것이어요!"

설화가 부끄러움에 시함의 가슴팍을 밀어내며 와락 소리를 쳤다. 기대하는 것처럼 바라보고 있었던 제 스스로가 부끄러웠기 때문이었다.

"그리 긴장하지 마시오. 안 잡아먹으니. 아니면 일부러 그러는 것이오?"

"일부러 그러다니요?"

"일부러 사내의 애간장을 태우려, 간신히 남아있는 정신줄 마저 끊어 놓으려."

"제⋯⋯ 제가 언제."

"그러니 그런 얼굴 하지 말란 말이오."

"어떤 얼굴이요?"

설화가 부끄러움에 울먹거리는 얼굴로 시함을 향해 물었다.

"지금 같은 얼굴."

그리고 와락 거칠게 설화의 입술을 잡아먹을 듯 덮쳐 왔다. 뜨거운 입김을 내뿜으며 입안이 얼얼해질 만큼 설화의 혀를 농락하면서도 가슴과 허벅지의 연한 살을 매만지는 손길이 자못 부드럽고 조심스러웠다. 입맞춤이 깊어지자 정신이 점점 몽롱해졌다. 몸 안을 저릿저릿하게 울리는 생경한 감각에 울음이 터져 나올 것만 같았다. 귓가에는 시함의 거친 숨소리가 들려왔다. 간혹 마주치는 성마른 눈에는 제가 그동안 알던 사내라고 믿을 수 없을 만큼 새까만 탐욕이 어른거리고 있었다.

제 몸을 파고드는 손짓이, 온몸 구석구석 내리 누르는 입술이, 빈틈없이 밀착해오는 단단한 몸이, 성마르면서 애달프고 거칠면서도 부드러웠다.

간혹 환락을 주체하지 못한 억센 손으로 뽀얀 살결에 푸른 여흔을, 까닭 없이 치미는 소유욕으로 은밀한 속살에 빨간 꽃잎 같은 순흔을 남겼다. 새벽녘 동쪽에서 햇귀 한 자락이 별채 안마당에 살포시 내려앉을 때까지 시함은 간밤 그렇게 몇 번이나 설화를 안았다.

어둠 속 조용한 기척에 시함을 눈을 떴다. 옆자리에는 보료를 덮은 설화가 깊은 잠에 빠져 있었다. 밤새 시달린 초췌한 얼굴이었다.

'하아……. 이래서야 짐승이 따로 없군.'

시함은 쌕쌕거리며 얕은 숨을 몰아쉬고 있는 설화의 머리를 가만히 쓰다듬었다. 행여나 제 기척에 깨기라도 할까 조심스러운 손길이었다. 그때 창가에 검은 그림자가 휙 하고 지나갔다. 시함은 보료를 설화의 목까지 끌어올려 덮어준 뒤 침상에서 조용히 일어나 옆에 개켜둔 장포를 걸쳤다. 방을 나오니 툇마루 모퉁이에 검은 무복 차림의 무겸이 서 있었다.
"수고가 많구나."
무겸이 고개를 꾸벅 숙였다. 시함은 산사에서 이현과 의도치 않게 결투를 벌인 후 무겸을 붙여 그의 행적을 감시하고 있었다. 그리하여 뜻하지 않게 이현이 만월루에서 왕유와 회동한 이야기나 외당에서 이약선과 주고받은 말들을 모두 무겸을 통해 전해들을 수 있었다.
"이현이 여화를 찾아가서 모든 진실을 얘기했다는 것이냐."
"그러하옵니다."
어찌하겠다는 건가. 그리 여화에게 모든 걸 털어놓아 얻을 수 있는 건…….
"여화는 어찌하고 있는가."
"몇 날 며칠을 산사에서 꼼짝도 하고 있지 않습니다."
"그래, 수고했다."
시함의 말에 무겸은 짧게 고개를 숙이고는 이내 자리에서 물러났. 하지만 무겸이 가는 곳은 행랑채가 아니라 바깥으로 난 중문이었다.
"어딜 가는 게냐."
"다시 산사로 가려 합니다."
"이제 그만 쉬거라."
하지만 시함의 말에도 무겸은 고개를 꾸벅 숙이고는 바깥으로 난 중문을 향해 발걸음을 옮겼다. 무겸의 뒷모습을 보며 시함은 조용히 생각이 잠겼다. 새벽 공기가 제법 쌀쌀했지만 덕분에 머릿속이 명료해 지는 듯하였다.
그림에 깃든 사념, 그림이 만들어내는 설화와 여화 사이의 생의 순환의 고리.

여화를 위해 설화를 죽이려는 왕유.
그리고…… 설화를 위해 여화를 사지로 몰아넣는 이현이라…….
'곧 끝이 보이는구나.'
실타래처럼 얽히고설킨 운명의 수레바퀴가 서서히 멈추는 것 같은 느낌이었다.

'마마! 여…… 여화 아씨가……! 여화 아씨가!'
새벽녘, 차가운 공기가 뺨을 얼어붙게 했다. 왕유는 타고 온 말을 길목 어귀 나무에 메어놓고 수풀이 우거진 산길을 정신없이 뛰어 올랐다. 어젯밤 내린 비로 내딛는 발은 진흙탕이 된 길에 푹푹 꺼져 들었고, 미끄러워 몇 번이나 넘어질 뻔했지만 지체할 수 없었다. 한참이나 산을 향해 나 있는 조그만 길을 거슬러 올라가니 길 끝에 어둠에 휩싸인 암자가 보였다. 왕유는 턱 끝까지 차오르는 숨을 몰아쉬며 천근만근 무거운 다리로 암자를 향해 뛰어 올라갔다.
헉……. 헉…….
마당에 들어서자 부서진 방문이 먼저 눈에 들어왔다. 새까만 기운이 방 안에서 스멀스멀 기어나오는 듯하였다. 저 안에서 무슨 일이 벌어졌는지, 제 눈으로 확인하고 싶지 않았다. 하지만 의지와 상관없이 발걸음은 문가를 향하고 있었다. 훅 하고 비린 냄새가 먼저 풍겨왔다. 혁리화를 벗어놓고 툇마루에 올랐다. 방 안은 여전히 지독한 어둠에 휩싸여 있었다. 눈이 차차 어둠에 익숙해지자 방 안 중간에 놓여 있는 검은 물체가 보이기 시작했다.
여화…….
눈앞에 펼쳐진 광경은 지독히도 비현실적이었다. 여화가 방 안에 쓰러져 있었고 만평이 그 옆에 서 있었다. 방바닥에는 말라붙은 검은 액체와 비린 피 냄새가 가득했다. 왕유는 천천히 여화를 향해 다가갔다. 그리고는 말라붙어 지독한 냄새를 풍겨내는 피 웅덩이 앞에 무릎을 꿇었다. 부들부들 떨리는 손으로 생의 기운이 모두 빠져나간 차디찬 몸뚱이를 조심스레 끌어안았다.

"이현이 다녀갔다고 합니다."

말라붙은 흙덩이처럼 딱딱하고 차가웠다. 눈이 감겨 있는 파리한 얼굴이 달빛에 희미하게 비쳤다.

"제가 도착했을 때는 이미……. 여화님께서 스스로 손목을 끊은 것 같습니다."

옆에는 하얀 주머니가 나뒹굴고 있었다. 떨궈진 여화의 왼팔을 들어올렸다. 손목에는 스스로 베어낸 상처가 가득했다.

참으로 독한 여인네.

아팠을 텐데……. 참으로 많이 아팠을 터인데.

"이보오. 여화……. 눈 좀 떠 보시게."

왕유는 품에 안은 여화의 시신을 향해 조용한 목소리로 읊조렸다.

"제…… 제발. 제발……."

두 눈에서 눈물이 쏟아져 내렸다. 이건 아니다. 이리 되어서는 안 된다. 제가 이제껏 누굴 위해 달려왔는데. 누구의 목숨을 살리고자 하였는데.

"으아아아아아!"

짐승 같은 울부짖음이 방 안 너머 깊은 산 중에 메아리 쳤다.

방안에 햇빛 자락이 스며들었다. 해가 뜰 때까지도 왕유는 여화를 품에 끌어안은 채 그 자리에 못 박힌 듯 앉아 있었다. 사위가 밝아지자 방 안의 처참한 광경이 고스란히 드러났다. 검은 피가 바닥 곳곳 뿐 아니라 사방의 벽면에 말라붙어 있었다. 여화의 시신은 말할 것도 없었다. 생명이 빠져나간 파랗고 새하얀 얼굴. 나무토막처럼 딱딱한 몸뚱이. 하얀 삼베옷에 말라붙은 검은 피. 그리고 지독한 악취. 하지만 넋이 빠진 왕유는 벽에 등을 기대고 여화를 품에 안은 채로 미동도 하지 않았다.

"마마……."

왕유의 앞에 앉은 만평이 고개를 조아렸다.

"만평."

"말씀 하시옵소서."

"내 이번 생이 아니라 다음 생을 기약할 것이야."

"네?"

만평이 고개를 번쩍 들었다. 어디론가 시선을 던지고 있는 왕유의 얼굴에 결연한 의지가 서려 있었다.

"그림……. 송심언은 그 그림이 더 큰 생의 순환 고리를 만들어 낸다 하지 않았는가."

"그…… 그것이 어찌 윤회라고……."

"해보지 않으면 모를 일. 그 그림이 진정 윤회의 고리를 만들어낼지 내 한번 해 볼 것이네. 자넨 어서 그 그림을 가져 오게."

"하…… 하지만."

"난 한시 바삐 송설화를 죽일 것이야."

"마……마."

"그리고 다음 생에 여화를 살려낼 것이다."

왕유의 눈빛은 이미 광기로 희번덕거리고 있었다. 만평은 입 밖으로 내뱉으려던 말을 조용히 삼켰다. 지금 그의 귀에는 어떤 말도 들리지 않을 것이다. 여화는 그것을 바라지 않을 것이라는 말도, 더 큰 비극이 생기기 전 모든 걸 내려놓으라는 말도 목구멍으로 삼키는 침과 함께 사라져 버렸다.

외전. 다섯 번째 시선

　시선. 시선이다. 끈적끈적하게 그리고 집요하게 달라붙는 시선. 퇴근길, 보현은 아파트 출입구 앞에 서서 이리저리 주위를 살펴보았다.
　오늘도 있을까.
　눈길이 문득 아파트 단지 안 벤치에 앉아 있는 검은 인영에게 머물렀다.
　역시나.
　오늘도 어김없이 그는 저곳에 앉아 자신을 바라보고 있었다. 벌써 며칠 째인지 모르겠다. 보름? 아니 한 달 쯤 된 것 같았다.
　그를 처음 본 것은 나현의 집에서였다. 충무로역 근처에서 볼일을 마치고 문득 텅텅 비어있을 나현의 냉장고가 생각나 두 손 가득 마트에서 장을 보고 온 길이었다. 오피스텔 출입구 앞에서 비밀번호를 누르기 위해 짐을 내려놓을 찰나, 누군가가 대신 비밀번호를 눌러주었다. 감사합니다, 인사를 건네고 얼굴을 바라보니 짧게 자른 머리에 눈가에 있는 점이 매력적인 잘생긴 젊은 남자였다. 남자는 보현을 보고 조금 놀란 것 같은 얼굴이었다. 아니, 어쩌면 충격을 받았는지도 모르겠다. 아는 사람인가, 기억을 더듬어보았지만 도통 머릿속에 떠오르는 얼굴이 없었다. 동선이 같았던 모양인지 남자와 보현은 나란히 엘리베이터를 타고 같은 층에서 내려 나현의 집 현관문까지 함께 이동했다.

'어…… 혹시 나현이 집에?'

'누구……?'

'저 나현이 언니예요. 송보현. 그 쪽은…….'

'친구입니다. 나현이가 집에서 급하게 뭘 좀 가져다 달라고 부탁해서…… 이태진입니다.'

그것이 그와의 첫 만남이었다. 별다를 것 없었다. 두 사람 사이를 이어줄 집주인의 부재로 어색함이 흐르는 가운데 보현은 냉장고를 채워 넣었고, 태진은 방에서 봉투 하나를 가지고 나왔다. 그리고는 나란히 집을 빠져나온 뒤 서먹하게 목 인사를 하곤 헤어졌다. 함께 있었던 시간은 10분 남짓, 나누었던 대화는 고작 서너 마디가 전부였을 것이다.

돌이켜보자면 첫 만남 역시 그가 만들어 낸 의도적인 만남이 아니었을까 하는 생각이 들기도 한다. 어쨌든 그 날 이후, 보현은 자신을 따라다니는 집요한 시선을 느끼기 시작했다. 출퇴근 시간 아파트 출입문을 드나들 때면 뒤통수에서 섬뜩하고 끈질긴 시선이 느껴졌다.

스토커로 신고해볼까 생각도 해보았지만 그는 딱히 자신을 쫓아다니거나 미친 듯이 연락을 하거나 구애를 하진 않았다. 무엇보다 자신에게 해를 끼치진 않았던 것이다.

보현은 이번에도 무시하고 아파트 안으로 들어갈까 하다 몸을 돌려 천천히 벤치를 향해 걸어갔다. 평소 때였다면 무시하고 들어갔을 것이다.

하지만 오늘 자신의 심기는 저 눈빛을 받아줄 만큼 편하지 않았다.

"이봐요!"

보현의 말에 그는 아는 척 꾸벅 목 인사를 해왔다.

"뭘 봐요."

"네?"

"사람 말 못 알아들어요? 왜 자꾸 여기서 날 지켜보는 거냐고요?"

"……."

"왜 자꾸 이래요? 스토커에요? 나 참 진짜 기분 나빠서……."

보현이 불편한 심기를 감추지 않고 가차 없이 몰아붙였지만 그는 묵묵히 듣고만 있을 뿐 별다른 반응을 보이지 않았다. 그것이 또 묘하게 화를 돋웠다.

"주위요……."

"네?"

"주위를 본다고요. 이상한 게 들러붙을까봐."

미친 놈. 주위를 본다니.

더 이상 얘기할 것도 없었다. 보현은 경멸 섞인 얼굴로 그를 한 번 더 쏘아본 후 쌩하게 뒤돌아섰다.

정말 살다 살다 별 희한한 미친놈도 다 본다.

그냥 뒤돌아서려고 하다 혹시 또 제가 괜한 오해를 한 게 아닌가 하는 생각이 들었다. 그의 말대로 자신을 보는 것이 아니라, 단순히 주위를 보는 것이라면. 그러니 또 슬쩍 미안한 마음이 들어 편의점 봉지에서 무료로 끼워준 캔 커피 하나를 꺼내 건넸다.

"자요."

"네……?"

"받으라니까요."

태진은 선뜻 내민 캔 커피를 받지 못하고 마주 잡은 손을 꼼지락거리고 있었다.

"나한테 이상한 게 들러붙을까봐 지켜보고 있다면서요. 그거 나 지키려고 하는 거 아니에요?"

장난스럽게 던진 말이었다. 비꼬는 심사이기도 했다. 그렇게 아무렇게나 던진 말에 태진이 울 것 같은 표정을 지었다.

뭐야. 당신 왜 그런 표정을 짓는 건데.

"고맙습니다."

태진은 꾸벅 고개를 숙이고 보현에 손에 들린 캔커피를 건네받았다. 그렇게 지독스럽게 끈적한 시선으로 바라보더니, 막상 얼굴을 마주하니 제대로 시선조차 마주치지 못한다. 눈을 살짝 내리깐 얼굴에 귓가가 빨갛게 물들어 있었다.

더 이상 할 말도 없었기에 지체 없이 발걸음을 돌려 아파트로 향했다. 엘리베이터에서 내려 집으로 들어가려는데 문득 그 시선이 낯설지 않다는 게 느껴졌다.

내가…… 예전에도 저 사람을 본 적이 있었던가……?

생각을 하려 하니 또 머리가 지끈지끈 아파왔다. 오늘 저녁 나현과 인사동에서 그 이상한 그림을 보았을 때부터였다. 무언가 엄청나게 중요한 것이 생각이 날 듯 생각나지 않았다. 생각하려 애쓰면 애쓸수록 머리가 깨질 듯 아파왔다. 마치 제 의식 저 편에서 수면 위로 떠오르려는 기억을 맹렬하게 잡아 끌어내리는 것 같은 느낌이었다.

'왜 이러지? 뭘 잘못 먹었나.'

찬 바닥에 발걸음을 내딛었을 때였다. 갑자기 속이 울렁거리고 토기가 치밀었다. 머리가 빙글빙글 돌며 어지러웠다. 아까 아파트 출입문 앞에서 본 태진의 시선과 인사동에서 본 그림이 머릿속에서 뒤섞여 정신없이 뱅글뱅글 돌고 있었다.

털썩, 하고 무릎이 꺾였다. 전신이 떨려 제대로 서 있을 수조차 없었다.

기억을…… 기억을 해내야 하는데.

그리고 눈앞에 하얀 빛이 번쩍이며 그대로 정신을 잃었다.

향긋한 꽃 내음이 실린 봄바람이 부드럽게 뺨을 스쳤다. 며칠 전만 하여도 얼굴에 닿은 찬바람에 코끝이 시리곤 하였건만 제 몫을 다한 동장군이 때를 맞춰 물러난 모양이었다. 여화는 툇마루에 앉아 담 너머 멀리 보이는 뒷산을 바라보았다. 지금쯤이면 설화가 동네 아이들과 실개천에서 개구리와 도롱뇽 알을 건져 올리는데 여념이 없으리라. 오늘은 또 얼마나 잔뜩 가져올까. 또 얼마나 신난 얼굴로 이야기를 늘어놓을까.

"아직 바람이 찬데 왜 또 이리 나와 있느냐."

오 부인이 염가댁이 외출했다 돌아오는 모양인지 뜰을 가로질러 오고 있었다.

"어머니!"

활짝 핀 매화처럼 환하게 웃으며 여화가 한달음에 달려 나갔다.

"뛰지 말라 했거늘……!"

여지없이 오 부인이 걱정스런 눈초리로 나무랐다.

"설화는 또 어딜 가고 혼자 있는 게냐."

"아, 그…… 그것이 제가 잠시 이현 오라비 댁에 심부름을 보냈습니다."

여화의 말에 이내 오 부인의 낯이 사나워졌다. 일곱 살 난 아이가 할 수 있는 최선의 거짓말이었건만 이번에도 오 부인을 속이는데 성공하진 못한 것 같았다.

"또 동네 아이들과 밖으로 놀러 나간 것이냐."

서슬 퍼런 목소리에 여화는 제 잘못인 양 몸이 움츠러들었다.

"언니! 여화 언니! 오늘 내가 개구리 알을 얼마나 잡았는지……!"

때마침 멀리서 설화가 방정맞게 뛰어오고 있었다. 잔뜩 신이 난 모양인지 쿵쾅대며 뛰어오는 모양새나 들뜬 목소리가 여간 명랑한 것이 아니었다. 허나, 중문 너머 뜰 안으로 달려오던 설화는 여화 곁에 선 오 부인을 발견하곤 그대로 얼어붙었다.

"설화. 또 놀러 나간 것이냐."

분노가 깃든 목소리였다. 금세 주눅이 든 설화가 쭈뼛거리며 오 부인을 향해 걸어왔다.

"그…… 그것이…… 잠시……."

"네 언니를 혼자 두고 말이냐."

"금방 다녀오려 하였는데……."

"너는 참으로 좋겠구나. 네 언니처럼 아프지 않아 마음껏 뛰어다니며 놀러 다닐 수 있으니."

비수처럼 날선 말이 설화를 향해 무자비하게 내리 꽂혔다.

"어머니! 전 괜찮아요! 정말 아무렇지 않아요. 그리고 설화는 제가 놀러 나가라 얘기한,"

"너는 가만히 있거라. 설화. 내 너에게 신신당부하였지. 언니 곁을 떠나지 말라고. 내 너에게 그리 어려운 부탁을 했었더냐."

오 부인의 엄한 꾸짖음에 설화가 닭똥 같은 눈물을 뚝뚝 흘렸다. 저 때문에 나가 놀지도 못하고 한 번의 외출로 이리 호되게 혼나는 모습을 보니 마음이 아파왔다.

어찌 어머니는 설화를 미워하는 걸까.

어린 제 눈에도 분명 그리 보였다. 원래 타고난 성정이 냉한 오 부인은 자식들에게 그다지 다정하거나 살가운 모친이 아니었다. 오히려 씻고 입히고 우는 걸 달래고 보듬어 주며 살뜰히 자매를 키웠던 건 염가댁이었다. 그리하여 자매는 낳아준 오 부인보다 염가댁을 더 편케 생각하기도 했다. 반찬 투정을 하는 것도, 천둥번개가 몰아치는 밤에 슬그머니 품 안에 기어들어가는 것도, 떼를 쓰고 우는 것도 모두 오 부인이 아니라 염가댁에게 하는 것들이었다. 하지만 그렇다고 오 부인이 자매에게 영 무심했던 것만은 아니었다. 고운 옷을 입은 모습을 바라보며 자랑스러운 미소를 짓거나 품 안에 꼭 안아줄 때는 저를 끔찍이도 귀애하는 모친의 정을 느낄 수 있었다. 허나, 그것도 오직 여화 저에게만 해당하는 일이었다. 어머니가 언제 한 번 설화를 안아준 적이 있으셨던가⋯⋯. 명백한 차별을 여화 스스로도 느끼고 있었으니 설화도 분명 알고 있을 것이다.

"이게 다 누구 때문인데⋯⋯."

문득 오 부인이 혼자 읊조리는 말에 여화가 제 어미의 얼굴을 바라보았다. 언제나처럼 고통과 혼란이 소용돌이치는 눈으로 설화를 바라보고 있었다. 여화는 고개를 돌려 그 눈을 외면할 수밖에 없었다.

"언니이이⋯⋯. 나 뒷간⋯⋯ 뒷간 가고 싶단 말이야⋯⋯."

안채로 향하는 중문을 넘어서며 설화가 징징거렸다. 발을 동동 구르며 몸을 뒤트는 모양새가 꽤나 급한 모양이었다.

"이것만 보여드리고 가라니까."

"쌀 것 같다고⋯⋯!"

여화는 한숨을 쉬며 손에 들린 비단 주머니를 내려 보았다. 송심언의 탄일을 맞이하여 둘이서 밤마다 손가락에 바늘구멍을 내어가며 만든 것이었다. 두 사람은 부친께 선물로 드리기 이전, 오 부인에게 먼저 보여드리기 위해 안채에 들어서던 중이었다.

"알았어. 그럼 빨리 다녀와야 해. 염가댁, 설화를 뒷간까지 데려다주오."

설화와 염가댁이 온 길을 종종 걸음으로 되돌아가자, 여화는 혼자 천천히 뜰을 거닐었다.

"어찌…… 어찌 그리한단 말이오. 부인. 설화도 우리 자식이오."

안채를 향하던 여화의 발걸음이 멈췄다. 방 안에서 아버지의 목소리가 흘러나온 탓이었다. 이런, 아버지가 어머니와 함께 계셨다니. 이래서야 어머니께 저들이 몰래 만든 비단 주머니를 보여드릴 수가 없지 않은가.

"원래 죽었어야 할 아이잖습니까."

차디찬 오 부인의 목소리였다. 죽어야 할 아이라니……. 설화가……? 섬뜩한 이야기에 여화는 저도 모르게 숨을 죽이며 안채로 발걸음을 옮겼다.

"부인!"

"전 여화를 살리기 위해서라면 더 한 짓도 할 것이옵니다. 염려스러운 것이라면 그 파계승이 말한 방책이 제대로 된 것일까 하는 것이지요."

그리고는 부스럭거리면서 무언가를 꺼내는 소리가 들렸다.

"소목골에 있는 채교중이라는 자가 그려준 그림입니다. 대감께서도 그 자를 아실 것이옵니다. 황후께서 금상과 혼례를 치르기 이전까지, 황후마마의 초상화를 오래도록 그렸던 자입니다. 개경 안 뛰어난 기재로 소문난 화원이죠. 설화의 장성한 모습을 그려 달라 하였을 때 이상하게 생각하는 듯하였지만 내 입막음으로 두둑이 사례를 치렀으니 함부로 입을 놀리진 않을 것입니다."

"후회……하지 않겠소이까."

송심언의 목소리가 떨렸다.

"절대. 절대 후회하지 않을 것입니다."

그리고는 방문을 여는 기척에 여화가 후다닥 모퉁이로 몸을 숨겼다. 툇마루에 앉아 섬돌에 놓인 신발을 신는 송심언의 손에 두루마리 서화가 들려 있었다. 아까 제 부모가 얘기한 그림이 분명했다.

"여화의 방 깊숙이 숨겨 놓으십시오. 절대 그 아이가 찾을 수 없도록."

송심언의 뒷모습을 향해 오 부인이 단호한 말을 내뱉었다. 순간 송심언이 미간에 깊은 주름이 생기도록 인상을 썼지만 이내 마당을 가로질러 가기 시작했다.

송심언이 중문 너머로 사라지고 오 부인이 방 안으로 들어가고 나서야 여화는 슬그머니 달빛에 모습을 드러내었다. 도대체 무슨 그림이기에 제 부모가 밤중에 저리도 심각한 얼굴로 담소를 나누고 있는 것일까. 엿들은 대화를 찬찬히 더듬어 가려는 순간,

"언니! 나 왔어!"

설화가 염가댁과 함께 시원한 미소를 지으며 여화를 향해 달려왔다.

"아우 시원해. 이제 들어가자."

설화가 멍하니 선 여화의 팔을 끌었다.

"으……응……?"

"뭐야? 왜 안가? 어머니께 안 보여 드릴거야?"

설화가 재촉했지만 어쩐지 오늘은 안채에 들어가면 안 될 것 같은 기분이 들었다.

"다음에, 우리 내일 보여드리자."

대부분의 대화는 이해할 수 없는 내용이었지만 간간히 알아들을 수 있는 얘기들이 있었다. 설화는 죽었어야 할 아이, 분명 제 모친은 그리 말하였다.

십 년 후.

"감사합니다. 장 의원 어른. 이 신세는 두고두고 갚을 것입니다."

약 꾸러미를 가슴팍에 꼭 안은 채, 여화가 연이어 장 의원을 향해 고개를 숙였다.

"아씨. 이러지 마십시오. 이게 모든 게 다 아씨의 공덕이니."

장 의원은 붉은 깁으로 두른 머리를 고이 늘어뜨린 여화의 얼굴을 가만히 바라보았다. 오늘도 아픈 동생에게 먹일 약재를 공으로 얻었다 생각한 모양인지 환한 얼굴이었다. 기실 장 의원에게 약재 값을 뒤로 챙겨 주는 이는 따로 있었으나, 절대 발설하지 말라는 명이 있었다. 제가 베푼 은공도 아닌데 이리 감격하는 모습을 보니 몸 둘 곳이 없었다.

"저…… 어르신. 한 가지 여쭤 볼 것이 있습니다."

곧장 자리를 뜨지 않고 머뭇거리던 여화가 품 안에서 종이 한 장을 꺼내었다. 그림 속에는 평범해 보이는 중년 남자의 얼굴이 그려져 있었다.

"혹시 이 자를 보신 적이 있습니까? 의원께서는 개경에서 제일가는 분이시니 많은 이들이 이곳에 오지 않았겠습니까. 혹시 거쳐 가던 자들 중, 이와 비슷한 이를 보신 적이 있으십니까?"

그림 속 중년 남자의 얼굴을 이리저리 살펴보았건만, 그저 평범한 얼굴이었다.

"거리를 지나는 이들 중 열에 다섯은 이처럼 생겼을 것이옵니다. 다른 특색은 없소이까?"

여화는 고개를 절레절레 흔들며 내보였던 그림을 다시 접어 품에 넣었다.

칠 년 전, 집에 사단이 난 이후 한동안은 휘몰아치는 일들에 혼이 쏙 빠져 아무 생각도 할 수 없었다. 하지만 모든 일이 정리가 되고 송악산 기슭 기와집으로 거처를 옮긴 후 생각할 시간이 주어지자, 여화는 설화에게 어찌하여 그림 속 여인을 모친이라 말하였는지 캐물었다.

설화는 눈물을 뚝뚝 흘리며 아버지의 친우인 허진으로부터 그림을 가져다놓아 달라고 부탁 받은 이야기를 소상히 털어놓았다. 그리고 그 자가 그림 속 여인이 설화의 모친이라 말했다는 사실까지.

설화의 이야기를 모두 들은 여화는 그제야 모든 것이 윤일재의 끔찍한 모함이라는 사실을 깨달았다. 그 그림은 어린 날의 기억 속, 안채에서 아버지와 어머니가 나누었던 밀담 속 그림이 분명하였다. 어머니가 화원인 채교중에게 그려 달라 부탁했던 어린 설화의 장성한 모습의 그림. 그리고 안채에서 나온 아버지의 손에 들린 두루마리 서화. 허나, 이상한 그림이 있다는 사실을 안 누군가가 제 아버지 송심언을 음해하기 위해 그림을 이용했을 것이다.

하지만 난리 속에 어린 여화의 증언을 관심 있게 들어줄 이는 아무도 없었다. 설화에게는 모든 것을 비밀로 하였다. 제 아버지가 윤일재의 모함으로 누명을 썼다는 이야기도, 그것의 결정적인 증언이 설화의 입에서 나왔다는 사실도. 설화가 이 모든 사실을 안다면 제정신으로 살 수 없을 거라 생각한 것이다. 죽은 아버지를 다시 살릴 순 없겠지만 추악한 오명이라도 벗겨보자는 심산으로 여화는 설화를 다그쳐 오래전 기억 속 허진의 모습을 그림으로 그렸다. 그리고 일거리를 구하러 간다는 핑계로 날마다 저잣거리로 나와, 허진의 초상화를 들고 개경 바닥을 샅샅이 돌아다녔던 것이다. 허나, 몇 년이 지나도록 그를 안다는 이는 이제껏 단 한 명도 없었다.

"고맙습니다. 행여나 이와 비슷한 이를 본다면 지체 말고 저에게 얘기해 주시어요."

여화가 씁쓸한 얼굴로 뒤돌아섰다.

"아씨. 그리 마시고. 왕유님을 찾아가 부탁을 해보는 것은 어떠십니까."

순간 여화의 표정이 사나워졌다. 장 의원과 왕유가 부자지간만큼 가까운 사이라는 걸 알고 있었지만 사나워진 낯빛을 숨길 수 없었다.
 "어찌 그러시오. 왕유님은 송 대감이 살아있을 적 뜻을 같이한 분이 아니십니까. 형부상서 문좌영도 지금은 윤일재에게 들러붙어 개처럼 꼬리를 흔들고 있지만, 한때 송심언 대감과 문좌영, 왕유님께서는 윤일재의 세력을 견제하고자 금황의 밀명을 받아 개혁을 함께 도모하던 돈독한 사이가 아니십니까. 아씨에게 도움을 청한다면 분명 발 벗고 나서서 도우실 것입니다."
 뿐입니까. 도와준 대가로 전 그자와 혼례를 치러야겠지요.
 여화는 내뱉을 수 없는 말을 목구멍으로 삼켰다. 송심언이 처형당한 후 아버지의 유지를 들고 온 자. 그 자가 바로 왕유였다. 하지만 여화는 어쩐지 그 자가 마음에 들지 않았다. 어찌 그리 싫은가 생각해 보았다.
 그것은 시선. 언제나 집요하게 자신을 바라보는 그 시선 때문이었다.
 언제 어디에서든지 그의 시선을 느꼈다. 바느질거리를 얻으러 집 밖을 나올 때나, 저잣거리에서 상인들과 물건 값을 흥정하고 있을 때나, 개울가에서 빨래를 하고 있을 때면 뒤통수에서 문득 집요하고 끈질긴 시선을 느끼곤 하였다. 간혹 자신의 착각일 때도 있었지만, 뒷머리에 달라붙는 소름끼치는 느낌을 따라 눈을 돌릴 때면 저 멀리서 자신을 바라보고 있는 그를 발견하기도 하였다. 탐욕, 집착, 어두운 욕망이 소용돌이치는 눈빛. 후로 몇 번이나 만남을 가져보았지만 도통 마음이 가질 않았던 것이다.
 "내 왕유님께 기별을 넣을 테니……."
 "괜찮습니다. 제가 알아서 할 것이옵니다."
 석연찮은 장 의원의 낯을 뒤로하고 여화는 서둘러 자리에서 일어났다. 제가 밀어내고 거부해도 어쩐지, 왕유라는 자와의 인연을 쉽게 잘라버릴 수 없을 것이라는 예감이 들었다.

 자리에 누웠지만 도통 잠이 오지 않았다. 옆에서는 설화가 쌔근쌔근 숨을 몰아쉬며 깊은 잠에 빠져 있었다. 이른 봄이었건만 새벽이면 문틈 사이로 찬바람이 숭숭 들어와 설화는 어젯밤도 내내 잔기침을 하다 겨우 잠이 들었다.
 '어찌 이리 날로 야위어 가는 것이냐.'
 여화는 안타까운 얼굴로 얇은 이불을 목까지 끌어 덮어주었다.
 내일은 윤일재 대감의 저택을 기웃거릴 방도라도 찾아볼 것이다. 아버지를 왕후와 사통했다 누명을 씌운 것이 윤일재라면, 허진은 필시 윤일재의 사람일 터. 그 댁 주위를 맴돌다 보면 언젠간 윤일재와 허진이 회동하는 모습이나, 허진이 그 댁을 들락날락하는 장면을 포착할 지도 모를 일이다.
 타닥타닥. 히이잉.
 그때였다. 멀리서 희미하게 말발굽 소리가 들려오고 있었다. 벌써 칠 년이나 흘렀건만 밤에 울리는 말발굽 소리는 끔찍한 악몽과도 같은 그날 밤을 여지없이 떠올리게 했다.
 "언니, 무슨 소리지……?"
 자리에서 일어난 설화가 불안한 눈길로 여화를 바라보았다. 설화 또한 칠 년 전 사건 이후로 말발굽 소리만 들리면 불안에 휩싸이곤 했다.
 방안에 가만히 숨죽이고 있는 사이 어느덧 말발굽 소리가 사립문가에서 멈췄다. 말에서 내린 병복 입은 병사들이 거칠게 사립문을 열고 마당으로 들어섰다. 병사들은 낡은 기와집을 둘러보더니 큰 소리로 외쳤다.
 "송설화. 안에 있는가."
 서늘한 목소리가 고요한 새벽 공기를 울렸다. 방안에 있던 여화가 새파랗게 질린 설화를 꼭 부둥켜안았다.
"어서 뒤져!"
"넷!"
우두머리인 듯한 남자가 명령하자 뒤에선 사병들이 날쌔게 집안 곳곳을 뒤지기 시작했다. 곳곳에서 방문이 열리고 쾅! 쨍그랑! 하며 집기류 부서지는 소리가 들렸다. 방문이 벌컥 열리고 사병 하나가 들어와서는 여화와 설화를 잡아 막무가내로 마당으로 끌어내었다.
"꺄—악!"
"이거 놓으시오! 놓으란 말이오!"
"무슨 일이오. 대체 왜 이러시오!"
"낭중 나리와 혼례를 치를 분이시다. 뭣들 하느냐! 어서 뫼시거라!"
매광이 명하자 주위에 있던 사병들이 일제히 설화를 향해 달려들었다.
"설화야! 설화를 놔주세요! 설화야!"
바닥에 주저앉아 있던 여화가 벌떡 일어나 사병의 다리를 붙들고 소리쳤다.
"언니! 언니! 나 좀 살려줘! 언니!"
사병들은 울부짖는 설화를 마구잡이로 매광의 말 앞에 태웠다.
"으어어엉……. 설화야! 설화야……!"
매광이 군화발로 말의 배를 때리자 말은 희뿌연 흙먼지를 날리며 내달리기 시작했다. 머리를 산발한 여화가 맨발로 말의 뒤꽁무니를 따라갔지만 말을 탄 무리들은 이내 까마득하게 멀어져 갔다. 여화는 망연자실한 얼굴로 바닥에 주저앉았다. 도대체 일각도 안 되는 시간 동안 저와 동생에게 무슨 일이 있었는지…….

윤일재. 그자는 이제 아버지까지 모자라 동생까지 욕보이려 하고 있었다.

여화가 피가 배어나올 만큼 입술을 깨물며 한 무리의 말이 사라진 자리를 노려보고 있을 때였다. 뒤에서 느껴진 기척에 돌아보려는데, 커다란 남자의 손이 입을 틀어막았다.

"읍……! 읍……!"

여화가 몸을 뒤틀며 죽을힘을 다해 발버둥을 쳤다.

"쉿! 아씨. 조용히 하십시오. 전 대량원군 왕유님의 사람 만평이라 하옵니다. 지금 윤일재의 호위무사 무겸이 아씨를 잡으러 말머리를 돌려 돌아오고 있으니, 어서 피하시지요."

실제로 멀리서 말발굽 소리가 점차 가까워오고 있었다.

어찌 하여야 하나, 이 자를 믿을 수 있을까.

문득 항시 저를 따라붙던 시선을 향하여 고개를 돌렸을 때 몇 번이나 마주친 얼굴이라는 사실이 떠올랐다. 왕유의 사람. 최악과 차악의 사이에서 차악을 선택해야 하는 상황. 여화는 만평을 향해 고개를 끄덕였다.

"간밤에 편히 주무셨습니까."

여화와 한참이나 거리를 두고 앉은 왕유가 어렵게 입을 열었다.

"아니요. 설화가 그리 잡혀갔는데 내 어찌 잠을 이룰 수 있었겠습니까."

저도 모르게 튀어나온 날선 대답이었다.

"방도를 구하고 있으니, 조금만 기다려 주시오."

그리고는 고개를 들어 여화를 바라보았다. 또다. 저 눈빛. 끈적끈적하게 들러붙는 집요한 시선. 저를 발가벗기고 머리부터 발끝까지 샅샅이 훑어대고 있는 저 시선. 언젠가는 저를 집어 삼키고야 말 듯, 갈급함이 느껴지는 저 시선. 숨이 막혀왔다. 여화는 목 뒤에 소름이 돋는 것을 느끼며 고개를 돌렸다.

산사로 거처를 옮긴 뒤, 한동안은 만평이 여화의 사정을 살피러 하루에 한 번씩 이곳을 찾아왔으나 왕유가 직접 발걸음을 한 것은 오늘이 처음이었다. 한동안 자신을 집요하게 쫓던 시선에서 해방되었던 터라, 다시 그 시선과 마주하고 있으려니 피로가 몰려왔다.
"이만 물러나 주시겠습니까. 쉬고 싶습니다."
그는 아무 말 없이 한참을 주저하다 자리에서 일어났다. 방문을 여닫는 소리가 들렸지만 여화는 마중하지도, 잘 가란 인사도 하지 않았다. 밖에서는 여전히 방안을 향해 예의 그 시선을 던지고 있는 기척이 한참 동안이나 느껴졌다.

달마저 구름이 가리어 혼탁한 빛조차 들지 않은 캄캄한 밤이었다. 여화는 어둠에 휩싸인 암자의 문을 열고 나와 주위를 두리번거렸다. 검은 무복 차림이었다. 보살을 통해 어렵게 구한 사내의 옷은 조금 커서 헐렁했지만 허리띠를 동여매니 그럭저럭 입을 만하였다. 여화는 어둠이 제 몸을 완전히 감춰주길 소원하며 산길을 조심스럽게 내려갔다.
산사로 거처를 옮긴지 한참이나 지났다. 왕유는 윤일재가 사병을 풀어 저를 찾고 있으니 함부로 나다니지 말라 일렀건만, 설화가 그리 잡혀간 마당에 손 놓고 있을 수만은 없었다.
'그래. 잠시, 아주 잠시. 오늘은 윤일재의 저택을 둘러만 보고 오는 거야. 쓸데없는 짓을 하지 말고.'
행여나 저택을 둘러보다 안으로 들어갈 방도를 알아낼 수도, 행랑채에서 웃고 떠드는 가노들의 이야기 속에서 설화가 그 댁 어디쯤에 있는지 알아낼 수도 있지 않은가. 게다가 이리 깊은 밤이라면……. 낮에는 그 댁을 출입할 수 없는 이가 세간의 눈을 피해 몰래 들어가는 장면을 볼 수 있을지도 모른다. 가령 '허진' 같은 자가.

낮에 몇 번이나 내려가는 산길을 확인했다. 행여나 낯선 길이다 싶으면 다시 되돌아오면 될 것이다. 여화는 낮에 표식을 해둔 나무를 하나씩 확인하며 조심스레 발걸음을 옮겼다.

한 식경쯤 걸어 내려갔을까. 주위가 낯설었다. 아니, 낯선지 알 수도 없었다. 그만큼 사위는 온통 새까만 어둠에 휩싸여 있었다. 근처에 선 나무에 얼굴을 바짝 갖다 대고 표식을 살펴보았지만 더 이상 표식이 있는 나무는 없었다.

'이를 어쩐다. 어쩔 수 없지. 오늘은 여기까지 온 걸로 만족할 수밖에.'

결국 내려왔던 길을 다시 되돌아가려던 참이었다. 아무리 돌아보아도 새까만 어둠뿐 제가 어디에서 내려온 건지 도통 길을 찾을 수가 없었다. 문득 어딘가에서 산짐승이 길게 울부짖는 소리가 들렸다. 꽤나 가까운 거리였다. 덜컥 겁이 나며 등 뒤에서 식은땀이 흐르기 시작했다.

바스락.

얼마 떨어지지 않은 곳에서 수풀이 흔들렸다. 사사삭 거리며 무언가가 빠르게 움직이는 소리가 들렸다.

"누…… 누가 있소?"

여화가 부들부들 떨리는 목소리를 쥐어짰지만 상대 쪽에서는 아무런 대답이 없었다. 뒤돌려는 찰나, 다시 수풀이 흔들리며 바스락거리는 소리가 났다. 이번에는 한층 더 가까운 곳이었다.

"대…… 대답하시오! 누가 있느냔 말이오!"

누군가 혹은 무언가 있는 것이 확실하였다. 새까만 어둠 속에서도 분명 저를 향한 시선이 느껴졌기 때문이었다. 사람이라면 배를 오랫동안 곯은 거렁뱅이나 도적떼일지도 모르고 사람이 아니라면…… 산짐승일지도 모른다. 순간, 머리가 쭈뼛하고 섰다. 다리를 후들후들 떨리고 전신에 소름이 돋았다. 주춤거리며 뒤로 물러서려는데 무언가 커다란 것이 수풀

속에서 불쑥 고개를 내밀었다.

"꺄아아악!"

여화의 비명소리가 조용한 숲을 울렸다. 비명소리에 새들이 푸드득하고 날았다.

"조용히 하시오. 밤잠 자던 산짐승들 다 깨우려 그러시오?"

"누…… 누구……?"

어둠을 헤치고 다가온 자는 왕유였다. 여화는 숨을 몰아쉬며 놀란 눈으로 왕유를 바라보았다. 어찌, 그가, 지금 이곳에.

"어찌, 어찌 이곳에 계십니까. 아까 돌아가셨던 게 아닙니까?"

"불공을 드리다보니 시간이 이리 되었소……."

거짓말. 분명 늦도록 산사에 있다가 몰래 빠져나온 자신을 보고 따라왔음이 분명했다. 이리 아무것도 보이지 않은 깊은 어둠 속, 제대로 난 길도 아닌 곳에서 우연히 마주칠 수 있을 리 없었다. 허나, 여화는 따져 묻지 않기로 했다. 공포에 휩싸여 있다 아는 얼굴을 보니 슬그머니 반가운 마음마저 들었기 때문이었다. 게다가,

"그럼 부탁 하나만 드려도 되겠습니까?"

마을까지 같이 동행해 줄지도 모를 일이었다.

"내 길을 잃어서 그런데 마을까지 같이 가주실 수 있습니까?"

왕유가 아무 말 없이 얼굴을 찌푸리고 여화를 바라보았다. 윤일재의 사병이 목숨을 노리고 있으니 절대 안 될 것이라 얘기하겠지만 그래도,

"이왕 이리 나왔으니……! 그저…… 그저 멀리서 그 댁을 잠시 보기만 할 터이니……!"

절박했다. 초조함에 눈물이 나올 것만 같았다. 캄캄한 밤에도 울먹이는 여화의 얼굴을 본 모양인지 왕유는 미간을 찌푸리곤 얼굴을 쓸어내렸다.

"알겠소. 조심히 따라오시오."

그리고 이내 뒤돌아 캄캄한 산길을 천천히 내려가기 시작했다. 부쩍 느려진 걸음이었다.

"으하암~"

여화가 입을 열어 크게 하품을 했다. 요 며칠간 윤일재 대감 댁을 살피느라 밤마다 산을 내려갔더니 밤낮이 뒤바뀐 모양이었다. 함께 나물을 캐던 보살이 그런 여화를 보며 얼굴에 미소를 지었다.

"고단하신 모양입니다."

하는 일도 없이 차려주는 밥을 먹는 게 자신의 하루 일과건만 염려하는 보살의 말에 민망한 마음이 들었다.

우르르. 쾅!

갑자기 하늘에서 번개가 쳤다. 천둥번개를 동반한 비라도 내리려는지 하늘은 아침부터 잿빛으로 물들어 있었고 공기도 꿉꿉했다.

"비가 오려나 봅니다. 그만 일어나시지요."

보살의 말이 채 마치기도 전, 하늘에서 후두두 거리며 갑작스레 비가 쏟아지기 시작했다. 암자는 경내에서도 깊은 산으로 한참이나 더 올라가야 했다. 아무래도 오늘은 홀딱 젖지 않을까 싶었다.

추적추적 내리던 비는 결국 폭우처럼 쏟아지기 시작했다. 여화는 손으로 머리 위 가리개를 만들고 시야를 확보한 후 산길을 따라 올랐다. 빗물을 머금은 저고리와 치마가 온 몸을 눅진하게 휘감았다. 길 끝에서 흐릿한 불빛이 보였다. 거세게 쏟아 붓는 빗줄기에 앞이 잘 보이진 않아도 거무스름한 형체 하나가 처마 밑에 아른거리는 걸 보니 오늘도 필시 왕유가 온 듯하였다. 여화는 흙탕물을 첨벙거리며 암자를 향해 뛰어갔다. 멀리서도 그런 저를 못마땅하게 쳐다보고 있는 시선이 느껴졌다.

"때를 잘못 맞춰 온 듯 하십니다."

여화가 얼른 처마 밑으로 들어가 물기를 닦았다.

"그대도 썩 때를 잘 맞춘 거 같진 않는군. 어디 다녀오시는 길이오?"

"일전에 보살님과 산사 주위를 거닐다 먹음직스런 산나물을 보지 않았습니까? 내 왕유님께서 또 들리시면 맛나게 무쳐 드리려 산나물을 캐러 갔다 난데없는 폭우에 이리 젖었습니다."

여화가 옆구리에 낀 소쿠리를 들어 보이며 해맑게 웃었다. 소쿠리 안에는 비에 젖어 축 늘어진 나물들이 한 아름 담겨 있었다.

"그런데 이리 젖었으니 영 무용한 일이 되었지요."

왕유는 흠뻑 젖은 여화를 바라보며 눈살을 찌푸렸다.

"내 사흘 정도 이곳에 들리지 못할 것 같소. 사흘 후에 다시 들릴 터이니, 몸조심 하구려."

그러고는 이내 발걸음을 돌려 산길을 내려가기 시작했다.

"이리 비가 오는데……! 잠시 쉬었다……!"

여화의 말에 왕유의 발걸음이 잠시 멈칫하였으나 다시 지체 없이 산길을 내려갔다. 왕유의 뒷모습이 점점 작아지더니 시야에서 완전히 사라졌다. 사흘 동안 오지 않는다라……. 쓸쓸한 기분이 들었으나, 곧 생각 하나가 머리를 스쳤다. 혹시 바쁜 일이라는 게…… 설화와 관련된 일이 아닐까?

그렇다면 오늘 밤에 확인해 볼 일이었다.

칠흑 같이 새까만 어둠이 골목에 바짝 붙어 선 여화를 집어 삼켰다. 여화는 벌써 며칠째 밤마다 마을을 내려와 윤일재의 가택을 염탐하고 있었다. 아직 집안으로 몰래 들어갈 방도를 찾은 것도, 수상쩍은 사람들이 오가는 정황도 포착하진 못하였건만, 이대로 포기할 수는 없었다.

벽에 바짝 붙은 채 여화가 저택을 향해 한걸음 더 내딛었을 때였다.

"너. 거기서 뭐하는 게냐? 이리 오지 못할까?"

조용하게 울리는 남자의 음성에 여화가 놀라 뒤를 돌아보았다. 뒤에는 자신처럼 얼굴에 검은 두건을 두르고 검은 무복을 입은 사내들이 저택을 둘러싸고 있었다. 윤일재 대감의 지붕 위에도 어렴풋하게 사내들의 형체가 보였다.

뭐…… 뭐지?

사내들은 제일 앞에 선 우두머리의 손짓에 일사분란하게 움직이고 있었다. 여화가 주춤거리며 물러서자 옆에 선 이가 여화의 뒷덜미를 얼른 잡아채어 옆에 세웠다.

"정신 똑바로 차려. 죽고 싶은 게냐?"

여화가 입을 다물었다. 사내들이 형형한 눈빛으로 살기를 내뿜고 있는 곳은 바로 윤일재의 저택이었다. 갑작스럽게 사내들의 무리 사이에 끼게 된 여화는 어찌 할 바를 몰랐다. 아마도 깊은 어둠에 검은 두건에 검은 무복 차림인 여화를 일행이라 생각한 모양이었다.

"그…… 그럼 전 어디로 가야 합니까."

여화가 꾸며낸 낮은 목소리로 옆에 선 이에게 물었다.

"우린 바로 별채로 향하면 된다. 앞에 선 이들이 길을 터줄 것이야. 송설화를 발견하면 지체 없이 베어야 한다."

가슴이 벌렁하였다. 이들은 설화를 죽이기 위해 윤일재의 저택을 습격하려는 자객들이었던 것이다. 하지만 누가, 대체, 왜?

"그리고 잡힌 자가 있으면 지체 없이 활로 쏘거라. 배후에 왕유님이 있다는 걸 실토하기 전에."

뭣이라……? 여화는 제 귀를 의심하였다. 이 자가 분명, 설화를 죽이려는 자객들 뒤에 왕유가 있다 하였는가. 왕유는 절더러 백방으로 설화를 찾고 있다 하였다. 어찌하여, 어찌하여 왕유가 제게 거짓말을 하고 설화를 죽이려 드는가……!

그때 우두머리의 수신호에 자객들이 와아아 소리를 지르며 저택을 향해 달려갔다. 지붕에 잠복하고 있던 자들이 활을 쏘아대고, 골목에 숨어 있던 자들은 칼을 빼어들고 담을 넘거나 대문을 향해 돌진했다. 나중에 생각 할 일이다. 어쨌건, 지금은 설화를 이들에게서 구해야 한다.

휘잉. 챙, 챙, 챙!
활 쏘는 소리와 검이 부딪히는 소리가 적막한 밤하늘에 울려 퍼졌다.
"으악-!"
"컥."
"침입자다! 침입자가 나타났다!"
'스륵, 챙, 챙, 챙!'
안뜰에는 자객단과 윤일재의 사병들이 뒤엉켜 혈전을 벌이고 있었다. 사병들의 고함소리와 살을 베는 소리, 컥 하면서 몇몇의 숨넘어가는 소리가 밤의 찬 공기를 갈랐다. 사방에서 횡-하고 활이 날아와 이리저리 박혔으며, 사내들은 날카로운 쇠붙이를 무도하게 휘둘러댔다. 여화는 커다란 은행나무 뒤 벽에 바짝 붙어 몸을 피하며 별채로 이동했다.

설화……. 대체 어디에 있는 거야?
두 눈을 부릅뜨고 이리저리 고개를 돌리는데, 멀리서 하얀 삼베옷을 입은 설화가 한 남자의 손을 잡고 몸을 숙인 채 뒤뜰로 이동하는 것이 보였다.

설화……!
바로 달려가려 하였으나, 제 앞에 있던 이가 칼을 맞으며 여화에게로 쓰러졌다.
"으악!"

사내의 육중한 몸 아래 깔리고야 말았다. 힘없이 축 늘어진 터라 무게도 여간한 것이 아니었다. 여화가 낑낑대며 사내의 몸을 들어 올려 옆에 누이고 고개를 들어보니, 설화의 모습은 온데 간데 사라지고 없었다.

"돌아가라 하지 않았습니까!"
"아씨. 내 서신과 약 꾸러미만 전달할 터이니……."
만평이 암자 문가에 서서 절절 매고 있었다. 여화는 오늘도 문을 열지 않았다. 저를 속이고 설화를 죽이려 한 왕유. 그리고 그에 동조한 만평. 다 찢어 죽이고 싶을 만큼 미웠다. 허나, 여화는 제가 그 사실을 알고 있다는 걸 왕유와 만평에게 말하지 않았다. 기회를 엿보고 있었기 때문이었다. 하지만 예전처럼 왕유와 만평을 대할 수도 없었기에 그 날 이후 여화는 왕유와 만평과의 만남을 계속 피해왔다.

가져온 서신과 약 꾸러미를 받지 않으면 밤새 서있기라도 하겠다는 듯한 시위에 여화는 결국 방문을 열었다. 차디찬 눈으로 쏘아보니, 만평은 서신부터 건넸다.

'여화. 보시게나. 내 윤일재의 가택에서 설화를 데리고 나오기 위해 백방으로 애를 쓰고 있지만 쉽지가 않소이다. 그대가 밤잠을 못 이루며 설화의 안위를 염려한다 생각하니 내 마음이 찢어질 것 같소. 설화를 데려 올 때까지 부디 갑갑하더라도 산사에 잘 머물러 있어 주시오. 필요한 것이 있으면 언제든 서신을 보내시오. 만평을 통해 구해다 드리리다.'

'오늘도 눈을 감으면 그대의 얼굴이 떠올라 잠을 이룰 수가 없구려. 몸은 좀 어떠하오? 행여나 미편한 곳이 있다면 지체 없이 알려주오. 반드시. 반드시 그리해야 하오. 만평을 통해 약재를 보내니 꼭 매 끼니때 마다 챙겨 드시오. 내 다시 곧 서신을 보내리다.'

다 읽은 서신을 가차 없이 구겼다. 언제부터인가 왕유는 제 마음을 서신을 통해 직접적으로 전하고 있었다. 하지만, 모든 사실을 알아버린 여화에게는 그의 마음마저 저를 농락하는 거짓으로 느껴졌다. 여화는 서 있는 만평을 뒤로 하고 다시 방안으로 들어와 거세게 문을 닫았다. 밖에서는 만평이 약 꾸러미를 문가 앞에 내려놓고 돌아서는 소리가 들렸다.

앞으로 어찌하면 좋을까…….

생각에 잠겨있으려니, 다시 문을 두드리는 소리가 들렸다.

만평이 또 찾아온 것인가.

비가 이리도 내리고 있으니 날씨 핑계를 대고 머물다 가려는 것인가 하여 여화가 날카롭게 소리쳤다.

"다시 찾아오지 말라 내 이르지 않았습니까."

"여화, 날세."

여화는 제 귀를 의심했다. 들려온 목소리는 왕유도, 만평도 아닌, 이곳에서 들으리라 전혀 생각지 않았던 목소리였다. 허나, 어찌 알아차리지 못하겠는가. 이현의 목소리라는 것을……! 여화는 한달음에 달려가 문을 열었다. 문 앞에는 반가운 이현의 얼굴이 있었다. 삽시간에 눈물이 가득 차올랐다.

"오라버니!"

냅다 달려가 풀썩 품에 안겼다. 이현은 품 안에 안긴 여화의 등을 잠시 토닥여주었다.

"어찌…… 어찌 날 찾은 게요?"

저는 반가움에 눈물이 났지만 이현의 표정이 심상치 않아 보였다.

"무슨 일이 있는 게야? 오라버니 얼굴이…….."

걱정스런 말투에 이현은 가만히 여화를 방 안에 앉혔다.

"여화. 내 너에게 중요한 말을 하려 이리 찾아왔어."

"중요한 말?"

"내가 지금부터 내가 하려는 말은 한 치의 거짓도 없는 진실이야."

설마, 이현 오라비도 혹시 알고 있는 게 아닐까? 왕유가 설화를 죽이려 한다는 사실을. 그렇다면 이현에게 사실을 고하고 이를 막을 방도를 서둘러 찾아야했다.

"무…… 무슨 말을 하려는 겐데."

이현의 시선이 흔들렸다. 하지만 이내 결심이 서린 단단한 눈빛으로 저를 가만히 바라보았다.

"시작은 말이야. 그림으로부터 시작해……."

어느덧 비가 그치고 산사에 고요한 밤이 찾아올 때까지 이현의 이야기는 그치지 않았다.

* * *

시계가 11시를 가리키고 있었다.

"그…… 그걸 지금 나한테 믿으라고요?"

눈앞에 선 연호가 고개를 끄덕였다.

"보현 씨도 알잖아요. 사실이라는 거."

사이트 [환생을 기억하는 사람들]에서 만난 아이디 'ED'는 자신을 이현의 환생체라 밝힌 주연호라는 유명 화가였다.

'아무래도, 우린 같은 전생의 기억을 가지고 있는 것 같아요. 저 여화라는 이름을 기억하거든요.'

이런 쪽지를 보내오며 먼저 접근해 온 것은 연호였다. 그는 자신이 알고 있는 전생의 기억을 털어놓았다. 설화라는 아이, 윤시함이라는 존재, 송심언의 누명과 그림에 대한 이야기까지. 여화가 알고 있는 전생의 기억과 거의 동일했다. 이현이라 믿지 않을 이유가 없었다.

그는 오늘 꼭 해야만 하는 이야기가 있다 하였다. 전생에 관련된 아주 중요한 사실이라 하였다. 보현은 퇴근하면서 근처 편의점에 들러 요기용으로 간단하게 대접할 거리를 산 뒤 곧장 아파트 출입문으로 향했다. 오늘도 와 있으려나. 주위를 둘러보았지만 웬일인지 태진의 모습은 보이지 않았다. 집에 도착하니 어느덧 시간은 9시가 되어 있었다. 얼른 편한 옷으로 갈아입고 렌즈를 빼고 싶었지만 연호가 집으로 오기로 한 터라, 손만 씻고 외출복 그대로의 차림으로 소파에 앉아 기다렸다.

집으로 오라 해도 좋은 걸까.

불안한 마음도 들었지만, 이현이라는 확신이 있었기에 위험할거라 생각하진 않았다.

9시 10분이 되자 초인종 소리가 들렸다. 계단으로 올라온 건가? 엘리베이터 멈추는 소리는 들리지 않았다. 문을 열어보니, 큰 키에 해사한 얼굴, 눈웃음이 매력적인 남자가 서 있었다. 그냥 길을 지나치다 마주쳐도 알 것만 같았다. 그가 이현이라는 사실을. 얼굴을 보자마자 익숙함, 친숙함, 그리움이 몰려왔다. 서로 아무 말 하지 않았지만 얼마나 수많은 감정들과 기억을 공유하고 있는지, 둘 사이에 얼마나 큰 특별함이 있는지 알 것만 같았다.

보현은 서둘러 소파로 연호를 안내했다. 마실 것을 권했지만 그는 한사코 거절했다. 심지어 소파에도 앉지 않았다. 그저 서서 얘기하는 것이 좋겠다고 하였다. 마치 이 집 어디에도 자신의 흔적이 남길 원하지 않는 듯, 넓은 공간에 멀뚱히 서 있었다.

보현이 자리에 앉자 연호가 천천히 입을 떼기 시작했다. 말하기 힘든 이야기인지 고통스러워 보이는 얼굴이었다.

"시작은 말이에요. 그림으로부터 시작해요……."

꼬박 2시간가량 그는 담담하게 이야기를 풀어냈다. 설화가 태어나지 말았어야 할 아이였단 이야기, 설화 때문에 어머니가 죽을 고비를 넘기고, 자신은 내내 병환에 시달렸다는 이야기, 송심언이 자신을 살리고자 파계승으로부터 방책을 얻어온 이야기, 그리고 설화의 장성한 모습을 그린 그림의 역할과 그 그림이 만들어낸 커다란 환생의 고리까지.

심장이 쿵쾅거리고 다리가 후들후들 떨려왔다.

"그…… 그럼 전 과거에도 모자라 이제껏 제 동생의 삶을 갉아 먹으며 살아왔단 거예요?"

연호가 고개를 끄덕였다.

"그…… 그래서 여화는 스스로 목숨을 끊은 것이군요."

"맞아요."

"제가…… 어떻게 해야 할까요……?"

가슴이 갈기갈기 찢겼다. 평생을 제 그늘에 가려 어깨 한 번 펴보지 못하고 살아왔던 아이였다. 그럼에도 언니의 그늘이 좋다던 동생. 언니가 자랑스럽던 동생. 그런데, 내가, 이제껏 그 아이의 생명을 빼앗아 살아왔다니.

어느새 연호는 사라지고 없었다. 텅 빈 집 한 가운데 주저앉아 보현은 긴 울음을 토해냈다. 그리고는 천천히 일어났다. 테이블 위에는 날카로운 면도칼이 놓여 있었다. 이제껏 보지 못했던 낯선 물건이었다. 보현은 욕실로 천천히 발걸음을 옮겼다. 문득 뜨거운 물속에서는 아픔을 덜 느낀다는 누군가의 말이 생각났다. 수도꼭지를 틀었다. 하얀 수증기를 내뿜으며 뜨거운 물이 콸콸 흘러나오고 있었다.

이 정도는 봐줘요.

보현은 조용히 눈을 감았다. 문득 저 밑에서 자신을 지켜보던 시선이 그리워졌다.

9. 뒤틀린 욕망의 마침표

긴 이야기였다. 나현은 팟, 하는 하얀 불빛과 함께 어렴풋하게 떠오르는 기억들을 꺼내놓았고, 기태 역시 몰려오는 기억에 혼란스러우면서도 파편들을 하나씩 맞춰가기 시작했다.

"이제는 알 것 같네요. 왕유가 왜 설화의 목숨을 노렸는지. 지상 씨가 말한 왕유가 여화 때문에 설화를 죽이려 했다는 말이 뭔지를."

누구 하나가 죽어야 누구 하나가 살 수 있는 자신과 언니의 운명. 그리고 사랑하는 이를 위해 다른 이를 죽이고자 하는 남자들의 의지. 분명하게 드러난 이유 앞에서 나현은 아무 말도 할 수가 없었다.

"그리고 왕유가 환생한 이태진이 나현 씨를 죽이려 하는 이유도 이제 명백해 보이네요."

송곳같이 날카로운 것이 가슴이 콕콕 찔렸다.

"언니…… 언니 때문이겠죠."

목구멍에서만 맴돌던, 차마 제 입으로 하기 어려웠던 말이 툭하고 튀어나왔다.

"네. 죽은 보현 씨를 다시 다음 생에…… 환생시키기 위해서."

"……."

"맞아. 내가 왕유와 송심언의 대화를 엿들은 게 바로 그거야. 설화와 여화 사이의 생의 순환 고리는 더 큰 순환 고리를 만들어 낼지 모른다고 한 것. 그건 아마 설화와 여화가 끊임없이 환생을 반복하는 윤회의 고리일거야."

병실 문가에 삐딱하게 서 있던 지상이 불쑥 끼어들었다.

"그 그림에는 강력한 사념이 깃들어 있다고 했어. 원래 처음 그 그림의 역할은 설화의 생의 기운을 여화에게 불어 넣는 것이었겠지. 그리고 다시 설화의 생의 기운이 꺼져 가면 여화의 기운이 설화에게 옮겨가고. 처음에는 단순히 두 사람 사이의 생이 순환하는 고리였을 거야."

"……."

"하지만 그 그림을 건넨 땡중은 경고했었어. 어쩌면 무서운 일이 생길지 모른다고. 더 큰 순환의 고리가 생길지 모른다고."

"그게 바로 끊임없는 환생을 말하는 거야?"

지상이 고개를 끄덕였다.

"내 생각에는. 그게 바로 더 큰 순환의 고리인거지. 끊임없는 환생, 윤회의 순환 고리."

"그래서 결국 태진이는 언니를 다시 환생시키기 위해 날 죽이려 하는 거구나. 이번 생에서 나보다 먼저 죽고 만 언니를 위해서……."

"네가 죽어야…… 너의 생의 기운을 받은 여화가 다음 생에 다시 태어날 수 있으니까."

가슴이 욱신욱신 거려 도저히 제자리에 앉아 있을 수가 없었다. 태진은 그럼 언제부터 자신을 죽이고자 마음먹은 것일까? 아마도 보현이 죽고 난 이후부터 일 것이다. 전생의 모든 기억을 가지고 있었던 태진은 보현이 죽자마자 보현의 환생을 위해 끊임없이 자신의 목숨을 노려왔을 것이다. 그러면…… 전부 정말 다 거짓이었던 걸까? 장난기 어린 웃음도, 시시콜콜한 농담들도, 걱정 어린 말투와 따듯한 눈길도. 전부 다 언제 죽을지 모를 보현의 환생을 대비해 자신을 죽이고자…… 친구라는 이름의 가면을 쓴 철저한 기만과 농락.

"처음엔 물론 네 언니의 죽음을 막으려고 했겠지. 하지만 그게 실패하자 바로 널 죽이는 걸로 계획을 바꿨을 거야. 그걸 위해 친구인 척했던 거고. 게다가 네 생의 기운이 빨리 네 언니에게 갈 수 있도록. 네 언니가 죽자마자 널 죽이려 했겠지. 첫 번째 살해 위협이 네 언니가 죽은 바로 뒤 아니었어?"

감정이 실리지 않은 지상의 말이 현실감 없이 귓가에 와 닿았다. 설화와 여화의 지독한 운명. 그 아득한 운명의 굴레가 제 목을 조르는 것만 같았다.

"그럼, 방법이 없는 겁니까? 이 지독한 윤회의 고리를 끊을 방법."
"글쎄요. 그림 아닐까요? 모든 것의 시작이었으니 모든 것의 끝이겠죠. 땡중이 그랬다잖아요. 윤회의 고리를 끊으려면 그림을 없애라고. 하지만 쉽지 않을 거라고."

* * *

"안 돼요."
주방 테이블에 앉아 기태가 인상을 찌푸리며 나현의 말을 단칼에 잘랐다.

"왜요? 내가 당사자잖아요. 내가 가서 그림을 보면 더 많은 전생의 기억이 떠오를지도 모르잖아요."

"위험하잖아요. 왜 그렇게 자각을 못 하는 겁니까? 아직 이태진 씨의 행방도 밝혀지지도 않았는데."

입맛이 떨어지는 모양인지 기태가 식탁 테이블에 젓가락을 탁 소리 나게 내려놓았다.

"그럼 이 집에 있는 게 안전하단 보장 있어요? 실장님이 없는 사이. 태진이가 집안에 침입해서 절 죽이려 한다면요?"

미처 그 부분은 생각하지 못한 모양인지 기태가 끙 하고 앓는 소리를 냈다.

"강릉댁도 있고 사설 경호원들이 이 집 주위를 에워싸고 있으니 그런 걱정일랑 하지도 말아요."

하지만 기태는 제가 내뱉고도 영 안심하지 못하겠는지 인상을 쓰고는 가만히 팔짱을 꼈다. 이리저리 고심하는 모양이었다.

어젯밤, 두 사람은 기태의 방에서 태진의 살해 시도를 막을 방법에 대해 긴 이야기를 나누었다. 사람을 고용해 행방이 묘연해진 태진을 백방으로 찾았건만 여태껏 그의 머리털 하나도 찾아내지 못했다. 아무리 안전에 신경 쓰고 경호원을 붙인다 하더라도 모든 경우의 수를 추측해서 대처할 수도 없는 노릇. 게다가 언제까지 불안함에 떨며 집 안에 갇혀 지낼 수도 없는 상황이었다. 이대로는 제대로 된 일상이 불가능했으며, 누군가 자신의 목숨을 노린다는 생각에 나현의 신경줄도 바싹 말라갔기 때문이었다.

결국 해결책은 끊임없는 환생을 막는 것뿐이었다. 더 이상 환생을 하지 않는다면 태진이 보현을 살려내기 위해 나현을 죽을 필요도 없는 것. 그리고 환생을 막을 방법은 그림을 없애는 일이라는 결론에 도달한 것이다. 두 사람은 지상이 한 말을 떠올렸다. 송심언과 이약선에게 전한 스님의 말이었다.

'순환의 고리를 끊으려면 그림을 없애십시오. 하지만 결코 간단치 않을 것입니다.'

끊임없는 순환의 고리를 만들어내는 그림. 그 그림을 없애야 이 지독한 환생의 고리도 끊어질 것이다. 결국 기태는 아침 해가 뜨자마자 지상이 5억을 빌리는 대가로 그림을 넘긴 BS캐피탈에 찾아가 보기로 마음먹었다. 그리고 나현이 그런 기태를 따라 나서겠다고 한 것이다.

그 바람에 아침상 너머로 둘은 지금껏 설전을 벌이고 있었다. 기태는 집 안 역시 안전하지 못하다는 말에 어느 정도 수긍을 할 수 밖에 없었다. 아니 수긍이 갔다기보다는 떨어져 지내야 하는 시간을 제 자신이 견딜 수가 없었다. 행여나 무슨 일이 생길까, 태진이 찾아오지 않을까. 떨어져 있는 시간동안 머리를 온통 점령할 끔찍한 상상들을 이겨낼 자신이 없었다.

"절 그렇게 아무것도 못하는 멍청한 여자로 만들고 싶으신 거예요?"

생각에 잠겨 있는 사이 나현이 기어코 화난 음성으로 쏘아 붙였다.

"그건 또 무슨 소리예요?"

"이 일은 그 누구도 아닌 제 목숨이 달린 일이에요. 가장 그림을 찾아 없애버리고 싶은 사람도, 태진이를 잡고 싶어 하는 사람도 저란 말이에요."

"그래도 위험하니까……."

"더 이상 죽고 싶지 않아요. 환생이라는 정해진 굴레에 갇혀 예정된 삶을 살고 싶지 않다고요. 내 손으로 그걸 바꾸고 싶어요."

기태가 차마 생각지 못한 결정적인 한 마디였다. 나현의 눈동자에는 단호한 의지가 서려 있었다.

"알았어요."

기태는 졌다는 듯 고개를 끄덕였다. 말린다 해도 더 이상 제 말을 듣지 않을 것이다. 자신의 불안감을 잠재우고자 하는 이기심에 의지대로 행동하려는 나현을 제멋대로 휘두를 순 없었다. 나현이 저렇게 행동한다면……. 제가 할 수 있는 일은 옆에서 그녀의 안전을 위해 최선을 다하는 것뿐일 것이다.

"아. 그리고 같이 갈 사람이 한 명 더 있어요."

그리고는 번뜩 생각났다는 듯이 테이블 위에 올려 둔 핸드폰을 들어올렸다.

"누구요?"

기태는 발신 목록에서 전화번호 하나를 찾아내어 버튼을 꾹 눌렀다.

[아. 또 뭐요!]

전화기 밖으로 지상의 짜증나는 목소리가 울려 퍼졌다.

기태의 차가 좁고 후미진 길가에 멈춰 섰다. 골목에는 벽에 금이 가고 도색이 벗겨진 허름한 건물들이 즐비해 있었다. 환한 낮에도 건물들은 을씨년스럽게 보였다. BS캐피탈. 기태는 허름한 간판이 덜렁 달린 건물 하나를 노려보고는 입구로 성큼 발을 내딛었다.

"당신이 5억을 빌리는 대신 훔친 그림을 갖다 준 곳이 여기 맞습니까."

기태가 뒤따라오는 지상에게 물었다.

"맞다니까요."

지상은 내키지 않은 곳에 오게 된 게 영 불만인지 여전히 퉁퉁거리며 대답했다. 엘리베이터에서 내리자 복도에 들어가기 전 보안문이 설치되어 있고 검은 정장을 입은 커다란 남자 2명이 그 앞을 지키고 서 있었다.

기태가 스스럼없이 남자들에게로 향했다.

"한동민 사장을 찾아왔습니다."

사무실은 20평 남짓 되는 아담한 크기였다. 허름한 건물의 외관과는 달리 사무실 안은 놀랄 만큼 고급스러운 자재들로 꾸며져 있었다. 커다란 유리창을 뒤로 마호가니 책상이 현관문을 바라보며 놓여 있었고 부드러운 가죽 소파와 테이블이 사무실 중간에 손님맞이용으로 놓여 있었다. 벽면에는 서류 보관용으로 보이는 책장과 캐비닛들이 자리하고 있었고 양 벽면에는 옆 사무실로 통하는 문이 있었다.

"이야. 이게 누구야? 오랜만입니다, 권 실장님."

한동민은 30대 후반 정도 되어 보이는 호리호리한 체격의 남자였다. 짙은 파란색 셔츠에 하얀 정장을 입고 인디언 핑크색 넥타이를 맨 다소 화려한 차림이었다. 웨이브 진 갈색머리는 귀를 덮을 정도로 길었고 실내인데도 선글라스를 끼고 있었다. 한동민은 책상에서 일어나 기태를 향해 손을 내밀었다. 하얀 이를 드러내며 활짝 웃는 얼굴이 연락이 끊겼던 옛 친구를 만나는 듯 반가워 보이기까지 했다.

"앉으시죠."

한동민이 가죽 소파에 몸을 깊숙이 파묻자 기태의 일행도 소파에 앉았다. 지상 역시 동민의 눈치를 살피며 쭈뼛거리며 소파 끝자리에 엉덩이를 슬쩍 걸쳤다.

"그런데. 권 실장님 같은 분이 우리 동네에는 어쩐 일이신지."

기태는 수표 한 장을 지갑에서 꺼내 소파 앞 테이블 위에 놓았다.

"백지상 씨가 빌린 원금과 이자를 합한 금액입니다."

눈을 가늘게 뜬 동민이 수표를 집어 들었다. 하지만 금액을 한 번 보고는 다시 테이블 위에 올려놓으며 기태를 향해 슥 밀어냈다.

"저기 앉아계신 백지상 씨에게 말씀은 들으셨겠지만……. 빌린 돈을 갚아야 할 기한이 이미 지났습니다. 아시잖습니까, 기한을 넘기면 담보는."

동민이 비열하게 웃으며 뒤에 선 검은 정장의 남자에게 손짓을 했다. 뺨에 흉터가 있는 남자가 캐비닛으로 가 서류 하나를 가지고 와 건넸다. 동민은 담보 계약서를 테이블 위에 올려놓고 기태를 향해 밀었다.

"우리 쪽으로 넘어오게 되지요."

기태가 계약서를 들어 한 장씩 넘기며 훑어보았다.

"계약서에 문제가 있습니까?"

동민이 비열하게 웃었다.

"계약서에 문제가 있는지는 우리 변호사를 통해 확인하도록 하죠. 사본 정도는 있으시죠?"

기태의 물음에 주눅 든 지상이 고개를 끄덕였다.

"아니면 뭐 지금 바로 확인해 볼 수도 있고요."

기태가 계약서를 핸드폰 카메라로 찍은 뒤 문자를 통해 어디론가 발송했다.

"에헤이. 왜 이러십니까. 권 실장님. 이 바닥의 룰을 그런 식으로 무시하시면 안 되죠."

여전히 입은 웃고 있었지만 눈은 웃지 않고 있었다.

"게다가 그 그림은 백지상 씨 소유가 아니라 여기 있는 송나현 씨에게서 훔친 장물입니다. 증거는 충분하고요. 장물은 담보로 취급 안 되는 거 아시잖습니까. 물론 이 바닥의 룰을 말하는 겁니다."

"아니죠. 모르고 취급했다면요. 선의의 제3자에게는 모르고 한 일에 대한 책임 따위 없습니다. 전 그 그림이 장물인지 전혀 몰랐다고요."

동민은 여전히 하얀 이를 드러내며 여유 넘치게 웃고 있었다. 장물인지 몰랐다는 말은 그의 태도나 행동을 보았을 때 전혀 신뢰할 만한 것이 아니었다.

"그림을 다시 가져가시려면 가치에 알맞은 가격을 지불하시고 저에게서 사 가셔야 하겠습니다."

동민이 양손에 깍지를 낀 채 몸을 앞으로 숙였다. 여전히 싱글거리는 얼굴이 징그러울 지경이었다.

"물론 전문 감정인단의 감정 결과로 볼 때 그림의 가격은 13억. 거기에다가 판매 수수료와 보관료까지 더하면 지불하셔야 할 돈은 총 15억이 되겠군요."

"마…… 말도 안 돼! 그 그림은 제 거였단 말이에요."

"아가씨. 아까 말씀드렸지만 난 그 사실을 전~혀 몰랐다니까요. 다음 주까지 15억을 가지고 오지 않으면 그림은 12월 중순 열릴 사설 경매장의 경매 물품으로 올라가게 됩니다. 거기서 누군가가 그 그림을 구입하면 당신네들은 영영 그림을 되찾기 힘들게 되겠지요."

"실장님……."

실내복으로 갈아입은 나현이 슬리퍼를 끌며 거실 소파로 향했다. 거실에는 기태가 소파에 앉아 노트북으로 인터넷 검색을 하고 있었다. 아마도 그림을 찾기 위해 여러 가지 자료 조사를 하고 있는 모양이었다. BS캐피탈을 다녀온 이후 기태는 며칠 동안 이리저리 전화를 걸며 그림을 찾기 위해 바쁘게 움직였다. 하지만 희망적인 소식은 없었다. 결국 한동민이 제시한 금액을 가지고 BS캐피탈을 찾았지만 그림은 이미 누군가에게 팔린 후였다.

'누굽니까? 그림을 사간 사람이.'

'아 도대체 몇 번을 말씀드립니까. 말해 드릴 수 없다니까 그러시네.'

'그림 값을 얼마든지 내겠습니다. 그 그림을 판 사람에게서 다시 그림

을 사 주세요.'

'넌지시 얘기했지만 산 쪽에서 의지가 확고해요. 절대 팔지 않겠답니다.'

'돈 때문이라면 걱정하지 않으셔도 됩니다. 그쪽에서 제시하는 금액 그 이상을 지불할 준비가 되어 있습니다. 그 사람의 연락처라도 알려주시면······.'

'권 실장님. 이러지 마십시다. 항상 냉정하던 사람이 왜 이러십니까?'

아무리 좋은 조건을 내놓아도 한동민은 그림을 사간 사람의 정체를 알려주지 않았다. 게다가 엎친 데 덮친 격으로 별장 앞마당에 화재까지 일어났다. 앞마당에 심어놓은 벚꽃나무에 누군가 불을 놓은 것이다. 재빠르게 불이 난 광경을 발견한 강릉댁 덕택에 화재는 곧 진압되었지만 이로써 기태의 집마저 안전한 곳이 아님이 여실히 드러났다. 집에만 있다고 해결될 일은 아니었다. 태진은 언제, 어떤 방법으로 나현을 죽이려 들지 몰랐기 때문이었다. 한시 바삐 태진을 잡고 그림을 없애는 것이 나현의 목숨을 구할 최선의 방법이었다.

아무것도 할 수 없는 막막함에 기태의 얼굴은 점점 까칠해져갔다. 며칠 동안 식사도 제대로 하지 못하고 잠도 자지 못했다. 나현은 자신 때문에 점점 예민하게 변해가는 기태는 안타깝게 바라보았다. 자신이 아니었다면 더 안락한 삶을 살았을 사람. 그리고 점점 기태에게 의지를 넘어선 속박이 된 제 삶이 무서워졌다.

나현이 기태 옆자리에 앉아 등을 감싸 안으며 어깨에 기댔다. 그런 마음을 알아챈 모양인지 기태가 애써 웃으며 나현의 손을 잡았다. 안심하라는 듯 희미하게 웃음지어 보였지만 불안감에 바짝 말라만 가는 자신과 기태가 위태롭게 느껴졌다.

"걱정돼요?"

나현이 대답 대신 고개를 끄덕였다.
"뭐가요?"
"나 때문에 실장님까지 힘들어져서요."
기태가 고개를 저었다.
"힘들지 않아요. 곧 보여줄게요. 나 꽤 능력 있는 남잡니다."
"저도 보여줄게요. 저 꽤 의지력 있는 여자거든요."
여전히 애틋하고 부드러운 눈길이었지만 얼굴에 짙게 드리운 검은 그림자는 좀처럼 사라지지 않았다. 그때 왼손에 쥔 핸드폰에서 문자 알림 울렸다. 보지 않아도 알 수 있었다. 연호라는 걸. 나현이 기태의 집으로 거처를 옮긴 뒤에도, 그리고 그 사실을 알고 있으면서도 연호는 매일같이 대답도 듣지 못할 문자를 보내왔다. 문자의 내용은 한결같았다. 설화를 죽인 것은 시함이 맞다. 나도 잘 기억해내지 못하는 내가 원망스럽다. 어찌된 일인지 그 생각만 하려하면 머리가 깨질 듯 아파온다. 설명할 순 없지만 내 말이 맞다. 그러니 제발 믿어 달라. 그리고는 항상 덧붙이는 말들이 있었다.

보고 싶어요.

절절한 문자에도 나현은 그간 단 한 번도 답장을 하지 않았다. 자신의 애매한 태도가 기태에게는 미안한 행동이며 연호에게는 더 큰 상처라는 걸 알고 있었기 때문이었다. 연호의 문자를 확인하는 것은 이제 마지막이다. 나현은 기태를 의식하며 조용히 핸드폰을 켰다.

[답은 그림이었죠? 도둑맞은 그림. 두고 봐요. 내가 어떻게 나현 씨를 지킬지.]

순간 심장이 턱 하고 내려앉았다.
"나현 씨."
정신이 빠져있는 나현을 기태가 살짝 흔들었다.

"아. 네네."

허둥지둥 핸드폰을 끄고 고개를 돌리자 기태의 눈이 이채롭게 빛나고 있었다. 근래에 보기 드문 눈빛이었다.

"이거 좀 볼래요?"

기태가 노트북을 나현의 방향 쪽으로 틀었다. 행여나 문자를 기태가 보았을까 조마조마 하던 찰나에 마음을 쓸어내리며 노트북 화면을 향해 시선을 옮겼다.

이…… 이게 뭐야……?!

노트북 화면에 뜬 기사를 믿을 수가 없었다.

"일이 어렵게 된 건지 잘 된 건지 모르겠네요."

[갤러리 홍은 미국 가고시안 갤러리와 합작으로 오는 12월 15일부터 1월 31일까지 현대 미술계의 슈퍼스타 에단 주 작가의 '눈동자의 비밀 展'을 개최한다. 이번 전시회는 국외에서 주로 활동하는 에단 주 작가의 국내 첫 전시회로 기존 추상 표현주의 화풍에서 벗어난 새로운 화풍의 인물화 50여점을 선보인다. 인간의 태초의 기억과 내면을 극대화한 눈동자에 투영시킨 이번 작품은 '시간의 순서'대로 전시될 예정이며 에단 주 작가에게 강렬한 예술적 영감을 준 고려시대 인물화도 함께 선보인다.]

머릿속이 쿵쿵 울렸다. 고려시대 인물화. 이는 분명 지상이 나현에게서 훔쳐 BS캐피탈로 넘긴 그림이 분명했다. 한동민이 그림을 판 사람은 바로 연호였던 것이다.

"이 고려시대 인물화…… 그 그림이겠죠?"

"일을 편하게 만들어 줬네요. 주연호 씨가."

어쩐지 얼굴에 희미한 미소가 번져있었다. 그때 기태의 핸드폰 문자가 울렸다.

"주연호 씨도 양반은 아니군요."

나현이 얼른 기태의 손에서 핸드폰을 빼앗았다. 연호의 문자였다.

[15일 저녁 7시. 전시회 전야 오프닝 파티 때 봅시다. 기대해도 좋아요. 그 그림을 눈앞에서 갈기갈기 찢어 줄 테니.]

"어…… 어떻게 하실 거예요?"

기태가 천천히 머리를 쓸어 올렸다. 그리고는 입 꼬리를 씩 들어 올리더니 미소를 지었다.

"가야죠. 초청해줬으니."

* * *

갤러리 홍의 3층 연회장 앞에는 커다란 화환들이 줄지어 늘어서 있었다. 입구에는 '에단 주 국내 첫 전시회 - 눈동자의 비밀展'이라는 커다란 푯말이 서 있었고, 입구 옆 하얀 벽면에는 작가 이력과 작품 내용에 대한 간략한 설명이 벽면 레터로 붙어 있었다. 연회장 내부는 말 할 것도 없거니와 로비와 계단까지도 유명인사와 미술 관계자, 기자들로 북적였다. 전시회 오프닝 전야인 걸 감안하더라도 엄청난 열기였다. 나현은 입구 옆 데스크에서 미진이 건네는 STAFF 명찰을 받아 목에 걸었다.

"고마워. 그리고 미안해."

"아니에요."

"주 작가가 얼마나 강력하게 얘기하던지. 자기가 안 나온다고 우겼으면 이 전시회 엎어질 뻔 했다니까."

미진이 과장스럽게 툴툴거렸다. 대체 주 작가와 넌 무슨 사이냐? 묻고 싶은 말이 굴뚝같았지만 해쓱해진 나현의 얼굴을 보곤 그저 입을 다물었다.

"엄청나지?"

"이만하면 우리 갤러리 역사상 유례없는 성공 아니에요?"
"그렇지. 앞으로도 계~~속 주 작가가 우리와 함께 해줬으면 하는 바람이 마구 생긴다."
"······."
"아 잠깐만. 여기 좀 지키고 있어줘. 네네! 관장님! 갑니다!"
미진은 나현의 가슴에 부담스러운 짐을 한가득 올려놓은 채 손짓을 하는 관장을 향해 급히 걸어갔다. 그 바람. 못 지켜드릴 것 같은데. 나현은 다른 사람들에게는 들리지 않을 한숨을 몰래 내쉬었다.
"긴장돼요?"
뒤에서 불쑥 들린 기태의 목소리에 나현이 돌아보았다.
"어디 갔다 오셨어요?"
"내내 옆에 있고 싶지만. 안전이 최우선이라서요. 갤러리 주위 좀 둘러보고 오는 길입니다. 그나저나 주연호 씨, 꽤나 능력 있는 작가인가 봅니다?"
기태가 인상을 찌푸리고는 연회장에 늘어선 화환들과 카메라를 들고 서성이는 기자들, 몰려든 각계 유명 인사들을 바라보았다. 나현은 어이없는 표정으로 기태를 바라보았다. 아니, 전시회 후원까지 하는 사람이 뭐? 주연호를 두고 꽤나 유명한 작가? 연호에 대해 설명하려 입을 열려던 찰나였다. 기태가 예리한 눈으로 주위를 살피고는 먼저 말을 꺼냈다.
"그 그림은······ 없는 것 같죠?"
끊임없는 윤회의 순환 고리를 만들어내는 전생의 그림. 나현과 기태는 연회장에 도착하자마자 전시된 작품들을 둘러보았지만 그림은 어디에도 없었다. 행여나 보관실에 있을까 싶어 미진에게 물어보았지만 미진은 역시 그 그림에 관해서는 아는 게 없는 눈치였다. 더 이상의 환생을 막기 위해서는 그림을 없애야 한다. 그리고 환생의 순환 고리가 끊겼다는 사실을 태진이 안다면 더 이상 나현을 죽이려 하지 않을 것이다. 지금 기태와 나현은 연호에게 그 그림을 없애자 설득하기 위해 이곳에 와 있는 것이다.

"네……. 아무래도 연호 씨가 직접 들고 오지 않을까 싶네요."

"주연호 씨도 이태진을 막을 방법은 그 방법 밖에 없다는 걸 알고 있을 텐데…… 왜 그 그림을 손에 넣자마자 없애지 않고 갖고 있는 건지 알 수가 없네요. 게다가 이렇게 공공연한 장소에 전시까지 하려니 원."

기태가 연호의 생각을 알 수 없다는 듯 혀를 찼다.

그야. 연호 씨는 태진이를 범인이라 생각하지 않으니까요. 연호 씨는 당신이 날 죽였다 생각하니까요. 그림을 이용해 날 불러내 당신에게서 떼어놓으려 하는 거죠.

목구멍에서 내 뱉을 수 없는 말이 맴돌았다. 나현은 슬쩍 옆에 선 기태를 올려다보았다. 굳어 있는 몸에 긴장한 기색이 역력했다. 잠시도 쉴 수 없는 사람.

"우리 그림 한 번 보러 갈래요?"

나현이 기태의 팔꿈치를 슬쩍 잡았다.

"그림은 없잖습니까."

"그 그림말고요. 연호 씨 신작."

연회장 벽면 가득히 연호의 신작이 전시되어 있었지만 안내 데스크를 지키고 있던 나현 역시 정작 그림 구경은 제대로 하지 못 했다.

"봐서 뭐하게요."

불퉁한 얼굴. 연호가 아니라 연호의 그림을 보자고 한 것조차 기분이 썩 좋지 않은 모양이었다.

"미술관 데이트 하자고요. 보통의 연애."

그 모습이 귀여워 보여 나현은 기태에게 팔짱을 끼며 입구 쪽으로 이

끝었다.

"도대체 나현 씨가 말하는 보통의 연애가 뭔데요? 우리가 하고 있는 건 또 뭐고."

기태가 당최 알 수 없다는 표정을 지었다.

"뭐. 출근할 때, 점심 먹을 때, 퇴근할 때. 하루에 적어도 세 번 정도는 전화나 문자하고."

"그리고요?"

"일찍 끝나는 날에는 같이 맛집 투어도 하고. 식후엔 달달한 커피도 마시고."

"난 달달한 거 안 좋아하는데. 그리고요?"

"음……. 주말에 영화도 보러 가고 공연도 보러 가고 또 이렇게 미술관도 오고 하는 거?"

"너무 쉽다. 나현 씨가 말하는 보통의 연애. 너무 소박한 거 아닙니까?"

"제가 좀 그렇죠. 원래부터 그랬어요. 큰 걸 바라지 않죠. 작은 행복만 있으면 만족하면서 그렇게 삽니다."

어디서 많이 듣던 대사인 것 같아 기태가 슬며시 미소를 지었다. 그리고는 옆에 선 나현의 손을 꼭 잡았다.

"이번 일만 끝나면…… 우리도 보통의 연애해요."

"에이. 안되죠. 보통으로는."

"아까는 보통의 연애라면서요?"

"보통보다는 좀 더 애절하고 찐하게. 어때요?"

보통의 연애든, 애절하고 찐한 연애든. 원하는 건 다 해줄게요.

"그럼 일단은 미술관 데이트부터."

나현은 찡그리는 기태를 연회장 입구 쪽으로 밀었다. 설명서에 적힌

대로라면 가장 먼저 시작하는 그림이었다. 그림은 100호 사이즈로 붓이 아닌 손으로 그린 듯 마티에르가 두껍고 거칠었다. 어두운 배경의 캔버스 속에는 한 여자가 가만히 서 있었다. 한 가지 특이할 점은 바로 여자의 눈동자가 얼굴보다 크게 그려져 있다는 것. 바람에, 서늘하고 오싹한 느낌이 들었다. 저 어마어마한 크기의 눈동자가 제 자신을 발가벗겨 놓고 샅샅이 훑어보고 있는 느낌이었다.

"주연호 씨 원래 이런 그림 그리는 사람입니까? 뭔가 그림이 기괴하네요. 눈동자는 왜 또 저렇게 크게 그려 놓은 거죠?"

"팸플릿에 있는 작가의 말을 보면 저 눈이 상징하는 건 개인을 감시하는 공권력의 통제망을……."

팸플릿을 흘깃 보며 말을 늘어놓던 나현이 입을 다물었다. 그림 속 커다란 눈동자 안을 새까맣게 칠한 검은색이 어떤 형체처럼 보였기 때문이었다.

어……? 뭐…… 뭐지?

그림을 향해 한 발자국 다가섰다. 그리고 그림 가까이 얼굴을 가져다 대었다. 순간 전신에 소름이 쫙 돋았다. 왜인지 알 것 같았다.

전시회의 주제가 왜 '눈동자의 비밀'인지…….

눈동자 안의 검은 형체는 분명 떠오르는 연등을 가리키고 있는 아이들의 모습이었다. 온통 검은 색에 선이 뭉개져 있어 형체는 분명하지 않았지만 알 수 있었다. 다음 그림을 향해 서둘러 발을 옮겼다. 그리고 역시 가까이 얼굴을 대곤 캔버스 안에 커다랗게 그려진 눈동자 안을 살폈다. 이번에는 누군가가 주리를 틀고 있고 옆에 있는 여자 아이가 울고 있는 모습이 그려져 있었다. 떨리는 발걸음으로 다음 번, 그리고 그 다음 번 그림으로 향했다. 말에 태워져 끌려가는 모습, 절벽 앞에서 누군가가 칼을 내리치는 모습, 산에서 결투를 하는 두 남자의 모습, 그리고 죽은 여자를 안고 울고 있는 남자의 모습. 그림들 속 눈동자는 전부 전생의 순간들을 담아내고 있었다.

"왜 그래요?"

얼어붙은 얼굴로 다음 그림으로 넘어가려는 나현의 팔을 기태가 붙들었다. 귀신이라도 본 것 같은 얼굴이었다.

"실장님……."

"왜요?"

다시 고개를 돌려 그림을 바라보았다. 눈동자 안에 검은 형체가 꿈틀꿈틀 살아 움직이는 것만 같았다.

"왜 이번 전시회 주제가 '눈동자의 비밀'인지 알겠어요."

그림에서 시선을 뗄 수가 없었다. 아니, 그림이 무자비하게 시선을 잡아채고 있었다.

"눈동자 속에 우리의 전생이 전부 그려져 있어요."

연호는 자신들이 겪은 전생 일을 전부 눈동자 속에 검은 형체로 그려 놓았다. 그에게선 한 마디 언급도 없었으니 의도한 바는 아닐 것이다. 연호의 무의식, 연호가 떠올리지 못했던 기억이 만들어 낸 산물임이 분명했다. 하지만 지금 중요한 점은 이 모두가 그의 기억이라는 것. 어쩌면 마지막 그림에 설화가 어떻게 죽었는지……, 잘 떠올리지 못하는 기억을 그의 무의식이 대신 그려 놓았을지도 모른다. 주위를 두리번거렸다. 마지막 그림은 지금 나현이 서 있는 곳과 마주보는 반대편 벽면에 걸려 있었다.

"저게…… 마지막 그림이에요."

반대편 벽면에 걸려있는 그림을 가리켰다. 멀리서 볼 때는 눈물을 방울방울 흘리며 울고 있는 여자와 커다란 눈동자가 그려진 그림이었지만 분명 저 속에 자신들의 마지막 모습이 그려져 있을 것이다. 기태가 먼저 지체할 것도 없이 홀을 가로질러 그림을 향해 달려갔다. 나현도 바로 따라가려 했지만 발걸음이 쉬이 떨어지지 않았다. 보나마나 왕유일 것이다. 전생에 설화를 죽인 사람은. 볼 필요도 없다. 하지만…… 연호의 말처럼 설화를 죽인 게 왕유가 아니라면……? 누구일까……?

알아야 해. 전생에 설화를 죽인 사람은 누군지.

건너편을 향해 곧장 가로질러 가려 할 때였다. 반대편에서 그림을 보던 기태가 천천히 몸을 돌렸다. 순간 나현은 내딛은 발걸음을 그대로 멈출 수밖에 없었다. 기태의 얼굴이 새하얗게 질려 있었던 것이다. 아니, 새하얗게 질려 있다는 말로는 부족했다. 생전 처음 보는 얼굴이었다. 경악, 충격, 고통, 혼란. 수많은 감정들이 그 속에 소용돌이 치고 있었다.

어라……? 왜……? 무슨 그림이길래요?

넓은 홀을 가로질러 가기 위해 다시 한걸음 떼려는 와중이었다. 갑자기 반대편에 있던 기태가 양 손으로 막으며 고개를 천천히 흔들었다. 다가가려 하자 주춤 물러나려 하기까지 했다. 불안함이 가슴 깊은 곳에서 스멀스멀 피어오르더니 전신을 맹렬하게 휘감았다. 차마 상상할 수도 없는 무서운 가능성들이 머릿속에 솟구치기 시작했다.

그때 연회장 입구에서 웅성거림이 일었다. 카메라를 든 기자들이 갑자기 우르르 입구를 향해 몰려갔다. 전시회 주인공이 연회장 안을 들어선 모양이었다. 매니저와 스텝들이 기자들과 사람들을 물리치며 길을 트자, 남색 캐주얼 정장을 깔끔하게 차려입은 연호가 매니저와 함께 연회장 안으로 들어서고 있었다. 나현은 기태가 서 있는 마지막 그림을 향해 사람들을 헤쳐 나가려 했지만 연호의 주위를 둘러싼 인파에 이리저리 휩쓸릴 뿐이었다.

순간 주위를 두리번거리던 연호와 눈이 마주쳤다. 오랜만에 보는 멀쩡한 얼굴이었다. 마주친 연호의 눈동자에 반가움, 아련함, 원망 그 외의 많은 감정들이 소용돌이쳤다. 하지만 먼저 시선을 피한 것은 연호였다. 입술을 꽉 깨문 연호는 시선을 거두고는 매니저가 안내하는 곳으로 걸어가기 시작했다.

연호가 앞쪽에 마련된 크리스털 강대상 앞에 서자 기자들이 어느 정도 거리를 둔 채 주위를 빙 둘러 에워쌌다. 곳곳에서 카메라 플래시가 터져 나왔다. 딱딱한 표정으로 강대상에 선 연호는 잠시 호흡을 가다듬은 뒤 이내 특유의 눈웃음을 한껏 지으며 마이크를 향해 몸을 숙였다.

"먼저 오늘 이 곳을 방문해주신 모든 분들께 감사의 말씀드립니다. 이렇게 많이 모이신거 보니 제가 제법 유명한가보죠?"

곳곳에서 웃음이 터져 나왔다. 나현은 몰려든 군중 사이에 갇혀 연호를 바라보았다. 누군가를 찾는 듯 이리저리 시선을 내던지던 연호와 다시 한 번 더 눈이 마주쳤다.

"오늘 이 자리는…… 오직 한 사람을 위해 만든 자리입니다."

연호가 나현에게서 시선을 떼지 않고 마이크를 향해 말했다.

"우와. 작가님. 지금 방금 고백하신건가요?"

"멋지십니다. 사랑 고백 맞으시죠?"

"고백하려는 여자 분은 여기에 있나요?"

기자들 사이에서 짓궂은 질문이 터져 나왔다. 연호가 쏟아지는 질문에 씩하고 웃으면서 마이크를 손에 쥐었다.

"이번 전시회의 신작들은 고려시대 그림에 영감을 받아 그린 것입니다. 제가 재테크도 할 겸 구입해서 가져왔는데요."

다시 사람들 사이에서 웃음이 터져 나왔다.

"이 그림이 그 사람에게는 무척 중요해서 이 그림이라도 가져오지 않으면 도저히 날 만나줄 것 같지 않아서요."

"그림 좀 보여주시죠!"

"작가님! 작품에 영감을 받은 그림이 궁금합니다!"

"사랑하는 여자를 위한 그림도요!"

기자들과 몰려든 사람들이 큰 소리로 외쳤다. 격식 없는 캐주얼한 분위기에 용기를 낸 어떤 사람은 휘파람까지 불어댔다.

"알겠습니다. 그럼."

연호가 옆에 선 매니저에게서 검은 서류가방을 건네받았다. 그리고 비밀번호를 눌러 가방을 열더니 두루마리 하나를 꺼내들었다.

"이 그림은,"

그리고 사람들을 향해 두루마리를 촤악, 하고 펼쳤다. 말려있던 그림이 아래로 펼쳐졌다. 그림 속에는 붉은 옷을 입은 여인이 다소곳하게 손을 모으고 있었다.

그림이다!

연호가 그림을 가지고 있다는 걸 확인 하자마자 나현은 두 주먹을 불끈 쥐었다. 조용히 없애버려야 할 그림을 저렇게 사람들 앞에 공개하다니. 인파를 헤쳐 앞으로 나가려 할 때였다.

찌잉. 파밧.

퓨즈 끊기는 소리가 들리더니 삽시간에 주위가 어두워졌다. 전기가 나간 것이다. 화기애애한 분위기 속 웃고 떠들던 사람들이 웅성거렸다. 전시회장으로 쓰이는 연회장이라 창문 하나 없이 사방이 벽으로 둘러 싸여 있었기 때문에 순식간에 주위가 깜깜해졌다.

"뭐…… 뭐야? 이거?"

"정전 인가봐."

사람들이 두리번거리며 동요하기 시작했다. 넓다고 하지만 밀폐된 공간. 그리고 수용 가능한 인원을 넘어선 지나치게 많은 사람들이 밀집되어 있었기 때문에 불안감은 금방 증폭 되었다.

"어서 문 좀 열어주세요!"

어디선가 들려오는 다급한 미진의 외침에 연회장의 육중한 철문을 열기 위해 스텝들이 연회장 뒤쪽을 향해 달려갔다.

그때였다. 누군가가 인파에서 불쑥 튀어나와 연호를 향해 돌진했다. 매니저와 스텝들이 제지하려 했지만 괴한이 연호를 향해 달려드는 것이 한 발 먼저였다.

"으악!"

괴한은 뒤로 넘어진 연호를 덮쳤고 손에 들린 서화를 뺏어 들었다.

"꺄아아악!"

괴한의 난데없는 등장에 사람들이 저마다 소리를 지르며 우왕좌왕하기 시작했다. 나현은 빠르게 흩어지는 군중 속에 갇힌 채 눈을 가늘게 뜨고 소동을 일으키는 괴한을 바라보았다.

이태진……!

태진이 분명했다. 뒷모습뿐이었지만 알 수 있었다. 매니저가 태진을 향해 덤벼들자 태진은 한 손에 서화를 든 채 잽싸게 무언가를 인파를 향해 던졌다. 펑-! 하는 소리가 들리며 불꽃이 일었다. 그리고 순식간에 새까만 연기와 함께 불길이 솟구쳤다.

"꺄악! 불이야!"

기겁한 사람들이 동시에 연회장 입구 철문을 향해 달려갔다. 뛰어가다 밀쳐져 사람들, 넘어진 사람들을 밟고 지나가는 사람들, 비명소리와 누군가를 찾는 고함 소리, 우당탕 테이블이 넘어지는 소리. 연회장은 삽시간에 그야말로 아수라장으로 변했다.

"나현 씨!"

인파 가운데 끼어 이리저리 밀리던 나현을 향해 기태가 손을 뻗었다.

아슬아슬하게 서로의 손이 닿았다. 기태는 엄청난 힘으로 나현의 팔을 잡아 당겨 품 안에 안았다.

"태진이었어요. 연호 씨를 향해 달려들었던 남자. 봤어요?"

"알아요. 그래도 빨리 여기에서 나가야 해요."

"하…… 하지만 그림이. 태진이가 그 그림을 연호 씨에게서 빼앗았다고요!"

"주연호, 이 멍청이 같은……."

기태가 거칠게 얼굴을 쓸어내렸다. 그리고는 이내 결심한 얼굴로 나현의 손을 잡아 강대상이 있는 연회장 앞쪽으로 향했다. 문 쪽으로 향해 정신없이 몰려드는 인파와는 완전히 반대 방향이었다. 덕택에 기태는 온몸으로 달려드는 사람들을 막아내며 길을 터 가고 있었다. 때마침 높은 천장에 달린 스프링클러가 휘잉 소리를 내며 작동하기 시작했다. 기계가 뱅글뱅글 돌며 사방에 물을 뿌려댔다. 나현과 기태의 옷이 삽시간에 비를 맞은 듯 몽땅 젖어들었다. 바닥에 고인 물 때문에 미끄러지고 넘어지는 사람들이 군데군데 속출했다. 아비규환이 따로 없었다. 겨우 사람들을 헤치고 강대상이 있는 연회장 앞쪽에 다다르자 바닥에 누워 있는 연호의 모습이 제일 먼저 보였다.

그리고 그 앞에는 한 손에는 그림을, 한 손에는 회칼을 든 태진이 무시무시한 얼굴로 서 있었다. 나현의 손을 꼭 잡은 기태가 옆걸음을 쳐 연호에게 다가가 손을 내밀었다. 세게 넘어졌는지 얼굴을 찡그린 연호가 기태의 손을 잡고 자리에서 일어섰다. 어느덧 주위는 조용해져 있었다. 사람들은 온갖 소동에 썰물 빠져나가듯이 밖으로 나가버렸고 텅 빈 연회장에는 오직 나현과 기태, 연호와 대치하고 있는 태진만이 남아 있었다. 몇몇 스텝들이 밖에서 어디론가 전화를 걸고 있었지만 깜깜해진 연회장 안의 자세한 사정은 모르는 듯 했다.

"어차피 여기서 빠져나갈 순 없어. 그럼 이리 내."

기태가 나현의 손을 놓고는 뒤로 물러서게 했다. 그리고 태진을 향해 한 발 다가서며 위압적인 목소리로 말했다. 태진은 시뻘게진 눈으로 회칼을 획획 휘둘렀다. 간혹, 연회장 중간쯤에 보이는 STAFF 사무실을 힐끔힐끔 쳐다보기도 했다.

"한 발자국이라도 다가오기만 해."

하지만 기태와 연호가 양 옆에서 몸을 낮춘 채 조금씩 태진을 향해 다가갔다. 회칼을 들고 있다고 하나 둘이라면…… 어쩌면 승산이 있을지도 몰랐다. 그때 태진이 힐끔거리며 쳐다보았던 STAFF 사무실 문이 열렸다. 열린 문 사이로 한동민이 연회장 안으로 들어오고 있었다.

"뭐…… 뭐야? 당신은!"

연호가 한동민을 향해 소리쳤다.

"글쎄요. 저 그림이 누군가로부터 훔친 장물인지 아닌지 모르지만 난 그림을 받아달라는 부탁을 받고 왔는데요."

한동민이 비열하게 웃으며 태진 쪽으로 걸어왔다. 한동민이 가까이 다가오자 태진은 그를 향해 서화를 내밀었다. 그 모습에 기태와 연호가 한 발자국 다가갔지만 태진은 다시 회칼을 사정없이 휘둘러 댔다.

"어쩔 셈이야."

기태가 음산한 목소리로 물었다.

"이 그림. 없애버리고 싶지? 환생을 막을 수 있는 유일한 길이니까. 하지만 여기 있는 한동민 사장이 그림을 보관할거야. 영원히 훼손되지 않도록. 그러면 연화는…… 다시 태어날 수 있어."

태진의 눈이 희번덕거렸다. 눈빛은 광기로 물들어 있었다. 한동민이 태진의 손에서 그림을 받아들려 할 때였다. 뒤에 있던 연호가 기태를 밀치고 한동민을 향해 돌진했다. 동시에 태진이 연호를 향해 회칼을 높이 쳐

들었다.

"안돼애!"

나현의 고함소리가 연회장에 메아리쳐 울렸다. 고함소리가 신호가 된 듯 옆에 있던 기태가 용수철처럼 튀어나가 태진의 손목을 잡고 벽으로 밀어붙였다. 쿵하는 소리와 함께 회칼을 든 태진과 기태가 함께 벽에 부딪혔다.

"나현 씬 피해요! 어서!"

나현이 몸을 홱 하고 돌렸지만 연호를 밀어낸 한동민이 나현의 앞을 가로막았다.

"어딜 가시나."

한동민이 나현의 팔목을 쥐려 할 때, 넘어졌던 연호가 일어나 뒤에서 한동민의 허리를 안아 붙들었다.

"빨리 가요, 나현 씨!"

다시 쿵 하는 소리가 났다. 벽에 붙어 뒤엉켜 있던 기태가 태진에게서 회칼을 빼앗아 들었다. 그리고는 태진의 멱살을 잡고 바닥에 패대기쳤다. 하지만 바닥에 쓰러졌던 태진이 잽싸게 일어나며 기태의 다리를 두 손으로 껴안았다. 순간 기태의 몸이 뒤로 기우뚱거렸다. 손에는 여전히 날카로운 회칼을 쥔 채였다. 그때 연호가 뒤에서 붙들고 있던 한동민 사장이 몸부림을 쳤고, 그 몸부림에 바로 앞에 있던 나현의 몸이 밀쳐졌다.

바로 손에 회칼을 든 기태의 앞으로.

어……. 어……?

나현의 몸이 넘어가기 전 기태가 손에 쥐었던 회칼에 눈앞에 번쩍였다.

* * *

시함은 침상에 누워 식은땀을 흘리며 앓아누운 이를 못마땅하게 바라보았다. 궐에서 시무를 보던 중 급히 찾아 온 종복에게 설화의 애기를 전해 듣고 집으로 달려와 보니 또 이리 자리에 누운 것이다. 한동안 괜찮은 듯하더니 또 궐증을 일으키고 쓰러진 모양이었다. 파리한 안색과 말라붙은 입술을 보니 어찌 날이 갈수록 병색이 짙어만 가는 것 같았다.
"어찌…… 또 이리 오셨습니까."
"그대가 이리 누워 있는데 내 어찌 시무를 볼 수 있겠는가."
"또 저 때문에 일찍 퇴청하셨군요. 다른 관료들이 낭군을 퍽이나 놀릴 것이옵니다."
기실 혼례를 올린 후 누구보다 급히 퇴청하는 시함을 향해 관료들은 놀려대기 정신없었다. 집에 꿀단지라도 숨겨두었느냐. 아니, 더 달콤한 걸 숨겨놓았기에 저리 꽁무니가 빠지게 집으로 가는 것이다. 저들끼리 농지거리 하는 것에 넌더리가 날 지경이었다.
"그리 말하는 것 보니 꾀병에 내가 깜빡 속은 것 같소."
시함은 애처롭게 웃는 설화의 머리를 부드럽게 쓸어 넘겼다.
어찌 이리 아프단 말이냐.
힘이 하나도 없어 제대로 웃지 못하는 모습을 보니 가슴 한 구석이 쿡쿡 쑤시듯 아파왔다. 아픈 이를 보니 그동안 제가 한 짓이 떠올라 후회스러움과 죄책감이 몰려왔다. 이제 겨우 혼례를 올리고 평생을 꽃같이 웃으며 살게 하리라 생각하였건만.
"못난 계집이지요? 병색으로 낭군의 발목이나 잡는."
"평생을 이리 잡아주오."
"죽어서도 잡을 테니 제가 먼저 죽거들랑 새장가 들 생각은 꿈도 꾸지 마시어요."
농인 줄 알면서도 죽는다는 말에 가슴에 서늘한 바람이 들었다. 시함이 힘없이 늘어진 설화의 손을 잡았다. 처음 이 집에 들어올 때와는 비교도 안될 만큼 비쩍 마른 손이었다.

"설화……."

목에 까슬한 것이 걸린 듯 말이 제대로 나오지 않았다. 무언가 물기어린 것이 목까지 차올랐다. 누군가의 아픈 모습을 보는 것이 이리 가슴 찢어지는 일임을 이전에는 몰랐었다. 대신 아플 수만 있다면.

똑똑.

그때 방문을 두드리는 소리가 들렸다. 문을 열어보니 매광이 그 앞에 서 있었다.

"어쩐 일이냐."

"폐하께서 낭중을 급히 찾으신다 하옵니다."

폐하께서……?

"무슨 일인지 네 알고 있느냐?"

매광이 아무 말 없이 뒤쪽을 향해 시선을 던졌다. 사랑채 중문 앞에는 관복을 입은 관료와 금위군 몇몇이 서 있었다.

"직접 하명하실 일이 있다며 모셔오라 하셨다고 합니다."

그리 좋지 않은 시기였다. 밖에는 시시때때로 설화의 목숨을 노리는 왕유가 있었고, 설화의 건강마저 좋지 못했다. 이런 때에 설화 곁을 잠시 비운다 생각하니 영 찜찜한 기분이 들었다. 허나, 그렇다고 왕명을 어길 수도 없는 일. 내키지 않은 일에 저도 모르게 눈살이 찌푸려졌다.

"괜찮습니다. 다녀오십시오."

"진정 괜찮겠는가."

"또 나돌아 다닐까 걱정되십니까? 이런 몸으로는 나가고 싶어도 이 방 밖으로 한 발자국도 나갈 수 없으니 염려 마시어요."

시함은 영 개운치 않은 표정으로 고개를 끄덕였다.

"그럼 내 금방 다녀오겠네. 또 몸이 좋지 않으면 지체 말고 영랑을 통해 의원을 부르시구려."

설화가 고개를 끄덕였다.

몸에서 열이 펄펄 끓어올랐다. 힘이 몽땅 빠져나간 듯 손가락 하나 들 수 없었고 속에서는 토기가 치밀었다. 잠시 일어나 보려 했지만 머리가 빙글빙글 돌아 고개 하나 모로 돌릴 수 없었다. 어릴 때에 비하면 부쩍 건강이 안 좋아졌지만 이리 거동이 힘들 정도로 앓아누운 적은 없었다. 설화는 애써 정신을 가다듬고 천천히 생각을 떠올렸다. 분명 최근 이상한 꿈을 꾸기 시작한 이후부터였다.

새까만 기운이 자신을 감싸는 꿈이었다. 꿈에서 그 기운은 스멀스멀 기어와 몸을 천천히 감싸기 시작했다. 벌레처럼 자신의 몸을 감싸는 기운을 향해 손을 내저으며 진저리 쳤지만 새까만 기운은 목 언저리까지 올라와 목을 휘감았다. 서서히 목을 조르는 기운을 떼놓기 위해 손톱을 세워 박박 긁고 발버둥을 쳤지만 검은 기운은 기어이 목을 조아왔다. 천천히, 하지만 집요하리만큼 일정한 힘으로. 죽을지도 모른다 생각이 들었을 때에야 겨우 숨을 토하며 잠에서 깨어나곤 했다. 분명 그 꿈 이후로 몸은 급속도로 허약해져 갔던 것이다.

"아씨…… 일어나셨습니까?"

방 문 밖에서 영랑의 목소리가 들렸다.

"들어 오거라."

영랑의 두 손에는 탕약을 받친 상이 들려 있었다.

"어서 드시어요. 마님도 나으리도 걱정이 이만저만 아니십니다."

"개경 제일가는 명의가 맞긴 한 게냐? 꼬박 보름째 약을 먹어도 도통 나아지지가 않는구나."

영랑은 축 늘어진 설화의 몸을 안아 일으켜 세웠다.
"그래도 드셔야지요. 아씨. 제가 걱정이 되어 죽을 것 같습니다. 어찌 이리 자꾸만 아프신지. 어서 드시어요."

영랑의 눈에 눈물이 글썽였다. 쓰디 쓴 탕약은 싫었지만 한결같이 예쁜 영랑의 마음 씀씀이에 싫다 투정 부릴 수도 없는 노릇이었다. 설화는 영랑이 건네는 탕약을 가만히 받아들었다. 사기그릇에 담긴 새까만 탕약이 출렁였다. 순간 기묘한 기시감이 들었다. 새까만 탕약. 새까만 기운.

"어서 드시지 않고 뭐 하십니까? 써도 참고 드셔야 얼른 나으시죠. 어제 큰마님께서 직접 장 의원을 불러다가 지은 탕약이옵니다."

"그래……."

재촉하는 영랑의 말에 설화가 아직 따뜻함이 감도는 사기그릇을 입에 가져다 대었다. 그리고 한 모금, 두 모금을 꿀꺽 목구멍 속으로 삼켰을 때였다.

"우……욱."

위가 뒤틀렸다. 이상한 기분에 재빨리 입에 머금었던 탕약을 토해냈다.

"욱! 케……엑. 켁켁."

기침을 하며 탕약을 모두 토해내는 순간 영랑이 날카로운 비명을 질렀다.

"까아아악! 아씨! 아씨!"

검붉은…… 피……?

탕약과 함께 검붉은 피가 가득 토해져 나왔다. 갑자기 눈앞이 노래지더니 오장육부가 뒤틀리기 시작했다. 그리고는 가슴이 불이 타는 듯 조여 왔다. 엄청난 고통이 몸 안을 점령했다. 설화는 입가에서 피를 철철 흘리며 바닥에 누워 가슴을 부둥켜 잡고 구르기 시작했다.

"아이고, 아씨! 이를 어째! 아씨!"

설화 옆에 주저앉아 소리만 지르던 영랑이 맨발로 냅다 뛰어나갔다. 설화는 그대로 누워 사지를 벌벌 떨며 고통에 몸부림쳤다. 속이 불덩이가 들어앉은 듯 온 몸이 타들어 가는 듯 했다.

"으……윽! 아아악!"

설화가 몸부림치길 잠시, 영랑이 양 부인과 종복들을 데리고 방으로 들이 닥쳤다. 양 부인이 눈앞에 보이는 사단에 놀라 한걸음에 달려와 설화를 부둥켜안았다.

"아가! 새아가!"

눈이 뒤집혀 사지를 떨고 있는 설화를 본 양 부인이 급히 봉만을 불렀다.

"봉만! 장 의원…… 어서 장 의원을 부르거라!"

"네! 알겠습니다! 바로 즉시,"

봉만이 방안을 나가려는 찰나, 양 부인이 다시 봉만을 붙들었다.

"아니다. 그럴 시간이 없다. 지금 당장 애기를 데리고 장 의원에게 가야겠구나!"

"자…… 잠시만요!"

영랑은 서둘러 제가 입은 하얀 삼베 치마를 훌러덩 벗어 피투성이가 된 설화의 치마 위에 덧입혔다. 아무리 급하다 하여도 반가의 부인이 피투성이가 된 차림을 한 채 밖에 나갈 수는 없는 노릇이었다.

"그럼 넌 이걸 입거라."

양 부인은 문갑 위에 개켜진 설화의 붉은 치마를 영랑에게 건넸다. 영랑은 얼른 치마를 받아들곤 속바지 위에 둘러맸다. 그 사이 봉만이 피투성이가 된 설화를 등에 들쳐 업었다. 그리고는 문짝이 부서져라 열어젖히며 밖을 향해 달려 나갔다.

붉게 저무는 해가 오공산 위에 아슬아슬하게 걸쳐 있었지만 숲길은 이미 새까만 어둠에 휩싸여 있었다.
 헉. 헉. 헉.
 설화를 업은 봉만과 영랑 그리고 가솔 몇몇이 흙길을 정신없이 내달리고 있었다. 눈앞에 백운산 초입에 들어서는 산길이 거무스름하게 보였다. 어느덧 드문드문 낡은 가옥들이 한 채 두 채 보이더니 산길에 접어들자 주위는 인적 없이 고요해졌다. 약초를 기르는 장 의원 댁이 백운산 기슭에 있었던 까닭이었다. 봉만의 등에 업혀 있던 설화가 겨우 정신을 차리고 눈을 떴다. 오장육부가 여전히 뒤틀리기는 했지만 속안에 이는 불덩이는 조금 가라앉은 것 같았다. 업혀 있던 설화가 꿈틀하자 영랑이 기척을 알아채고는 설화를 돌아보았다.
 "헉. 헉. 아씨! 정신이 드십니까? 잠시만 참으십시오. 헉. 헉. 곧 장 의원 댁에 도착합니다."
 밖이었다. 놀란 설화가 버둥거리며 봉만의 등에서 몸을 일으키려 하였다.
 함정이다……!
 아까 영랑이 가져온 탕약에는 독이 들어 있었다. 한 모금 마신 뒤 바로 알아채곤 토해냈지만 일부는 몸속에 흘러 들어갔던 모양이었다. 시함이 황명을 받아 궐로 들어간 오늘, 왕유는 자신을 죽이려 할 것이 분명하였다. 약이 실패할 경우를 대비하여 장 의원 댁으로 향하는 길목을 지키고 있을 지도 모른다.
 "아씨. 가만히 계십시오. 곧 도착합니다."
 "아…… 아니 된다. 돌아가야 해……."
 설화는 목소리를 겨우 짜내며 봉만의 등 뒤에서 몸을 버둥거렸다.
 "이런 몸으로 어찌 돌아간다 하십니까. 장 의원 댁이 가까우니……."

타닥타닥.

멀리서 말발굽 소리가 들렸다. 설화의 얼굴이 새하얗게 질렸다. 말발굽 소리는 이내 가까워왔고 곧이어 수풀이 사락사락 소리를 내며 남자들이 빠르게 산길로 이동하는 소리가 들렸다.

"봉만아. 빨리, 빨리 서두르자."

하지만 사각이며 흔들리는 수풀 소리는 점점 가까워져 왔다. 그리고 이내 검은 두건을 쓰고 눈만 내놓은 사내들이 하나 둘씩 곳곳에서 모습을 드러냈다. 사내들은 수풀 속에서 몸을 일으킨 후, 설화를 업고 있는 봉만과 가솔들을 천천히 에워싸기 시작했다.

스륵.

봉만과 설화를 호위하던 가솔들이 칼을 꺼내들었다. 설화의 전신이 부들부들 떨렸다. 역시 제 생각이 맞았다. 탕약은 왕유가 놓은 덫이었던 것이다. 검은 두건의 사내들 중 하나가 천천히 설화의 일행을 향해 다가왔다. 형형하게 빛나는 눈이 엄청난 분노를 담고 있었다. 그 눈과 마주하자 한 번도 만난 적 없는 이였건만 대번에 그가 누구인지 알 것만 같았다.

왕유. 자신을 죽이려 하는 자.

"이야아아!"

"으악!"

"컥."

챙. 챙. 챙.

왕유의 사병 중 하나가 소리를 지르며 설화의 일행을 향해 달려들자, 가솔들도 칼을 들고 맞서기 시작했다. 좁은 산길은 삽시간에 혈투의 장소로 변하였다. 곳곳에서 피가 튀기고 비명소리와 고함소리가 울려 퍼졌다. 봉만 역시 등에서 설화를 내려놓고는 칼을 꺼내 왕유를 향해 달려들었다.

"으아아아앗!"

하지만 몸을 비틀어 봉만을 피한 왕유는 조금의 주저함도 없이 봉만의 등을 향해 칼을 내리쳤다.

"까아아아악!"

영랑이 옆에 있는 설화를 제 몸으로 덮으며 감싸 안았다.

"으악!"

봉만의 등에서 피가 솟구쳤다. 봉만이 털썩 쓰러지자 왕유는 다시 성큼성큼 설화와 영랑을 향해 다가왔다. 그리고 높이 쳐든 칼을 내려칠 때였다.

챙그랑!

칼끼리 맞부딪히는 소리에 설화가 감았던 두 눈을 가늘게 떴다. 영랑의 어깨 너머로 넓은 등이 보였다. 이현이었다. 정신없이 왕유를 따라 산길을 쫓아온 모양인지 온 몸이 땀 투성이었다.

"내 이럴 줄 알았지. 당신은 애초부터 설화를 살려둘 마음 따윈 없었어."

이현의 말에 왕유가 피식 웃었다.

"윤시함에게 사람을 보냈다. 곧 사병을 이끌고 구하러 올 터이니 조금만 버티면 돼."

이현의 말대로 멀리서 희미하게 말발굽 소리가 들려오고 있었다. 기세를 보아 엄청난 속도였다.

"그럼 더 이상 봐줄 수가 없군."

왕유는 엄청난 힘으로 맞부딪힌 칼을 밀어 내기 시작했다.

"으아아아!"

이현이 다리에 힘을 주어 버티려 하였지만 왕유의 흉폭한 힘에 자꾸만 뒤로 밀려났다.

"으……윽."

칼자루를 쥔 손에 새하얗게 변했다. 부들부들 떨리는 손에서는 힘이 빠져 나가려 했다. 안 된다. 조금만 버티면 된다. 윤시함이 올 때까지.

'조금만. 이현. 조금만 버텨주게.'

시함은 사병들을 이끌고 정신없이 숲길을 내달렸다. 우거진 나무와 수풀 사이로 사내들의 고함 소리와 날카로운 금속의 마찰음이 울려 퍼지고 있었다. 어찌나 바삐 달려왔는지 다리가 얼얼하고 숨이 턱 끝까지 차올랐다. 허나, 잠시도 지체할 수 없었다. 시함은 아무래도 이상한 낌새에 궐로 가는 길을 늦추고 있었다. 이런 저런 핑계를 대가며 입궐을 미루던 중 급히 달려온 이현의 종복에게 소식을 전해 듣고 말머리를 돌려 달려온 것이다.

헉……. 헉…….

소리가 가까워져 왔다. 흔들리는 수풀 사이로 왕유의 사병들과 제 가솔들이 뒤엉켜 칼싸움을 벌이고 있는 것이 언뜻 눈에 들어왔다.

왕유. 내 이 자리에서 그대의 숨통을 끊어 놓을 것이야.

시함은 허리춤의 검집에서 기다랗고 날카로운 칼을 빼어 들었다. 와아아아 하는 기합소리와 함께 사병들이 시함의 뒤를 따르며 혈전의 장소를 향해 달려갔다. 시함의 사병들은 얼른 수세에 몰린 가솔들과 합세해 칼을 휘두르며 왕유의 사병들과 대치하기 시작했다. 가솔들과 사병들이 내지르는 고함 소리가 숲을 울렸고 사방에는 피와 살점들이 튀겼다.

"으악!"

"컥……!"

"이야앗!"

시함은 덤벼드는 왕유의 사병들을 단칼에 베어 나가며 눈으로 바쁘게 설화를 찾았다. 눈이 어둠에 익숙해지자 산기슭에서 산을 향해 도망가는 두 여인의 뒷모습이 눈에 들어왔다. 붉은 치마와 삼베 치마를 입은 여인. 분명 설화와 영랑이었다. 그리고 바로 그 앞에는 왕유와 이현이 맹렬하게 서로를 향해 칼을 휘두르고 있었다. 시함은 자신을 향해 달려드는 왕유의 사병들을 하나씩 차례대로 베어가며 그들을 향해 다가갔다. 날카로운 쇠붙이들이 귀를 찢는 금속의 마찰음들을 내며 부딪쳤다. 왕유와 이현은 여전히 힘겨운 싸움을 벌이고 있었다. 이현이 힘으로나 실력으로나 수세에 밀리고 있는 듯하였지만 시함은 그가 왕유를 상대로 시간을 조금이라도 벌어주길 바랐다.

그때 산을 오르는 설화와 영랑의 뒤로 왕유의 사병이 칼을 들고 쫓았다. 시함도 얼른 그 뒤를 쫓아 올랐지만 왕유의 사병이 여인들을 따라 잡는 게 먼저였다.

서…… 설화……!

삼베옷을 입은 여인이 앞을 막아서며 왕유의 사병을 향해 뭐라 외쳤다. 더 지체할 것도 없었다. 시함은 칼을 평행이 되도록 옆구리에 바짝 붙여 들고는 왕유의 사병을 향해 달려갔다. 그때 왕유의 사병이 삼베옷을 입은 여인을 밀치고 붉은 옷을 입은 여인을 향해 칼을 내리치려 하였다. 산 아래로 크게 떠밀린 삼베옷을 입은 여인이 시함의 칼 앞으로 쓰러지고 있었다.

멈출 수 있었지만 그리 하지 않았다. 영랑을 찌르는 한이 있다 하더라도.

설화를 내리치려 하는 왕유의 사병을 죽이는 게 우선이었다.

"안 돼!"

바로 옆에서 이현의 절박한 외침이 들려왔다. 그리고는 왕유가 이현의 가슴을 푹 찌르는 소리가 들렸다. 으윽…… 하면서 이현의 신음소리가 잦아들었다. 시함은 옆구리에 든 칼로 삼베옷을 입은 여인의 등을 힘주어 찔렀다. 찌른 칼이 삼베옷을 입은 여인의 등을 뚫고 나가 왕유의 사병의 옆구리를 찔렀다.

푹.

뼈와 살을 파고드는 기분 나쁜 감촉이 칼자루를 통해 전해졌다.

헉헉…….

되었다…….

시함은 칼자루에서 손을 떼고는 두 사람을 관통한 칼을 뽑지도 않은 채 급히 붉은 치마를 입은 여인을 향해 다가갔다. 허나, 무언가 이상하였다. 불길한 기운이 스멀스멀 전신을 타고 올랐다. 어찌 모를 수 있단 말인가. 새까만 어둠 속에도 당신이 만들어내는 검은 인영을, 내 어찌 모를 수 있단 말인가. 시함이 부들부들 떨리는 손으로 뒤돌아 있는 여인의 어깨를 잡아 돌렸다.

이…… 이게…….

무엇인가…….

잔뜩 겁에 질린 영랑이 오들오들 떨며 시함을 돌아보았다. 그리고는 이내 일그러진 얼굴로 바닥에 털썩 주저앉았다. 삼베 저고리에 어정쩡하게 두른 붉은 치마를 입고서. 순간 주위의 모든 것이 하얗게 변했다. 그리고 아무 소리도 들리지 않았다. 얼어붙은 제 자신처럼 모든 것이 그대로 삽시간에 멈춰버렸다.

아니다.

아니야…….

사실이 아니야…….

시함이 천천히 뒤를 돌아보았다. 제가 저지른 광경을 보고서도 믿을 수가 없었다. 자신의 칼날이 설화의 등을 꿰뚫었다. 등에서부터 배를 뚫고 나온 칼이 왕유의 사병의 옆구리까지 찌르고 있었다.

"서…… 설화……."

설화가 왈칵하고 입에서 핏덩어리를 토해냈다. 시뻘겋게 벌어진 상처에서 검붉은 피가 천천히 퍼져나가고 있었다. 부들부들 떨리는 시함의 다리가 기어코 풀썩 하고 꺾였다.

"서…… 설화……."

가슴 아래에서 새까만 것이 휘몰아쳤다. 아니 된다……. 이리 돼서는 아니 된다……. 시함은 주저앉아 설화의 몸을 끌어안았다. 그리고 상의의 천을 북북 찢어 피를 콸콸 흘리고 있는 배 부분을 꾹 눌렀다. 하지만 천은 이내 붉은 피로 물들었고 솟구치는 피는 멈출 줄 몰랐다.

컥……!

설화가 다시 한 번 더 피를 토해냈다. 입가에 피를 가득 묻힌 얼굴이 새하얗게 질려 있었다.

"시…… 시함……."

설화가 남은 힘을 쥐어짜내 손을 들어올렸다. 피투성이가 된 손으로 시함의 얼굴이 가만히 쓸었다. 모든 것이 스스로에 대한 과신과 오만 때문이었다. 저는 붉은 치마만 보고 그이를 설화라 믿어 의심치 않았다. 왕유의 사병이 삼베옷을 입은 여인을 밀치고 붉은 치마를 입은 여인을 향해 칼을 내리치려 하였기에 더더욱 의심하지 않았다. 허나, 왕유의 사병은 알 수가 없었다. 누가 설화인지를. 단지, 그 역시 귀한 붉은 치마를 입은 영랑을 설화로 오인한 것뿐이었다. 그리고는 밀쳐진 삼베옷을 입은 여인의 목숨을 제물처럼 생각하였다. 오직 제 목적을 위한. 그리고 그 오만의 결과는 처참한 비극으로 제 앞에 놓여 있었다.

"말하지 마시오……. 피…… 피가…… 장 의원 댁이 가까이 있으니…… 이리 상처를 막으면……."

시함은 덜덜 떨리는 목소리로 제 얼굴을 쓸어내리는 설화의 손을 잡았다. 배에서 콸콸 흘러나온 검붉은 피가 흙속에 스며들고 있었다.

"아…… 아파……."

새파랗게 질린 설화의 얼굴이 고통스럽게 일그러졌다. 커다랗게 부릅뜬 두 눈에는 두려움이 가득했다.

"조금만 참으시오. 괜찮을 것이오. 죽지 않을 것이오. 내 약조 하지 않았소. 그대를 목숨 걸고 지킬 것이라."

시함은 벌벌 떨리는 목소리로 품 안의 설화를 힘주어 안았다. 흘러내린 피가 옷을 온통 핏물로 적셨다.

"사…… 살고…… 싶…… 어……."

당신과 함께.

설화는 마저 내뱉지 못한 말을 목구멍 안으로 삼켰다. 그 말에 시함이 무너져 내렸다. 얼굴은 고통스럽게 일그러지고 스스로를 지독하게 책망하는 눈빛이, 저를 원망한다 생각하는 모양이었다.

바보 같은 사람. 천치가 따로 없는 사람.

그리고 미칠 듯이 떨리는 가슴으로 연모하고 은애하였던 사람.

내 어찌 그대를 원망합니까.

온 몸이 불길에 휩싸인 듯 활활 타오르고 오장육부가 파헤쳐지는 지독한 아픔에도 설화는 눈앞에 있는 이의 안위가 더 걱정되었다. 시함의 얼굴을 쓸어내리던 손이 털썩 하고 바닥에 떨어졌다. 설화의 눈이 스르륵 감겼다. 그리고는 시함의 품 안에 안긴 몸이 무겁게 가라앉았다.

"이보시오…… 이보시오. 설화…… 눈 좀 떠보시오……."

시함의 두 눈에서 피 같은 눈물이 뚝뚝 떨어졌다. 심장이 갈기갈기 찢어지고 헤집어졌다. 생살을 잡아 뜯겨도 이것보다 아프진 않을 것이다. 산 채로 불구덩이에 들어가 활활 태워진다 해도 이것보다 고통스럽진 않을 것이다. 제 팔을 잡아 뜯고 제 심장을 도려내고 싶었다.

이러지 마시오. 설화. 이러지 마시오. 내 그대와 하고 싶은 게 참으로 많았소.

진정…… 진정으로 좋은 낭군이 되어주려 하였단 말이오.

이제껏 아무 것도 해준 게 없잖소……. 꽃 같은 미소만 짓게 해준다는 약속도. 목숨을 걸고 지키겠다 하였던 약속도…….

우리에게 남겨진 시간이 많을 줄 알았소. 그대를 닮은 꽃 같은 아이들을 낳고, 그대가 좋아하는 해질녘에는 뒷산을 함께 걸으며, 밤새도록 그대를 품에 안고 잠드는 날들이 올 줄 알았소.

그러니 제발…… 제발…….

지옥 불에 던져 진 날 두고 가지 마시오…….

하지만 아무리 품 안에 잠든 몸을 흔들어도 설화는 눈을 뜰 줄 몰랐다. 새파란 얼굴에는 이미 빛나던 생명이 빠져나간 뒤였다. 모든 것은 내 잘못이다. 지독한 자기 확신과 오만이 불러온 끔찍한 참극.

"으아아아아아아아!"

짐승같이 울부짖으며 시함이 제 옷을 잡아 뜯고 몸을 할퀴었다. 손톱에 생살이 파이고 잡아 뜯은 곳에서 피가 흘러도 아픈 줄 몰랐다.

피 맺힌 절규, 짐승 같은 울부짖음이 어두운 숲에 가득 울려 퍼졌다.

벽에 붙어 뒤엉켜 있던 기태가 태진에게서 회칼을 빼앗아 들었다. 그리고는 태진의 멱살을 잡고 바닥에 패대기쳤다. 하지만 바닥에 쓰러졌던 태진이 잽싸게 일어나며 기태의 다리를 두 손으로 껴안았다. 순간 기태의 몸이 뒤로 기우뚱거렸다. 손에는 여전히 날카로운 회칼을 쥔 채였다. 그때 연호가 뒤에서 붙들고 있던 한동민이 몸부림을 쳤고, 그 몸부림에 바로 앞에 있던 나현의 몸이 밀쳐졌다.

바로 손에 회칼을 든 기태의 앞으로.

어엇…….

나현의 몸이 넘어가기 전 기태가 손에 쥐었던 회칼에 눈앞에 번쩍였다.

"안돼애!"

연호가 나현의 몸을 제 몸으로 덮고는 두 눈을 질끈 감았다. 나현을 향해 무도하게 휘둘리던 회칼이 자신의 등을 꿰뚫으리라 생각했건만 주위가 잠잠했다.

"이…… 이런……."

"어서 갑시다!"

당황한 태진과 한동민이 비상구로 다급하게 빠져나갔다. 그 소리에 연호가 슬그머니 눈을 떴다. 바로 옆에는 기태가 가슴팍에서 피를 철철 흘리며 바닥에 누워 있었다. 넘어지면서 나현을 향하였던 칼을 제 몸 쪽으로 돌려 그대로 넘어진 것이다. 새빨갛게 벌어진 가슴 언저리에서 검붉은 피가 콸콸 새어나오고 있었다. 칼날이 가슴팍에 꽂히면서 주위는 삽시간에 피로 물들었다.

지독히도 비현실적인 광경. 나현은 모든 것이 자신과 아무 상관없는 영화 속 한 장면처럼 느껴졌다.

이게 뭐야.

당신이 왜 거기 누워 있어.

자리에서 일어났다. 분명 제 의지로 땅을 디디고 있었지만 공중에 붕 뜬 채 무언가에 이끌린 듯 천천히 다가갔다.

일어나.

일어나라고.

일어나!!

나현이 쓰러진 기태의 옆에 털썩 주저앉았다. 기태가 초점 없는 눈으로 희미하게 웃으며 피를 울컥 토해냈다.
"컥……. 서…… 설화를 죽인 건…… 나였어요. 커억……."
"마…… 말하지 말아요. 지혈을 해야 해요."
덜덜 떨리는 손으로 치마를 북북 찢고, 구겨 트린 천 조각으로 기태의 가슴팍을 꾹 눌렀다. 하지만 콸콸 쏟아지는 피는 멈출 줄 몰랐다.
"내…… 내가 전생을…… 떠올리고 싶어…… 컥…… 하지 않았던 건…… 쿨럭."
"말하지 말라고 했잖아!"
"자신이…… 저지른 일을…… 끄…… 끊임없이…… 후회했기 때문이었을 거예요……."
"전생 따윈 이제 상관없어요. 누가 누굴 죽이던 무슨 상관이에요! 다 지난 일 따위…… 이제 아무 상관…… 없다고요……."
흘러내린 눈물과 콧물로 엉망이 된 얼굴로 나현이 소리를 질렀다.
"시함은……."
"그만 해요! 시함이고 설화고 난 몰라! 난 당신이 살아있는 게 중요해! 내 옆에서 숨 쉬고 살아 있는 당신이 중요하다고!"
나현의 절규가 연회장 안에 가득 메아리쳤다.
'그래도. 약속은 지켰잖습니까. 얘기 했었죠? 목숨 걸고 지키겠다고.'
목숨 걸면 누가 좋아할 줄 알았어?
세상에 그딴 걸 좋아하는 여자가 어디에 있어.
사는 게 중요해. 살아 있는 게 제일 중요하다고.
제발…….
덜덜 떨리는 손으로 핏물에 젖은 천 조각을 기태의 가슴을 동여맸다.
보통의 연애 하자고 했잖아. 난 당신과 하고 싶은 게 너무 많단 말이야…….

'제발…… 제발 살아줘…….'

흘러내리는 눈물을 주체할 수가 없었다. 가슴을 도려내는 것 같다는 느낌이 이것이었다.

'아…… 그러고 보니 아직 사랑한다는 말도 못 했는데.'

기태의 눈이 스르륵 감겼다.

위-잉. 윙. 윙.

멀리서 구급차의 사이렌 소리가 들렸다. 눈앞의 모든 장면이 조각조각 나기 시작했다. 조각난 장면들은 위태하게 쌓아올려진 블록처럼 와르르 쏟아져 내렸다. 그리고 나현의 세상도 함께 무너졌다.

* * *

1년 뒤.

창밖으로 싸락눈이 소리 없이 내리고 있었다. 아침부터 약하게 흩날리던 눈발은 저녁 무렵이 되자 시간이 쌓이듯 바닥에 차곡차곡 내려앉아 있었다. 은은한 주홍빛 조명이 감도는 갤러리 1층 전시회장에는 블루투스 스피커에서 흘러나오는 소년 합창단이 부르는 크리스마스 캐럴이 잔잔하게 울려 퍼지고 있었다. 나현은 전시회장 새하얀 벽면에 그림을 걸며 이젠 고전이 된 캐럴을 흥얼흥얼 따라 불렀다.

"선배……! 조심해요!"

예경의 외침에 나현이 한 발짝 뒤로 물러섰다. 곧이어 쿵하는 소리와 함께 조금 전 나현이 서 있던 곳에 망치 하나가 떨어졌다. 사다리에 올라서서 천장 위 조명을 조절하던 예경의 손에서 미끄러진 것이다.

"괜찮아요? 미안해요, 선배. 진짜 큰일 날 뻔했다."

철제 사다리에서 허둥지둥 내려오며 예경이 울먹거렸다.

"그러게. 죽……을 뻔했네."

일부러 죽을 뻔했다, 힘주어 말했다. 그저 미안하다며 호들갑 떨기에 정신없는 예경은 나현이 그 말을 얼마나 힘들게 내뱉었는지 알아차리지 못했다. 이제 겨우…… 죽는다는 말을 농담처럼 할 수 있게 되었다. 언제 죽을지 모른다는 지독한 두려움과 너무나 고통스러웠던 죽음의 기억은 오래 동안 나현을 얽어매었다. 남들이 아무렇지 않게 내뱉는 죽는다는 농담 한 마디에 이렇게 신경을 곤두세우고 의식적으로 언급하는 것 자체가 아직 한참이나 멀었다는 얘기겠지. 아니, 어쩌면. 죽을 때까지 벗어날 수 없을지도 모른다. 자신의 발목을, 그리고 목을 감싸고 있는 칠흑같이 어두운 검은 기운에게서.

삐걱, 하고 전시회장 문이 열렸다. 열린 문 사이로 찬바람이 혹 하고 들어왔다. 칭칭 동여맨 목도리를 푸르고 머리에 소복하게 쌓인 눈을 탈탈 털어내며 연호가 전시회장 안으로 걸어 들어오고 있었다.

"작가님!"

주연호 작가의 팬클럽인 '에단바라기'의 정회원이기도 한 예경이 팬심 가득한 얼굴로 연호를 향해 뛰어갔다. 태진은 그새 기억 저편으로 밀어놓은 모양인지 두 눈에서 무한한 하트를 생성해 내고 있었다. 연호가 두 사람을 향해 포장해 온 피자 박스와 편의점 봉지를 들어 흔들면서 씩하고 웃어 보였다.

"이번 전시회도 잘 부탁한다는 뜻의 뇌물이기도 하고요. 고생하는 분들을 위한 위로의 의미이기도 하고."

반달처럼 휘는 눈웃음을 보고 나현은 어색한 웃음을 지으며 고개를 끄덕였다. 연호를 보자마자 가슴 한구석이 찌릿했다. 떠올리려 하지 않아도 자연스럽게 그날의 사건이 머릿속에 둥실 떠올랐다.

[지난 12월 15일. 갤러리 홍에서 열린 에단 주 작가의 '눈동자의 비

밀展'에서 칼을 든 괴한이 침입하여 난동을 부리고 방화를 일으키는 사고가 발생했다. 이 사고로 에단 주 작가의 신작 2점이 불에 타 훼손되었으며 대피하던 2명과…….]

다음날 인터넷 뉴스 란에 짧게 올라온 기사였다. 지독한 윤회의 고리 속에 갇힌 두 여자와 네 남자의 처절한 사투는 그렇게 한낱 신문지면의 한 줄을 장식할 흔하디흔한 사고로 객관화되어 세상에 드러났다.

"나현 씨는 뭐 마실래요? 커피? 녹차?"

연호가 애써 만든 명랑한 목소리로 물었다. 나현은 연호의 손에 들린 따뜻한 녹차를 받으며 고맙다는 뜻으로 다시 한 번 고개를 끄덕였다. 1년 전 그 사건 이후, 연호는 전시회를 마치고도 한국 땅을 떠나지 않았다. 엉망이 된 전시회에 대한 책임을 갤러리 홍에게 묻지도 않고 오히려 차기 전시회를 함께 하고 싶다는 뜻을 내비쳤다. 책임을 옴팡 뒤집어 쓸 처지에 놓였던 미진은 두 손 두 발 들고 환영했고, 당연하다는 듯 나현이 연호의 담당 갤러리스트로 지정되었다. 갤러리 홍 건물 옆에 아틀리에를 얻은 연호는 작업을 핑계 삼아 매일 같이 전시기획1팀에 얼굴을 내밀었고, 이제는 한 팀이라도 된 마냥 직원들과 어울리게 된 것이다.

하지만 모든 것이 지독히도 끔찍한 상처로 남은 나현에게 연호는 여전히 편치 않은 존재였다. 연호는 그날의 사건 이후 끊임없이 주위를 맴돌았다. 날을 세우고 있는 나현에게 더 이상 가까이 다가오지도 않고 멀어지지도 않는, 딱 그만큼의 선을 유지한 채.

"이리 줘요."

나현이 벽면에 기대어 놓은 그림을 들어 올리자 연호가 빼앗아 들었다. 그리고는 벽면에 박힌 지지대에 그림 뒷면을 이리저리 맞추며 곤혹스러운 표정을 지었다.

"의욕만으론 안 될걸요. 이것도 기술이 필요하다고요."

나현이 연호에게서 다시 그림을 빼앗아 지지대에 솜씨 좋게 고정해 놓고는 손을 탁탁 소리 나게 털었다. 그때였다. 스피커에서 익숙한 캐럴송의 전주가 흘러나왔다.

"오. 이거 내가 좋아하는 노랜데!"

예경이 스피커를 향해 달려 가 볼륨을 높였다. 스피커에서는 'All I Want For Christmas is You.' 라는 캐럴송이 흘러나오고 있었다.

"작가님도 선배도 러브 액츄얼리 봤죠? 하긴 그 영화 안 봤으면 간첩이죠. 오래 되긴 했지만 진짜 명작인거 같아요. 특히 스케치북 씬! 난 이 노래만 들으면 그 영화가 생각나서……."

예경이 갑자기 입을 다물었다. 스피커에서는 여전히 밝고 경쾌한 멜로디가 흘러나왔다. 은은하고 엄숙한 전시회장마저 축제와 같은 크리스마스 분위기로 몽땅 물들이고 있었다. 하지만 나현은 그 자리에 못 박힌 듯 멈춰 서 있었다. 자신도 모르는 사이에 두 눈에서는 굵은 눈물방울이 뚝뚝 떨어지고 있었다. 애써 눈물을 닦아내려 하지 않았다. 눈을 깜빡이거나 표정을 일그러뜨리지도 않았다. 그저 혼이 빠져나간 사람처럼 멍한 얼굴로 서서 눈 한번 깜빡이지 않고 정신없이 울고 있었다.

"나현 씨……."

"선배……."

연호와 예경이 부르는 소리가 멍멍하게 귓바퀴를 맴돌았다.

그 사람. 결국 이 영화를 다 보지 못했지. 아니 겨우 5분이나 봤을까. 이렇게 유명한 영화를 아직까지 보지 못했다니 대체 어떻게 살아 왔길래 라는 생각을 했었지. 사실 그날 심장이 터질 듯이 두근거렸어. 파란 화면의 불빛에 명암이 지며 또렷하게 드러나던 얼굴선도. 희미하게 풍겨오던 시원한 바다샤워 냄새도. 바닥을 짚고 있던 내 손을 살포시 덮었던 당신 손의 온기도.

난 생생한데. 이렇게나 생생한데.

왜 당신만 내 곁에 없는 거야.

"흐……윽……. 으……어어……."

결국 목구멍에서 울음이 터져 나왔다. 잘 살고 있다고 생각했다. 아니, 당신 없이도 잘 살아가려 했다. 그런데 그동안 꾹꾹 참으며 눌러왔던 감정이 캐럴 송 하나에 폭발하고 만 것이다. 폭탄의 도화선처럼. 언제 폭발할지 모를 뇌관같이. 연호가 천천히 다가와 나현의 어깨를 살포시 잡았다.

"나현 씨…… 잘 지내고 있었잖아요."

"아니요……. 그렇지 않아요. 연호 씨, 나 너무 힘들어요. 그 사람 없이는……."

그때였다. 전시회장 문이 쿵하고 열렸다. 뒤이어 바닥을 묵직하게 울리는 발걸음 소리가 들렸다.

"남의 걸 탐내면 못 쓴다고 그렇게나 얘기했는데."

* * *

출발 항공편을 알리는 안내 방송이 울려 퍼지는 인천 공항. 캐리어를 끌며 바쁘게 오가는 여행객들과 기다리는 인파로 공항 안은 혼잡하게 이를 데 없었다. 출국 게이트로 향하는 대기줄 가운데 선 한동민은 초조한 얼굴로 여권과 비행기 표를 확인하는 공항직원을 바라보았다. 크리스마스를 앞둔 시점이라 출국하는 인파가 평소보다 배는 많은 것 같았다.

'앞으로 5분이야. 5분.'

5분만 지나면 자유다. 한동민은 두루마리 서화가 든 가방을 꽉 품안에 안으며 불안한 마음을 달랬다. 에단 주의 '눈동자의 비밀展'에서 벌어진 사건 이후, 태진과 한동민은 잽싸게 갤러리 홍을 빠져나왔다. 나오자마자 태진은 동민에게 두루마리 서화를 건네며 약속대로 안전하게 보관해 달라는 말을 한 뒤 어디론가 사라졌다. 동민으로써는 웬 떡이냐 싶은 횡재였다. 수십억의 가치가 있는 고려시대의 그림. 그 그림을 공짜로 가질 수 있다니. 당시 BS캐피탈은 부도 직전이었고 한동민은 돈이 되는 물건들만 챙긴 채 몸을 숨길 참이었다. 그런 찰나에 귀가 쫑긋한 제안을 해 온 것은 처음 보는 남자, 태진이었다. BS캐피탈 사무실을 찾은 그는 자신이 고려시대 그림을 가져다 줄 테니 그림이 훼손되지 않도록 해줄 수 있겠냐고 물어왔다. 아무런 조건도 없었다. 장물로 팔아도 상관없다고도 했다. 단지 그림이 훼손되는 것을 막아달라는 부탁만 있었을 뿐. 돈이 궁했던 자신에게 이보다 혹하는 제안은 없었기에 그 자리에서 흔쾌히 수락했었다. 하지만 아무 문제없을 것 같았던 일은 계획대로 풀리지 않았다. 전시회에서는 칼부림이 일어났고 한동민은 BS캐피탈 부도와 상해 사건의 용의자로 전국에 수배되었다. 그리하여 1년 째 전국 방방곡곡을 돌며 도피 생활을 하게 된 것이다.

하지만 고생도 이제 모두 끝이다. 이 출국 게이트만 지나면…… 수십억과 함께 자유가 주어지는 것이다. 절로 미소가 지어졌다. 그림을 팔 암거래 상과의 접촉은 이미 끝났다. 이제 그림을 전달하고 돈을 받는 일만 남았을 뿐. 돈으로 뭐부터 해야 하지? 캘리포니아 해변 도로를 달릴 럭셔리한 스포츠카부터 사야 하나? 아니, 7성급 호텔방을 잡고 잠이나 푹 자는 게 먼저다. 그 다음에는…… 동민이 줄어드는 대기 줄을 따라 출국 게이트 앞 직원에게 여권과 비행기 표를 건네며 행복한 고민에 빠져있을 때였다.

"잡았다."

낮게 울리는 음산한 남자의 목소리가 뒤에서 들려왔다. 전신에 소름이 돌았다.

서…… 설마.

남자가 전신에서 내뿜는 무시무시한 기운이 자신의 뒤를 옭아매는 듯했다.

제길.

뒤돌아보지 않아도 알 수 있었다. 경찰 그리고 경찰보다 더 집요하게 자신을 뒤쫓던 권기태라는 남자. 동민은 잽싸게 뒤돌아 뒤에 선 사람들을 경찰을 향해 밀치고는 달아나기 시작했다.

"꺄악!"

우당탕거리며 넘어지는 사람들과 주위에 선 사람들의 비명소리가 넓은 공항 안에 메아리쳤다. 뒤에서는 남자 대여섯 명이 자신을 바짝 추격해 오고 있었다.

제길. 이렇게 잡힐 순 없어. 내가 어떻게 이 그림을 지켜왔는데. 이대로는……!

동민이 앞을 가로막는 사람들을 마구 밀치며 달아나는 와중이었다. 동민의 뒤까지 바짝 쫓아온 남자가 붕 하고 날아 동민의 뒤를 덮쳤다.

우당탕. 크헉!

엎어지면서 얼굴을 그대로 바닥에 찧었다. 코뼈가 부러진 듯 고통이 몰려왔다. 남자는 엄청난 힘으로 동민을 바닥에 짓누르며 양팔을 있는 힘껏 뒤로 꺾었다.

"아야야야……. 아프다고……! 아프니까 이것 좀…… 도망 안 갈 테니 제발 이것 좀!"

끔찍한 아픔에 동민이 사정을 했지만 남자는 인정사정없이 팔을 잡아당겼다. 뚝 소리가 나며 팔이 빠졌다.

"으아아아아!"

고통에 찬 동민의 울부짖음이 길게 메아리쳤다.
"그림은."
서슬 퍼런 목소리였다. 남자는 물음과 동시에 한 손으로 동민의 양팔을 포박한 채 다른 손으로 가방을 뒤졌다. 그리고 재빠르게 두루마리 서화를 꺼내 들었다.
"널 쫓아다닌 1년. 내 인생 중 1년을 허비하게 한 딱 그 만큼만 갚아주지."
뒤이어 경찰들이 가쁜 숨을 몰아쉬며 달려왔다. 경찰들은 동민을 일으켜 세우더니 손목에 철컹거리며 수갑을 채웠다. 그리고 이내 남자의 걸음이 멀어지는 소리가 들렸다.
5분이었는데…… 5분만 빨랐으면. 속이 쓰렸다. 아니, 쓰리다는 말로 부족했다.
젠장. 젠장. 모든 게 다 망해버렸다.

* * *

태진은 어두운 회색 벽면으로 둘러싸인 두 평 남짓한 방 한가운데 눈을 감고 앉아 있었다. 그리고는 입가에 슬쩍 만족스러운 웃음을 지었다. 오늘자 신문에도 한동민이 잡혔다는 기사는 없었다. 그가 사라진 지 벌써 1년째다. 이미 그는 범죄인 인도협정이 체결되지 않은 나라에서 그림 판 돈으로 유유자적한 생활을 하고 있을 리 분명했다.
그림은 무사할 것이다.
자신은 그것이면 되었다. 아무것도 필요 없었다. 나현으로 환생한 설화야 이곳에서 나간 즉시 죽이면 될 것. 아직 기회는 무궁무진했다. 자신과 나현 둘 중 하나가 죽지 않는 한 포기할 생각 따윈 애초부터 없었다.

태진은 회색 벽면 한 곳을 빼곡히 채우고 있는 사진을 바라보았다. 아파트 출입구를 서두르며 나오는 모습, 머리를 쓸어 올리는 모습, 무언가를 향해 웃고 있는 모습이 담긴 보현의 사진이었다.

문득 사무치게 보현의 모습이 그리워졌다. 지금 생에서 그녀와 나누었던 건 캔 커피 하나뿐이었지만 태진을 알고 있었다. 시간이 조금만, 조금만 더 있었으면 그녀도 자신을 사랑하게 되었을 것이란 걸. 다음 생에는 기필코 이룰 것이다.

그렇다면 빨리 송나현을 죽여야 한다. 그간 친구인 척 연기하던 스스로가 얼마나 역겨웠는지. 당장에 목을 졸라 죽여 버리고 싶은 마음을 하루하루 간신히 참아내었다. 아니, 목을 졸라 죽여? 어림도 없다. 여화의 생을 빼앗아 간 그 년을 그리 곱게 죽일 마음 따윈 없다. 가장 고통스럽게 죽여줄 것이다.

"4854번! 면회!"

교도관의 외침과 함께 문이 열렸다. 태진은 방안에서 일어나 칙칙한 빛이 내리쬐는 복도를 향해 걸어갔다. 머릿속으로 어떻게 나현을 죽일까, 상상하며 입가에 잔잔한 미소를 지었다.

면회실의 투명 플라스틱 벽 너머에 있는 작은 방문이 열렸다. 그리고 탁한 파란색 죄수복을 입은 태진이 교도관에게 이끌려 방 안으로 들어왔다. 태진은 투명 창 너머 자신을 기다리고 있는 사람의 얼굴을 확인하더니 픽 하고 비열한 웃음을 지었다. 그리고는 터덜터덜한 발걸음으로 투명 플라스틱 벽을 향해 걸어왔다.

"살아있었네?"

기태는 그저 조용한 분노가 깃든 눈으로 태진을 바라볼 뿐이었다.

"난 1년 동안 꼬박 아무 소식이 없어서 그대로 뒈진 줄로만 알았지."

태진의 도발에도 기태는 대답이 없었다. 그저 자신이 그것을 꺼낸다면 저 자가 어떤 표정을 지을지. 오로지 그것만을 위해 이 자리에 왔다는 듯 가만히 얼굴을 쏘아 보고 있을 뿐이었다. 그런 시선이 갑갑한 모양인지 태진이 오히려 주절주절 말을 꺼냈다.

"그렇게 노려봐도 소용없어. 난 한동민에 대해서는 아무 말도 해줄 수가……."

그때였다. 기태가 투명 플라스틱 벽과 연결된 거치대에 무언가를 탁 소리 나게 내려다 놓았다. 태진은 제 눈으로 보면서도 믿을 수가 없었다. 두루마리 서화. 보현을 다시 살려내 줄 그림. 태진의 얼굴이 새파랗게 질렸다. 머리부터 발끝까지 찬물을 뒤집어 쓴 것처럼 온 몸이 차가워졌다. 부들부들 떨리는 눈동자로 그림과 기태의 얼굴을 번갈아가며 쳐다보았다.

어…… 어떻게…… 어떻게 그림이…….

"찾았어. 한동민도, 그림도."

기태는 그제야 입 꼬리를 슬며시 끌어 올렸다. 그리고는 옆에 있는 두루마리 서화를 펼쳤다.

이날을 얼마나 기다렸던가. 1년을 꼬박 뜬 눈으로 밤을 지새웠지.

주머니에서 라이터를 꺼내 치-익 소리 나게 켰다.

"아…… 안 돼……. 안 돼, 안 돼……!"

기태가 무엇을 하려는지 알아챈 태진이 자리에서 일어나 발광하며 소리를 질렀다. 이글이글 타오르는 눈빛에는 절망과 광기가 가득 했다. 그는 투명 벽을 부술 것처럼 두 주먹으로 세게 내리쳤다.

쾅. 쾅!

"안 돼애!"

화르륵!

주홍색 불길이 그림의 모서리에 옮겨 붙었다. 넘실대는 불꽃은 검은 아가리를 벌리고 그림을 천천히 잡아먹고 있었다.

"으아아아아아!"

어느새 그림은 검은 부스러기가 되어 땅바닥에 먼지처럼 내려앉았다. 태진은 그 자리에 털썩 주저앉아 시벌개진 얼굴로 짐승과 같이 울부짖었다. 인간의 목구멍에서 나왔을 거라 생각할 수 없는 처절한 절규였다.

"이제 그림은 없어. 흔적조차 찾을 수 없을 거야."

"으아아아아!"

"그리고. 더 이상의 환생도 없어."

기태는 모퉁이만 남은 그림 조각을 움켜쥔 채 차갑게 뒤돌아섰다. 뒤에서는 교도관의 제압에도 태진이 내지르는 고함 소리가 끊임없이 울려 퍼졌다. 하지만 기태는 한 번도 뒤돌아보지 않고 접견실을 나왔다. 등 뒤에서 쿵하고 문이 닫히는 소리가 들렸다.

* * *

하늘에서 싸락눈이 소리 없이 내리고 있었다. 아침부터 약하게 흩날리던 눈발은 저녁 무렵이 되자 시간이 쌓이듯 바닥에 차곡차곡 내려앉아 있었다. 기태는 갤러리 홍 C관이 보이는 정원 앞에 서서 은은한 주홍빛 불이 새어나오는 창을 바라보았다. 예경과 나현이 전시회 준비를 하는지 작품을 들고 바지런히 오가고 있었다. 작품을 들고 전시회장을 왔다갔다 하는 나현의 모습이 창으로 보였다 사라졌다를 반복했다. 기태는 한참 동안이나 그 모습을 바라보았다. 제 머리 위에 살포시 내려앉은 눈이 녹아 뚝하고 흐를 때까지.

동글동글한 눈과 하얀 뺨. 다행히도 건강해 보였다. 그러고 보니 머리는 단발로 잘랐다고 했었지. 짧은 머리도 예쁘다. 예경을 향해 뭐라고 하는지 오물거리는 입모양, 한 번씩 머리를 쓸어 넘기는 손짓. 그리고 이따금…… 누구를 기다리는 듯 멍하니 창밖을 바라보는 쓸쓸한 눈. 가슴이 터질 것 만 같았다.

보고 싶었어.

1년 전, 전시회 '눈동자의 비밀展'에서 연호의 마지막 그림을 본 기태는 단번에 전생의 모든 기억을 떠올릴 수 있었다. 캔버스에는 시함이 칼로 설화의 등을 꿰뚫는 장면이 눈동자 속에 그려져 있었다. 어째서 자신이 그토록 전생의 기억을 떠올리지 못하는지, 연호가 왜 시함이 설화를 죽인 자라 얘기하면서도 뚜렷이 기억해 내지 못했는지 이유를 알 수 있었다. 자신은 설화를 죽였다는 사실을 머릿속에서 지워버리고 싶을 만큼 후회했기 때문이었고, 연호는 설화보다 먼저 죽었기 때문이었다. 그리고는 오로지 한 가지 생각뿐이었다. 순간, 순간을 찾아야 한다. 자신이 실수로 나현을 죽이게 될지도 모르는 순간. 그리고 그 순간이 전시회장 안일 것이라는 예감은 틀리지 않았다.

회칼에 가슴을 찔린 기태는 일주일 동안 중환자실에서 의식이 없었다. 나중에 들은 애기로는 죽을 고비를 몇 차례나 넘겼다고 한다. 다행히도 칼은 심장을 살짝 비켜 간데다 근육이나 뼈가 크게 손상되지는 않았지만 피를 너무 많이 흘린 것이 문제였다고 했다. 일주일 만에 눈을 뜬 기태는 병실에서 나현이 잠시 자리를 비운 사이 그대로 사라졌다. 나현의 죽음을 막기는 했지만 그림이 있는 한 앞으로 어찌될지 모른다 생각했기 때문이었다. 행여나 예기치 못한 사고와 우연의 연속으로 자신이 나현을 죽이게 될 수도 있다는 가능성이 스스로 견딜 수가 없었다. 그리고 결심한 것이다. 그림을 찾아 없애기 전까지는 돌아가지 않으리라고.

나현과는 메일과 핸드폰으로 연락을 주고받았다. 예전 같은 어처구니

없는 오해는 없었다. 나현은 기태의 뜻을 알면서도 떨어져 있는 시간 내내 힘들어했다. 볼 수 없는 현실이 앞을 가로막자 보고 싶은 마음은 모든 욕구보다 우선했다. 그렇게 1년이라는 시간동안 기태를 움직였던 것을 오로지 한 가지 생각이었다. 돌아가야 한다. 그림을 없애고 나현에게로 돌아가야 한다.

그리고 보고 싶어. 당신이 미칠 듯이 보고 싶어.

기태가 천천히 발걸음을 옮겼다. 심장이 쿵쿵거리는 소리가 전신을 울렸다. 온갖 감정이 복받쳐 밀려왔다.

당신, 어떤 표정 지을까. 웃는 게 먼저일까, 우는 게 먼저일까.

보고 싶었어.

기태는 육중한 전시회장 문을 천천히 밀었다.

전시회장 문이 쿵하고 열렸다. 뒤이어 바닥을 묵직하게 울리는 발걸음 소리가 들렸다.

"남의 걸 탐내면 못 쓴다고 그렇게나 얘기했는데."

익숙한 목소리에 나현이 고개를 들었다. 그리고 크게 뜬 눈을 끔벅였다. 한참 동안 눈을 맞았는지 머리는 촉촉하게 젖어 있었고 추위에 양 뺨은 꽁꽁 얼어 있었다. 하지만 저 가늘게 뜬 눈과 살짝 나온 입. 그리고 불퉁한 얼굴은…… 순식간에 얼굴이 일그러졌다. 1년 만에 처음 보이는 얼굴이 눈물 콧물 다 흘리는 흉한 모습이라도, 복받치는 감정을 이기지 못한 일그러진 얼굴이라도 상관없었다.

뭐야…….

한달음에 기태에게 달려갔다. 그리고는 펄쩍 뛰어올라 목을 끌어안았다. 기태가 몸을 들썩이며 우는 나현의 등을 가만히 쓸어내렸다. 품 안에 안긴 나현에게서 익숙한 향이 코끝에 풍겨왔다. 품에 꼭 맞은 가냘픈 몸도, 맞닿은 심장에서 울려 퍼지는 고동도 고스란히 전해져왔다. 자신의 오감 전부가 나현을 느끼고 있었다.

이제야 겨우 돌아왔다는 게 실감이 났다.

"다녀왔어요."

기태가 품 안의 나현을 힘주어 안았다. 대답 대신 엉엉 울기만 했지만 알고 있었다. 그 울음이 어떤 반가움이 담긴 인사보다 열렬한 환영이라는 것을.

거리는 온통 크리스마스 분위기로 물들어 있었다. 문을 열어놓은 가게마다 각종 캐럴 송이 뒤엉켜 흘러 나왔고 곳곳에는 한껏 꾸민 트리와 조명 장식이 색색의 영롱한 불빛을 반짝이고 있었다. 거리의 사람들 모두 한결같이 들뜬 모습들이었다. 저마다 연인들과 친구들과 함께 거리를 걷는 사람들의 얼굴에는 미소가 가득했다. 나현은 제 옆에서 나란히 걷고 있는 남자를 믿을 수 없다는 눈초리로 바라보았다. 쉴 새 없이 종알대다가도 현실감이 느껴지지 않는지 시시때때로 기태의 얼굴을 확인했다.

"뭘 그렇게 봐요? 얼굴 닳겠네."

"말했잖아요."

"현실감."

두 사람이 동시에 대답했다.

"그놈의 현실감. 아니, 내가 여기 있는 게 현실인데 뭔 놈의 현실감이 만날 부족하대."

"몰라요. 꿈같아요. 나 이거 꿈 아니죠? 혹시 너무 오랫동안 기다리다가 내 머리가 홱 돌아서 만들어낸 환상……."

"하기야 꿈같긴 하겠죠. 언제 어디서 나 같은 남잘 또 만나겠습니까. 잘생겼지, 돈 많지, 천 년 동안 한 여자만 죽도록 사랑해왔지."

어이없다는 듯 웃었지만 부정할 수 없는 게 함정이었다. 실제로 스쳐 가는 사람들 모두가 둘을 힐끔대며 바라보고 있었다.

"꿈이 아니라 현실이니 이제 그만 받아들여요. 옛다 그 현실감."

기태는 선물이라도 주는 양 제 코트 주머니 속에 포개 잡은 나현의 손을 꾹 힘주어 잡았다.

"우리 앞으로 바빠질 거예요."

"네……?"

바빠질 거라니. 이제 모든 게 끝난 것 아닌가……?

"부지런히 영화도 봐야 하고요. 맛집이며 전시회며 미술관이며 갈 곳도 많아요. 아, 스키장부터 가야 하나?"

힘이 스르르 빠졌다. 삐죽거리며 눈을 흘겼지만 피식피식 웃음이 새어 나오는 걸 막을 수 없었다.

"아. 그리고 우리 집에도 가야 하고요."

"실장님 댁이요?"

"그……."

기태가 곤란한 듯 손톱으로 이마를 긁적였다.

"나현 씨한테 허락도 안 받아서 미안한데…… 그…… 우리 양 여사가 나현 씰 좀 보고 싶어 해요."

"설마 어머니께 제 얘길 했어요?"

조금 부끄러운 듯, 기태가 대답 대신 고개를 한 번 끄덕였다. 양 여사라면……. 문득 전생의 기억 속 설화를 살갑게 대해주던 양 부인의 모습이 떠올랐다.

"어머니도…… 전생을 기억하세요?"

"아뇨. 기억하지 못해요."

기태가 고개를 양옆으로 흔들었다.

"더할 나위없는 축복이죠. 그래도 나현 씰 보면 좋아하실 거예요."

무심코, 또 다시 전생과 결부지어 생각하고 말았다. 전생에 양 부인이 설화를 마음에 들어 했으니, 기태의 어머니도 그러할 것이라는 생각. 나현은 고개를 저어 그 생각을 훨훨 털어내었다. 모든 것은 끝났다. 자신은 28살 생일이 지나도록 살아 있었고 기태는 그림을 없애 버렸다. 이제 남은 생은 자신이 어떻게 사느냐에 따라 변할 것이다. 전생의 사건이 불러온 당연한 결과로써의 삶이 아니라 자신의 의지와 선택에 의한 삶.

"그런데…… 어머니껜 저에 대해 뭐라고 얘기했어요?"

"뭐…… 그냥요."

기태가 예의 그 불퉁한 얼굴을 하며 물음을 회피했다.

"그냥이 어딨어요, 그냥이! 뭐라고 얘기했는데요? 네? 뭐라고 얘기했길래 어머니가 보자고 하신 거예요?"

나현이 '듣고 싶어요, 듣고 싶어요 눈빛을 발사하며 기태의 팔을 잡아당겼다.

"아. 그냥 만나는 사람이 있다고."

나현이 낯을 찌푸렸다. 그냥 만나는 사람? 기태는 슬쩍 눈알을 굴려 옆에 선 나현의 얼굴을 훔쳐보았다. 찌푸린 얼굴이 보아 하니 저건 최소 일주일감이다.

"뭐…… 사랑…… 하는…… 그런 거라고……도 했고요."

기태는 기어코 불퉁한 얼굴로 말끝을 흐렸다. 원하는 대답이 나오자 나현이 함박웃음을 지으며 기태의 팔에 매달렸다.

"뭐라고요? 제대로 안 들려요! 사랑하는 여자라고 했다고요?"

어떤 얼굴로 제 어머니께 말씀드렸을지 뻔했다. 불퉁한 얼굴로 아무렇지 않은 척 담담하게 얘기하려 했지만 고스란히 다 드러났겠지. 나현은 뿌듯한 마음에 기태 코트 주머니 안에서 맞잡은 손을 다시 한 번 힘을 주어 잡았다. '참 잘했어요.' 뜻이 담긴 손짓이었다. 기태는 여전히 뭐가 부끄러운지 손을 꼼지락거리더니 멋쩍은 듯 제 손가락으로 맞잡은 나현의 손바닥에 사람 '인'자를 세 번 그렸다. 순간 간질간질하면서도 묘한 열기가 몸 안에서 퍼지는 듯 했다. 손가락으로 손바닥에 글씨를 썼을 뿐인데 뭔가 이상하게 야시시한 느낌이 들었기 때문이었다.

"이거 좀 이상한데요?"

"뭐가요?"

기태가 능청을 부리며 다시 손가락으로 손바닥에 사람 '인'자를 그렸다. 한 번, 두 번, 세 번. 간질간질 무언가는 자극하는 느낌. 쿵쿵 세차게 뛰는 심장을 모른 척 하며 나현은 살짝 눈을 흘겼다. 그런데…… 뭔가가 조금 이상했다. 방금 전 기태의 행동이 지나칠 만큼 익숙했기 때문이었다.

"근데 혹시 이거, 예전에 나한테 한 적 있어요?"

기태가 잠시 생각하는 듯 했지만 이내 고개를 내저었다.

"음…… 없는 것 같은데? 딴 남자랑 한 거 착각한 거 아니에요?"

기태는 의심스런 눈초리로 노려보았지만 나현은 대답도 않고 골똘히 생각에 잠겼다.

"아닌데…… 분명 이거 한 적 있는 거 같은데……."

"우리 전생에 한 거 아닌가?"

기태가 아무 생각 없이 말을 내뱉을 때였다.

"전생에요?"

나현의 눈이 반짝였다.

"둘 사이에 밀어라든지, 암호라든지, 그런 거."

"그랬을 수도 있겠다. 그럼 언제쯤이었을까요? 조선시대 쯤?"

"조선시대?"

"네. 조선시대요."

"흐음……. 그땐 우린 어떻게 만났었을까요?"

기태도 어느새 궁금한 듯 진지하게 나현의 대화에 동참했다.

"음……. 이건 어때요? 난 마님, 실장님은 돌쇠였던 거죠."

기태가 바로 인상을 썼다.

"뭡니까, 돌쇠는."

"그럼 뭘 하려고 했었는데요? 왕자? 명문가 자제? 만날 자기만 좋은 거 하려고."

"돌쇠였다면 가능하질 않잖아요. 돌쇠가 가진 배경이나 힘으로는 살해 위협에 처한 마님을 지키기 힘들……."

"아니죠. 돌쇠는 욕심 많고 나이 많은 대감에게 어린 나이에 첩으로 팔려온 작은 마님을 몰래 연모하고 있었을 거예요. 그래서 밤마다 작은 마님이 잠든 방 안 뜰을 거닐며 지켜보고 있었어요. 그런데 어느 날 작은 마님의 방에 괴한이 들이닥친 걸 알고는……!"

"아…… 알았어요. 알았어. 조선시대에는 그랬을 수도 있겠군요."

"근데 조선시대에 마님과 돌쇠가 손을 잡을 일은 없었을 거예요. 어떻게 손을 맞잡고 손가락으로 손바닥을 긁었겠어. 들켰다간 돌쇠가 매타작을 당해 바로 죽었을 텐데."

"그럼요?"

"음……. 일제 시대였을 수도 있지 않을까요?"

"이번엔 뭘 하려구요?"

"전 아마 독립군이었을 거예요."

심각한 얼굴에 기태가 푸흡 하고 웃음을 터뜨렸다.

"그럼 난요?"

"악질 순사!"

이건 분명 웃은 것에 대한 복수다.

"지금 복수하는 거죠? 1년이나 기다리게 했다고. 악질 순사가 뭡니까."

"그럼 악질 순사로 위장한 독립군!"

빙긋이 웃으며 달래는 듯한 말투에 기태의 눈이 풀어졌다.

"고맙군요."

"같은 조직원이었던 두 사람 사이에 표식이었을 거예요. 일종의 암호 같은. 서로의 존재를 알려주는 암호. 날 알아봐 달라…… 하는 표시였던 거죠!"

"그래도 두 사람이 손잡을 일은 없었을 거 같은데……."

"말이 그렇단 거죠!"

나현이 장난스럽게 웃자 기태 역시 마주보며 싱그러운 웃음 지었다. 아직도 서로의 가슴에 지독한 아픔으로만 남은 전생의 기억. 하지만 언젠간 지금처럼 웃으면서 이야기 할 날이 찾아오길. 그리고 그 날이 올 때까지 당신이 항상 내 옆에 있어주길.

"어찌됐건…… 언제 어디에서 어떻게 만났든지."

가만히 하늘을 올려다보았다.

"우린 지금처럼 사랑했을 거예요."

하늘에서는 어느새 펑펑 함박눈이 쏟아져 내리고 있었다. 크리스마스에 내리는 더 없이 고마운 선물과도 같은 눈이었다.

에필로그 – 우리 언제 또 만났었을까
또 하나의 생

1927년. 여름. 경성.

동대문 밖 신설정 토막촌.

모래밭 개천가 양쪽 둑을 따라 한 칸 방에 거적을 얽어 놓은 움집들이 바글바글 모여 있었다. 기둥은 작대기에 묻은 거적, 벽은 양철판, 지붕은 녹슨 양철로 뒤덮여 있는 움집들은 굴러다니는 아무 재료나 모다 붙여놓은 것에 불과한 칸막이일 뿐이었다. 군데군데 거적을 둘러놓거나 이엉 더미를 얹어 놓은 집들도 간간이 눈이 띄었다. 이들은 모두 시골에서 소작을 하다 일제의 식량수탈과 폭락하는 쌀값에 농사를 포기하고 경성으로 올라와 빈민이 된 자들이었다. 채석장에서 종일 일해도 60전 밖에 벌지 못하였으며 모두들 생선 팔이나 남의 집 빨래 해주는 것으로 하루 벌어 하루 먹고 살기에 급급했다.

자정이 한참이나 넘은 시각. 호화스러운 문화 저택이 늘어진 경성 시내 뒤편으로, 컴컴한 길을 더듬으며 한 남자가 토막촌 마을 어귀에 들어서고 있었다. 더럽고 냄새나는 무명적삼을 입은 남자는 옷차림과 어울리지 않게 예리한 눈빛에 행동이 민첩한 자였다. 남자는 바로 앞도 보이지 않는 캄캄한 거리를 옷자락 스치는 소리 없이 재빠르게 걸어가고 있었다. 남자가 왼편 골목으로 꺾자 눈앞에 '동산학원'이라는 조그만 간판이 달린 임시 주택이 보였다. 남자는 주위를 두리번거리고 살피더니 슬그머니 양철문을 열고 건물 안으로 들어갔다. 건물 안 3칸짜리 교실 옆으로 비좁은 교무실이 보였다. 남자가 긴장한 기색으로 교무실 문을 두드렸다.

똑똑.

안에서는 아무런 대답이 없었다. 남자가 심호흡을 하고 다시 문을 두드렸다.

똑똑.

"충우 오…… 오라버니요?"

긴장으로 떨리는 여자의 목소리가 들려오자 남자는 안도의 한숨을 내쉬었다. 문을 열자 반 칸도 안 되는 비좁은 교무실 책상 앞에, 짧은 흰 저고리에 짤막한 검정치마를 입은 봉희가 서 있었다.

"어찌 이리 늦었어!"

봉희는 충우를 보자마자 반색하며 와락 품에 안겼다. 충우는 놀라며 품에 안긴 봉희를 떼어놓았다.

"오라버니?"

"냄새 난다고. 냄새가 제일 고약한 옷으로 달라고 했더니 이리 생선 비린내가 진동을 하는 옷을 주더군."

충우가 부끄러운 듯 미간을 찌푸리며 물러섰지만 봉희는 빙긋이 웃으며 한 발자국 가까이 다가왔다. 반충우는 임진왜란 때 왜적을 물리친 반호창 선생의 13대 후손으로 명문 반 가(家)의 장손이었지만 경성 일대에 노름꾼으로 이름이 더욱 드높은 자였다. 새벽녘까지 노름판에서 도박을 하기 일쑤였으며 돈을 따면 좋게 물러나는 일도 있었지만, 돈을 잃으며 수하들을 몰고 와 노름판을 뒤엎고는 판돈을 가지고 유유히 사라지는 날도 많았다. 이처럼 말끔한 신식 양복에 맥고모자를 쓰고 노름판에서 판돈이나 굴릴 인물이 냄새나는 무명 적삼으로 신분을 위장하고 늦은 밤 토막촌에 모습을 드러낸 데에는 그만한 이유가 있었다. 바로 빼돌린 도박 판돈을 만주에 독립자금으로 전달하기 위함이었다. 노름꾼으로 위장한 충우의 삶을 아는 유일한 인물은 토막촌에서 아이들을 가리키며 독립운동을 돕는 동산학원 선생 봉희뿐이었다.

　어린 시절, 의병 대장이었던 봉희의 아버지인 이석재 선생을 충우의 할아버지가 숨겨주면서부터 둘의 인연은 시작되었다. 의병대장인 이석재 선생을 숨겨준 일로 독립 운동가였던 충우의 할아버지는 왜경으로부터 큰 고초를 겪었고 충우의 아버지는 그 일로 인해 독립군이라면 치를 떨게 되었다. 그리하여 아버지의 눈을 속여 가며 독립자금을 전달하기 위해 충우는 노름꾼으로 위장하게 된 것이었다. 집안을 말아먹을 놈이라는 오명을 뒤집어써도, 세상으로부터 아무리 개망나니, 파락호, 난봉꾼이라고 손가락질 받아도 상관없었다. 진실을 알아줄 한 사람 봉희가 있었으니.

　충우는 안도하는 얼굴로 눈앞에 서 있는 봉희를 바라보며 미소를 지었다. 저 얼굴을 보니 냄새나는 무명적삼도, 도박판을 뒤엎느라 몽둥이를 들고 설쳤던 일들도 아무렇지 않게 사라지는 듯하였다.

　"오라버니. 뒤따라온 자들은?"

　"없어. 내 몇 번이나 확인했어."

　"그럼 빨리."

　봉희가 서두르며 손을 내밀었다. 만남을 오래 끌어봤자 좋을 것이 없었다. 충우는 품 안에서 회중시계를 하나 꺼내 내민 손 위에 올려놓았다. 봉희가 딸깍 소리를 내며 회중시계를 열었다.

2시 45분 31초에 멈춰있는 회중시계.

이 시계가 독립자금이 숨겨진 곳을 알려줄 것이다. 그리고 자신은 이번 주 안에 회중시계를 전달해야 한다. 봉희가 얼굴을 알 수 없는 조직원에게 회중시계를 전달하면 그는 독립자금을 찾아 이달 말 안으로 항일운동이 펼쳐지는 만주로 향할 것이다. 조직으로부터 전해들은 바로는 경성 기차역에 서 있으면 독립자금을 가지고 갈 마지막 조직원이 찾아올 것이라 하였다. 그는 현재 친일파로 위장한 이중 스파이로 일본의 감시망에 전혀 노출되지 않은 인물이었다. 자유롭게 국경을 드나들 수 있는 유일한 인물. 봉희는 회중시계를 손 안에 꼭 쥐더니 치마를 벌러덩 들어 올렸다.

"뭐…… 뭐하는 거야!"

새빨개진 얼굴로 충우가 소리쳤다. 봉희는 그러거나 말거나 치마를 들어 올린 후 전대를 꺼내 그 안에다 회중시계를 넣고는 다시 전대를 찼다.

"시간이 없잖아. 얼른 오라버니는 돌아가."

봉희는 몸을 돌리고 서둘러 짐을 챙기기 시작했다. 조금 떨어진 곳에서 충우는 그런 봉희의 모습을 물끄러미 바라보았다. 짧은 만남이 못내 아쉬웠다. 이리 헤어지면 또 언제 만날 수 있을까. 거사를 앞둔 시점에서 생각할 일은 아니었건만 무정하게 빨리 가라 내쫓은 봉희가 조금은 야속했다. 내가 얼마나 많은 시간 동안 널 생각하는지. 너와 어떤 걸 꿈꾸는지 넌 짐작이나 할까. 충우가 씁쓸한 얼굴로 뒤돌자 뒤에서 봉희의 외침이 들렸다.

"몸조심 해. 알지?"

봉희의 말에 충우는 반달눈을 보기 좋게 휘어 웃으며 고개를 끄덕였다.

그리고는 잽싸게 동산학원 뒷문으로 빠져나왔다.

 충우가 완전히 토막촌을 벗어났다는 것을 확인한 뒤, 봉희 역시 동산학원을 빠져 나왔다. 새까만 어둠이 내려앉은 골목길로 나오니 후끈한 공기가 코를 막았다. 몇 발자국 떼었을 뿐인데 속에서는 땀이 송글송글 고이기 시작했다. 여름이라 개천가에서 올라오는 온갖 비린내와 토막촌에서 풍겨오는 썩은 내가 진동하였다. 봉희는 캄캄한 골목을 더듬으며 시내를 향해 내려가기 시작했다. 마을 어귀가 눈앞에 보일 때쯤 문득 뒤에서 누군가가 따라오는 기척이 느껴졌다.
 발걸음은 조용하면서도 집요했다. 처음에는 열대야에 잠 못 이루고 나온 토막민 중 하나인가 싶었지만 발걸음 소리는 일정했다. 봉희의 발걸음이 느려지면 뒤따르는 발걸음도 느려지고 봉희의 발걸음이 빨라지면 뒤따르는 발걸음도 빨라졌다.
 '누구지? 설마…… 충우 오래비의 뒤를 밟았던 일본 순사인가?'
 덜컥 겁이 났다. 심장이 쿵쿵대고 다리가 후들후들 떨렸다. 자신 때문에 모든 걸 망칠 순 없는 거사였다. 어느새 걷는 속도가 빨라졌다. 하지만 봉희의 눈치챘다는 걸 깨달은 모양인지 뒤따르는 발걸음도 꼭 그만큼 빨라졌다. 멀리서 한밤의 시내거리를 밝히는 빛이 반짝였지만 좀처럼 가까워지지 않았다. 그러다 문득 다른 생각이 떠올랐다. 일본 순사라면…… 칼을 차고 있을진데 빠른 걸음에도 허리춤에 찬 칼이 흔들리는 소리가 나지 않았다.
 게다가, 뒤에서 들리는 발걸음 소리는…… 군홧발 소리가 아니었다.
 갑자기 머릿속에 일주일 전 토막촌 아이들이 떠드는 얘기가 떠올랐다.
 '선상님. 그 야그 들으셨소?'
 '무슨 얘기?'

'왜. 연쇄살인마 얘기 있잖습니까! 지금이 3번째라 하덥디다. 경성 토막촌에서 젊은 처자들이 괴한에게 목이 댕강 잘려 죽은 것이.'
'그것 참말이냐?'
'신문에도 나고 경성 전체가 그 얘기로 들썩들썩한데 어찌 그리 귀가 어두우시오?'
제법 머리가 큰 아이들이 어른들에게서 주워들은 얘기를 소상히 풀어놓았다. 토막촌에 사는 예쁘장한 처자들이 한밤 중 골목에서 괴한에게 목이 잘려 죽었다는 이야기. 그런데 귀신같이 아무도 목격한 사람이 없다는 이야기. 그런데 그 처자들이 하나같이 모두 스무 살이라는 이야기.
'선상님도 올해 꼭 스물 아닙니꺼. 밤중 함부로 나다니지 마소.'
생각이 여기까지 미치자 후덥지근한 공기에도 서늘한 한기가 몰려왔다. 목뒤로 소름이 오슬오슬 돋고 전신이 떨렸다. 공포감은 아까보다 배로 몰려왔다.

경성을 떠들썩하게 만든 살인마……!
어느덧 봉희는 치마 위로 전대를 꼭 잡은 채 정신없이 내달리고 있었다. 숨이 턱 끝까지 차오르고 다리는 후들후들 떨렸다. 안 돼. 전해야 한다. 회중시계가 제 손에 있는 이상, 일본 순사든 살인마든 잡혀선 안 되었다.

헉……. 헉…….
어느새 숨이 턱 끝까지 차올랐다. 하지만 괴한의 뜀박질 소리는 바로 등 뒤에서 들려왔다. 그리고 괴한이 팔을 내뻗어 봉희의 뒷덜미를 잡으려는 순간이었다.
퍽.
골목에서 갑자기 튀어나온 누군가가 괴한을 덮쳤다. 그리고는 더러운 골목 바닥에서 넘어져 뒤엉켰다.

"까악!"

봉희의 비명소리가 조용한 토막촌 골목에 울려 퍼졌다. 튀어나온 남자와 괴한은 서로의 멱살을 쥐고 한동안 골목 바닥을 데굴데굴 굴렀다. 엎치락뒤치락 거리길 한참, 괴한은 남자의 배를 발로 사정없이 차고는 반대편 방향 골목으로 정신없이 내달렸다. 사람이라 믿을 수 없을 만큼 날쌘 움직임이었다. 봉희는 눈을 가늘게 뜨고 삽시간에 멀어지는 괴한의 뒷모습을 살폈다. 사방이 어두워 잘 보이진 않았지만, 분명…… 검은 두건으로 얼굴을 가리고 있었다.

괴한이 반대편 골목에서 사라지자 봉희는 그제야 골목에서 튀어나와 저를 도운 이를 향해 달려갔다. 괴한에게 얻어맞은 배가 아픈 모양인지 바닥에 누워 끙끙 앓고 있었다. 주위에는 봉희가 내지른 비명소리에 잠을 깬 토막촌 사람들이 하나 둘씩 무슨 일인가 하여 모습을 드러내고 있었다.

"괜찮소이까? 참으로 감사……."

봉희가 남자를 향해 다가가 일어날 수 있게 부축을 하려던 참이었다. 남자가 끙 하고 인상을 한번 쓰더니 가늘게 눈을 떴다. 쭉 찢어진 눈매에 오똑한 콧날, 매끈한 턱선. 남자의 얼굴을 보는 순간 쿵. 쿵. 쿵. 하고 심장이 요란하게 뛰기 시작했다. 하지만 그것보다 봉희를 얼어붙게 만든 것은 바로 남자의 차림새였다.

검은 제복. 허리춤에 찬 칼. 순사부장. 차강학.

봉희는 굽혔던 허리를 펴고 새하얗게 질린 얼굴로 주춤주춤 뒤로 물러났다. 차강학이 누구인가. 동대문 일대 경찰 순사를 하다 초고속으로 승진하여 순사부장이 된 악질 중의 악질. 일본 앞잡이 순사 부장 아닌가. 봉희의 비명소리에 놀라 골목으로 나왔던 토목민들도 넘어진 남자가 순사 부장이라는 사실을 알아채곤 모두 잽싸게 움집 안으로 몸을 숨겼다.

"고…… 고맙습니다. 그럼 전 이만……."

강학은 바닥에 넘어지며 어디라도 다친 모양인지 인상을 쓴 채 일어날 줄 몰라 했지만 봉희는 뒤로 슬금슬금 물러났다.

"그게 고마운 사람에 대한 태도입니까? 고마우면 좀 일으켜……."

강학이 손을 내밀었지만 이미 봉희는 쌩하니 뒤돌아 마을 밖으로 날래게 도망치고 있었다. 강학은 뒤로 총총 땋은 머리를 휘달리며 멀어지는 봉희의 뒷모습을 물끄러미 바라보았다.

흥. 그래봐야 곧 다시 만나게 될 것이니.

동쪽에서 여명이 밝아오는 새벽녘. 뜬 눈으로 밤을 지새운 봉희가 긴장한 얼굴로 경성역으로 향했다. 이른 시간에도 둥그런 중앙 돔이 불뚝 솟아있는 경성역 넓은 공터 앞에는 인력거와 바쁘게 오가는 행인들로 번잡했다. 봉희는 회중시계를 넣은 작은 손가방을 가슴팍에 꼭 쥐고 역사 안 대합실로 발을 옮겼다. 대합실에는 열차를 기다리는 사람들로 가득했다.

'그 사람의 정체를 아는 이는 조직원들 중에서도 아무도 없다. 앞으로 네가 그 사람의 유일한 연락책이 될 거야.'

봉희는 두근대는 가슴에 손을 얹고 잠시 심호흡을 하였다. 그리고는 두 눈을 크게 뜨고 중앙 홀을 바라보았다. 새벽 6시에 경성역에 도착하는 기차가 뿌우 하고 역사 안으로 들어오는 소리가 들렸다. 창밖으로 하얀 연기가 뭉게뭉게 피어오르고 있었다. 기차가 도착한지 얼마 지나지 않아 중앙홀로 수많은 사람들이 쏟아져 나왔다.

저 중 한 사람일거야.

봉희가 손가방을 품에 안으며 엄청난 인파를 향해 이리저리 눈알을 굴리고 있을 때였다.

"그대로."

바로 뒤에서 속삭이는 남자 목소리가 들렸다.

이 사람이다!

긴장감에 전신을 바짝 얼어붙었다. 그리고는 목구멍으로 침을 한 번 꼴깍 삼켰다. 이제 이 사람이 하자는 대로만 따르면 될 것이다. 어디에서 어떻게 회중시계를 전달해야 할지……

이 사람이 제 손에 사람 '인'자만 세 번 그린다면…….

봉희가 천천히 뒤를 향해 고개를 돌렸다.

대합실에 도착하자마자 손가방을 품에 안고 있는 봉희의 뒷모습이 보였다. 총총 길게 땋은 검은 머리, 짧은 하얀 저고리에 깡충한 검정 치마. 촌내 풀풀 나는 모습이었지만 강학은 그 모습 뒤에 어떤 얼굴이 자리하고 있는지 이미 알고 있었다. 하얗고 말간 피부, 분홍빛 뺨, 영롱한 눈동자에 오뚝한 코. 시궁창 속에 썩기엔 아까운 얼굴.

'와 있었구나.'

강학이 봉희를 향해 천천히 걸어갔다. 순사부장인 자신과 토막촌 선생이 만나고 있는 모습을 행여나 누군가 본다면 아무런 연관도 없는 두 사람의 만남을 의아하게 생각할 이가 필시 있을 것이다. 조금의 의심도 있어서는 안 된다. 한 번 시작된 의문은 꼬리의 꼬리를 물것이고 결국 자신이 위장 친일파가 아닌가 의심하는 이도 생겨날지 모르는 것이다. 그랬다간 오랜 세월 거사를 위해 이토록 철저하게 위장을 해 온 의미가 없었다.

강학은 오른손에 든 갈색 건초가 든 봉지를 가만히 움켜쥐었다. 일단 이 아편 봉지를 몰래 봉희의 손에 쥐어주고 아편 거래 혐의를 뒤집어 씌워 경찰서로 데려갈 것이다. 그때, 체포를 위해 뒤돌려진 손에 사람 '인'

자 세 번을 그린다면 봉희는 자신이 조직원이라는 사실을 알게 되겠지. 그리고는 경찰서에서 소지품을 조사한다는 명목으로 봉희의 가방을 뒤져 회중시계를 넘겨받을 것이다.

물론 첫 날은 혐의 없음으로 봉희를 되돌려 보낸다는 계획이다. 그 후, 아편거래 혐의를 의심한다는 명목으로 지속적으로 봉희 주변을 맴돌아도 의심하는 사람은 없을 것이다. 아편 거래 혐의를 받는 봉희와 봉희를 의심하는 순사. 이런 식으로 관계를 형성해 놓는다면……. 주변의 눈을 피해 지속적으로 봉희를 통해 조직과 연락할 수 있겠지.

실수 할 건 없었다. 발생할 수 있는 온갖 변수들도 이미 고려해보았다. 관건은 만나자마자 약봉지를 손에 쥐어주고 재빠르게 사람 '인'자를 그려 조직원임을 알리는 것. 그리하여 자신의 연극에 봉희가 얼른 동참하도록 하는 것. 강학은 며칠간 머릿속으로 수백 번, 수천 번이나 연습했던 상황을 다시 한 번 그려보았다.

그리고는 천천히 봉희의 뒤를 향해 다가갔다.

"그대로."

귓가를 향해 나지막이 내뱉은 자신의 목소리에 봉희의 뒷모습이 바짝 얼어붙었다. 그리고 누구도 알아차리지 못하게 봉희의 오른손에 갈색 아편 봉지를 재빠르게 쥐어줄 찰나. 봉희가 잽싸게 뒤를 돌아보았다. 하얗고 통통한 얼굴이 바로 코앞에 나타났다.

쿵. 쿵. 쿵쿵. 쿵쿵. 쿵쿵쿵쿵.

순간 눈앞이 하얗게 변했다. 심장이 덜컥하고 내려앉더니 미친 듯이 뛰기 시작했다.

왜…… 왜 이러지……?

그때 툭, 하고 강학은 자신도 모르게 아편 봉지를 떨어뜨렸다.

쿵. 쿵. 쿵쿵. 쿵쿵. 쿵쿵쿵쿵.

정신없이 방망이질 치는 심장 때문에 정신을 차릴 수가 없었다. 분명 얼굴을 알 수 없는 조직원일 것이라 생각했건만 뒤에는 악질 순사부장 차강학이 서 있었던 것이다. 설마⋯⋯ 그 날 충우 오래비의 뒤를 밟은 것인가⋯⋯? 역시 충우 오래비로부터 내가 무언갈 전달받았단 사실을 눈치채고 뒤를 캔 것이 분명했다.

이를 어쩌면⋯⋯ 좋아⋯⋯!

봉희가 파랗게 질린 얼굴로 주춤주춤 뒤로 물러섰다. 그런데 차강학의 상태가 조금 이상했다. 자신을 보고 바짝 굳더니 손에서 갈색 봉지를 떨어뜨리는 게 아닌가⋯⋯! 봉희는 떨어진 봉지를 자세히 내려다보았다. 그리고는 눈이 휘둥그레졌다. 갈색 건초는 분명 총독부에서 거래를 통제하고 있는 아편이 분명했다. 왜 아편을 순사 부장이 가지고 있는 거지? 봉희가 눈을 동그랗게 뜨고 차강학을 바라볼 때였다.

"이봐. 이게 뭐지?"

파랗게 질린 얼굴의 강학이 난데없이 봉희를 향해 소리쳤다.

"네⋯⋯? 저요⋯⋯?"

"그럼 여기 자네 말고 또 누가 있나?"

"근데 왜 그걸 저한테 물어요? 순사님이 떨어뜨려 놓고선."

봉희의 말에 강학의 얼굴이 완전히 굳어버렸다.

"무슨 소리야? 자네가 이 봉지를 떨어뜨리는 걸 내 눈으로 똑똑히 보았는데."

"순사님이야말로 무슨 소리세요? 순사님이 이 봉지를 떨어뜨리는 걸 제 눈으로 똑똑히 보았는데."

동그랗게 눈을 뜨고 똑 부러지게 얘기하는 봉희 앞에서 강학은 말문이 막혔다.

"일단 경찰서로 가지."

강학은 절실해졌다. 이대로라면 봉희를 경찰서로 데려갈 명분이 부족했다. 어느새 대합실에서 기다리고 있던 사람들이 하나 둘씩 힐끗대며 쳐다보고 있었다. 안되겠다. 일단은 사람 '인'자를 그려 정체를 먼저 알리는 게 우선이다.

강학이 봉희의 오른손을 꽉 잡아 뒤돌리려던 찰나였다. 봉희가 뱅그르르 돌더니 오른손을 비틀어 빼고는 한 걸음 재빠르게 물러섰다. 얼굴에는 적의가 가득했다.

"이리 선량한 이를 함부로 약쟁이로 몰아가도 되는 것이요? 여기 있는 사람들이 다 보았소! 내 손에 아무것도 없다는 것을. 내 이 손가방을 가슴팍에 두 손으로 쥐고 있었는데 무슨 수로 약봉지를 떨어뜨린단 말입니까!"

봉희가 화난 얼굴로 강학을 향해 소리쳤다. 사람들이 몰려오며 웅성대기 시작했다. 낭패다. 강학은 천천히 허리를 굽혀 아편이 든 봉지를 주워 올렸다.

방법이 없었다. 일단 지금은 물러나는 수밖에.

"오늘은 가보시오. 허나 내 자네를 계속 지켜 볼 것이네."

강학은 입술을 꽉 깨물고 뒤돌아섰다.

자정이 넘은 시각. 토막촌 동산학원 교무실에도 새까만 어둠이 내려앉았다. 흔들리는 호롱불 아래 멍하니 책을 넘기던 봉희가 머리를 감싸 쥐었다. 약속한 날에 약속한 시간, 약속한 장소. 자신은 하나도 틀린 게 없었다. 하지만 얼굴을 알 수 없는 조직원은 끝끝내 나타나지 않았다. 어쩌면 차강학이 그 자리에 나타난걸 보고는 몸을 숨긴지도 몰랐다. 앞으로 남은 기한은 이틀이었다. 조직에서는 아직 아무런 지령도 없었다. 봉희

제 자신은 상대의 정체를 몰랐으니 상대가 다른 방식으로 접촉해 올 때까지 마냥 기다릴 수밖에 없었다.

'어찌해야 하나…….'

눈에 들어오지도 않은 책을 향해 다시 시선을 내던질 때였다. 밖에서 끼익거리는 소리가 들렸다. 순간 봉희의 몸이 바짝 굳었다. 학원 건물의 대문 노릇을 하는 양철문은 여닫을 때 큰 소리가 나라고 일부러 기름칠을 해놓지 않았기에 한밤중이면 문 여는 소리가 더욱 크게 들렸다. 충우 오라비나 조직원이었다면 기척을 먼저 내었을 것이다. 그런데 이리 아무런 기척 없는 문을 여는 것이라면…….

갑자기 경성을 떠들썩하게 만든 살인마 이야기가 머릿속에 떠올랐다. 갓 스무 살 된 처자들만 노려 목을 댕강 자른다는 살인마. 봉희는 자리에서 벌떡 일어나 책상 옆에 놓인 몽둥이를 가만히 손에 쥐었다. 그리고는 살금살금 교무실 문 뒤로 가 몸을 숨겼다. 심장이 쿵쿵거렸다. 누군지 모를 침입자는 삐걱대는 마룻바닥에 발을 디디며 교무실로 향하고 있었다. 점점 발걸음 소리가 가까워졌다. 이윽고 천천히 교무실 문을 열었다.

정신 차려야 해. 이봉희. 정신만 바짝 차리면 호랭이한테 물려가도 살 수 있을거라 하였어. 살인마든, 도둑놈이든. 들어오기만 하면 내……!

"이야야야!"

있는 힘껏 침입자를 향해 몽둥이를 내려칠 찰나였다. 체구가 건장한 남자가 한 손으로 봉희의 몽둥이를 공중에서 잡아챘다.

"헉……!"

고개를 들어 남자를 올려보았다.

차강학……?

어…… 어떻게……!

강학은 몽둥이를 잡고 가만히 내리더니 봉희를 바라보며 인상을 찌푸렸다. 봉희가 주춤주춤 뒤로 물러섰다. 살인마보다 더 끔찍한 이였다. 분명…… 눈치 챈 게 틀림없다. 자신이 누구인지, 무엇을 하려 하는지. 행여나 싶어 앞마당에 구멍을 파 회중시계를 담은 상자를 숨겨 놓은 게 잘한 일인 듯싶었다. 자신이 붙잡혀 간다 할지라도……. 충우 오라비가 와서 회중시계를 찾을 것이다. 자신만 입을 열지 않는다면……. 조직의 거사도 들키지 않을 수 있다.

봉희는 두 주먹을 불끈 쥐었다. 이 일을 시작 할 때부터 이 각오했던 일 아니었던가. 조국의 해방을 위해 이 한 몸 바치리라 결심했었지. 괜찮아. 이봉희. 넌 너에게 주어진 일을 했을 뿐이야. 네가 마땅히 해야 할 일을 했을 뿐이야. 봉희는 두 눈을 부릅뜨고 차강학을 바라보았다. 두 눈에는 그 무엇으로도 꺾을 수 없는 의지가 가득했다. 굳은 얼굴의 강학이 봉희를 향해 빠르게 다가왔다. 그리고는 홱 하고 봉희의 왼손을 움켜쥐었다.

이봉희……! 괜찮아……! 눈을 질끈 감았다. 강학은 짜증스럽다는 듯 봉희의 왼손 손바닥을 펼친 뒤 손가락으로 무언가를 쓰기 시작했다.

한 번, 두 번, 세 번.

에…… 엣……? 봉희가 눈을 떴다.

"다시 한 번 더 해줘요?"

그러고는 위로 펼쳐진 제 왼손 손바닥 위에 다시 한 번 더 손가락으로 사람 '인'자를 써내려갔다.

"왜 그렇게 못 알아봅니까?"

강학이 쭉 째진 눈을 가늘게 뜨고 불퉁한 얼굴로 봉희를 내려다보았다.

이…… 이 사람이다…….

쿵. 쿵. 쿵.

심장이 세차게 뛰었다. 간질간질하면서도 묘한 기운이 속에서 일렁이기 시작했다.

[마침]

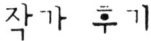

작가 후기

안녕하세요. 주영하입니다.

설화도, 나현도, 시함도 아닌 제 목소리로 독자님들께 인사를 드리려니 조금 부끄러운 마음이 듭니다.

3가지 미스터리, 어떻게 보셨는지요.
1. 나현을 죽이려 하는 자는 누구인가?
2. 전생에 일어났던 사건의 진실은 무엇인가?
3. 왜 환생을 거듭하는가?

이야기는 3가지 미스터리가 순차적으로 혹은 얼기설기 엮여 진행됩니다. 그러다보니 조금 복잡하게 전개된 부분도 없지 않아 있네요. 그래도 흥미진진하게 다음 페이지를 기대하면서 읽으셨다면, 가장 큰 기쁨이자 무한한 영광일 것입니다.

처음 작품을 구상하기 시작할 때, 가장 먼저 떠오른 키워드는 미스터리였습니다. 어린 시절부터 코난 도일, 아가사 크리스티, 앨러리 퀸 등의 추리소설은 죄다 다 섭렵한 미스터리광이었거든요. 정통 미스터리는 아닐지라도 불완전한, 변질된 기억을 가진 주인공이 사건과 관련된 인물과 만나며 과거의 비밀을 파헤쳐가는 스토리를 만들어 보고 싶었습니다. 그 과거를 전생으로 하면 어떨까, 하니 환생이라는 소재는 나중에 자연스럽게 뒤따라 왔고요.

그러다보니 첫 작품인데 덜컥 시대물이라는 어려운 선택을 해버렸습니다. 고려지만 가상의 시대를 배경으로 한 데다 현대와 과거의 분량이 섞여 있어 그다지 어렵지 않을 줄 알았는데…… 완결 후에 모든 시대물을 쓴 작가님들을 존경하기로 했습니다!

이 이야기는 미스터리이자 로맨스입니다. 그래서 장르는 '미스터리 로맨스'로 하자 마음먹었습니다. 그랬더니 미스터리에도, 로맨스에도 발붙일 곳이 없더군요. 그래도 천년이라는 시간을 초월해 사랑을 이룬 설화와 시함의 로맨스이자, 현생과 전생의 살인범을 찾아가는 미스터리입니다. 미스터리와 로맨스를 함께 즐기고자 하는 누군가에게는 좋은 기억으로 남길 바랍니다.

좋은 편집자님을 만났습니다. 출간까지 애써주신 편집자님과 도서출판 베아트리체 관계자 분들께 감사드립니다. 아울러 항상 내편인 엄마, 첫 독자인 동생, 사랑스러운 조카에게 고맙고, 사랑한다 전하고 싶습니다.

마지막으로 설화와 시함의 사랑을 응원하며 함께 두 눈 부릅뜨고 비밀을 파헤쳐 주신 모든 독자님들께 감사와 존경의 마음 보내드립니다.

항상 건강 하십시오.

주영하 올림.